SV

Eduardo Mendoza
Eine leichte Komödie

Roman

Aus dem Spanischen von
Peter Schwaar

Suhrkamp

Die Originalausgabe erschien 1996
unter dem Titel *Una comedia ligera*
bei Editorial Seix Barral, Barcelona.

Erste Auflage 1998

Satz: Hümmer, Waldbüttelbrunn
Druck: Friedrich Pustet, Regensburg
Printed in Germany

KAPITEL I

I

In jenem Sommer wurde es bei den Frauen Mode, Spitzen zu klöppeln. Abgesehen von dieser Neuheit war es ein Sommer wie jeder andere; die Tage waren lang und heiß, die Nächte feucht, der Himmel immer strahlend, wolkenlos, tiefblau und seidenglänzend; ab und zu gab es auch, wie jeden Sommer, kurze, aber sehr heftige Gewitter. Der Winter hingegen war besonders eisig und dunkel gewesen, ein Winter, den die Barcelonesen tapfer hatten ertragen müssen, rund um das wärmende Tischchen mit dem unablässig rauchenden Kohlenbecken sitzend und einander die unbedeutenden Einzelheiten ihres bedächtigen Lebens erzählend, denn das waren noch ruhige Zeiten mit wenig Unterhaltung, und die Tage und Stunden verstrichen langsam, im Rhythmus der sanften Monotonie langer Arbeitstage oder der endlosen Verrichtungen im Haushalt. Die Männer verbrachten die meiste Zeit im Büro, wo sie ein wenig arbeiteten, mit den Kollegen plauderten, Kreuzworträtsel lösten und Totoscheine ausfüllten, während die Frauen ihre mühselige Einsamkeit zu Hause mit Fortsetzungsromanen, Preisausschreiben und Musiksendungen im Radio bekämpften oder indem sie zu Bügeleisendämpfen und Teller- und Topfgeklapper aus voller Kehle traurige, von bitteren Liebesenttäuschungen handelnde Strophen sangen.

Überall herrschten Ordnung, Maß und Eintracht, auf Diskretion und Eleganz wurde größter Wert gelegt, und allenthalben war man auf gute Manieren bedacht. In Straßenbahn und Trolleybus überließen die Herren den Damen den Sitzplatz, und wenn sie an einer Kirchentür vorbeikamen, zogen sie den Hut. Vor einem Leichenzug hielt der Fahrverkehr an, und die Menschen bekreuzigten sich, wenn sie das Haus verließen und eine Reise antraten, denn in diesen Jahren spielte die Frömmigkeit in ihrem Leben eine wichtige Rolle der Mäßigung und des Trostes – allen war bewußt, daß jede Tat, jedes Wort, jeder Plan oder Gedanke unerbittlich vom allsehenden Auge Gottes beurteilt wurde, aber ebenso, daß man bei Verdruß und Unglück die göttliche Hilfe in Anspruch nehmen durfte, sei es auf direktem Wege, sei es durch Fürbitte der Heiligen Jungfrau oder der unzähligen Kalenderheiligen. Die Sakramente, Messen, Novenen, geistlichen Übungen, Predigten, Abendgebete und eine reichhaltige Auswahl an frommen Tätigkeiten nahmen einen großen Teil des Tages in Anspruch, besonders bei den Frauen, für die dieses vielschichtige Geflecht aus Hingabe und Feierlichkeit vor allem bestimmt war, die aber auch seine Hauptnutznießerinnen waren, denn einer Frau, die mit dreißig Jahren noch keinen Mann gefunden hatte, blieb für den Rest ihrer Tage kaum ein anderer Trost und Zeitvertreib, als sich eifrig in Frömmigkeit zu üben. Insgesamt erforderte die Betreuung der Seele nicht weniger Aufmerksamkeit als die Befolgung der religiösen Rituale, und so mangelte es nicht an Geistlichen. Auch wurde im Familienkreis häufig der Rosenkranz gebetet. Unter keinen Umständen wollte man vom rechten Weg abkommen, denn noch war die beunruhigende Erinnerung an eine gar nicht lange zurückliegende Zeit präsent, wo fehlender Glaube und Kirchenfeindlichkeit zuerst zu Auswüchsen aller Art und dann, als unvermeidliche Folge, zu schrecklichen Jahren geführt hatten, in denen die Stadt von Gewalt, Raub, Not und Kummer heimgesucht wurde; niemand war vor Rache, Verwirrung oder Jähzorn gefeit, und viele verloren grundlos und unwiederbringlich Habe, Freiheit oder Leben. In diesen schrecklichen Jahren gingen wie in der biblischen Offenbarung Blitz und Donner, Hagel und Feuer auf die Stadt nieder, während die Straßen Schauplatz von politischen Kämpfen waren und im Schutz der allgemeinen Verwirrung entsetzliche Verbrechen begangen wurden. Aus den rauchenden Trümmern stieg Tag und Nacht der Chor der Wehklagen auf.

Doch jetzt hatte sich die schmerzliche Erinnerung an diese Jahre in dunkle Winkel zurückgezogen, und ihre Folgeerscheinungen zeigten sich einzig noch in einigen Dingen des Alltags. Obwohl die Behörden alles daran setzten, die schweren Versorgungsprobleme zu lösen, blieben Brot, Bohnen, Linsen, Kichererbsen, Fleisch, Zucker und Öl auf dem Tisch der Armen knapp, und da es an Baumaterial mangelte, so daß keine neuen Wohnungen erstellt werden konnten, mußten die Arbeitsuchenden aus dem Süden in wackligen Baracken aus Luftziegeln und Wellblech hausen, die sich ohne jedes Ordnungskriterium in Vierteln zusammendrängten, wo sämtliche Dienstleistungen fehlten, wo es weder Schulen noch ärztliche Versorgung, weder Wasser noch Licht gab, auf brachliegendem, für menschliche Siedlungen ungeeignetem Grund wie auf Stränden oder in ausgetrockneten Flußbetten oder an den Steilhängen der Hügel, wo die herbstlichen Wolkenbrüche Jahr für Jahr zu Überschwemmungen führten und oft Todesopfer forderten. Einige besonders Unglückliche hatten keine Arbeit gefunden und konnten sich nicht einmal eine solche schmutzige Baracke leisten, so daß sie bettelnd auf den Straßen herumlungerten und unter öffentlichen Bänken oder in etwas außerhalb abgestellten Lastwagen schliefen. Aber diese kleinen Unannehmlichkeiten vermochten den Trott der Stadt und die stillschweigende Ergebenheit ihrer Bewohner, die entschlossen waren, sich ihre Ruhe zu jedem Preis zu erkaufen, nicht zu stören. Sie hatten soviel durchgemacht, daß die Männer nun ihren ganzen Ehrgeiz darein setzten, ein einigermaßen anständiges Gehalt zu verdienen, die Rechnungen zu bezahlen, sich in gedämpftem Ton über Politik zu unterhalten, über Stierkämpfe und Fußball zu diskutieren und anzügliche Witze zum besten zu geben. An diesen leidenschaftlichen, verwegenen oder lüsternen Gesprächen beteiligten sich die Frauen nie, denn bei ihnen hatte die der Zeit eigene Mäßigung und Zurückhaltung in höherem Maß zum Ausdruck zu kommen. In diesen Jahren galt ihre einzige ernsthafte Sorge den Problemen, die ein immer spärlicheres, untauglicheres und ungezogeneres Dienstpersonal mit sich brachte. Abgesehen von diesem quälend ärgerlichen Thema tauschten sie in ihren sprunghaften, anspruchslosen Unterhaltungen Kochrezepte, Ratschläge und kulinarische Geheimnisse aus und sprachen vor allem ausgiebig über Kleider, denn in diesen Jahren hatten die Frauen, ohne je die Gebote der Schicklichkeit aus den Augen zu verlieren, große Sorgfalt auf ihre Erscheinung zu verwenden. Auf diesem Gebiet übten die Pariser Modeschöpfer ihre unblutige Tyrannei aus: Damals hatte der Rock glockenförmig oder schräg plissiert zu sein, die Taille anliegend, die Schultern breit, die Kragen hemdartig und die Ausschnitte viereckig; statthaft waren nur ruhige Farben und bei den Stoffen Seide und Schantung, Surah und Pikee. Obwohl einige Zeitschriften bereits die Tendenz andeuteten, hätte doch keine anständige Frau gewagt, den Rock über der Wade zu tragen, Hosen anzuziehen oder im Sommer auf Strümpfe zu verzichten. An Ostern und zu Fronleichnam gehörte es weiterhin zum guten Ton, sich mit Einsteckkamm und Mantille herauszuputzen. Die Kirche mißbilligte derartige Frivolitäten, die nicht zu der Würde und Zurückhaltung paßten, welche man von einer Frau füglich erwarten durfte, und die letztlich zu einer mit der Notlage der weniger begünstigten Schichten des Landes unvereinbaren Verschwendung führten. Aber ihre besonnenen Ermahnungen wurden in den

Wind geschlagen. Anderseits drängte das Hereinbrechen der unerträglichen Sommerhitze diese Diskussion, wie andere, ähnlich gelagerte, in den Hintergrund, einer Hitze, die tagsüber den Asphalt zum Glitzern brachte und die Menschen nachts den Schlaf nicht finden ließ, so daß die Familien, um ihr zu entkommen, in ihre eleganten Sommersitze übersiedelten, kaum schlossen die Schulen ihre Türen. Die wohlhabenden Familien verbrachten den Sommer an der Küste, die gewöhnlichen Sterblichen im Bergland. Einige reiche Familien besaßen zwei Sommersitze und wechselten zwischen Meer und Bergen mit dem Hinweis, auch wenn man, dem Diktat der Mode gehorchend, ans Meer zu gehen habe, so stärke die Bergluft doch den Geist und bekomme dem Körper besser als die Meeresluft, eine ebenso richtige wie überflüssige Erwägung, denn in dieser glücklichen Zeit erfreuten sich die vermögenden Leute einer beneidenswerten Gesundheit.

Und so verließen zwischen der Verbena de San Juan, Ende Juni, und dem Fest der Merced, Ende September, Frauen, Kinder und Dienstpersonal die Stadt, riesige, mit Riemen an den Dachträgern der Autos festgebundene Gepäckstücke mitführend, und richteten sich in den Urlaubsdörfern ein, während die Männer, von Montag bis Samstag von ihrer Arbeit in Barcelona festgehalten – die englische Arbeitswoche war zwar bekannt, aber ungebräuchlich –, in ihrer Verlassenheit mehr schlecht als recht überlebten, Mittag- und Abendessen in einfachen Gastwirtschaften einnahmen und die häusliche Leere an Kaffeehausspieltischen oder in der Doppelvorstellung irgendeines Kinos mit Carrier-Kühlung bekämpften, wo sie, geschützt vor der erstickenden Hitze und bequem in den Polstersesseln der hintersten Reihen versunken, nach dem Ausgehen des Lichts und den ersten Takten der Wochenschau einzuschlafen versuchten, um nicht dem schädlichen Einfluß der Liebesfilme jener

Jahre zu erliegen, die von vergiftender Romantik strotzten und von Femmes fatales wimmelten, welche mit ihren Blikken, ihrem Lachen und ihren Tänzen Wellen der Sinnenlust auslösten und ihnen das Herz abschnürten und die Seele zum Glühen brachten. Sie mochten sich in ihrem ruhigen Leben durch nichts stören lassen, und verdorbene Frauen bedeuteten eine Gefahr, vor der sich niemand vollkommen sicher fühlen durfte; aus ihrer Hand kamen immer Sünde, Verderben und Zwist.

2

Als er Prullàs eintreten sah, stürzte der Pförtner aus seiner hitzedampfenden Loge heraus. Er grüßte ihn sehr ehrerbietig und entblößte beim Lächeln zwei Reihen große, unentschlossene Zähne. In der Hand hielt er einen irdenen Leuchter mit einem Kerzenstummel, da das Licht, wie er sagte, ebenso schnell verschwand, wie es kam. Obwohl die Stromsperre schon vor einiger Zeit aufgehoben worden war, konnte eine geringe Mehrbelastung im Verbrauch elektrischer Energie, ein Defekt im Verteilernetz oder irgendeine andere Ursache jeden Tag zahlreiche Stromausfälle verursachen und verursachte sie auch tatsächlich. Aber in diesem Moment strahlte der Lüster im Theaterfoyer, und eine Tischlampe warf einen gelblichen Lichtkegel auf die Zeitung, die auseinandergefaltet auf dem Abstellbord der Loge lag. Der Pförtner schob am Eingang zum Foyer den Riegel vor, um sicher zu sein, daß während seiner Abwesenheit niemand auf diesem Weg ins Theater eindringen konnte, und ging durch den Gang voran, ohne den Einspruch Prullàs' zu beachten, der beteuerte, der Pförtner brauche sich nicht zu bemühen. Ich kenne den Weg, Bonifaci, und werde mich schon nicht verirren.

Aber der Pförtner bewegte die Hand mit dem Kerzenhalter, als wolle er seinen Begleiter auf die Nützlichkeit dieses unbedeutenden Gegenstands aufmerksam machen und ihm unausgesprochen mitteilen: Ginge auf einmal das Licht aus, wie es bisher jeden Nachmittag geschehen ist, was würde dann aus Ihnen? So schritten sie durch den Gang, bis sie in einen zweiten, schmaleren Korridor ohne Türen und Fenster gelangten.

Das betrifft nicht nur uns, sagte der Pförtner, ohne stehenzubleiben; sowie das Licht ausging, bin ich hinausgerannt – der ganze Block im Dunkeln und die Straße stockfinster; also handelt es sich um einen allgemeinen Defekt, wahrscheinlich in einem Transformator.

Wahrscheinlich, bestätigte Prullàs, mehr aus Solidarität denn aus Überzeugung. Zwei Tage zuvor hatte der Portier seines Hauses, unter ähnlichen Umständen, den Stromausfall ›der Atomikbombe‹ zugeschrieben. In diesen Tagen hatten Presse, Radio und Filmwochenschauen ausgiebig über die Explosion einer Atombombe in der Wüste von Nevada berichtet; jetzt waren Atomzerfall und Kettenreaktion als Begriffe in aller Munde, obwohl sie niemand verstand. Prullàs überraschte und ärgerte es, daß der Portier seines Hauses ›Atomikbombe‹ statt ›Atombombe‹ sagte – er hielt den Fehler für ein Zeichen von Nachlässigkeit. Bonifaci dagegen, eifriger Leser der Abendpresse, schrieb den Stromausfall einer viel einfacheren, näherliegenden Ursache zu. Obgleich sowohl der Theaterpförtner wie der Portier ihre Meinung darüber ohne jede Sachkenntnis äußerten und also bloß ins Blaue hineinredeten, konnte Prullàs nicht umhin, bei sich Bonifacis gemäßigtere, häuslichere Vorstellung zu loben.

In diesem Augenblick flackerten die Glühbirnen der Gangleuchten unheilverkündend. Na, was hab ich gesagt, Don Carlos? rief Bonifaci und bat Prullàs, er möchte so gut sein und die Kerze halten, während er nach einem Streichholz suchte. Sein Entschluß war goldrichtig, denn kaum war er ausgesprochen, gingen die Lichter endgültig aus, und der Gang lag im Dunkeln. Bonifaci zündete ein Streichholz an. Nachdem er damit den Kerzenstummel angesteckt hatte, hielt er die Hand schützend um die kleine, flackernde Flamme und ging mit raschen Schritten weiter. Vor dem Mann mit dem Licht schienen sich die Gangwände aufzutun, um ihm den Weg freizugeben und sich sogleich wieder hinter ihm zu schließen. Als Prullàs dieses seltsame geometrische Spiel bemerkte, hatte er das Gefühl, Bonifaci auf einer Reise durch die Zeit zu folgen. Er erinnerte sich daran, daß der Pförtner früher, in den schrecklichen Jahren, vorübergehend und mehr oder weniger freiwillig als Feuerwehrmann gearbeitet hatte. Dazu hatte er sich in der Theatergarderobe eine Uniform verschafft: einen bronzefarbenen Kartonhelm und einen roten, mit Quasten und Tressen verzierten Kittel, Übertreibungen, deren Zweck es war, die komische Wirkung des rituellen Auftauchens eines Feuerwehrmanns in Schlafgemächern plumper Komödien noch zu unterstreichen. Jetzt trug er einen schlichten grauen Staubmantel. Der Gang mündete ins Proszenium, das gerade noch schwach im Bühnenlicht lag.

So, hier laß ich Sie allein, Don Carlos, wenn Sie mich nicht mehr brauchen, flüsterte Bonifaci. Rauchen Sie eine Zigarette, Bonifaci, sagte Prullàs und bot dem Pförtner eine an. Während Bonifaci sie an der Kerzenflamme anzündete, steckte ihm Prullàs die ganze Schachtel in die Manteltasche. Der Pförtner wollte protestieren, doch der andere schnitt ihm mit einer gebieterischen Handbewegung das Wort ab: Raus, raus.

*

Mit breitem Lächeln zog sich Bonifaci zurück. An einem Tisch an der Bühnenrampe war, dem Parkett den Rücken zugewandt, ein Mann im Licht einer Petroleumlampe in einige maschinengeschriebene Seiten vertieft. Schwache, von einem irgendwo im Hintergrund dumpf knatternden Stromaggregat gespeiste Scheinwerfer erleuchteten die Bühne. Zwischen dem Tisch des Regisseurs und der Bühnenmitte, wo sich die Schauspieler bewegten, lag ein halbdunkler Streifen, durch den die Stimmen hallend und schrill herüberklangen.

JULIO: Ich hab es sorgfältig bedacht, Cecilia, habe alle Möglichkeiten in Betracht gezogen und sehe keinen andern Ausweg als Mord.

CECILIA: Mord! Aber Julio ...

JULIO: Ja, Cecilia, du hörst schon recht. Wir müssen Todoliu umbringen. Und wir müssen es bald tun.

CECILIA: Du meinst ..., wir beide eigenhändig?

JULIO: So ist es, meine Süße. Es gibt Dinge, die darf man nicht dem Dienstpersonal überlassen.

CECILIA: Und es soll bald geschehen?

JULIO: Morgen nachmittag.

CECILIA: Zu dumm! Da werd ich den Termin beim Friseur absagen müssen. Könnten wir es nicht bis Mittwoch verschieben?

JULIO: Kommt nicht in Frage, es muß unbedingt morgen sein. Ich habe alles geplant, alles in die Wege geleitet. Es kann nichts schiefgehen... *(Es klingelt.)* Gerechter Himmel! Was war das?

CECILIA: Beruhige dich, Julio; es hat bloß an der Tür geklingelt.

JULIO: Geklingelt? Wer kann das sein? Erwartest du jemand?

CECILIA: Nein, aber gleich werden wirs wissen. Das Mädchen ist an die Tür gegangen.

LUISITO *(Tritt ein)*: Hör mal, Juju ..., Ju ..., Julio, ist Wasser pflanzlich, tierisch oder mimi ..., mi ..., mineralisch?

JULIO: Wer fragt denn so was?

LUISITO: Der Rara ..., der Rara ..., der Ra ..., Radiowettbewerb. Was würdest du ant... worten, sag?

JULIO: Nun, ich würde sagen, Wasser ist... nasse Luft!

LUISITO: Oh, Julio, wie klulu ..., wie klu ..., klug du doch bist! *(Tritt ab.)*

JULIO: Unser armer Bruder wird auch mit jedem Tag vertrottelter.

CECILIA: Hoffentlich bringt seine Anwesenheit im Haus unsere Mo ..., na, du weißt schon, welche Pläne nicht durcheinander.

JULIO: Unsere Mordpläne? Wie kommst du denn darauf? Er ist ja gerade eine Schlüsselfigur in meinem Plan!

CECILIA: Luisito?

JULIO: Pscht, da kommt jemand!

KAMMERMÄDCHEN *(Tritt ein)*: Die Señorita des Verlobten... Tschuldigung, der Verlobte der Señorita ist da.

CECILIA *(Erschrocken)*: Mein Verlobter? Enrique? Bei mir? Zu dieser Stunde? Unmöglich! Hat er gesagt, warum er gekommen ist?

KAMMERMÄDCHEN: Nein, Señorita. Er hat gesagt, er will die Señorita sprechen. Er wartet auf den Salon, ich meine im Salon auf die Señorita.

CECILIA: In Ordnung. Sag ihm, ich komme gleich runter.

KAMMERMÄDCHEN: Mit Verlaub. *(Macht einen Knicks und tritt ab.)*

JULIO: Das hat uns grade noch gefehlt!

CECILIA: Was mag bloß in den gefahren sein? Wenn er nur den Braten nicht gerochen hat ...

JULIO *(Ärgerlich)*: Nur du konntest auf die Idee kommen, dir einen Polizisten als Verlobten zuzulegen.

CECILIA: Wie sollte ich das denn wissen? Als wir anfingen, miteinander zu gehen, hat er mir nichts gesagt. Schließlich ist er von der Geheimen... Außerdem... Was ist denn Schlechtes dabei, wenn man Polizist ist? Polizisten sind anständige Menschen.

JULIO: Sie schon, du Dummchen, wir aber sind Kriminelle und planen einen Mord, ist dir das nicht klar?

CECILIA: Ei, tatsächlich, was für ein Zufall! Hör zu, Julio, könnten wir nicht den Mord begehen und es so einrichten, daß mein Enrique danach den Schuldigen findet? Das wäre doch wunderbar für seine Karriere, findest du nicht auch?

JULIO: Ja, natürlich, und wir... aufs Schafott!

Wie läufts denn so? fragte Prullàs den Regisseur, sowie dieser eine Probenpause eingelegt hatte. Siehst du ja, antwortete der andere. Obwohl seine Haut leicht gebräunt war, als hätte er in den Bergen in der Sonne gesessen, sah er insgesamt nicht gesund aus, stellte Prullàs fest. Aus reiner Trägheit unterhielten sich die beiden weiterhin sehr leise. Ohne aus dem Scheinwerferlicht zu treten, protestierte die Hauptdarstellerin. Was hatten diese beiden miteinander zu tuscheln? Was gab es für süße Geheimnisse zwischen ihnen?

Und was führt dich hierher? fragte der Regisseur, ohne die Stimme zu erheben und die Beleidigung überhörend. Prullàs schaute ihn befremdet an, aber bevor er etwas sagen konnte, fügte der Regisseur hinzu, alles laufe schlecht; manchmal gehe alles schief, wiederholte er, und man habe den Eindruck, alles verschwöre sich aufs schlimmste gegen ihn. Das Stück funktioniere nicht, die Schauspieler wirkten wie Anfänger, die Witze seien nicht lustig, und zu allem Elend auch noch diese verdammten Stromausfälle.

Pepe, du weißt, ich stehe ganz zu deiner Verfügung, sagte Prullàs; der Beweis dafür ist, daß ich sogleich gekommen bin, nachdem ich deine Nachricht erhalten habe. Was denn zum Teufel für eine Nachricht? fragte der Regisseur kurz angebunden; ich habe dich nicht hergebeten, und ich brauche dich auch gar nicht, ich hab sonst schon genug Ärger. Du hast heute morgen nicht bei mir angerufen? Hast nicht hinterlassen, du wollest mich dringend sehen? fragte Prullàs. Aber noch bevor er zu Ende gesprochen hatte, wurde beiden klar, woher die Verwirrung kam und wer der Grund dafür war. Das Ganze war ein Mißverständnis, sagte er; entschuldige die Störung, ich geh ja schon.

Wortlos stand er auf und steuerte quer über die Bühne wieder auf den Ausgang zu. Als er ins Scheinwerferlicht trat, war er einen Augenblick geblendet. Er hörte eine Stimme fragen, warum er gehe und was zwischen ihnen beiden vorgefallen sei, worauf er nur sagte, sie würden sich ja nach der Probe in der Kneipe sehen. Er wollte nicht, daß ihn die andern Ensemblemitglieder hörten, deren Blicke er auf sich zu spüren glaubte.

Bevor er in den finsteren, zum Foyer führenden Gang trat, holte ihn der Regisseur ein und bat ihn um Entschuldigung; seit einigen Tagen fühle er sich überhaupt nicht gut. Ich weiß nicht, was mit mir los ist, murmelte er; verzeih mir, was ich eben gesagt habe. Ich habe nichts gehört, Pepe, sagte Prullàs und legte ihm den Arm um die Schulter; wir reden ein andermal über das Stück. Und mach dir keine Sorgen wegen der Dialoge – was uns nicht gefällt, das ändern wir, und damit basta. Schließlich ist *Arrivederci, Kleiner!* nicht Calderón de la Barca. Klar, sagte der andere. Er schien gleich in Tränen ausbrechen zu wollen. Prullàs verspürte eine plötzliche Aufwallung von Mitleid mit seinem Freund. Wir habens doch immer so gemacht, Pepe: Aus dem belanglosesten Stoff ist schließlich ein Erfolg geworden, und diesmal wirds nicht anders sein. Natürlich, sagte der Regisseur.

3

Unglaublich, wie die Tage derzeit länger werden, Don Carlos, es ist schon fast neun, und noch immer kann man die Zeitung lesen, ohne das Licht anzumachen, bemerkte der Ober.

Vier Tische, acht Metallstühle und zwei gestreifte Sonnenschirme bildeten den improvisierten Garten des Lokals, den ein halbes Dutzend Tontöpfe, in deren ausgetrockneter Erde ein paar schwächliche Bäumchen ums Überleben kämpften, verschönerten und vom restlichen Gehweg abgrenzten. Aus dem Innern drang der starke Geruch der Weinfässer. Prullàs stimmte zu. Immer wieder überrasche ihn die brüske Begegnung mit dem Tageslicht, wenn er aus dem Theater komme, bemerkte er seinerseits. Aber was würde aus uns ohne das Spiel der Schatten?

Der Ober schien nicht bereit, ihm auf diesen Wegen zu folgen. Er war sein ganzes Leben lang Kellner gewesen, hatte drei Söhne, die wiederum in verschiedenen Kneipen und Restaurants von Barcelona Kellner waren. Vermutlich gewöhnt man sich an alles, Don Carlos, meinte er.

Prullàs setzte sich so an einen der Tische, daß er die Seitentür des Theaters im Auge behalten konnte, und bestellte ein Bier vom Faß und junge Sardellen in Essig. Dann winkte er den Schuhputzer herbei, der schon, ohne sich in den Diskurs einzumischen, auf der Lauer gestanden hatte, gab ihm ein paar Münzen und schickte ihn zum nächsten Kiosk, um eine Abendzeitung, die Sportpresse und eine Stierkampfrevue zu kaufen. Als er zurückkam, schenkte Prullàs die Sportpresse dem Ober und die Stierkampfrevue dem Schuhputzer, nachdem er einen flüchtigen Blick auf die Fotos geworfen hatte. Eines davon zeigte einen Torero, der, nach einer aufsehenerregenden Verwundung durch einen Hornstoß, von seiner Mannschaft eiligst zum Gang zwischen den

Schranken geführt wurde; den Stier sah man nicht auf dem Bild. Die Qualität des Fotos oder der Reproduktion war mangelhaft: Wo der Schatten mit der Sonne hätte kontrastieren sollen, herrschte ein eintöniges Grau, das der Tragödie einen schäbigen Krankenhausanstrich verlieh. Der Bildunterschrift war zu entnehmen, daß die Hornverletzung nicht schwer gewesen und der Matador nach einigen Minuten hinkend in die Arena zurückgekommen war, um seine Muletaarbeit unter den Hochrufen des Publikums zu Ende zu bringen. Zerstreut begann Prullàs den *Noticiero* durchzublättern. So versuchte er sich das Warten zu verkürzen; in Wirklichkeit wurde er immer nervöser. Obwohl er geglaubt hatte, das Ganze sei schon vorbei und vergessen, hielt seine Gekränktheit und Verwirrung nach dem Zusammenstoß mit dem Regisseur an. Jetzt las er die Schlagzeilen, ohne ihren Inhalt aufzunehmen, und ließ, ohne hinzuhören, das Geschwätz des stierkampfkundigen Schuhputzers über sich ergehen, für den seit jenem verdammten Nachmittag in der Arena von Linares nichts mehr so gewesen sei wie früher, Don Carlos.

⋆

Endlich ging die Theatertür auf, die Prullàs aus dem Augenwinkel beobachtet hatte, und Mariquita Pons trat auf die Straße. Prullàs faltete die Zeitung zusammen, stand auf und winkte ihr. Die berühmte Schauspielerin winkte zurück und kam auf ihn zu. Ihre zarten Glieder, die scheinbar schlichte Kleidung und ihr lebhafter Gang ließen sie noch jung erscheinen; mit der Nähe änderte sich dieser erste Eindruck. Doch jetzt verlängerten die schräg einfallenden Strahlen der Abendsonne die magische Wirkung des Rampenlichts.

Immer wieder gehts mir gleich, dachte Prullàs, ich sehe sie und erkenne sie nicht wieder. Außerhalb des Theaters wirkte sie für ihn unbedeutend. Nichts an ihr rechtfertigte die Begeisterung, die sie manchmal im Publikum hervorrief, dachte er. Man hat das Gefühl, sie kann nicht nur ihren Ausdruck nach Lust und Laune verändern, sondern auch Physiognomie, Körperbau und Statur; vielleicht beruht ihr Verdienst gerade darauf – auf ihrer Fähigkeit, nach Belieben Fantasievorstellungen anzuregen, dachte er, während er sie auf seinen Tisch zukommen sah. Aber wer ist sie wirklich? fragte er sich. Eine berühmte Schauspielerin im Niedergang ihrer Jugend, die bloß gefallen und von ihrem Publikum geliebt werden will? Die Dame, die in den Salons mit ihrem Charme und ihrer Unverfrorenheit glänzt? Oder jede einzelne der Figuren, die sie auf der Bühne so überzeugend zu verkörpern versteht? Was für eine paradoxe Person! Ich wüßte zu gern, mit welcher von ihnen ich in all diesen Jahren verkehrt habe: vielleicht mit einer Summe der drei, vielleicht mit einer vierten, die nur ich kenne, vielleicht mit keiner, sondern nur mit einer weiteren Figur ihres Repertoires, dachte er.

Der Ober, der sie begrüßen kam und bei dem sie gebratene Garnelen und einen trockenen Wermut mit Soda bestellte, bediente sie respektvoll, aber ohne das geringste Zeichen von Verzückung; zweifellos hatte die berühmte Schauspielerin nicht das Geringste von ihrer enormen Verführungskraft an ihn verschwendet, dachte Prullàs.

Als könnte sie seine Gedanken lesen, schlug die berühmte Schauspielerin die Beine übereinander, so daß ihre zierlichen Knie zu sehen waren. Was war denn los mit euch? fragte sie. Das möchte ich selber wissen, Quiqui, sagte Prullàs. Er arbeitete seit vielen Jahren mit Gaudet zusammen; immer hatte es die zwischen Autor und Regisseur üblichen Reibereien gegeben, sogar ab und zu einen handfesten Krach mit Beschimpfungen und Drohungen. Doch jetzt scheine der Regisseur ein gewisses Übelwollen ihm gegenüber zu hegen, erklärte Prullàs, was allerdings auch an gesundheitlichen Störungen liegen könne. Mariquita Pons stimmte zu. Auch unter den Schauspielern habe sich Mutlosigkeit breitgemacht aufgrund dieser ungerechtfertigten Verhaltensänderung eines Regisseurs, mit dem alle zuvor schon oft gearbeitet hätten. Aber nicht das sei der Grund, weshalb sie ihn herbestellt habe, fügte sie sogleich hinzu, sondern weil sie wolle, daß er an diesem Abend mit ihr ins Kino gehe. Wenns dir nichts ausmacht, Arm in Arm mit diesem Mädchen von dreimal fünfzehn Jahren gesehen zu werden, fügte sie hinzu, mit dem Finger auf sich zeigend.

Aber der Grund für seine Verärgerung wollte Prullàs nicht aus dem Kopf. Die Beleidigungen verzeihe ich ihm, murmelte er, aber ich weiß nicht, warum er gesagt hat, die Witze seien flau. Wenn du mit mir ins Kino gehst, werd ichs dir sagen, antwortete sie. Sags mir, und ich geh mit dir ins Kino. Mariquita Pons setzte eine spöttische Miene auf. Nein, mein Herr, zuerst ins Kino. Und dein Mann? fragte Prullàs.

Ist in Madrid, erwiderte sie mit einer verächtlichen Geste, wie immer, wenn sie das Wort Madrid in den Mund nahm. Tochter von aus Valencia stammenden Eltern, aber aus einer Laune des Zufalls heraus in Havanna geboren, war die berühmte Schauspielerin Mariquita Pons in Madrid aufgewachsen. Dort hatte ihre Künstlerinnenlaufbahn begonnen und sich auch zu einem großen Teil abgespielt. Dann hatte sie einen Katalanen geheiratet und war nach Barcelona gezogen, worauf ihre glänzende Karriere ins Stocken geraten war. Mit Prullàs' Intrigenstücken, die sie ausnahmslos alle zur Uraufführung brachte, feierte sie in Barcelona Erfolge, die sich danach auf einer Tournee durch ganz Spanien wiederholten, aber die großen dramatischen Rollen schienen den in Madrid ansässigen Schauspielerinnen vorbehalten, wo das Theater immer mehr Gewicht gehabt hatte. Auch der Film hatte nicht bei ihr angeklopft, außer für kleine, eher derbe Rollen in Gesellschaftskomödien. Der Gedanke daran verdüsterte die Laune der berühmten Schauspielerin. Für einen Mann, der jetzt sein Leben geschäftehalber in Madrid verbringt, habe ich auf den Ruhm verzichtet, pflegte sie zu sagen.

Und an welchen Film hattest du denn gedacht? fragte er. Sie zog bloß einen Handzettel aus der Tasche und zeigte ihn ihm. Prullàs las die Werbeschlagzeile: IHRE LAUNE WAR IHR GESETZ. Unter diesem kategorischen Urteil sah man die Gesichter von Bette Davis und Olivia de Havilland. Da führst du mich ja zu zwei schönen Schleiereulen! protestierte er.

4

Als sie aus dem Kino Cristina kamen und Richtung Rambla de Cataluña gingen, wo der Wagen stand, hakte ihn die berühmte Schauspielerin unter. Es war eine warme, windstille Nacht. In ihrem Kopf hallten noch die Filmdialoge wider.

Bring mir noch ein Glas, Mitch.

Du hast schon genug getrunken, Peggy. Warum gehst du nicht nach Hause?

Komm schon, Mitch, sei ein guter Junge. Noch ein Glas, und dann geh ich, ich versprechs dir.

Was ist denn los mit dir? Hast du Mr. Morton wiedergesehen?

Oh, Mitch, warum sind bloß alle interessanten Männer schon verheiratet?

Vielleicht müßtest du woanders suchen, Peggy.

Etwa im Laden von Mrs. Merryweather? Vergiß es, Mitch. Ich bin nicht dazu geboren, eine Schwiegermutter und vier oder fünf Kinder zu haben. Und außerdem, was ist schon dabei, wenn man sich ein bißchen amüsiert?

Vielleicht ist nicht alles im Leben Amüsement, Peggy.

Laß uns noch irgendwo hingehen, Carlos, ich sterbe vor Hunger und Durst. Prullàs gab keine Antwort. Er liebte es nicht, in der Öffentlichkeit mit Mariquita Pons gesehen zu werden, deren Berühmtheit jeden Versuch, anonym zu bleiben, von vornherein scheitern ließ, aber er mochte ihr den Wunsch auch nicht abschlagen. Leise, als wollte er ihnen gleich ein großes Geheimnis enthüllen, trat ein Bettler zu ihnen. Meine Frau ist krank und liegt mit ner Schwindsucht im Bett, murmelte er. Prullàs gab ihm eine Pesete, und unter gestammelten Dankesbezeigungen entfernte sich der Bettler. Mariquita Pons schien noch immer gedankenverloren. Gib doch zu, daß dir der Film gefallen hat, sagte sie. Nein, antwortete Prullàs. Ach, das sagst du bloß, weil du Filme nicht magst, sagte sie. Natürlich, wie sollte ich sie auch mögen? entgegnete Prullàs; im Film ist alles falsch, ich weiß nicht, wie du ihn ernst nehmen kannst; ich weiß nicht, wie überhaupt jemand ein paar sprechende Fotos ernst nehmen kann. Du hast recht, Quiqui, der Film macht mich rasend, besonders der amerikanische. In amerikanischen Filmen haben die Leute Namen, die man sich unmöglich merken kann, und sie leben das ganze Jahr über in Ferienhäusern – was soll daran schön sein?

Daß es zum Träumen einlädt, antwortete Mariquita Pons; normale Menschen träumen gern davon, in einem zweistöckigen Haus mit Veranda, Garage und Garten zu wohnen. Sie träumen auch gern davon, nicht Pérez oder García zu heißen, sondern einen fremdländischen Namen zu haben, weil sie glauben, dieser Name bringe sie weit weg von ihrer Arbeit, ihrer Wohnung, ihrer Familie, von allem, was sie nicht ertragen. Die Menschen leben in einem endlosen Film, der in ihrem Kopf abläuft; ab und zu müssen sie die Vorführung unterbrechen und mit der Wirklichkeit Kontakt aufnehmen, aber dann lassen sie wieder die Lichter ausgehen und versenken sich in den Film, bei dem sie selbst kontinuierlich das Drehbuch schreiben, Regie führen und die Hauptrolle spielen. Ich jedenfalls möchte keineswegs Broderick Crawford heißen und noch viel weniger eine solche Visage haben, sagte Prullàs.

Der Oberkellner des Términus ließ nicht die geringste Vertraulichkeit erkennen, als er sie hereinkommen sah, führte sie aber unverzüglich zu einem alleinstehenden Tisch in einer diskreten Ecke. Dort, wo sie vor der Neugier der Gäste geschützt waren, begrüßte er sie herzlich und erkundigte sich nach ihrem Befinden. Prullàs bestellte einen Kognak. Für mich dasselbe, Luis, sagte die berühmte Schauspielerin. Eben hast du doch gesagt, du hast Hunger und Durst, sagte Prullàs, nachdem der Ober gegangen war. Nun, ich dachte, Kognak ist erfrischend und nahrhaft, antwortete sie.

⋆

Während sie gemächlich an ihrem Glas nippten, kam Prullàs auf das Thema zurück, das ihm seit einigen Stunden im Magen lag. Gelangten die Proben zu seinem Stück wirklich langsam an einen toten Punkt, wie der Regisseur gesagt hatte? Und wenn dem so war, aus welchem Grund? Vielleicht wegen der etwas kritischen Gesundheit dieses Regisseurs? Mariquita Pons nickte. Kann sein, sagte sie, und auch, weil das Stück eine echte Katastrophe ist.

Prullàs trank seinen Kognak in einem Zug aus. Ziemlich laut sagte er, mit diesen Worten wolle sie sich nur an ihm rächen, weil er sie in ihrer blödsinnigen, durch nichts zu rechtfertigenden Kinobegeisterung bloßgestellt habe. Los, geh doch nach Hollywood, wer weiß, vielleicht engagieren sie dich als Sheriff in einem Western! Ohne sich aus der Ruhe bringen zu lassen, sagte Mariquita Pons, sie wisse nicht, was diese deplazierte Bemerkung solle. Schließlich habe er sie um ihre Meinung gebeten, und die habe sie geäußert. Wenn er natürlich lieber Schmeicheleien als die Wahrheit höre, dann würde er sie bestimmt von vielen Leuten bekommen; in diesem verdammten Gewerbe gebe es mehr als genug Schleimer und Arschkriecher. Aber ich sage dir, was ich wirklich denke, fügte sie nach einer Weile hinzu, und nenne die Dinge bei ihrem Namen, ob es dir paßt oder nicht; ein wenig paßts dir vermutlich schon, sonst würdest du mir nicht immer hinterherlaufen. Das glaubst *du*, Quiqui, sagte Prullàs, ich laufe prinzipiell allen Frauen hinterher. Und es interessiert mich nie im geringsten, was du sagst. Na, komm schon, warum ist *Arrivederci, Kleiner!* eine Katastrophe? Weil die Handlung gesucht ist, weil die Figuren unglaubwürdig sind und die Witze aus der Mottenkiste stammen, antwortete Mariquita Pons; sind das genügend Gründe? Genügend, aber falsche, protestierte Prullàs; die Verwicklung ist geistreich, der Ausgang überraschend, und die Witze sind so komisch, daß ich selbst lachen mußte, als ich sie hörte.

Dann bist du der einzige, mein Schatz, sagte sie. Sie stellte das Glas auf den Tisch, seufzte und fügte nach einer Pause hinzu: Ich bitte dich, Carlos, wer kommt denn heutzutage noch auf die Idee, einen Stotterer auf die Bühne zu bringen? Das erträgt man seit über hundert Jahren nicht mehr.

Zugegeben, ich wollte keine Grundmuster durchbrechen, antwortete Prullàs; letztlich ist die Figur des Luisito eine klassische Figur, sie gehört in eine alte, sehr vornehme Tradition, die der lustigen Person, die in unserem Goldenen Zeitalter üblich war. Sie macht die Handlung geschmeidig, wenn sich eine Situation ausdehnt, und dient dazu, tote Punkte zu überwinden, wie in meinem Stück: Es klingelt, das Mädchen geht zur Tür, alle schweigen und sind gespannt, wer der ungelegene Besuch sein mag; in diesem Moment tritt die lustige Person auf, bringt eine humoristische Note hinein und läßt dem Mädchen Zeit zurückzukommen.

Schon gut, aber sprich etwas leiser, alles schaut her, bemerkte Mariquita Pons und fügte hinzu: Ich bin müde, bring mich nach Hause.

5

Er schlief bis zum Mittag. Dann rasierte er sich, duschte, zog sich an und telefonierte mit Gaudet. Die Stimme des Regisseurs am andern Ende der Leitung klang teigig, als wäre auch er erst spät erwacht, aber er nahm Prullàs' Einladung sogleich an. Ich bin froh, daß du mir wegen gestern abend nicht böse bist, sagte er. Ich bins nicht, aber wenn du weiterhin dummes Zeug redest, werd ich ernstlich böse, antwortete Prullàs, bevor er einhängte.

Er frühstückte und las ausgiebig die Morgenpresse. In den Zeitungen machte sich die Sommerflaute deutlich bemerkbar. Die meisten Korrespondenten und festen Mitarbeiter weilten in den Ferien, und die an der Zeitungsfront Zurückgebliebenen beschränkten sich darauf – sei es, weil es keine bedeutsamen Ereignisse zu berichten gab, sei es, weil sie dachten, die Leserschaft wolle sich in der sommerlichen Erholung nicht stören lassen –, die Seiten mit Meldungen von geringem Interesse zu füllen. Volksfeste und Stierkampfberichte, seltsame Vorkommnisse, unerklärliche Phänomene, wunderliche Erfindungen und, als letzter Ausweg, die Ernte irgendeines riesenhaften Grünzeugs bildeten den Hauptteil der Information. Die aktuelle Berichterstattung und die Meinungsspalten befanden sich in der Hand von Stellvertretern, die, ganz der Eingebung folgend, über alles auf dieser Welt ihre Meinung zum besten gaben und die trivialsten Gedanken mit leidenschaftlicher Begeisterung verkündeten, als wären sie auf gleichsam übernatürliche Weise darauf gestoßen. An diesem Morgen berichtete der Auslandteil vom

Erscheinen einer fliegenden Untertasse über der Wüste von Nevada und von der Wiederaufnahme der Nürnberger Prozesse. Diese Prozesse, die seinerzeit eine enorme Neugier erregt hatten, hatten allmählich an Attraktivität eingebüßt, da die prominentesten Angeklagten, diejenigen, deren bloßes Konterfei so viele Erinnerungen wiederaufleben ließ und heftige, gegensätzliche Gefühle weckte und denen Taten von grauenhafter Perversität und unermeßlicher Tragweite angelastet wurden, schon vor Jahren abgeurteilt und summarisch ihren Strafen zugeführt worden waren. Vor Richtern, die angesichts der Gesetze, gemäß denen sie ihre Urteile zu fällen hatten, und der ihnen verliehenen Legitimität verunsichert waren, erschienen jetzt Offiziere niedrigeren Ranges, Beamte und einfache Bürger, deren Handlungen, ausgeführt in haltloser Zeit, eher ethische als juristische Probleme aufwarfen. Waren diejenigen, so fragten sich die seriöseren Zeitungen, wirklich schuldig, die nur die Befehle ihrer Vorgesetzten oder ihre Aufgaben schlicht und einfach ausgeführt hatten, ohne Arglist und Feindseligkeit und ohne zu ahnen, welchen Schaden ihre Handlungen aufgrund einer Reihe von miteinander verknüpften Umständen, eines unvorhersehbaren und letztlich unveränderlichen Kausalzusammenhangs Dritten zufügen konnten? Dieser Streit zog sich nun schon mehrere Jahre hin, und bei seiner Schlichtung in der Praxis schienen die Argumente des Siegers mehr Gewicht zu haben als die des Moralisten. Letztlich ließ Prullàs die ganze Sache äußerst gleichgültig. Aber an diesem Tag war die Nachricht von zusätzlichem Interesse, denn der jetzt auf der Anklagebank saß, war eine weltweit bekannte und bewunderte Persönlichkeit, Erbe einer illustren Dynastie, Träger eines mythischen Namens: Alfried Krupp. Die Berühmtheit der Familie Krupp reichte ins 16. Jahrhundert zurück, als ein Vorfahr des Mannes, dem jetzt in Nürnberg der Prozeß gemacht wurde, begonnen hatte, für den Dreißigjährigen Krieg Waffen herzustellen. Seit jenem weit zurückliegenden Tag hätte ohne den Beitrag der Familie Krupp kein europäischer Krieg von Bedeutung geführt werden können. Seit vier Jahrhunderten fabrizierten und perfektionierten die Krupps Artilleriegeschütze. Doch nicht das war der Grund, warum Alfried Krupp nun auf der Anklagebank saß. Nicht daß er Waffen hergestellt hatte, wurde ihm vorgeworfen, sondern daß er seine gewaltige Industrie und sein ungeheures Vermögen in den Dienst einer ruchlosen Sache gestellt hatte.

Prullàs verließ das Haus und ging in die Buchhandlung an der Ecke, ein Ladenlokal mit niedriger Decke und Parkettboden, ausgekleidet mit dunklen Holzregalen. Im Hinterraum befand sich eine kleine Druckerei, wo sich die Bewohner des Viertels Visitenkarten und Schreibpapier mit Briefkopf machen ließen; im Frühjahr druckte die Maschine von morgens bis abends Anzeigen für die Erstkommunion und Hochzeitskarten. Auch Schulmaterial wurde in dem Geschäft verkauft. Obwohl die nach Papier, Tinte, Radiergummi und Leim riechende Luft stickig und die Hitze unerträglich war, fühlte sich Prullàs hier wohl – es war ein ruhiger, beruhigender Ort.

Fahren Sie nicht in die Ferien? fragte er die Frau, die ihn bedienen kam. Sie schaute zur Decke hinauf. *El meu marit!* rief sie, mein Mann! Dieser war ein Intellektueller gewesen; vor zwanzig Jahren hatte er ein futuristisches Manifest unterschrieben und einen Band Gedichte veröffentlicht, die nicht ohne ein gewisses Verdienst waren, auch wenn sie sehr wenig mit den im Manifest verfochtenen Grundsätzen, aber viel mit den darin geächteten Stereotypien zu tun hatten. Außerdem trank er reichlich, so daß er, anstatt ein *poète maudit* zu werden, was sicher sein Ziel gewesen war, schließlich ein halb idiotischer Invalide geworden war, der ab und zu von schrecklichen Delirien heimgesucht wurde. Noch bevor er in diesen bejammernswerten Zustand verfallen war, hatte er ein wenig anmutiges, leichtgläubiges und gänzlich ungebildetes Mädchen aus dem Viertel geheiratet. Nach einigen Jahren mußte sie das Geschäft übernehmen, von dem die ganze Familie zu leben hatte, die Mutter des Trinkers eingeschlossen, und daneben den Haushalt führen und den Kranken pflegen, ohne weitere Hilfe als die ihrer einzigen Tochter, eines Mädchens, das Prullàs hatte zur Welt kommen sehen und dem schon vor seinem sechsten Geburtstag verantwortungsvolle Aufgaben übertragen worden waren. Mittlerweile war sie zehn und verhieß so fleißig und unattraktiv zu werden wie ihre Mutter.

Was gibts für Neuheiten? fragte Prullàs und deutete auf die Regale. Die Frau schüttelte skeptisch den Kopf. Was Neuerscheinungen angehe, seien die Sommermonate tote Monate, sagte sie. Eben habe sie jedoch einen im letzten Winter erschienenen Roman von Bernanos gelesen, der sie sehr beeindruckt habe. Prullàs nickte. Und *Der lange Schatten der Zypresse* von diesem neuen jungen Autor aus Valladolid? Aus rein geschäftlichen Gründen und ohne es selbst zu merken, war die Frau mit den Jahren eine gute Kennerin der zeitgenössischen Literatur geworden. Da sie nicht den geringsten Ehrgeiz hatte, schätzte Prullàs ihr Urteil sehr. Er kaufte einen Roman von Pearl S. Buck für Martita und zwei Exemplare von Simenons letztem Roman.

⋆

Trotzdem war er zu früh im Parellada. Er setzte sich vor dem Lokal an einen Tisch im Schatten eines Baumes, bestellte einen Wermut und Oliven und begann in einem der Simenons zu lesen. Gaudet kam, noch bevor er das erste Kapitel hatte beenden können. Der Roman läßt sich gut an, bemerkte er; da, ich habe für dich auch ein Exemplar gekauft.

Er gab das zweite Exemplar seinem Freund, der sich ohne große Begeisterung bedankte und das Buch in die linke Tasche seiner Tropenjacke steckte. Dann schaute er zerstreut zu den Nebentischen hinüber, die sich allmählich mit Gästen gefüllt hatten. Vor den Tischen plazierte der Taubenmann sein schmieriges Wägelchen voller Tauben; bei einigen von ihnen war, entweder um sie von schlichten Straßentauben zu unterscheiden oder um sie sonst ansehnlicher zu machen, der Kropf oder die Rückseite der Flügel bunt gefärbt; sowie sie befreit waren, umflatterten sie den Taubenmann, der ihnen ein Zeichen gab, so daß sie sich ihm auf den Arm oder auf einen am Wägelchen befestigten Metallring setzten. Manchmal setzte sich eine von ihnen auf den Hut des Taubenmannes; man sah jedoch nur zu gut, daß dieser Irrtum beabsichtigt und ein Ergebnis geduldiger Dressur war. Trotzdem war die Attraktion wenig lustig.

Also wegen gestern ..., begann Gaudet. Vergiß das von gestern, Donnerwetter! rief Prullàs, ohne ihn ausreden zu lassen. Gaudet verfiel in mürrisches Schweigen; zweifellos hatte er eine kurze Entschuldigungsrede vorbereitet, die jetzt der Großmut seines Gegenübers zum Opfer fiel. Den Grund für den Mißmut des Regisseurs erratend, fügte Prullàs hinzu: Schon gut, wenns dir besser geht, wenn du mich um Verzeihung bittest, dann tus, und wir begraben die Sache.

Gaudet antwortete mit einer vagen Handbewegung, die bedeutete: Bah, machen wir keine Protokollfrage draus. Was ist mit deiner Gesundheit, Pepe? fragte Prullàs, als er sah, daß die Angelegenheit für den andern erledigt war. Gaudets Gesicht verdüsterte sich. Ich weiß es auch nicht, rief er. Seit einigen Wochen fühle ich mich einfach nicht gut und weiß nicht, was mir fehlt. Prullàs fragte, ob er beim Arzt gewesen sei. Ja, bei meinem Hausarzt; er hat mich abgehorcht, hat mir den Blutdruck gemessen, mich überall befummelt und durchleuchtet. Ergebnis? Nix.

Um so besser, sagte Prullàs. Wenn es wirklich nichts ist, dann tatsächlich um so besser; aber wenns nichts Konkretes ist, was bedeuten dann diese Symptome? seufzte Gaudet. Es kann bloße Ermüdung sein, mutmaßte Prullàs, oder irgendeine Sorge, etwas, was nicht einmal dir selber bewußt ist, was dich aber aufzehrt. Du weißt ja, daß einen die Nerven dort angreifen, wo mans am wenigsten erwartet. Gaudet lächelte. Dasselbe hat mir der Arzt gesagt. Dann fügte er übergangslos hinzu, er verbringe seine Nächte ohne erkennbaren Grund schlaflos. Meinst du, das kann bloße Anspannung sein?

Eine in geringer Höhe umherflatternde Taube hatte sich auf den Nebentisch gesetzt und mit dem Flügel einen kleinen Bierkrug umgestoßen. Konsterniert stürzte der Taubenmann herbei. Die Zeche sollte ich eigentlich Sie bezahlen lassen, sagte der betroffene Gast. Worauf der Taubenmann mit einer demütigen Handbewegung antwortete, die ausdrückte: Sie haben vollkommen recht, aber da ich bedürftig bin, kann ich Ihnen nur meine Entschuldigung anbieten. Mit einem Lappen wischte der Kellner die auf der Marmorplatte vergossene Flüssigkeit auf und gab einem andern Kellner ein Zeichen, unverzüglich ein neues Bier zu bringen.

Du kennst mich besser als jeder andere, Carlos, sagte Gaudet, als der Zwischenfall vorbei war, ich bin nie ein wehleidiger Mensch gewesen. Aber jetzt fühle ich mich mutlos, aus welchen Gründen auch immer. Was ich mache, interessiert mich nicht, die Arbeit ist mir eine regelrechte Last. Ich habe das Gefühl, sinnloses Zeug zu tun, den falschen Weg eingeschlagen zu haben. Mein ganzes bisheriges Leben kommt mir wie ein stumpfsinniger Leerlauf vor. Und die Aussicht, daß diese Mutlosigkeit Symptom für irgendeine Krankheit sein könnte, macht mir wirklich Sorgen. Nicht weil ich etwas Tödliches haben könnte. Schlimmstenfalls sterbe ich einige Jahre früher, als ich sonst sterben würde, und das ist nicht weiter tragisch. Bei meiner Geburt hat mir schließlich niemand garantiert, ich würde alt werden. Nicht einmal so alt, wie ich bin. Wie viele Bekannte sind nicht mehr da! Was mir angst macht, Carlos, und das ist etwas, was ich nur dir sagen kann, ist die Vorstellung, ich könnte krank werden, lange Zeit eine lästige Krankheit mitschleppen und zu nichts mehr zu gebrauchen sein. Denn wenn das Ende nicht rasch eintritt, wer wird mich dann pflegen?

Beschwör das Unheil nicht herauf, Mensch, sagte Prullàs; Probleme soll man dann lösen, wenn sie anstehen, sonst macht man sich nur unnötig Kopfschmerzen. Und was die Sinnlosigkeit deines Lebens betrifft, was soll ich dir sagen? Du wirst in deinem Beruf geschätzt und bewundert, hast viele Erfolge errungen und wirst viele weitere haben. Jetzt machst du eine Krise durch, ein Tief. Beachte sie nicht – sie wird so schnell wieder verschwinden, wie sie gekommen ist. Versuch die positive Seite der Dinge zu sehen und laß dich in deiner Arbeit nicht von üblen Gedanken lähmen.

Oh, endlich läßt du den wahren Grund für deine Besorgnis erkennen, lachte der Regisseur. Wenn ich abkratze, wer wird dann die unbedarften Klamotten inszenieren, die du schreibst? Keine Angst, mein Lieber, *Arrivederci, Kleiner!* wird ein Erfolg werden, und die hundertste Vorstellung werden wir in diesem Lokal hier feiern. Das Stück ist gut. Ich weiß, daß Quiqui dir die Leviten gelesen hat. Du darfst ihre Kritik nicht allzu ernst nehmen; sie will bloß, daß wir mehr Aufhebens von ihr und weniger vom Stück machen. Natürlich gibt es da einige Dinge, die man überarbeiten müßte, etwa die Sache mit dem Stotterer, aber insgesamt funktioniert das Ganze. Die Schauspieler haben den richtigen Ton noch nicht gefunden. Auch Quiqui ist nicht so locker wie sonst; weißt du, ob sie in letzter Zeit irgendeinen Ärger hatte? Nein, im Gegenteil, sagte Prullàs, ich kenne sie gut und weiß, daß es ihr ausgezeichnet geht. Gut, dann grüble nicht weiter drüber nach, sagte der Regisseur, du weißt ja, wie die Frauen sind. Nein, das weiß ich nicht, entgegnete der andere, weißt du es etwa, Pepe?

★

Gaudet studierte aufmerksam die Speisekarte, die ihm der Oberkellner gegeben hatte. Nach langem Zaudern bestellte er schließlich gekochten Seehecht. Prullàs bestellte russischen Salat, gefüllte Auberginen und Bratnieren nach spanischer Art. Unversehens hatte sich der Himmel bewölkt, und die Lichtflecken, welche die durch die Blätter sickernde Sonne aufs Tischtuch getupft hatte, verschwanden. Da wir schon bei Frauen sind, wer zum Kuckuck ist denn das junge Ding, das in *Arrivederci, Kleiner!* das Kammermädchen spielt? Ich habe sie noch nie gesehen. Ich auch nicht, sie ist eine Neuanschaffung, sagte der Regisseur, und ich halte dasselbe von ihr wie du. Ist sie jemandes Protegée? fragte Prullàs. Empfohlen, sagte Gaudet; sie ist niedlich und zeigt guten Willen. Sie artikuliert schlecht, sagte Prullàs, und sie bewegt sich, als hätte sie orthopädische Beine. In bezug auf die Beine irrst du dich: Sie sind nicht orthopädisch, und vielleicht ist das des Pudels Kern, sagte Gaudet; aber man soll auch nicht übertreiben – sie ist noch gehemmt, und ihre Rolle ist nicht einfach, sie erfordert ein vifes, schlagfertiges Mädchen, und du weißt, wie schwer so was auf die Bühne zu bringen ist. Sprich doch mit ihr, wenn du Lust hast; sie ist nicht auf den Kopf gefallen und gibt sich viel Mühe.

Nein, nein, sagte Prullàs, ich überlasse sie lieber deinen Händen. Außerdem hatte ich vor, einige Tage in Masnou bei meiner Familie zu verbringen, obwohl sie bestens auf mich verzichten kann. Die Kinder sind glücklich ohne mich, und Martita jammert zwar die ganze Zeit, aber im Grunde genommen amüsiert sie sich prächtig. Ich werde nur ein paar Tage bleiben, solange ich die Kraft habe.

Der Taubenmann machte mit seinem kotbespritzten Hut die Runde. Prullàs warf einen Geldschein hinein, und der Straßenkünstler entfernte sich unter tiefen Verbeugungen. Hast du ihm nicht etwas viel gegeben? fragte Gaudet, der sich nicht durch Freigebigkeit auszeichnete. Wer weiß, ob wir nicht eines Tages auch so enden! sagte Prullàs.

6

Als er wieder zu Hause war, teilte ihm die Sebastiana mit, soeben sei Señor Poveda gegangen. Er ist hier gesessen und hat auf den Herrn gewartet, und da der Herr nicht gekommen ist, ist er gegangen, sagte sie. Obwohl die Haushälterin das Fenster weit geöffnet hatte, lag noch immer Povedas sehr eigener Duft im Empfangszimmer. Wenn Sie mich fragen, bei diesem Herrn ist eine Schraube locker, fügte sie hinzu. Die Sebastiana hatte eine eingedrückte Stirn, eine platte Nase und buschige, dicht beieinanderliegende Brauen; ihre Physiognomie war grob, fast brutal, aber die Augen waren lebhaft und scharfblickend. Hat er gesagt, ob er wiederkommt? fragte Prullàs.

Ja, am frühen Abend, sagte die Sebastiana. Wird der Herr heute abend zu Hause essen?

Vermutlich nicht, antwortete Prullàs; ich habe vor, noch heute abend nach Masnou zu fahren. Einstweilen bin ich im Arbeitszimmer; wenn Señor Poveda wiederkommt, gibst du mir Bescheid; wenn sonst jemand kommt, sagst du, ich bin ausgegangen.

Im Arbeitszimmer war es heiß. Prullàs lehnte die Fensterläden an und ließ die Balkontüren halb offen. Obwohl kein bißchen Wind ging, schien die Luft im Halbschatten kühler. Er zog Jackett, Krawatte und Schuhe aus, legte sich auf die Ottomane und schlief sogleich ein. Beim Erwachen erkannte er sein eigenes Arbeitszimmer nicht, da er aus einem tiefen Traum auftauchte. Durch die Spalten der Fensterläden drang orangefarbenes Licht herein. Aus einem hinter dem Vorhang verborgenen Krug trank er einen Schluck kaltes Wasser. Dann öffnete er die Läden und trat auf den Balkon hinaus. Die Wolken waren verschwunden, und der Himmel hatte sich mit purpurrotem Glanz überzogen. Unter den Baumwipfeln ratterte der Straßenverkehr. Prullàs trat wieder ins Zimmer, machte Licht, rief Mariquita Pons an und erzählte ihr von dem Mittagessen mit Gaudet.

Er war seltsam, sagte er, besorgt wegen seiner Gesundheit und mutlos; insgesamt sieht er nicht gut aus, und er ißt sehr wenig. Der Arzt hat ihm gesagt, es fehlt ihm nichts, antwortete die berühmte Schauspielerin. Das ist noch keine Garantie, bemerkte Prullàs; Ärzte machen viele Fehler; ich finde es nur natürlich, daß er nervös ist. Du solltest ihn darin nicht auch noch bestärken, Carlos, die Gesundheit ist nicht eine undiagnostizierte Krankheit, da wären wir ja schön dran! antwortete sie. Pepe hat sich einfach noch nicht vom Tod seiner Mutter erholt. Er hat immer an Doña Flavias Rockzipfel gehangen, und jetzt, wo sie nicht mehr da ist, bricht die Welt über ihm zusammen. Das wird sich schon geben, und wahrscheinlich geht er gestärkt aus der Prüfung hervor. Inzwischen heißt es Geduld haben.

Die Sebastiana streckte den Kopf ins Arbeitszimmer und verkündete, eben sei Señor Poveda eingetroffen. Sag ihm, ich komme gleich, sagte Prullàs, die Hand auf die Muschel legend; und dann zu Mariquita Pons: Entschuldige, Quiqui, aber ich muß aufhängen, im Empfangszimmer wartet Besuch auf mich.

Ein toller Besuch, lachte sie; Poveda. Ja – woher weißt du das? Weil er eben hier gewesen ist und mir gesagt hat, er sei zu dir gegangen, und da du nicht zu Hause gewesen seist, wolle er noch einmal vorbeischauen. Na, so ists ja kein Kunststück, sagte Prullàs und fügte hinzu: Ich fahr für ein paar Tage nach Masnou, Quiqui; wenn ich zurück bin, ruf ich dich an. Grüß Martita von mir, und viel Spaß, aber mach keine Dummheiten, lachte sie.

⋆

Der Geruch nach Brillantine, in der Poveda förmlich zu baden schien, erreichte ihn, noch bevor er den Vorhang zurückschlug, der das Empfangszimmer vom linken Flügel der Wohnung trennte, wo sich das Arbeitszimmer befand. Wie gehts, Poveda? sagte er.

Von schmaler Gestalt, hager, mit gelblicher Runzelhaut und müdem Blick, glich Poveda einem ausgebluteten, gerupften Vogel. Vielleicht um diese etwas entwürdigende Wirkung wettzumachen, trug er als Zeichen von Männlichkeit stolz einen schmalen Schnurrbart; bei genauerem Hinsehen zeigte sich jedoch, daß er nicht echt war, sondern aus zwei sorgfältig mit dem Pinsel auf der Oberlippe gezogenen Tuschestrichen bestand.

Ach, Don Carlos, ich stehe noch ganz unter dem Eindruck eines unerwarteten Ereignisses, das mir widerfahren ist und das ich Ihnen sogleich berichten werde, wenn Sie gestatten. Also, da stelle ich mich, in Erfüllung einer schon vorher vereinbarten Verabredung, vor einer Weile bei einer hochdistinguierten und stadtberühmten Dame ein, deren Identität mich die Diskretion jedoch geheimzuhalten zwingt, und kaum wird das Stubenmädchen, das mir die Tür öffnet, meiner ansichtig, wirft sie mir an den Kopf, die Señora könne mich nicht empfangen, da sie gerade unpäßlich sei, worauf ich mit den Worten antworte, die Hypothese tue mir leid, nichts liege mir ferner als die Absicht, die Señora zu inkommodieren, und mit großem Vergnügen würde ich am nächsten Tag wiederkommen oder wann immer die Señora es zu verfügen geruhe. Doch kaum habe ich diese Worte ausgesprochen, geht eine Tür auf, und fuchsteufelswild tritt die bezügliche Dame ein und sagt, ohne mir auch nur Zeit zu lassen, sie zu beglückwünschen, und mich von oben bis unten musternd, in peremptorischem Ton: Aber ich bitte Sie, wie können Sie es wagen, mit einer solchen Krawatte durch die Welt zu gehen? Ziehen Sie sie auf der Stelle aus, Poveda, ziehen Sie sie aus! Ohne Widerstand zu leisten, löse ich die Krawatte – was hätte ich sonst tun sollen, Don Carlos? – und gebe sie der genannten Dame, die sie zu meinem Erstaunen an beiden Enden packt und mit einem einzigen Ruck zerreißt. Wer hätte bei einer so zarten Person eine derartige Körperkraft vermutet? Und so hat die Geschichte geendet. Was halten Sie davon?

Bei temperamentvollen Frauen sind sämtliche Vorsichtsmaßnahmen noch zu gering, Poveda, bemerkte Prullàs. So wird es wohl sein, wenn Sie es sagen, aber jedenfalls fühle ich mich ohne Krawatte mehr oder weniger nackt, entgegnete Poveda.

Nachher wollen wir dieses Problem zu lösen versuchen, sagte Prullàs und warf ganz offen einen beunruhigten Blick auf die Uhr mit dem Glockenspiel; jetzt lassen Sie sehen, was Sie mitgebracht haben.

Poveda bückte sich und hob mit sichtlicher Anstrengung eine Ziehharmonikaaktenmappe hoch und stellte sie auf die Empfangszimmerkonsole zwischen die Kandelaber. Während er mit den Schnallen kämpfte, bemerkte er, die Preise seien leicht gestiegen. Ich weiß natürlich, daß Sie das nicht abschreckt, Don Carlos, aber ich fühle mich verpflichtet, es Ihnen zu sagen. Sie sind ein Herr, und ich weiß, daß Sie zurückhaltend reagieren werden, aber ich habe es mit allerhand Fällen zu tun gehabt, an die ich mich lieber nicht erinnere – und zwar bei stadtbekannten Leuten!

Als er die Mappe öffnete, schoß brummend eine dicke Fliege heraus. Ohne ihr die geringste Beachtung zu schenken, schob Poveda einen der Kandelaber beiseite und breitete auf der Konsole einen nach dem andern die aus der Mappe gezogenen Artikel aus: drei Stangen Camel, vier Paar Damenstrümpfe, mehrere Packungen Rasierklingen, zwei Glühbirnen für Autoscheinwerfer, ein halbes Dutzend englische Bleistifte, ein Säckchen Zucker, zwei Dosen Kaffee und einen Rollfilm.

Ich glaube, das ist alles, was Sie mir aufgetragen haben, rief er, stolz diesen Bauchladenbasar betrachtend. Dann kniff er die Augen zusammen, als wäre ihm ein Traumbild in den Sinn gekommen, und fügte hinzu, er habe noch etwas anderes mit, was Señor Prullàs zweifellos interessiere, obwohl es ein wenig teuer sei. Er habe es mit beträchtlichem Aufwand erworben, in der Absicht, es der Dame zu verkaufen, die eben ihre Wut an ihm ausgelassen habe, aber nach dem Zwischenfall mit der Krawatte habe er es nicht einmal gewagt, es ihr anzubieten. Dann betrachtete er verzückt ein Schächtelchen, das in seiner Handfläche Platz hatte. *Arpège*, das Parfüm der raffiniertesten Frauen... und der verführerischsten! flüsterte Poveda, während er fuchtelnd die Fliege zwischen seinen Augen verscheuchte.

Ich werd es Ihnen abkaufen, Poveda, ersparen Sie mir die Kommentare, sagte Prullàs. Nachdem das Geschäft abgeschlossen war, ließ er Poveda im Empfangszimmer allein, suchte in seinem Kleiderschrank eine Krawatte aus und kam mit ihr zurück. Behalten Sie sie, Poveda, ich trage sie sowieso nie.

Nicht ohne Protest nahm Poveda das Geschenk schließlich an. Dann verkündete er, er habe eine satirische Ballade ›auf die französische Frau‹ geschrieben. Sie ist zum Totlachen, Don Carlos, soll ich sie Ihnen rezitieren? Prullàs verneinte, er habe es eilig.

Als er allein war, verwahrte er die von Poveda besorgten Artikel im Schrank seines Arbeitszimmers, außer den

Strümpfen und einer Stange Zigaretten, die er zusammen mit dem an diesem Mittag gekauften Simenon-Roman in ein Köfferchen packte, steckte das Parfümfläschchen und etwas Geld aus dem Tresor in die Tasche, benachrichtigte die Sebastiana von seinem Weggang und verließ das Haus.

7

Der Portier streckte den Kopf aus der Tür, die seine Loge mit der Wohnung verband. Soll ich Ihnen den Wagen aus der Garage fahren, Don Carlos? Ja, tun Sie das, und legen Sie dieses Köfferchen auf den Rücksitz, Basilio, sagte Prullàs; ich bin in fünf Minuten wieder da.

In einer Blechwarenhandlung kaufte er zwei Spielzeugpistolen und zwei Angelruten und an einem Kiosk *Billiken*, *Purk el Hombre de piedra*, *Lecturas* und *Triunfo*. Als er zurückkam, hatte der Portier den massigen Studebaker vor dem Haus geparkt und wischte mit einem roten Flederwisch den Staub von der Karosserie. Eine ausgehungert und tieftraurig aussehende Frau trat zu ihnen und sagte: Ich habe Blutarmut und schlafe auf der Straße. Prullàs gab ihr zwei Peseten und stieg in den Wagen.

Als er die Stadt verließ, war es schon dunkle Nacht. Es herrschte stockender, stinkender Lastwagenverkehr, der immer schwächer wurde, je weiter sich Prullàs vom Industriegürtel entfernte. An einer Tankstelle hielt er an, um aufzufüllen, und zog bei dieser Gelegenheit Jackett und Krawatte aus und öffnete den Hemdkragen. Wieder auf der Straße, mußte er äußerst vorsichtig fahren, um nicht mit den Fuhrwerken zusammenzustoßen, die im Tempo der Zugtiere daherholperten und deren einzige Warnung in einer kleinen, an der Hinterachse baumelnden Laterne mit fahlrotem Licht wie verlöschende Glut bestand. Auf einer Anhöhe veränderten sich auf einmal Klima und Landschaft: Der Wagen füllte sich mit einer frischen, leichten Brise, die Meergeruch mit sich führte; das ungleichmäßige Rauschen der Wellen übertönte das monotone Brummen des Motors, und am Horizont glitzerten die Lichter der Boote, die vor der Küste auf Fischfang waren. Die Straße verlief zwischen zwei Reihen hundertjähriger Bäume mit dickem Stamm, deren Wipfel sich zu einem Blättertunnel fügten.

Kurz vor Masnou geriet er in eine Kontrolle und mußte anhalten. Im Licht einer Ölfunzel überprüfte ein Mann in Bauernkleidung seine Papiere. An seiner Schulter hing ein kurzer Karabiner. Auf einem Erdwall standen zwei weitere Bewaffnete und überwachten die Szene.

Mitternacht war vorbei, als er vor der Hintertür des Hauses parkte. Als einzige Beleuchtung verfügte die Straße über eine oben an einem Holzpfosten müde flackernde Glühbirne. In dieser Dunkelheit konnte er am mondlosen Himmel unzählige Sterne sehen. Nur das ferne Geräusch des Wassers auf dem Sandstrand störte die Ruhe des schlafenden Dorfes. Er ging durch die Hintertür hinein und befand sich in einem geräumigen, feucht-düsteren Schuppen mit niedriger Decke. Im spärlichen, von der Straße herkommenden Licht sah man die Umrisse mehrerer Fahrräder, eines Pingpongtischs, einer Gartenbank ohne Rückenlehne und eines umgekehrt auf zwei Böcken ruhenden Bootes. Er verließ den Schuppen und folgte im Dunkeln dem Weg, der um die Gemüsebeete herumführte. Vom Stall her roch es nach Hühnern und Kaninchen. Als er am Ende der Beete den Garten betrat, vernahm er Frauenstimmen und Gelächter. Auf der Terrasse saßen seine Frau und eine Freundin von ihr, die er noch nie gesehen hatte. Auf der Marmortischplatte lagen neben dem Kaffeeservice zwei zusammengefaltete Fächer, die wegen der Nachtkühle überflüssig geworden waren.

Hast du uns aber erschreckt! kreischte Martita; als wir deine Schritte hörten, dachten wir schon, es sei ein Einbrecher.

Prullàs zog das Jackett an, das er sich über die Schulter geworfen hatte, und sah davon ab, seine Frau zu küssen, da ihn die Unbekannte befangen machte.

Oder ein Mörder, sagte diese. Dann, als sie bemerkte, daß er sie befremdet anschaute, begann sie zu lachen. Ich bin Marichuli Mercadal, sagte sie, bevor Martita dazu kam, sie einander vorzustellen. Sie war rothaarig, und der Widerschein der gelben Lampe, die Prullàs' Schwiegervater in der Überzeugung, die grelle Farbe würde Mücken und Nachtfalter fernhalten, auf der Terrasse hatte installieren lassen, entlockte ihren Haaren feurige Blitze. Prullàs verbeugte sich und küßte ihr die Hand.

Ehrlich gesagt, wir haben dich heute nicht erwartet, die Kinder und meine Eltern sind schon vor Stunden ins Bett gegangen, sagte Martita. Die Erläuterung war unnötig – außer dem gelben Terrassenlicht lag das ganze Haus im Dunkeln, und die Fensterläden waren geschlossen. Diese Ruhe hatte etwas Beklemmendes, dachte Prullàs. Martita sagte: Und ich bin noch auf wegen Marichuli Mercadal.

Ich bin bei Einbruch der Dämmerung gekommen, um ein wenig zu tratschen, aber Martita hat darauf bestanden, daß ich zum Essen bleibe; danach haben wir weiter und weiter geschwatzt... Und Sie sehen, wenn Sie nicht aufgetaucht wären, würden wir noch den Hahn krähen hören, sagte Marichuli Mercadal. Sie sprach ohne Zurückhaltung, aber auch ohne den Vorwitz von Leuten, die ihre Schüchternheit zu verbergen versuchen.

Ich wäre schon eher gekommen, aber die Dinge haben sich verwickelt wie immer, sagte Prullàs. Und dann hat mich auf der Straße die Bürgerwehr aufgehalten. Da es ihnen langweilig war, hat ein Analphabet umständlich von vorn bis hinten meine Papiere studiert. Aber meine Anwesenheit soll Ihrem Kaffeekränzchen kein Ende setzen – unterhalten Sie sich bitte weiter, ich ziehe mich zurück. Martita fragte, ob er zu Abend gegessen habe, und er antwortete, er habe keinen Hunger. Marichuli Mercadal stand auf und nahm ihren Fächer. Es ist höchste Zeit für mich, schlafen zu gehen; morgen bringt mich wieder niemand aus den Federn, sagte sie. Freilich hab ich ja auch nichts zu tun, fügte sie lachend hinzu. Sie zog eine Sackleinentasche unter dem Stuhl hervor, steckte den Fächer hinein, küßte Martita auf beide Wangen und reichte Prullàs die Hand. Hat mich sehr gefreut. Ich begleite Sie nach Hause, sagte Prullàs. Sie protestierte. Das komme nicht in Frage; sie wohne nur zwei Schritte von hier. Er beharrte darauf: Die Nacht ist sehr dunkel, und die Straßen sind vollkommen menschenleer. Was soll mir denn zustoßen? Nichts, nichts soll Ihnen zustoßen, gerade deshalb will ich Sie ja begleiten. Ich bin gleich wieder da, sagte er zu seiner Frau. Ich geh schon mal ins Bett, sagte Martita; wenn du lange wegbleibst, werde ich schlafen wie ein Klotz. Im Kühlschrank ist noch was, falls dir danach ist.

Ich hab den Wagen auf der hinteren Straße gelassen, um keinen Lärm mit dem Garagentor zu machen, sagte er; ich fahr ihn vor den Eingang. Es lohnt sich nicht, den Wagen zu holen, sagte Marichuli Mercadal, ich wohne wirklich nur zwei Schritte von hier; wenn Sie mich unbedingt begleiten wollen, dann begleiten Sie mich zu Fuß.

★

Sie sind sehr braun, sagte Prullàs, nachdem sie eine Weile schweigend nebeneinander hergegangen waren; ich dachte, rothaarigen Menschen bekommt die Sonne nicht, aber ganz offensichtlich ist es nicht immer so.

Meistens ist es so, antwortete sie; die Rothaarigen haben normalerweise Sommersprossen und eine rosafarbene, sehr empfindliche Haut. Ich bin eine Ausnahme von dieser Regel, vielleicht weil ich mich von klein auf viel gesonnt habe, entgegen dem Rat der Ärzte. Jedenfalls ist das meine natürliche Haarfarbe. Ich erwähne das nur, falls sich in Ihrer Frage ein Zweifel versteckt haben sollte, fügte sie hinzu und blieb vor einem imponierenden Gittertor stehen.

O nein, ich habe das bloß gesagt, weil Sie mich neugierig machen, antwortete Prullàs. Die Angeln des Tors quietschten. In dieser Hütte wohnen Sie ganz allein? fragte er, während sie in einen Garten traten, an dessen Ende man undeutlich die Silhouette eines alten vierstöckigen Hauses mit Mansarden und Schieferdach erkennen konnte. Nein, auch das Dienstpersonal, die Kleine und die Nurse wohnen hier, antwortete sie, und ab und zu mein Mann.

Prullàs verlangsamte seinen Schritt. Trotz der Dunkelheit sah der Garten irgendwie ungepflegt aus. Ich schließe daraus, daß Ihr Mann Sie vernachlässigt, sagte er. Ja. Und Sie vermissen ihn. Manchmal ja und manchmal nein.

Marichuli, ich habe den Eindruck, Sie sind eine frivole Frau, sagte Prullàs.

Brüsk blieb sie auf dem Weg stehen. Wie können Sie es wagen, mir so etwas zu sagen, Señor Prullàs? Ohne zu antworten, legte ihr Prullàs den Arm um die Hüfte. Bitte, Carlos, ich bin eine anständige Frau, flüsterte sie. Anständig, aber leidenschaftlich, sagte er. Das allerdings! seufzte Marichuli Mercadal und umarmte ihn mit feuriger Hingabe.

Mein Gott, was mir immer passiert, dachte Prullàs auf dem Rückweg. Seine Frau erwartete ihn im Bett, aber noch wach. Der Kaffee läßt mich wohl nicht einschlafen, sagte sie; willst du wirklich nichts essen? Prullàs verneinte. Er habe einen sehr bewegten Tag und eine anstrengende Fahrt hinter sich, es sei spät und er todmüde. Komm, ich hab dich vermißt, sagte sie und knipste das Licht aus.

Ich dich auch. Prullàs machte wieder Licht. Im Dunkeln

sah er noch immer Marichuli Mercadal, die sich auf der Gartenbank zurücklehnte, die Haare zerzaust und die braune Haut schweißlackiert.

Was hältst du von Marichuli Mercadal? fragte Martita plötzlich. Die Frage schien ohne Hintergedanken gestellt.

Nichts Besonderes, antwortete er; eine nette junge Frau, fröhlich und gutaussehend; oh, und sie wohnt in einem wunderbaren Haus. Was macht denn ihr Mann? Und bevor er eine Antwort bekam, fügte er vertraulich hinzu: Ich glaube, er sollte sie nicht so lange allein lassen; da strolcht manch schamloser Kerl herum. Du zuallererst, lachte Martita; hat sie dir gesagt, ihr Mann läßt sie allein? Nicht mit diesen Worten; ich habs dem Gespräch entnommen. Irre ich mich?

Vermutlich nicht, sagte Martita; offen gesagt, ich kenne sie sehr wenig. Wir sind gute Freundinnen geworden, haben aber noch keine Zeit gehabt, uns unser Leben in allen Einzelheiten zu erzählen. Natürlich geht sie überall allein hin. Und tief ausgeschnitten, was bedeutet, daß sie Aufmerksamkeit erregen will. Immerhin ist ihr Mann viele Jahre älter als sie. Offenbar ist er ein großer Chirurg; wenn er nicht gerade im Operationssaal ist, befindet er sich auf irgendeinem Ärztekongreß. Er ist viel auf Reisen, man ruft ihn von überall; und seine Frau kann schwarz werden dabei.

Warum begleitet sie ihn denn nicht? fragte Prullàs.

Wegen der Kleinen, antwortete Martita; wie sie mir selbst erzählt hat, hat das Mädchen ein Herzproblem; sie ist mit einem schwachen Herzen zur Welt gekommen oder so was. Sie haben sie zu den besten Spezialisten gebracht, und alle haben dasselbe gesagt: Wenn sie älter sei, würden sie sie zu operieren versuchen, aber im Moment könne man nichts tun. Sie haben ihnen auch gesagt, höchstwahrscheinlich werde das Kind nicht sehr alt und noch vor seinem zwölften Geburtstag sterben. Stell dir vor, was für eine Tragödie.

Wie alt ist sie denn jetzt? fragte Prullàs.

Sechs oder sieben, sagte Martita; sie hat sich sehr mit unseren Jungs angefreundet. Am Strand steht ihr Sonnendach neben unserem, so daß die Kinder vom ersten Tag an miteinander zu spielen begonnen haben, als hätten sie sich schon immer gekannt, du weißt ja, wie Kinder in solchen Dingen sind. Alicia ist sehr sanft und zart, vielleicht wegen ihrer Krankheit, das macht das Ganze womöglich noch trauriger. Vor Mitleid bekam sie feuchte Augen. Sprechen wir von was anderem. Kommst du nicht ins Bett? Du sagst, du bist todmüde, und seit einer halben Stunde stehst du stramm wie ein Soldat.

Ich hab mir die Geschichte angehört, die du mir erzählt hast. Möchtest du lieber, ich wäre wie diese Ehemänner, die gurgeln, während ihre Frauen sprechen? Was sind das für Ehemänner? fragte Martita. Prullàs zog sich fertig aus und löschte das Licht. Ich weiß auch nicht, die meisten Ehemänner eben. Und woher weißt denn du, was die Ehemänner in den Schlafzimmern treiben? fragte sie weiter; versteckst du dich unter den Betten und spionierst sie aus? Nein, ich habs in den Filmen gesehen. Ach, Filme erzählen bloß dummes Zeug, protestierte Martita, und weißt du, warum? Weil die Geschichten von Schwindlern wie dir geschrieben werden. Los, komm schon und nimm mich in die Arme, ich seh ja, du bist der reinste Satyr.

8

Gleich nach dem Frühstück gingen Martita und die Jungen an den Strand. Kommst du nicht mit, Papa? Nein – wie eilig ihr es habt; ich komme später nach, wenn ich jetzt schon gehe, bringt mich noch ein Sonnenstich um. Als er allein war, nahm er den Simenon-Roman aus dem Köfferchen; da erinnerte er sich an das Fläschchen mit dem französischen Parfüm, das er Poveda abgekauft hatte, um es Martita zu schenken. Zuerst suchte er es im Köfferchen und dann in den Jackettaschen, schließlich durchstöberte er den ganzen Wagen, falls es ihm während der Fahrt hinuntergefallen sein sollte, aber umsonst. Es wird schon wieder auftauchen, dachte er, und wenn nicht, Pech gehabt. Er stellte einen Liegestuhl unter den Pinien auf und las, ohne gestört zu werden, bis seine Schwiegereltern aus der Zehn-Uhr-Messe kamen. Sie begrüßten ihn herzlich und fragten, ob es in Barcelona etwas Neues gebe. Nichts Besonderes, antwortete er, außer daß die Anarchisten wieder drei oder vier Klöster in Brand gesteckt haben.

Sein Schwiegervater bekreuzigte sich. Ach, immer derselbe, rief er. Du weißt, daß ich diesen Scherz überhaupt nicht lustig finde, und doch wiederholst du ihn unermüdlich, fügte er versöhnlich hinzu. Er lachte leise. Er hatte Prullàs immer sehr gern gehabt. Martita war einzige Tochter und damit Erbin seines Vermögens; deshalb war es für ihn immer von höchster Bedeutung gewesen, wen sie einmal heiraten würde, denn sein ganzes Leben lang hatte er nichts so gefürchtet wie Mitgiftjäger. Aber Prullàs, der in seinen Augen zwangsläufig das vorstellen mußte, was ihn am meisten ängstigte, hatte unbegreiflicherweise vom ersten Moment an seine Zuneigung gewonnen. Am Tag der Hochzeit, die in San Sebastián und angesichts der Umstände in größter Schlichtheit gefeiert wurde, hatte er seinem Schwiegersohn, kaum war die religiöse Zeremonie zu Ende, ins Ohr geflüstert: Schamloser Kerl, da hast du einen dicken Fisch geangelt. Sein Ton war zutraulich, fast kumpelhaft, als wüßten nur sie beide um den Kuhhandel, der soeben vor dem Altar abgeschlossen worden war. Prullàs erfuhr nie – und versuchte auch nicht herauszufinden –, ob ›dicker Fisch‹ auf Martitas Reize oder auf das Vermögen gemünzt war, über das er dank dieser Verbindung nun verfügen konnte. Am Tag zuvor, an einem einfachen Polterabend, hatte ein Freund denselben Gedanken in die groben Worte gefaßt: Raffiniertes Kerlchen, mit einem einzigen Schlüssel wirst du zwei Türen öffnen können. Im Bewußtsein, daß seine vorteilhafte Hochzeit mit Martita Zweifel an der Ehrlichkeit seiner Gefühle aufkommen lassen mußte, hatte Prullàs für diese vulgäre Anspielung nur ein frostiges Lächeln übrig gehabt, so, wie er am nächsten Tag nach der Zeremonie mit zurückhaltender Heiterkeit auf den Scherz seines Schwiegervaters geantwortet hatte. Für diesen war er ein Komödienschreiber mit ungewisser Zukunft, ohne Familie und Vermögen, mit einem liederlichen Lebenswandel und dem Ruf eines Schürzenjägers, kurz: ganz das Bild des leichtfertigen Windhunds. Aber er schien bei sich beschlossen zu haben, daß dieser Emporkömmling seine Tochter glücklich machen sollte, und damit gab er sich zufrieden. Im Grunde erleichterte es ihn, in seinem Schwiegersohn keinen möglichen Nachfolger im Geschäft und in diesem Sinn potentiellen Konkurrenten zu sehen: Obwohl er gern über seine Müdigkeit nach so vielen Jahren an der Spitze des Unternehmens klagte und vorgab, darauf zu warten, daß ihm endlich jemand seine vielen Lasten und Verantwortlichkeiten abnähme, hätte er den winzigsten Bereich seiner Kompetenzen mit Händen und Füßen verteidigt und erbittert mit jedem gekämpft, der ihn ihm hätte streitig machen wollen. Aber ebensowenig sollte sich nach seinem Tod die Frucht der harten Anstrengungen von mehreren Generationen, seiner eigenen eingeschlossen, in Luft auflösen, und er genoß den Gedanken, irgendeines fernen Tages würden ihm seine Enkel nachfolgen. Diese gelassene Aussicht und diese Seelenruhe verdankte er Prullàs. Mit den Jahren erwies sich die Ehe, entgegen aller Voraussicht und obwohl die Lästermäuler sie als kapitalen Fehler bezeichnet und ihr ein katastrophales Ende prophezeit hatten, als besser, als wenn er selbst sie minuziös geplant hätte. Gehst du nicht an den Strand? fragte er. Nein, ich möchte zuerst dieses Buch fertiglesen, antwortete Prullàs, und Sie beide? O nein, viel zu heiß, antworteten sie, und zuviel Tumult. In ihren Augen konnte man in dieser einst friedlichen und malerischen Gegend nicht mehr leben, seit es Mode geworden war, an der Küste Urlaub zu machen. Prullàs las das Buch zu Ende und ging dann an den Strand.

⋆

Die Sonnenstrahlen brannten senkrecht auf den Sand nieder, und die Luft war milchig hell. Das Geschrei der Kinder und das Möwengekreisch übertönten den Lärm der Wellen. Gehen Sie nicht ins Wasser, Señor Prullàs? fragte eine jugendlich muntere Stimme hinter ihm. Als er sich umwandte, sah er Marichuli Mercadal in einem pastellblauen Bademantel. Ihre hochgesteckten Haare waren in ein geblümtes Tuch gehüllt. Gestern konnte ich mir gar nicht vorstellen, wie hübsch du im Sonnenlicht bist, sagte er und küßte ihr die Hand. Wen suchst du? Meine Familie, sagte er; Martita hat meine Badehose und den Schlüssel zur Kabine. Sie wird unter eurem Sonnendach sein, vermutete sie. Das ist ja das Übel, daß ich nicht weiß, welches es ist; für mich sehen alle gleich aus, sagte Prullàs, auf die Reihe der Rohrgerüste deutend. Ich begleite dich wohl besser, sagte Marichuli Mercadal; ich will nicht, daß du dich im Dach irrst und dich mit einer andern einläßt; eures und meins stehen gleich nebeneinander. Und übergangslos fügte sie hinzu: Martita ist ein Schatz, mach ihr keinen Kummer. Und wie soll ich das deiner Meinung nach anstellen? fragte Prullàs. Zunächst einmal solltest du vorsichtiger sein, sagte sie und zog aus der Tasche ihres Bademantels das Fläschchen *Arpège*; der Gärtner hat es heute morgen am Rand des Schwimmbeckens gefunden, neben der Bank, was meinst du, wie ist das wohl dorthin gelangt? Ich habe nicht die leiseste Ahnung, sagte er; der Gärtner wird es selbst dorthin gelegt haben, um einen Unschuldigen zu beschuldigen, die sind sehr perfid. War es ein Geschenk für Martita? fragte sie. Behalt es, wenn es dir gefällt, antwortete er. Empört blieb Marichuli Mercadal stehen. O nein, ich habe nicht vor, etwas zu behalten, was Martita gehört! sagte sie, jedes Wort betonend. Wie kann ein Mann, der als intelligent und schlau gilt, angeblich ein Mann von Welt, auf eine so unangebrachte, so plumpe Idee kommen? Ist das der Geist, den du laut den Kritikern in deinen Komödien versprühst? Er schaute sie wortlos an und stapfte im Sand weiter. Dann wird es also kein zweites Mal geben? fragte er nach einer Weile. Wann immer du willst, ich habe ständig Zeit und stehe zu deiner Verfügung, antwortete sie mit einem zugleich scheuen und aufreizenden Lächeln, in dem Prullàs einen Anflug von Wahnsinn zu sehen glaubte.

Sieh an, gestern geht ihr zusammen, und jetzt kommt ihr zusammen, ich weiß gar nicht, was ich davon halten soll, sagte Martita. Ich habe gesehen, wie er herumgeirrt ist, und hab ihn dir hergebracht, sagte Marichuli Mercadal; das warme Sommerklima und die Muße lockern die Sitten und machen für Sinnenlust empfänglich; das hat uns wenigstens der Herr Pfarrer in seiner heutigen Predigt gesagt. Ich wußte nicht, daß das ein gebotener Feiertag ist, sagte Prullàs. Ist es auch nicht, stellte Marichuli Mercadal richtig, aber ich gehe jeden Tag zur Messe. Ich hätte dich nicht für so fromm gehalten, sagte Martita. Ich war es auch nicht, bis wir das mit der Kleinen erfuhren. Alicia, sagte sie zu Prullàs gewandt, leidet an einer angeborenen Herzinsuffizienz. Ich weiß, Martita hat es mir erzählt, es tut mir aufrichtig leid, sagte er. Martita gab ihm seine Badehose und einen großen rostigen Schlüssel, an dem ein Holzring mit der Nummer 14 hing. Martitas Kleider und die der Kinder füllten die ganze Kabine. Wieviel bequemer wäre es doch, gleich in Badekleidung herzukommen, wie Marichuli Mercadal, dachte er. Als er zum Sonnendach zurückkam, hatten es Kinder in Beschlag genommen: seine beiden Söhne, ein schwächlicher, schlaksiger Junge, an den er sich von früheren Sommern her erinnern konnte, und ein braunes Mädchen, in dem er Marichuli Mercadals kranke Tochter vermutete. Außer in ihrem Blick sieht sie der Mutter nicht ähnlich, dachte er. Marichuli Mercadal betrachtete die Szene aus der Ferne, auf einem Segeltuchklappstuhl unter ihrem Sonnendach sitzend. Sie hatte den Mantel abgelegt und zeigte jetzt einen knappen Badeanzug, der die Blicke der Leute auf sich zog. Prullàs blinzelte ihr zu, und sie streckte ihm die Zunge heraus. Carlos, hilfst du mir bitte, diese Bande von Hottentotten zu überzeugen? sagte Martita, auf die die Kinder unbarmherzig einschrien. Wovon muß man die Hottentotten überzeugen? fragte Prullàs. An diesem Abend gab es im Kasinogarten eine Freilichtkino-Vorstellung, und alle wollten hingehen, aber Martita war dagegen; sie sei eine Tyrannin, sagten die Kinder. Was für ein Film wird denn gegeben? wollte er wissen, bevor er ein Machtwort sprach. Ein Musikfilm, sagte Martita. Und was soll schlecht daran sein, wenn die Kinder ihn sich ansehen? Martita setzte ein ernstes Gesicht auf: Wahrscheinlich sei der Film für ihr Alter ungeeignet; im Freien und bei der abendlichen Feuchtigkeit riskierten sie, sich eine Angina oder eine Erkältung zu holen; es sei nicht gut für sie, so lange aufzubleiben. Nun, mir scheinen das keine gewichtigen Gründe, sagte Prullàs. Es lebe Papa! schrien die Kinder. Da hab ich ja einen schönen Verbündeten, sagte Martita achselzuckend. Papa, wird Alicia auch mitkommen dürfen? fragte sein Älterer. Prullàs betrachtete das Mädchen aufmerksam; weder in ihrer Erscheinung noch in ihrer Stimmung erkannte er etwas, was auf Schwächlichkeit oder sonst ein Krankheitssymptom schließen ließ; sie sah zwar zerbrechlich, aber gesund aus, und obwohl sie zweifellos umgeben von aller denkbaren Rücksichtnahme lebte, war ihr Verhalten weder eingebildet noch launenhaft. Das wird sie ihre Mama fragen müssen, sagte er. Die ganze Schar rannte zum Sonnendach von Marichuli Mercadal und brachte sie mühelos dazu einzuwilligen. Aber wenn du müde bist oder es kalt wird, gehen wir ohne zu mucksen nach Hause, stellte sie klar.

Nachdem die Angelegenheit geregelt war, kam sie zu den andern. Ui, wie der Sand brennt! rief sie; und wie weiß Sie in der Badehose aussehen! Siezt ihr euch denn noch immer? sagte Martita; ich habe damit gerechnet, daß ihr euch gestern abend ein wenig angefreundet hättet. Prullàs warf den beiden Frauen einen beunruhigten Blick zu, aber in ihrem Ausdruck sah er nur Sanftheit. Bei Nacht sind alle Katzen grau, scherzte Marichuli Mercadal, aber bei Tageslicht flößt er mir Respekt ein. Wie schlagfertig! dachte Prullàs bewundernd. Nun, es scheint, als hätten wir uns alle verpflichtet, heute abend ins Kino zu gehen, sagte Martita. Ach, geht ihr denn nicht allein? fragte Prullàs. Kommt nicht in Frage! riefen beide wie aus einem Mund; und da du der Schuldige bist, wirst du für ihre körperliche und moralische Unversehrtheit bürgen. Der Herr Pfarrer hat uns oft vor den Gefahren des Films gewarnt, sagte Marichuli Mercadal. Ach, und was sagt der Herr Pfarrer zu diesem Badeanzug? rief Prullàs. Empört mischte sich Martita ein: So eine Unverschämtheit, Carlos! Marichuli Mercadal lachte ohne Arglist. Ich zeige nichts, was man nicht sehen darf, sagte sie. Ich hasse Musikfilme, sagte er. Ich glaube, in diesem wirkt Xavier Cugat mit, sagte Martita. Um so schlimmer, sagte er. Marichuli Mercadal sprang auf. Ich geh ins Wasser, wer geht mit? Martita hatte ihr Tuch an der Sonne ausgebreitet und bestrich sich Schultern und Ausschnitt mit Schutzcreme. Geht ihr nur; ich versuch mal ein wenig braun zu werden, sagte sie. Und Sie, Herr grauer

Kater? sagte Marichuli Mercadal zu Prullàs, kommen Sie mit, oder bleiben Sie hier?

9

Als er aus der Siesta erwachte, war er in ein Licht getaucht, das die Gaze des Moskitonetzes in Goldstaub verwandelte. Das Bett neben dem seinen war zerwühlt und leer. Er wusch sich das Gesicht und trat auf die Terrasse hinaus; in der Laube sah er seine Söhne in eine Schachpartie vertieft. Habt ihr Mama vorbeigehen sehen? fragte er. Ich glaube, sie wollte nachsehen, ob die Hühner Eier gelegt haben, sagte der Ältere, ohne vom Spielbrett aufzuschauen. Aus der Stellung der Figuren zu schließen, war die Taktik beider Spieler ziemlich unorthodox.

Über der Zisterne flogen im Zickzack zwei leuchtend schillernde Libellen, eine rote und eine blaue; manchmal blieben sie, als wäre die Zeit zum Stillstand gekommen, unbeweglich in der Luft über dem Wasser stehen, um plötzlich ohne Übergang wie Gewehrkugeln davonzuschießen. Prullàs ging um mehrere Reihen Kopfsalat, Melonen und Kohlköpfe herum und blieb vor einem Verschlag aus zusammengenagelten Brettern stehen. Durch eine Ritze spähend, erblickte er Martita, die vor dem Stroh kauerte und nach Eiern suchte; in dieser Stellung ließ die Bluse eine schattige Furche sehen, deren Weiße mit dem sanften Braun von Hals und Armen kontrastierte. Prullàs öffnete die Drahtgeflechttür, stieß sie wieder hinter sich zu und stürzte sich wortlos auf Martita. Beim Zusammenprall kullerten zwei Eier aus dem Korb und zerschellten am Boden. Bist du verrückt geworden? rief sie. Die Hühner auf ihren Stangen flatterten erschrocken und wirbelten Staub, Federn und Strohhalme auf. Soll ich etwa mit den Hühnern machen, was ich mit dir zu machen versuche? antwortete er. Martita wehrte sich ohne große Überzeugung. Carlos, ich verbiete dir, mich im Hühnerstall abzuknutschen – das ist demütigend und unflätig. Schreien wird dir nichts nützen, Schätzchen, hier kann dich niemand hören, murmelte Prullàs. Ach du lieber Himmel, rief Martita.

*

An diesem Abend erschien Marichuli Mercadal mit ihrem Mann im Kasino. Was für eine Überraschung, sagte Martita; Marichuli hatte uns davon überzeugt, daß Sie uneinnehmbar sind. Das bin ich auch, aber ich habe alles liegen- und stehenlassen, um Xavier Cugat zu sehen, antwortete Dr. Mercadal. Er war ein großgewachsener, schlanker, grauhaariger Mann mit attraktiven Zügen und ruhigem, intelligentem Blick; er trug eine randlose Brille und eine Fliege. Marichuli Mercadal verbarg die Genugtuung nicht, die es ihr bereitete, sich öffentlich am Arm dieses reifen, distinguierten Mannes zu zeigen. Dr. Mercadal stellte die drei mitgebrachten Klappstühle ab, um Martita die Hand zu küssen und diejenige Prullàs' zu schütteln. Mit der andern Hand hielt er ängstlich die seiner Tochter fest, um sie im Gedränge nicht zu verlieren. Die Angst war allerdings unbegründet, denn alle Anwesenden waren Bekannte, Mitglieder der Sommerkolonie, die mit ihren Stühlen zur Filmvorführung kamen. Auch Alicia schien glücklich in Gesellschaft ihres Vaters, den sie zweifellos selten sah; jetzt zeigte sie beim Lächeln die Lücke zweier ausgefallener Milchzähne. Die Leinwand bestand aus einem zwischen zwei Pfosten aufgespannten Laken im hinteren Teil des Gartens. Der größere Teil des Publikums wurde von vier Zitronenbäumen daran gehindert, sie ganz zu sehen. An einem der Bäume hing ein Lautsprecher, der den Film mit so mangelhaftem Ton begleitete, daß die Dialoge unverständlich waren; des öftern stimmte die Tonspur nicht mit dem Bild überein. In solchen Fällen protestierten und zischten einige Zuschauer und pfiffen die Kasinoverwaltung aus, aber die meisten lachten und applaudierten. Was halten Sie davon, wenn wir uns an die Theke flüchten, schlug Dr. Mercadal Prullàs nach zwanzig Minuten Film vor. Sie sind ein weiser Mann, antwortete Prullàs.

Zwei Whisky, sagte der Arzt zu Señor Joaquín, der seine Arbeit verrichtete, ohne sich vom Lärm im Garten stören zu lassen. Was für eine Meinung haben Sie von meiner Frau? fragte er Prullàs anschließend. Ich habe sie erst gestern abend kennengelernt, antwortete dieser verwirrt. Verzeihen Sie, daß ich Ihnen die Frage so unvermittelt gestellt habe, wie aus der Pistole geschossen, sagte der große Chirurg; natürlich habe ich keine andere Antwort erwartet als die, die Sie mir gegeben haben – oder vielleicht doch. Immer erwarten wir auf unsere Fragen aufschlußreiche Antworten, glauben Sie nicht auch? Meine Frau und ich haben mehrere Ihrer Komödien gesehen, fügte er hinzu; wir sind beide große Bewunderer von Ihnen. Sie hat es Ihnen sicher nicht gesagt, denn sie ist sehr schüchtern, auch wenn sie nicht so wirkt; sie kann sich Fremden nur schwer anvertrauen, sie ist verschlossen, mißtrauisch ..., manchmal kokett, ich weiß; aber von dieser Nonchalance dürfen Sie sich nicht täuschen lassen. Und verstehen Sie meine Worte bitte nicht falsch, ich habe damit nicht sagen wollen, Sie hätten sich von ihr eine ungenaue oder unanständige Vorstellung gemacht. Im Gegenteil, ich bin überzeugt, daß es nicht so ist – Marichuli hat mir erzählt, daß Sie so freundlich waren, sie gestern abend nach Hause zu begleiten, und sich dabei hochanständig verhalten haben. Zwischen uns, zwischen Marichuli und mir, meine ich, gibt es keine Geheimnisse. Was wollte ich sagen? Ach ja, daß wir einige Ihrer Komödien gesehen haben und große Bewunderer von Ihnen sind. Noch einen Whisky? Herr Ober, zwei Whisky, bitte. Rauchen Sie? Rauchen ist gut für die Gesundheit, es beruhigt die Nerven und reguliert den Blutdruck. Ich rauche sogar im Operationssaal. Was wollte ich sagen? Ach ja, daß ich Ihren Geist bewundere, aber nicht nur das. Ich bewundere auch Ihren psychologischen Scharfsinn, wie sehr Sie sich bemühen, direkt aus dem Leben gegriffene Figuren zu zeichnen. Alles unter dem Schein von Frivolität und Heiterkeit, wie es sein soll, ohne Pathos. Sie sehen, ich bin ein aufmerksamer Zuschauer. Deshalb hab ich es gewagt, Sie so unverblümt wegen meiner Frau zu fragen, weil ich weiß, daß Sie ein sehr scharfsinniger Mann sind, wie ich Ihnen schon sagte, und ich nahm an, Sie hätten diesen Scharfsinn an ihr geübt. Zweifellos stößt Heuchelei Sie ab, das zeigt sich in Ihren Komödien. Mir geht es genau gleich. Manchmal bin ich mitten in einer Operation und denke: Dafür soviel Heuchelei? Ich habe eine Leber in den Händen und bringe diesen Gedanken nicht mehr aus dem Kopf. Sie sind wie ich, korrigieren Sie mich, wenn ich mich irre. Und meine Frau auch, denn ich habe mich bemüht, ihr diese Gedanken einzutrichtern, genau wie meiner Tochter, obwohl sie diesem armen Kind sehr wenig nützen werden. Er trank den zweiten Whisky aus, gab dem Kellner ein Zeichen, das Glas nachzufüllen, und sah Prullàs mit verwirrten Augen an. Leider läßt mir mein Beruf weniger Zeit für meine Frau und meine Tochter, als mir lieb wäre, aber das heißt nicht, daß ich nicht um ihr Wohlergehen und ihre Bildung besorgt sein müßte, wenn auch aus Distanz, denn ich bin viel älter als die beiden und habe demzufolge viel mehr Erfahrung. Schauen Sie, es gibt Krankheiten, die im Larvenzustand viel schwerer sind, als wenn sie sich nach außen manifestieren; so auffällig uns die Symptome vorkommen oder für den Patienten schmerzhaft sein mögen, in Wirklichkeit sind sie eine Befreiung. Es gibt krankhafte Komplexe, die auf dieselbe Art wirken. Sie lassen sich nicht operieren, aber es sind echte Seelenkrankheiten. Der Unterschied besteht darin, daß sie die Seele nicht umbringen können, da sie unsterblich ist, wohl aber den Körper. Ich habe Angst um Marichuli; nicht um ihre Gesundheit, die ist hervorragend, sondern um ihr Überleben. Es gibt schwere Präzedenzfälle in ihrer Familie. Ihre Eltern haben sich das Leben genommen; beide gleichzeitig, unter sehr dramatischen Umständen. Im Moment möchte ich nicht auf Details eingehen. Wie gesagt, ich habe Angst um Marichuli; auch meine Tochter ist krank; ihr Fall ist anders, aber nicht weniger ernst, nicht weniger ernst. Ich habe die Pflicht, um das Wohlergehen der beiden besorgt zu sein, aber Sie sehen, das ist keine leichte Aufgabe. Natürlich erwarte ich von Ihnen keine Lösung, keinen Rat, nicht einmal eine Antwort; letztlich bin ja ich der Arzt. Ich wollte mich bloß mit jemand unterhalten, und da ich Ihre Komödien gesehen habe und weiß, daß Marichuli sie schätzt, hab ich gedacht, ich würde in Ihnen einen verständnisvollen Zuhörer finden. Vielleicht denken Sie, ich habe einen Dachschaden, und möglicherweise haben Sie recht. Hören Sie Xavier Cugat mit seiner Geige, seinem Orchester und seinen Rhythmen? Vielleicht hat auch er einen Dachschaden, aber das erlaubt ihm nicht, seine Pflichten als Mensch zu vernachlässigen, und mir geht es gleich. Ich liebe meine Frau und meine Tochter, ich liebe sie von ganzem Herzen. Manchmal konfrontiert uns das Schicksal einfach mit Situationen, in denen uns unsere Zuneigung und unsere Kenntnisse nichts nützen.

10

Na, die Kinder haben sich großartig amüsiert, und das ist die Hauptsache, sagte Martita. Im Wohnzimmer hing eine Pendeluhr, die eben zwei geschlagen hatte. Wenn sie nur nicht den Keuchhusten erwischt haben, sagte Marichuli Mercadal.

Ihr Mann schaute sie erstaunt an. Warum sagst du das? Warum gerade den Keuchhusten? Hat es im Dorf kürzlich Fälle von Keuchhusten gegeben? fragte er beunruhigt. Nein, wenigstens keinen, der mir zu Ohren gekommen wäre, sagte Martita. Das ist ein wunderschönes Haus, fügte sie sogleich hinzu, und mit so erlesenem Geschmack eingerichtet; war es schon so, als ihr es gekauft habt? Wir haben es nicht gekauft, sondern gemietet, antwortete der Arzt; wir haben bis zum letzten Moment zwischen dem Strand und den Bergen geschwankt. Natürlich sind die Berge viel besser für die Gesundheit als der Strand; die Meeresluft ist ungesund und macht schwach, ganz zu schweigen von den überaus schädlichen Auswirkungen der Sonnenstrahlen auf die Haut; aber da sind wir nun mal, sagte er und warf seiner Frau einen heiteren Blick zu, der zu erkennen gab, daß sie allein die endgültige Entscheidung getroffen hatte, denn er war bereit, ihr sämtliche Launen zuzugestehen. Bis vor drei oder vier Jahren haben Ausländer hier gewohnt, fuhr Marichuli Mercadal fort, sowie ihr Mann ausgeredet hatte; sie haben das Haus gekauft und möbliert; vielleicht stammen deshalb fast alle Gegenstände darin aus dem Ausland: das Klavier, die Uhren, die Lampen und auch das Geschirr, das Tafelservice und die Küchengeräte. Man merkt, daß sie die Absicht hatten, sich definitiv hier niederzulassen, aber etwas muß ihre Pläne durchkreuzt haben, denn wie gesagt, vor drei oder vier Jahren hörten sie plötzlich auf zu kommen, ohne daß jemand wußte, warum. Es war ein älteres Paar, sehr elegant und gebildet, aber ziemlich ungesellig, soviel ich gehört habe. Ach, jetzt weiß ich, welches Paar du meinst, mischte sich Martita ein; ich erinnere mich von früheren Jahren sehr gut an die beiden. Jeden Abend sah man sie bei Sonnenuntergang Arm in Arm die Rambla hinauf- und hinunterspazieren. Sie haben nie mit jemandem gesprochen, nicht einmal miteinander; sie waren so in Gedanken versunken, daß man sie hätte für blind halten können. Ende April boten sie das Haus zum Verkauf an, sagte Dr. Mercadal, den Faden der Erzählung wiederaufnehmend, die Martita unterbrochen hatte, und eine Baufirma kaufte es, die vor allem am Grundstück interessiert war. Anscheinend müssen diese großen alten Häuser intensiv gewartet und dauernd repariert werden und erfordern immer schwieriger aufzutreibendes Dienstpersonal; aus all diesen Gründen interessieren sie niemanden mehr. Die Firma, die es gekauft hatte, wollte es abbrechen und auf dem Grundstück mehrere Appartementblocks errichten, aber entweder hat sie es mit dem Baubeginn nicht eilig, oder es fehlt ihr am nötigen Geld, um ein so großes Projekt anzugehen, so daß sie zumindest in dieser Saison beschlossen hat, aus der Investition etwas Kapital zu schlagen, indem sie das Haus vermietet. Das war ein glücklicher Zufall, denn damals waren wir gerade auf der Suche nach einem Haus. Aber ich dachte, ihr wärt schon einmal hier gewesen, schloß er. Nein, erklärte Marichuli Mercadal; Martita war noch nie da, und Carlos, der mich gestern abend begleitet hat, hat es nicht bis hinein geschafft, denn wir haben bloß noch ein paar Minuten auf der Gartenbank geplaudert. Wie wenig gastfreundlich du bist! rief Dr. Mercadal.

⋆

Daß der große Chirurg auf unbestimmte Zeit im Dorf weilte, veranlaßte Prullàs, nach Barcelona zurückzufahren.

Ich dachte, du würdest bis zur Kirchweih bleiben, sagte Martita, als er ihr seine Pläne mitteilte. Ihre Stimme klang etwas traurig, aber weder unwillig noch vorwurfsvoll. Ich weiß ja, daß es dir hier langweilig ist, aber ich hatte den Eindruck, diesmal, mit den Mercadals, amüsierst du dich, fügte sie hinzu. Von seinem Bett aus konnte Prullàs im schwachen Licht der auf dem Nachttisch brennenden Öllampe kaum die Gestalt Martitas wahrnehmen, die aufrecht im Bett daneben saß. Ende Frühjahr hatte sie sich, einer französischen Mode folgend, die im eigenen Land auf wenig Gegenliebe gestoßen war, ohne Vorankündigung die Haare abschneiden lassen. Auch Prullàs hatte sie gehänselt, als sie vom Friseur zurückkam und ihre Kühnheit schon etwas bereute. Du siehst aus wie ein Benediktinermönch, hatte er zu ihr gesagt. Jetzt aber bildeten Martitas freier Nacken, ihr Hals und die Schultern eine alabasterne, von der Gaze des Moskitonetzes verschleierte Nacktheit.

Ich komme sobald wie möglich zurück, seufzte Prullàs, aber jetzt habe ich keine andere Wahl, als nach Barcelona zu fahren. Was ist denn los? Probleme mit dem Stück? fragte sie. In gewisser Weise, sagte er; ich mache mir ein wenig Sorgen wegen Gaudets Gesundheit. Ach, dieser widerliche Kerl, sagte Martita; ich weiß nicht, wie du ihn überhaupt erträgst! Sag doch nicht so was, antwortete Prullàs, Gaudet ist ... ein wenig eigen, aber ein sehr netter Kerl. Und angesichts ihres düsteren Schweigens fügte er sogleich hinzu: Weißt du, daß ich bis heute abend gar nicht gemerkt habe, wie unglaublich braun du bist? Komm schon, mach mir Platz in deinem Bett. O nein, rief sie und steckte den Kopf unters Laken.

Prullàs' Bemühungen, Gaudet und Martita zusammenzubringen, waren immer erfolglos gewesen, beide verspürten eine unüberwindliche Abneigung gegeneinander. Von Anfang an war Gaudet beharrlich gegen Prullàs' Heirat gewesen und hatte seinem Freund mit allen Mitteln klarzumachen versucht, wie falsch dieser Schritt sei; Martita sei eine reiche Frau, und dieser Reichtum werde ihn schließlich korrumpieren, hatte er prophezeit. Und wenn du glaubst, das passiere nur den andern, aber nicht dir, fügte er hinzu, dann hast du bereits den ersten Schritt in die Korruption gemacht. Prullàs hatte für sich lachen müssen, als er diese Warnung aus dem Mund eines Mannes hörte, der sich verdientermaßen den Ruf eines Geizkragens eingehandelt hatte. Vielleicht waren Martita diese Worte zu Ohren gekommen, vielleicht hatte sie auch andere Gründe für ihre Abneigung.

Die Freundschaft zwischen Prullàs und Gaudet ging auf die Jahre der Kindheit zurück, als sie der Zufall in dieselbe Klosterschule und ins selbe Klassenzimmer verschlug und die Laune eines Geistlichen sie während eines Jahres dieselbe Schulbank teilen ließ, vielleicht in der böswilligen Absicht, den armen Gaudet zu demütigen, denn in der ganzen Schule gab es keine zwei gegensätzlicheren Charaktere. Prullàs war schon damals attraktiv, keck und geistreich, kleidete sich elegant und konnte von Natur aus gut mit Menschen umgehen, was ihm die Wertschätzung von Kameraden und Lehrern eingetragen hatte. Gaudet dagegen war häßlich und mager, stets ungepflegt, trug alte, schmutzige, ausgefranste Kleider, war wenig redegewandt, menschenscheu und in sich gekehrt. Der Kontrast zwischen den beiden, durch ihre Nähe noch offensichtlicher, hätte nicht ungünstiger für Gaudet ausfallen können, der überdies in seinen Gesten und seiner Ausdrucksweise sehr affektiert war, vielleicht unter dem Einfluß seiner Mutter, die sich zu jener Zeit noch immer wie eine Diva benahm und mit aufreizend künstlichem südamerikanischem Akzent sprach. Diese Eigenheiten seiner Person, die bösen Gerüchte, die unter den Schülern kursierten, daß er ein uneheliches Kind sei, und die ihm zugeschriebenen geheimen Neigungen hatten ihn zur Zielscheibe allen Spotts und Unfugs gemacht. Unfähig, der allgemeinen Feindseligkeit die Stirn zu bieten, da es ihm dazu an Mitteln fehlte, von Natur aus furchtsam und sich zutiefst seiner Herkunft und seines eigenen Wesens schämend, versuchte er erfolglos, sich unsichtbar zu machen, besonders in den Pausen, wenn die Ablehnung seiner Kameraden zu Demütigungen in Wort und Tat führte, ja zu regelrechten Gewalttätigkeiten – unter den zerstreuten, nachgiebigen Blicken von Geistlichen, die diesen unliebsamen Jungen insgeheim noch mehr verachteten, als es die Schüler taten. So lagen die Dinge, als Prullàs eines Tages, die Unachtsamkeit des Lehrers nutzend, seinem Bankkameraden ins Ohr flüsterte: Warum läßt du dich so mit Füßen treten? Gib ihnen zurück. Ich kann nicht, hatte Gaudet ebenso leise geantwortet; sie sind so viele, und ich habe weder die Kraft noch den Mut, mich mit allen zu prügeln, nicht einmal mit einem einzigen. Prullàs dachte einen Augenblick nach – die Möglichkeit, daß es kein Mittel gegen Schikanen geben sollte, überraschte ihn. Erzähl es deinem Vater und sag ihm, er soll herkommen und mit den Pfaffen sprechen, schlug er vor. Das würde nichts nützen; die Priester sind auf ihrer Seite, und ich habe keinen Vater. Aber eine Mutter? Das schon, aber ich darf ihr nichts sagen, sie würde vor Kummer sterben; die Arme bringt unglaubliche Opfer, damit ich auf eine Privatschule kann, sie nimmt nämlich an, hier würde ich eine ordentliche Bildung bekommen und anständige Menschen kennenlernen; jeden Tag wiederholt sie das, und ich kann ihr nicht sagen, daß ich bis jetzt noch überhaupt nichts gelernt habe und daß hier bloß heuchlerische, feige Schlägertypen sind. Prullàs lächelte, und Gaudet errötete bis in die Haarwurzeln. Ich hätte dir das nicht erzählen sollen, sagte er hastig; bitte sags nicht weiter. Keine Angst, erwiderte Prullàs, ich bin kein Petzer; aber ich finde, du übertreibst ein wenig; unter den Kameraden gibt es ein paar Dummköpfe, aber die meisten sind nicht so; und je nachdem, wie mans betrachtet, bist du es, der sie provoziert; schau doch, wie du daherkommst, die Haare, die Nägel, überhaupt dein Aussehen ... Sogar den Hosenschlitz hast du offen – wie soll das kein Geschwätz geben? Gaudet hatte sich die Hose zugeknöpft und leise gelächelt. Vielleicht ist nicht alles nur Geschwätz, murmelte er.

Diese vertraulichen Worte waren der Beginn einer Freundschaft gewesen, die mit der Zeit für beide entscheidend geworden, deren unmittelbare Folge es aber gewesen war, daß Prullàs Gaudet mit dem ganzen Gewicht seines Ansehens Schutz gewährt und ihm das Leben in der Schule erträglicher gemacht hatte. Damals, sollte der Regisseur Jahre später halb im Ernst, halb im Spaß sagen, geriet ich in eine Dankesschuld, die ich mein Leben lang mitschleppen werde. Dummes Zeug, Pepe, antwortete Prullàs; es ist mir nie in den Sinn gekommen, unsere Freundschaft mit den Augen eines Buchhalters zu sehen. Oh, Edelmut ist das erste Recht des Gläubigers – und sie zu ertragen die erste Pflicht des Schuldners. Warum so empfindlich, Pepe? Im Gegenteil, Carlos, du bist es, der die Vorstellung der Dankbarkeit nicht ertragen kann, antwortete der Regisseur; es gibt kein beklemmenderes Gefühl, keine unbehaglichere Lage. Aber so ist es nun mal. Alles kommt von einer künstlichen, unmoralischen Situation, die unsere Beziehung zunächst einmal verdorben hat, auch wenn das jetzt keine Bedeutung mehr hat. Erinnerst du dich noch, wenn mich in der Schule ein paar Wilde angriffen und du mich verteidigt hast? Solch vorsorgliches Eingreifen erhöhte deine Würde noch, während es meine ruinierte. Das war natürlich nicht deine Schuld, obwohl ich immer den Verdacht hatte, du würdest in deinem Handeln zu einem großen Teil von Eitelkeit geleitet; jedenfalls war die Situation so quälend und das Kräfteungleichgewicht so offensichtlich, daß Gewinner und Verlierer feststanden, noch bevor das Ergebnis des Gefechts bekannt war. Auch wenn ich unversehrt aus einer mißlichen Lage hervorging, meine Schlappe stand fest. Aber was solls? Wir haben uns mehr als schadlos gehalten.

Prullàs nahm diese mürrischen Auslassungen nie ernst, er war an sie gewöhnt. Gaudet hatte einen schwierigen Charakter, dessen Kanten die Jahre noch geschärft statt abgefeilt hatten.

11

Señor Gaudet hat mehrmals angerufen und nach dem Herrn gefragt und gesagt, ich soll Ihnen sagen, Sie sollen ihn anrufen, sobald Sie zurückkommen, es sei dringend, sagte die Sebastiana. Sonst hat niemand angerufen und ist auch niemand gekommen, fügte sie hinzu. Merkwürdig, sagte Prullàs, und er hat nicht gesagt, worum es geht? Nein, Herr; nur, daß Sie ihn anrufen und nicht ins Theater gehen sollen, ohne vorher mit ihm zu sprechen.

Oh, dachte Prullàs, das ist ja noch alarmierender. Er zog sich in sein Arbeitszimmer zurück und rief bei Gaudet an; da sich niemand meldete, versuchte er es bei Mariquita Pons, ebenfalls erfolglos. Er klingelte mit der Tischglocke, und als die Sebastiana erschien, trug er ihr auf, ein Bad einlaufen zu lassen und ihm ein Bier zu bringen. Die Hitze und die durch diese unerwarteten Anrufe ausgelöste Beunruhigung hatten ihn durstig gemacht. Während die Sebastiana seine Anweisungen ausführte, kam er auf den Gedanken, er könnte im Theater anrufen. Sind Sie es, Bonifaci? fragte er die Stimme, die sich meldete. Ja, Don Carlos, womit kann ich Ihnen dienen? sagte der Pförtner. Er ist zwar sehr schwer von Begriff, dachte Prullàs, aber er hat meine Stimme erkannt; niemand ist ganz ohne Qualitäten. Und laut sagte er: Bonifaci, haben Sie zufällig Señor Gaudet gesehen? Ja, Don Carlos, wie jeden Tag, und nicht zufällig, sondern weil er jetzt da ist, im Theater, und Ihr Stück probt, das zweifellos ein großer Erfolg wird. Soll ich ihn holen? Prullàs seufzte erleichtert. Stören Sie ihn jetzt nicht, Bonifaci, sagen Sie ihm einfach, er soll mich nach der Probe anrufen, zu Hause, ich werde mich nicht vom Fleck rühren. Als er aufhängte, brachte die Sebastiana ein Tablett mit einem Fläschchen Bier, einem Glas und einer Serviette ins Zimmer. Das Bad ist bereit, verkündete sie und stellte das Tablett auf den Tisch. Durch die offene Balkontür drangen die derben Klänge einer Drehorgel herein. Prullàs nahm das Bier mit ins Bad, aber die Kombination von heißem Wasser und kaltem Bier war nicht so lustvoll, wie er sich vorgestellt hatte. Als er sich abtrocknete, klopfte die Sebastiana an die Badezimmertür. Señor Gaudet ist am Apparat. Sag ihm, ich komme gleich, er soll nicht einhängen, antwortete Prullàs.

Um das Bad nicht mit einem Tuch um die Hüften verlassen zu müssen, schlüpfte er in einen Morgenmantel von Martita, der an einem Porzellanknauf hing und nicht nur seine Waden frei ließ, sondern auch rosafarben war und an Kragen und Ärmeln einen entzückenden Besatz hatte. Als sie ihn sah, konnte sich die Haushälterin nicht beherrschen und brach in Gelächter aus. Mit dir werd ich nachher noch abrechnen! sagte Prullàs und schloß die Tür zu seinem Arbeitszimmer hinter sich. Er nahm das Telefon in der Befürchtung ab, die Verbindung könnte unterbrochen worden sein, aber als er sich meldete, antwortete Gaudets ruhige Stimme. Du hast mich angerufen? Prullàs sagte: Ich habe dich im Theater angerufen, weil mir ausgerichtet wurde, *du* hättest mich gesucht. Was ist denn? Vorläufig nichts Wichtiges, antwortete der Regisseur, aber es wäre gut, wir sähen uns kurz. Wenn du heute abend nichts vorhast und es dir nichts ausmacht, komm doch bei mir vorbei; ich bin ein wenig müde und möchte gleich nach der Probe nach Hause. Wirst du mir etwas zum Abendessen vorsetzen? fragte Prullàs. Nein, aber du kannst hier in der Nähe irgendwo essen gehen, nachdem wir uns gesprochen haben, ich werde dich nicht lange aufhalten. Und du, wirst du nicht zu Abend essen? Ich habe keinen Appetit, sagte Gaudet; vor dem Schlafengehen werde ich ein Glas Milch trinken und ein paar Kringel essen. Du spinnst, Pepe, sagte Prullàs.

*

Als er an diesem Abend vor Gaudets Haustür aus dem Wagen stieg, wurde ihm bewußt, daß er die Wohnung seit Doña Flavias Tod nicht mehr betreten hatte. Jetzt stimmte ihn die Erinnerung an sie traurig, und unwillkürlich brachte er mit ihrem Verschwinden die Unruhe des Regisseurs in Verbindung, dem das Halbdunkel im Vorzimmer einen geisterhaften Anstrich verlieh. Entschuldige, daß ich dich so empfange, sagte er. Er trug schäbige Pantoffeln und einen gestreiften Pyjama von fragwürdiger Sauberkeit. Dieses hinfällige Aussehen paßte zur trübseligen, stickigen Atmosphäre der Wohnung. Als sie an Doña Flavias ehemaligem Schlafzimmer vorbeikamen, verlangsamte Prullàs seinen Schritt und spähte durch die angelehnte Tür hinein. Alles ist noch genauso, wie sie es zurückgelassen hat, sagte Gaudet, als er den heimlichen Blick seines Freundes bemerkte. Ich hätte die Möbel sogleich abstoßen und die Wände frisch tapezieren sollen, aber ich habs nicht getan, und später war es nicht mehr möglich – ich hatte das Gefühl, etwas anzutasten wäre ein Verrat an ihrem Angedenken. Das sind krankhafte Vorstellungen, ich weiß, und ich mag mit niemandem darüber diskutieren, mit dir schon gar nicht, du weißt ja, wie sehr ich sie geliebt habe. Komm, im Wohnzimmer ist es behaglicher. Wie wars denn in Masnou? Prullàs glaubte einen schwachen Geruch nach geschmolzenem Wachs wahrzunehmen, als wären eben die Kerzen der Totenwache ausgelöscht worden. Gut, antwortete er zerstreut, so wie immer.

Die beiden setzten sich. Die Federn beider Sessel hätten dringend ersetzt werden müssen. Ich glaube, du solltest mal deine Gerätschaften erneuern, Pepe, sagte Prullàs. Da glaubst du richtig, antwortete der Regisseur. Und könnten wir nicht ein Fenster aufmachen? Das ist ja wie in einem Treibhaus. Oh, wenns dir nichts ausmacht, lieber nicht, sagte Gaudet, Durchzug ertrag ich gar nicht! Zieh doch das Jackett aus. Prullàs zog Jackett und Krawatte aus und öffnete den

Hemdkragen. Was hast du da gelesen? fragte er und zeigte auf einen Stapel maschinengeschriebener Blätter am Tischrand. Gaudet reichte ihm das oberste Blatt des Manuskripts.

ANDRES: Schlagen Sie sie nicht, Vater, es ist nicht ihre Schuld. Schließlich, wozu ist ne Arbeiterstochter da, wenn nicht dazu, daß die jungen Herren ihren Spaß mit ihr haben?

Erbaulich, murmelte er und gab das Blatt dem Regisseur zurück, der es sorgfältig wieder auf den Stapel legte; was ist es? Siehst du ja, antwortete Gaudet, ein Manuskript; es wurde mir gestern zugeschickt und ist von einem jungen Autor, auf den man große Hoffnungen setzt. Große Hoffnungen? rief Prullàs, wer setzt denn auf so jemand große Hoffnungen? Gaudet lächelte mit einer Gleichgültigkeit, die eher der körperlichen Müdigkeit als einer Geisteshaltung zu entspringen schien. Das ist das Theater der Zukunft, Carlos, ob es dir paßt oder nicht. Die Leute haben die Intrigenstücke satt, sie wollen wirkliche Probleme auf der Bühne sehen; du magst es seltsam finden, aber es ist nun mal so. Willst du damit sagen, meine Stücke sind passé und ich nehme besser den Hut? Hast du mich herbestellt, um mir das zu sagen? fragte Prullàs heftig. Schön, ich gebe zu, vielleicht sollte ich das Genre wechseln – das scheint ja nicht so schwierig zu sein: Im ersten Akt frißt ein Bettler sein eigenes Hemd, und im zweiten ermordet eine Achtzigjährige ihre Mutter, um sich ein künstliches Gebiß kaufen zu können.

Gaudet zuckte die Schultern; er habe keine Lust zu streiten, sagte er. Tut mir leid, Pepe, fuhr Prullàs fort; das hat nichts mit dir zu tun, aber ich habe dieses ganze Getue satt; im Theater muß es Erneuerung geben, wie bei allem, aber dieser Unfug und die blinde Bewunderung für das einfältige Zeug, das aus dem Ausland kommt, vor allem aus Frankreich, das macht mich ganz krank. Was haben dir denn die armen Franzosen getan? sagte der Regisseur. Nichts, aber sie machen mich rasend, c'est tout; für sie ist Leiden ein bezahlter Beruf. Und was ihr Theater betrifft, das kannst du getrost vergessen – Banalitäten mit Perücke. Sartre, Anouilh, Camus: eine schöne Gesellschaft! Du bist sehr radikal, sagte Gaudet. Ich bin nicht radikal, erwiderte Prullàs, ich bin ehrlich. Oder soll ich etwa aus kommerziellen Erwägungen ein defätistischer Philosoph werden? Du stiftest mich dazu an, meine Feder zu prostituieren, Pepe! Was würde wohl Doña Flavia sagen, wenn sie dich hörte?

Gaudet lachte auf. Deine Feder verspritzt derbe Witze, Carlos, und beruf dich nicht auf den Namen einer Verstorbenen, um deinen Mist zu rechtfertigen. Meine Mutter war eine große Frau, aber eine miserable Schauspielerin; Feuer und Neigung hatte sie mehr als genug, aber vom Theater verstand sie nicht das geringste.

⋆

Doña Flavia war, wie sie sagte, in ihrer Jugend eine berühmte Schauspielerin, eine große Tragödin gewesen. Prullàs, der zwölf oder dreizehn war, als Gaudet sie ihm vorstellte, hatte bei dieser Behauptung ein eher verwirrtes als überzeugtes Gesicht gemacht. Oh, natürlich kann sich hier niemand mehr an meine Erfolge erinnern, mein Lieber, hatte sie eilig erklärt, denn ihre ganze Leuchtkraft entfaltete meine Kunst in den prachtvollen Theatern von Buenos Aires, Havanna, Montevideo und andern Großstädten Südamerikas. In der Wohnung roch es nach Katze und herrschte die größte Unordnung; es war Herbst, und Doña Flavia trug einen verschossenen, vom vielen Gereinigtwerden unförmig gewordenen Übergangsmantel, obwohl nichts darauf hindeutete, daß sie das Haus zu verlassen vorhatte, denn ihre Füße steckten in Pantoffeln, und die Haare waren ungewaschen und strähnig. In jenen ruhmreichen Zeiten, hatte sie

Prullàs zu Ehren weiterschwadroniert, reiste ich pausenlos, war immer auf Tournee, von Hauptstadt zu Hauptstadt und von Suite zu Suite, eine echte Rackerei, mein Lieber, der American way of life! Aber mir hat das nie etwas ausgemacht, ich war eine Draufgängerin; manchmal erwartete mich auf dem Flugplatz schon ein Wagen, um mich ins Theater zu bringen, und ich stieg die Gangway des Flugzeugs hinunter und rief Desdemona!, Desdemona! Nie habe ich mich beklagt; ich hätte mein ganzes Leben lang so weitermachen können, wäre mir nicht der Vater dieses naseweisen Bengels über den Weg gelaufen, hatte sie hinzugefügt und dabei auf Gaudet gezeigt, der ihr verzückt lauschte, als hörte er nicht einfach seine Familiengeschichte, sondern säße in einer hervorragenden Aufführung. Ich war eine bestrickende Frau, mein Lieber, aber ich hatte nie die Absicht gehabt, mir einen Mann zu angeln; meine Unabhängigkeit war mir wichtiger als alles andere, und deshalb habe ich mehr als einen abgewiesen. Aber ach, dieser fesche Kerl war anders. Eines Abends, nachdem wir erst kurz zusammen waren, hieß er mich die Augen schließen und warf mir, obwohl es dort Hochsommer war, denn wir befanden uns ja auf der südlichen Halbkugel, eine Fuchsstola über die Schultern! Eine Fuchsstola, mein Lieber! Nicht einmal Gaudet kannte den Ausgang dieser tropischen Romanze und auch nicht die Identität oder den Verbleib seines Vaters, den er nie zu Gesicht bekommen hatte. Ich weiß bloß, daß er Gaudet hieß, antwortete er, wenn ihn jemand darauf ansprach. Als Erwachsener hatte er hinter dem Rücken seiner Mutter Nachforschungen angestellt, die immer im Sand verlaufen waren und ihm mehr Zweifel als Gewißheit brachten. Letzten Endes ist es möglich, daß er nicht einmal Gaudet hieß, räumte er schließlich ein.

Ihr verdanke ich meine Liebe zum Theater, sagte Prullàs. Niemand sonst hat mein Leben so nachhaltig bestimmt.

Noch jetzt meine ich sie zu hören, wenn sie diese schrecklichen Verse deklamierte. Ich wußte immer, daß sie sich irrte, aber immer glaubte ich an das, was sie sagte. Du nicht?

Gaudet machte eine vage Handbewegung. Sie war meine Mutter, sagte er, und der eigenen Mutter glaubt man nie. Vielleicht dem Vater, aber nicht der Mutter. Jedenfalls ist seither viel Zeit vergangen. Mit skeptischem Gesicht fuhr er fort: Fast jeden Abend lese ich vor dem Einschlafen ein Theaterstück; du kannst selbst nachrechnen: über dreihundertsechzig Stücke pro Jahr; wie du siehst, weiß ich, wovon ich rede. Und ich sage dir folgendes, Carlos: Ob es dir paßt oder nicht, die Zeiten haben sich geändert und das Publikum sich mit ihnen. Das Publikum von heute ist nicht mehr das anpassungsfähige Publikum, das wir beide kennengelernt haben, sondern es verlangt tiefe Gedanken und starke Gefühle – eine neue Wahrnehmung der Wirklichkeit.

Quatsch! sagte Prullàs; das Publikum und ich sind alte Freunde. Und ich will seine Gefühle nicht manipulieren noch seine Wahrnehmung der Wirklichkeit verändern; es soll sie so wahrnehmen, wie es will. Wer bin ich denn, um den Leuten zu sagen, was sie denken sollen? Ich kenne diese Ideen zur Genüge, Pepe: das Gewissen des Publikums aufrütteln, es aus seiner Stumpfheit herausreißen. Was für ein Blödsinn! Die Welt ist geschlagen mit Kriegen, Elend, Verwirrungen und Katastrophen; man braucht nur einen Blick in die Zeitungen zu werfen; die tägliche Wirklichkeit ist tragisch, eine echte Läuterung fürs Gewissen. Und wenn das nicht genügt, um die Leute in ihrer Stumpfheit aufzurütteln, werden es dann ein paar geschraubte Sätze aus dem Munde mittelmäßiger Schauspieler tun?

Ja, antwortete der Regisseur, denn das ist ihre Sprache. Kriege und Katastrophen sind die Sprache der Geschichte, das Theater die der Menschen. Nein, Carlos, fügte er müde hinzu, du sollst deinen Füller nicht prostituieren; ich möchte nur, daß du endlich auf die Höhe der Zeit kommst. Aber hör nicht weiter auf mich, fügte er rasch hinzu, möglicherweise irre ich mich – letztlich gibt es hier weder ein Theater noch Kultur, noch sonstwas; dies ist ein verblödetes Land, Carlos, und wir damit.

⋆

Ein energisches Klingeln unterbrach das Gespräch. Merkwürdig, sagte Gaudet, keine Ahnung, wer das um diese Zeit sein kann. Es ist für mich, sagte Prullàs, ich werde aufmachen. Er verschwand im dunklen Gang und kam sehr schnell wieder mit einem Kellner im Schlepptau zurück, der eine ziemlich große Kiste trug. Der Kellner stellte sie auf einen Stuhl, nahm den Deckel ab und plazierte auf dem Tisch nacheinander Teller, Gläser, Besteck, eine Suppenschüssel, ein mit einer silbrigen Glocke zugedecktes Tablett und eine Flasche Rotwein; dann kündigte er an, er werde das Gedeck am nächsten Morgen wieder abholen, wünschte den Herren einen guten Appetit, bedankte sich für den Geldschein, den ihm Prullàs in die Jackettasche steckte, und ging. Du hättest mir auch etwas sagen können, rief Gaudet, als sie wieder allein waren. Prullàs zuckte die Schultern: Du hast mir gedroht, du würdest mich verhungern lassen, rechtfertigte er sich. Dann hätte ich den Ober nicht im Pyjama und in dieser Unordnung empfangen, protestierte der Regisseur. Ist doch egal, Mensch, Kellner achten nicht auf solche Dinge, sagte Prullàs. Das stellst du dir so vor, erwiderte der andere. Komm, nimm dich nicht so wichtig und laß uns sehen, was man uns gebracht hat, sagte Prullàs und hob den Deckel der Suppenschüssel. Schau an, kalte Fleischbrühe! Und hier, was haben wir da? Auf dem Tablett lag ein Poulet à la cocotte. Prullàs band sich die Serviette um und griff nach dem Besteck. Zum Angriff! rief er. Nachdem er eine Weile gegessen hatte, bemerkte er, daß Gaudet nicht einmal an den Tisch getreten war. Pepe, stell mich nicht so hin. Gib dir keine Mühe, Carlos, man dankt für die gute Absicht, aber ich kann nicht. Probier doch einen Löffel, Mensch, und du wirst sehen, wie gut die Brühe schmeckt. Nein, Carlos, laß schon, bitte. Und was werden wir mit den Resten machen? fragte Prullàs. Ins Klosett schmeißen. Pepe, es gibt Leute, die Hunger leiden, und nicht nur in diesen Stücken, die dir so gut gefallen, sondern auf der Straße draußen! Und du meinst, wenn ich ohne Appetit die Brühe löffle, werden sie keinen Hunger mehr leiden? antwortete der Regisseur. Ich sehe, du bist glänzender Laune, sagte Prullàs und schenkte sich ein Glas Wein ein, wolltest du mich deshalb sehen?

Gaudets Ausdruck belebte sich ein wenig. Trotz seiner gegenteiligen Beteuerungen lebte er offensichtlich nur für seine Arbeit, ihn interessierte bloß, was mit Regie zu tun hatte, alles andere langweilte ihn. Wir haben ein Problem, sagte er. Ein ernstes? fragte Prullàs. Das Problem ist nicht ernst, sagte der andere, wohl aber seine Konsequenzen, wenn es nicht bald und geschickt gelöst wird.

Prullàs sah das Gesicht seines Freundes durch den Rauch der Zigarette, die sich dieser als Akt der Rebellion gegen das Essen angezündet hatte. Im Schein der Lampe und vor dem Halbdunkel der Zimmerecke wirkten seine zitronengelbe Haut und das eckige Profil geisterhaft. Wenn man mir morgen oder übermorgen mitteilte, daß er gestorben ist, würde es mich nicht erstaunen, dachte Prullàs.

Vor ein paar Tagen, begann der Regisseur, hast du mich nach dem neuen Mädchen im Ensemble gefragt, erinnerst du dich?, nach Señorita Lilí Villalba, die in *Arrivederci, Kleiner!* das Kammermädchen spielt. Ich hab dir gesagt, sie sei zwar schlecht, aber willig, vielleicht die schlimmste Kombination. Ich hab dir auch gesagt, daß sie einen Gönner hat. Nun, vorgestern besuchte dieser die Probe. Er hielt uns eine halbe Stunde oder noch länger auf, und dann sagte er, er wolle unter vier Augen mit mir sprechen. Ich mußte die Probe unterbrechen und ihn in ein Büro im Theater bringen. Als wir allein waren, fragte er mich, wie es mit seinem Mündel gehe. Ich schwöre dir, ich habe einige Augenblicke gezögert, bevor ich antwortete. Ich dachte, wenn ich die Wahrheit sage, würde ich allen einen Dienst erweisen. Sie hat kein Talent und wird es nie haben, wozu also Hoffnungen nähren, die auf die Länge nur Enttäuschungen bringen können? Wäre es nicht tausendmal besser gewesen zu sagen: Mein Herr, das Mädchen taugt nicht fürs Theater, nehmen Sie sie wieder mit, vergeuden wir nicht noch mehr Zeit, Hoffnung und Geld? Ohne jeden Zweifel. Aber ich habe mich nicht getraut, ich hatte Angst, Carlos, ich war feige. Wie ich dir schon sagte, er ist ein einflußreicher Mann. Ich fürchtete, er könnte wütend werden und uns Schwierigkeiten machen. Jedenfalls sagte ich ihm die alte Leier auf: Das Mädchen ist tauglich, sie hat die Veranlagung zu einer großen Schauspielerin, aber man darf nicht gleich Ergebnisse erwarten, sie ist noch sehr jung, das Theater ist ein sehr undankbarer Beruf... Mühe, Arbeit, Opfer, blablabla. All das, wie du dir vorstellen kannst, mechanisch heruntergerasselt, mit höchster Unlust und ohne die Augen vom Zifferblatt abzuwenden. Nun gut, kaum denke ich, das mühsame Gespräch ist zu Ende, kommt er und verkündet, stell dir vor, verkündet, was ich da grade gesagt hätte, überrasche ihn nicht, immer habe er blind an das Mädchen geglaubt, und das, was er bei der Probe gesehen habe, und meine Worte hätten ihn vollends überzeugt. Mir bleibt die Spucke weg, wie ich sehe, daß er alles für bare Münze genommen hat. Wer konnte so was ahnen? Alle hören gern Schmeicheleien, aber nur die Narren glauben sie. Warte, unterbrich mich nicht, jetzt kommt der Hammer. Sagt der Kerl doch, halt dich fest, sagt der mir, warum wir denn seinem Mündel in

Arrivederci, Kleiner! nicht Quiquis Rolle geben! Ich schau ihn an, als hätte er sich vor meinen Augen in einen Werwolf verwandelt, aber er sieht mein Gesicht nicht einmal, sondern fährt fort, sein Mündel sei viel hübscher als Mariquita und natürlich viel jünger ..., Mariquita spüre man die Jahre doch sehr an, sie sei viel zu alt, um die Naive zu spielen ... Um Himmels willen, Carlos, schwör mir, daß das unter uns bleibt! ..., und wie er habe sehen können, sei Mariquita Pons keine so gute Schauspielerin, wie einige Leute behaupten und wie sie selbst glaube. Und in diesem Punkt hat er schon ein wenig recht, seit einiger Zeit kommt die arme Quiqui nicht mehr klar – sie schafft es nicht, einen einzigen Satz auswendig zu lernen, wie es sich gehört, sie ist in den Wolken, und wenn jemand eine Bemerkung wagt, beißt sie. Gib mir noch eine Zigarette.

Während Gaudet rauchte, nahm Prullàs das Hähnchen in Angriff. Eine Weile schwiegen die beiden Freunde. Dann wischte sich Prullàs mit der Serviette die Lippen ab und sagte: Mach dir keine Vorwürfe; in deiner Lage hätte jeder so gehandelt. In meinem Alter dürften mir solche Dinge nicht mehr passieren, antwortete Gaudet, ich hätte es kommen sehen sollen, ich Idiot. Was hast du ihm geantwortet? fragte Prullàs. Nun, ich war so durcheinander, daß ich zuerst nicht wußte, was ich sagen sollte; schließlich, um etwas zu sagen, sagte ich, was er vorschlage, sei unmöglich, denn da gebe es unterschriebene Verträge ... Er ließ mich nicht ausreden. Oh, wenns nur das ist, dann überlassen Sie es mir! sagte er. Mir war klar, daß es das klügste war, das Gespräch an diesem Punkt abzubrechen, denn die Sache wurde immer verwikkelter, so daß ich ihm versprach, ich würde gründlich über das Gesprochene nachdenken und mich mit ihm in Verbindung setzen, sobald ich zu einem Schluß gekommen wäre; dann bat ich ihn, mich zu entschuldigen, ich müsse wieder auf die Probe, und warf ihn raus.

Prullàs überlegte einen Augenblick und sagte dann: Glaubst du, das Mädchen weiß etwas? Ich meine, ob diese Señorita Lilí Villalba, oder wie sie heißt, hinter alldem steckt. Ich habe nicht die leiseste Ahnung, antwortete der Regisseur, aber ich würde schwören, er handelt auf eigene Faust und sie weiß von nichts; zumindest macht sie nicht den Eindruck, als wüßte sie etwas, und nachdem ich sie auf der Bühne gesehen habe, bezweifle ich, daß sie so schauspielern kann. Verwechsle Bühnentalent nicht mit Scheinheiligkeit, sagte Prullàs. Egal, sagte Gaudet; wichtig ist jetzt, daß wir entscheiden, was wir tun wollen. Abwarten, schlug Prullàs vor. Nein, nein, keinesfalls; das ist ein Schneeball, und wenn wir ihn nicht schon am Anfang stoppen, wird er uns überrollen; du mußt zu diesem Gecken gehen, herausfinden, welche Absichten er verfolgt, und ihn davon abzubringen versuchen – mach ihm klar, daß es einen Skandal geben kann, wenn er die Geschichte weiterzieht; er ist ein bekannter Mann und will bestimmt keine Scherereien. Ach, so ist das also! rief Prullàs; du trittst ins Fettnäpfchen, und jetzt soll ich den Kopf hinhalten. Wie es in *Hamlet* heißt: Du bist gelehrt, sprich du mit ihm, Horatio, antwortete Gaudet. Und warum nicht du? protestierte Prullàs. Weil er überhaupt nicht auf mich hören wird; ich bin nur ein Regisseur, und ich bezweifle, daß es für ihn zwischen einem Regisseur und einem Platzanweiser einen Unterschied gibt. Und du meinst, ein Vaudeville-Autor wird ihm viel Respekt einflößen? Keinen, antwortete Gaudet, aber du bist reich und mit der Creme der Gesellschaft verschwägert, auf dich wird er hören. Ist er verheiratet? fragte Prullàs. Nein. Das ist schlecht! Wenn er Junggeselle ist, wird ihn der Skandal weniger kümmern. Hat er Geld? Vermutlich. Hm, was wissen wir sonst noch von ihm? Wenig – er heißt Ignacio Vallsigorri, ist Geschäftsmann, hat Freunde in den ersten Kreisen und ganz sicher auch in den niedrigen. Ach ja, und er geht im Círculo

Ecuestre ein und aus, sagte Gaudet. Wie hast du all das rausgekriegt? fragte Prullàs. Auch ich habe Freunde, sagte Gaudet.

Prullàs dachte eine Weile nach und sagte schließlich: Na gut, ich werde schauen, was ich machen kann; willst du wirklich nichts essen? Ich hab dir doch gesagt, nein, antwortete Gaudet wieder in ungeduldigem Ton. Schön, dann stell das Hähnchen in den Kühlschrank; morgen wärmst du es auf, und schon hast du dein Mittagessen. Du kannst es auch kalt mit Mayonnaise essen. Und denk dran, man wird das Gedeck abholen. Ich werd es noch heute abend auf der Fußmatte deponieren, sagte Gaudet. Was meinst du, was ist mit Quiqui los? fragte Prullàs. Der Regisseur zuckte die Schultern.

⋆

Sobald er zu Hause war, nahm er eine Dusche. Er hatte stark geschwitzt, teils wegen der Hitze bei Gaudet, zu einem guten Teil aber auch, weil ihn der Besuch nervös gemacht hatte. Die schlechte Luft in der Wohnung, Gaudets psychische Verfassung und schließlich die Flasche Wein, die er in seiner Unruhe allein getrunken hatte, hatten ihn aufs höchste gereizt; und zu alledem auch noch Probleme mit dem Stück, mit den Schauspielern und überhaupt mit allen, dachte er unter der Dusche. Wieder trocken und mit Talkumpuder bestäubt, schlüpfte er in einen sauberen Pyjama, zog einen kleinen Sessel vor die offene Balkontür, setzte sich, zündete sich eine Zigarette an und fühlte sich besser. Die Wohnung war dunkel und still, und das gelbliche Licht der Straßenlaternen glitzerte zwischen den Blättern der Bäume. Eine Weile schaute er zum Sternenhimmel hinauf. Morgen werde ich mich ganz sicher um die Sache kümmern, dachte er. Ein metallisches Geräusch auf der Straße brachte ihn dazu, aufzustehen und auf den Balkon hinauszutreten, nachdem er sich vergewissert hatte, daß es keine Zeugen gab, die ihn im Pyjama hätten sehen können. Zwei städtische Angestellte in grauem Kittel und mit Tellermütze schraubten das Gewinde eines Schlauchs an den Hydranten. Nachdem sie diese scheinbar einfache Arbeit, für die sie aber reichlich Zeit benötigten, beendet hatten, teilten sie ihre Kräfte auf: Der eine ergriff mit beiden Händen die Schlauchdüse und stellte sich mitten auf die Fahrbahn; der andere blieb beim Hydranten stehen und wartete auf ein Zeichen seines Kollegen. Sie trugen hohe Gummistiefel, um sich nicht vollzuspritzen. Prullàs schaute ihnen zu und zog sich dann vom Balkon zurück, bevor sie mit Spritzen begannen. Morgen vormittag werde ich mich um alles kümmern, wiederholte er, bevor er einschlief.

12

Eine Dame fragt nach dem Herrn, am Telefon. Ich hab ihr gesagt, der Herr schläft, und sie hat gesagt, das ist ihr schnurz, ich soll Sie wecken.

Die Uhr zeigte elf. Prullàs sprang aus dem Bett und schlüpfte in den Hausmantel. Als er aus dem Schlafzimmer kam, traf er im Gang auf die Sebastiana. An welchem Apparat? fragte er. Sie zeigte aufs Arbeitszimmer. Nachdem er eingetreten war, schloß sie hinter ihm die Türen. Der Hörer lag auf dem Tisch. Hallo? sagte er. Sind Sie es, Señor Prullàs? antwortete eine Stimme, die nicht diejenige von Mariquita Pons war. Mit wem spreche ich? fragte er. Ich bin Marichuli Mercadal, erinnern Sie sich an mich? sagte die Stimme ironisch. Was für eine Überraschung! Woher rufst du an? Aus Barcelona; ich bin mit dem ersten Bus gekommen; mein Mann ist mit der Kleinen in Masnou geblieben. Prullàs wußte nicht, was sagen, und es trat ein Schweigen ein, das sie mit der Frage brach: Willst du nicht wissen, wozu ich gekommen bin? Entschuldige, ich schlafe noch; wozu bist du gekommen? Um dich zu sehen und mit dir zusammenzusein, ist dir das lästig? Nein, nein, im Gegenteil; es überrascht mich bloß, das ist alles; dumm ist nur... Daß du den ganzen Tag beschäftigt bist, sagte sie, ich habs schon vermutet; macht nichts, auch ich habe tausend Dinge zu erledigen, sagte Marichuli Mercadal; wir können uns heute abend sehen; ich möchte, daß du mit mir ins Kino gehst. Einverstanden, sagte er; was hast du deinem Mann erzählt? Leider hab ich ihm die Wahrheit sagen können: daß ich zum Zahnarzt muß, daß ich den Ausflug benutze, um einige Besorgungen zu machen, und daß ich erst morgen zurückkommen werde; das erschien ihm vernünftig, aber welche Rolle spielt es für dich? Keine, bloße Neugier, sagte er. Ich möchte dich gern etwas mehr als bloß neugierig machen, sagte sie; aber fürs erste werde ich mich damit zufriedengeben. Hol mich um acht an der Theke vom Marfil ab. Bist du pünktlich? Wie eine Uhr, sagte Prullàs. Ich nicht; ich werde mir einfach vorstellen, wir hätten uns um sieben verabredet. Ihre Stimme verriet die Erregung, in die sie dieses auf eigene Faust beschlossene und genaustens geplante Abenteuer versetzte. Also dann, um acht, sagte Prullàs. Soll ich mich schön machen? fragte sie. Kannst du dich auch anders als schön machen? sagte er. Du hast mich noch nicht oft gesehen, antwortete Marichuli Mercadal.

⋆

Prullàs duschte sich, rasierte sich, zog sich an, trank zwei Tassen Kaffee und blätterte die *Vanguardia* durch. Ein Bildbericht zeigte Salvador Dalí in seinem Wohnsitz in Port Lligat. Die vor kurzem erfolgte Rückkehr des weltberühmten Malers, der es sich offenbar auch leisten konnte, den größten Unfug zu machen und von sich zu geben, war von den Journalisten begrüßt worden, denn der geniale Künstler mit den aufragenden Schnurrbartspitzen verschaffte ihnen immer Informations- und Anekdotenmaterial. Manche behaupteten auch, aus sicherer Quelle zu wissen, daß die Exzentrizitäten dieser pittoresken Figur nichts anderes als Werbegags seien und daß sich Dalí privat wie ein ganz normaler Mensch äußere und benehme. In Nürnberg ging der Prozeß gegen Alfried Krupp bedächtig weiter. Unter den Anklagepunkten, die ihm zur Last gelegt wurden, befand sich auch ein Brief, den Krupp gemeinsam mit Siemens, Bosch, Thyssen und andern Vertretern der deutschen Schwerindustrie an Hindenburg geschickt hatte, mit der Bitte, Adolf Hitler zum Reichskanzler zu machen. Darauf antwortete die Verteidigung, damals wie auch sonst habe der Angeklagte in Treu und Glauben gehandelt, das Land habe schwierige Zeiten durchgemacht und der Angeklagte habe gedacht, nur ein energischer, überzeugender Mann wie Hitler könne es wieder auf den rechten Weg bringen. Ja hatte der Angeklagte denn nicht gemerkt, daß dieser Mensch nicht nur für die ganze Welt eine Bedrohung darstellte, sondern daß seine offenkundigen Ziele Deutschland ins Verderben führen konnten und auch tatsächlich führten? Nein; in diesem Moment habe er nur die positiven Aspekte des Nationalsozialismus in Betracht gezogen, seine Fähigkeit, das ganze deutsche Volk zu vereinen, ohne Unterschied von Ideologie oder Klasse. Der Angeklagte gebe zwar zu, in Hitlers Worten ein Substrat von Gewalt, einen Bodensatz von Haß und Fanatismus ausgemacht zu haben, aber er habe gedacht, diese extremen Gedanken gehörten zur Wahlrhetorik, sie seien die einzige Möglichkeit, sich in dem ganzen Durcheinander und Tumult Gehör zu verschaffen, und letztlich handle es sich ausschließlich um propagandistisches Einschüchterungsgeschwätz. Nur der Patriotismus habe den Angeklagten und die andern Exponenten der nationalen Industrie veranlaßt, eine Maßnahme vorzuschlagen, deren Konsequenzen sie zu diesem Zeitpunkt nicht im geringsten hätten voraussehen können. War es denn statthaft, diese Männer, die im Glauben gehandelt hatten, nicht nur zum Wohl, sondern zur Rettung des Vaterlandes beizutragen, jetzt als Verbrecher oder Übeltäter zu bezeichnen? Durfte man auf diese Weise Leute erniedrigen, die sich in ihrem Handeln von einem der vornehmsten, wenn nicht überhaupt vom vornehmsten Gefühl, das in einem Menschenherzen wohnt, hatten leiten lassen?

Nach der Zeitungslektüre trat Prullàs auf die Straße hinaus. Eigentlich hatte er vorgehabt, zu Fuß zum neuen Sitz des Círculo Ecuestre an der Ecke Diagonal/Calle Balmes zu gehen, doch als er zum Paseo de Gracia kam, zwang ihn die Hitze, ein Transportmittel zu suchen. Das an seinem Standplatz qualmende Holzvergasertaxi verschmähend, stieg er in die um diese Zeit ziemlich leere Straßenbahn und stellte sich auf die hintere Plattform. Im Mittelgang schritt der Schaffner auf und ab und fragte die Fahrgäste, ob sie schon ein Billett gelöst hätten. Es gab immer Leute, die das unterließen und sich dem Schaffner entzogen, indem sie einfach am einen Ende des Wagens aus- und am andern wieder einstiegen. Da die Straßenbahn nur sehr langsam vorankam, konnte jedermann diesen Trick bewerkstelligen, ohne befürchten zu müssen, daß sie ihm vor der Nase davonfuhr. Es war ein sportlicher Betrug, den viele Bürger mit lautem Gejohle betrieben, obwohl das Vergnügen manchmal in ein Malheur umkippte, vor allem an Regentagen, wenn das glitschige Pflaster zu Stürzen führte, bei denen sich die Betroffenen mit etwas Pech am Kopf verletzen konnten. Aber an diesem Morgen war der Boden trocken und der Himmel wolkenlos, und der Paseo de Gracia roch nach Blumen, wenn gerade keine Motorfahrzeuge vorbeiratterten und schwarzen, beißenden Rauch ausstießen. Im Kino Fantasio wurde ein Abenteuerfilm mit Yvonne de Carlo und Sabu gegeben; im

Savoy eine Komödie mit Danny Kaye und Virginia Mayo. Prullàs überlegte sich, in welches Kino er mit Marichuli Mercadal gehen könnte, wenn es wirklich ihre Absicht war, ins Kino zu gehen, und es ihm nicht gelang, sie davon abzubringen. Er konnte den Kinofimmel der Frauen einfach nicht verstehen. Ich hasse Filme, sie langweilen mich alle ohne Ausnahme, dachte er, besonders Musikfilme, obwohl ich zugeben muß, daß mir Danny Kaye auf eine schwer zu rechtfertigende Art sympathisch ist. Und Sabu? Wie mag er im wirklichen Leben sein? dachte er auf der Straßenbahnplattform; was wird er seiner Frau sagen, wenn er abends, nach Elefant stinkend, heimkommt? Und seine Kinder, nimmt er sie wohl in Filme mit, in denen ihr eigener Vater grunzend und in Windeln erscheint und sich wie ein Bekloppter aufführt?

In der Diagonal stieg er aus und setzte den Spaziergang zu Fuß fort. Er war noch keine zwei Schritt gegangen, als ein junger Mann mit kahlem Schädel, durchscheinenden Ohren und schütterem Bart auf ihn zutrat und sagte: Geben Sie mir eine Unterstützung, Señor; vor einer Woche bin ich aus dem Zuchthaus entlassen worden, und ich finde keine Arbeit. Prullàs gab ihm etwas.

Obwohl er nicht Mitglied des Círculo Ecuestre war, behandelte ihn der Pförtner, der ihm die Tür öffnete, sehr zuvorkommend und teilte ihm auf seine Frage hin mit, er glaube, er habe Don Ignacio Vallsigorri vor einer Weile hinaufgehen sehen. Sicherlich finden Sie ihn im kleinen Leseraum im ersten Stock, fügte er hinzu. Langsam und unlustig stieg Prullàs die breite Treppe hinauf; angesichts der bevorstehenden Begegnung kam ihm sein Vorhaben albern vor. Eine Uhr im Erdgeschoß schlug die Viertelstunden. Prullàs schaute in einen leeren Raum, in dessen Mitte ein Spieltisch mit grünem Filzbezug und Messingleisten stand. Ein riesiges Bild mit einem Hirtenmotiv bedeckte vollständig eine der

Wände des kleinen Spielzimmers. Er ging wieder auf den Treppenabsatz hinaus und trat in den angrenzenden Raum, der ein geräumiger Lesesaal war mit tapezierten Wänden und dunklen Ledersesseln, Stehlampen und niedrigen Tischchen voller unordentlich aufeinandergestapelter Zeitungen und Zeitschriften. Durch die angelehnten Läden der drei großen Fenster sickerte die Sonne und warf goldene Streifen auf die Dielen. Im Lesesaal befand sich nur ein einziger Mann. Prullàs setzte sich in den Sessel neben dem seinen, nahm eine der Zeitungen vom Tisch und begann darin zu blättern; flüchtig musterte er seinen Nachbarn, einen dikken, kahlen, etwas derb aussehenden Mann in einem nicht sehr sauberen blauen Nadelstreifenanzug. Aus der linken Jackettasche lugte die Krawatte, die er ausgezogen hatte, um der Hitze Herr zu werden. Mit dem Taschentuch wischte er sich den Schweiß von der Oberlippe.

Das ist die schlimmste Stunde, murmelte Prullàs, um unter diesem Vorwand ein Gespräch zu beginnen. Sein Nachbar warf ihm einen mißtrauischen Blick zu. Wie beliebt? Ich sage, das ist die heißeste Stunde des Tages, wiederholte Prullàs, die Stunde der höchsten Temperatur. Ach so, ja, sagte der andere und steckte das Tuch wieder in die Hosentasche; gestern hatten wir eine Höchsttemperatur von achtundzwanzig Grad, und es würde mich nicht wundern, wenns heute noch mehr würde – und diese verflixte Feuchtigkeit! Was wollen Sie, seufzte Prullàs, wir sind mitten in den Hundstagen. Ja, das ist es wohl, antwortete der andere und vertiefte sich wieder in seine Zeitung.

Schweigend lasen beide einige Minuten; dann schaute der Mann von der Zeitung auf und Prullàs in die Augen und sagte: Diese Geschichte da in Indien, ich weiß auch nicht, wie die noch enden wird. Ja, in dieser Gegend geht alles drunter und drüber, seit der arme Gandhi ermordet wurde, sagte Prullàs. Und damit nicht zufrieden, haben sie seine

Asche in den Ganges geworfen, sagte der andere; ein barbarischer, abstoßender Brauch für uns, die wir an ein Leben nach dem Tod glauben. Zum Glück, fügte er mit einem Seufzer der Erleichterung hinzu, geht uns das alles nichts an. Ja, das ist ein Vorteil für uns, stimmte Prullàs zu; es ist unwahrscheinlich, daß uns die Geschichte mit Indien berührt. Wenigstens direkt, würde ich sagen, kann sie uns nicht berühren, fuhr der andere fort; aber hören Sie gut zu, was ich Ihnen sage: Ich behaupte, so, wie die Dinge heute liegen, geschieht nichts auf der Welt, was uns nicht alle in größerem oder kleinerem Ausmaß berührt. Heute ist es nicht mehr so wie früher – früher beschränkte sich, was in einem Land geschah, auf seine Grenzen; es konnte völlig in Flammen aufgehen, ohne daß die Nachbarländer es merkten. Aber heute ist das nicht mehr möglich; ob wir wollen oder nicht, wir gehören zu einer großen Gemeinschaft, der Weltgemeinschaft, und es wird immer mehr so sein, wie ich Ihnen sage, schloß er. Ich sehe, Sie sind bestens informiert, Señor Vallsigorri, sagte Prullàs rasch, bevor sich der andere wieder seiner Zeitung zuwandte. Nun, ich gehöre zu denen, die gern wissen, was vor sich geht, und das Terrain kennen, das sie betreten, antwortete der andere mit affektierter Bescheidenheit.

Dem wußte Prullàs nichts hinzuzufügen, und zwischen den beiden machte sich erneutes Schweigen breit. Prullàs zerbrach sich umsonst den Kopf, wie er das so glücklich begonnene Gespräch auf natürliche Art wiederaufnehmen könnte; er hatte das Gefühl, es sei ihm nicht nur jede Improvisationsfähigkeit abhanden gekommen, sonder er leide auch an einer bei ihm ganz ungewohnten Schüchternheit, die zweifellos daher rührte, daß ihm sein provokatives Verhalten selbst zuwider war. Schon wollte er sich seine Niederlage eingestehen und sich aus dem Staub machen, als der andere geräuschvoll seine Zeitung zusammenfaltete, sie auf den Tisch zurücklegte, eine Mischung aus Brüllen und Seufzen von sich gab und rief: Unglaublich, wie es heute auf dieser von Gott verlassenen Erde aussieht! Prullàs deutete eine Grimasse an, die Zustimmung bedeuten sollte, aber Widerwillen ausdrückte, und fügte, da ihm nichts Besseres einfiel, hinzu: Sagen Sie besser, auf dieser von Gott verlassenen Welt. Dieser banale Satz behagte dem andern sehr, denn er sah darin, wie er sagte, seine ganze Lebensphilosophie zusammengefaßt. Die Menschen sind von Natur aus falsch und die Länder ebenso, schloß er mit ernstem Kopfschütteln.

Das ist nicht zu ändern, sagte Prullàs; letztlich ist man nicht verantwortlich für das, was außerhalb der eigenen vier Wände geschieht. Der andere war derselben Meinung und fügte hinzu, heutzutage drehe sich alles auf der Welt bloß um den Ehrgeiz. Seiner Ansicht nach sei das die Ursache für all die Verwirrung und Gewalt.

Tatsächlich, mein Lieber, da liegt der Hase im Pfeffer, wie Sie sehr richtig sagen: beim Ehrgeiz... und bei den Frauen.

Der andere stützte den Nacken an den Kopfbezug des Sessels und schaute auf. Oh, die Frauen! rief er, auf die rosigen Nymphen zeigend, die sich ausgelassen am Atlashimmel des Saals tummelten, was für Teufelchen!

Wie recht haben Sie, mein lieber Vallsigorri, wie recht haben Sie! Aber wie schwer ist es, sich ihren Reizen zu entziehen!

Der andere machte wieder dieselbe ernste Miene, mit der er den Mord an Gandhi kommentiert hatte. Für mich nicht, sagte er. Und seinen Gesprächspartner fest ins Auge fassend, beteuerte er, noch sei das Mädchen nicht geboren, das ihn aus der Fassung bringe – und das schon gar nicht, das ihm das Geld aus der Tasche ziehe, fügte er stolz hinzu.

Na, na, Señor Vallsigorri, wir sind doch unter Freunden, antwortete Prullàs und tätschelte dem andern sanft das Knie;

unter Freunden und unter Gentlemen, alles, worüber wir hier sprechen, bleibt unter uns, Verstellung ist nicht nötig.

Ich weiß nicht, was Sie meinen, Señor.

Nun, man kennt... und kommentiert doch Ihre Zuneigung zu einer gewissen jungen Schauspielerin, einer gewissen Hoffnung in spe für unser Theater, Sie verstehen schon, sagte Prullàs. Nein, Señor, ich verstehe nicht, rief der andere schroff; ich verstehe nicht, was Sie mir da erzählen, ich weiß nicht, woher dieses Gerücht stammt, noch worauf Sie mit Ihren Andeutungen hinauswollen, und ich verstehe nicht, warum Sie mich immer wieder Vallsigorri nennen, wo ich doch Requesens heiße.

Ach, Sie sind nicht Don Ignacio Vallsigorri?

Natürlich nicht!

In diesem Fall, stotterte Prullàs und stand auf, habe ich offensichtlich einen unverzeihlichen Fehler begangen, Señor Requesens; ich bitte Sie, mir zu verzeihen und um der Höflichkeit willen meine Worte als ungesagt zu betrachten. Entschuldigen Sie. Guten Tag, murmelte er, während er langsam auf die Tür zuging.

Leben Sie wohl, brummte der andere.

Eilig und ohne Appetit verzehrte er an der Theke der Granjas La Catalana in der Diagonal ein Tellergericht und ging dann zu Fuß nach Hause, wo er so atemlos ankam, daß er die Sebastiana hieß, ihm ein Bad einlaufen zu lassen, was diese kategorisch ablehnte. Ein Bad mitten in der Verdauung könne zu einem Kollaps führen. Prullàs bekam sein Bad nicht. Er rief Gaudet an. Und? Hast du ihn gesehen? Hast du mit ihm gesprochen? fragte der Regisseur, als er Prullàs' Stimme erkannte. Halt den Mund, Pepe, ich denke lieber nicht daran; was für eine Schande! Aber hast du ihn gesehen, ja oder nein? Ja, das heißt nein; kurzum, ich habe mich auf die schrecklichste Art lächerlich gemacht; ich komm nachher zur Probe und erzähls dir.

13

Er wollte Siesta halten, aber die Hitze ließ ihn keinen Schlaf finden; dann versuchte er etwas zu schreiben, konnte aber nicht. Schließlich setzte er sich vor die Balkontür, um vom Luftzug zu profitieren, und las bis fünf Uhr in einem Roman von Michael Innes. Hierauf wusch er sich, zog saubere Kleider an, ließ den Wagen bereitstellen und fuhr zum Theater. Gaudet löste den Inhalt eines Beutelchens in einem Glas mit Wasser auf, das sich zuerst milchig färbte, aber sogleich wieder klar wurde. Prullàs schaute ihn fragend an, worauf der andere an seinen Magen tippte. Auf der Bühne lastete eine brütende Hitze.

Machen wir weiter, wo wir stehengeblieben sind! rief der Regisseur. Erster Akt, dritte Szene! Auftreten Todoliu und das Kammermädchen!

TODOLIU: Die Herrschaften sind also nicht zu Hause?

KAMMERMÄDCHEN: Nein, Señor. Die Herrschaften sind nach dem Essen weggegangen und haben nicht gesagt, wann sie zurückkommen.

TODOLIU: Macht nichts, ich werde warten. *(Setzt sich, zieht eine Zigarette aus dem Etui und zündet sie an.)* Dich hab ich vorher noch nie gesehen. Bist du neu im Haus?

KAMMERMÄDCHEN: Ja, Señor. Ich bin grade mit dem Flederwisch... Tschuldigung. Ja, Señor, ich hab erst vor einer Woche zu arbeiten angefangen. Aber das ist nicht meine erste Arbeit.

TODOLIU: Ach nein?

KAMMERMÄDCHEN: Ja, Señor... Nein, Señor. Vorher hab ich in den Diensten der Gräfin de Vallespir gestanden, bis die arme verstorbene Frau... Tschuldigung. Bis die arme Frau Gräfin unter sehr tragischen Umständen verstorben ist.

TODOLIU: Oh, ja, ich erinnere mich. In den Zeitungen war viel davon die Rede. Ein blutiges Verbrechen ohne erkennbares Motiv, nicht wahr? Das muß ein schreckliches Erlebnis für dich gewesen sein.

KAMMERMÄDCHEN: Ja, Señor, stellen Sie sich vor, ich bin grade mit dem Flederwisch über das Silber der Frau Gräfin gefahren, als ich einen Schrei hörte, einen mitleider ..., einen mitleiden ... Tut mir leid, aber ich bring dieses Wort nicht heraus.

Mitleiderregenden, sagte Gaudet, ohne die Stimme zu erheben, aber wenn du dieses Wort nicht herausbringst, dann versuchs doch mit einem andern: grauenhaft, schrecklich, entsetzlich, irgendwas, wenn du nur die Szene nicht alle zehn Sekunden unterbrichst, ja?

Die Ermahnte zuckte die Schultern und versicherte, sie tue das Menschenmögliche, um die Rolle auswendig zu lernen; allein und zu Hause könne sie sie von Anfang bis Ende fehlerfrei, aber sobald sie ins Theater komme, wisse sie auch nicht, was mit ihr los sei. In ihrer Stimme lag nicht der geringste Anflug von Angst oder Verdruß, als handle es sich um ein rein anekdotisches Problem, das ihre Arbeit in keiner Weise gefährden könnte. Prullàs wußte nicht, ob er dieses Verhalten fehlendem Bewußtsein oder der Sicherheit zuschreiben sollte, die ihr das Wissen um ihren einflußreichen Gönner gab. Wir machen zehn Minuten Pause und fangen dann noch mal von vorn an! kommandierte Gaudet das Ensemble, und jemand soll Doña Mariquita benachrichtigen, sie muß in ihrer Garderobe sein! In wenigen Worten schilderte Prullàs seinem Freund den Zwischenfall im Círculo Ecuestre. Gaudet hörte mit beleidigender Schadenfreude zu. Dann gesellte sich der Souffleur zu ihnen. In seinem Kasten sei es so heiß, daß er ein paar Mal um ein Haar ohnmächtig geworden sei, sagte er. Prullàs bot ihm eine Zigarette an. Lange nicht gesehen, Señor Mas!

Der Souffleur war in der ganzen Barceloneser Theaterwelt unter dem Namen Señor Mas bekannt. Niemand wußte, wie er mit Vornamen hieß. Alle nannten ihn Señor Mas, selbst seine Frau, seine Tochter und deren Kinder, also seine Enkel. Wir haben uns über Señorita Lilí Villalba unterhalten, sagte Gaudet.

Der Souffleur stieß einen Rauchschwaden zur Decke hinauf. Ach ja, die Señorita Lilí Villalba, seufzte er; nicht einmal zufällig trifft sie einen Satz, dafür hat sie tolle Beine. Ich bin seit über dreißig Jahren in diesem Beruf, Don Carlos, und in meinem Kasten hab ich Waden bis zum Überdruß gesehen; nun, ich versichere Ihnen, diese sind klasse, das sagt Ihnen ein Fachmann. Von Titten mag ich ja nichts verstehen, aber von Beinen, wenn ich das alles erzählen wollte! Ich hab die Waden, Schenkel und auch, was weiter oben kommt, von sämtlichen Schauspielerinnen Spaniens gesehen. Machen wir besser mit der Probe weiter, fiel Gaudet ein, und zu seinem Freund sagte er: Bleib doch, und danach essen wir zusammen zu Abend; diesmal lade ich ein. Prullàs schaute auf die Uhr. Heute kann ich nicht, Pepe, ich hab eine Verabredung und muß gleich gehen; trotzdem vielen Dank für die Einladung.

⋆

Die Theke des Marfil war leer, als er dort eintraf. Obwohl er nicht oft in dieses Lokal ging, schien ihn der Ober zu kennen. Er erkundigte sich nach seinem Befinden und stellte ein Glas Manzanilla vor ihn hin, bevor Prullàs etwas sagen konnte, so daß er annahm, der Ober verwechsle ihn mit einem Stammgast. Bevor er das Mißverständnis aufklären konnte, zeigte ihm der Ober seine Auswahl an Tapas: gefüllte Oliven, junge Sardellen in Essig, Schinken- und Käsewürfelchen, Wurstscheiben. Prullàs hatte schon tüchtig zugegriffen, als Marichuli Mercadal das Lokal betrat. Obwohl er sie vor weniger als achtundvierzig Stunden gesehen hatte, beeindruckte ihn ihre Erscheinung – so unvermittelt vom Strand in die Stadt versetzt, strahlten ihre harmonischen Bewegungen und ihre Hautfarbe eine heftige Sinnlichkeit aus; selbst das Kleid wirkte an ihr wie ein überflüssiges Element. Ich habe pünktlich zu sein versucht, damit du mich nicht häßlich findest, sagte sie, während sie den Hocker neben ihm erklomm. Wird man häßlich, wenn man zu spät kommt? fragte er. In den Augen dessen, der wartet, schon, antwortete Marichuli Mercadal. Der Kellner begrüßte sie ebenso vertraulich wie zuvor Prullàs, aber als dieser sie fragte, ob sie oft hierherkomme, verneinte sie. Inzwischen hatte der Kellner die Tapas wieder ergänzt. Wenn wir all das aufessen, werden wir nicht mehr dinieren können, sagte Prullàs. Um so besser, dann kommen wir nicht zu spät ins Kino. So interessiert bist du also daran, ins Kino zu gehen? Natürlich, du wirst doch nicht annehmen, ich sei nach Barcelona gekommen, um dich zu sehen, antwortete sie. Und der Zahnarzt? Oh, das ist zweierlei. Schau, das ist der Film, den ich sehen möchte. Sie zog ein buntes Programmheft aus der Tasche, auf dem Bette Davis' sauertöpfisches Gesicht prangte. IHRE LAUNE WAR IHR GESETZ, las Prullàs entmutigt. Er soll Spitze sein! Prullàs hielt es nicht für angezeigt, ihr mitzuteilen, daß er denselben Film schon vor ein paar Tagen mit Mariquita Pons gesehen hatte, und noch weniger, ihr seine Meinung dazu kundzutun. Er gab Marichuli Mercadal das Programm zurück, und sie verwahrte es wieder in der Tasche. Sammelst du sie? wollte er wissen. Alicia sammelt sie; sie hat schon über hundert und sagt, sie will auf tausend kommen. Ihr Gesicht verdüsterte sich, und Prullàs wechselte rasch das Thema. Wie wars denn beim Zahnarzt? Gar so gräßlich wird es wohl nicht gewesen sein, wenn du jetzt bei der Wurst so zubeißen kannst. Eine frische Brise wehte, und sie schlenderten die Rambla de Cataluña hinunter zum Kino Cristina. Vor dem Eingang wurde Prullàs von einer zerlumpten Frau angesprochen: Gib mir was, du Glückspilz, hast ja n unbezahlbares Stück mit!

*

Als sie aus dem Kino kamen, erklärte Prullàs trotz der Tapas, er habe einen Bärenhunger. Der Film sei ihm so lang vorgekommen, daß er das Gefühl habe, mehrere Tage nichts mehr gegessen zu haben. So ein Vielfraß, rief Marichuli Mercadal. Prullàs bemerkte einen zögernden Unterton in ihrer Stimme und einen ängstlichen Glanz in ihrem Blick. Sie hatte das Rendezvous mit schon fast schamloser Kühnheit herbeigeführt, während des Films Prullàs' Hand genommen und in der ihren behalten, aber jetzt, da sich der Abend seinem Ausgang näherte, ließ die Energie dieser unternehmungslustigen Frau nach, und mit ihrem Verhalten schien sie ihn bitten zu wollen, die Initiative zu ergreifen. Dazu fühlte er sich wenig bereit. Wenn das so weitergeht, stecke ich bald in einem gewaltigen Schlamassel, dachte er; das ist selbst einem verantwortungslosen Kerl wie mir klar. Was erwartet sie denn von mir? Und laut sagte er: Komm, ich bring dich nach Hause.

Sie sträubte sich nicht im geringsten, sondern ließ sich von ihm unterhaken und durchs Foyer zum Ausgang führen. Als sie schon auf der Rambla de Cataluña draußen waren, hörte er hinter sich eine spöttische Stimme: Auf Wiedersehen, Señor Prullàs und die Dame! Er wandte sich noch rechtzeitig um und sah Mariquita Pons in der Menge verschwinden, die aus dem Kinosaal strömte. Das hat mir grade noch gefehlt, dachte er.

14

Der Film schien Marichuli Mercadal deprimiert zu haben, denn auf dem Weg vom Kino zu ihrer Wohnung in der Avenida de José Antonio, zwischen der Calle Bruch und der Calle Gerona, war sie sehr einsilbig. Als sie vor der Haustür ankamen, wahrten beide größte Zurückhaltung. Marichuli Mercadal suchte lange in ihrer Tasche nach dem Schlüsselbund und gab ihn dann Prullàs, damit er den Schlüssel ins Schloß stecke und die Tür öffne. Der Flur lag in tiefster Dunkelheit. Prullàs zündete ein Streichholz an, aber der Luftzug blies es gleich wieder aus. Für Momente hatte er hinten im Flur eine Kolossalstatue erkennen können, deren schreckenerregendes Aussehen zweifellos von dem bizarren Schatten herrührte, den das Streichholzflämmchen geworfen hatte. Komm, was machst du denn? flüsterte sie. In der Dunkelheit konnte man unmöglich feststellen, woher die Stimme kam, die Prullàs wie das Drängen eines Schiffbrüchigen im Nebel erschien. Ich sehe nichts, sagte er. Gib mir die Hand. Die ihre war feucht und kalt. Anscheinend funktioniert die Treppenhausbeleuchtung nicht, bemerkte sie; es ist eben ein altes Haus. Komm, wiederholte sie, es ist nur eine Etage. Bevor sie im Dunkeln hinaufgingen, streckte Prullàs den Arm in die mutmaßliche Richtung der Statue aus, die ihm einen solchen Schrecken eingejagt hatte. Mit den Fingerspitzen ertastete er kalten Marmor. Auf dem Treppenabsatz wartete er, bis sie die Tür geöffnet hatte. Das Licht des Vorzimmers flutete heraus. Bleib doch nicht wie angewurzelt da stehen, komm rein, es ist niemand da, sagte sie.

Die Möbel waren mit Kretonne- und die Lampen mit Tüllüberzügen zugedeckt; die Luft roch abgestanden und staubig. Prullàs wußte nicht, wie er die Aufforderung ausschlagen konnte, und wortlos schloß sie eilig hinter ihm die

Tür; sie wolle nicht, daß die Nachbarn sie hörten oder sie gar um diese Zeit zusammen hineingehen sähen, sagte sie. Haltet ihr die Wohnung den ganzen Sommer über verschlossen? fragte er. Wie du siehst, sagte sie. Ich dachte, dein Mann bleibt in Barcelona. Das stimmt schon, aber wenn wir nicht da sind, wohnt er bei seiner Mutter; er erträgt die Einsamkeit nicht, vor allem, wenn er trinkt. Wundere dich nicht, daß jemand seines Alters seine Mutter noch hat – mein Mann gehört zu einer langlebigen Familie. Seine Großmutter wurde hundertdrei, und sein Onkel starb mit vierundneunzig, als er bei einer Jagdpartie vom Pferd stürzte. In der Gewißheit, lange zu leben, entschloß er sich, in fortgeschrittenem Alter noch Kinder zu haben; was er nicht hatte voraussehen können, war, daß nicht er, sondern das Mädchen vorzeitig sterben würde; da siehst du, was für eine Ironie des Schicksals. Und besteht keine Gefahr, daß es deinem Mann plötzlich einfällt hierherzukommen? fragte Prullàs. Warum sollte er hierherkommen? Um bei dir zu sein. Würdest du das tun? fragte sie. Ich bin ja schon bei dir.

Während sie Schalter betätigte und Lichter angingen, erschienen vor seinen Augen Zimmer und Gänge. Hier hinein, sagte Marichuli Mercadal, und zeigte auf eine Tür. Prullàs gehorchte und sah sich Auge in Auge einem Skelett gegenüber. Er stieß einen Fluch aus, und sie prustete los. Darf ich dich mit Matías bekanntmachen? sagte sie. Sehr witzig, brummte Prullàs, wer ist es? Errätst dus nicht? Mein letzter Geliebter – sieh nur, was aus ihm geworden ist, nachdem er meine Wünsche befriedigt hat. Als er sich von seiner Überraschung erholt hatte, inspizierte Prullàs den Raum. In der Mitte standen ein Arbeitstisch und ein Drehstuhl, an der Wand mit wissenschaftlichen Werken vollgestopfte Büchergestelle und darauf bunte Gipsmodelle von menschlichen Eingeweiden. Prullàs griff nach einem Herzen, um es anzuschauen, da fiel ihm eine der Kammern zu Boden. Sei vorsichtig, sagte sie vom Gang her. Prullàs las das Teil auf und fügte es wieder ein. Hier arbeitet dein Mann? fragte er. Aber nein, Chirurgen nehmen keine Arbeit mit nach Hause. Hier studiert er; ein Arzt muß auf dem laufenden sein; der Fortschritt bleibt nicht stehen und die Mode auch nicht. In dieser Saison sind Lebererkrankungen dran, in der letzten warens Herzkreislaufstörungen und so weiter. Hast du vor, die ganze Nacht hierzubleiben und Organe zu befummeln?

Prullàs stellte das Gipsherz wieder auf das Büchergestell und versuchte die Schreibtischschubladen aufzuziehen. Entgegen seiner Erwartung waren sie nicht abgeschlossen; sie enthielten Zeitungsausschnitte, Drucksachen und Manuskripte, Fotos und Diagramme. In der Mittelschublade lagen etwas Geld, ein Schlüsselbund, mehrere Ausweise und ein halbes Dutzend Familienfotos; auf einem war Dr. Mercadal in Uniform zu sehen, der Waffenrock abzeichen- und ordengespickt. Zuhinterst in der Schublade fand Prullàs eine Luger-Pistole. Donnerwetter, dieser Herr Doktor! murmelte er bei sich. Er legte alles wieder hin, wie er es vorgefunden hatte, schloß die Schubladen und verließ das Arbeitszimmer. Der Gang war leer und düster. Prullàs verspürte ein leises Angstgefühl. Was machte er da eigentlich? Er schaute auf die Uhr: Viertel vor eins. Es ist sehr spät, sagte er laut, bekam aber keine Antwort. Er rief nach Marichuli Mercadal – nichts als Stille. Sie hat mich allein gelassen, dachte er; ich bin allein, eingeschlossen in einer unbewohnten Wohnung, in Gesellschaft eines Skeletts, das ist lächerlich. Je weiter er sich vom Arbeitszimmer entfernte, in dem noch immer das Licht brannte, desto tiefer drang er in eine von den Trugbildern der zugedeckten Möbel bevölkerte Dunkelheit ein. Irgendwo muß es doch unter einem Überzug ein Telefon geben, dachte er; ich kann Gaudet anrufen und ihn bitten, mich zu befreien. Aber vorher muß ich mich vergewissern, daß mich diese Verrückte wirklich allein gelassen und eingeschlossen hat. Warum mag sie das getan haben? Mehrere Antworten kamen ihm in den Sinn, eine unwahrscheinlicher als die andere: Erpressung, Entführung, Teufelsriten. Werde ich etwa idiotisch? Aber er erinnerte sich an die Pistole in der Schublade und mußte sich eingestehen, daß er Angst hatte. Er versuchte, über seine Lage zu lachen: Möglicherweise fällt von einem Moment auf den andern Lon Chaney über mich her und schwingt zu María Montez' grausamem, etwas naivem Gelächter das heilige Opfermesser, sagte er sich. Wieder rief er laut nach Marichuli Mercadal, und diesmal hörte er hinter sich ihre ruhige Stimme: Was soll dieses Geschrei? Ich bin nicht taub. Ich hab dich mehrmals gerufen, und du hast nicht geantwortet, sagte er, was hast du gemacht? Nichts; als ich sah, daß du nicht kamst, bin ich ins Bad gegangen, und mit dem geöffneten Wasserhahn hab ich dich nicht gehört, antwortete sie; was hat dich denn am Arbeitszimmer meines Mannes so interessiert, du ungezogener Junge?

Geführt von der Stimme, hatte Prullàs sie in einem rechteckigen Zimmer gefunden. An dessen einer Seite erhob sich ein sehr hohes, sehr breites Bett im spanischen Empirestil. Über dem Kopfende hing ein Mahagonikreuz mit einem Elfenbeinchristus, den ein scharlachroter Samtschurz bedeckte. Vor dem Spiegel eines mit Flakons und Silbergegenständen übersäten Toilettentischs, vom Ehebett durch einen Wandschirm abgetrennt, bürstete sich Marichuli Mercadal das Haar. Wir werden das Gästezimmer benutzen, sagte sie unversehens; dieses Bett ist nicht bezogen, und außerdem ist das sakramentales Gebiet. Sie hatte das Straßenkleid aus- und einen Seidenkimono angezogen, dessen Schlitz die sonnengebräunten Beine sehen ließ. Angesichts dieses magischen Anblicks vergaß Prullàs die Befürchtungen, die er gehegt hatte, räusperte sich und wollte eben etwas sagen, doch sie kam ihm zuvor. Die Frau, die uns gegrüßt hat, als wir das

Kino verließen, war eine Schauspielerin, eine ganz berühmte Theaterschauspielerin, nicht wahr? Ja, Mariquita Pons, antwortete er ärgerlich und verwirrt; er hatte gedacht, sie hätte die Begegnung nicht wahrgenommen oder wenn, so doch nicht weiter beachtet. Was ist zwischen euch? Nichts, so ein Unsinn. Ich weiß nicht, was daran unsinnig sein soll: Sie ist eine sehr anziehende und zweifellos intelligente Frau. Zwei gewichtige Gründe, sich nicht an sie heranzumachen, antwortete er scherzhaft und fügte dann, wieder ernst, hinzu: Sie ist viel älter als ich und hat einen Mann, mit dem sie glücklich ist und den sie nie betrogen hat, da bin ich mir sicher; er heißt Miguel Fontcuberta und ist auch ein guter Freund von mir. Übrigens arbeiten Mariquita Pons und ich seit vielen Jahren eng zusammen, unsere Beziehung ist streng beruflicher Natur, und aus ihr ist eine völlig uneigennützige gegenseitige Zuneigung entstanden; möglicherweise hat das in einer klatschsüchtigen Welt zu den buntesten Geschichten Anlaß gegeben, aber sie stimmen nicht. Ist deine Neugier befriedigt?

Marichuli Mercadal stand vom Hocker auf. Im Kimono, dessen Saum die Fliesen streifte, wirkte sie noch schlanker. Ihr Blick, im Spiegel hart und vorsichtig, leuchtete nun feurig. Es ist mir egal, was du tust, flüsterte sie, aber sprich nicht so mit mir; ich bin keine gelangweilte Frau auf der Suche nach Liebschaften und habe nicht vor, in deinem Herzen oder Leben einen Platz einzunehmen. Ich bin ein schlechter Mensch, verstehst du? Schlechtes zu tun verschafft mir Lust. Ich bin schamlos und pervers. Meine Güte, dachte Prullàs, was für eine Verrücktheit!

⋆

Er dachte noch immer dasselbe, als er aus dem Schlaf aufschreckte und nicht wußte, wie spät es war noch wo er sich befand. Dank der schwachen Helligkeitsstreifen, die durch die Spalten der geschlossenen Balkon-Fensterläden drangen, konnte man im dunklen Gästezimmer die Umrisse der Möbel erkennen. Neben sich hörte er Marichuli Mercadals leichten, unregelmäßigen Atem; sie hatte das Kissen in den Armen und schlief unruhig. Leise stand er auf, sammelte seine im Zimmer verstreuten Kleider ein, zog sich an und breitete sorgfältig den Kimono auf dem Bett aus. Die Schuhe in der Hand, trat er auf den Gang hinaus; diesmal bereitete es ihm keine Mühe, sich zu orientieren und die Wohnungstür zu finden. Auf dem Treppenabsatz schlüpfte er in die Schuhe. Die absolute Stille brachte ihn zur Annahme, sämtliche Hausbewohner befänden sich im Sommerurlaub. Er dachte an Marichuli Mercadal, allein und wehrlos in dem riesigen leeren Haus, und beschleunigte seine Schritte. Zum Glück ließ sich das Portal von innen öffnen.

Es war noch finstere Nacht, und die Stadt schlief den tiefen, unbeschwerten Schlaf, der der Morgendämmerung vorangeht. Die Straßen waren menschenleer und still. Der Dunst umhüllte die Laternen mit einem Gazeschleier. Ungekämmt, mit nachlässig angezogenen Kleidern und noch bettwarmer Haut schritt Prullàs verstohlen wie ein verwirrter Spion zu seinem Wagen. Als er am Gitter eines Kellerfensters vorbeikam, hüllte ihn eine erstickende, süßliche Wolke ein. Durch die Vergitterung erblickte er einen großen, von einem rötlichem Schimmer erleuchteten Kellerraum, in dem zwei Männer in Unterhose und Schürze die Brotlaibe, die ein dritter, über und über bemehlter Mann am andern Ende des Kellers in rasender Geschwindigkeit knetete, in den vierlöchrigen Backofen schoben. Die Hitze des Ofens brachte den strömenden Schweiß der Bäcker sogleich zum Verdunsten und hüllte sie in eine leichte Dampfwolke. Das war die einzige Bäckerei, die in diesem Monat noch geöffnet war. Um nichts in der Welt würde ich eine solche Arbeit verrichten, dachte Prullàs. Oben im Turm der Salesianer-

Pfarrkirche durchschnitt der feierliche Klang einer Uhr die Stille, um vier zu schlagen. In der Ferne bellte ein Hund. Aus einem Tor in der Calle Bruch kam eine gebeugte Nonne. Vermutlich hatte sie die Nacht am Bett eines Kranken oder Verstorbenen verbracht und kehrte nun rechtzeitig zur Frühmette ins Kloster zurück. Sowie sie den Fuß auf den Gehweg setzte, bekreuzigte sie sich, als beträte sie feindlichen Boden, und dann noch einmal, als sie an Prullàs vorbeiging, der das Kreuzzeichen für einen Gruß hielt und mit einer respektvollen Verneigung antwortete, ohne zu merken, wie absurd das war.

KAPITEL II

I

Keine Stromausfälle heute, Bonifaci? fragte Prullàs, als er den Pförtner ohne seinen obligaten Kerzenhalter aus der Loge kommen sah. Keine Ahnung, Don Carlos, antwortete der Pförtner; aber sollte es welche geben, bin ich gewappnet. Er zog einen winzigen Kerzenstummel aus der Manteltasche. Und der Kerzenhalter? Ach, den hat man mir vor ein paar Tagen gestohlen, Don Carlos, und was mich am meisten ärgert, ist der Gedanke, daß es nur jemand vom Theater gewesen sein kann – nicht einmal den eigenen Kollegen kann man trauen! Gefolgt von Prullàs, tauchte er in den dunklen Gang ein; ab und zu verlangsamte er seinen Schritt und gab einen erstickten, philosophisch-asthmatischen Seufzer von sich. Die Menschen sind sehr schlecht, sehr schlecht, sagte er plötzlich, als hätten ihn seine Überlegungen mit jedem Seufzer näher an diese traurige Schlußfolgerung geführt. Aber man muß zu allen nett sein, fügte er wenig überzeugt sogleich hinzu. Ist das nicht unsinnig, Bonifaci? sagte Prullàs. Ach, Don Carlos, ich kanns auch nicht erklären, aber so muß es wohl sein. Er ist zweifellos ein lieber Mensch, dachte Prullàs, ein gutmütiger Tropf; nächstes Mal werde ich ihm einen Kerzenhalter mitbringen, wenn ich dran denke, zu Hause muß es jede Menge davon geben. Im Dunkeln hinter der Bühne winkten sie sich zum Abschied zu; der Pförtner verschwand im Gang, und Prullàs verbarg sich in den Soffitten.

JULIO: Prächtig, prächtig. Alles läuft wie am Schnürchen. In ein paar Stunden werden wir das perfekte Verbrechen begangen haben, und in ein paar Wochen sind wir reich, Cecilia, reich! Ist dir das klar? Schluß mit den Schulden, Schluß mit den Bettelbriefen, Schluß mit dem ewigen Wenden der Anzüge. Und endlich werden wir jeden Tag Langustenschwänze essen können!

CECILIA: Diese Versessenheit auf Langustenschwänze! Mir hängen sie langsam zum Hals raus. Und was das andre betrifft, so kannst du sagen, was du willst, Julio, aber ich hab Bammel.

JULIO: Brauchst du nicht zu haben, mein Plan kann nicht schiefgehen. Hast du alles getan, was ich dir gesagt habe?

CECILIA: Ja, ich hab Enrique auf dem Revier angerufen und ihm ausgerichtet, daß ihn Todoliu Punkt fünf Uhr hier sehen will, und dann hab ich Todoliu gesagt, daß um fünf Enrique kommen wird, um mit ihm zu reden. Aber ich weiß wirklich nicht, worüber die beiden reden sollen, wenn sie sich sehen.

JULIO: Na, über Stierkampf, Fußball und Frauen, worüber denn sonst. Wichtig ist, daß Enrique um fünf Uhr sieht, daß Todoliu munter wie ein Fisch im Wasser ist. Und dann, sobald Enrique gegangen ist ..., paff!

CECILIA: Jesses Maria, wie schrecklich! Könnten wir ihn nicht umbringen, ohne daß wir ›paff!‹ machen müssen?

JULIO: Wird etwas schwierig sein, aber wir könnens versuchen. Und dann ...

(Völlig außer Atem tritt das KAMMERMÄDCHEN *ein, den Flederwisch in der Hand und gefolgt von* LUISITO.*)*

KAMMERMÄDCHEN: Señora, es tut mir sehr leid, aber ich verlasse dieses Haus auf der Stelle. Ich kündige! Man ist arm, aber ehrlich, und was in diesem Haus geschieht, das ist unabdingbar..., unanfechtbar...

CECILIA: Aber meine Liebe, es ist doch noch gar nichts geschehen!

KAMMERMÄDCHEN: Nichts? Das nennen Sie nichts, wenn man mir gerade so unsittliche Anschläge gemacht hat?

CECILIA: Ach so ist das. *(Zu* LUISITO.*)* Du solltest dich was schämen. *(Gibt ihm eine Backpfeife.)*

LUISITO: Ich hab doch gaga ..., gaga ...

CECILIA: Keine Widerrede! *(Gibt ihm noch eine Backpfeife.)*

LUISITO: Aua!

KAMMERMÄDCHEN: Nein, Herr Luis ist doch völlig unschuldig, der Ärmste. Der, der mir nachsteigt, ist Señor Todoliu.

CECILIA: Todoliu!

JULIO: Los, erklären Sie sich, was genau ist passiert?

KAMMERMÄDCHEN: Nun, also heute morgen war der Flederwisch dabei ... Tschuldigung, war ich dabei, den Flederwisch mit diesem ganzen Staub da auszuschütteln, und da kommt Señor Todoliu und fängt mit mir einfach so zu reden an, und nachdem er eine Weile geredet hat, sagt er plötzlich, ob ich mit ihm an die Côte d'Azur komme, er nimmt mich mit.

CECILIA: Das ist ja ungeheuerlich! Und was hast du ihm geantwortet?

KAMMERMÄDCHEN: Daß mich niemand mitnimmt, weder an die Côte d'Azur noch an die Riviera, noch sonst an eine Küste. Das würde grad noch fehlen!

JULIO: Und, wie hat ers aufgenommen?

KAMMERMÄDCHEN: Fantastisch. Er hat gesagt, wenn ich meine Meinung ändere, soll ichs ihm sagen, aber ich soll nicht lange wackeln, weil sein Passierschein schon in Ordnung ist und die Koffer gepackt sind und sein Zug zur Grenze pünktlich um fünf Uhr abfährt.

JULIO und CECILIA *(unisono)*: Um fünf Uhr!

Schön, für heute reichts! rief Gaudet an seinem Tisch. Die Schauspieler gingen rasch in ihre Garderobe, und Prullàs trat zu seinem Freund. Offenbar läufts jetzt besser, sagte er. Der Regisseur machte ein skeptisches Gesicht. Hast du schon lange da rumgeschnüffelt? fragte er. Zehn Minuten, und ich hab nicht rumgeschnüffelt – ich bin zwischen den Kisten geblieben, um die Szene nicht zu unterbrechen. Ist auch egal, antwortete Gaudet, während er auf dem Tisch seine Zettel zusammensuchte; gestern hat er mich angerufen, fügte er übergangslos hinzu, bei mir zu Hause. Wer? fragte Prullàs, Ignacio Vallsigorri? Ja, aber der richtige, nicht der, den du dafür gehalten hast. Um Himmels willen, Pepe, erinnere mich nicht daran, wie ich mich deinetwegen blamiert habe. Das ist nicht meine Schuld, ich hab dir nicht gesagt, du sollst mit einem andern zu quasseln anfangen. Schon gut, was wollte also der echte Vallsigorri? Was sollte er schon wollen? Mich an unser Gespräch von neulich erinnern; du erwartest doch wohl nicht, daß er von seiner Idee abkommt, zumal wir es offensichtlich gar nicht eilig haben, sie zu verwirklichen. Hätte Quiqui die leiseste Ahnung, was da im Gange ist, das Theater wäre längst in Flammen aufgegangen und wir damit, bemerkte Prullàs nach einer Weile. Am besten würdest du mit Señorita Lilí Villalba sprechen, sagte Gaudet; erklär ihr, daß wir alle mit ihr zufrieden sind, daß sie anmutig ist und eine hübsche Figur hat, daß sie, wenn sie wirklich daran interessiert ist, Schauspielerin zu werden, nicht lockerlassen darf und sich führen lassen muß, daß sie aber vor allem nichts überstürzen soll, daß schon mehr als eine Karriere an Übereilung gescheitert ist. Sag ihr, sie sei noch sehr jung und so weiter und so fort, und daß man sie, wenn sie es endlich schafft, ihre Rolle auswendig zu lernen, die Diktion zu verbessern und ein wenig diesen verdammten Akzent zu unterdrücken, beim Film höchstwahrscheinlich mit offenen Armen empfängt; dieses Argument verfängt immer und ist im vorliegenden Fall vermutlich nicht einmal falsch; du hast ja neulich Señor Mas' Meinung gehört. Verdutzt schaute Prullàs seinen Freund an. Offen gestanden, ich verstehe nicht, warum ausgerechnet ich ihr diese Überlegungen mitteilen soll, wo du sie doch eben selbst so beredt dargelegt hast, sagte er. Weil du ihr

Respekt einflößen wirst und ich bloß Angst, antwortete der Regisseur. Und wenn sie sich nicht überzeugen läßt? Dann sag ihr, was dir gerade einfällt, und wenn du das Gefühl hast, du mußt sie erdrosseln, dann hast du meine Einwilligung dazu, sagte Gaudet. Ich erinnere mich nicht einmal mehr an ihren Namen, protestierte Prullàs. Lilí Villalba, sagte Gaudet, Señorita Lilí Villalba.

Im dunklen Gang, der zu den Künstlergarderoben führte, stieß er mit einem Kulissenschieber zusammen. Um die Hitze an diesem engen Ort auszuhalten, trug er nur ein Unterhemd, hatte aber aus unerfindlichen Gründen die Baskenmütze bis auf die Brauen hinuntergezogen. Hallo, Benito, sagte Prullàs. Benito keuchte; ganz offensichtlich war die Hitze eine echte Qual für ihn. Es lebe Spanien, Don Carlos! antwortete er und ließ ihn durch.

⋆

An einer der Garderobentüren stand auf einem mit Reißnägeln befestigten Kärtchen in Druckbuchstaben, wem der Raum zur Zeit gehörte: Señorita Lilí Villalba. Prullàs klopfte an und trat ein, ohne eine Antwort abzuwarten. In der Garderobe befand sich niemand. Die den Spiegel einfassenden Glühbirnen brannten nicht, und die einzige Beleuchtung kam von einer gelblichen Kugel an der Decke. Die Luft war zum Schneiden und miefte nach schmutzigen Kleidern; an einem Nagel hingen ein schmuddeliger Turban und ein mottenzerfressener, verschossener Umhang, und ein mit schmierigen Perücken vollgestopfter zylinderförmiger Karton erinnerte an makabre Guillotineszenen. Señorita Lilí Villalba, flüsterte Prullàs, sind Sie da? Der Spiegel zeigte ihm sein eigenes Bild.

Auf dem Rückweg zur Bühne, wo er Gaudet von seinem erneuten Fehlschlag unterrichten wollte, sah er, daß die Tür zu Mariquita Pons' Garderobe angelehnt war, und streckte den Kopf hinein. Ein erstickter Schrei antwortete ihm. Was machen Sie denn da, fragte er überrascht, weniger, weil er Señorita Lilí Villalba ausgerechnet an einem Ort antraf, wo sie nichts zu suchen hatte, als vielmehr, weil sie von der Hüfte an aufwärts nackt war. Mit einer Reflexbewegung hatte die junge Schauspielerin die Arme über der Brust gekreuzt, aber sie starrte den Eindringling weiter an; offensichtlich war sie es gewohnt, Männerblicken standzuhalten, und Prullàs war verwirrt von der herausfordernden Haltung in einer so peinlichen Situation. Sie sehen es ja, ich ziehe mich an. Prullàs drehte sich um und fragte sie, warum sie sich hier und nicht in ihrer eigenen Garderobe anziehe. Ich bin nicht hierhergekommen, um mich anzuziehen, sondern um mich zu duschen, antwortete die Stimme der jungen Schauspielerin hinter ihm; bei mir gibt es keine Dusche, und zu Hause haben wir seit über einer Woche kein Wasser. Gleich nach der Probe ist Doña Mariquita davongerannt, fügte sie hinzu; ich fragte sie, wohin so eilig, und sie hat gesagt, sie muß in fünf Minuten beim Friseur sein und hat keine Zeit, sich zu duschen, und sie wird sowieso später zu Hause ein Bad nehmen, weil sie heute abend Gäste zum Essen hat, so daß ich dachte, wenn ich schnell und vorsichtig dusche, merkts niemand. Sie können sich selbst davon überzeugen, daß nichts fehlt, fügte sie leise hinzu.

Prullàs wandte sich wieder um; Señorita Lilí Villalba war angezogen. Er schaute sie unverwandt an, um herauszufinden, ob sie die Wahrheit sagte oder flunkerte. Als sich jedoch ihre Blicke trafen, begannen beide zu lachen, als hätten die Umstände der Begegnung zwischen ihnen ein subtiles Einvernehmen geschaffen. Ich habe eine strafbare Handlung begangen, aber dadurch, daß ich Ihnen unabsichtlich meine Reize gezeigt habe, habe ich mir Ihr Schweigen erkauft, schien sie mit ihrem Lachen zu sagen, und auf diese stillschweigende Art schließen wir den Pakt. Wer hat Ihnen die

Tür zu dieser Garderobe geöffnet? fragte Prullàs. Niemand, sie war offen. Das ist gelogen, die Türen der Künstlergarderoben sind immer abgeschlossen, entgegnete er. Diese wars jedenfalls nicht, sehen Sie? sagte die junge Schauspielerin, während sie die Lichter ausmachte und die Tür zuschlug. Als er an ihr vorbeiging, atmete Prullàs den intensiven Duft nach frischgewaschener Haut und frischgewaschenen Haaren ein. Wollen Sie nicht bei sich Ihre Tasche holen? fragte er. Ich habe keine Tasche und brauche auch keine; außerhalb des Theaters verwende ich kein Make-up, und Geld habe ich nie bei mir. Finden Sie immer jemand, der Ihnen Ihre Auslagen bezahlt, Señorita Lilí Villalba? sagte er. Bis jetzt hab ich ziemlich viel Glück gehabt, Señor Prullàs, sagte sie und reichte ihm die Hand; guten Tag.

Wie war das Gespräch? fragte der Regisseur. Sie scheint eine vernünftige Person zu sein, antwortete Prullàs. Habt ihr über die Sache Ignacio Vallsigorri gesprochen? Nein, nicht direkt; ich hielt es für klüger, zuerst eine herzliche, aufrichtige Beziehung anzuknüpfen, anstatt gleich den Hasen aufzuschrecken. Gaudet schaute ihn spöttisch an. Du bist mir ein schöner Hase, sagte er sentenziös.

2

Hier ist Poveda gewesen, sagte Prullàs, als er ins Vorzimmer trat. Sie sind sehr scharfsinnig, Watson, antwortete Mariquita Pons mit zugehaltener Nase; aber ich mache jede Wette, du errätst nicht, was er mir diesmal angedreht hat. Wie soll ich das erraten? Irgendwas! Komm, sag etwas, dann sehen wir ja, wie weit es mit deinem Scharfsinn her ist. Widerwillig versuchte es Prullàs ein paar Mal. Ein Feuerzeug? Nein. Irgendein Vitamin? Nein. Ein Paar Strümpfe? Kalt, kalt. Ich gebe mich geschlagen, sagte er schließlich. Die berühmte Schauspielerin lachte. Eine Küchenuhr! rief sie, komm, schau sie dir an. Und dein Mann? Ist in seinem Mauseloch und liest den Papierkram, den er aus Madrid mitgebracht hat. Sie zuckte verächtlich die Achseln.

Aber das ist ja gar keine Küchenuhr, rief Prullàs. Ach nein? Was ist es dann? Eine Kuckucksuhr. Das ist dasselbe. Das ist mitnichten dasselbe! Was weißt denn du, der du noch nie eine Küche betreten hast? Prullàs hatte den Deckel von einem Topf gehoben, und eine Dampfwolke hüllte ihre Köpfe ein. Raus hier, gehen Sie und halten Sie mich nicht auf, brummte die Köchin. Ich wollte nur wissen, was Sie uns kochen, Fina. Mangoldwasser werd ich Ihnen geben, Herr Carlos, antwortete löffelschwingend die Köchin. Noch unerfahren und schüchtern, freute sich das Stubenmädchen mit naivem Kichern über diese Zurschaustellung von Vertraulichkeiten. Carmen, bleib nicht wie eine Salzsäule da stehen, Kind, stell die Sahnetörtchen in den Kühlschrank, die Herr Carlos mitgebracht hat, sagte Mariquita Pons; es ist ein Wunder, wenn die Sahne bei dieser Hitze nicht sauer wird. Das Stubenmädchen machte sich an die Arbeit. Sie war neu im Haus, aber bereits unter den Einfluß der berühmten Schauspielerin geraten, stellte Prullàs fest; unbewußt imitiert sie Gestik und Tonfall ihrer Herrin; immer ist es so gewesen, bei allen; später, auf der Straße, ist es unausbleiblich, daß sie auffallen und von ihren Freundinnen für eingebildet, gespreizt, ja verrückt gehalten werden.

Mariquita Pons ging mit Prullàs zum Büro ihres Mannes, blieb aber in der Tür stehen. Mal sehen, ob du ihn zum Auftauchen bringst, flüsterte sie. Der Vergleich war nicht gesucht, denn eine Lampe mit lichtundurchlässigem Glasschirm bündelte die Helligkeit auf dem Tisch, so daß alles andere in einer Unterwasserlumineszenz lag. Miguel, sagte Mariquita Pons in der Tür, Carlos Prullàs ist da. Der Mann der berühmten Schauspielerin schaute auf und blinzelte, als risse ihn diese Mitteilung aus tiefem Grübeln. Aber die Zettel, über denen er gebrütet hatte, zeigten nur lange Zahlenreihen. Ob ihn diese Bilanzen wirklich interessieren, fragte sich Prullàs, oder ob er seine Gedanken weit weg hat schweifen lassen?

Miguel Fontcuberta stand rasch auf und ging mit ausgebreiteten Armen auf den Besucher zu. Mensch, Carlos Prullàs, altes Haus, was für eine Überraschung! Er war großgewachsen, athletisch, mit einem leichten Hang zur Fettleibigkeit. Er war fast fünfzig, stand mit den besten Familien der Stadt auf du und du und gehörte dem Vorstand des FC Barcelona an. Wie gehts, Miguel? Wieder mal in Madrid gewesen, was? Die beiden Männer klopften sich auf die Schulter. Ja, mein Junge, was willst du, selbst zum Niesen muß man in die Kapitale. Aber diesmal hab ich meine Zeit genutzt: Nachdem ich ein paar Kleinigkeiten erledigt hatte, hat man mich zum Stierkampf mitgenommen, und ich hab gesehen, wie Luis Miguel Dominguín zwei Ohren abschnitt und Pepín Martín Vázquez eins. Und dazu hatte ich auch noch Zeit, mir das neuste Stück von Benavente anzuschauen; Mannomann, was ist dieser Bursche für ein Mordstalent! Wir können anfangen, das Essen ist aufgetragen, sagte Mariquita Pons auf der Schwelle zum Büro.

Im Gang hakte Fontcuberta Prullàs unter. Bevor ichs vergesse, sagte er, wenn du am nächsten Montag in Barcelona bist und nichts anderes vorhast, dann schau doch so um acht oder halb neu mal bei Brusquets vorbei. Brusquets? sagte Prullàs. Ein Freund, erklärte Fontcuberta, ein reicher Mann mit gutem Geschmack, du wirst schon sehen. Er weiht seine neue Wohnung ein und gibt ein Fest: wenig Leute, nur die engsten Freunde. Es ist ihm viel daran gelegen, daß ich dich einlade, offenbar kennt er dich nicht persönlich, aber er bewundert dich und möchte seine Gesellschaft mit deiner Anwesenheit veredeln. Wirst du hingehen? erkundigte sich

Prullàs. Natürlich, und Quiqui auch. In diesem Fall, sagte Prullàs, kann ich mich nicht verweigern.

*

Das war ein köstliches Essen und ein reizender Abend, wiederholte er. Das hast du jetzt schon dreimal gesagt, warum so galant? antwortete Mariquita Pons. Fontcuberta hatte sich, Ermüdung von der Reise vorschützend, zurückgezogen; die Hitze im Zug habe ihn nicht schlafen lassen – habe er das Fenster seines Abteils geschlossen, so habe er sich wie in einem Backofen gefühlt, und habe er es geöffnet, sei der Lärm ohrenbetäubend gewesen, und der Kohlenstaub sei ihm in den Hals geraten. Prullàs ahnte, daß es noch einen andern Grund gab, weshalb er so spröde war. Während des Essens hatte Mariquita Pons keine Gelegenheit ausgelassen, sich mit ihrem Mann anzulegen, und dieses feindselige Verhalten hatte Fontcuberta eingeschüchtert. Im Gegensatz zu andern Männern, die gegenüber der Außenwelt verzagt sind und sich dafür im trauten Heim mit Despotismus schadlos halten, wurde Fontcuberta, der sich in der Geschäftswelt wie eine Bestie benahm, lammfromm, sobald er wieder zu Hause war. Wer nur privaten Umgang mit ihm pflegte, kam schwer auf den Gedanken, dieser sanfte, schüchterne, etwas überspannte Mann könnte gleichzeitig ein mit allen Wassern gewaschener, hartnäckiger und, wenn es darauf ankam, erbarmungsloser Geschäftsmann sein. Sah man ihn in Gesellschaft seiner Frau, deren Launen er sich unverzüglich fügte, deren Anweisungen er eifrig ausführte und deren Stimmungsschwankungen er stoisch hinnahm, so hätte man nie geahnt, daß *er* derjenige mit einem eisernen Charakter, sie dagegen äußerst fragil war. Prullàs, der von den Paradoxa, die sich in ehelichen Beziehungen ergeben können, nicht die geringste Ahnung hatte, mißdeutete jede Szene vollkommen. Was ist denn mit deinem Mann? fragte er. Du brauchst dir nicht groß Gedanken zu machen, er wird müde sein von der Reise.

Das unerfahrene, ängstliche Stubenmädchen servierte den Kaffee und den Kognak im Salon. Wünscht die Señora sonst noch etwas? Nein, du kannst dich zurückziehen, Carmen, ich werde mich um alles kümmern. Das Stubenmädchen machte einen linkischen Knicks und ging hinaus, verfolgt vom Blick Prullàs', der ganz unverhohlen ihre Reize taxierte. Eine gute Anschaffung, bemerkte er, sowie das Mädchen die Tür hinter sich geschlossen hatte, wo hast du sie her? Sie wurde mir in der Bäckerei empfohlen, antwortete Mariquita Pons, nachdem sie Kaffee und Kognak eingeschenkt hatte; sie ist gerade vom Dorf gekommen und noch fast ein Kind, also laß sie bitte in Ruhe. Prullàs nippte am Kognak und lächelte gelassen. Ich hab doch nichts Unrechtes getan, Quiqui! Na, na, du hast sie den ganzen Abend mit den Augen ausgezogen, du solltest dich schämen! Meinst du, sie hat es gemerkt? fragte er. Sicher; auf jeden Fall hab ich es gemerkt und sehr wenig galant von dir gefunden.

Prullàs nahm ihre Hand und führte sie an seine Lippen. Das ist doch was ganz anderes, Quiqui. Die berühmte Schauspielerin entzog ihm die Hand und griff nach dem Fächer. Manchmal möchte ich dich am liebsten erwürgen, sagte sie; aber wenn ichs bis jetzt nicht getan habe, werde ich es wohl nicht mehr tun. Du bist sehr großzügig, sagte Prullàs. Eher träge; nach all den Jahren hab ich mich an dich gewöhnt, wie man sich an einen Buckel gewöhnt.

Prullàs zündete sich eine Zigarette an und lehnte sich in die weichen Sofakissen zurück. So lange kennen wir uns noch gar nicht, sagte er; wenigstens kommt es mir nicht so vor, wahrscheinlich, weil neben dir die Jahre wie Tage und die Tage wie Sekunden sind. Sehr witzig, maulte Mariquita Pons, aber in ihre Augen trat flüchtig ein wohlgefälliger Glanz.

Prullàs' Gedanken waren schon abgeschweift. Erinnerst du dich noch, als wir zum ersten Mal *Alle Toten heißen Paco* aufführten? Die berühmte Schauspielerin legte den Fächer weg, steckte eine Zigarette in die Perlmutterspitze und ließ sich von Prullàs Feuer geben. Natürlich, wie sollte ich das vergessen?

Prullàs' Frage trug sie in eine viele Jahre zurückliegende Frühlingsnacht in Madrid zurück. Dort hatte Prullàs eben seine erste Komödie zur Aufführung gebracht; Mariquita Pons, damals eine junge Schauspielerin von anerkanntem Talent, hatte eingewilligt, ihrer Karriere eine unerwartete Wende zu geben und, entgegen den Ratschlägen ihres Agenten und obwohl sie dabei ihr Prestige aufs Spiel setzte, im Stück dieses neuen Autors die Hauptrolle zu spielen. Trotz aller Unkenrufe war die Premiere ein Erfolg gewesen. Nach der Vorstellung und den Glückwünschen von Freunden und Bekannten hatten der Autor und die Hauptdarstellerin, zu nervös, um schlafen zu gehen, auf eigene Faust weiterzufeiern beschlossen. Mariquita Pons, die Fontcuberta noch nicht kannte, hatte einen ebenso sympathischen wie arbeitsscheuen Freund, einen Berufsschnorrer, der etwas von einem Dichter, etwas von einem Revolutionär und viel von einem Halunken hatte: ein echter Vertreter der Madrider Boheme. Prullàs, damals schon mit Martita befreundet, war ohne Partnerin, denn ihre Eltern hatten ihr nicht erlaubt, ihn nach Madrid zu begleiten, obwohl Verwandte sie dort hätten beherbergen und bewachen können. Weit davon entfernt, sich zu grämen, hatte sich Prullàs die Gesellschaft eines eitlen, herausgeputzten Mädchens mit intellektuellen Neigungen verschafft. Spät in der Nacht landeten die vier auf einem Volkstanzfest außerhalb der Stadt, in einer Weinlaube am Ufer des Manzanares mit langen Tischen und Bänken aus unbearbeitetem Holz und Lampions. Dort tranken sie Anisschnaps, tanzten zu den Klängen einer Drehorgel Paso doble und Chotis und erlebten von weitem einen Streit zwischen zwei Angebertypen mit. Es hagelte Unverschämtheiten und Geistesblitze, eine Bosheit folgte der andern, und schließlich wurden die Messer gezückt. Glücklicherweise siegte die Vernunft, und es gab keine Verletzten, aber der Vorfall hatte alle noch mehr erregt, als sie es ohnehin schon waren. Mariquita Pons' Freund lieh sich eine Gitarre aus und sang einen Bolero, dem von den Anwesenden kräftig applaudiert wurde; dann tanzten die beiden jungen Mädchen sehr anmutig und sehr frech eine Milonga. Alle forderten Prullàs auf, ebenfalls etwas zum besten zu geben, aber er versuchte sich herauszureden, indem er sagte, er könne weder Gitarre spielen noch singen und schon gar nicht tanzen; aber auf allgemeines Drängen deklamierte er schließlich mit pathetischer Stimme und komödiantischen Gebärden eine hochtrabende Romanze des Duque de Rivas. Am Ende feuerten ihn alle an, und die zwei Mädchen küßten ihn gleichzeitig auf beide Wangen. Bei der Rückkehr nach Madrid war es schon hell. Der Nordwind wehte, und vor dem kalten, durchsichtigen Blau des wolkenlosen Himmels erschienen die Dächer wie Scherenschnitte. Wahlplakate bedeckten die Mauern der unbebauten Grundstücke. Spaßvögel hatten mit Kohlestift die ernsten Gesichter von Gil Robles und Largo Caballero entstellt. Das herausgeputzte Mädchen hängte sich bei Prullàs ein und verkündete lauthals, sie habe vor, José Antonio Primo de Rivera zu wählen. Er sei der einzige, der Spanien aus dem Chaos erretten könne, und er sehe ja soo gut aus! In diesen turbulenten Tagen war eine solche Äußerung höchst gefährlich.

Was ist eigentlich aus diesem Freund geworden, den du damals hattest, Quiqui? fragte Prullàs, den Strom seiner Erinnerungen unterbrechend. Manuel? Du hast ein gutes Gedächtnis. Um Himmels willen, Carlos, mein Liebesleben war nicht so reichhaltig! rief sie. Er war ein überaus sympathischer Frauenheld. Hast du wieder mal was von ihm gehört? Indirekt; er soll in der Strafanstalt Burgos gestorben sein. Und das Mädchen, das *du* umschmeichelt hast? Die, die José Antonio wählen wollte, wie hieß sie noch? Keine Ahnung, unsere Beziehung war nur eine flüchtige Episode ohne Folgen. In dieser Nacht habt ihr jedenfalls ziemlich geturtelt. Reine Galanterie. Nach der Fete hab ich sie nach Hause gebracht, und wir haben uns vor dem Eingang mit einem Händedruck verabschiedet. Das war alles? Na, mein Lieber, und das soll ich dir glauben? Aber natürlich! Ihr Vater war ein Altfalangist, immer die Pistole im Gürtel. Er lächelte traurig und fügte hinzu: Wie hat sich doch alles verändert!

Was ist mit dir, Carlos? fragte Mariquita Pons. Nichts. Mich kannst du nicht hinters Licht führen, irgend etwas macht dir Sorgen. Schau, es ist schon sehr spät, warum sagst du mir nicht, was es ist, und dann gehst du? beschwor sie ihn. Prullàs räusperte sich. Wie wars denn beim Friseur? fragte er unmotiviert. Verdutzt schaute sie ihn an. Bei welchem Friseur? Bei dem von heute nachmittag; heute hattest du einen Termin beim Friseur, darum bist du nach der Probe gleich aus dem Theater gesaust. Nanu, das stimmt, das hatte ich völlig vergessen. Instinktiv fuhr sich Mariquita Pons mit den Händen an den Kopf und brachte ihre Frisur in Ordnung. Wenn mein Mann abwesend ist, reitet mich der Teufel, und wenn er wieder da ist, komme ich überhaupt nicht zurecht, dieser Kerl macht mich ganz verrückt. Wer hat dir das mit dem Friseur überhaupt erzählt? Diese Neue, die im Stück mitspielt, sagte er, Señorita Lilí Villalba. Ach, dieses Mädchen! sagte Mariquita Pons; ich wußte nicht, daß ihr befreundet seid. Bis heute hatte ich kein Wort mit ihr gewechselt; Gaudet wollte unbedingt, daß ich sie nach der Probe aufsuche. Gaudet hat dir aufgetragen, mit dieser scheinheiligen Person zu reden? Und warum? fragte sie lebhaft. Prullàs merkte, daß er auf glitschigen Boden geraten war; unter keinen Umständen durfte die berühmte Schauspielerin von Vallsigorris Intrigen erfahren. Ich weiß auch nicht genau, improvisierte er; Gaudet meint, sie ist nervös, und hat mich gebeten, sie zu beruhigen. Mariquita Pons lächelte verächtlich. Und danach war sie ruhig? Quiqui, hat es zwischen Señorita Lilí Villalba und dir irgendwelche Reibereien gegeben? Sie starrte ihn an. Reibereien? murmelte sie, was für Reibereien? Was weiß denn ich! Ich komm ja nur ab und zu auf die Proben, aber ich habe den Eindruck, in letzter Zeit ist etwas mit dir los, du bist sehr verdrossen. Sie antwortete, nur die Idioten verdrössen sie; sie erklärte nicht, wen sie meinte, aber in ihrer Stimme lag eine gewisse Ungeduld.

Im Vorzimmer seufzte Mariquita Pons und blickte Prullàs zärtlich an, als hätte sich ihr Zorn in der Stunde des Abschieds in Mitleid verwandelt. Ich sehe, dieses Mädchen hat es dir angetan, sagte sie. Prullàs betrachtete sich im Spiegel. Glaubst du, ich werde ihr gefallen? fragte er halb ironisch, halb im Ernst. Sie zuckte die Schultern. Das einzige, was ich dir versichern kann, ist, daß sie so tun wird, als würdest du ihr gefallen, was willst du mehr? Prullàs wandte die Augen vom Spiegel ab, lächelte und schüttelte traurig den Kopf; sie legte ihm die Hände auf die Revers. Sei vorsichtig, Carlos, flüsterte sie; Señorita Lilí Villalba kann dich in Schwierigkeiten bringen; gib dich mit den Frauen deines eigenen Kreises ab, zum Beispiel mit dieser fantastischen Rothaarigen, mit der ich dich neulich abends aus dem Kino gehen sah. Schwierigkeiten? fragte er, ohne auf ihre Anspielung einzugehen; ich weiß nicht, wovon du sprichst, meinst du diesen Vallsigorri? Ja, diesen Vallsigorri, sagte sie bestimmt; ich kenne ihn gut, man kann ihm nicht trauen, und was ihm auch zustoßen mag, recht wird ihm geschehen sein, murmelte sie rätselhaft. Sie stellte sich auf die Zehenspitzen und küßte Prullàs leicht auf die Wange. Du bist es, der mir Sorgen macht, fügte sie hinzu, während sie zurücktrat und ihn sanft zur Tür schob.

Aufgewühlt und schlaflos tigerte er in dieser Nacht in der Wohnung herum. Verstehe einer die Frauen, rief er zwischen den Zähnen; zuerst diese schamlose Person in der Garderobe und dann Quiqui. Was mag sie mit ihren Andeutungen gemeint haben?

3

Er mußte nicht lange warten, bis er erfuhr, was diese sibyllinische Warnung zu bedeuten hatte. Zwei Tage nach dem Dinner bei den Fontcubertas platzte die Sebastiana in sein Frühstück hinein, um einen unerwarteten Besuch anzumelden.

Nichts ging ihm mehr gegen den Strich. Als eingefleischter Nachtmensch pflegte er langsam und geregelt zu erwachen: Er rasierte und wusch sich, zog sich ohne Eile an und frühstückte frugal, aber ausgedehnt und in aller Ruhe, las dazwischen zerstreut die *Vanguardia* und löste anschließend gewissenhaft das Kreuzworträtsel. Nur so konnte er die morgendliche Aufgedunsenheit abschütteln, ohne sich anstrengen oder plagen zu müssen. Verflixt, Besuch um diese Zeit! Wer kann das sein?

Die Sebastiana machte eine dreiste Handbewegung. Ein Püppchen, sagte sie. Prullàs warf ihr einen strengen Blick zu. Sie wird ja wohl gesagt haben, wie sie heißt. Lilí Villalba oder so, brummelte sie widerwillig, dann fügte sie stichelnd hinzu: Die gute Spinne spinnt früh ihr Netz. Wenn ich eine Dosis Volksweisheit brauche, werd ichs dir mitteilen, sagte Prullàs, aber bis dahin aufgepaßt mit Kommentaren. Die Sebastiana zog die buschigen Brauen in die Höhe und verzog den Mund. Mir kanns ja egal sein; ich sag nix mehr, murmelte sie; soll ich sie reinlassen?

Prullàs kümmerte sich nicht weiter um die Frechheiten

der Haushälterin und dachte nach; lieber hätte er die junge Schauspielerin nicht empfangen, aber allein die Erwähnung ihres Namens erinnerte ihn so lebhaft an die Begegnung in der Künstlergarderobe von neulich, daß er nicht gegen den Wunsch ankam, sie wiederzusehen. Sag ihr, ich komme, sobald ich kann, sagte er schließlich.

Er versuchte sich wieder in die Zeitungslektüre zu vertiefen, aber es gelang ihm nicht; er trank den Milchkaffee in einem Zug aus, fuhr sich mit der Serviette über die Lippen und stand auf. Vor dem Büffetspiegel richtete er den Krawattenknoten und zog die Manschetten zurecht. Dann trat er ins Vorzimmer.

Señorita Lilí Villalba wartete bescheiden auf einer Stuhlkante sitzend. Als sie Prullàs erblickte, erhob sie sich und öffnete den Mund, sagte aber nichts. Sie trug ein diskretes, schlichtes Sommerkleid, nicht ohne Reiz, aber verblaßt vom vielen Waschen. Komm, sagte er.

Er ging zu seinem Arbeitszimmer voraus, bat sie hinein und schloß hinter ihr die Tür. Dann setzte er sich an den Schreibtisch und schaute die junge Schauspielerin unverwandt an. Der Tisch mit der ledernen Schreibunterlage und der Bronzegarnitur zwischen ihnen verlieh dem Gespräch einen entschieden beruflichen Anstrich, dachte er. Das flößte ihm Zuversicht ein. Während er sich eine Zigarette anzündete und überlegte, wie er die Situation kühl angehen könnte, begann Señorita Lilí Villalba unvermittelt zu sprechen. Señor Prullàs, ich bin gekommen, um Sie wegen meines dummen Benehmens um Verzeihung zu bitten; an dem Nachmittag neulich habe ich mich ungezogen und kindisch verhalten; zu einem guten Teil waren die Umstände daran schuld, aber ich weiß, daß sie mein Verhalten nicht rechtfertigen; als Sie mich überraschten, ohne Kleider und bei einer schweren Übertretung der Hausordnung, war ich wie benommen, und anstatt meinen doppelten Fehler einzusehen, reagierte ich hochmütig, wie eine blöde Göre, kurzum, ich tat genau das Gegenteil dessen, was ich hätte tun sollen. Ich wollte Ihnen nur sagen, daß es mir leid tut. Plötzlich verstummte sie und senkte wieder den Kopf, als hätten sich mit der eben vorgebrachten Erklärung ihre sämtlichen Gedanken und Worte erschöpft; nach einem Augenblick fügte sie, ohne den Kopf zu heben, hinzu: Sicher erscheint Ihnen das unbedeutend, aber für mich war es sehr wichtig, es Ihnen zu sagen. Ich weiß auch, daß es nicht recht war, zu Ihnen zu kommen, um diese Zeit ...

Stimmt, sagte Prullàs, das war nicht recht; setz dich. Die Handbewegung, mit der er auf einen Stuhl deutete, war energisch, aber seine Stimme verriet keine Wut, und auf seinen Lippen deutete sich ein leichtes, spöttisches Lächeln an. Ich weiß, daß es nicht recht war, fuhr Señorita Lilí Villalba fort, ohne sein Angebot anzunehmen, aber ich hatte keine andere Wahl, denn tagsüber bleibt mir keine Zeit; in Kürze muß ich am andern Ende von Barcelona sein, in Clot. Ich habe eine Gelegenheitsarbeit in der Verpackungsabteilung einer Milchproduktefabrik. Und nach einer Pause rechtfertigte sie diese scheinbar unnötige Erklärung mit den Worten: Sie werden ja wohl nicht annehmen, daß ich *nur* vom Theater lebe.

Ich dachte ..., begann Prullàs, beendete den Satz aber nicht. Das junge Mädchen errötete. Señor Ignacio Vallsigorri ist sehr nett und zweifellos großzügig, sagte sie leise; er hat *viel* für mich getan, vor allem verdanke ich ihm, daß er mir Zugang zum Theater verschafft hat, aber Sie werden nicht annehmen... Prullàs räusperte sich. Hast du gefrühstückt? fragte er, um das Thema zu wechseln. Ja, bevor ich von zu Hause wegging; ich bin es gewohnt, früh aufzustehen. Offen gestanden, mit den ganzen Proben und der Arbeit fehlt es mir an Schlaf, aber ich bin jung und sehr stark, und ich sage mir immer, das heißt, wenn ich das Gefühl habe, am Ende meiner Kräfte zu sein, sage ich mir, eines Tages, bevor ich alt und schwach bin, werde ich mich auf der Bühne durchgesetzt haben und *nur* vom Theater leben können; sonst …

Setz dich, wiederholte Prullàs. Das junge Mädchen gehorchte und schwieg. Prullàs betrachtete sie, um herauszufinden, was an ihren Worten stimmte und was ehrlich war an diesem so sittsamen, schüchternen Benehmen, das ihn die ungenierte Begegnung in Mariquita Pons' Garderobe keineswegs vergessen ließ, ganz im Gegenteil, und ihr im Licht der jetzigen Situation eine noch dunklere Bedeutung verlieh. Du bist tatsächlich um diese Zeit zu mir gekommen, um mir das zu sagen? fragte er schließlich, daß dir leid tut, was neulich in der Garderobe vorgefallen ist? Nicht, was vorgefallen ist, sondern *die Art*, wie ich mich benommen habe, ich hab es Ihnen schon gesagt; ich wollte den schlechten Eindruck tilgen, den ich auf Sie gemacht haben muß, das ist alles.

Wieder legte sich gespanntes Schweigen zwischen die beiden. Auf einmal überlief ein Schauer den Körper des jungen Mädchens. Prullàs befürchtete, diese krampfartige Bewegung sei der Beginn einer Szene voller Tränen oder Hysterie, aber als sie wieder zu sprechen begann, klang ihre Stimme ruhig. Ich habe Sie lange genug aufgehalten, ich gehe jetzt; danke, daß Sie mich empfangen haben, und entschuldigen Sie noch einmal meine Aufdringlichkeit. Prullàs war klar, daß sie, wenn er nichts sagte, aufstehen und seine Wohnung verlassen und der Zwischenfall für immer beigelegt sein würde. Durch die offene Balkontür drang der rhythmische, prosaische Ton eines Metallstabs, mit dem auf eine Blechpfanne geschlagen wurde; im Takt zu dieser improvisierten Trommel rief eine näselnde Stimme: *Es compren pells de conill!* Kaninchenfelle zu kaufen gesucht! Prullàs sagte: Hättest du dich denn nicht im Theater bei mir entschuldigen können, heute oder morgen, in einer Probenpause? Mußtest du unbedingt hierherkommen, um mir diese Dinge zu sagen? Langsam verschwand das Lächeln aus dem Gesicht des jungen Mädchens. Im Theater ging es nicht, murmelte sie; Sie verstehen das natürlich nicht, ich meine, Sie *können* es nicht verstehen, aber es ist so. Ich versteh es tatsächlich nicht, sagte Prullàs in humoristischem Ton, der seine Unruhe schlecht verbarg – er fürchtete sich vor dem, was sie ihm gleich sagen könnte. Señorita Lilí Villalba schaute auf ihre Armbanduhr und fragte: Darf ich Ihnen noch ein paar Minuten von Ihrer Zeit stehlen, Señor Prullàs? Wenn ich mich richtig erinnere, warst du es, die es eilig hatte, antwortete er. Ja, natürlich, ich werde zu spät zur Arbeit kommen; ich werde eine gute Ausrede erfinden müssen… Es wird das erste Mal sein, daß ich das mache; ich hoffe sehr, daß man mich nicht hinauswirft. Also gut, sprich, sagte er.

Sehen Sie, Señor Prullàs, als ich Ihnen eben sagte, ich wolle den schlechten Eindruck beseitigen, den Sie neulich von mir bekommen haben mögen, habe ich Ihnen zwar die Wahrheit gesagt, aber nicht die *ganze* Wahrheit; unter dem Vorwand, mich bei Ihnen zu entschuldigen, wollte ich mit Ihnen Kontakt aufnehmen. Bitte unterbrechen Sie mich nicht. Ich weiß, was Sie von mir halten, was ich in Ihren Augen bin; obwohl wir uns noch kaum kennen, weiß ich, wie Sie über ein Mädchen wie mich denken; das ist kein Vorwurf, glauben Sie mir; an Ihrer Stelle würden alle dasselbe denken. Du bist sehr sicher, meine Gedanken zu kennen, unterbrach sie Prullàs. Sie lächelte traurig. Ich bin nicht so naiv, daß ich nicht weiß, was für eine Meinung die Leute im Theater von mir haben, fuhr sie fort, und auch nicht so taub, daß ich nicht höre, was hinter meinem Rücken getuschelt wird. Aber verstehen Sie mich nicht falsch: Ich bin nicht gekommen, um mich zu beklagen oder meinen Ruf zu verteidigen; mich interessiert weder das eine noch das andere, und es würde ohnehin *nichts* nützen. Was wolltest du mir also sagen? fragte Prullàs. Nur das, antwortete sie, daß die Arbeit, die ich am Theater mache, wichtig ist für mich; ich will Schauspielerin werden, ich *will* wirklich Schauspielerin werden und bin bereit, alles dafür zu tun, jedes Opfer zu bringen. Das ist nicht nur Berufung, ich will Sie nicht anlügen. Ich lege die Karten besser auf den Tisch, Señor Prullàs, es ist nicht nur *Berufung*. In meinem ganzen Leben habe ich nichts als Not und Verdruß gekannt, meine Kindheit war unglücklich, aber die Gegenwart ist es noch mehr, und die Zukunft erscheint mir so schwarz, daß ich nicht einmal den Mut habe, sie mir vorzustellen. Ich habe weder Bildung noch Umgangsformen, ich kann nichts, wovon soll ich leben? Im Moment habe ich die Arbeit, von der ich Ihnen erzählt habe, in der Milchproduktefabrik, eine monotone, beschwerliche Arbeit, bei der ich mich täglich für ein paar Céntimos abrackere, aber sogar das, sogar diese echt *abstumpfende* Arbeit ist nur auf Zeit; ich kann jederzeit wieder auf der Straße stehen, und was werde ich dann tun? Ich weiß, was Sie denken: ich werde unnötigerweise melodramatisch. Als ich hierherkam und die Person, die mir aufmachte, gesagt hat, der Herr könne mich nicht empfangen, *weil er noch beim Frühstück sitze*, ist mir klar geworden, daß alles, was ich Ihnen sagen kann, unnütz sein würde – jemand mit einer solchen Lebensweise kann gewisse Dinge nicht verstehen. Nehmen Sie es mir nicht übel. Wer Armut und Elend nicht kennt, meint, Armut und Elend seien nur Bestandteile des Lebens einiger Leute; aber für uns, die wir in dieser Welt *leben*, sind Armut und Elend unsere einzige Wirklichkeit, unser ganzes Leben, an diesem und am nächsten Tag und am übernächsten Tag, ohne Veränderung und Hoffnung. Würde ich nicht denken, das Theater könne mich aus diesem Loch herausholen, ich glaube, ich würde mich umbringen. Bei diesen Worten seufzte sie tief, schlug die Hände vors Gesicht und fügte hinzu: Ich bin *zu allem bereit*, wenn ichs nur schaffe. Und unversehens sagte sie, die Hände vom Gesicht nehmend und mit heiterem Ausdruck: Verstehen Sie meine Worte nicht falsch.

Sag du mir, wie ich sie verstehen soll, entgegnete Prullàs.

Ich weiß, daß ich den Männern gefalle, fuhr sie fort. Erstaunt über die unerwartete Wendung, die die Argumentation der jungen Schauspielerin genommen hatte, zog Prullàs die Brauen hoch, und als Señorita Lilí Villalba seine Überraschung bemerkte, lächelte sie schüchtern-verschmitzt. Ich kokettiere nicht, ich sage nur, *wie die Dinge wirklich liegen*; ich weiß, daß ich eine attraktive Figur und schöne Beine habe. Auf der Straße macht man mir andauernd Komplimente, und ich weiß, was die Blicke der Männer bedeuten. Ich bin nicht unverschämt, aber auch nicht scheinheilig; ich denke, das Schicksal hat mir vieles versagt und dafür anderes gegeben, und es wäre absurd, alles Schlechte im Leben ergeben hinzunehmen und das Gute nicht zu nutzen, vorausgesetzt, fügte sie mechanisch hinzu, das bedeutet nichts Unmoralisches.

Don Ignacio Vallsigorri …

Ich habe nicht von ihm gesprochen, aber ich gehe dem Thema auch nicht aus dem Weg, sagte Señorita Lilí Villalba. Wir haben uns zufällig kennengelernt, obwohl sich dieser Zufall zweifellos nicht ereignet hätte, wären meine Beine nicht so, *wie sie sind*. Er hat mir Zugang zum Theater verschafft, wie ich Ihnen schon sagte, nicht irgendeinen Zugang zum Theater, sondern einen privilegierten: Über Nacht wurde ich von einer unbedeutenden Person zum Mitglied eines angesehenen Ensembles, neben Doña Mariquita Pons und in einem Stück *von Ihnen*. Ich weiß sehr wohl, was für ein ungeheures Glück ich hatte. Sie sagte diese Worte so begeistert, daß Prullàs keinen Grund fand, an ihrer Aufrichtigkeit zu zweifeln. In ihrer Erregung war Señorita Lilí Villalba aufgestanden und ging im Zimmer auf und ab. Dann schien mit einem Mal ihr ganzer jugendlicher Optimismus zu verfliegen. Sie ließ sich in den Ledersessel fallen und sprach müde weiter. Entschuldigen Sie meine Anwandlung; ich hatte nicht die Absicht, mich *auf diese Art* bloßzustellen. Ich bin gekommen, weil ich wollte, daß Sie eine bessere Meinung von mir haben, aber ich fürchte, ich habe genau das Gegenteil erreicht. Ich gehe. Es tut mir sehr leid, Sie beim Frühstück gestört zu haben, ich danke Ihnen für Ihre Geduld und versichere Ihnen, daß ich diese Wohnung nie wieder betreten werde.

Sie stand auf, und Prullàs tat es ihr gleich. Ich bring dich zum Ausgang, sagte er. Machen Sie sich keine Mühe, sagte sie. Das ist keine Mühe. Im Vorzimmer gaben sie sich die Hand.

Als die Tür schon offen war, sagte Prullàs: Vielleicht sollten wir dieses Gespräch doch fortsetzen, zu einem andern Zeitpunkt, ohne soviel Eile... und an einem andern Ort... Lilí Villalba wurde blaß; die kalte Treppenhausbeleuchtung betonte die Weiße ihrer Haut. Was schlagen Sie vor, Señor Prullàs? Er räusperte sich. Nichts, es war nur ein flüchtiger Gedanke, sagte er und wollte die Tür schließen. Bevor sie ins Schloß fiel, sagte sie: In der Calle de la Unión, nicht weit von den Ramblas, gibt es einen diskreten Ort, wo ich jeweils hingehe, wenn ich mit mir allein sein will; vielleicht werde ich heute abend nach der Probe einen Moment dort sein. Hotel Gallardo. Es ist ganz leicht zu finden. Behende ging sie die Treppen hinunter, ohne eine Antwort abzuwarten, und Prullàs schloß die Tür, ohne ihr eine zu geben.

★

Wieder allein, versuchte er, die *Vanguardia* weiterzulesen. In den Vermischten Meldungen wurde über eine grausame Tat berichtet: Am Vorabend waren ein paar Schurken, die Aufsicht austricksend, durch ein ins Gitter geschlagenes Loch in den Zoo eingedrungen und hatten mit einer Steinschleuder ein wehrloses Gnu getötet. Aufgrund dieses Vorfalls, den die Behörden als schändlich bezeichneten, war die Bewachung im Parque de la Ciudadela, in dem sich der Zoologische Garten befand und in dessen einsamen Alleen man kürzlich bei Sonnenuntergang einige Exhibitionisten gesichtet hatte, verdoppelt worden. In einem Madrider Vergnügungslokal traten die Peters Sisters auf. In Nürnberg häuften sich die Anklagepunkte gegen Alfried Krupp, der, wie es hieß, nicht nur mit unzweideutigen Worten seine Sympathie für die nationalsozialistische Ideologie geäußert, sondern auch materiell und substantiell zum Sieg der unheilvollen Partei beigetragen hatte, die sie verkörperte. Beweiskräftige Dokumente belegten, daß Krupp die Finanzierung der Naziwahlkampagne mit der ungeheuren Summe von einer Million Reichsmark unterstützt hatte. Dank dieser Hilfe und weiterer, vergleichbarer Zuschüsse von andern bedeutenden Familienunternehmen hätten die Nazis die Wahlen gewinnen und in Deutschland an die Macht gelangen können, behauptete die Staatsanwaltschaft. Nur durch die bedingungslose Unterstützung durch Industrie und Hochfinanz hätten sich die Nazis den gewaltigen Propagandaapparat leisten können, mit dem sie das ganze deutsche Volk eingeseift und in den Abgrund geführt hätten. Der Angeklagte gab die ihm zur Last gelegten Tatbestände ohne weiteres zu. Tatsächlich habe Göring, erklärte er dem Gericht, die bedeutenden Familien persönlich um wirtschaftliche Hilfe angegangen. Geben Sie, ohne zu knausern, habe er ihnen gesagt; denken Sie daran, wenn wir gewinnen, werden Sie keine Steuern mehr bezahlen müssen, denn in den nächsten hundert Jahren wird es in Deutschland keine Wahlen mehr geben. Da sie die dem Parteiensystem innewohnende Heuchelei, Ungewißheit und Korruption satt gehabt hätten, sei ihnen dieser Vorschlag überzeugend und vor allem praktisch erschienen. Aber einer Partei Geld zu geben, um die Kosten einer Wahlkampagne zu bestreiten, sei kein Verbrechen, hatte der Verteidiger sogleich angeführt. Letztlich habe der Angeklagte im Rahmen der demokratischen Freiheiten gehandelt, und sei es etwa nicht ein unzulässiger Widerspruch, ja geradezu ein Attentat auf die Logik, die Inanspruchnahme der demokratischen Mittel, auch wenn man mit ihnen gegen ebendiese Demokratie kämpfe, als Verbrechen an der Demokratie zu bezeichnen? Sei diese Möglichkeit nicht im System selbst angelegt? Dann hatte ein Mitglied des Gerichts, ein subalterner Richter britischer Nationalität, folgenden Vergleich zur Diskussion gestellt: Wenn im Verlaufe eines Boxkampfes einer der Puncher aus Gründen, die nichts zur Sache täten, sich selbst Fausthiebe zu verpassen begänne, bis er groggy wäre, würde man dann sagen können, er habe die Regeln des Marquess of Queensberry übertreten? Und wenn ja, mit welchem Argument? Den Exkurs weiterführend, erzählte ein anderer, amerikanischer Richter, im schon weit zurückliegenden Jahr 1926 habe er dem historischen Kampf beigewohnt, in dem Jack Dempsey nach Punkten und aufgrund eines sehr anfechtbaren Ringrichterentscheids gegen Jim Tunney den Weltmeistertitel im Schwergewicht verloren hatte. Als sich der Redner anschickte, einige der interessantesten Augenblicke der Begegnung szenisch darzustellen, hatte der französische Gerichtspräsident die Session angesichts der vorgerückten Stunde geschlossen.

4

Die Leute im Theater haben es auf mich abgesehen, sagte sie; sie haben einen Pik auf mich, und Mariquita Pons würde mir am liebsten die Augen auskratzen, das merk ich ihr an. Prullàs stand am Fenster und rauchte eine Zigarette. Sprich nie schlecht von jemandem, sagte er, ohne sich umzudrehen; üble Nachrede fällt immer auf den zurück, der sie praktiziert. Die Wettervorhersage hatte Bewölkung und vereinzelte Schauer angekündigt, aber bis dahin war der Tag heiter gewesen; jetzt freilich zogen sich dicke Wolken über der Stadt zusammen, und fernes Donnergrollen drang ins Zimmer. Sie treffen ins Schwarze, wenn man es am wenigsten erwartet, dachte er. Siehst du? sprach Señorita Lilí Villalba weiter, siehst du, daß ich unbedingt jemand brauche, der mir *diese Dinge* beibringt? Ich hab niemand kritisieren wollen, und schon gar nicht Doña Mariquita; ich *verehre* Doña Mariquita, bewundere sie als Schauspielerin und Frau, ich würde *mein Leben* für sie hingeben, ich schwörs dir, auf der Stelle soll mich der Schlag treffen, wenn ich gelogen habe; ich möchte nur neben ihr weiterarbeiten können, um noch mehr zu lernen und ihr *eines Tages* zu gleichen; diese Erfahrung ist wertvoller für mich als jeder Schatz; sag ihr das.

Prullàs ließ seinen Blick von den Wolken auf das gegenüberliegende Haus schweifen. Alle Fenster standen offen, und die Jalousien waren hochgezogen, aber das Gebäude sah unbewohnt aus; nur ein Stieglitz hüpfte auf einem Fensterbrett in seinem Drahtkäfig auf und ab. An einem Laden im Erdgeschoß, fürs Publikum offensichtlich geschlossen, verkündete ein Schild:

DR. SOBRINOS BERATUNGSSTELLE
FÜR GESCHLECHTSKRANKHEITEN
HAUTKRANKHEITEN, BLENNORRHAGIE, SYPHILIS
DURCHFÜHRUNG
VON PERMANGANATSPÜLUNGEN

Sag es ihr selbst, schlug er vor. O nein, ich wüßte nicht, *wie* ich es tun sollte, ich kann nicht ausdrücken, was ich wirklich denke, ich weiß mich nicht zu *benehmen*, du hast es ja eben selbst gesehen – wenn ich etwas Vernünftiges sagen will, kommt Unsinn dabei raus. Prullàs wandte sich um und lächelte. Das ist nur, weil du noch jung bist, murmelte er, sie wird es schon verstehen. Señorita Lilí Villalba zog die Beine an, umschlang sie mit den Armen und stützte das Kinn in die Vertiefung zwischen den Knien; ihre Glieder waren zart, vermittelten aber den stimulierenden Eindruck jugendlicher Kraft. Dieser Anblick entschädigte für das deprimierende Aussehen des elenden Zimmers, für die fragwürdige Sauberkeit des Betts. Sie wird mich verstehen? wiederholte sie ungläubig. Ganz bestimmt, antwortete er. Vielleicht war Quiqui vor Jahren auch so, dachte er, vielleicht mußte sie ebenso schwierige Zeiten durchmachen, mußte ähnliche Zimmer aufsuchen; sie würde es zwar nie zugeben, aber es besteht kein Grund, eine solche Möglichkeit auszuschließen.

Prullàs erinnerte sich, daß die berühmte Schauspielerin erzählt hatte, wie sie vor vielen Jahren in ihren Anfängen, im leichtlebigen, verrückten Madrid der Diktatur, in ein zweitrangiges Theaterensemble eingetreten war, dessen Regieassistent die Angewohnheit hatte, sich in den Kleiderschränken der Garderoben zu verstecken, um den Schauspielerinnen beim Umziehen zuzuschauen. Diese wußten das, aber der Regieassistent war ein mieser Verleumder, der aus unbekannten Gründen großen Einfluß auf den Regisseur ausübte und jedem, der sich mit ihm anlegte, die Karriere ruinieren konnte. Deshalb behielten es alle lieber für sich, daß dieser niederträchtige Mensch bei ihnen gewesen war, und taten so, als bemerkten sie sein Keuchen zwischen den Kleidern nicht. Mariquita Pons hatte diese Geschichte in ihrem Salon zum besten gegeben, vor Freunden und in Gegenwart ihres Mannes, ganz ohne Groll oder Scham, vielleicht weil der Vorfall mit den Jahren zu einer pittoresken Anekdote geschrumpft oder für sie schon damals normal und nicht demütigend gewesen war. Auch Mariquita Pons war in einem äußerst rauhen Milieu aufgewachsen, einem beklemmenden Milieu von Armut, in einem ungemütlichen, kleinkarierten Klima; ihre exquisite Weiblichkeit war eine gewordene: Sie hatte beschlossen, diese Erscheinungsform anzunehmen und sich ihre Vorteile zunutze zu machen; jetzt wurde ihre Persönlichkeit – das Ergebnis von Verstellung und täglicher Anstrengung – für erlesenste, spontanste Leichtigkeit, für höchste Empfindsamkeit gehalten; nun war der Weg unwichtig geworden, der sie dahin gebracht hatte. Im Unterschied zu ihr, dachte Prullàs, mußte das junge Mädchen, mit dem er in diesem schmutzigen Zimmer des Hotels Gallardo eben ein Abenteuer gehabt hatte, noch ein langes Stück voller Gefahren und Ungewißheiten zurücklegen. Vielleicht wäre es meine Pflicht, sie zu warnen, dachte er; obwohl sie anderseits genau Bescheid weiß – wenn nicht, welche Wahl bleibt ihr?

Aber das ändert nichts daran, daß stimmt, was ich sage, hörte er Señorita Lilí Villalba sagen, die trotz Prullàs' hartnäckigem Schweigen weitergesprochen hatte; ich weiß, daß man über mich tuschelt, weil ich *an der Hand* von Señor Ignacio Vallsigorri ins Ensemble eingetreten bin, als wäre das ein Verbrechen. Wie hätte jemand wie ich sonst da hineinkommen können? Deswegen bin ich nicht anders als die andern, und ich verlange auch keine Vorzugsbehandlung, im Gegenteil, ich möchte behandelt werden *wie alle*, ich möchte mit allen gut auskommen und möchte, daß mich alle so schätzen wie ich sie. Sag du es ihnen bitte, sag ihnen, daß ich stolz darauf bin, mit ihnen arbeiten zu können, daß ich genau weiß, welches Privileg es ist, unter Señor Gaudet zu arbeiten; bitte, Carlos, sprich mit ihm und sag ihm, daß ich bereit bin, alles zu tun, was er von mir verlangt, alles ohne Ausnahme ..., sag ihm, er braucht keine Angst zu haben, *mich zu beleidigen* ..., und du auch nicht.

Prullàs fixierte sie. Er fragte sich, ob in diesen Worten eine verborgene Einladung zum Unnennbaren, eine Spur Verdorbenheit lag. Sie reagierte auf seine Musterung mit einem bestürzten Ausdruck. Was starrst du mich so an? fragte sie. Nein, dachte er, in ihren Worten gibt es kein Geheimnis, aber ihr ganzes Benehmen ist unleugbar pervers. Sie weiß, was man von ihr erwartet, und ist bereit, es redlich zu gewähren, ohne Ziererei und Feilschen. In mancher Hinsicht ist sie wie ein Kind, ihr Wille ist unschuldig, aber ihr ganzes Wesen verdorben. Vielleicht wird in der Welt, der sie entstammt, alles mit andern Ellen gemessen. Aber was habe *ich* hier zu suchen? Er spürte, wie ihn ein vages Gefühl von Beunruhigung befiel, eher das Ergebnis von Vorahnung als des Nachdenkens. Zuvor hatte er schon mehrere Liebschaften gehabt, die er diskret zu unterhalten und im richtigen Moment mit Geschick und einer für beide Seiten vorteilhaften Vereinbarung zu beenden gewußt hatte, ohne weitere Komplikationen als die unvermeidlichen Tränen und Klagen und für die Umstände typischen Vorwürfe. Jetzt aber war die Situation anders, und sein Instinkt warnte ihn vor drohender Gefahr. Zum ersten Mal sah er sich von einer Frau in ein Abenteuer hineingezogen, die von Anfang an die Initiative ergriffen hatte, ohne sich um den Unterschied in Alter, Hierarchie und sozialer Stellung zu kümmern, als spielte in dieser sich anbahnenden Beziehung einzig die gegenseitige Anziehung der Hauptfiguren eine Rolle, mit siegessicherer Unverfrorenheit, aber auch mit demselben Mut, mit dem man bei einer Wette gegen einen Rivalen, der über unbegrenzte Mittel verfügt, bewußt sein ganzes Hab und Gut aufs Spiel setzt.

Das Leuchten eines Blitzes ließ ihn wieder hinausschauen;

ein Donner grollte, und dicke Tropfen begannen sich im Staub des Straßenpflasters abzuzeichnen. Umsonst kämpfte der Stieglitz, in seinem Käfig aufgeregt hin und her hüpfend, gegen den Angriff des Wassers. So ein Ärger! dachte Prullàs; da wollte ich die Begegnung kurz halten, und nun werde ich abwarten müssen, bis es zu regnen aufhört. Eines Tages, fuhr sie hinter ihm fort, wenn ich berühmt bin und mich die Journalisten nach *meinen Anfängen* fragen, werde ich ihnen sagen können, daß ich mit dir debütiert habe. Ohne seinen argwöhnischen Blick zu bemerken, fuhr sie weiter: Ach, Carlos, könntest du mich in den Nächten sehen, wenn mich die Hitze nicht schlafen läßt und ich mich mit den tollsten Plänen und Projekten im Bett herumwälze! Der Regen trommelte an die Scheiben. Wohin willst du mich bringen, du schamloses Ding? fragte Prullàs, während er das Fenster schloß und zu ihr zurückging. *Wohin* willst du gehen? antwortete Señorita Lilí Villalba.

Jetzt lag das Zimmer im Halbdunkel. Prullàs zündete sich eine Zigarette an. Ich will keine Scherereien, erklärte er. Ich werde dir keine machen, begehrte sie auf. Daran hatte er überhaupt nicht gedacht – er hatte vor sich selber Angst. Ich darf mich nicht von meinen Impulsen durcheinanderbringen lassen, sagte er sich; schließlich hat sie schon einen Gönner. Doch angesichts des jugendlichen Draufgängertums des Mädchens, das jetzt die trübe Atmosphäre dieses Gewitterabends mit ihm teilte, angesichts der Verwegenheit, die er vor Zeiten ebenfalls gekannt und dann vergessen hatte, beschwor seine Fantasie von selbst unerreichbare Begierden herauf. Noch einmal von vorn anfangen! dachte er, Sirenengesang! Mit einer lässigen Gebärde wischte er diese absonderlichen Gedanken weg. Ich bin impulsiv und zugleich sprunghaft; wenn mir eine Frau über den Weg läuft, schmelzen mir hoffnungslos die Gelenke; keiner ist es gelungen, mich vollkommen für sich zu gewinnen, aber alle wecken die glühendsten Gefühle in mir. Na ja, so bin ich nun mal, und es bringt wenig, zu klagen oder mich ändern zu wollen; das einzige, was zählt, ist, niemanden zu täuschen. Aber was kann ich dagegen tun, daß sie sich selbst täuschen, wenn sie es so wollen?

Unwillkürlich führten ihn diese Überlegungen zu Marichuli Mercadal. Bis dahin war es ihm gelungen, die Erinnerung an seine schmähliche Flucht zu verdrängen, aber schließlich hatten ihn die Gewissensbisse eingeholt. Eine Frau in einem so delikaten Moment zu verlassen, ohne Erklärung oder ein falsches Versprechen, das sie in ihren eigenen Augen rechtfertigte, war Feigheit. Was sie getan hat, hat sie für mich getan, dachte er; bevor sie mich kennenlernte, hätte sie nicht im Traum daran gedacht, etwas so Folgenschweres zu tun, da besteht kein Zweifel; auch wenn sie die Skrupellose spielt, eine Abenteurerin ist sie nicht und schon gar kein Flittchen; mit der Entscheidung, die Grenzen der Schicklichkeit zu überschreiten, ist sie ein großes Risiko eingegangen, während meine Art, mit ihr umzuspringen, erniedrigend für sie war.

Die Hitze im Zimmer und die Scham, die er in diesem Moment verspürte, machten ihm das Atmen schwer. Weder verdient sie es, wie ein Spielzeug behandelt zu werden, noch bin ich ein Schuft, dachte er schließlich, und auf der Stelle beschloß er, sie am nächsten Morgen in Masnou zu besuchen, trotz der lästigen Anwesenheit ihres Mannes und der Verwirrung, die sein unerwartetes Auftauchen stiften könnte. Ich werde äußerst behutsam sein müssen, um ihr zu beweisen, daß das, was zwischen uns gewesen ist, für mich nicht einfach ein Zeitvertreib war, aber ohne mich deswegen allzusehr zu verpflichten, ohne ins andere Extrem zu verfallen, dachte er. In diesem bedrückenden Zimmer erschien ihm die Erinnerung an Marichuli Mercadal wie ein Rettungsanker.

Ich habe es nicht eilig, aber ich weiß, daß du eines Tages *eigens* für mich eine Komödie schreiben wirst, hörte er Señorita Lilí Villalba sagen. Diese Mischung aus Naivität und Dreistigkeit brachte ihn zum Lachen. Er verscheuchte den Verdruß, der sich in sein Gemüt geschlichen hatte, wusch sich im Metallbecken in einer Ecke Hände und Gesicht und wandte sich dem jungen Mädchen zu, entschlossen, die vom Wettergeschehen aufgezwungene Wartefrist nicht ungenutzt zu lassen. Wenn du einmal berühmt bist, werde ich für dich die Geschichte eines Mädchens schreiben, dem eine riesige Nase gewachsen ist, weil es immer geflunkert hat.

5

Prullàs täuschte sich nicht. Als Marichuli Mercadal erwachte und sich von dem Mann verlassen sah, in dessen Armen sie ihren Fehltritt begangen hatte, verzweifelte sie. Die Erinnerung an das Erlebte war so beglückend, daß ihr der Verlust um so schmerzhafter erschien und sich für einen Moment ihr Verstand trübte. Dann beruhigte sie sich allmählich, konnte aber die Trauer nicht aus ihrem Herzen verbannen. Obwohl sie nicht an ihr künftiges Verhältnis zu Prullàs denken mochte, gab sie sich keinen falschen Hoffnungen hin: Sie hatte in ihm nur ein sinnliches, flüchtiges Interesse zu wecken vermocht, eine Mischung aus Neugier und Spiel, das, falls nicht etwas Außerordentliches geschah, am Ende des Sommerurlaubs in einen höflichen Abschied münden würde. Vielleicht ist es besser so, dachte sie resigniert; etwas anderes zu denken wäre Wahnsinn.

Am selben Vormittag fuhr sie nach Masnou zurück. Als sie dort war, zeigten ihr der nicht mehr ganz gefüllte Kühlschrank, die feine Staubschicht auf einem Möbelstück, einige Bestecke auf dem Büffet und andere, nur für das erfahrene Auge der guten Hausfrau sichtbare Details, daß sich ihre kurze Abwesenheit bereits auf die häusliche Ordnung ausgewirkt hatte. Unverzüglich gab sie entsprechende Anweisungen und stellte die Disziplin wieder her, ohne die besorgten Mahnungen Dr. Mercadals zu beachten, der in den Gesichtszügen seiner Gattin unbestreitbare, wohl dem zahnärztlichen Eingriff zuzuschreibende Symptome körperlicher und emotionaler Erschöpfung festgestellt hatte und ihr absolute Ruhe und eine Streptomycinbehandlung verschrieb, um möglichen Infektionen vorzubeugen.

Trotz des sommerlichen Dauertrubels hatte auch Alicia sie vermißt; sie war niedergeschlagen und appetitlos gewesen und hatte eine schlechte Nacht verbracht. All diese Umstände rührten Marichuli Mercadal und machten ihr klar, wie unvernünftig ihre Liebelei war; was wie etwas erregend Neues begonnen hatte, erschien ihr jetzt als schändliches, gefährliches und letztlich zum Scheitern verurteiltes Abenteuer. Ich war ein Dummkopf, dachte sie, daß ich einem verrückten Impuls nachgegeben habe, der mein Seelenheil gefährdet und den Frieden meiner Familie dazu; und das schlimmste ist, daß ich für all das nur meinem verrückten, sinnlichen Charakter die Schuld geben kann. Entschlossen, das Ganze für immer zu vergessen, ging sie noch an diesem Abend als erste Maßnahme in die Pfarrkirche und hatte fest vor, mit ihrem Gewissen ins reine zu kommen. Ich kann es mir auch nicht erklären, Pater, aber die plumpen Einschmeichelungen eines vollkommen Unbekannten, eines verheirateten Mannes sind bei mir nicht auf verächtliche Zurückweisung gestoßen, sondern haben eine uneindämmbare Flut der Leidenschaft ausgelöst; meine Seele brannte wie Zunder in Berührung mit der Flamme, und ohne zu wissen, wie, hab ich meine Zustimmung gegeben, flüsterte sie, vor dem Gitter des Beichtstuhls kniend. Dann, fügte sie noch leiser hinzu, hab ich ihn selbst aufgesucht.

Die Kirche war fast leer, der Tag neigte sich, und die schräg durch die Fenster einfallenden Sonnenstrahlen färbten sich bunt; durch die angelehnte Tür war das schrille Rufen der Mauersegler zu hören; die verwelkten Blumen auf dem Altar erfüllten die lauwarme Luft mit ihrem schwülen Wohlgeruch. Mein Kind, was du getan hast, ist sehr schlecht. Marichuli Mercadal hörte der belehrenden Predigt des Geistlichen nicht zu; die Heraufbeschwörung ihres Falls und die fast protzende Erklärung der eigenen Lüsternheit hatten sie in einen rauschhaften Zustand versetzt; die Kirche begann sich um sie zu drehen. Eine Ohnmacht ahnend, stand sie auf und entfernte sich Schritt für Schritt vom Beichtstuhl. Verdutzt streckte der Beichtvater den Kopf aus dem Krepp. Gehen Sie nicht, Señora, ich habe Ihnen die Absolution noch nicht erteilt!

Sich auf die Banklehnen stützend, schaffte sie es auf die Straße hinaus, wo sie zu einem Brunnen stolperte und unter dem Wasserstrahl ihre Erregung dämpfte; dann machte sie sich wieder zurecht und ging nach Hause. Mit mechanischem Lächeln erwiderte sie den Gruß der Urlauber auf ihrem Abendspaziergang. Dieselben Urlauber mußten am nächsten Tag in größter Eile den Strand verlassen, als plötzlich ein feuchtkalter Wind aufkam und der Horizont sich mit schwarz drohenden Wolken füllte. Kurz darauf entlud sich das Gewitter, das Prullàs einige Stunden später in Barcelona im Hotel Gallardo festhalten sollte.

Von allen möglichen Schrecken und Vorahnungen gepackt, sah Marichuli Mercadal in diesem Wetterumschlag ein düsteres Zeichen. Zum ersten Mal in ihrem Leben hatte sie Angst vor den Blitzen, und es half nichts, daß ihr Dr. Mercadal mit wissenschaftlichem Ernst und ärztlicher Geduld die physikalische Unmöglichkeit bewies, im Hausinnern zu verkohlen. Sie zündete eine Kerze für die heilige Barbara und eine für den heiligen Christus von Lepanto an und rief, taub gegenüber dem Hinweis, die flackernden Flammen so nahe bei den Gardinen und Vorhängen seien gefährlicher als sämtliche atmosphärischen Entladungen, das Dienstpersonal vor diesem improvisierten Altar zusammen und hieß alle den Rosenkranz beten. Bevor sie zum zweiten Geheimnis kamen, verzog sich das Gewitter, die Sonne schien wieder, und am Firmament erschien ein Regenbogen. Angesichts dieses majestätischen Bildes konnte Marichuli Mercadal die Tränen nicht zurückhalten. Ihr Mann zerbrach sich den Kopf beim Versuch, für dieses exzentrische Benehmen die richtige Diagnose zu stellen.

*

Am nächsten Morgen herrschte wieder sommerliches Wetter, und Marichuli Mercadal und Alicia gingen an den Strand. Dabei mußten die beiden zur Seite treten, um Prullàs' Wagen durchzulassen. Wegen der gleißenden Sonne auf der Karosserie des Studebakers konnte sie den Fahrer nicht erkennen, aber trotzdem dachte sie: Er ist meinetwegen zurückgekommen.

In den folgenden Stunden unternahm Prullàs jedoch nicht den geringsten Versuch, mit ihr in Verbindung zu treten – seine ganzen Vorsätze waren verflogen, als er sie erblickte. Bin ich plötzlich bescheuert? fragte er sich; ich hätte niemals kommen dürfen; ich hab schon genügend Scherereien, um nicht noch Öl ins Feuer zu gießen. Wäre es möglich gewesen, so hätte er kehrt gemacht und wäre nach Barcelona zurückgefahren; aber es war schon zu spät, sie hatte ihn gesehen, und eine so radikale Maßnahme hätte zwangsläufig alles noch verwickelter gemacht. Ich werde zur Familie fahren, dachte er; Martita und die Kinder freuen sich bestimmt, mich zu sehen, und mir wird es auch ganz guttun, ein paar Tage vom Theater wegzukommen. Was Marichuli Mercadal betrifft, so wird sich schon eine Gelegenheit ergeben, an einem öffentlichen Ort und in einer unverfänglichen Situation mit ihr zu sprechen.

Im Garten traf er seine Schwiegermutter beim Abzupfen welker Hortensienblüten an. Alle andern seien an den Strand gegangen, teilte sie ihm mit. Und du, warum hast du nicht gesagt, daß du kommst? Ich bin vor der Anarchistischen Organisation geflohen, antwortete Prullàs; sie haben Barcelona eingenommen und sind auf dem Vormarsch hierher. Die gute Frau stellte das Komposteimerchen nieder, um sich zu bekreuzigen; sie wußte zwar, daß es sich um einen Scherz handelte, aber ihre Angst war echt. Gestern hat es gegossen wie aus Kübeln, sagte sie, nachdem die Bedrohung gebannt war; aber heute, du siehst ja, keine Wolke. Ja, auch in Barcelona hats ganz schön geregnet, sagte Prullàs. Willst du nicht ein Bad nehmen? Später, vorher muß ich einen Anruf machen. Er war so überstürzt aus Barcelona aufgebrochen, daß er nicht einmal Gaudet hatte unterrichten können. Er wusch sich, zog sich um und ging zum Kasino.

Im Gegensatz zum blendenden Tageslicht schien der Kasinosaal im Dunkeln zu liegen; vielleicht deshalb spürte Prullàs, als er eintrat, eine erfrischende Kühle, intensiviert noch durch einen vagen Geruch nach Blumen und Bier vom Faß. Ersterer drang durch die weit geöffnete Glastür vom Garten herein, der andere kam von der Bar, hinter deren Theke Señor Joaquín in weißer Schürze Gläser trocknete und geräuschvoll in die Regale stellte. Was darfs denn sein, Don Carlos? Lassen Sie sich meinetwegen nicht bei der Arbeit stören, Señor Joaquín. Señor Joaquín hob die in einen feuchten, nicht eben sauberen Lappen gewickelte Faust und sagte, er sei dazu da, die Kundschaft zu bedienen; in Wirklichkeit nutze er diese flauen Stunden, um das Lokal in Ordnung zu bringen, jetzt, wo alle am Strand seien, um sich krebsrot grillen zu lassen. Prullàs deutete ans hintere

Ende des Saals: Er sei nur gekommen, um zu telefonieren, erklärte er.

Rolljalousien schützten auch diesen Winkel, in dem die Telefonzelle und die Billardtische standen, vor der Sonne. Auf einer Schiefertafel an der Wand waren die Namen der Finalisten des Sommerturniers in den Disziplinen Karambolage und Pool zu lesen. Prullàs betrat die Telefonzelle, zog die Klapptür zu, wählte 09 und wartete einen Moment, bis die Stimme der Telefonistin zu hören war; er sagte, er wolle mit Barcelona sprechen, diktierte Gaudets Nummer und fragte, ob es lange dauern werde; die Telefonistin verneinte: eine Viertelstunde oder zwanzig Minuten; ihr Ton schien zu bedeuten: Das ist das mindeste, ja? Prullàs hängte ein und ging zur Theke zurück. Geben Sie mir unterdessen einen roten Wermut mit Eis und Soda und ein paar gefüllte Oliven, sagte er. Als Señor Joaquín die Oliven aus einem Einmachglas schöpfte, trat der Dorftrottel ein.

Sicherlich hatte er erwartet, Señor Joaquín allein anzutreffen, denn als er den Fremden sah, machte seine gedrungene Gestalt im Gegenlicht der Tür einige zögernde Schritte. Señor Joaquín schüttelte den Lappen, um seinen Argwohn zu zerstreuen, doch die linkische Bewegung verstärkte diesen noch. Komm rein, Roquet.

Mit gesenktem Kopf schlich der Trottel dicht den Wänden entlang durch den Saal. Prullàs fragte sich, wie alt dieser Mann sein mochte; seine Züge erlaubten keine Schätzung – einige ließen ihn kindlich aussehen, andere alt, ohne daß man hätte sagen können, welche seinen wirklichen Jahren entsprechen mochten und welche auf seine psychische Anomalie zurückzuführen waren. Er war unter dem Namen Kuhmist-Roquet bekannt, und im Dorf kursierte die Legende, er sei kurz nach der Geburt von seinen Eltern, Zigeunern vielleicht oder Ausländern, fahrendem Gesindel jedenfalls, in einem Körbchen vor der Tür des Pfarramts ausgesetzt worden und der Pfarrherr habe ihn, als er frühmorgens seinen seelsorgerischen Pflichten nachkommen wollte, getauft und beschlossen, sich seiner anzunehmen, nachdem er ihn erst einmal bis nach der Frühmesse auf dem warmen Misthaufen deponiert habe. Hast du mitgebracht, was ich dir aufgetragen habe? fragte Señor Joaquín.

Mit triumphierender Miene zeigte der Trottel eine Rolle Papiere mit einem Gummiband darum. Obwohl er Analphabet und schwerfällig war und von der Fürsorge lebte, bekam Kuhmist-Roquet etwas Taschengeld für verschiedene Dienstleistungen im Dorf, wie Pakete austragen, gelegentlich die Gehwege kehren oder herumstreunende Katzen mit Steinen totschlagen. Geben Sie Roquet ein paar Kartoffelchips und eine Limonade, Señor Joaquín, er ist mein Gast, sagte Prullàs. Der Trottel machte einen Freudensprung und überreichte Señor Joaquín die Rolle Papiere.

In diesem Moment klingelte in der Zelle das Telefon, und Prullàs ging nach hinten. Ihr Gespräch mit Barcelona, bleiben Sie dran, sagte die Telefonistin. Prullàs hörte das Summen am andern Ende der Leitung und dann eine Stimme in der Ferne: Ja bitte? Sogleich erkannte er, daß es Mariquita Pons war; zuerst glaubte er sich in der Nummer geirrt zu haben, aber er war sicher, daß er der Telefonistin Gaudets Nummer korrekt angegeben hatte. War es möglich, daß sie sich geirrt hatte? Nein, wie absurd, dachte er, während er den Hörer von sich hielt und anstarrte, als verberge sich in diesem schwarzen Ding des Rätsels Lösung. Hallo? Hallo? Wer spricht dort? fragte die berühmte Schauspielerin immer wieder.

In diesem Augenblick ging die Tür der Telefonzelle auf, und Kuhmist-Roquet streckte seinen borstigen Schädel herein. Prullàs schmetterte ihn mit dem Blick nieder, aber der Unglückselige sah oder verstand solch wortlose Rüge nicht. Er zeigte eine halbvolle Flasche Orange Crush und sagte

Silbe für Silbe: Dan-ke ..., dan-ke ... In einem plötzlichen Impuls hielt ihm Prullàs den Hörer an eines seiner abstehenden Ohren. Sprich du, flüsterte er ihm zu. Ohne das geringste Erstaunen rief der Trottel: Tag! und fügte nach einigen Sekunden hinzu: Ich bin Roquet, Kuhmist-Roquet! Und wer bist du? Dann wandte er sich mit zerknirschtem Gesicht zu Prullàs um. Es sei nichts zu hören, erklärte er. Vermutlich hat man aufgelegt, aber es war nicht deine Schuld, du hast es sehr gut gemacht, Roquet, beruhigte ihn Prullàs. Er nahm ihm den Hörer ab und fragte die Telefonistin nach dem Betrag für den Anruf und nach der Verbindung, die sie hergestellt hatte. Sie bestätigte ihm, daß es tatsächlich Gaudets Nummer war. Also befand sich Mariquita Pons in der Wohnung des Regisseurs. Was, wenn man sichs genau überlegt, nichts Besonderes ist, dachte Prullàs. Dennoch weckte dieser Umstand eine zwar unbegründete, aber schwer zu zerstreuende Beunruhigung in ihm. Was geht da hinter meinem Rücken vor? fragte er sich.

In solche Überlegungen versunken, bemerkte er erst, als er wieder an der Theke stand, daß Señor Joaquín auf einen Stuhl geklettert war und ein auffälliges Plakat an die Wand nagelte. Das hat Roquet also gebracht! rief Prullàs. Der Frachtdienst habe ihm ein halbes Dutzend davon gegeben, damit er sie dort aufhängen könne, wo am meisten Leute vorbeikämen, sagte Señor Joaquín, ohne das Plakat aus den Augen zu lassen, aber trinken Sie doch Ihren Wermut, er ist bestimmt schon warm und lasch. Kuhmist-Roquet hatte die Kartoffelchips aufgegessen und schaute jetzt gierig auf die gefüllten Oliven, die sich Prullàs hatte hinstellen lassen. Dieser schob dem Trottel das Tellerchen hin und leerte den Wermut, während er das Plakat betrachtete. Im Zentrum stand ein hübscher junger Mann mit braunem Teint und schmalem Schnurrbart im Frack, von den Schultern bis zu den Füßen in einen weißen Umhang gehüllt. Seine Augen waren geschlossen und die Brauen gerunzelt, und mit den Fingerspitzen beider Hände stützte oder drückte er seine Stirn mit einer Miene, die höchste Konzentration verriet. Im Hintergrund, etwas verschwommen, aber unverkennbar, stand Mephistopheles; finster und sarkastisch blickend, streckte er eine Hand mit langen, spitzen Fingernägeln zu dem grübelnden Geck aus, als übertrage er ihm auf diese Art übernatürliche Kräfte oder mache ihn eines geheimen Wissens teilhaftig. Unten auf dem Plakat stand zu lesen:

DER TEUFLISCHE DOKTOR CORBEAU
UND SEINE UNGLAUBLICHEN
PHÄNOMENOLOGISCHEN KRÄFTE
ZWEI STUNDEN SPANNUNG UND KONTAKT
MIT DEM JENSEITS!
EINE UNVERGESSLICHE DARBIETUNG –
NICHT FÜR HERZKRANKE

Dieser Anpreisung fügte Señor Joaquín einen Papierstreifen hinzu, auf den er mit großen Buchstaben von Hand geschrieben hatte:

SAMSTAG ABENDS 9 UHR 30
IM BILLARDSAAL DES KASINOS
EINTRITT FREI. VERZEHR OBLIGATORISCH

Auf den Verzehr wird ein Zuschlag erhoben werden wegen der Vorstellung, erklärte er. Prullàs nannte ihm den Betrag seines Anrufs und sagte, er solle ihm alles auf die Rechnung setzen; dann ging er hinaus, gefolgt von Roquet und seiner Papierrolle, betrat das Schreibwarengeschäft und kaufte Zeitschriften für die ganze Familie und *Däumling* und eine neue Folge von *Roberto Alcázar y Pedrín* für die Kinder. Kuhmist-Roquet gab auch der Verkäuferin ein Plakat des teuflischen Doktors und erstand von dem Geld, das ihm Señor Joaquín gegeben hatte, eine Postkarte von Rita Hayworth. Magst du auch gern Filme? fragte ihn Prullàs. Nöö – Mädchen, antwortete der Trottel.

6

Die Rückkehr von Martita und den Jungen weckte ihn aus einem bewegten Traum. Welche Überraschung, wir haben dich erst morgen erwartet! Mechanisch hob Prullàs den im Schreibwarengeschäft gekauften *Destino* vom Boden auf; er hatte einen Bericht von José Pla aus Amsterdam zu lesen begonnen, als ihn unbezwingbare Schläfrigkeit überkam; mit teigiger Stimme setzte er zu einer wirren Erklärung an. Geht es dir auch bestimmt gut? Ich habe auf leeren Magen einen Wermut getrunken, der mir offenbar gar nicht bekommen ist, sagte er, als er die Besorgnis auf dem Gesicht seiner Frau sah.

Papa, Papa, morgen tritt im Kasino ein Zauberer auf! Dürfen wir hin?

Ja, ich hab die Anzeige auch gesehen, bemerkte Prullàs; Kuhmist-Roquet hat überall Plakate verteilt. Wir haben zusammen einen Aperitif genommen und ein hochinteressantes Gespräch über unsere Filmbegeisterung geführt.

Die Beunruhigung in Martitas Gesicht wich einem Vorwurf: Sag den Jungs nicht so was; ich hab ihnen verboten, mit diesem Unglücklichen zu verkehren. In der Sommerkolonie galt Kuhmist-Roquet als gemeingefährlich; man erzählte sich, daß er Frauen, unabhängig von ihrem Alter, vorsätzlich oder zwanghaft an die Brust zu greifen versuche und in seinem Wahn auch die Euter von Ziegen und Kühen nicht verschone, daß er auf den Friedhöfen Gräber schände und sich überhaupt böse und viehisch benehme. Nichts davon traf zu. Wenn er wütend wurde, fiel er ungestüm über den Verursacher seines Zorns oder den jeweils gerade Greifbarsten her, und da er stämmig war und nicht an den Schaden dachte, den seine Fausthiebe verursachen konnten, war er in solchen Situationen wirklich gefährlich. Aber je älter er wurde, desto seltener hatte er solche Anfälle. Im allgemeinen war er ruhig, willig und dienstfertig und sehr geduldig, wenn ihn die Kinder und oft genug auch die Erwachsenen hänselten.

Es hat mir nicht den Eindruck gemacht, als wäre dieses Schauspiel für Kinder geeignet, sagte Prullàs. Mit dem Blick suchte er Zustimmung bei seiner Frau, aber die zeigte sich gleichgültig; sie hielt es für ausgemacht, daß an einem Zauberabend nichts die Moral verletzen konnte, und sah also keinen Grund, ihr Veto einzulegen. Na schön, gab er nach, aber wenn ich mitten in der Vorstellung entscheide, daß mir das Ganze nicht geheuer ist, werden wir ohne Widerrede gehen.

Nachdem sie bekommen hatten, was sie wollten, galoppierten die Jungen davon. Die Mutter rief ihnen nach: Putzt eure Schuhe ab, bevor ihr hereinkommt, immer macht ihr alles voll Sand! Wascht euch die Hände! Trinkt kein Wasser vom Hahn! Dann legte sie Prullàs die Hand auf die schweißnasse Stirn: Wovon hast du geträumt? fragte sie. Ich weiß nicht mehr, log er; vielleicht vom teuflischen Dr. Corbeau.

*

Einen Moment, einen Moment! rief Dr. Mercadal gestikulierend. Ein so interessantes Gespräch verlangt nach etwas ganz Besonderem. Er habe nämlich eigens, fügte er hinzu, als hätte er diese außergewöhnliche Gelegenheit vorausgeahnt, eine Flasche französischen Champagner kalt gestellt, Geschenk eines dankbaren Patienten. Ich bin gleich wieder da, aber ich verbiete dir, etwas zu erzählen, bevor ich zurück bin. Marichuli, man soll die Champagnergläser bringen!

Ich werde sie selbst holen, sagte seine Frau, die Mädchen wissen nicht, wo sie sind. Als sie aufstand, breitete sich in der Pergola ihr starkes Parfüm aus und übertönte den balsamischen Jasmin- und Azaleenduft. Wiederholt hatte ihr Martita von diesem Parfüm abzuraten versucht; ihrer Meinung nach lockte jeder Wohlgeruch, außer den süßen Insektenschutzmitteln, die Mücken an. Mich stechen sie nicht, hatte Marichuli Mercadal erwidert, ich habe nämlich bitteres Blut. Der Duft dieses Parfüms erregte Prullàs; die Nervosität machte ihn geschwätzig, und während des Essens hatte er ein Glas umgestoßen und zweimal die Gabel zu Boden fallen lassen.

An diesem Nachmittag war Dr. Mercadal im Haus von Prullàs' Schwiegereltern erschienen und hatte diesen und Martita betont beiläufig zum Abendessen eingeladen. Ich dachte, du wärst in Barcelona, aber meine Frau und meine Tochter haben dich heute morgen vorbeifahren sehen, erklärte er; und da ich am Montag unbedingt in den Operationssal und zu meinen Kranken zurückmuß, bin ich auf die Idee gekommen, wir könnten uns heute abend im Garten treffen, wenn es das Wetter und die Insekten erlauben; erwartet nichts Großartiges – Tomatenbrot und Schinken, Kartoffelomelett und so. Dann wurden ihnen aber Langustenschwänze mit Miesmuscheln an pikanter Soße, Thunfischpastetchen und mit Gemüse gefüllte Schweinelendchen aufgetragen.

Bis zum Abend hat mir niemand gesagt, daß ihr kommen würdet, also hab ich so gut wie möglich improvisiert, sagte Marichuli Mercadal. Wenn etwas gelungen ist, ist es ihr Verdienst, wenns schiefgegangen ist, meine Schuld, spöttelte der Arzt. Hör nicht auf ihn, Marichuli, du bist eine großartige Hausfrau, fiel Martita ein.

Es war wirklich ein opulentes Mahl, sagte Prullàs und schaute die Gastgeberin fest an. Marichuli Mercadal hielt seinem Blick stand; der an einem Blumengatter hängende Lampion färbte ihre Haut kupfern und gab ihren lila umschatteten Augen einen wilden Glanz. Aber während des Essens hatte sie sich am allgemeinen Gespräch nur zurückhaltend beteiligt, als wären ihre Pflichten als Gastgeberin wichtiger als die am Tisch erörterten Themen.

Was für ein seltsames Paar, bemerkte Prullàs, als er und Martita wegen des Champagners und der Gläser für einen Augenblick allein blieben. Sie sind neu im Dorf und wollen einen guten Eindruck machen und Freunde gewinnen, antwortete Martita. Das ändert nichts daran, daß sie seltsam sind, sagte er. Du kennst sie ja noch kaum. Stimmt, räumte er rasch ein, als er Marichuli Mercadal mit einem Dienstmädchen zurückkommen sah, das auf einem Tablett vier Champagnergläser brachte. Nicht gerade sehr vornehm, die Gäste sich selbst zu überlassen, aber es ist unglaublich schwer, in diesem Haus etwas zu finden, sagte sie; die vorherigen Bewohner hatten einen sehr eigenen Ordnungssinn: Einen Teil der Gläser haben sie im Wandschrank verwahrt und einen andern in einem Schrank im ersten Stock, hat man so was schon gesehen?

Triumphierend kam Dr. Mercadal mit eine Flasche Veuve Clicquot zurück. Ein wunderbares Geschenk, sagte Prullàs. O ja, und auch ein wunderbarer Patient, ich hab ihm ein paar Polypen aus dem Rektum entfernt, präzisierte der Chirurg. Mußt du so ins Detail gehen? tadelte ihn seine Frau.

Der Chirurg ließ den Korken knallen. So, und nun plaudere weiter aus dem Theater, sagte er; wir sind sehr gespannt auf deine Geschichten! Mißmutig verzog Prullàs das Gesicht. Immer wieder überraschte ihn das Interesse, das alles mit dem Theater Zusammenhängende bei Laien weckte, sogar bei Leuten, die nur selten eine Vorstellung besuchten.

Marichuli Mercadal bemerkte seine Miene sehr wohl. Sei doch nicht so eingebildet, sagte sie im Ton eines liebevollen Vorwurfs, man könnte ja denken, daß du das Theater nicht magst!

Ich mag es wirklich nicht! antwortete Prullàs. Von Zeit zu Zeit macht es mir Spaß, Komödien zu schreiben, und ich fühle mich wohl in der kleinen Welt des Theaters, zwischen Kulissen. Aber das Theater als Schauspiel, das die Leute unterhält und ihren Applaus erntet, das interessiert mich wenig. Und dabei geht es nicht nur um eine persönliche Haltung oder eine reine Geschmacksfrage, und noch weniger um eine Pose – meines Erachtens, und das meine ich im Ernst, gibt es das echte Theater nicht mehr.

Und was wäre deiner Meinung nach dieses echte Theater? fragte Dr. Mercadal. Die Mantel- und Degenstücke, antwortete Prullàs, das Pappmachétheater. Ich erinnere mich, fügte er hinzu, wie ich als Kind einige dieser furchterregenden Stücke gesehen habe, in denen der Vorhang immer auf eine leichenübersäte Bühne fiel, während einige Spielkartenkönige, denen die Bärte an einem Draht von den Ohren hingen, Himmel und Hölle anriefen. In diesen Vorstellungen gab es alles: Verschwörungen, Morde an Fürsten und Königen, Usurpationen, unmögliche Lieben, fulminante Bekehrungen, Selbstentleibungen; in vollkommener Harmonie tummelten sich großherzige Banditen, satanische Mönche, Opfer und Henker auf der Bühne, und es war eine einzige Demonstration aller denkbaren Tötungsarten und ihrer Schlagkraft: Pistole, Dolch, Gift und, bei aufwendigen Anlässen, Scheiterhaufen, Guillotine und Fenstersturz. Kurzum, es war das Theater, das der erhabene Enrique Rambal zur Vollendung brachte.

Das stimmt schon, meinte der große Chirurg; und übrigens kommt mir jetzt eine wundervolle Geschichte in den Sinn. Paßt auf. Als Kind nahm mich mein Vater einmal zur

Allerheiligenaufführung von *Don Juan Tenorio* mit, dargeboten von einem drittklassigen Ensemble. Zum frevlerischen Abendessen hatte das Standbild des Komturs zu erscheinen, dem, um die Wirkung noch zu steigern, gewaltige elektrische Entladungen vorangingen, Blitz und Donner und Höllenfeuer. Unglücklicherweise war das Höllenfeuer allzu realistisch und griff auf den Mantel des Komturs über. Der merkte nichts und schleifte den brennenden Mantel auf die Bühne. Als Don Juan sah, was da vor sich ging, machte er ein entsetztes Gesicht, das genau mit dem Inhalt des Stücks übereinstimmte, sicherlich der einzige ehrliche und passende Ausdruck seines ganzen Schauspielerdaseins. Als der Komtur sein Gesicht erblickte, dachte er wohl: Wie gut uns heute die Aufführung gelingt, und setzte mit großer Begeisterung zu seiner Tirade an. Das Ganze wäre zu einer regelrechten Tragödie geworden, hätte sich Hauptmann Centellas, der in den Soffiten auf den Beginn des unheilvollen Duells wartete, nicht auf den Komtur gestürzt und den beginnenden Brand mit seinem eigenen Mantel gelöscht. Der Komtur hatte vergessen, daß er unsterblich war, und rannte wie ein Besessener zwischen Rauchschwaden umher, während der verwirrte Don Juan übers eigene Schwert stolperte. Das Publikum lachte und applaudierte. Und das Beste am Ganzen war, daß die armen Schauspieler inmitten dieser Verwirrung mechanisch und schwülstig ihre Rollen weiterdeklamierten.

Wie grausam! rief Marichuli Mercadal, ich weiß nicht, wie euch so was amüsieren kann.

Das ist ganz normal, antwortete Prullàs, und hat in meinen Augen nichts Grausames; für das Publikum dieser Aufführung, deinen Mann eingeschlossen, gab es keinen Unterschied zwischen dem wahnsinnigen Inhalt des Stücks mit den Erscheinungen aus dem Jenseits und seiner unheilvollen Inszenierung – alles war Theater. Zweifellos war es eine großartige Aufführung und eine *Tenorio*-Version, die auch

Zorrilla entzückt hätte. Ich erinnere mich, im Madrider María-Guerrero-Theater vor einem äußerst eingebildeten Publikum etwas Ähnliches gesehen zu haben, wenn auch unter diametral entgegengesetztem Vorzeichen. Der große Ernesto Vilches spielte den *Volksfeind* von Ibsen, und im dritten Akt, während des pathetischen Monologs von Dr. Stockmann, oder wie die Figur heißt, ging der Stuhl, auf dem er saß, aus dem Leim und krachte einfach zusammen. Sogleich stand der Schauspieler voller Würde wieder auf, klopfte sich den Staub vom Gehrock, schaute ins Publikum, das den Atem anhielt, riß den Mund auf – und sagte nichts. Durch den unerwarteten Vorfall hatte ihn das Gedächtnis im Stich gelassen, und er konnte sich an kein einziges Wort von seiner Rolle mehr erinnern. Er erinnerte sich nicht einmal daran, in welchem Stück er spielte. Man mußte den Vorhang herunterlassen. Und wie reagierte das Publikum? fragte Dr. Mercadal. Auf die einzig mögliche Art, antwortete Prullàs; bei gesenktem Vorhang spendete es dem Ensemble höflichen Beifall, und dann verließ es gesittet das Theater. Solche Dinge wären heute nicht mehr möglich, fügte er mit nostalgischem Unterton hinzu, denn sie wären für ein vom Film und seinen Lauheiten pervertiertes Publikum vollkommen unglaubwürdig.

Jetzt fang nicht schon wieder an, gegen den Film vom Leder zu ziehen, sagte Martita, was für eine fixe Idee! Marichuli und ich lieben Filme. Und du im Grunde genommen auch. Das stimmt nicht, antwortete Prullàs, mir gefallen nur Western. Nun, du wirst dich dran gewöhnen müssen, dem Film gehört die Zukunft, sagte Dr. Mercadal, und nichts kann den Fortschritt aufhalten. Übrigens, fügte er hinzu, wenn die Art Theater, für die du dich stark machst, nicht mehr eine Randerscheinung, ein schlichtes Kuriosum wäre, wenn diese Art Stücke wirklich die Spielpläne beherrschten und die Aufführungen immer so wären wie die, die du eben beschrieben hast, dann wäre es mit dem Theater im Handumdrehen aus. Seltsame Dinge darf es nur als Ausnahme geben. Ich will euch das an einem Beispiel aus meiner eigenen Erfahrung erläutern. Mein Vater hatte in seiner Bibliothek einige schlüpfrige oder, wie er sie nannte, moderne französische Romane stehen. Natürlich hatte er mir verboten, sie zu lesen, und natürlich las ich sie hinter seinem Rücken, bruchstückweise, mit Bestürzung und ohne viel von ihrem Inhalt zu verstehen, aber sehr erregt. So wurde die Lektüre zu einem heimlichen Vergnügen und bis zu einem gewissen Grad zu einer Initiationszeremonie in bezug auf die Geheimnisse des Lebens. Nun, hätte mir mein Vater diese Art Bücher von sich aus gegeben, hätte er mich angeregt, sie zu lesen, und ich mich in sie vertieft wie in ein Schulbuch, so wäre ihre Lektüre kein harmloser, nützlicher Zeitvertreib mehr gewesen, sondern eine Perversion und eine sichere Ursache der Verrohung.

Und stimmt es, was man so sagt, daß die Schauspielerinnen am Theater launische, tyrannische Frauen sind? fragte Marichuli Mercadal, die allem Anschein nach über die bedächtigen Gesprächsbeiträge ihres Mannes ohne erkennbaren Grund in Harnisch geriet. Nein, keineswegs, antwortete Prullàs; einige sind so, aber die bringen es nicht weit. Um Erfolg zu haben, muß man diszipliniert und besonnen sein, gut mit Menschen umgehen können und Teamgeist haben. Und man muß auch dieses undefinierbare Etwas haben, das wir Klasse nennen. Und apropos, neulich hab ich in einer dieser Illustrierten, mit denen ihr Frauen die Zeit vertrödelt, eine Reportage gesehen, die zum Schaudern war: Ein berühmter Hollywoodstar hat sein Haus vorgeführt. Soweit ich habe ersehen können, ist diese Geistlosigkeit jetzt in Mode gekommen: die luxuriösen, entsetzlichen Häuser der Stars zu zeigen, zum Vergnügen und Hohn der Armen. Das würde eine Theaterschauspielerin niemals tun, erstens weil sie viel mehr Würde besitzt, und zweitens weil sie kein anständiges Haus oder dergleichen vorzuzeigen hat.

Und dieses Stück von dir, das kurz vor der Premiere steht? fragte Dr. Mercadal, wie heißt es? Und worum geht es? Natürlich nur, wenn du es uns erzählen willst. Es heißt *Arrivederci, Kleiner!* antwortete Prullàs, und es ist, wie all meine Stücke, eine Kriminalkomödie. Wenn du mehr wissen willst, wirst du schon eine Eintrittskarte kaufen müssen.

Oh, das darf doch nicht wahr sein! protestierte der Arzt; wenn das so ist, gibt es keinen Champagner mehr! Drängt ihn nicht, sagte Martita; vielleicht weiß er gar nicht, wie die Geschichte ausgeht. Einmal hat er sich erst zwei Tage vor der Premiere für den Schluß eines Stücks entschieden, nicht wahr, Carlos? Prullàs stellte die Behauptung seiner Frau mit einer vagen, resignierten Handbewegung in Abrede. Welche Qual für die armen Schauspieler! rief Marichuli Mercadal.

Prullàs zuckte die Schultern. Ach, sagte er, die Schauspieler sind bloß aufgeblasene Papageien; mit denen braucht man kein Mitleid zu haben. Eben hast du sie noch mit Zähnen und Klauen verteidigt, und jetzt sagst du das – wie kann man nur so widersprüchlich sein? rief Dr. Mercadal. Mehr als widersprüchlich, wetterwendisch! bemerkte Marichuli Mercadal. Schauspieler, fuhr Prullàs fort, sind von der Gesellschaft immer schon schief angesehen worden, weil sie Randexistenzen und Nachtwesen sind, die von Anmaßung und Täuschung leben. Früher erlaubte die Kirche nicht, sie auf dem Friedhof zu bestatten, als Schauspieler waren sie nicht würdig, in geheiligter Erde zu ruhen. Das finde ich eine Ungerechtigkeit, selbst wenn es von der Kirche kommt, sagte Marichuli Mercadal. Ich habe gelesen, daß Filmschauspieler in Indien noch heute wie Aussätzige behandelt werden, sie dürfen niemanden besuchen und nur untereinander heiraten, sagte Martita. Geschieht ihnen recht, warum drehen sie Filme! sagte Prullàs. Indien, fiel Dr.

Mercadal ein, ist eine Kastengesellschaft; wenn du dort keiner Kaste angehörst, bist du eine Null. Und daß die Schauspieler Papageien sein sollen, da kann ich dir gar nicht beipflichten; wenn sie keine sensiblen Menschen wären, könnten sie uns nicht so bewegen, wie sie es tun. Wen bewegen sie? fragte Prullàs; ich war in einem Theater noch nie bewegt. Du bist ein ungläubiger Thomas, antwortete Marichuli Mercadal im selben scherzhaften Ton, in dem das Gespräch bisher verlaufen war. Ich dagegen kann mich erinnern, in einigen Stücken mehrere Taschentücher vollgeschneuzt zu haben – nicht in deinen, nebenbei gesagt. Hör nicht auf ihn, Marichuli, sagte Martita; jetzt versucht er uns mit seinem Zynismus zu beeindrucken, dabei heult er schon, bevor der Vorhang aufgeht. Schön, trinken wir den Rest Champagner, und streiten wir uns nicht! sagte Dr. Mercadal. Gut gesprochen, stimmte Prullàs zu. Es ist ein ausgezeichneter Champagner; bestelle deinem Patienten unsere Glückwünsche. Ach, der kuckt sich schon lange die Radieschen von unten an, lachte der Chirurg. Ich geh Kaffee machen, sagte Marichuli Mercadal. Ich begleite dich, sagte Martita. Bring auch eine Flasche Whisky für die Herren und zwei Gläser! rief ihr Dr. Mercadal nach.

Weißt du, daß ich immer nur nachts in diesem Haus gewesen bin? sagte Prullàs, als die beiden Männer allein waren. Eigentlich hatte er nur ein verlegenes Schweigen brechen wollen, aber wegen der Gedankenverbindung ließ ihn dieser triviale Satz erröten.

Glücklicherweise hörte ihm Dr. Mercadal nicht zu; er hatte die während des Essens an den Tag gelegte Heiterkeit verloren und schien gedankenversunken. Er räusperte sich und sagte: Ich möchte mich bei Martita und dir bedanken, daß ihr heute abend zum Essen gekommen seid... und überhaupt für eure ständigen Zuneigungsbekundungen. Prullàs wollte diese peinliche Formalität unterbrechen, aber der

Chirurg fuhr fort: Doch, doch, wir sind neu hier, und es ist nicht leicht, irgendwo heimisch zu werden, wo man niemand kennt; wegen meines Berufs habe ich mit wenig Leuten Umgang, und meine Patienten seh ich immer in Narkose ..., aber ich meine nicht nur das. Neulich, abends im Kasino, hab ich dir von meiner Sorge erzählt. Diese Sorge ist seit damals nicht kleiner geworden, im Gegenteil, ich sehe, wie sich Marichuli immer mehr in sich selbst zurückzieht, als zehrte etwas sie auf ..., ich weiß nicht, es ist schwierig für mich, ja fast unmöglich, in ihre verborgensten Winkel einzudringen – wenn eine Frau nicht will, nützen auch die Kenntnisse eines Arztes nichts. Aber ihr übt einen gesunden Einfluß auf sie aus, das merkt man sofort. Wenn sie mit euch zusammen ist, ist sie eine andere. Ich beobachte sie nun schon... Pst, da kommen sie.

Marichuli, du solltest keinen Kaffee trinken, er läßt dich nicht schlafen, sagte Dr. Mercadal besorgt. Ich weiß schon, was gut für mich ist, Rafael, geh mir nicht auf die Nerven! Ihre Verdrießlichkeit überraschte Prullàs und Martita, schien aber den Angesprochenen nicht zu beeindrucken, der mit mildem Lächeln zu den beiden andern sagte: Marichulis Organismus bekommen Anregungsmittel wie Kaffee oder Tee nicht, aber sie muß sie unbedingt maßlos konsumieren. Später, wenn sie im Bett liegt, seufzt sie, schluchzt und leidet unter krampfartigen Zuckungen, die die Sprungfedern zum Ächzen bringen wie eine Seele im Fegefeuer. Ich sage ihr, sie soll rauchen, das werde ihr guttun, aber sie hört nicht auf mich. Auch Magerquark hab ich ihr verboten, weil er den Darmtrakt schwächt. Magerquark und Filme, sagte Prullàs, vor allem amerikanische; Magerquark zum Abendessen und dann ins Kino, das ist das sicherste Mittel, eine schlaflose Nacht zu verbringen.

*

Du sprichst doch nie übers Theater, nicht einmal mir erzählst du Anekdoten oder sagst deine Meinung; ich verstehe nicht, was dich heute dazu gebracht hat, eine Ausnahme zu machen, sagte Martita auf dem Heimweg. Nach diesem gewaltigen Essen konnte ich mich nicht drücken, sagte Prullàs. Schau mal, was für eine sternklare Nacht! Er blieb an einer Ecke stehen.

Zu dieser späten Stunde war auf den Straßen des Dorfes kein Mensch unterwegs, und obwohl das Meer still war, hörte man deutlich das Rauschen der Wellen, wenn sie sich brachen, und das gluckernde Murmeln des vom Sand abfließenden Wassers. Morgen wirds wieder ein schöner Tag, sagte Martita. Bei diesen Worten seufzte sie. Prullàs fragte sie, woran sie denke, und sie antwortete, an Marichuli Mercadal und ihren Mann. Was ist denn Besonderes an ihnen? fragte Prullàs. Sie sind ein seltsames Paar, findest du nicht? Nanu, vor einer Weile hab ich gesagt, ich finde sie seltsam, und du hast es bestritten, und nun, ohne daß sich irgend etwas Neues ergeben hätte, sagst du dasselbe wie ich, wer soll dich verstehen? Ich hab mit seltsam etwas anderes gemeint, sagte Martita; nicht ihr Benehmen, sondern ihre Beziehung, du verstehst mich schon.

Prullàs schaute seine Frau verstohlen an. Du verstehst mich schon? wiederholte er, meinst du, zwischen ihm und ihr gibt es keinen... du verstehst mich schon? Martita machte eine Grimasse: Sei nicht vulgär, Carlos! Heuchlerin! Hast du etwa nicht das andeuten wollen? sagte er. Überhaupt nicht! protestierte sie. Prullàs umarmte sie. Nicht alle Frauen haben das Glück, einen Mann zu haben, wie du einen hast, sagte er.

7

Unter einem Strohhut, dessen breite Krempe ihren Körper vollständig vor der Sonne schützte, verfolgte Marichuli Mercadal am Strand aufmerksam die Manöver einer Jolle, die von so ungeschickten Händen gesteuert wurde, daß sie wenige Meter von der Küste entfernt das glatte Meer pflügte, als hätte sie es mit einem Sturm auf hoher See zu tun. Die dumpfen Schläge des Rumpfs aufs Wasser und das Knattern der Segel gaben dem Kindergeschrei eine rauhe Note. Prullàs hüpfte über den Sand und kauerte im Schatten des Sonnendachs nieder; Marichuli Mercadal zuckte zusammen. Ich hatte dich nicht gesehen, sagte sie.

Sie kramte in einem Körbchen nach ihrer Sonnenbrille. Vielen Dank für die Blumen und die Karte, murmelte sie. Prullàs machte eine wegwerfende Handbewegung. Es war ein sehr angenehmer Abend, in jeder Hinsicht: das Essen und die Gesellschaft, sagte er. Wollen Sie damit sagen, daß Ihnen meine Gesellschaft angenehm ist, Señor Prullàs? Er versuchte in ihren Augen zu lesen, konnte wegen der dunklen Brillengläser aber nichts erkennen. Marichuli Mercadal lächelte. Werd nur nicht nervös, mein Schatz, ich meine es nicht doppeldeutig; nie hab ich doppeldeutig geredet, und nie hab ich eine Szene gemacht, so leid es mir tut; nicht einmal als junges Mädchen hat man mir angemerkt, wenn mir ein Junge gefiel, nicht mal, wenn er mir sehr gefiel, nicht mal, wenn ich dachte, ich würde vor Kummer sterben, sollte er mich nicht beachten; vielleicht hat sich mir deshalb nie einer genähert; sie dachten wohl, ich sei ein Eiszapfen, und wollten sich nicht frustrieren lassen; schließlich hab ich den Erstbesten heiraten müssen, der den Mut hatte, es mir vorzuschlagen, sicher unter Whiskyeinfluß.

Bevor Prullàs etwas entgegnen konnte, fuhr sich Marichuli Mercadal mit der Hand an die Lippen und unterdrückte einen Schrei. Was ist? Nichts, sagte sie. Als der Kapitän der Jolle zu lavieren versucht hatte, wäre das Boot um ein Haar gekentert. Ist dieser Schiffbruchsaspirant dein Mann? Sie nickte. Oh, und Alicia ist bei ihm, sagte Prullàs. Alicia und deine Jungs, antwortete sie; Martita will nicht begreifen, daß ein großer Chirurg auch eine große Niete sein kann, und hat sie mitfahren lassen. Prullàs zuckte die Achseln, die Gefahr erschien ihm nicht groß. Was bist du mir sagen gekommen? Prullàs ließ den Bademantel im Schatten und legte sich in die Sonne. Nichts, antwortete er; guten Tag. Nach einer Pause fügte er hinzu: Ich geh ins Wasser, kommst du mit? Marichuli Mercadal schüttelte den Kopf. Jetzt nicht; und sogleich fügte sie hinzu: Carlos, weder bin ich dir etwas schuldig noch du mir; du bist mir nicht einmal eine Erklärung schuldig; zwischen uns gibt es keine offenen Rechnungen. Natürlich, sagte er. Ohne den Schutz des Dachs spürte er, wie die Sonne brannte. Wenn ich auch nur eine Minute länger hierbleibe, fällt mir die Haut in Streifen vom Leib, und ich sehe aus wie ein Opfer der Atomikbombe, dachte er; aber er wagte nicht davonzugehen. Denkst du auch, ich sei verrückt? fragte sie. Das sind wir alle ein wenig, antwortete er.

*

Señora, wären Sie so liebenswürdig und würden sich vergewissern, daß diese Tasche, die ich Ihnen da gebe, eine normale Tasche ist, mit nur einer Öffnung und ohne Zwischenfutter oder Falten, wo man etwas verstecken kann? Da, nehmen Sie sie, drehen und wenden Sie sie, stecken Sie die Hand hinein und zeigen Sie sie den Herrschaften um sich herum. Könnten Sie mir inzwischen sagen, wie spät es ist, mein Herr? Oh, eine wunderschöne Armbanduhr! Wären Sie so liebenswürdig und würden Sie sie mir ein Momentchen ausleihen, damit ich ein kleines Experiment durchführen kann? Vielen Dank, mein Herr, und haben Sie keine Angst um Ihre Uhr, ich versichere Ihnen, sie ist in besten Händen. Señora, haben Sie die Tasche überprüft? Alles in Ordnung? Ist sie so, wie ich Ihnen sagte? Sehr gut! Geben Sie sie mir bitte. Danke.

Und nun, meine Damen und Herren, liebe Kinder und verehrtes Publikum – hier haben wir eine Stofftasche und hier eine prächtige Armbanduhr, Eigentum dieses Herrn da. Passen Sie auf, ich stecke die Uhr in die Tasche. Und jetzt, da sie drin ist, machen wir einen festen Knoten in die Riemen der Tasche, damit uns diese prächtige Uhr nicht abhanden kommen kann. So; vergewissern Sie sich, daß die Tasche bestens verschlossen ist und daß sich darin die Armbanduhr befindet, die dieser werte Herr mir auszuleihen so freundlich war. Und nun, wertes, liebes Publikum, brauche ich, um dieses harmlose Experiment durchzuführen, die Mitarbeit einer unschuldigen Hand. Gibt es einen Freiwilligen? Los, haben Sie keine Angst! Faßt sich niemand ein Herz? Ah, hier haben wir einen Freiwilligen. Sehr gut, mein Herr. Kommen Sie, kommen Sie aufs Podium, seien Sie so gut. Vorsicht, nicht stolpern. Sind Sie aufgeregt? Ein klein wenig? Nicht? Er sagt, er ist überhaupt nicht aufgeregt, meine Damen und Herren, und wir wollen es ihm glauben! Und sagen Sie uns, wie ist Ihr Name? Sagen Sie ihn laut, damit ihn das werte Publikum hören kann. Wie bitte? Kuhmist-Roquet? Also, einen kräftigen Applaus für diesen beherzten Mann!

Und jetzt, Don Roquet, sagen Sie mir die Wahrheit, sind Sie ein starker, entschlossener Mann? Ja? Nun, wir werden es gleich feststellen können. Da, nehmen Sie diesen Holzhammer. Schwer, nicht wahr? Und ob er schwer ist! Passen Sie genau auf, worum ich Sie bitten werde; ich werde Sie bitten, folgendes zu tun: Sehen Sie diese verschlossene Tasche, die, wie wir wissen, die prächtige Armbanduhr des Herrn in der zweiten Reihe dort enthält? Ich werde die Tasche auf diesen

Tisch legen und Sie bitten, mit dem Hammer kräftig draufzuschlagen. Doch, doch, Sie hören richtig. Donnerwetter! Da war kein großes Drängen nötig, meine Damen und Herren. Sie sind tatsächlich ein starker, entschlossener Mann – beinah hätten Sie Tisch und Podium entzweigeschlagen. Los, nur weiter, lustvoll, jawohl, mein Herr. Mit Begeisterung. Schon gut, nun reichts. Geben Sie mir den Hammer wieder, aber gehen Sie noch nicht. Da Sie die Arbeit getan haben, ist es nur billig, daß Sie auch den Ruhm teilen. Öffnen wir die Tasche und schauen wir, was geschehen ist.

Der Zauberkünstler knotete die Riemen auf und leerte den Inhalt der Tasche auf den Tisch: Federn, Schräubchen und Metallsplitter. Potztausend, Don Roquet, mir scheint, diesmal hat der Trick nicht funktioniert! sagte er unter bestürzten Grimassen. Der Dorftrottel lachte aus vollem Hals – eine Uhr zertrümmert zu haben fand er zum Brüllen. Sein Lachen steckte die Zuschauer an; nur der Besitzer der Uhr schien das Spiel nicht lustig zu finden. Gleichgültig gegenüber der Vorstellung, bewegten sich Señor Joaquín und seine beiden Söhne zwischen den Gästen umher, die Tabletts hoch über den Köpfen.

Noch einen Whisky, Herr Doktor? Bemühen Sie sich nicht, guter Mann, lassen Sie die Flasche auf dem Tisch, ich werde mir selbst nachschenken, antwortete Dr. Mercadal. In deinem Zustand solltest du nicht soviel trinken, warnte ihn seine Frau vergeblich. Das Meerabenteuer vom Vormittag hatte dem ungeübten Seefahrer einen Sonnenbrand eingetragen; seine Epidermis zeigte an mehreren Stellen Symptome von Abschuppung und überall eine unschöne dunkelviolette Farbe. Angesichts der verdrießlichen Laune ihres Mannes zuckte Marichuli Mercadal die Schultern. Zum Glück hatten die Kinder mit ihrer sonnengebräunten Haut das Abenteuer heil überstanden. Jetzt folgten sie staunend und verzückt den abgestandenen Tricks des Zauberkünstlers, dessen Erscheinung auf der improvisierten Bühne von den Anwesenden mit einem Hohn quittiert worden war, für den er zu einem guten Teil selbst verantwortlich war, denn der Inhalt der Plakate, die er an strategischen Punkten des Dorfes hatte aufhängen lassen, hatte nicht das geringste mit der Wirklichkeit zu tun.

In natura war der Mann, der sich der teuflische Dr. Corbeau nannte, ein schwächlicher, weibischer Alter mit plump pechschwarz gefärbtem Haar und übermäßig Wimperntusche, Lippenstift und Wangenrouge; er trippelte mit lächerlichen Schrittchen, flötete beim Sprechen und bewegte die Hände wie eine Marionette. Doch die Reaktion des Publikums schien ihn nicht zu beeindrucken: Auf die sarkastischen Komplimente, Pfiffe und anonymen Schwuler!- und Schwuchtel!-Rufe rund um seinen Auftritt antwortete er mit komplizenhaftem Zwinkern, das andeuten sollte: Meine Tricks sind zwar nichts Besonderes, aber das Amüsement, das ich euch beschere, ist eure Anwesenheit wohl wert.

Das ist unwürdig! hatte Martita gerufen, als sie ihn erblickte, gehen wir. Aber Prullàs widersetzte sich: Laß ihn doch, die Kinder merken nichts von diesen Dingen. Im Grunde konnte er nicht umhin, einen Mann zu bewundern, der sich Abend für Abend dieser Quälerei aussetzte, ohne deswegen auf die jammerhaften Koketterien zu verzichten, die sie auslösten. In dieser albernen Verblendung lag für Prullàs eine gewisse verzweifelte Noblesse.

Und nun, meine Damen und Herren, liebe Kinder, wertes Publikum, sagte der Zauberer, nachdem die Uhr in einer kleinen Truhe auf der andern Seite der Bühne unversehrt wiederaufgetaucht war, werden wir eine kurze Pause von zwanzig Minuten machen, bevor wir den gefährlicheren, schwierigeren und spektakuläreren Teil dieses unvergeßlichen Abends in Angriff nehmen. Ich bitte Sie inständig, in dieser ganz kurzen Pause ihren Platz nicht zu verlassen, nicht nur, damit ihn Ihnen niemand wegnimmt, sondern vor allem, da ich, der teuflische Dr. Corbeau, die Pause dazu nutzen werde, mit meinem magischen Hut an die Tische zu kommen und Ihre liebenswürdigen, großzügigen Spenden entgegenzunehmen. Wie Sie wissen, leben wir Künstler vom Applaus des Publikums, aber ab und zu müssen wir auch essen! Ich weiß, daß Sie einen Zuschlag auf den Verzehr bezahlt haben, aber dieser deckt nur die Ausgaben für das Lokal, berücksichtigt jedoch nicht die Einkünfte dieses bescheidenen Künstlers. Bitte gehen Sie nicht. Ich appelliere an Ihre Großherzigkeit. Danke.

Während sich die Gäste der Reihe nach dem Zylinder des Zauberers gegenübersahen und Münzen oder Geldscheine darin deponierten, zwickten ihn die Dreisteren und Ausgelasseneren hinterrücks ins Gesäß; dann wiegte er sich in den Hüften und bemühte sich, die schmerzliche Grimasse in ein plattes, vergnügtes Grinsen zu verwandeln. Als er an Prullàs' Tisch kam, gab dieser jedem seiner Jungen ein Fünf-Peseten-Stück, damit sie es dem Zauberer in den Zylinder werfen konnten. Danke, meine Kleinen. Martita richtete sich in ihrem Stuhl steif auf. Lassen Sie die Kinder in Ruhe, Sie unverschämter Kerl. Prullàs steckte diskret einen Geldschein in die Hand, die der Künstler eben von der Wange eines Jungen genommen hatte. Sie sind sehr großzügig, Señor, sagte der Magier mit ungläubigem Ausdruck, sowie er aus dem Augenwinkel den Wert der Banknote festgestellt hatte. Ich bin ebenfalls vom Fach, sagte Prullàs. Dr. Corbeau deutete ein unterwürfiges Lächeln an. Ich meine vom Komödiantenfach, setzte Prullàs hinzu.

Du hattest keinen Grund, diese Nummer abzuziehen, sagte Martita, nachdem sich der Zauberer von ihrem Tisch entfernt hatte. Er ist ein armer Teufel, mischte sich Marichuli Mercadal versöhnlich ein. Manche müssen eben zwischen Pfennigfuchserei und Würde wählen, erläuterte Dr. Mercadal mit teigiger Stimme, das Leben ist hart. Martita war nicht heiterer geworden. Es hat schon mit dem verdammten Gaudet gereicht, murmelte sie. Die Kinder, die nichts von diesem Streit mitbekamen, schliefen in ihren Klappstühlen ein. Ich bringe die Kleinen nach Hause, kündigte sie an. Wir ziehen uns auch zurück, sagte Dr. Mercadal; für Alicia ist es nicht gut, so lange aufzubleiben, und mein Rücken ist eine einzige offene Wunde.

Marichuli Mercadal sagte, sie bleibe noch für den zweiten Teil, sie sei nicht müde und jetzt komme das Beste. Du wirst doch nicht allein unter diesem Gesindel bleiben, sagte ihr Mann. Die werden mich schon nicht auffressen, sagte sie fest und mit herausforderndem Unterton. In diesem Fall bleibe ich auch, verkündete Prullàs; für einen Schauspieler ist nichts schmerzlicher als ein Massenauszug des Publikums. Von dieser Knechtschaft ist niemand frei, erklärte er, weder der berühmteste Star noch der ärmste Schlucker. Du siehst, man wird mich gut behüten, sagte Marichuli Mercadal zu Martita. Dem wäre so, wenn sich Kraft nach Worten bemäße, antwortete diese. Aber ihre Stimme klang nicht übelgelaunt; sie wollte bloß die Kinder aus dieser schlüpfrigen Atmosphäre und der von den vielen Menschen, der Hitze und dem Zigarettenrauch verdorbenen Luft wegbringen, und war ihr Vorhaben einmal ausgeführt, kümmerte sie alles andere nicht mehr. Offensichtlich fühlte sie sich sicher in Gesellschaft Dr. Mercadals, dessen Betrunkenheit sie nicht wahrnahm, und sah nichts Unschickliches darin, ihren Mann in der Obhut einer Freundin zurückzulassen. Endlich allein, rief Marichuli Mercadal sarkastisch.

Meine Damen und Herren, liebe Jungs und Mädels, verehrtes Publikum, Dank, tausend Dank für Ihre liebenswürdige Geduld, die nicht enttäuscht werden wird in diesem zweiten Teil der magischen Darbietung, welche Ihnen der geheimnisvolle, der beunruhigende, der überraschende, der teuflische Dr. Corbeau offeriert. Und nun passen Sie auf, passen Sie gut auf! Dieser Abend ist ein besonderer Abend, und auch dieses Publikum ist ein ganz besonderes Publikum, und aus den beiden genannten Gründen werde ich Ihnen, meine Damen und Herren, ein einzigartiges Experiment zeigen, das ich bis zum heutigen Tag aus Angst vor den möglichen Folgen noch nie in Spanien durchgeführt habe. Es handelt sich, meine Damen und Herren, um ein Experiment der Hochhypnose, so wie sie einige Geheimsekten in Hindustan praktizieren und deren Kenntnis den Eingeweihten der letzten Ebene vorbehalten ist. Ein Experiment, das, wie Sie sehr wohl wissen, eine große Gefahr in sich birgt, ebenso für den Hypnotiseur wie für denjenigen, der sich der Hypnose unterzieht, denn auf beiden Seiten wird eine so hohe Konzentration erreicht, daß die geringste Ablenkung schwerste, bleibende psychische Störungen hervorrufen kann, die in einigen extremen Fällen zum Wahnsinn und zum Tode führen, wie es vergangenes Jahr in einem renommierten und nun auf traurige Art berühmten Theater in Buenos Aires in der Republik Argentinien geschah, ein beklagenswerter Vorfall, der Ihnen ohne Zweifel noch erinnerlich ist, da die Zeitungen der ganzen Welt die Nachricht publizierten und die Tragödie überall bekanntmachten. Also ist es nicht erstaunlich, daß derlei Experimente von den Behörden vieler europäischer und südamerikanischer Länder verboten worden sind. Aber hier und heute abend werden Sie, meine Damen und Herren, in wenigen Minuten das Privileg und vielleicht den Schrecken haben, einem solchen Phänomen beizuwohnen. Es ist meine Pflicht, Sie von seiner außerordentlichen Gefährlichkeit in Kenntnis zu setzen, und sollte sich also im werten Publikum eine besonders sensible oder furchtsame Person, insbesondere Señora oder Señorita, befinden, so bitte ich sie, den Saal zu verlassen, ehe das Experiment seinen Anfang nimmt, denn wenn einmal dessen erste Phasen im Gange sind, wird niemand hinausgehen, nicht einmal sich von seinem Stuhl rühren, ein Geräusch machen oder sprechen dürfen, da die geringste Unvorsichtigkeit, wie ich Ihnen schon sagte, zu irreversiblen Schäden führen könnte.

Diese Worte brachten das aufgeregte Publikum zum Verstummen. Auf der Bühne vertauschte der Zauberer den Tisch mit einem Stuhl, dann gab er Señor Joaquíns Ältestem ein Zeichen, und dieser drehte die Saalbeleuchtung zurück, wie es ihm vorher aufgetragen worden war. Bitte, hörte man Señor Joaquín rufen, lassen Sie Ihre Kinder nicht auf die Billardtische klettern, sonst machen sie mir Löcher ins Tuch! Dr. Corbeau blieb bewegungslos neben dem Stuhl stehen, das Kinn auf die Brust und die offenen Hände an die Schläfen gedrückt, in Nachahmung des idealisierten Bildes, das er mit seinem Plakat von sich verbreitet hatte. Als er den Kopf wieder hob und ins Publikum schaute, funkelten seine Augen, und seine schlaff-ernsten, an Bela Lugosi erinnernden Züge waren unerwartet feierlich geworden.

Meine Damen und Herren, wertes Publikum, das Experiment wird gleich beginnen. Erschrecken Sie nicht, wenn Sie in dessen Verlauf seltsame Geräusche hören oder sogar zu sehen glauben, wie sich eine ungreifbare Gestalt im Saal materialisiert. Es handelt sich um keine Halluzination, sondern um von der Medizin zugegebene und bewiesene parapsychologische Phänomene. Und nun, wertes und verehrtes Publikum, brauche ich wieder einen Freiwilligen, der aufs Podium kommt, um mit mir in diesem einzigartigen, sensationellen Experiment zusammenzuarbeiten. Nein, Don Roquet, Sie sind schon vorher bei der Uhr dran gewesen. Na, wer wagt es? Ich brauche jemand mit stählernen Nerven, der geistig und körperlich vollkommen gesund ist. Sie? Sind Sie sicher? Einen ganz herzlichen Beifall für diese Señora oder Señorita!

Eine kräftige junge Frau von bäurischem Aussehen, die, nach dem Gemurmel des Publikums zu schließen, allen unbekannt war, war auf die Bühne gekommen, hatte sich auf den Stuhl gesetzt und deutete eine verschämte Bewegung an, als wollte sie mit dem Rocksaum die Knie bedecken. Marichuli Mercadal klammerte sich an Prullàs' Arm fest. Gehen wir, sagte sie, dieser Mann macht mir angst. Bist du verrückt geworden? Das sind doch bloß Tricks für Kinder, zischte er. Mir egal, ich habe Angst und will gehen, wenn du nicht mitkommst, geh ich allein. Hör mit diesem Unsinn auf und wart das Ende der Vorstellung ab, man wird ja schon auf uns aufmerksam.

Meine Damen und Herren, passen Sie gut auf; hier haben wir eine Señora oder Señorita, die ich bis zu diesem Augenblick noch nie zu sehen das Vergnügen hatte. Sagen Sie, Señora oder Señorita, haben wir uns zuvor schon einmal gesehen? Die Frau schüttelte den Kopf. Nun, ich danke Ihnen herzlich für Ihre Mitwirkung, sowohl in meinem als auch im Namen aller Anwesenden, und wenn Sie mir erlauben, werde ich Sie bitten, meinen Anweisungen aufs genaueste Folge zu leisten. Haben Sie vor allen Dingen keine Angst, entspannen Sie sich und denken Sie möglichst an nichts, vergessen Sie für einige Momente Ihre Sorgen. Entspannen Sie sich ..., entspannen Sie sich ..., Sie sind zu müde, um zu denken, zu müde, die Muskeln gehorchen Ihnen nicht, die Lider sind schwer, Sie möchten die Augen offenhalten, aber Sie können nicht, der Schlaf bemächtigt sich allmählich Ihrer Glieder, Ihr Körper wird schwerelos, Sie haben das Gefühl, er schwebt in der Luft, er schwebt, schwebt ..., schweben Sie weiter, Señora, schlafen Sie, schlafen Sie ... Und nun, während Sie weiterschlafen, heben Sie den Kopf und öffnen Sie die Augen, langsam, öffnen Sie die Augen.

Die Frau öffnete die Augen und starrte zum andern Saalende. Unter den Anwesenden regte sich echte Bewunderung – dieser simple Bluff, mit größter Plumpheit durchgeführt, hatte ein feindliches Publikum zu betören vermocht. Prullàs bemerkte eine zufriedene Grimasse im Kastratengesicht des Zauberers.

Meine Damen und Herren, verehrtes Publikum, beachten Sie, daß diese Person, mit der ich zuvor nicht das geringste zu tun gehabt hatte, die ich nicht einmal zu kennen das Vergnügen hatte, durch meine magnetischen Bewegungen in tiefen Schlaf gefallen ist. In ihrem Zustand sind ihr Verstand und ihr Wille außer Kraft gesetzt, sie gehorcht nur dem Diktat meiner Stimme, und um Ihnen das zu beweisen, werden wir sie einer kleinen Prüfung unterziehen, Ruhe, bitte, Ruhe. Ich habe hier ein Glas in der Hand, vergewissern Sie sich, daß es ein leeres, sauberes, trockenes Glas ist. Passen Sie auf!

Prullàs hörte neben sich ein Stöhnen und sah gleichzeitig aus dem Augenwinkel, wie ein Körper ohnmächtig zu Boden sank, bevor er begriff, was da vor sich ging; mit einer instinktiven, absurden Bewegung konnte er Marichulis Stuhl festhalten, so daß sie ihn beim Sturz nicht mitreißen konnte. Der von diesem Zwischenfall ausgelöste Tumult breitete sich in konzentrischen Kreisen im Kasinosaal aus. Vom Publikum, das das Interesse an der Vorführung endgültig verloren hatte, vergessen, tauschten der teuflische Dr. Corbeau und seine Komplizin unverhohlen Blicke, bestürzt und sichtlich ratlos. Prullàs hatte Marichuli Mercadal vom Boden aufgezogen und versuchte sich vergebens einen Weg zum Ausgang zu bahnen. Señor Joaquíns Ältester schaltete sämtliche Lichter im Saal an; diese überraschende Helligkeit zeichnete Panik in die Gesichter. Als Verantwortlicher des Lokals schlug sich Señor Joaquín mit Püffen und Anweisungen durch: Nicht drängeln, lassen Sie die Luft zirkulieren, öffnen Sie die Fenster, rufen Sie einen Arzt! Niemand schenkte ihm Beachtung. Jetzt, da man im Licht die Protagonisten des Vorfalls erkennen konnte, hörte man erstaunte Rufe und Kommentare. Bei der Sommerkolonie, von Natur aus dem Klatsch und Argwohn zugetan, war diese auffällige Unbekannte, die sich extravagant kleidete und sich ohne Anlaß zugleich großspurig und scheu gab, das Thema der Saison gewesen; jetzt sah man sie leblos in den Armen eines Mannes, der nicht ihr Gatte war. Das ist die, die im Haus der Ausländer wohnt! hörte Prullàs hinter sich raunen, die Frau des Chirurgen! Endlich hatte sich Señor Joaquín zu ihnen durchgekämpft. Was ist passiert? fragte er. Señora Mercadal ist ohnmächtig geworden, helfen Sie mir, sie hier rauszubringen. Señor Joaquín zog zweifelnd eine Augenbraue hoch. Ich würde sagen, diese Frau ist in Trance, diagnostizierte er, zuckte aber sogleich die Schultern; legen Sie sie auf den Billardtisch, sagte er, ich werde den Saal räumen.

Wo bin ich? Was war mit mir? Wer hat mir die Kleider ausgezogen? Prullàs hielt sie an den Schultern fest, damit sie sich nicht brüsk aufrichtete. Du bist im Kasino, bist ohnmächtig geworden und trägst noch alle Kleider außer den Schuhen, die dir Señor Joaquín ausgezogen hat, damit du nicht mit den Absätzen das Tuch des Billardtischs beschädigst. Señor Joaquín nickte ernst und bot Marichuli Mercadal ein Glas Kognak an. Trinken Sie dieses Gläschen Kognak, Señora, Sie werden sehen, wie gut er Ihnen tut. Sie lehnte ab, setzte sich auf dem Tisch auf und schaute sich um: Der Kasinosaal war von Señor Joaquín entschlossen geräumt und die Lichter wieder gedämpft worden. Auf der Bühne stand nur noch der leere Stuhl. Und dieser Mann? fragte sie. Schläft bestimmt schon seit einer ganzen Weile, es ist nach Mitternacht, sagte Prullàs, ich fürchte, du hast ihm die Vorstellung vermasselt, aber mach dir seinetwegen keine Gedanken, seine Einnahmen hatte er bereits beisammen; wie gehts dir? Besser, bring mich nach Hause. Señor Joaquín sagte, sie möchten eine Minute warten, er würde seinen Lieferwagen aus der Garage holen und sie fahren; Marichuli Mercadal schlug das Angebot aus; ich habe Ihnen schon genug Unannehmlichkeiten bereitet, sagte sie, und ein wenig gehen wird mir guttun, wenn Señor Prullàs so nett ist und mich begleitet und Sie mir meine Schuhe wiedergeben. Señor Joaquín drängte nicht weiter; verstohlen betrachtete er diesen aufreizenden Ausschnitt, dessen Geheimnisse sich ihm flüchtig offenbarten, als sie mit Mühe vom Tisch herunterstieg. Wenn es um Dinge dieses Kalibers geht, mische ich mich besser nicht ein, schien seine Diskretion auszudrücken. Schreiben Sie den Kognak auf meine Rechnung, sagte Prullàs. Um Himmels willen, antwortete Señor Joaquín, der geht aufs Haus!

Was werden die Leute gedacht haben! rief Marichuli Mercadal, sowie Prullàs und sie das Kasino verlassen hatten. Macht dir das wirklich solche Sorgen? fragte er. Ich will nicht der Grund für einen Skandal sein, antwortete sie, hab ich irgendwas Kompromittierendes getan oder gesagt? Nein; als du zu Boden fielst, hat man ein wenig deine Schenkel gesehen, was sehr wohlwollend aufgenommen wurde; dann haben wir beide ein Standbild aus *Vom Winde verweht* inszeniert, aber ich glaube nicht, daß man uns deswegen in Hollywood engagiert. Halt den Mund, das ist frech und unangebracht. Na, na, ich wollte dem Ganzen doch bloß etwas Gewicht nehmen. Sollst du aber nicht, und umarme mich nicht vor allen Leuten. Ich umarme dich nicht, ich halte dich fest, damit du nicht noch einmal hinfällst; außerdem ist zu dieser Stunde kein Mensch mehr auf der Straße. Gewiß beobachtet man uns durch die Jalousien. Prullàs schaute sich forschend um; nichts deutete darauf hin, daß man sie beobachtete. Du hast nichts zu befürchten; du bist wegen der Hitze und der vielen Leute ohnmächtig geworden, das kommt oft vor. Marichuli Mercadal entfernte sich einige

Meter von Prullàs. Sie torkelte auf den hohen Absätzen und mußte sich an einen Baum lehnen; Prullàs trat wieder zu ihr und sah dicke Tränen über ihre Wangen rinnen. Das war keine Ohnmacht, Carlos, sagte sie heiser; als dieser Mann mit seinen kabbalistischen Handbewegungen begann, trübte sich mein Verstand, und ich habe die Vorstellung von Raum und Zeit verloren, aber nicht das Bewußtsein. Sie schwieg einen Moment, als bekäme sie keine Luft. Dann hatte ich eine Schreckensvision; alles war dunkel, und zu meinen Füßen tat sich ein tiefer, grauenhafter Schacht auf, gleichzeitig ein Grab und ein Abgrund, beide waren in Kürze für mich bestimmt; ich begriff, daß ich mit den Augen der Seele sah. Wir haben eine Sünde begangen, Carlos, wir haben beide eine Todsünde begangen, und wenn wir jetzt stürben, würden wir kopfvoran und auf alle Ewigkeit zur Hölle fahren. Heftiges Schluchzen schüttelte ihren Körper; Prullàs begriff, daß ihre Angst ehrlich war; verwirrt hob er die Augen und sah eine Sternschnuppe über das Firmament ziehen; wie in einem seltsamen Zusammentreffen pfiff gleich darauf ein Zug. Du kannst morgen früh beichten gehen, schlug er ihr versuchsweise vor. Marichuli Mercadal schüttelte verzweifelt den Kopf. Das würde nichts bringen, sagte sie, denn ich bereue es nicht wirklich. Weißt du, daß ich mehr als einmal beinahe den Verstand verloren habe, weil ich an dich dachte? Ihre Stimme klang eher schmerzlich als dramatisch. Prullàs wußte nicht, was er antworten sollte; diese Frau machte ihn sehr traurig. Er reichte ihr sein Taschentuch, und sie trocknete sich die Tränen. Armes Kind, dachte er; die Natur schien sie mit allem ausgestattet zu haben, was für den Erfolg und das Glück vonnöten war, aber ihre Art, ihre seltsame Verfassung hatten es ihr unmöglich gemacht, irgendein Projekt auszuführen; ihr Leben war eine Anhäufung von Irrtümern gewesen; selbst ihre körperlichen Reize hatten sich gegen sie gewandt, anstatt ihr sämtliche Türen zu öffnen, sie hatten die tüchtigen, rechtschaffenen Männer von ihr ferngehalten und sie letzten Endes nur in Verruf gebracht. Impulsiv küßte er sie; dabei bemerkte er, daß sie eiskalte Lippen hatte und ihre Zähne klapperten. Was machst du da? rief sie, du bist verrückt! Ja, und du bist krank; gehen wir nach Hause, wo dich dein Mann verarzten soll, wie es sich gehört.

*

An den Sommersonntagen war die Zehn-Uhr-Messe die bei weitem am stärksten besuchte. Prullàs und sein Schwiegervater verzichteten darauf hineinzugehen und blieben auf der Vortreppe der Kirche stehen, während sich Martita und ihre Mutter mit den Ellbogen durch die Menschen kämpften, die sie bis auf den letzten Platz füllten. Nach der Zeremonie suchte Prullàs in der herausströmenden Menge nach Marichuli Mercadal, deren Fernbleiben ihn jedoch nicht überraschte. Martita unterhielt sich lebhaft mit einigen Frauen. Warum hast du mir nicht erzählt, was gestern abend im Kasino passiert ist, nachdem wir gegangen sind? tadelte sie ihn, als sie sich wieder zu ihm gesellte; im Dorf wird von nichts anderem geredet, und ich bin völlig ahnungslos! In ihrer Erregung hatte sie sogar vergessen, die Mantille abzulegen. Wie hätte ichs dir auch erzählen sollen? Als ich zurückkam, hast du geschlafen, und heute morgen sind wir aus dem Haus gerannt, um nicht zu spät zur Messe zu kommen, antwortete Prullàs; ich wollte es dir später erzählen, obwohl der Zwischenfall eher aufsehenerregend als wirklich von Bedeutung war. Ich geh schon mal in die Konditorei, sagte sein Schwiegervater, eh die Sahnerollen alle sind.

Als die ganze Familie einige Stunden später beim Aperitif saß, kam das Stubenmädchen und sagte, ein Mann wünsche mit Señor Prullàs zu sprechen. Durch den Espartovorhang hindurch sahen sie mit wiegendem Gang eine Silhouette auf die kleine Terrasse unter der Markise kommen. Wer kann das sein? Nur schwer erkannte er bei Tageslicht in diesem schüchternen Mann den teuflischen Dr. Corbeau, vielleicht weil er gar nicht alt war, wie ihn seine übertrieben geschniegelte Eleganz am Vorabend hatte annehmen lassen, sondern ein unterernährt und ungesund aussehender Mann mittleren Alters. Señor Joaquín hat mir gesagt, wo ich Sie finden kann, sagte der Zauberer nach einer umständlichen Einleitung, mit der er für diesen Besuch zu unpassender Zeit um Entschuldigung bat; ich bin nur gekommen, um mich nach dem Befinden Ihrer Frau Gemahlin nach dem bedauerlichen Zwischenfall während meines Auftritts zu erkundigen; glauben Sie mir, nichts lag mir ferner, als so etwas zu bewirken; offen gesagt, ich war am meisten überrascht; wie Sie selbst haben feststellen können, bin ich nur ein Scharlatan und verdiene mir meinen Lebensunterhalt, indem ich groß und klein mit meinen Zaubertricks unterhalte. Die Hypnosenummer sei ein Bluff, gestand er, nie habe er jemanden hypnotisiert, ja es nicht einmal versucht, und natürlich sei ihm noch nie ein Mißgeschick passiert wie das von gestern abend. Das könne seine Karriere ruinieren, er trete außerhalb der Schauspielergewerkschaft auf und habe keine Künstlerlizenz. Sie sehen, ich verschweige Ihnen die Wahrheit nicht, fügte er hinzu; wenn Sie mich anzeigen, ist es aus mit Dr. Corbeau. Prullàs beruhigte ihn; er habe keinen Moment lang vorgehabt, den Vorfall den Behörden zu melden; schließlich handle es sich ja nur um eine nebensächliche Magnetismusepisode, für die niemand verantwortlich zu machen sei. Der Zauberer erging sich erneut in Demuts- und Dankbarkeitsbekundungen und überreichte Prullàs dann einen Umschlag. Als dieser ihn aufriß, fand er darin den Fünfzig-Peseten-Schein, den er ihm bei der Kollekte in der Vorstellungspause selbst gegeben hatte. Bevor er etwas sagen konnte, stürzte der Zauberer die Treppe auf die Straße hinunter und zu einem vor dem Haus geparkten Auto. Aus dessen Fenster schaute eine Frau, in der Prullàs die angebliche Freiwillige des Hypnoseexperiments erkannte. Der Zauberer flüsterte ihr etwas ins Ohr, und sie schloß die Augen und seufzte, als wollte sie sagen: gottlob! Dann gab sie dem Zauberer einen Blumenstrauß, mit dem dieser zu Prullàs zurückging. Ich habe mir erlaubt, Ihrer Frau Gemahlin mit meinen Empfehlungen dieses Sträußchen zu bringen, obwohl es sehr wenig wert ist. Prullàs hielt es für unnötig, den Zauberer aufzuklären. Vielen Dank, sagte er, meine Frau freut sich sehr über Blumen. Der Zauberer zögerte, als wollte er noch etwas hinzufügen, was nichts mit dem eigentlichen Grund seines Kommens zu tun hatte. Gestern, murmelte er schließlich, haben Sie gesagt, Sie gehörten ebenfalls zur Welt der Komödianten. Zuerst dachte ich, das sei ein Scherz; es ist normal, daß mich das Publikum auf den Arm nimmt, der gesunde Humor gehört ebenfalls mit zur Darbietung; aber heute morgen hat mir Señor Joaquín mitgeteilt, daß Sie ein berühmter Komödienautor sind; bitte entschuldigen Sie meine Unwissenheit; von jetzt an werde ich mich bemühen, all ihre Stücke zu sehen. Ich jedoch bin bloß ein Komödiant, ein harmloser Schwindler, ich will niemanden betrügen. Er machte eine Pause und fügte hinzu: Aber es gibt Leute, die manchmal nicht unterscheiden können; und bitte, welche Schuld habe ich daran, daß diese Leute etwas von mir erwarten, was ich nicht geben kann? Sie als Theatermann werden verstehen, was ich sage. Prullàs klopfte dem Zauberer auf die schmale Schulter. Wir spielen mit dem Feuer, mein lieber Corbeau! Wir spielen mit dem Feuer!

KAPITEL III

I

Ich habe schon soviel von Ihnen gehört, daß es mir vorkommt, als kennte ich Sie seit langem, begrüßte Brusquets seinen Gast. Er war ein kahler Fünfziger mit einem Durchschnittsgesicht, in dem die lebhaften, leuchtend hellblauen Augen auffielen. Ich freue mich sehr, daß Sie zu dieser kleinen Gesellschaft haben kommen können, fügte er hinzu; Fontcuberta hat mir gesagt, er habe Sie in meinem Namen eingeladen, wie ich ihn gebeten hatte, wisse aber nicht, ob Sie nicht etwas anderes vorhätten. Sie ahnen nicht, wie dankbar ich Ihnen bin, daß Sie gekommen sind. Er sprach ein tadelloses, aber etwas langsames und förmliches Spanisch. Ganz im Gegenteil, antwortete Prullàs, ich habe für die Einladung zu danken.

Aus dem Salon drangen laute Stimmen ins Vorzimmer. Offenbar sind ausschließlich Männer da, sagte Mariquita Pons; es sieht ganz so aus, als hätte es mich in eine Versammlung von Strohwitwern verschlagen; wenn ich das gewußt hätte... Brusquets war verwirrt. Ja, tatsächlich, fast alle Herren sind allein gekommen ..., in dieser Jahreszeit – das ist ja bekannt ... ; zweifellos wäre es besser gewesen, die Gesellschaft auf Oktober zu verschieben, aber ich habe mir fest vorgenommen, meine Freunde hier zu versammeln, sobald der letzte Handwerker gegangen ist, und das mußte ausgerechnet mitten im Sommer sein... Möchten Sie die Wohnung besichtigen? Mit einem Interesse, das sie nicht im entferntesten empfanden, stimmten Prullàs und das Ehepaar Fontcuberta zu. Die Freude des Gastgebers dagegen war aufrichtig und ein wenig kindlich.

Kurz vorher, auf dem Weg zu Brusquets, hatte Fontcuberta Prullàs über diesen ins Bild gesetzt. Einziges Kind einer schwerreichen Familie, vereinigte er in sich eine ausgezeichnete Erziehung, tiefe Unkultur und vollkommene Unwissenheit bezüglich der Dinge dieser Welt. Nie hatte er für seinen Lebensunterhalt arbeiten müssen, und jedes Geschäft, das er angepackt hatte, hatte ihn um große Summen erleichtert. Es ging die Rede, einmal habe man ihm zu einem sehr hohen Preis ein Grundstück oder Haus von sehr geringem Wert angedreht, unter dem Vorwand, dort sei ein Schatz versteckt. Gleich nach dem Kauf habe er das ganze Grundstück umgraben oder, nach der andern Version, das Haus einreißen lassen, völlig ergebnislos. Immer handle er nach demselben Muster, erzählte Fontcuberta weiter. Vor zehn Jahren habe Brusquets eine gutherzige, aber äußerst despotische Frau geheiratet, die er jedoch trotz allem sehr geliebt habe; offenbar sei diese Frau einer sehr einfachen, nahezu mittellosen und analphabetischen Immigrantenfamilie entstammt, und vielleicht deshalb habe sie sich, möglicherweise ganz unbewußt, an der Person des armen Brusquets, dem sie anderseits ebenfalls eine große Zuneigung entgegengebracht habe, für die in der Kindheit erlittenen Erniedrigungen und Unannehmlichkeiten rächen wollen. Jetzt, nachdem seine Frau an einer schmerzhaften Krankheit gestorben sei, in deren Verlauf sie noch verbitterter geworden sei, könne er sich nicht in die Leere schicken, die dieser Drachen hinterlassen habe. So habe es ihm Brusquets in den mitleiderregendsten Worten selbst geschildert, fuhr Fontcuberta fort; wenn er allein sei, beherrsche ihn unablässig ein und derselbe Gedanke, er wandere stundenlang wie eine Seele im Fegefeuer in der Wohnung auf und ab, setze sich hin, stehe wieder auf, schaue aus dem Fenster, seufze und sei schließlich den Tränen nahe. Kurzum, er braucht Trubel, schloß Fontcuberta.

Eine prächtige Wohnung, sagte Prullàs, nach rechts und links blickend; ich gratuliere Ihnen zu Ihrem guten Geschmack. Bei diesem Kompliment leuchteten die Augen des Gastgebers, und seine Züge blähten sich auf. Tatsächlich war die Wohnung, dem Zeitgeist entsprechend, mit eleganter Schlichtheit eingerichtet. Einige Jahre zuvor waren alle noch Zeugen des enormen Risikos gewesen, das eine mehr oder weniger offene Demonstration von Vermögen in turbulenten Zeiten mit sich brachte. Überdies hatten dieselben Turbulenzen in gewisser Weise die großen Erbvermögen beseitigt, und die Leute, die jetzt anstelle der alten Geschlechter Macht und Reichtum besaßen, neigten kaum zum Prunk von ehedem, weniger aus Spargründen denn aus Mangel an Fantasie. Wenn sie Geld ausgaben, dachte Prullàs, taten sie es ohne Sinn und Verstand. Sie kamen nicht auf die Idee, Kunstwerke zu sammeln, sich in Mäzenatentum zu üben, erlesene Leckerbissen zu kosten oder elegante Kleider zu tragen wie ihre Vorgänger. Aus Ignoranz beschränkten sie sich aufs Protzen, mit dem einzigen Ziel, Speichellecker um sich zu scharen. Solch lächerliche Verschwendungssucht trug ihnen nur Mißbilligung und Spott ein. Jetzt herrschten in den oberen Gesellschaftsschichten, denen Brusquets von Geburt angehörte, bei den berühmten Namen, Einfachheit und Maß in Benehmen und Handeln vor, wenn auch nicht in Absicht und Verlangen, wo weiterhin, wie immer, Neid und Habgier wohnten.

Gratulieren Sie eher dem Innenarchitekten, antwortete Brusquets bescheiden, denn er hat mich sehr wenig Entscheidungen treffen lassen. Eigentlich hat sich mein Beitrag an dieser verflixten Bauerei aufs Stören beschränkt... und auf die Ausgaben, wie Sie sich denken können. Es gibt nichts Unangenehmeres, als eine Wohnung auf den Kopf zu stellen; aber ich habe keine andere Lösung gesehen – die ursprüngliche Anordnung wollte nicht zu meinem neuen

Leben passen. Natürlich hätte ich dort bleiben können, wo ich war, aber als ich Witwer wurde, beschloß ich umzuziehen, da ich es nicht ertrug, in der Wohnung weiterzuleben, wo ich mit meiner geliebten Gattin, Gott hab sie selig, so viele glückliche Jahre verbracht hatte. Also habe ich diese Wohnung gemietet. Sie ist zwar kein Palast, aber für meine Bedürfnisse mehr als groß genug, und das Viertel ist ruhig. Vielleicht möchten Sie nachher einen Blick in die Bibliothek werfen: Die Bücher sind mein einziger Stolz – die Bücher und der Flügel, den Sie dort sehen, ein wundervoller Steinway, den ich meiner verstorbenen Gattin zum zehnten Hochzeitstag geschenkt habe. Die Ärmste schwärmte für Musik, vor allem für Chopin. Das einzige, was mich über ihren Tod hinwegtröstet, ist der Gedanke, daß sie im Himmel vielleicht Chopin hat treffen dürfen.

Der Rundgang hatte auf einer großen Terrasse geendet. Brusquets' Wohnung nahm die beiden obersten Geschosse eines neuen achtstöckigen Hauses auf dem Paseo de San Gervasio ein. Es war bei weitem das höchste Gebäude einer ausgedehnten Zone voller Palästchen und herrschaftlicher Häuser, die sich die eben hochgekommene Bourgeoisie in den ersten Dekaden des Jahrhunderts hatte bauen lassen. Die theatralischen Silhouetten ihrer Kuppeln und mit Zinnen besetzten Türme zeichneten sich zwischen Pinien und Zypressen, Akazien und Palmen vor einem sternenlosen, nur vom metallenen Vollmondlicht erhellten Himmel ab. Jetzt hatte im Viertel ein rascher Wandel eingesetzt; mehrere Prachthäuser waren niedergerissen worden, und an ihrer Stelle zeigten Neubauten ihr Skelett. Doch in diesem Moment war alles still, und die Luft duftete nach Narden; es war ein orientalischer, verzauberter Abend. Und ich muß ihn mit diesem Blödmann verbringen, weil ich eine völlig uninteressante Einladung angenommen habe, dachte Prullàs, dem plötzlich, durch den Wohlgeruch der Luft vielleicht, Señorita Lilí Villalba wieder in den Sinn gekommen war.

⋆

Als sie zurück im Salon waren, trat ein Kellner mit einem Tablett Sandwiches auf sie zu. Wünschen der Herr etwas zu trinken? Einen Whisky on the rocks, sagte Prullàs. Ein älterer Mann gesellte sich zu ihnen und drückte beiden herzlich die Hand. Eine wunderschöne Gesellschaft, rief er. Oh, Tomeu, Sie gehen schon? sagte Brusquets. Ja, ja, es ist Zeit für mich; vielen Dank für alles, und ich wünsche Ihnen das Beste in Ihrem neuen Heim. Er ging, und Brusquets erklärte Prullàs, dieser Mensch pflege sämtliche Empfänge in Barcelona zu besuchen, eine Begrüßungsrunde zu machen und ohne irgendeine Erklärung sogleich wieder zu verschwinden. Diese Gewohnheit habe zu den verschiedensten Vermutungen Anlaß gegeben, von denen sich allerdings nie eine bestätigt habe.

Bei diesen Worten führte er Prullàs in die Mitte des Salons zu einer Gruppe von vier Männern, die er nicht kannte und denen er vom Hausherrn mit übertriebenen Lobreden vorgestellt wurde. Bei Señor Prullàs erübrigen sich Vorstellungen – sein Ruhm ist allgemein bekannt. Ich komme mir vor wie eine Jahrmarktsattraktion, sagte Prullàs verlegen. Aber seine Scheu war unnötig: Die vier Männer stachen ihn in Alter und sozialem Rang aus und sahen deshalb bedenkenlos über seine Anwesenheit hinweg, um weiter dem Geschwätz eines großen Dicken zu lauschen, den sie Dr. Sanjuanete nannten und der, wie Prullàs folgern konnte, Professor für Prozeßrecht an der Universität Barcelona war. Er hatte einen ungeheuren Brustkasten, eine Stentorstimme und insgesamt ein aristokratisches Aussehen, das mehrere nervöse Tics um Mund und Brauen entstellten. Eben erzählte er hitzig die Details eines Feststellungsverfahrens mit höherem Streitwert, das er, aus seinen eigenen Worten zu schließen, auf überaus brillante Weise durchgeführt hatte und zu dem das Gericht in Kürze würde Stellung nehmen müssen. Ich habe ein Urteil des Obersten Gerichtshofs aus dem Jahre 89 zitiert, das nicht den geringsten Raum für Zweifel läßt, rief er, ein wahrer Kanonenschuß! Versunken in die Betrachtung seiner eigenen Wichtigkeit, verstummte er, und Prullàs nutzte diese Pause, um sich abzusetzen und zu einer Gruppe mit drei Männern zu treten, die er vage kannte und deren Gespräch in gewöhnlicheren Bahnen zu verlaufen schien. Ein Vögelchen hat mir gezwitschert, daß sich deine Tochter offiziell verlobt hat – stimmt das? Offiziell verlobt? antwortete der Angesprochene, nein, keine Spur; seit einigen Monaten ist sie mit einem jungen Burschen zusammen, aber das will gar nichts heißen; ihr wißt ja, wie die Jugend heutzutage heranwächst: unbekümmert und ohne Ideale. Ja, ja, sagte der dritte; der Apfel fällt nicht weit vom Stamm. Auf diese Bemerkung reagierten die andern konsterniert, war doch die Mutter des erwähnten jungen Mädchens einige Jahre zuvor in einen ziemlich aufsehenerregenden Skandal verwickelt gewesen. Doch als der Kommentator dem Entsetzen seiner Gesprächspartner entnahm, wie unpassend sein Spruch gewesen war, brach er in schallendes Gelächter aus. Er war ein Mann aus bester Familie und auf sämtlichen Gesellschaftsabenden anzutreffen, wo er ständig aufs entsetzlichste ins Fettnäpfchen trat, was ihn nicht nur nicht im geringsten störte, sondern überaus heiter stimmte. Alle hielten ihn für einen Schwachkopf.

Prullàs schlenderte weiter. Der Kellner gab ihm ein Glas Whisky. Weißt du, was mich der Haushalt mit den Angestellten kostet? rief jemand neben ihm. Vierzig Duros die Woche! Fast fünf Duros pro Tag, abgesehen von den Samstagen und Sonntagen natürlich. Verstehe, sagte Prullàs. Das ist mir egal, erwiderte der andere, ich habe nicht mit Ihnen gesprochen. Ich solidarisiere mich trotzdem, antwortete Prullàs und setzte seinen Weg fort. In einer Biegung des Gangs unterhielten sich leise mehrere Personen; nach ihren ernsten Gesichtern zu urteilen, wurden heikle Fragen erörtert, so daß er sich nicht einmischte. Aus einigen Brocken schloß er, daß ein Skandal verhandelt wurde, der in den letzten Monaten in aller Munde gewesen war und, wie man sich erzählte, darin bestanden hatte, daß ein bedeutender Posten Weizen aus Argentinien, dazu bestimmt, die Lebensmittelknappheit der am wenigsten bemittelten Klassen des Landes zu lindern, vor den Augen der Behörden verschwunden und auf dem Schwarzmarkt verkauft worden war. Prullàs beachtete solches Gerede nicht weiter, das eines schönen Tages ohne ersichtlichen Grund auftauchte, sich blitzschnell verbreitete und nach einiger Zeit auf ebenso mysteriöse Weise wieder verschwand. Es handelte sich um verworrenen Klatsch, der auf Vermutungen und Vorurteilen beruhte und sich im allgemeinen auf die aktuellsten Fälle von Geldverschwendung und Bestechlichkeit seitens der Regierenden, von schwerwiegenden Unregelmäßigkeiten bei Ernennungen, Zuerkennungen und Verträgen, von undurchsichtigen Geschäften und Konten auf Schweizer Banken bezog. Immer wieder gab es kranke Geister, die prunkvolle Orgien in den Sälen öffentlicher Gebäude beschrieben, welche in der Fantasie der Leute zu pittoresken Orten einer lasterhaften Version von *Tausendundeiner Nacht* wurden.

Nachdem er die Runde durch die ganze Wohnung gemacht hatte, gesellte sich Prullàs wieder zu Fontcuberta, der mit zwei Unbekannten zusammenstand. Einer von ihnen schien äußerst erregt. Diesmal ist das Maß aber wirklich voll und eine bewaffnete Intervention auf russischem Boden unvermeidlich! rief er, gerade als Prullàs zu ihnen trat. Und da ihm niemand widersprach, fügte er wild hinzu: Und sollte der Dritte Weltkrieg ausbrechen, dann mag er eben ausbrechen! Der andere Unbekannte schüttelte skeptisch den Kopf und versicherte, ob es einem passe oder nicht, Rußland sei ein uneinnehmbares Land, unbesiegbar innerhalb der eigenen Grenzen, wie es ja am eigenen Leibe zuerst Napoleon Bonaparte und dann Hitler hätten erfahren müssen. Offensichtlich, fügte er hinzu, ist es in Rußland wahnsinnig kalt. Das wisse er aus guter Quelle, denn ein Vetter seiner Frau habe an der Front von Stalingrad gekämpft. Dieser habe das Glück gehabt, wenige Wochen nach der Abkommandierung seines Regiments dorthin leicht verletzt wieder heimgeschafft worden zu sein, aber trotzdem habe er mehr als genug Zeit gehabt, haarsträubende Dinge zu sehen: Soldaten, die so unvorsichtig gewesen seien, den Kopf aus ihrem Unterstand herauszustrecken, so daß ihnen der sibirische Wind die Ohren mit Stumpf und Stiel aus dem Kopf gerissen habe, und oft habe man den Wachposten die gefrorenen Füße mit der Machete abhauen müssen, um ihnen das Leben zu retten; all das habe ihm sein Schwager erzählt. Die eisige Kälte hat mehr Unheil angerichtet als sämtliche Granaten des Feindes, sagte er, und was hat es letztlich gebracht? Sein Gegenüber schien von diesen Argumenten nicht überzeugt. Ich werde jedenfalls nicht ruhen, bis ich unsere Fahne mitten im Zentrum von Moskau flattern sehe! rief er.

Prullàs hörte Mariquita Pons' Stimme im Vorzimmer und ging hinaus. Wie stellen Sie es eigentlich an, mit jedem Tag jünger und hübscher zu werden? sagte eine andere, singende, leicht kratzende Stimme zu ihr. Und sie: Ach, so etwas hat man mir nie gesagt, als ich wirklich jung und hübsch war!

Der Mann, der sich mit der berühmten Schauspielerin unterhielt, war Pater Emilio Porras SJ, ein hagerer, affektierter Geistlicher, den Prullàs vor einigen Jahren in einer Literatenrunde kennengelernt hatte. Man erzählte sich von ihm, er habe in jungen Jahren, von seinen intellektuellen Neigungen getrieben, in dem berühmten Madrider Studentenheim verkehrt und sei dort ein intimer Freund von Federico García Lorca geworden, mit dem er später, bis zum tragischen Tod des Dichters, in sporadischem Briefwechsel gestanden habe. Jetzt hütete Pater Emilio Porras SJ, wie es hieß, eifersüchtig diese Briefe, deren Inhalt er um nichts preisgeben mochte, ja über deren bloßes Vorhandensein er sich ängstlich ausschwieg, ohne entsprechende Gerüchte zu bestätigen oder zu dementieren. Später, nachdem Druck auf ihn ausgeübt und er verurteilt worden war, weniger seiner Handlungen als seiner Ideen und Freundschaften wegen, hatte er im Gefängnis den Ruf des Glaubens vernommen, seiner turbulenten Vergangenheit abgeschworen und war, kaum in Freiheit, dem Jesuitenorden beigetreten. Als Lektor in Theologie hatte er mehrere Heiligenviten gemäß der modernen historischen Methodologie verfaßt und publiziert, wo er die Wunder im Lichte der jüngsten wissenschaftlichen Erkenntnisse erklärte, und reiste als ständiges Mitglied einer angesehenen Kommission von Hagiographen regelmäßig nach Rom und Brüssel.

Pater, ich habe gehört, Sie hätten die Heiligsprechung von Antonio Bienvenida vorgeschlagen, trifft das zu? fragte Fontcuberta, der sich von der andern Gruppe hatte absetzen können und hinzugetreten war. Verehrer hatte er jedenfalls genug, antwortete Pater Emilio Porras SJ lachend; und zu Prullàs gewandt fügte er hinzu: Dieser Fontcuberta ist ein unverbesserlicher Spaßvogel. Das müssen ausgerechnet Sie sagen! erwiderte der Genannte; ich hab doch eben gehört, wie Sie meiner Frau flattiert haben. Das sind Privilegien des Zölibats, replizierte der Jesuit weltgewandt, und auch des Alters.

Was darf ich Ihnen bringen, Pater? fragte der Kellner. Ich würde mit Vergnügen ein sehr kaltes Bier trinken, wenn es nicht zu viele Umstände macht. Prullàs stellte sein leeres Glas aufs Tablett und bestellte noch einen Whisky. Mariquita Pons hakte ihn unter. Bring mich auf die Terrasse, sagte sie zu ihm; hier vergeht man ja vor Hitze, und ich möchte mich mit dir unterhalten, bevor du einen sitzen hast. Ob wir beim Geistlichen nicht einen schlechten Eindruck hinterlassen haben? fragte Prullàs auf dem Weg zur Terrasse. Der soll sich zum Kuckuck scheren, antwortete die berühmte Schauspielerin.

Immer neue Gäste trafen ein und verdrängten die alten aus Vorzimmer und Salon; sämtliche Türen der Wohnung waren geöffnet worden, so daß sich die Gruppen allmählich bis in die Zimmer hinein ausbreiteten. Prullàs und Mariquita Pons fanden eine überfüllte Terrasse vor. Was wolltest du mir denn sagen? fragte Prullàs. Meinst du, es gibt Tanz? sagte sie. Mit diesen Mumien? Nein, das glaub ich nicht; wolltest du mich das fragen, Quiqui? Mariquita Pons schüttelte den Kopf; ihre Lippen lächelten, aber in ihren Augen lag ein sorgenvoller Schatten. Nein, sagte sie, es war was anderes.

Ganz erregt tauchte Brusquets bei ihnen auf. Verzeihen Sie, Doña Mariquita, aber wenn es Ihnen nichts ausmacht, möchte ich Sie einigen Herren vorstellen ... Als sie erfuhren, daß Sie sich unter den Anwesenden befinden – Sie können sich nicht vorstellen, was für eine Aufregung! Gestatten Sie, mein lieber Prullàs.

Prullàs ging in den Salon zurück, wo er auf den Kellner traf, der sich mit Mühe zwischen den Gästen durchkämpfte; er nahm seinen Whisky und bestellte einen weiteren. Bis er da ist, werde ich den hier getrunken haben, sagte er zum Kellner. Stellen Sie sich in die Nähe der Küche, antwortete dieser. Prullàs überlegte, ob es angemessen sei, sich für den Rat mit einem Trinkgeld zu bedanken, verwarf den Gedanken aber. Zuhinterst im Salon erblickte er Fontcuberta in angeregtem Gespräch mit einem freundlich und verschmitzt aussehenden Unbekannten. Er wollte sich ihnen anschließen, aber unversehens fand er sich wieder im Kreis von Pater Emilio Porras SJ.

Jemand sagte, in der Wochenschau habe er Düsenflugzeuge mit Rückstoßantrieb in vollem Flug auftanken sehen. Dazu, erklärte er, ließen andere, mit Brennstoff beladene Riesenflugzeuge, die sehr passend Ammenflugzeuge hießen, sehr lange, in eine Art Trichter mündende Rohre ausfahren. An die Trichter schlossen die Düsenflugzeuge ihren Bug an, und so kamen sie zu ihrem Brennstoff. Auf diese Weise konnten sie ununterbrochen in der Luft bleiben, ohne je landen zu müssen. Tag und Nacht, pausenlos überflogen diese mit Atombomben bestückten Maschinen russisches Gebiet, um es auf einen Befehl des Pentagons hin zu vernichten, buchstäblich von der Landkarte zu tilgen. Es muß schrecklich sein, zur Besatzung eines dieser Flugzeuge zu gehören, fügte der Erzähler hinzu; eingeklemmt in einem Cockpit zwischen Himmel und Erde zu schweben, mit nichts als einer Ladung Vernichtung an Bord. Wir leben wirklich ganz schön gefährlich, schloß er.

Tatsächlich, antwortete der Jesuit, wissen wir nicht, was die Zukunft der Menschheit bescheren mag, aber es ist nicht überflüssig, in diesen Momenten der Unsicherheit an den Wert des Gebets zu erinnern. Nichts einfacher als, wie so viele, zu sagen: Ich kann ja doch nichts ausrichten, also kümmere ich mich nicht um den Konflikt! Wer also denkt, fuhr Pater Emilio Porras SJ fort, weiß nicht, daß sein Gebet Gott dazu bringen kann, die Führer der Großmächte zu erleuchten und ihnen den Weg der Besonnenheit und Einsicht zu weisen. Nein, ich bin dafür, daß es Krieg gibt! erwiderte ein Dritter, in dem Prullàs denselben erkannte, der kurz zuvor den patriotischen Wunsch geäußert hatte, die Farben der spanischen Fahne mitten im Zentrum Moskaus flattern zu sehen. Wir müssen den Kommunismus weltweit bekämpfen, so, wie wir es in unserem eigenen Land getan haben!

sagte er. Möglich, antwortete der Jesuit, aber vergessen wir nicht, daß uns die Botschaft des Evangeliums gebietet, Frieden und Eintracht zu wünschen, sogar mit unseren Feinden!, und ihnen ihre Sünden zu vergeben, wie auch Christus uns die unseren vergeben hat.

Wütend schwieg der andere ein paar Sekunden, dann fand er die Ruhe so schnell wieder, wie er sie zuvor verloren hatte, grüßte und ging. Was für ein Kriegshetzer Gallifa neuerdings geworden ist! bemerkte ein anderer Gesprächspartner, kaum hatte dieser die Gruppe verlassen. Er war doch immer ein ruhiger Mensch, der sich überhaupt nicht um internationale Politik gekümmert hat, und jetzt, urplötzlich... Er ließ den Satz unbeendet und fügte hinzu: Er soll sich scheints ein leichtes Maschinengewehr gekauft haben, das er geladen im Wäscheschrank stehen hat; und diese ganze Konfusion aus dem dümmsten Grund der Welt. Gerade erst letzten Mittwoch hab ich mit Porcar im Club zu Mittag gegessen, und er hat mir eine ganz merkwürdige Geschichte erzählt, in der jedoch das Geheimnis von Gallifas Wandel liegt.

Eben wollte er zu dieser Geschichte ansetzen, als er von einem neuen Diskussionsteilnehmer unterbrochen wurde, der sagte, er habe in einer andern Wochenschau, oder vielleicht auch in derselben, Flugzeuge gesehen, die Überschallgeschwindigkeit erreicht hätten. Wenn sie die Schallgrenze durchbrechen, erzählte er, gibt es eine schreckliche Explosion, und dann gelangt das Flugzeug in einen Bereich vollkommener Stille. Das sei wie Science-fiction, sagte er. Was man offensichtlich nicht übertreffen könne, sei die Lichtgeschwindigkeit, wenigstens nicht im Moment. Aber sollte man das eines Tages schaffen, und es gebe keinen Grund, daran zu zweifeln, so stünde der Weltraumfahrt Tür und Tor offen. Endlich würde man erfahren können, ob es auf andern Planeten Leben gebe oder nicht.

Oh, antwortete der, der zuvor gesprochen hatte, ich zweifle nicht daran, daß wir bald mit Zivilisationen von andern Planeten in Verbindung treten, die unserer zudem weit überlegen sind. Sie könnten uns viel beibringen, tatsächlich, sagte er. Nur eines macht mir Sorgen, fügte er, sich an Pater Emilio Porras SJ wendend, hinzu; wenn es wirklich andere bewohnte Planeten gibt, ist unser Herr Jesus Christus auch dort Fleisch geworden? Natürlich finde er es seltsam, sich den Herrn Jesus als Marsmenschen vorzustellen, mit einer Trompetchennase und Schwimmhäuten, aber wie hätte er sonst Sein Erlöserwerk vollbringen sollen?

Ehrlich gesagt, erwiderte der Jesuit mit einem Anflug von Ungeduld in der Stimme, ich weiß nicht, worauf Sie hinauswollen. Ich persönlich glaube nicht, daß wir uns im Moment über solche Dinge Gedanken machen sollten. Das stimmt, meinte ein anderer; wie Sie sehr richtig gesagt haben, muß man, bevor man soweit ist, die Lichtgeschwindigkeit erreichen, und in diesem Fall würde man aufgrund des Relativitätsgesetzes auch die Zeitgrenze überschreiten. Der Pilot eines solchen Raumschiffs könnte heute die Erde verlassen und morgen irgendwann in der Geschichte landen, sich vielleicht plötzlich Nero oder Nofretete oder weiß Gott wem gegenübersehen.

Der umtriebige, allgegenwärtige Brusquets machte es ihm unmöglich, den Ausgang dieser interessanten Debatte zu erfahren, in der sich Wissenschaft, Philosophie und Religion ein Stelldichein gaben. Kommen Sie, kommen Sie, Señor Prullàs, seien Sie so gut; da ist eine Dame, die Sie bewundert und mich sehr gedrängt hat, sie mit Ihnen bekannt zu machen... Sie brennt darauf, Sie persönlich kennenzulernen. Dann wollen wir sehen, daß sie vor Hitze nicht umkommt, antwortete Prullàs, ist sie hübsch? Brusquets räusperte sich verwirrt. Sie ist meine Schwägerin, sagte er schließlich.

Auf einem Sofa saßen dicht gedrängt fünf Damen; sie unterhielten sich katalanisch und fächelten sich eifrig, so daß die Anhängsel ihrer Armbänder klimperten. Prullàs bewerkstelligte einen gymnastischen Handkuß. Ich hatte große Lust, Sie kennenzulernen, Señor Prullàs, sagte Brusquets' Schwägerin auf spanisch; ich habe ein Stück von Ihnen gesehen und war begeistert davon. Fragen Sie mich aber nicht, was für ein welches, ich habe ein schreckliches Namensgedächtnis. Ich sehe ein Stück, und wenn ich das Theater verlasse, kann man mich schon nach dem Titel und dem Autor fragen, wer es gemacht hat, sogar nach dem Inhalt, und ich – nichts! Als wäre mir das Ding gerissen, das man in den Kinos zeigt. Aber an Ihre erinnere ich mich genau, an Ihre Werke. Vor allem eines ..., ach, wie hieß es noch? Mein Mann wird sich daran erinnern. Gordi, komm mal her! rief sie, mit dem Fächer winkend, wie hieß diese Aufführung noch, die wir ichweißauchnichtmehrwann gesehen haben und die mir so gefallen hat? Bereitwillig kam der Gefragte herbei. Ich weiß nicht, was für eine welche du meinst, mein Schatz. Doch, du Esel, als wir letztes Jahr in Madrid waren. *Zum Totlachen*? versuchte es Gordi. Genau! rief Brusquets' Schwägerin, einen Finger erhoben, an dem ein Brillant funkelte; wie hab ich das bloß verschwitzen können, wo ich doch so habe lachen müssen? Und außerdem hat da dieser fantastische Schauspieler gespielt, wie hieß er noch, Gordi? Pepe Alfayate, mein Schatz. Ach ja, Pepe Dingsda ... Und zu den andern Damen gewandt, die das Gespräch auf dem Sofa verfolgten, sagte sie: Die Stücke des Herrn da gehören zu diesen anspruchslosen Sachen für Leute wie mich. Kurzum, zu denen, die heute nicht mehr gefallen, schloß sie. Die Damen lächelten Prullàs wohlwollend zu. Dieser wartete, bis sie ihn genug angestarrt hatten, und machte sich dann auf die Suche nach dem Kellner.

Statt auf den Kellner stieß er unvermutet auf einen lateinamerikanischen Dichter, der sich in Madrid niedergelassen hatte. Ein sehr weiter, formloser olivgrüner Anzug verhüllte ein wenig seine wabbelnde Fettleibigkeit. Schwarzglänzende Strähnen rahmten schlaffe Wangen, die seinem Kichererbsengesicht einen trügerischen Ausdruck von Sanftmut verliehen.

Carlitos Prullàs, inniglich geliebter Freund, wie schöön!

José Felipe Clasiciano, Junge, mit jedem Tag hübscher!

Und du fescher!

Sie klopften sich gegenseitig auf die Schulter. Immer noch derselbe Schürzenjäger, Carlitos! sagte der Dichter dann; unlängst erst hab ich dich mitten in einem Schwarm Paradiesvögel gesehen, wie ein Sultan in seinem Serail. Ja, sagte Prullàs, und zu allem Überfluß hat man mir auch noch ein Stück von Adolfo Torrado angedichtet. Und du? Ich habe dich nicht in Barcelona vermutet. José Felipe Clasiciano lächelte selbstzufrieden. Ich bin eben von einer langen Reise zurückgekommen. Ich ging ins Hotel, und dort erlag ich der Müdigkeit. Da es meine Absicht war, ein kurzes Nickerchen zu machen, stellte ich den Wecker, bevor ich mich hinlegte, aber dieses verflixte Ding muß den Geist aufgegeben haben. Ein englischer Wecker, Teufel nochmal! Ich hab ihn zu Beginn meiner Reise in London gekauft, im Vertrauen auf die sprichwörtliche Pünktlichkeit der Engländer, aber es war ein Fiasko. Das britische Empire zerbröselt vor unseren verdutzten Augen, Carlitos. In England, fuhr er fort, habe er einen weltberühmten alten Dichter besucht, der zurückgezogen in einem zerfallenen Schloß wohne. Er sei der letzte Sprößling einer altadelig degenerierten Familie, und seine Trägheit sei so groß, daß er sich nur gerade zum Golfspielen erhebe. Die übrige Zeit sitze er in einem Sessel, in Opium- und Alkoholdünste gehüllt und umgeben von einem halben Dutzend *bloodhounds*, die seelenruhig die Teppiche vollmachten. Er führte mich in die Bibliothek, zeigte mir handgeschriebene Briefe von Coleridge, und während ich in ihnen blätterte, versuchte er mir den Hintern zu betatschen. Das ist ja wohl wirklich die Höhe, Carlitos. Als er Brusquets sah, unterbrach er seine Erzählung. Seine fleischigen Lippen formten ein schmeichlerisches Lächeln. Ach, Brusquets, was für ein allerliebstes Domizilchen! Und all diese entzückenden Leute, die ich nicht kenne, wer sind sie? Oh, erlauben Sie mir, mich meiner Gastgeberpflichten zu entledigen und Ihnen einige gute Freunde vorzustellen, sagte Brusquets; ich sehe, Señor Prullàs kennen Sie bereits, aber natürlich doch! Und wen nicht? Aber kommen Sie, kommen Sie, seien Sie so gut, fühlen Sie sich wie zu Hause! Bevor er sich von Prullàs trennte, sagte Clasiciano: Ich werde noch zehn Tage in Barcelona weilen – es gibt so viel zu sehen in diesem schmucken Häfelchen! Warum rufst du mich nicht an, und wir essen einmal zusammen zu Mittag, Carlitos?

⋆

Des salbungsvollen Poeten und seines beflissenen Gastgebers ledig, schaffte es Prullàs, ins Arbeitszimmer zu gelangen, wo Fontcuberta und der Unbekannte, mit dem er ihn zuvor im Gespräch gesehen hatte, Zuflucht gesucht hatten. Wie gehts? sagte Fontcuberta.

Das ist ja sterbenslangweilig hier, sagte Prullàs, warum hast du mir das eingebrockt? Ich kenne niemand, und die ich kenne, würde ich lieber nicht sehen. Ich hatte doch gar keine andere Wahl, entschuldigte sich Fontcuberta; Brusquets hat mich so bedrängt, als hinge sein Leben davon ab. Aber jetzt, nachdem er mich herumgezeigt hat wie einen Zirkusaffen, beachtet er mich überhaupt nicht mehr, sagte Prullàs. Danken Sie Gott, mischte sich der Unbekannte ein; Brusquets ist ein gewaltiger Dummkopf. Etwas langweilig ist er schon, gab Fontcuberta zu, aber ein guter Kerl. Keine Spur: ein Lügner, beharrte der Unbekannte; wenn es ihm gerade paßt, spielt er den verlassensten, unglücklichsten aller Sterblichen, und sobald er sein Ziel erreicht hat, dann ade, mein Schatz! Sei nicht grausam, sagte Fontcuberta; dem Armen ist es nach dem Tod seiner Gemahlin sehr schlecht gegangen. Ach was, antwortete der Unbekannte; zu ihren Lebzeiten hat er sie mit allen Frauen betrogen, und sowie sie übern Jordan war, machte er Freudensprünge; hinter diesem harmlosen Burschen steckt ein veritabler Blaubart. Es würde mich nicht wundern, wenn Brusquets diese Unglückliche selbst ins Jenseits befördert hätte.

Prullàs schaute den Unbekannten neugierig an; er wußte nicht, ob es ihm ernst war oder ob er scherzte. Du meinst, Brusquets' Frau ist keines natürlichen Todes gestorben? fragte Fontcuberta belustigt. Der andere zog eine Braue hoch. Er hatte einen heiteren, kaltblütigen Ausdruck, als wüßte er auf sämtliche Fragen eine Antwort und habe im Leben nichts weiter zu tun, als die andern davon zu überzeugen. Zusammen mit einigen Gesichtszügen verlieh ihm dieses Verhalten eine bemerkenswerte Ähnlichkeit mit Bing Crosby, dachte Prullàs. Beweisen kann ich es nicht, sagte er, aber ich habe viele Krimis gelesen und bin sicher, daß Brusquets seine Frau umgebracht hat, um die Versicherung zu kassieren, und daß er jetzt mit der Köchin liiert ist. Fontcuberta brach in Gelächter aus. So was geschieht nur in Prullàs' Komödien! sagte er. Aber seinen Komödien liegen immer wahre Begebenheiten zugrunde, oder nicht? fragte der Unbekannte. Selbstverständlich, sagte Prullàs, ohne mit der Wimper zu zucken.

Nun, fuhr der Unbekannte, zu Fontcuberta gewandt, fort, ich wette mit dir um eine Paella bei Can Costa, daß Brusquets die Köchin noch vor Jahresende heiratet. Topp, die Wette gilt, sagte Fontcuberta; Prullàs ist Zeuge; so bist du mit eingeladen, mag gewinnen, wer will. Ich nehme liebend gern an, aber mit meiner Anwesenheit hab ich euer Gespräch unterbrochen. Ich zieh mich zurück.

Nein, nein, bleib hier, sagte Fontcuberta; ich hatte eben erzählt, daß ich bei meinem letzten Besuch in Madrid in der Lounge des Palace-Hotels, wo ich wohnte, Gelegenheit hatte, eine Fernsehkostprobe zu sehen. Sensationell! Der Apparat ist nicht größer als ein Nachttisch und der Bildschirm wie dieses Gemälde an der Wand, er hätte in jedem Zimmer Platz. Das Bild ist beinahe so scharf wie im Kino und der Ton ebenso klar. Wenn du einmal so ein Ding zu Hause stehen hast, werden wir ja sehen, wer noch Lust hat, aus dem Haus und ins Kino zu gehen – vom Theater nicht zu reden!

Sie können sich schon langsam darauf einstellen, sagte der Unbekannte in seinem gewohnt spöttischen Ton. Du ebenfalls, antwortete Prullàs, zu Fontcuberta gewandt; wenn Quiqui arbeitslos ist, wirst du ja sehen, in welcher Laune sie ist. Apropos Quiqui, hast du eine Ahnung, wo sie ist? fragte Fontcuberta; ich hab ihre Spur schon seit einer Weile verloren. Als ich kam, glaubte ich sie im Salon zu sehen, bei der Terrasse, umgeben von Schleimern, sagte Prullàs. Dann will ich sie mal erlösen, sagte Fontcuberta, wenn ihr mich einen Moment entschuldigen wollt.

Nachdem Fontcuberta gegangen war, blieben Prullàs und der Unbekannte im Arbeitszimmer allein. Sie sind also Krimiliebhaber, sagte Prullàs, um ein verlegenes Schweigen zu überbrücken.

Ui, und wie, antwortete der Unbekannte; ich bin stolz darauf, in diesem Genre eine der vollständigsten Bibliotheken Barcelonas zu haben. Und welches sind Ihre Lieblingsautoren? fragte Prullàs. Lieblingsautoren? Alle! Stellen Sie sich vor, ich habe sogar den Schund von Sexton Blake abonniert! Diese Antwort beeindruckte Prullàs sehr angenehm. Ich sehe, Sie sind ein echter Experte. Dafür halte ich mich tatsächlich, bekräftigte der andere; insgesamt hab ich bestimmt über zweitausend Kriminalromane gelesen, und kein einziges Mal hab ich herausgefunden, wer der Mörder ist; Sie werden zugeben müssen, das ist bemerkenswert.

Dieser angenehme Dialog wurde durch Brusquets' Eintritt unterbrochen. Sie sollten unseren berühmten Gast nicht so für sich allein in Anspruch nehmen! rief er. Bin ich der berühmte Gast? fragte Prullàs. Natürlich, und ich will Sie jemand anderem vorstellen, der ebenfalls den lebhaften Wunsch geäußert hat, Sie kennenzulernen. Bei diesen Worten ließ er einen Mann mittleren Alters von sehr energischem Auftreten durch. Auch diesmal erübrigen sich Vorstellungen! wiederholte Brusquets bombastisch. Natürlich, sagte Prullàs, es ist mir eine Ehre.

Der neu Dazugetretene verzog in einem spröden Lächeln das Schnurrbärtchen. Und mir, sagte er, eine Ehre und überdies ein Vergnügen; ich habe Sie vom Hörensagen gekannt, aber auf den Moment gewartet, Ihnen die Hand geben zu dürfen.

Prullàs stammelte eine ausgefeilte Höflichkeitsformel, die ihn gleichzeitig davor bewahren sollte, in Unterwürfigkeit zu verfallen. Er fühlte sich diesem Mann gegenüber gehemmt, den alle übermäßig priesen, um sich hinter seinem Rücken in bedeutungsvollen Anspielungen zu ergehen. Don Lorenzo Verdugones, der so liebenswürdig war, in seinen Obliegenheiten eine Lücke zu finden, um dieses sein Haus zu beehren, ist ein großer Theaterliebhaber, sagte Brusquets.

Was heißt hier Liebhaber – ein wahrer Theaternarr, bekräftigte der andere; jedenfalls, wenn es sich um echtes Theater handelt, Theater, das diesen Namen verdient, und nicht dieses Zeug, das man heutzutage Theater nennt und das sich bedauerlicherweise allmählich auf unseren Bühnen einbürgert. Vollkommen einverstanden, bestätigte Brusquets; ich gehe nie ins Theater; offen gestanden, habe ich weder die Zeit dafür, noch bin ich in Laune dazu; aber wie man mir erzählt hat, haben es diese sogenannt modernen

Autoren offenbar darauf angelegt, einzig und allein das Schmutzige, Niederträchtige am Menschen zu zeigen. Von ihrer Sprache ganz zu schweigen!

Wohl war, bekräftigte Don Lorenzo Verdugones mit einem Lächeln, das Prullàs sarkastisch erschien; aber Señor Prullàs ist keiner von diesen Autoren, nicht wahr, Señor Prullàs? Ich bin sicher, Sie gehören zu denen, die die vornehme Tradition unseres Goldenen Zeitalters in Ehren halten.

Weder das eine noch das andere, erwiderte Prullàs; ich verfasse bloß komisches Spielzeug, heilsame Unterhaltung für Ehepaare der Mittelklasse.

Nanana, seien Sie nicht so bescheiden! sagte Don Lorenzo Verdugones; sicherlich beinhalten ihre Stücke Werte, die sie vor der Sünde der Trivialität erlösen. Eben hat mir unser Freund Brusquets gesagt, daß Sie kurz vor einer Premiere stehen. Darf ich Sie nach dem Titel Ihres Stücks fragen? *Arrivederci, Kleiner!*, sagte Prullàs. Ein anregender Titel, sagte der andere nach einer nachdenklichen Pause, obwohl ich ihn nicht ganz verstehe; und wovon handelt es? Von nichts, ich habs Ihnen schon gesagt – es ist ein Intrigenstück: Morde, Verdächtige, Spuren... Dasselbe wie immer, in Form einer Komödie. Hm, leider kann ich diese Art Stückchen nicht goutieren, sagte Don Lorenzo Verdugones stirnrunzelnd; unglücklicherweise zwingt mich mein Amt, mit der Welt der Delinquenz Tuchfühlung zu halten, und ich kann Ihnen eines versichern: Verbrechen haben nichts Lustiges an sich. Sie in heiterer Optik darzustellen erscheint mir eine dekadente, zersetzende Haltung und, ohne Sie beleidigen zu wollen, eine Gemeinheit. Ist dieses Ihr Stück durch die Zensur gegangen? Ja, mein Herr, und es hat sämtliche Plazets erhalten. In diesem Fall hab ich nichts mehr beizufügen. Ich wünsche Ihnen viel Erfolg, Señor Prullàs.

⋆

Da hab ich wohl soeben einen Zuschauer verloren, bemerkte Prullàs, nachdem der berühmte Gast, Brusquets im Schlepptau, aus dem Arbeitszimmer gestürmt war. Allen Leuten recht getan ist eine Kunst, die niemand kann! sagte der Unbekannte, der das Hin und Her des Gesprächs aus vorsichtiger Distanz verfolgt hatte. So ist es, sagte Prullàs, aber Don Lorenzo Verdugones gehört nicht zu der Art Leute, die man sich zum Feind machen möchte. Sein Ton hat mir nicht gefallen, und auch nicht, was er sagte und durchblicken ließ. Wär ich doch bloß nicht zu dieser verfluchten Gesellschaft gekommen!

Tut mir leid, sagte der Unbekannte mit aufrichtiger Anteilnahme; Sie haben einen schönen Beruf, der zudem manchmal mit Erfolg belohnt wird, der aber auch die Kehrseite hat, daß sich jeder im Recht glaubt, seine Meinung zu äußern, ja die willkürlichsten persönlichen Urteile abzugeben.

Sie haben den Finger auf die Wunde gelegt, sagte Prullàs; und gegen diese Eventualität gibt es kein anderes Mittel, als die Flucht zu ergreifen, was ich jetzt auf der Stelle zu tun beabsichtige. Ich nehme nicht an, daß man das Fluchtgesetz auf mich anwendet, fügte er leiser hinzu, während er dem Unbekannten die Hand gab. Mal sehen, ob ich die Fontcubertas irgendwo aufspüren und dazu überreden kann, mich hier rauszubringen.

Aber seine Bemühungen waren erfolglos – wie ihm Brusquets persönlich mitteilte, waren die Fontcubertas soeben gegangen. Um niemanden zu belästigen, hätten sie sich auf französisch verabschiedet. Doña Mariquita war sehr müde, wie sie mir selbst sagte, fügte er hinzu; offenbar setzen sie die Proben zu Ihrem jüngsten Stück unter Hochspannung. So eine Schwindlerin! dachte Prullàs; aber wenn diese Entschuldigung für sie gilt, wird sie auch für mich gelten. Brusquets tat so, als tue es ihm leid, daß Prullàs ebenfalls gehen mußte: Jetzt, wo wir uns doch gerade so gut amüsieren! rief er. Aber man sah, daß er es aus reiner Höflichkeit sagte; eigentlich freute er sich, einen Gast loszuwerden, mit dem sich Don Lorenzo Verdugones offensichtlich nicht vertrug. Dieser Gauner hängt sein Mäntelchen nach dem Wind, dachte Prullàs, als er der Doppelzüngigkeit seines Gastgebers gewahr wurde. Vielleicht liegt in dem, was der Unbekannte vorhin im Scherz gesagt hat, eine Spur Wahrheit, und Brusquets hat im Grunde eine windige Seele, dachte er.

In solch düstere Überlegungen vertieft, gelangte er zur Tür; dort traf er wieder auf den Unbekannten, von dem er sich verdrießlich noch einmal verabschiedete. Er sei mit den Fontcubertas zum Fest gekommen, erklärte er, und jetzt habe er es ihrer Rücksichtslosigkeit zu verdanken, daß er in einem einsamen, abgelegenen Viertel ohne Transportmittel dastehe. Weiß Gott, wo ich zu dieser Stunde ein Taxi auftreibe.

Heute haben Sie wirklich kein Glück, lachte der Unbekannte; aber das Transportproblem kann ich Ihnen sehr leicht abnehmen, wenn Sie gestatten. Auch ich bin gerade im Aufbruch, und mein Wagen steht vor der Tür; mit größtem Vergnügen bring ich Sie dahin, wo immer Sie wünschen.

Sie wissen ja nicht, wie dankbar ich Ihnen bin! sagte Prullàs.

2

Auf der Straße war die Luft rein und würzig; hinter einer Gartenmauer bellte lächerlich wild ein Schoßhündchen, als es ihre Schritte hörte; am Ende der Straße sah man wie durch ein unscharf eingestelltes Fernglas die in Dunst gehüllte Stadt. Wohin darf ich Sie bringen? fragte der Unbekannte.

Prullàs, wieder ruhig, seit sie Brusquets' Wohnung verlassen hatten, verfiel abermals in einen reizbaren, depressiven Zustand, als er an einer Ecke Don Lorenzo Verdugones' auffälligen, massig schwarzen Wagen erblickte. Übers Steuer gelehnt, döste eine Wache in Uniform, und ein zweiter Uniformierter mit schiefer Tellermütze saß auf einem Kotflügel und rauchte. Irgendwohin, wo ich ein Taxi nehmen kann, antwortete er. Nein, nein, keineswegs, ich setze Sie vor Ihrer Haustür ab, das versteht sich von selbst; vor Ihrer Tür oder wo Sie sonst wollen. Hören Sie, mir ist da eben eine Idee gekommen: Ich lade Sie auf ein Glas ein. Bemühen Sie sich nicht. Das ist keine Mühe, im Gegenteil; wir haben uns aus der Klemme gezogen, Ihre Familie ist im Sommerurlaub, und auch mich erwartet zu Hause niemand – nutzen wir die Gelegenheit. Außerdem sind Sie überhaupt nicht in Form, das springt ins Auge.

Prullàs nahm den Vorschlag des Unbekannten an, und dieser startete den Motor.

Sie fuhren die Calle Balmes hinunter, ohne jemandem zu begegnen, außer einem spärlich besetzten Trolleybus auf der Diagonal; dann folgten sie der Avenida de José Antonio und der Rambla de Cataluña und hielten an der Ecke Ronda Universidad an. Die Fahrt hatte nur kurz gedauert, denn der Wagen war mit hoher Geschwindigkeit durch die menschenleeren Straßen geglitten; die Scheinwerfer fächelten die schlafenden Häuser und spiegelten sich in den gitterbewehrten Schaufenstern; herausfordernd machten die streunenden Katzen einen Buckel, und ab und zu verdrückte sich ein Nachtschwärmer aus Angst vor einer Verwarnung in die Schwärze eines Hauseingangs.

★

Im Café La Luna trotzten die letzten Nachteulen den finsteren Blicken der Kellner. Abwechselnd wurde über Fußball,

Politik und auch ein wenig über Literatur gesprochen, engagiert, aber ruhig, ohne Geschrei und Gezeter, da man die Seriosität des Lokals und die vorgerückte Stunde respektierte. In einer Ecke las ein Bohemien einem Freund, der ganz unverhohlen wegnickte, sein Manuskript vor, und zwei Ausländer mittleren Alters, träge von Hitze und Wein, verfolgten mit geröteten Augen das langsame Drehen der Ventilatorflügel. Wir schließen gleich, sagte der Kellner zu ihnen. Wir sind halb verdurstet und möchten bloß ein Bierchen, dann gehen wir sofort, versprach der Unbekannte.

Eine windige Gestalt trat an ihren Tisch. Poveda! riefen beide unisono. Der Schwarzhändler erging sich in Schmeicheleien. Stets zu Diensten, hochwohlgeborene Herren! intonierte er salbungsvoll, und dann erzählte er ihnen ungefragt, er sei nicht aus kaufmännischen, sondern aus literarischen Gründen da. In diesem Lokal verkehre ein Kreis avantgardistischer junger Dichter, sagte er, in den Hintergrund des Cafés deutend, denen er mit seinem wohlwollenden Urteil und umsichtigen Rat zu helfen trachte. Ich bemühe mich, ihnen in diesem stürmischen Meer die Richtung zu weisen, fügte er dreist wie ein Possenreißer hinzu. Diese jungen Burschen haben mehr Enthusiasmus als Handwerk, es sind Wirrköpfe, die vom phaläcischen Elfsilber nicht die geringste Ahnung haben. Heutzutage wächst die Jugend weltfremd, aber gesund an Körper und Geist heran; und ganz den Zeichen der Zeit entsprechend, fehlt es in diesem bescheidenen Parnaß nicht an einigen Studentinnen, alle aus guter Familie und von der Natur reich ausgestattet..., um Troubadourverse zu verfassen, nicht daß mich die Herren falsch verstehen, zischte er mit Zuhältergrinsen. Prullàs gab dem Kellner ein Zeichen und sagte, als er vor ihnen stand: Wenn die Küche noch offen ist, lassen Sie diesem Herrn da auf meine Rechnung zwei Spiegeleier mit Paprikawurst bringen. Bemühen Sie sich nicht, Señor Prullàs …, sagte Poveda. Schweigen Sie und essen Sie, Poveda, vor lauter Verseschmieden sind Sie ja nur noch Haut und Knochen! Unter Geringel seiner dürren Gestalt entfernte sich Poveda und ließ den widerlichen Geruch seiner Moschusbrillantine zurück. Prullàs lächelte resigniert: Er ist wie eine Klette und stinkt, aber er ist ein feiner Kerl. Da seien Sie mal nicht so sicher, erwiderte der andere; unser Freund Poveda ist eine Viper. Hören Sie, Sie wissen viel über viele Leute, sagte Prullàs. Mehr, als Sie sich vorstellen können, antwortete der Fremde und erhob dabei den randvollen Bierkrug. Auf Ihr Wohl! Auf das Ihre! sagte Prullàs, seinen Krug ebenfalls erhebend.

Sie sind noch immer niedergeschlagen, fuhr der andere fort, etwa wegen der Frechheiten von Don Lorenzo Verdugones? Messen Sie dem keine Bedeutung bei – wahrscheinlich erinnert sich dieser Trottel morgen früh nicht einmal mehr an Sie; und wenn er sich erinnert, seis drum; das Stück ist bereits genehmigt worden, und das ist die Hauptsache. Ich danke Ihnen sehr für Ihre Worte, antwortete Prullàs; aber offen gestanden, ich werde den schlechten Eindruck dieser Begegnung nicht los; ich weiß, daß unsere Meinungsverschiedenheit nicht der Rede wert war, aber irgend etwas sagt mir, daß diese Lappalie für mich noch verhängnisvolle Folgen haben wird.

Der Unbekannte mußte ihm recht geben. Prullàs' Besorgnis sei nicht übertrieben, sagte er. Als Don Lorenzo Verdugones vor einiger Zeit nach Barcelona gekommen sei, um sein Amt anzutreten, sei ihm ein erstaunlicher Ruf vorausgegangen. Anscheinend handle es sich um einen echten Helden, einen Mann, der vor nicht allzu langer Zeit die bewundernswertesten Großtaten vollbracht, mit unvernünftiger Tollkühnheit die schrecklichsten Gefahren herausgefordert und sie alle unversehrt überstanden habe, als hätte ihn tatsächlich eine unsichtbare höhere Macht beschützt. Bei seinen Heldentaten, manchmal allein, manchmal an der Spitze einer Handvoll mutiger Männer vollbracht, deren Zuneigung er mit dem Beispiel seiner Unerschrockenheit geweckt habe, habe er nicht nur vielen Gefahren, sondern auch zahllosen Leiden und Nöten die Stirn geboten, sei Tag und Nacht, mehr oder weniger barfuß, ohne Rast durch unwegsames Gelände marschiert, habe, mehr oder weniger nackt, eisige Temperaturen ertragen, fauliges Wasser, Schlamm und Urin getrunken und Unrat, Kakerlaken, Eidechsen und Ratten verzehrt und gegebenenfalls auch Menschenfleisch nicht verschmäht, wie man später gewissen Andeutungen aus seinem eigenen Mund habe entnehmen können. Für diese – tatsächlichen oder erdachten – Verdienste habe er eine ganze Sammlung von Medaillen und Orden bekommen und sei in die höchste Hierarchiestufe erhoben worden. Doch vor etwas mehr als einem Jahr sei er aus unbekannten Gründen nach Barcelona versetzt worden, wo er ein überaus verantwortungsvolles Amt bekleide, mit höchsten Ehrentiteln ausgestattet, wie es seinem hervorragenden Rang gebühre, aber in Wirklichkeit von den eigentlichen Machtzentren ferngehalten. Jetzt erfülle dieser gefürchtete und bewunderte Mann zwar sehr wichtige, aber letztlich rein administrative Funktionen und erfreue sich einiger Privilegien, die sich in der Praxis auf die Möglichkeit beschränkten, mit wenig durchsichtigen Mitteln haufenweise Geld zu verdienen und dauernd Gegenstand liebedienerischer Schmeichelei zu sein; traurige Pfründe für einen Mann, der kurz zuvor noch mit seinem Draufgängertum die Gipfel der Kühnheit erreicht habe. Über sein Wirken in Barcelona gebe es widersprüchliche Meinungen. Viele priesen seine Rechtschaffenheit, das enorme Interesse, mit dem er seine Arbeit erledige, und die unglaubliche Energie, die er zu entwickeln imstande sei; er scheine die Gabe der Allgegenwart zu besitzen – kein Tag vergehe, ohne daß er anläßlich einer Eröffnung oder einer Gedächtnisfeier oder sonst eines Ereignisses irgendwo persönlich erscheine und dabei eine lange, mitreißende, vor programmatischem und moralischem Gehalt strotzende Rede halte. Dagegen sagten ihm andere, ohne die genannten Eigenschaften in Abrede zu stellen, ein absolutes, mit der korrekten Ausübung seines Amtes unvereinbares Machtstreben nach, aufgrund dessen er sich um alles persönlich kümmere, selbst um die unbedeutendsten Aufgaben; delegiere er etwas davon, so tue er es auf absurde Weise, ohne jegliches Kriterium. Deshalb gehe, wie es heiße, unter seiner Zuständigkeit trotz eindrucksvoller Energie- und Aktivitätsentfaltung alles drunter und drüber. Nachdem der Unbekannte seine Schilderung beendet hatte, sagte Prullàs, der selbst von der Geschichte wußte, angesichts dieser eigenartigen Persönlichkeit verspüre er eine fast beunruhigende Verwirrung. Natürlich habe er, Prullàs, selbst nichts von einem Helden an sich, wie er ohne Umschweife zugebe; immer habe er extreme Situationen tunlichst vermieden, bei deren Bewältigung es um Mut oder Feigheit gegangen wäre, und bisher hätten Glück, eigenes Geschick und die Gunst einflußreicher Persönlichkeiten selbst unter widrigsten Umständen jedes Anzeichen physischer Gefahr von ihm ferngehalten. Deshalb beruhe seine Vorstellung dessen, was ein Held sei, auf sehr zweifelhaften Quellen: Abenteuerfilmen, weit zurückliegender Kindheitslektüre und, in der Gegenwart, den Bildergeschichten, die er seinen Kindern kaufe: *Der Maskierte, Der Krieger mit der Larve* – wenig zuverlässige Vorbilder. Für ihn, fuhr er fort, sei ein Held ein Archetyp, einer, der einer mit jeder andern als einer wirklich heldenhaften Haltung unvereinbaren Bestimmung unterworfen sei. Einen seßhaften, aus eigenem Antrieb oder umständehalber auf Untätigkeit reduzierten, gleichsam vom Heldentum entbundenen Helden könne er sich nicht vorstellen. Zuinnerst frage er sich, ob sich dieser Mann, dem er eben die Hand gedrückt und mit dem er sozusagen ein Wortduell gehabt habe, nicht von der Normalität geknebelt fühle, am Rande des Wahnsinns, ständig auf eine Gelegenheit lauernd, seinen heroischen Neigungen freien Lauf zu lassen – kurzum, ein Pulverfaß, das jeden Augenblick explodieren könne.

Der Unbekannte winkte fröhlich ab, als wollte er die schlechten Vorzeichen verscheuchen. Denken Sie nicht weiter darüber nach, sagte er noch einmal; in wenigen Wochen findet Ihre Premiere statt; jetzt sollte Ihnen nur noch das Urteil der Kritik Sorge bereiten – und mehr noch die Meinung des Publikums. Obwohl ich mir, fuhr er fort, auch in dieser Hinsicht nicht zu sehr den Kopf zerbrechen würde; ohne Zweifel werden Sie großen Erfolg haben; das Stück ist amüsant und ziemlich originell, außer dem Stotterer, den ich ein wenig abgedroschen finde. Oh, wundern Sie sich nicht, ich hab Ihnen schon gesagt, daß ich besser informiert bin, als Sie sich vorstellen können, fügte er heiter hinzu, aber das hat nichts mit Zauberei zu tun. Ich bin Ignacio Vallsigorri; vielleicht sagt Ihnen mein Name im Zusammenhang mit Señorita Lilí Villalba etwas, einer jungen Schauspielerin, die in *Arrivederci, Kleiner!* eine kleine Rolle hat.

Sieh mal einer an, sagte Prullàs, das ist ja nicht zu fassen! Sie dürfen nicht glauben, ich hätte Ihnen absichtlich nichts gesagt, fuhr der andere fort; zuerst nahm ich an, unser gemeinsamer Freund Miguel Fontcuberta hätte Sie darüber informiert, wer ich bin, und dann, als ich meinen Irrtum bemerkte, fand sich keine günstige Gelegenheit mehr ...

Jetzt müssen wir aber wirklich schließen, Befehl der Regierung, sagte der Kellner; wenn die Herren so gut sein wollen, die Rechnung zu begleichen ... Prullàs griff nach seiner Börse, aber Ignacio Vallsigorri hielt ihn zurück. Sie gestatten, sagte er; es war meine Idee herzukommen, und außerdem bin ich Ihnen eine Wiedergutmachung schuldig, da ich Ihnen meine Identität verschwiegen habe. Jedenfalls wollte ich Ihnen vorschlagen, unsere Begegnung woanders zu feiern. Die Nacht ist, wie man in solchen Fällen zu sagen pflegt, noch jung, und an Gesprächsstoff wird es uns nicht fehlen. Ich kenne eine ziemlich üble, aber sehr fröhliche Spelunke, wo ein erstklassiger Manzanilla ausgeschenkt wird. Ich bin überzeugt, dort wird sich Ihre Stimmung heben – Sie wissen ja, wie Zigeuner sind, ebensogut können Sie eine Verwünschung ausstoßen wie Unglück vertreiben. Prullàs stand auf und sagte: Dieses Mittel gegen Regierungsaversion hab ich noch nie ausprobiert, aber schaden kanns mir nicht. Dann nichts wie hin! sagte Ignacio Vallsigorri.

3

Sie schlenderten die Ramblas hinunter, um die Meeresbrise zu genießen, die die Nacht mild machte. Zweifellos aus demselben Grund spazierten viele Leute allein oder in Gruppen auf und ab, ohne die Uhr des Poliorama-Theaters zu beachten, die Viertel nach zwei zeigte. Die Türen des Theaters waren ferienhalber geschlossen; auf dem gegenüberliegenden Gehsteig verkündete das Kino Capitolio auf einem großen Werbeplakat die wahnwitzigen Abenteuer der Marx Brothers und auf einem kleineren ein lustiges Intrigenstück mit Josita Hernán. Beim Canaletas-Brunnen tanzte ein Betrunkener einen Paso doble und schrie: Es lebe die Pilarica, es lebe der Felsen von Gibraltar!

Es gibt trotz allem keine Stadt auf der Welt, in der es sich besser lebt als in dieser, rief Ignacio Vallsigorri, die Luft tief einatmend; im Ausland erzählt man sich wahrhaft ungeheuerliche Dinge: Hier würden die Leute auf den Bürgersteigen verhungeren, man traue sich wegen der Taschendiebe nicht aus dem Haus, wer nicht zur Messe gehe, dem verkaufe man kein Brot, und weiß Gott was alles! Wenn man diesen Unfug hört, könnte man glauben, Spanien sei das Vorzimmer zur Hölle; aber Sie sehen ja, was für ein Frieden, was für ein Betrieb! Und das alles, fügte er hinzu, dank Ihres guten Freundes Don Lorenzo Verdugones. Mehrere Bettler streckten den beiden Männern mit andächtigem Gesicht die schmutzige Hand hin, als sie vorbeigingen, und gutgelaunt verteilten sie Almosen.

*

Sie waren zur Plaza del Teatro gelangt. Zu Füßen des Pitarra-Denkmals spielte und sang eine Studentenkapelle ohne Publikum, aus reinem Vergnügen am Musizieren; ein Nachtwächter versuchte mit väterlicher Strenge Ruhe zu schaffen, und die beschwipsten Grünschnäbel quittierten seine Ermahnung mit dem Ruf: Los denn, ihr Musici! Ignacio Vallsigorri und Prullàs bogen in die Calle Escudellers ein. Die Kneipen hatten ihre Türen geschlossen, um der gesetzlichen Vorschrift zu genügen, aber der herausdringende Lärm verriet, daß drinnen der Trubel weiterging. Bevor sie ans Ende der Straße gelangten, öffnete sich rechter Hand ein feuchtes, düsteres Sackgäßchen. Dort klopfte Ignacio Vallsigorri an eine Tür, auf deren Sturz ein rußgeschwärztes, schmutzstarrendes Schild verkündete: Mañuels Taverne. Während sie warteten, hörten sie durch die Tür ein leidendes, elendes Wimmern. Nach einer Weile ging die Tür einen Spaltbreit auf, und das hagere, braune Gesicht einer Frau mit verschlagenen Zügen erschien. Im orangefarbenen Licht, das aus dem Spalt drang, musterte sie die Männer mit zugekniffenen Augen, dann öffnete sie, und die beiden gingen hinein.

Das Lokal bestand aus einem unregelmäßigen, schmalen, aber tiefen Raum mit niedriger Decke. Alte Stierkampfplakate schmückten die Wände und verdeckten den abgeblätterten Verputz. Auf Kopfhöhe der Gäste hing eine Wolke von abgestandenem Rauch. Mürrisch deutete die Frau auf einen leeren Tisch in der Mitte des Lokals. Prullàs und Ignacio Vallsigorri setzten sich. Ohne weitere Instrumentalbegleitung als das Trommeln seiner Finger auf der Platte sang an einem Nebentisch ein Mann mit winzigem Körper und riesigem Kopf das klagende Lied, das sie auf der Gasse gehört hatten.

Die zahlreichen Gäste zeigten sich gegenüber dem Elend des Flamencosängers gleichgültig; es waren wenige Frauen und viele Männer mit wettergegerbtem Gesicht und abwesender Miene, einige davon Zigeuner, die meisten aber Stauer und Arbeiter, Soldaten auf Urlaub, kleine Schwarzhändler. Plötzlich verstummte der Sänger, trat an den Tisch der beiden Neuankömmlinge und fragte sie ganz selbstverständlich nach ihren Wünschen.

Manzanilla, vom guten, sagte Ignacio Vallsigorri. Hinten im Lokal begannen einige Frauen lustlos in die Hände zu klatschen; niemand fiel ein, so daß sie es nach einer Weile wieder aufgaben. Der Wirt brachte eine Flasche Manzanilla, zwei hohe Gläschen und eine mit schwarzen Oliven gefüllte Tonschale. Heute nacht scheint nicht viel los zu sein, sagte Prullàs. So ist es immer, antwortete Ignacio Vallsigorri; ich verkehre oft in diesen Lokalen und weiß es aus Erfahrung – manchmal fängt jemand aus heiterem Himmel mit ein paar andalusischen Versen an, der Funke springt über, und dann herrscht hier eine gewaltige Stimmung. Aber das kommt nur alle Jubeljahre einmal vor. Die übrige Zeit ist nichts los. In zivilisierten Ländern sind die Vorstellungen von Anfang bis Ende durchorganisiert und laufen mit der Präzision eines Uhrwerks ab, weil sie genau das sind: Vorstellungen. Hier dagegen ist alles der Inspiration des Augenblicks überlassen. Und das ist nicht nur mit den Vorstellungen so, sondern mit sämtlichen Aktivitäten; hier gibt es keine Vorstellungen im eigentlichen Sinn des Wortes, denn das größte Schauspiel sind wir selbst. Der Spanier, fügte er hinzu und deutete auf die Anwesenden, gehört von Natur aus zu einer passiven, temperamentvollen Spezies; seine ganze Energie verpufft beim Singen und Tanzen, und wenn noch etwas übrigbleibt, dann beim Streiten und weil er wegen jeder Lappalie das Messer zückt; Anstrengungen, die ihn vollständig beanspruchen würden, und Verpflichtungen fürchtet er wie der Teufel das Weihwasser; eher nimmt er, statt Hacke und Schaufel zu ergreifen, ein unsicheres, dafür müßiges Leben in Kauf, betrügt und stiehlt, um zu überleben, oder sucht sich bestenfalls eine bequeme, schlecht bezahlte Stelle, wo er das tägliche Brot auf sicher hat und nichts dafür tun muß. Aber er hat einen ganz eigenen Charme, der ihn von seiner Erbärmlichkeit befreit. Ich verkehre oft in diesen Lokalen, wie ich Ihnen schon sagte, und fühle mich wohl in diesem Ambiente. Die piekfeinen Nachtklubs dagegen ertrag ich nicht. Manchmal muß ich irgendeiner Verpflichtung wegen ins Rigat oder ein ähnlich hochgestochenes, sich in Paris wähnendes Lokal – darauf pfeif ich, glauben Sie mir. Das Publikum besteht aus einer Meute Spekulanten, die unablässig Geschäfte machen, und die Animiermädchen sind Blutsaugerinnen, deren einziges Ziel es ist, den Kunden das Geld aus der Tasche zu ziehen, indem sie ihre Eitelkeit kitzeln. Alles bloße Blasiertheit, Habgier, Prahlsucht. Hier dagegen ist alles ordinär und plump, aber echt. Señorita Lilí Villalba, fügte er ohne Übergang hinzu, ist keine ordinäre Person, und ihre intellektuellen Fähigkeiten liegen weit über ihrem Alter und ihrer sozialen Herkunft.

Prullàs schaute sein Gegenüber aufmerksam an, um in seinen Worten die übliche Ironie auszumachen, aber als er keine Spur von Spott darin fand, verbarg er seine Verwirrung, indem er einen Schluck Manzanilla trank; offensichtlich nahm Ignacio Vallsigorri die Angelegenheit sehr ernst.

Verstehen Sie mich nicht falsch, sagte er; was zwischen Señorita Lilí Villalba und mir sein mag, ist jetzt nicht von Belang. Ich stelle mir vor, Sie haben nur oberflächlich mit ihr zu tun gehabt, auf den Proben und in Anwesenheit anderer. In diesem Fall haben Sie sich wahrscheinlich ein falsches Bild von ihr gemacht, haben sie als naiv und wild erlebt. Nichts liegt der Wahrheit ferner. Señorita Lilí Villalba besitzt eine starke, ja ich würde sagen, eine beunruhigende Persönlichkeit. Vom Alter her könnte ich ihr Vater sein, aber wenn ich mit ihr zusammen bin, habe ich das Gefühl, *ich* bin der Naive, Hilflose. Sie denken sicher, ich spreche so, weil ich, sagen wir mal, verzückt sei, Jugend und Charme von Señorita Lilí Villalba hätten mir den Verstand getrübt. Glauben Sie das nicht. Ich halte mich für einen Experten auf diesem Gebiet, und dennoch ... Er verstummte plötzlich, als hätte er aus Ergriffenheit den Faden verloren, und Prullàs, auf den in dieser Pause ein Schwall von Erinnerungen und unausgegorenen Gedanken einstürmte, verspürte etwas wie Panik. Im lächerlichen Enthusiasmus seines Gegenübers erkannte er seine eigenen Gefühle. Aber kommen wir zur Sache, fuhr Ignacio Vallsigorri fort; ich habe Ihr Stück gelesen, wie ich Ihnen schon sagte. Wundern Sie sich nicht, ich lese gern Theaterstücke, klassische und moderne, einheimische und ausländische. Theater war schon immer meine geheime Leidenschaft. Hätte ich Talent gehabt wie Sie oder Señorita Lilí Villalba ... Aber ich bin bloß ein Geschäftsmann, ein Materialist. Mein eigener Name verrät mich – mein Großvater war ein baskischer Bankier. Er wurde nach Barcelona geschickt, heiratete die Erbin eines vermögenden Mannes und ließ sich endgültig hier nieder. Er verkürzte und katalanisierte sogar seinen Namen ein wenig. Mit der Zeit brachte er es zum Präsidenten oder Vizepräsidenten des RCD Español Barcelona; deshalb sind wir Nachkommen von ihm alle glühende Fans des Clubs. Aber er konnte seine von den Vorfahren geerbte Krämerseele nicht ändern, die er wiederum meinem Vater vermachte und der mir. Es ist unvernünftig, gegen das Schicksal zu kämpfen.

An diesem Punkt wurde das Gespräch vom Eintritt eines Mannes unterbrochen, der vom Unglück aufs grausamste gebeutelt worden war. Er hatte nur einen Arm, dessen er sich aber schlecht bedienen konnte, da er mit ihm die Krücke festhalten mußte, die ihm ein fehlendes Bein ersetzte; das halbe Gesicht war von Schmarren durchfurcht, und schreckliche Narben verwiesen auf die Stelle, wo ein Auge und ein Ohr gewesen sein mußten. Mit größter Anstrengung bewegte sich der Unglückselige auf dem glitschigen, sägemehlbestreuten Boden fort. Er blieb neben Ignacio Vallsigorri stehen, klappte seinen schrägen, zahnlosen Mund auf und stieß ein langes Schnarren aus. Ignacio Vallsigorri schaute ihn entsetzt an; obwohl er sich bemühte, seinen Widerwillen zu verbergen, zeichnete sich das Grauen auf seinem Gesicht ab. Haben Sie etwas gesagt, guter Mann?

Nachdem er zu Atem gekommen war, wiederholte der Krüppel seine Leier: Ich bringe das Glück... Ignacio Vallsigorri konnte sich ein Lachen nicht verkneifen. Das Glück? rief er und schlug mit der Hand auf den Tisch; genau das wollte ich noch hören! Der Krüppel erhellte den Sinn seiner Worte, indem er mit dem Kinn auf die Lotterielose deutete, die an seinem Jackettrevers baumelten. Morgen! Morgen Ziehung! Geben Sie uns je ein Zehntellos, sagte Prullàs; es sei denn, Sie haben was gegen Glücksspiele. O nein, sagte Ignacio Vallsigorri, ich bin eine Spielernatur, und in diesem Fall ist das Risiko gering, aber gestatten Sie mir, die beiden Zehntel zu bezahlen. Kommt nicht in Frage, sagte Prullàs; jeder soll seins bezahlen. Sie kennen ja den Aberglauben: Ein geschenktes Los gewinnt nie.

Na schön, sagte Ignacio Vallsigorri. Während sie das Geschäft tätigten, trat gestikulierend der Sänger-Wirt hinzu.

Cosa Bonita, hab ich dir nicht schon tausend Mal gesagt, du sollst die Gäste in Ruhe lassen? rief er dem Krüppel zu. Und Sie, kaufen Sie ihm keine Lose ab; dieser Kerl ist ein Faulenzer, ein menschlicher Dreck – sehen Sie doch, was für eine Vogelscheuche. Schon möglich, antwortete Prullàs, aber ich mache mit meinem Geld, was ich will. Mir scheißegal, gab der andere zurück, ich bin der Besitzer des Lokals und habe auf seinen Ruf zu achten! Wegen Einfaltspinseln wie Ihnen geht das dann im ganzen Viertel rum, und ich hab das Lokal voll Parasiten.

Brummelnd entfernte sich der Krüppel zur Tür; dort angekommen, drehte er sich um und streckte dem Wirt seine lange, milchige Zunge heraus. Mögest du auf dem Heimweg auf den Schatten einer schwarzen Katze treten und im Bett eine Schlange finden! Der Wirt spuckte mehrmals auf den Boden, um das Unheil zu bannen, und kehrte an seine Arbeit zurück.

Ignacio Vallsigorri lächelte über den pittoresken Zwischenfall und kam wieder auf sein Thema zu sprechen. Wie ich Ihnen sagte, hab ich Ihr Stück mehrmals sehr aufmerksam gelesen. Ich werde mir nicht anmaßen, Ihnen gute Ratschläge zu erteilen. Mit Ausnahme des Stotterers finde ich es ausgezeichnet, wie all Ihre Stücke. Im übrigen ist jedes Urteil verfrüht; beim Theater gibt es während der Proben meistens große Änderungen, das weiß ich genau; was ich gelesen habe, war nur eine erste Manuskriptfassung. Und genau bei der Lektüre von *Arrivederci, Kleiner!* dachte ich, hier könnte es eine gute Chance für Señorita Lilí Villalba geben, die ich damals gerade kennengelernt hatte.

Verzeihen Sie, sagte Prullàs, aber ich dachte, Señorita Lilí Villalba habe Ihnen das Manuskript gegeben. Nein, nein, genau umgekehrt: Als ich *Arrivederci, Kleiner!* las, kam ich auf die Idee, das Stück könnte ein Sprungbrett für Señorita Lilí Villalba sein, die mir schon bei unserer ersten Begegnung von ihren Theaterambitionen erzählt hatte. Natürlich hielt ich diese am Anfang für eine reine Grille; heutzutage träumt ja jedes hübsche junge Mädchen vom Erfolg auf der Bühne, wenn nicht gar auf der Leinwand. Aber je besser ich sie kennenlernte, desto mehr gelangte ich zur Überzeugung, daß ihre Berufung echt ist. Sie war so freundlich, mir einige Szenen vorzuspielen, privat natürlich, und ich muß gestehen, ich war angenehm überrascht von ihrer Begabung. Ich dachte, nachdem mir mangels Talent schon nicht alle Türen zur Welt des Theaters offenstanden, biete mir die Vorsehung vielleicht jetzt in der Person von Señorita Lilí Villalba die Möglichkeit, sie wenigstens durch die Hintertür zu betreten. Ich weiß nicht, ob Sie verstehen, was ich meine. Ich verstehe Sie bestens, sagte Prullàs.

Wieder wurde das Gespräch unterbrochen, diesmal vom Zischen des Publikums, das Ruhe forderte. Auf dem Podium zuhinterst im Lokal stand eine skurrile Gestalt. Ein hautenges, faltenbesetztes Kleid betonte die plumpen Ausbeulungen ihrer voluminösen Figur und ein lieblos aufgetragenes Make-up die Karikatur eines Mannweibs. Die Gäste waren ruhig, und die Walküre deklamierte in andalusisch verzerrtem Spanisch: Guten Abend, liebes Publikum, guten Abend und willkommen in Mañuels Taverne, dem elegantesten Flamencolokal aller fünf Kontingente! Die Anwesenden pfiffen, und das Weibsstück fuhr mit kehliger Zitterstimme fort: Man nennt mich die Kesse, und wie Sie gleich sehen werden, pfleg ich die Kunst des spanischen Volksgesangs und Volkstanzes. Aber bevor ich mit meiner Vorstellung anfange, möcht ich Ihnen sagen, wie glücklich, wie überglücklich ich bin, wieder vor diesem meinem geliebten Barceloneser Publikum auftreten zu dürfen, das ich so liebe und mich so liebt, nach meiner Rückkehr von einer triumphalen Tournee durch die besten Varitétheater von London, Paris und Buenos Aires. Die Gäste lachten mechanisch – Abend für

Abend begann das Mannweib seine Nummer mit diesem abgedroschenen Scherz. Ja, meine Damen und Herren, es gehört sich nicht, es zu sagen, aber die hier vor Ihnen steht, hat nen Riesenerfolg gehabt! Hören Sie zu: Kaum in Paris angekommen, schon am Stadtrand, hatte sich ne echte Volksmasse versammelt, und die skandierte: Es lebe die Kesse! Aber nicht so, wie ichs Ihnen hier sage, sondern in dieser seltsamen Sprache, die die Franzosen reden, nicht wahr. Und ich, die ich ja nicht aus Stein bin, ich war bis aufs Mark gerührt. Und in London, was soll ich Ihnen da noch sagen? Sogar diese junge, schnucklige Königin, die sie da haben, ist gekommen, um mir zu applausieren. Sie glaubens mir nicht? Ich werd Ihnen schon noch die Fotos von diesem Wahnsinnstag zeigen! Sie seufzte tief und fuhr mit inniger Stimme fort: Aber da bin ich wieder, meine Damen und Herren, bin zurückgekommen, weil ich meinem Spanien nicht hab fernbleiben können. Denn auf der ganzen Welt gibt es nix wie Spanien! Spanien ist das Schönste und Größte, was Gott geschaffen hat, und wer nicht das Glück hat, Spanier zu sein, der weiß nicht, was er verpaßt! Und deshalb steh ich hier vor Ihnen, liebes Publikum, wie jeden Abend. Ich bin – die Kesse!

Wider alles Erwarten schien dieser Sermon mit seiner geballten Ladung von billigem Patriotismus den Gästen tief ins Herz zu dringen. Ohne ihr obszönes Grinsen und den Sarkasmus zu verlieren, klatschten sie nach der Ansprache der Kessen begeistert Beifall, und dem einen oder andern traten sogar die Tränen in die Augen. Prullàs fand das alles unerträglich. Wie ekelhaft! rief er leise. Ignacio Vallsigorri wandte sich zu ihm um. Was sagten Sie? Nichts, nichts, dieses Gerotze greift mir die Nerven an. Ja, stimmte der andere zu, es geht mir ebenso, aber was wollen Sie! Das Geschwätz von Vaterland, Mutter und Braut ist ganz nach dem Geschmack der schlichten Gemüter, Betrunkenen und Soldaten, und es ist nur normal, daß ein armer Künstler zu diesem unfehlbaren Trick greift, um die Gunst eines so ungehobelten Publikums zu gewinnen. He, he, was tuscheln Sie da? fragte der Kneipier. Nichts, was Sie angehen müßte, antwortete Prullàs. Um so besser für Sie, weil das Regime, da bin ich auch nicht für, aber wenn ich hör, daß sich jemand mit Spanien anlegt ..., da werd ich wie ein Tiger. Wie ein Tiger werd ich da!

Na, was hab ich Ihnen gesagt? fuhr Ignacio Vallsigorri fort, nachdem sich der Wirt unter Drohgemurmel wieder entfernt hatte; dieser Halunke wäre zu jeder Schurkerei fähig, zum niederträchtigsten Verrat; aber wenn man an seine patriotische Faser rührt, springt er auf wie von der Tarantel gestochen. So ist es, pflichtete Prullàs bei; ich kann einfach nicht verstehen, was der Grund für diese scheinbar ehrenwerte Reaktion sein mag, deren Heftigkeit in umgekehrtem Verhältnis zum moralischen Rang dessen zu stehen pflegt, der sie an den Tag legt. Je verrohter, desto patriotischer. Ich habe sogar schon gedacht, ob sie vielleicht von einem letzten Funken Ehrbarkeit herrührt, der unter vielen Schichten Gemeinheit begraben liegt.

Ach, wo denken Sie hin! antwortete Ignacio Vallsigorri; diese ehrenwerten Reaktionen, wie Sie sie nennen, sind bloß instinktive Regungen des Organismus, wie das Niesen, letztlich reine Entleerungsmechanismen. Bei einigen Menschen können derartige Gefühlsergüsse freilich eine unglaubliche Heftigkeit erreichen und unerklärliche Wirkungen zeitigen, etwa beim Heldentum, von dem wir vorhin in bezug auf Don Lorenzo Verdugones gesprochen haben, oder, auf einer andern Ebene, bei den Wundern und Visionen von Lourdes oder Fátima.

Prullàs stimmte zu. Erst vor einigen Monaten hatte das Standbild der Muttergottes von Fátima sein Heiligtum verlassen, um auf einer Pilgerfahrt durch Portugal, Spanien und

Frankreich in die holländische Stadt Maastricht zu reisen, wo dieses Jahr ein Marienkongreß stattfand. Die lange Reise hatte die Aufmerksamkeit der Massenmedien auf sich gelenkt, und nicht ohne Grund: In allen Diözesen, wo das Standbild haltgemacht hatte, um von den Gläubigen verehrt zu werden, war es zu erstaunlichen Heilungen und unvorstellbaren Bekehrungen gekommen. In Madrid hatte der Zug den Staatschef besucht, der sich, wie man sich erzählte, für über eine Stunde allein mit dem Standbild in seinem Arbeitszimmer eingeschlossen hatte. Manche Leute sagten, während dieser Zeit hätten das Standbild und er ein angeregtes Gespräch geführt, in dessen Verlauf ihm die Muttergottes zusätzliche Enthüllungen bezüglich der Bekehrung Rußlands und anderer Angelegenheiten von ebenso großer oder noch größerer Bedeutung gemacht habe. Gemäß denselben Quellen war das nicht das erste Mal gewesen, daß sich der Staatschef mit der Muttergottes unterhalten, jedoch das erste Mal, daß er es sogar mit der Muttergottes von Fátima getan hatte.

⋆

Unterdessen zersang die Kesse ihr Lied. *Auf den Plakaten steht jetzt ein Name, den ich nicht anschaun mag: Francisco Alegre und olé, Francisco Alegre und olá.*

Prullàs fand die Nummer lang und ärgerlich.

Nachdem die Walküre ihr Lied beendet hatte, warf jemand aus dem Publikum eine Schnitte Brot aufs Podium, der mehrere Oliven, zwei Scheiben Mortadella, ein Stück Käse und zwei Zigaretten folgten. Das war die Gage der Kessen für ihren Auftritt. Sie las die Spenden vom Boden auf und bedankte sich mit obszönen Grimassen. Es gibt wirklich nichts Traurigeres und Schrecklicheres als die Unterschichten, dachte Prullàs. Darin irrt Gaudet vollkommen – sich mit den Armen zu solidarisieren mag ja ein Zeichen für ein gutes

Herz sein, es ist aber auch ein unleugbares Zeichen von schlechtem Geschmack. Nachdem wieder Ruhe eingekehrt war, sagte Ignacio Vallsigorri, der zweifellos Prullàs' Gedankengang erraten hatte: Ich habe das Gefühl, Ihnen gefällt diese Art Darbietung nicht.

So ist es, entgegnete Prullàs; das ist das einzige Land, wo das Häßliche und Mißgestaltete hochgehalten wird. Dieses menschliche Unglück gehört ins Irrenhaus oder Gefängnis, aber wie Sie sehen, ist es hier und ergötzt das Publikum.

Die Vorliebe fürs Groteske ist sehr spanisch, sagte Ignacio Vallsigorri, wie man an der Prosa Quevedos und der Malerei Goyas sehen kann. Und ich muß gestehen, daß auch ich für seinen vielleicht krankhaften Reiz etwas übrig habe, wie ich auch Boxen und Freistilringen mag, sosehr ich ihre Brutalität mißbillige. Wenn immer möglich geh ich zu jeder Veranstaltung im Price oder Iris. Nanu, welch glückliche Fügung, sagte Prullàs, auch mich begeistern Boxen und Catch; meine Frau verabscheut natürlich beides, so daß ich nur selten eine Begleitung finde. Wenn es Ihnen recht ist, könnten wir zusammen hingehen. Aber selbstverständlich, es wird mir ein großes Vergnügen sein, sagte Ignacio Vallsigorri.

Prullàs' Freude über die Entdeckung dieser weiteren Übereinstimmung, die die beginnende Freundschaft zwischen den beiden Männern festigte, wurde abermals durch die Erinnerung an Señorita Lilí Villalba getrübt. Ob sie wohl so leichtsinnig war, ihm unsere Geschichte zu erzählen? fragte er sich ein ums andere Mal. Aber dem konnte nicht so sein, denn wie um ausdrücklich seine Befürchtungen zu zerstreuen, sagte der andere: Verzeihen Sie, wenn ich dermaßen auf etwas herumreite, was Ihnen natürlich völlig egal ist, aber bevor wir unterbrochen wurden, sagte ich Ihnen, wieviel mir an der Karriere von Señorita Lilí Villalba gelegen ist und wie sehr mich die Möglichkeit beunruhigt, daß ein Mißerfolg beim Start ihre Hoffnungen zerstört.

Ein Mißerfolg beim Start? rief Prullàs; meinen Sie *Arrivederci, Kleiner!*?

Oh, nein, nein, keineswegs, sagte Ignacio Vallsigorri rasch; ich bin überzeugt, *Arrivederci, Kleiner!* wird ein Erfolg. Aber ich werde ohne Umschweife sprechen, wenn Sie gestatten. Ich bitte darum, sagte Prullàs. Ich mache mir Sorgen, ob bei den Proben alles gut läuft, fuhr Ignacio Vallsigorri fort; in Theaterfragen bin ich zwar ein Laie, aber meine Arbeit als Unternehmer besteht genau darin, zu merken, ob die Dinge funktionieren oder nicht, und glauben Sie mir, Prullàs: Irgend etwas läuft da schief. Wissen Sie, was es ist?

Sagen Sie es selbst. Es ist der Regisseur, sagte Ignacio Vallsigorri. Ich mache Sie darauf aufmerksam, daß Gaudet mein Freund ist, sagte Prullàs. Ich weiß, und Ihre Haltung ehrt Sie, aber haben Sie keine Angst: Ich werde nicht schlecht von Señor Gaudet sprechen. Ich kenne seinen Werdegang und respektiere ihn, und überdies ist es nicht meine Art, Abwesende zu kritisieren. Nun, Señor Gaudet ist nicht auf der Höhe seiner Fähigkeiten; wenn Sie ein Freund von ihm sind, werden Sie mir zustimmen müssen. Vermutlich sind Sie darüber informiert, daß ich ihn vor einigen Tagen im Theater aufgesucht habe. Richtig, sagte Prullàs. Und auch über den Inhalt unseres Gesprächs? Andeutungsweise, aber ich würde es lieber noch einmal von Ihnen selbst hören.

Das ist gut, denn ich weiß nicht, was Ihnen Señor Gaudet erzählt haben mag. Eigentlich bezweifle ich sehr, daß wir uns überhaupt verstanden haben. Also: Ich habe ihn aufgesucht, um über Señorita Lilí Villalba zu sprechen. Das war meine einzige Absicht, und das teilte ich ihm gleich zu Beginn mit. Ich wolle nur etwas zur künstlerischen Entwicklung von Señorita Lilí Villalba beitragen, da ich beschlossen hätte, sie, sagen wir mal, unter meine Fittiche zu nehmen, sagte ich ihm und fügte hinzu, ich sei mir bewußt, von wie entscheidender Bedeutung es sei, daß Señorita Lilí Villalba einen so ungewissen Weg unter einem guten Regisseur beginne, und in diesem Sinne sei ich sehr froh, mein Mündel in so guten Händen wie denen Señor Gaudets zu wissen. Aber im Verlauf der Proben hätte ich in Señorita Lilí Villalbas Haltung eine Veränderung feststellen müssen, eine Haltung, die anfänglich eine begeisterte gewesen sei, dann aber eine brüske Wende genommen habe und erst eine unsichere und schließlich eine eindeutig verzagte geworden sei. An diesem Punkt reagierte Señor Gaudet so, als hätte man ihm ein glühendes Eisen an den Körper gehalten. Vollkommen grundlos begann er mich aufs barscheste herunterzuputzen. Mit welcher Berechtigung ich mir erlaube, ihm etwas am Zeug zu flicken? Ich versuchte dieser ungerechten Philippika entgegenzutreten, aber umsonst. Da ging mir auf, daß ich einem verwirrten Mann gegenüberstand, und ich beschloß, ihm nicht zu widersprechen. Soweit ich seiner Suada entnehmen konnte, denn, wie gesagt, er redete beinahe irre, sei er ein talentierter Mann, ein echter Künstler, den das Leben schlecht behandelt habe; verschiedene Umstände hätten sich verschworen, um seine Karriere zu ruinieren. Wäre er woanders geboren worden, so wäre alles ganz anders verlaufen, sagte er, aber unser Land sei barbarisch und grausam. Aus all diesen Gründen sei er nun gezwungen, mittelmäßige Komödien mit ordinären, eingebildeten Schauspielerinnen zu inszenieren. Am liebsten würde er alle zum Teufel schicken, mit jungen Schauspielern und Schauspielerinnen wie Señorita Lilí Villalba sein eigenes Ensemble gründen und wirklich wichtige Stücke inszenieren, wie *Der Ekel* und andere, die gegenwärtig auf den Pariser Bühnen Erfolge feierten, schloß er und zeigte mir einige maschinengeschriebene Seiten. Aber das könne er nicht, fügte er hinzu, da es ihm an den nötigen Mitteln fehle. Er fragte mich, ob ich bereit wäre, ihm für dieses Projekt meine Unterstützung zu gewähren. Natürlich meinte er meine finanzielle Unterstützung. Wenn ich dazu bereit sei, verspreche er mir, aus Señorita Lilí Villalba eine große dramatische Schauspielerin vom Rang einer Eleonora Duse oder María Guerrero zu machen. In diesem Moment war sein Paroxysmus derart, daß ich befürchtete, er würde einen Kollaps erleiden, wenn ich ihm widerspräche, so daß ich all seine Vorschläge bejahte. Das schien sein Gemüt zu beruhigen, und ich benutzte die Windstille, um das Gespräch für beendet zu erklären.

Und Sie haben ihm in keinem Augenblick vorgeschlagen, Mariquita Pons durch Señorita Lilí Villalba zu ersetzen? fragte Prullàs.

Nein, was für ein Unsinn! antwortete Ignacio Vallsigorri; das ist mir nicht im Traum in den Sinn gekommen. Erstens habe ich nicht die geringste Macht, um einen solchen Austausch durchzusetzen, und selbst wenn ich sie hätte, würde ich es niemals tun. Ich kenne Quiqui seit Jahren, und nicht nur als Schauspielerin, sondern persönlich, durch ihren Mann, Miguel Fontcuberta, mit dem mich eine langjährige Freundschaft verbindet, wie Sie bereits wissen. Ich habe Quiqui oft spielen sehen und bewundere ihr außerordentliches Talent, ihre Komik und die Eleganz, mit der sie die Bretter betritt. Señorita Lilí Villalba dagegen ist nur eine Anfängerin. Ihr eine gewichtigere Rolle zu geben wäre katastrophal, für das Stück und für sie selbst. Nein, nein, Señorita Lilí Villalba ist nur ein kleines Mädchen, das erst anfängt, und Quiqui ist eine Grande Dame unseres Theaters, eine vollendete Schauspielerin und letztlich die Stütze des Stücks; ohne ihre Mitwirkung wäre *Arrivederci, Kleiner!* ein Fiasko. So schwach finden Sie es? sagte Prullàs.

*

Hallo, meine Süßen, soll ich euch glücklich machen? fragte mit belegter Stimme ein molliger Farbkasten, der unbemerkt an ihren Tisch getreten war. Die beiden Männer antworteten mit einer knappen Handbewegung. Aber die Nutte ließ nicht locker: Kommt schon, meine Hübschen, es wird gleich hell, und mein Alter gibt mir aufn Dez, bis ich tot umfall, wenn ich ohne Kröten zurückkomm; beide zum Preis für einen, ja?

Nein, hau ab, sagte Ignacio Vallsigorri. Mit trunkener Beharrlichkeit schmiegte sich die Nutte an ihn. Ich hab n Honigfötzchen, mein Schatz. Gewaltig einen sitzen hast du, lachte Ignacio Vallsigorri, während er nach Kräften zu verhindern suchte, daß sie ihm ihre ganze massige Fülle auf die Knie lud.

Prullàs zog einen Duro aus der Tasche, drückte ihn der Nutte in die Hand und stieß sie sanft weg. Tu, was man dir sagt, riet er ihr. Taumelnd entfernte sie sich. Jetzt stinkt mein Jackett nach ihrem Parfüm und ihren Achseln, rief Ignacio Vallsigorri. Morgen ist auch ein Tag, sagte Prullàs und gab dem Wirt ein Zeichen. Die Rechnung, bitte! Der Wirt brachte ihnen einen vollgekritzelten öligen Fetzen.

Kommt überhaupt nicht in Frage, sagte Ignacio Vallsigorri; ich habe gesagt, daß ich Sie einlade, und mit dieser Abmachung... Aber er konnte den Satz nicht beenden; zuerst wurde er blaß, dann rot, und schließlich rief er: Man hat mir die Brieftasche gestohlen!

Der Wirt hob die Hand: Nicht in meiner Taverne; hier sind wir alle hochanständig.

Reden Sie keinen Stuß! antwortete Ignacio Vallsigorri, vor einer Weile hatte ich sie noch in der Tasche, und jetzt hab ich sie nicht mehr; ich weiß ganz genau, daß ich das Zehntellos, das ich dem Krüppel abgekauft habe, in die Brieftasche gesteckt habe. Da hab ich sie zum letzten Mal gesehen. Sehn Sie jetzt, was man davon hat, wenn man nett zu jemandem ist, zu dem mans nicht sein darf? sagte der Wirt; ich hab Ihnen ja gesagt, der Kerl ist ein Abschaum. Nein, er kanns nicht gewesen sein, sagte Ignacio Vallsigorri;

er war schon zur Tür raus, als ich das Los in die Brieftasche steckte. Das kann nur die fette Nutte gewesen sein, die sich mir eben an den Hals geworfen hat. Ich hab keine Ahnung, welche Nutte Sie meinen, sagte der Wirt; in meinem Lokal gibts so was nicht.

Mit Diskutieren gewinnen wir nichts, mischte sich Prullàs ein; sagen Sie mir, was es macht. Keinen Real, antwortete der Wirt mit beleidigtem Gesicht; ich bin nicht verantwortlich für das, was geschehen ist, aber ich will auch nicht, daß Sie Mañuels Taverne in schlechter Erinnerung behalten – Sie sind eingeladen!

★

Noch dämmerte es kaum am Himmel, und schon öffneten die ersten Schenken und Garküchen; Stauer und Dienstmänner strebten dem Hafen zu; ernste Zollbeamte traten in die Tore ihrer Büros. Ein Straßenhändler schob einen mit Kokosnüssen, Trompeten und kleinen Windmühlen beladenen Karren zur Landebrücke Las Golondrinas. In der Mitte des Boulevards, unter dem Laubtunnel der Riesenplatanen, stellte ein Fotograf seinen einfachen Stand auf: eine Balgenkamera und ein verblaßtes Papp-Pferdchen. Ein Gespann von sechs kräftigen Gäulen verließ das San-Beltrán-Pier und zog auf einem zweirädrigen Wagen einen gigantischen Baumstamm aus Äquatorialguinea Richtung Paralelo; die Sirene eines im Hafenbecken vor Anker liegenden Schiffs übertönte das Hufgeklapper auf den Pflastersteinen. Schweigend schritten Prullàs und Ignacio Vallsigorri die Ramblas hinauf.

Sollen wir den Diebstahl anzeigen? erbot sich Prullàs, als er das nachdenkliche Gesicht seines Begleiters sah. Das lohnt sich nicht, antwortete dieser rasch; ich hatte nichts Wertvolles mit, nur etwas Geld, zwei leicht ersetzbare Ausweise, Briefmarken und einige Fotos. Der Vorfall an sich macht mich wütend, nicht der Schaden. Darf ich Sie um einen Gefallen bitten? Aber natürlich. Erzählen Sie niemandem etwas von dem Diebstahl; wie gesagt, er hat keine Bedeutung, aber ich fühle mich lächerlich. Und so was mir! Prullàs versprach, das Ganze zu vergessen, und verabschiedete sich vom andern, als sie bei dessen Wagen ankamen. Soll ich Sie wirklich nicht nach Hause bringen? fragte Ignacio Vallsigorri. Vielen Dank, aber ich spaziere gern um diese Zeit durch die Stadt, und ehrlich gesagt, ich habe nicht oft Gelegenheit dazu. Schauen Sie nur, die reine Luft, dieser erholsame Frieden... Na, ich will Sie nicht länger mit meinen Lyrismen aufhalten. Erlauben Sie mir, Ihnen etwas Geld zu borgen; es ist nicht ratsam, mittellos durch diese Welt zu gehen. Auf keinen Fall; ich fahr direkt nach Hause, und dort hab ich noch Reserven, außer ich bin auch noch einem Einbruch zum Opfer gefallen, scherzte Ignacio Vallsigorri. Sie tauschten ihre Visitenkarten und vereinbarten zu telefonieren, um gemeinsam zu einem Boxkampf oder ins Theater zu gehen. Dann gaben sie sich herzlich die Hand, und Ignacio Vallsigorri sagte: Schlafen Sie gut, und vergessen Sie nicht, was ich Ihnen über Señor Gaudet erzählt habe. Seien Sie unbesorgt, sagte Prullàs.

⋆

Im Gegensatz zum Hafenviertel waren die Straßen des Ensanche in der Nähe seines Hauses leer; die Wohnungen, Kneipen, Läden und Büros lagen im Dunkeln. Diese Ruhe war Prullàs angenehm, der in seinen Grübeleien und einem Meer von Zweifeln versunken dahinschlenderte. Ignacio Vallsigorris Schilderung seines Gesprächs mit Gaudet unterschied sich von dessen Version so stark, daß zweifellos einer der beiden log. Aber wer? Die alte, tiefe Freundschaft, die ihn mit Gaudet verband, zwang ihn, diesen von jedem Verdacht freizusprechen. Aber welchen Anlaß zu lügen konnte

Ignacio Vallsigorri haben? fragte er sich. Den interessierte doch einzig Señorita Lilí Villalbas Theaterkarriere, und zwischen Leuten, die diese fördern sollten, Zwietracht zu säen konnte ihr nur zum Nachteil gereichen. Dagegen hatten Gaudets Mucken in letzter Zeit alarmierend schnell zugenommen. Seine allgemeine Niedergeschlagenheit, seine Apathie gegenüber der Arbeit, seine schlechte Laune und seine Distanzierung von Prullàs – konnte das alles nicht tatsächlich der Absicht entspringen, seinem Leben eine andere Wende zu geben? Steckte Pepe Gaudet in einer Krise? Ich frage mich, ob der unverschämte Kerl am Ende vorhat, mich wegen des sozialen Realismus und des Avantgardetheaters zu verraten, dachte er. Und Quiqui? Ob sie auch in die Verschwörung verwickelt ist? Was hat sie vor ein paar Tagen bei Gaudet gesucht, als ich sie dort mit meinem Anruf überraschte? Haben sie etwa insgeheim ein Stück von Jean-Paul Sartre geprobt?

Dagegen hatte Ignacio Vallsigorri einen sehr vorteilhaften Eindruck auf ihn gemacht. Prullàs spürte, daß zwischen ihnen eine Freundschaft entstanden war, dazu bestimmt, sich mit der Zeit zu festigen. Aber wie sollte er diese Freundschaft mit der Affäre Señorita Lilí Villalba in Einklang bringen? Das beschäftigte ihn in diesem Moment am meisten. Es lag auf der Hand, daß er das Abenteuer nicht hinter dem Rücken eines Mannes fortsetzen konnte, der, wie man es auch betrachtete, auf die junge Schauspielerin als erster Anrecht hatte. Seine Kavalierspflicht gebot ihm, den andern über die Situation aufzuklären; aber wenn er es tat, wie würde Ignacio Vallsigorri reagieren? Sicherlich würde er sich von Señorita Lilí Villalba verraten fühlen, sie verstoßen und damit seiner Protektion berauben; und wäre er, Prullàs, dann nicht moralisch dazu verpflichtet, die Verantwortung für den Unterhalt des Mädchens zu übernehmen? Diese Aussicht beunruhigte ihn. Im Gegensatz zu Ignacio Vallsigorri, einem gutsituierten Mann und überdies Junggeselle, war er Familienvater und ohne eigene Mittel; über das große Vermögen seiner Frau konnte er zwar ungehindert verfügen und ohne Rechenschaft abzulegen, aber wiederkehrende, hohe Ausgaben dieser Natur würden irgendwann fraglos Argwohn erwecken, nicht bei Martita, wohl aber bei ihrem gewitzten Vater, der, wie Prullàs aus zuverlässiger Quelle wußte, auf dem Gebiet käuflicher Gesellschaft sehr wohl seine Erfahrungen hatte. Anderseits würde er sich in eine unhaltbare Lage versetzen, ginge er eine enge Verbindung mit einer Schauspielanwärterin ein, an deren Begabung er als erster zweifelte und über deren Inkompetenz er sich mehrmals öffentlich und mit Nachdruck ausgelassen hatte. Nein, nein, dachte er, eine solche Möglichkeit darf nicht einmal in Betracht gezogen werden. Bevor es soweit kommt, muß ich mich entscheiden: entweder Ignacio Vallsigorri nicht mehr sehen oder mit Señorita Lilí Villalba ein für allemal brechen. Die Alternative erschien ihm schmerzlich. Vielleicht, dachte er, sehe ich das Problem jetzt allzu schwarz. Schließlich ist Ignacio Vallsigorri ein Mann von Welt; ganz sicher würde er nicht böse, wenn er erführe, was zwischen diesem Mädchen und mir vorgefallen ist, dachte er. Was kümmerts ihn letztlich? Wahrscheinlich würden sie sich einigen können, auf eine bequeme Zuweisung der Tage und Stunden, sogar auf eine angemessene Verteilung der Auslagen. Diese Lösung war am Ende für alle am zweckmäßigsten, dachte er. Und im selben Augenblick wurde ihm klar, daß er sie niemals würde akzeptieren können. Er blieb auf dem Bürgersteig stehen, als hinderte ihn eine magnetische Kraft am Weitergehen, und plötzlich spürte er eine große Beklemmung im Herzen. Er preßte die Hände gegen die Schläfen; sein Geist war ein Wirbel widersprüchlicher Gefühle. Was geschieht mir da? dachte er.

Aus dieser bedrückenden Lähmung riß ihn ein hartes,

rhythmisches Gerumpel, das immer lauter wurde: Es war das Rumpeln eines Fuhrwerks, auf dessen Bock sich ein Mann mit halbgeschlossenen Augen im Gleichgewicht hielt. Das Fuhrwerk holperte mit einer Ladung Spinat, Zwiebeln, grünen Bohnen, Auberginen, Paprikaschoten, Sellerie und Lauch Richtung Markt. In leichtem Zickzack trottend, bewegte das Pferd den Kopf auf und ab, und hin und her bewegte der Fuhrmann seinen Kopf, mechanisch und ziellos die Peitschenschnur durch die Luft schwingend. Neben ihm auf dem Bock stand ein Korb mit frischen Eiern; auf der andern Seite lagen zwei tote Kaninchen mit verdrehten Hälsen, glasigen Augen und schiefen Mäulern. Um nicht in so unangenehmer Begleitung weitergehen zu müssen, ließ Prullàs das Fuhrwerk ein Stückweit vorausholpern und setzte dann seinen Weg fort. Die Dunkelheit am Firmament nahm ab und ließ erste Schatten erkennen, Vorzeichen des Tagesanbruchs. Prullàs ging hinter dem Gemüsefuhrwerk her, das in dieser trügerischen Helligkeit, die die Konturen der Dinge auflöste, fantastisch und begräbnishaft wirkte. Aus den Fenstern der Erdgeschoßwohnungen drangen Schnarchgeräusche, aufgeregtes Geflüster, Husten an sein Ohr; ab und zu erhaschte er durch die Ritzen der Jalousien flüchtige Bilder: ein Klavier, eine große Truhe, eine Sammlung von Waffen, ein halbdunkles Zimmer voller Silhouetten.

Vor dem Markt überholte er das Fuhrwerk. Jetzt begann der Kärrner das Gemüse abzuladen. Unter dem Eisendach standen weitere Fuhrwerke, und unentwegt wurden Kisten in den Markt hineingetragen, wo riesige, in den wunderlichen Schein des Gasbrenners getauchte Frauen ihre Verkaufshäuschen schrubbten, ehe sie die Waren darin aufschichteten. Draußen vor dem Eisendach bauten die Blumenhändlerinnen ihre Stände auf: gewöhnliche, auf Backsteinen ruhende Latten und darauf Hortensien-, Nelken-, Stiefmütterchen- und Kameliensträuße in elenden Konservendosen. Eine Frau hängte schlichte Perkalmorgenröcke an einen Garderobenständer. An der Theke einer dem Markt angeschlossenen Kneipe schlürften mehrere Kutscher schwarzen Kaffee mit Schnaps. Draußen fraßen, die Schnauze im Futterbeutel, geduldig die noch angeschirrten Pferde. Auf dem Gehweg lag ein Teppich von Kohl-, Kraut-, Salat- und Mangoldblättern. In einer Gasse keuchte ein orangenbeladener Lastwagen mit Holzvergaser. In seiner nebelfeuchten Karosserie spiegelte sich schwach das ockerfarbene Licht einer Gaslaterne. In den Baumkronen zwitscherten die Vögel; Fliegen, Wespen und Hummeln summten; ein mit Henkelkrügen beladener Esel iahte; in seinem improvisierten Gehege krähte auf einer Dachterrasse ein Hahn. Austräger mit Eisstangen und Bier-, Limonaden- und Sodakästen auf den Schultern gingen vorbei. Wie auf der erbaulichen Abbildung in einem Schulkatechismus kreuzte ein Mann mit weißem Gesicht und einem Sack Mehl auf dem Rücken einen andern, rußgeschwärzten, der einen Korb Kohlen schleppte. Langsam kehrte die Stadt zum Leben zurück, und Prullàs geriet in Begeisterung, erfrischt von der Energiequelle, die um ihn herum sprudelte. Knarrend und rasselnd öffneten die Läden ihre Türen. Die einen waren sehr geräumig, hatten Spiegel an den Wänden, zwei oder drei Marmorladentische, gekachelte Fassaden und große Schaufenster, in denen Käse, Würste, Kekse und Konserven ausgestellt waren. Andere dagegen waren so eng, daß nur ein winziger dunkler Ladentisch aus Holz Platz hatte, der so abgegriffen war, daß er glänzte; diese Läden, die im allgemeinen eine Alte in Trauer betreute, hielten ein einziges Produkt feil: Suppennudeln, Bonbons oder Seife. Aus den Fischgeschäften strömte der Meeresgeruch von Salzfischen, aus den Bäckereien der Duft nach Brot und Kuchen. Genüßlich sog Prullàs die Luft ein; das Schauspiel dieses ihm ungewohnten, ordentlichen, beharrlichen, arbeitsamen Kittel-und-Schurz-Barcelona faszinierte ihn, das so verschieden war von diesem andern Barcelona der gestärkten Hemdbrust und des langen Kleides, frivol, lasterhaft, heuchlerisch und nachtlebig, das zu teilen ihn das Leben bestimmt hatte und in dem er sich wunderbar wohl fühlte. Was ist mit mir? fragte er sich erneut, was für unsinnige Gedanken stürmen auf mich ein? Pah, nichts Ernstes – die frühe Stunde und die Müdigkeit. Aber Vorsicht! Große Vorsicht! Eine flüchtige Anwandlung könnte mich zu einem Fehltritt mit unvorhersehbaren Folgen verleiten. Und dann dachte er: Gleich heute werde ich mit ihr sprechen und ihr das Problem darlegen; ich werde ihr klaren Wein einschenken, behutsam, aber eindeutig. Ich werde ihr ein Geschenk machen, um nicht wie ein Schmarotzer dazustehen. Ein schönes Geschenk! Das Entscheidende ist, jedes Mißverständnis auszuräumen, ihr die falschen Hoffnungen aus dem Kopf zu schlagen, falls sie welche hat. Ich bin noch jung, aber nicht mehr jung genug, um mich von Sirenengesang umgarnen zu lassen.

KAPITEL IV

I

CECILIA: Aaaaaaaaaaaah!

JULIO: Oooooooooooooh!

LUISITO: Iiiiiiiiiiih!

JULIO *(Gibt ihm eine Ohrfeige)*: Schrei nicht!

CECILIA: Laß ihn doch, Mann, schließlich taucht nicht alle Tage ne Leiche im Wäscheschrank auf.

LUISITO: Ihi …, ihi …, ihi …, ihist er tot?

JULIO: Mausetot.

CECILIA: Das ist wirklich der Gipfel, daß dieser Kerl einfach stirbt, wo wir ihn doch grad haben umbringen wollen! Da könnte man sich grün ärgern! Armer Teufel, war vielleicht ein wenig schwach auf dem Herzen, und bei dem ganzen Gelaufe hinter dem Mädchen her, zack!, hat er einen sogenannten Intakt.

JULIO: Paß auf, Cecilia, auch wenn dus nicht bis ins Gymnasium geschafft hast, solltest du trotzdem wissen, daß, wenn einer einen Infarkt hat, er sich nicht zuerst die Hände auf dem Rücken fesselt, sich knebelt oder sich gar in einen Schrank einschließt und den Schlüssel außen stecken läßt.

CECILIA: Tatsächlich! Das ist mir gar nicht aufgefallen. Dann … glaubst du also, daß …

JULIO: Ja, ich habe nicht den geringsten Zweifel – jemand ist uns zuvorgekommen und hat Todoliu umgebracht.

CECILIA: Um so besser, eine Arbeit weniger.

JULIO: Ja, schon, aber das Alibi?

CECILIA: Das Alibi? Was für ein Alibi? Jetzt brauchen wir doch kein Alibi mehr.

JULIO: Jetzt erst recht, du Dummchen. Ist dir denn nicht klar, in welcher Lage wir uns befinden? Wir haben sorgfältig ein Alibi vorbereitet, um den Mord an einem bestimmten Ort, zu einem bestimmten Zeitpunkt und auf eine bestimmte Art begehen zu können. Und jetzt, wo Todoliu tot ist, nützt uns das Alibi erstens nichts mehr, und zweitens wird es allen Verdacht auf uns lenken.

CECILIA: Verdacht? Aber wir haben doch gar niemand umgebracht!

JULIO: Und wer wird uns das glauben? Wir sind pleite, wir sind Todolius einzige Erben, wir haben mehr als genug Motive, uns seinen Tod zu wünschen, und ebenso viele Gelegenheiten, ihn umzubringen. Todoliu ist in unserer eigenen Wohnung umgebracht worden, und zu allem Elend haben wir eine Menge falsche Spuren gelegt, die sich gegen uns wenden werden, wenn alles klappt wie vorgesehen. Der Taxifahrer, der die Truhe holen soll, das Ferngespräch mit San Sebastián und vor allem die Verabredung mit deinem lieben Verlobten, der sich davon überzeugen sollte, daß Todolius Befürchtungen unbegründet waren, und der jeden Moment kommen kann, um sich mit seinen eigenen Augen davon zu überzeugen, daß diese von uns erfundenen, Todoliu zugeschriebenen Befürchtungen nicht nur nicht unbegründet, sondern höchst begründet waren. Ach, Cecilia, wir sind verloren! Der Strick erwartet uns!

CECILIA: Huch, der Strick! Wenn ich das im Klub erzähl, die werdens nicht glauben!

Heute kannst du dich aber nicht über die Probe beklagen, sagte Mariquita Pons; die Schrankszene ist uns wundervoll gelungen. Ja, wundervoll, aber wenn ihr nicht etwas mehr aufpaßt, wird sich der arme Todoliu noch den Schädel einschlagen, wenn er aus dem Schrank fällt, und für solche Scherze ist der Mann zu alt, brummte Gaudet. Dann sag ihm, er soll sich nicht vornüberfallen lassen wie ein Bügelbrett, wer kommt denn auf so eine Idee? Ich, sagte der Regisseur; eine Leiche, die beim Öffnen eines Schranks auftaucht, muß steif und schnell fallen; wenn sie langsam zusammensackt, ist der ganze Witz weg; ihr müßt euch geschickter anstellen und ihn auffangen, bevor er auf die Schnauze fällt, dafür seid ihr schließlich zu dritt. Du bist einfach nie zufrieden, mein Lieber, murmelte die berühmte Schauspielerin. Was meint denn der Herr Autor? fragte sie Prullàs.

Der Herr Autor spricht nicht mit Verrätern, antwortete dieser. Gestern haben sie mich am Ende der Welt sitzenlassen, erklärte er Gaudet. Das war meine Schuld, lachte Mariquita Pons; bei soviel Herren und Havannas hab ich einen Klaustrophobieanfall gekriegt. Ein toller Abend! Bist du noch sehr lange geblieben? Nein, sagte Prullàs, sowie ich sah, daß ihr die Flucht ergriffen hattet, hab ich eine barmherzige motorisierte Seele gesucht und bin zu Bett gegangen. Mariquita Pons machte sich auf den Weg zur Garderobe, aber bevor sie im Gang verschwand, blieb sie stehen und sagte: Miguel hat eine geschäftliche Besprechung heute abend und wird erst sehr spät nach Hause kommen; begleite mich ins Kino, Carlos, ich will mich amüsieren. Im Savoy zeigen sie noch einmal einen Film mit Cary Grant und Mirna Loy, den ich beim ersten Mal verpaßt habe und der sehr lustig sein soll. Und danach, wenn du dich anständig benimmst, darfst du mit mir etwas essen gehen, und nebenbei werd ich dir ein paar Dinge erzählen. Gut, sagte Prullàs; ich bin nicht nachtragend – ich werde dich gegen neun zu Hause abholen.

Die berühmte Schauspielerin verschwand in der Dunkelheit der Soffiten, und Prullàs nutzte die Gelegenheit, um zu Gaudet zu sagen: Gestern hatte ich völlig unerwartet ein langes Gespräch mit Ignacio Vallsigorri, und er hat mir Unglaubliches erzählt. Wir müssen uns sobald wie möglich unterhalten. In Ordnung, sagte der Regisseur und schaute auf die Uhr; ich bin mit dem Kostümbildner verabredet, aber unsere Besprechung wird nicht länger als eine Stunde dauern; komm Punkt acht zu mir nach Hause – wenn du Quiqui um neun abholen mußt, haben wir eine Stunde, um über alles Erdenkliche zu sprechen, es sei denn, du willst es auf morgen verschieben. Nein, nein, sagte Prullàs; je eher wir das Problem lösen, desto besser; Punkt acht werde ich bei dir sein; stell mir ein Bier in den Eisschrank, falls du einen Eisschrank hast. Ich habe einen Eisschrank, aber kein Eis dafür, sagte Gaudet. Dann vergiß das Bier, sagte Prullàs.

Als er eben das Theater verlassen wollte, hörte er hinter sich eine Stimme. Señor Prullàs, warten Sie auf mich! Señorita Lilí Villalba; sie atmete heftig. Bonifaci las die Zeitung in seiner Loge. Gehen wir auf die Straße hinaus, sagte Prullàs unwirsch. Eine Weile schritten sie schweigend nebeneinander her. Was willst du? fragte er schließlich. Dir etwas sagen, stör ich dich? Natürlich nicht, du Kindskopf, antwortete Prullàs. Die beiden Verabredungen mit Gaudet und Mariquita Pons hatten ihn seine Vorsätze vom Morgen vergessen lassen. Als er jetzt wieder an sie dachte, spürte er, wie ihn eine unerklärliche Schlaffheit befiel; er beschloß, das vermutlich unangenehme Gespräch zu verschieben, und sagte: Aber du bist so gerannt gekommen... In die goldene Abendsonne getaucht, blieb sie auf dem Gehweg stehen und schaute ihn verlegen und traurig an. Ich wollte nicht, daß du mir entwischst, Carlos, in den letzten Tagen hab ich viel an dich gedacht. Nach dem, was neulich nachmittags zwischen uns geschehen ist, dachte ich, du würdest versuchen, mich zu sehen; ich fordere nichts von dir, und wenn ich dich enttäuscht habe, hast du alles Recht der Welt, nicht zu wollen...

Sei still, du Kindskopf, du erzählst lauter Unsinn; ich war in den letzten Tagen sehr beschäftigt, aber du hast mich nicht enttäuscht, überhaupt nicht. Ehrlich gesagt, auch ich habe viel an dich gedacht; ich habe bloß nicht gewußt, wann ich wieder mit dir würde zusammensein können. Als ihm dieser Satz so hervorsprudelte, packte ihn schwindelerregender Leichtsinn. Zum Teufel mit allem! dachte er. Und laut sagte er: Lilí, ich bete dich an. Sie schaute zu Boden, schien einen Sekundenbruchteil zu zögern. Als sie wieder aufblickte, lag in ihren Augen der Glanz eines kühlen Entschlusses. Wenn du heute nicht so beschäftigt bist wie in den letzten Tagen, sagte sie, können wir uns in einer halben Stunde im Hotel Gallardo treffen. Gehen wir doch zusammen hin! sagte Prullàs; laß uns keinen Augenblick verlieren, mein Wagen steht gleich da. Wenn du vorher noch etwas zu besorgen hast, kann ich dich begleiten. Nein, antwortete sie, ich muß zu Hause vorbeischauen, und ich will nicht, daß du weißt, wo ich wohne. Geh ins Hotel und warte dort auf mich.

Sie rannte davon, und Prullàs tat nichts, um sie zurückzuhalten. Ich verschiebe das Gespräch mit Gaudet auf morgen, na, so wichtig ist es ja nicht, die Sache mit Ignacio Vallsigorri kann warten. Und was Quiqui betrifft, bis neun Uhr bin ich bestimmt frei. Auf jeden Fall werde ich beide anrufen, um die Verabredung mit dem einen abzusagen und die andere auf eine mögliche Verspätung vorzubereiten.

Aber im Hotel Gallardo gab es kein Telefon. Es ist seit über einem Jahr bestellt, aber Sie wissen ja, ohne Beziehungen ..., entschuldigte sich der Empfangschef, der eine Gardenie am Revers trug; wenn Sie dringend telefonieren müssen, gehen Sie in die Kneipe an der Ecke. Erinnern Sie sich an die Dame, mit der ich letztes Mal gekommen bin? fragte Prullàs. Nein, Señor, hier ziehen viele Gesichter vorbei, und es ist meine Pflicht, keines davon im Kopf zu behalten, verstehen Sie. Das ist sehr gut, erwiderte Prullàs und zog die Brieftasche; ich bezahle im voraus und gehe telefonieren. Wenn zufällig die erwähnte Dame kommen und Sie sie, ebenfalls zufällig, wiedererkennen sollten, dann sagen Sie ihr, sie soll im Zimmer auf mich warten.

Die Kneipe war leer und die warme Luft vom Geruch nach abgestandenem Essen geschwängert. Der Ventilator an der Decke bewegte sich nicht; aus den Spinnweben zwischen den Flügeln zu schließen, war er defekt. Auf Prullàs' Ruf erschien eine Frau; bevor sie ihn bediente, verscheuchte sie mit einem feuchten Lappen die Fliegen, die die in irdenen Schalen auf der Theke ausgestellten Tapas förmlich zudeckten. Wenn Sie Telefon haben und es funktioniert, dann bringen Sie mir ein dunkles Bier, sagte er. Die Frau deutete auf einen Wandapparat hinten im Lokal. Der Hörer war so schmierig, daß ihn Prullàs während des Telefonierens vom Ohr weghielt.

Nach einer Weile ging er an die Theke zurück. Haben Sie sprechen können? fragte ihn die Frau. Nein, bei der einen Nummer hat sich keiner gemeldet, und die andere war besetzt; ich werds in ein paar Minuten noch mal versuchen. Möchten Sie inzwischen ein Häppchen essen? fragte sie. Prullàs musterte die Tapas, an denen einige Fliegen für immer kleben geblieben waren. Im Moment nicht, danke. Langsam trank er das Bier; dann wählte er wieder Gaudets Nummer, ohne daß sich jemand meldete; bei Mariquita Pons war noch immer besetzt. Vor lauter Ungeduld, wieder mit Señorita Lilí Villalba zusammenzusein, wurde ihm das Warten unerträglich; er bezahlte das Bier und ging ins Hotel zurück. Ist sie gekommen? Der Empfangschef schien damit beschäftigt, an der Gardenie zu riechen; er verneinte, ohne die Nase aus der Blume zu nehmen. Ich werde oben warten, sagte Prullàs; wenn Sie kommt, schicken Sie sie direkt herauf.

Allein im Zimmer, betrachtete er eine Weile das Haus gegenüber; in seinem Käfig hüpfte noch immer der Stieglitz, und im Schaukelstuhl eines Schlafzimmers döste ein altes Männchen in Pyjama und Filzkäppchen. Was bildet sich diese Rotzgöre eigentlich ein? murmelte er übellaunig;

wenn sie kommt, kriegt sie was zu hören. Er zog den Vorhang zu, legte sich aufs Bett und schlief ein, ohne es zu merken. Benommen und schweißgebadet erwachte er, ein quälendes Gefühl der Bedrohung im Nacken; er brauchte eine Weile, bis er sich wieder erinnerte, wo er sich befand. Es war dunkel geworden, und durch den Vorhang drang nur spärliches Licht ins Zimmer. Er knipste die Lampe an und schaute auf die Uhr: fünf nach neun. Mit dumpfem Kopf und rebellierendem Magen stieg er die Treppe hinunter und knöpfte sich den Empfangschef vor. Seien Sie nicht auf mich böse, Señor, es ist niemand gekommen. Wäre diese Dame gekommen, hätte ich getan, was Sie mir aufgetragen haben.

Prullàs fühlte sich sterbenselend und trat auf die Straße hinaus. Dieses verdammte Bier muß vergiftet gewesen sein, dachte er. Nein, zweifellos ist das Glas monatelang nicht mehr gespült worden, und der, der zuletzt aus ihm getrunken hat, muß sämtliche denkbaren Miasmen darin zurückgelassen haben. Und Lilí, warum hat sie wohl ihr Wort nicht gehalten? Ob ihr etwas zugestoßen ist? Ach was, sicher ist sie böse auf mich und hat mich hereinlegen wollen. Das ist es, sie hat sich nur zum Schein mit mir verabredet, um sich für mein mangelndes Interesse zu rächen. Verdammte Weiber, dachte er, alle sind sie gleich!

Strauchelnd gelangte er zum Wagen und schaffte es mit großer Mühe nach Hause, ohne einen Unfall zu bauen oder jemanden zu überfahren. Sein Bild im Vorzimmerspiegel rechtfertigte den Kummer der Sebastiana. Ach, du lieber Gott, Herr, Ihnen gehts aber elend! Nur eine momentane Unpäßlichkeit, Sebastiana, das ist gleich wieder vorbei. Bestimmt haben Sie irgendeine Schweinerei gegessen, die Ihnen nicht bekommen ist, ach Gott, ach Gott, Männer darf man einfach nicht allein lassen.

Im Badezimmer übergab er sich und fühlte sich sogleich

sehr erleichtert. Hat jemand angerufen? fragte er. Nein, Herr. Señor Gaudet, Doña Mariquita, sonst jemand? Nein, Herr, niemand. Er rief Mariquita Pons an, und das Kammermädchen sagte, die Señora habe das Haus schon vor einer ganzen Weile verlassen und nicht gesagt, wohin sie gehe und wann sie zurückkomme. Gaudet meldete sich noch immer nicht.

Die Sebastiana brachte ihm einen Kamillentee. Sie sollten einen Arzt rufen, sagte sie. Ein prächtiger Rat! erwiderte Prullàs; gegenwärtig findet sich in Barcelona nicht einmal ein mieser Kurpfuscher. Dann legen Sie sich wenigstens ins Bett, beschwor ihn die Haushälterin. Kommt nicht in Frage, ich bin zu erregt, brächte kein Auge zu, würde ganz nervös, und letztlich wäre das Mittel schlimmer als die Krankheit selbst. Und ohne auf das Bitten und Drängen der getreuen Angestellten zu achten, fügte er hinzu: Ich gehe; wenn jemand nach mir fragt, ich bin nach Masnou gefahren. Mitten in der Nacht und in diesem Zustand wollen Sie sich auf die Landstraße hinauswagen? Heilige Muttergottes! So was von Unbesonnenheit ist mir noch nicht untergekommen.

Die Sebastiana hatte recht. Auf dem Abschnitt durch die pestilenzialisch stinkenden Industriekomplexe von San Adrián hatte er einen Schwindelanfall und mußte den Wagen an den Straßenrand heranfahren, sich abermals übergeben und eine Weile ausruhen. Er hörte das wilde Rauschen des Meeres und sah ganz in der Nähe den fantasmagorischen Widerschein der Lagerfeuer, die die Bewohner dieses ausgedehnten Barackenviertels dem Strand entlang angezündet hatten. Wieder schlief er ein. Die Berührung von etwas Warmem, Klebrigem auf der Wange weckte ihn. Als er zusammenzuckte, fuhren vier winzige Geschöpfe zurück, besonders heftig dasjenige, das durch das offene Wagenfenster sein Gesicht berührt hatte. Seht ihr? Hab ich euch ja gesagt, daß er nicht tot ist! flüsterte es. Es waren drei Jungen und ein Mädchen, alle schmutzig, triefäugig und mit zerzausten Haaren; sie waren barfuß und trugen nichts als ein zerlumptes Unterhemd. Instinktiv griff Prullàs nach seiner Brieftasche und stellte erleichtert fest, daß sie noch immer seine Tasche bauschte. Die Kinder betrachteten ihn aufmerksam. Das karge Licht eines Mondstreifens zwischen den Wolken beleuchtete die Szene. Das Mädchen sagte: Sie, Señó, ist das n Mercedes? Nein, stotterte Prullàs, ein Studebaker. Ludeweike? Nein: Studebaker. Aha.

Er startete den Motor und blendete die Scheinwerfer auf. Das grelle Licht ließ die vier Kinder in der Dunkelheit ringsum verschwinden. Geht schlafen, sagte Prullàs, geht in eure Baracken zurück, um diese Zeit gehören kleine Kinder ins Bett und nicht auf die Straße. He, Sie, was haben Sie gesagt, was das für n Auto ist? überkrähte das Mädchen den laufenden Motor. Prullàs gab keine Antwort, fuhr wieder auf die Straße und setzte seinen Weg fort, ohne genau zu wissen, wie lange er geschlafen hatte und wohin er fuhr, als gehorchte er allein den Eingebungen seines Wagens. Nachdem er Badalona hinter sich gelassen hatte, glaubte er zu sehen, wie sich in einem Ried weiße Gestalten wie phosphoreszierende Skelette bewegten; auf dem Hügel hinter Montgat erspähte er den Schatten eines riesenhaften Metzgers. Wenn er diese Visionen verscheuchte, um sich auf den Weg zu konzentrieren, sah er, wie sich vor ihm die Straße gabelte; während er sich noch fragte, ob er sich nach links oder rechts halten sollte, verschwand die Gabelung, und er merkte, daß er einer optischen Täuschung aufgesessen war. Um vermeintlichen Hindernissen auszuweichen, die nur die skurrilen Schatten der Bäume waren, fuhr er brüsk im Zickzack, so daß sich der Studebaker beinahe überschlug. Aber nicht eine Sekunde, nicht einmal unter dem Eindruck dieser gewaltigen Schrecken, dachte er daran, sein Vorhaben aufzugeben. Das Fest bei Brusquets, die ungemütliche Begegnung mit

Don Lorenzo Verdugones, die versteckten Anspielungen von Mariquita Pons, Ignacio Vallsigorris unerklärliche Enthüllungen, die mutmaßliche Doppelzüngigkeit Gaudets, das geplatzte Rendezvous mit Señorita Lilí Villalba, all das verwob sich in seinem Geist zu einem trügerischen Geflecht. Jetzt sah er seine einzige Hoffnung auf Erlösung aus allen Täuschungen, Konflikten und Ernüchterungen in dieser selbstmörderischen Fahrt; er hatte das Gefühl, die körperliche Entfernung rette ihn vor aller Gefahr und vor allem Verderben; einzig im Schoß seiner Familie und der altgewohnten Ordnung wäre er vor sämtlichen Tücken gefeit. Glücklicherweise war zu so später Stunde kein anderes Fahrzeug unterwegs, und auch die Bürgerwehr hielt ihn nicht an.

Die Uhr im Eßzimmer zeigte Viertel vor vier. Martita war früh zu Bett gegangen und tauchte kaum aus dem Schlaf auf, als er mit fiebriger Hand den Saum des Moskitonetzes beiseite schob und zwischen die Laken schlüpfte. Laß mich bitte, Carlos, ich bin total kaputt, murmelte sie. Da ihm die Kraft für ein Gefecht fehlte, ging er in sein Bett und schlief auf der Stelle ein.

Gestern nacht hab ich dich umarmt, und du hast nicht einmal die Augen aufgemacht, sagte Prullàs am nächsten Morgen zu ihr; wie hast du gewußt, daß ich es war und nicht ein anderer? Martita zuckte die Schultern. Wer hätte es zu dieser Zeit schon sein sollen? Ich weiß nicht, irgendwer, ein Verehrer. In unserem Schlafzimmer? Wozu? entgegnete Martita. Und wie hätte er hereinkommen sollen? Durchs Fenster, mutmaßte Prullàs. Carlos, das kommt nur in den Filmen mit Bob Hope vor, sagte sie; ich wußte, daß du es warst, und damit basta.

2

Marichuli Mercadal hielt beim Gehen die Augen gesenkt, damit sie mit ihren Bastsandalen nicht in die Löcher des ausgetrockneten Bergbachbetts trat, das sich von der Merced-Kapelle den Hügel hinunterschlängelte und unten im Dorf in die Rambla mündete. Ab und zu schaute sie auf, um nach ihrer Tochter zu sehen, die in der Nähe herumtollte. Alicia, komm her, geh nicht so weit weg! Klettere nicht auf den Stein da! Vorsicht vor den Nesseln! Geh nicht zu nah an den Strauch ran, wer weiß, ob da nicht ein Wespennest drinhängt! Doch die Kleine achtete nicht auf diese halblauten, eher weinerlich als drohend klingenden Verbote.

Eigentlich war Marichuli Mercadal in Gedanken versunken und niedergeschlagen; in letzter Zeit war ihr die Frühmesse zur Qual geworden. Am liebsten wäre sie gar nicht mehr hingegangen, aber sie traute sich nicht, denn sie befürchtete, den göttlichen Zorn auf sich zu ziehen. Vor einigen Jahren, als die Spezialisten die Krankheit ihrer Tochter diagnostizierten, hatte sie feierlich gelobt, jeden Tag ohne Ausnahme zur Messe und zur Kommunion zu gehen, solange Gott ihrer Tochter die Gesundheit erhalten würde. Ihr Gatte hatte dieses Gelöbnis kritisiert: Als Chirurg und Mann der Wissenschaft glaubte er nicht an Gott und lehnte es ab, daß sich die Religion in die Medizin einmischte. Was die Geistlichen Seele nennen, ist in Wirklichkeit die Psyche, sagte er zu seiner Frau und zitierte den bekannten blasphemischen Satz eines Kollegen, der versicherte, unzählige chirurgische Eingriffe durchgeführt zu haben, ohne je im Gekröse des Organismus eine Spur von Seele gefunden zu haben. Marichuli Mercadal entgegnete, ob dieser oder sonst ein Chirurg denn die Psyche gefunden habe, worauf der Arzt antwortete, die Psyche sei nur die Gesamtheit molekularer Reaktionen des Gehirns auf die Stimuli des Nervensystems.

Um das zu verdeutlichen und seiner Frau, die auf diesem Gebiet ein Laie war, begreiflich zu machen, verglich er das menschliche Gehirn mit einem Radioapparat, der die Hertzschen Wellen empfängt und sie in ganz verschiedenartige Programme umwandelt: Wettbewerbe, Nachrichten, Wunschkonzerte und so weiter, ohne daß sich jemand im Radioapparat befindet, nur einige Röhren und elektromagnetische Spulen. Sie stimmte alledem zu, aber zuinnerst glaubte sie weiterhin an die Existenz eines allmächtigen Gottes, der über Leben oder Tod des Mädchens entschied.

Jetzt aber fühlte sie sich schuldig. Seit die Leidenschaft sie in Prullàs' Arme geworfen und die hartnäckige Fleischeslust ihr verwehrt hatte, ihre Schuld zu beichten, hatte sie das heilige Abendmahl nicht wieder empfangen. Wenn der Priester die Hostie zu verteilen begann, verließ sie die Bank und ging mit nach vorn, aber vor den Stufen des Altars angekommen, kniete sie nieder, senkte den Kopf und stand wieder auf, bevor sie die Hostie empfing. Danach ging sie an ihren Platz zurück und blieb einige Minuten in andächtiger Haltung knien; so, rechnete sie sich aus, würde man ihren Verzicht auf die Sakramente nicht bemerken. Aber sie wußte nur allzugut, daß sie Gott mit dieser Farce nicht täuschte. Während die andern beteten, zitterte sie vor Angst, ihre List könnte jeden Moment entdeckt werden, sei es durch die Aufmerksamkeit eines Mitkirchgängers, sei es, weil der Herr ein feuriges Zeichen auf sie niederschickte. Diese vom schlechten Gewissen geschürten Ängste wurden manchmal zu regelrechten Visionen. Im Betstuhl kniend, stellte sie sich vor, der Christus über dem Hochaltar löse einen Arm vom Kreuz, zeige mit dem Finger auf sie und rufe: Weh dir, Schriftgelehrte und Pharisäerin, die du bist wie die übertünchten Gräber, die von außen hübsch aussehen, aber innen sind sie voller Totengebeine und lauter Unrat! Andere Male, wenn der Priester das Wort an die Gemeinde richtete, wartete sie bangen Herzens, daß er, angefeuert vom Heiligen Geist, den entsetzlichsten Bannfluch gegen sie schleudere.

In Wirklichkeit geschah derlei nicht im entferntesten; weder wurden die Heiligenstatuen lebendig, noch schien der greise Vikar, der in der Sommerzeit in der kleinen Merced-Kapelle für die Urlauber eine spezielle Messe zelebrierte, den Wunsch zu verspüren, eine Geißel für die Sünder zu werden; seine Predigten pflegten von der göttlichen Barmherzigkeit und der christlichen Nächstenliebe zu handeln und davon, daß es den vom Schicksal Begünstigteren wohl anstünde, freigebig zu sein, wenn es darum ging, ihren weniger wohlhabenden Brüdern und Schwestern unter die Arme zu greifen; gerührt von diesen Mahnungen und dankbar für die der Buße ihrer Niederträchtigkeit gewährte Frist, legte Marichuli Mercadal übertriebene Summen auf das Tablett, das der Küster bei der Kollekte in der Gemeinde herumreichte. Trotz allem spiegelte sich diese dauernde Qual weder in ihrem Gesicht noch in ihrem Benehmen; ihr Ausdruck war ruhig, ihre Haltung vermittelte den Eindruck fast unbewußter Gelassenheit, und ihren Mund umspielte ein Lächeln, das man, hätte es jemand Bestimmtem gegolten, als sarkastisch oder rätselhaft hätte bezeichnen können; keiner der Männer, die sich nach ihr umdrehten, um mehr oder weniger unverschämt ihre perfekte Figur und ihre wiegenden Hüften zu bewundern, hätte sich den Sturm ausmalen können, der in diesem Moment in ihrem Innern tobte. Ein Klasseweib, sagten sie, und dieser Gang!

⋆

Auf der Veranda ihres Hauses erblickte sie Prullàs und ihren Mann; es gab ihr einen Stich ins Herz. Ich bin gestern krank geworden, erklärte er ihr, und da ich in Barcelona keinen Arzt gefunden habe, bin ich hierhergekommen, um deinen

Mann zu belästigen. Nichts Ernstes, nehme ich an, brachte sie heraus. O nein, bloß ein sommerliches Mißgeschick, sagte Dr. Mercadal heiter; eine leichte Darmentzündung mit dem dazugehörigen Erbrechen und Dünnpfiff. Und zu Prullàs gewandt fügte er hinzu: Wie gesagt, zwei, drei Tage nur gekochtes Gemüse und Hühnerbrust, und auf den Stuhl aufgepaßt, falls Würmer auftauchen.

Prullàs verabschiedete sich von Dr. Mercadal, und unter dem Vorwand, nach Alicia zu sehen, begleitete Marichuli Mercadal ihn hinaus. Ihr Männer! rief sie; wenn ihr gesund seid, bleibt ihr in Barcelona, um euch zu amüsieren, aber sobald ihr etwas Temperatur habt, nach Hause zu Muttern, um euch pflegen zu lassen. Sie hatte noch das Meßbuch und die Mantille in der Hand. Ich hab mit einem Fuß im Grab gestanden, sagte Prullàs. Am liebsten sähe ich dich ganz darin mitsamt der Platte drüber, flüsterte sie; deinetwegen leb ich kaum noch.

Sie gingen ein Stück schweigend dahin, bis sie unerwartet auf Martitas Vater und die Kinder trafen. Marichuli, wie stellst du es bloß an, mit jedem Tag hübscher zu werden? sagte Martitas Vater zu ihr. Sie sind es, der mich jeden Tag mit nachsichtigeren Augen sieht, sagte sie. Wohin geht ihr denn bei dieser Hitze? fragte Prullàs seinen Schwiegervater. Leim, Schmirgelpapier und Pinsel kaufen, antwortete dieser; deine Jungs haben mich herumgekriegt, daß ich mit ihnen ein maßstabgetreues Modell des Panzerkreuzers *Missouri* baue, und hier bin ich, in meinem vorgerückten Alter zur Werft geworden. Sagen Sie das nicht, Don Luis, protestierte Marichuli Mercadal, Sie sind ja noch beinahe ein Jüngling. Nein, nein, meine Hübsche, quäl mich nicht und laß mich in Frieden alt sein; na, wie viele Jahre gibst du mir? Fünfundsechzig? sagte sie diplomatisch. Ui, fünfundsechzig Jahre ...! Wer noch mal so jung sein könnte! Die und noch zehn dazu! Aber das beunruhigt mich nicht im geringsten. Paß auf, ich will dir was erzählen. Jeden Morgen geh ich mir vor dem Frühstück die Beine vertreten, nicht einfach nur so, sondern um mir ein wenig Bewegung zu verschaffen; jedenfalls, am Anfang sagte ich zu meinen Enkeln, wenn ich aus dem Haus ging: Wollt ihr mit Großvater einen Spaziergang machen? Und immer haben sie geantwortet: Nein, Großvater. Bis ich eines Tages auf die Idee kam, bloß fallenzulassen: Ich geh rasch zum Tabakladen, Zigarren holen, will jemand mit? Und sogleich sagten sie ja, weil sie wußten, daß sie mich im Tabakladen herumkriegen würden, ihnen irgendwelche Näschereien zu kaufen. Seither denke ich mir eine Besorgung aus, wenn ich Gesellschaft will, und das klappt immer. Weißt du, warum? Weil es in der menschlichen Natur liegt, daß alles, sogar das Angenehmste, mit einer Absicht verbunden sein muß. Ja, meine Liebe, fuhr er fort, das menschliche Wesen braucht ein Ziel, um die Dinge zu tun. Meines, wie du siehst, sind diese Teufel: sie heranwachsen zu sehen, sie solange wie möglich glücklich zu machen, auf ihre Erziehung zu achten und, wenn mich der Herr ruft, ihr materielles Wohlergehen gesichert zu haben. Dank dieser Philosophie lebe ich in Harmonie mit mir selbst und lache übers Vergehen der Jahre.

Marichuli Mercadal hatte feuchte Augen, als sich der Großvater und die Enkel entfernten. Hör nicht auf ihn, das sind Koketterien eines alten Fuchses, sagte Prullàs; auf seine Weise hat er dir den Hof gemacht.

Ihr seid eine glückliche Familie, Carlos; ich werde nie etwas tun, um euer Glück zu gefährden. Sie schwieg einen Augenblick, seufzte schmerzlich und fuhr dann fort: Aber ich habe die Gewißheit, daß euch eine große Gefahr droht. Was soll denn das? erwiderte er einsilbig, hast du heute morgen in der Messe eine Offenbarung gehabt? Ich erwarte und befürchte jeden Tag eine Offenbarung, murmelte sie; aber darum geht es jetzt nicht, es ist nur eine ungute Ahnung. Ich bin nicht abergläubisch, Carlos, aber heute in der Messe ist dem Ministranten bei der Wandlung die Altarglocke heruntergefallen, und im selben Moment habe ich das sichere Vorgefühl gehabt, daß dir ein Übel auflauert. Sei sehr vorsichtig, bat sie.

3

Den Rest des Vormittags verbrachte er schläfrig in einem Liegestuhl unter den Pinien und las apathisch einen Krimi; ab und zu schlummerte er ein; dann vermischten sich seine Träume mit den von der Lektüre hervorgerufenen Bildern; nach einer Weile wurde sein Kopf wieder klar, und er mußte eine oder zwei Seiten noch einmal lesen, um den Faden der verwickelten Handlung wiederzufinden. Das Haus war ruhig; Martita und die Kinder waren an den Strand gegangen, und der Schwiegervater hatte sie begleitet – ausnahmsweise, denn er haßte Sonne und Meer; die Dienstmädchen waren mit dem Aufräumen der Zimmer, mit Wäschewaschen, Bügeln und Kochen beschäftigt.

Kurz vor zwölf brachte ihm seine Schwiegermutter eine Scheibe Toast und einen Teller Apfelmus. Das wird deinem Magen guttun, sagte sie zerknirscht, als bitte sie für ihre Kühnheit um Entschuldigung; es ist ein Wundermittel gegen Menorrhö. Sie war eine gütige, dumme, wortkarge Frau. Ihre Irrtümer, Fauxpas und Schnitzer waren für ihren Freundes- und Verwandtenkreis ein nie versiegender Quell der Erheiterung; sie verstand nichts, hatte von nichts eine Ahnung und brachte alles durcheinander. Als vor einigen Tagen auf einer Gesellschaft über die Untaten Josef Stalins gesprochen wurde, glaubte sie, die Rede sei von einem gewissen José Antolín, dem Mann der Schneiderin, und gab ihrem Staunen darüber Ausdruck, daß dieses kleinmütige, geistig beschränkte Männchen die Großmächte in Schach halten sollte. Dieser und ähnliche Mißgriffe hatten ihren Ruf als amüsante Person gefestigt, obwohl sie das keineswegs war. Trotzdem wurde, wie es geschehen kann, ihre außerordentliche Einfalt für Mutterwitz gehalten. Ihr eigener Mann, der seine Frau hemmungslos vor aller Welt auslachen konnte, faßte nie einen Entschluß, ohne sich vorher mit ihr zu besprechen, obwohl er wußte, daß er bestenfalls einen sinnlosen, vagen Rat bekommen würde.

Seine Schwiegermutter machte Prullàs wahnsinnig; den Anblick der Dummheit fand er nicht lustig, und ihre puppenhafte Unbrauchbarkeit trieb ihn zur Weißglut. Manchmal fragte er sich, ob sie sich wohl bewußt war, welch traurige Rolle ihr zugefallen war, und ob sie sie gutwillig für das Privileg akzeptierte, in einer mit den Einfältigen und Unfähigen unbarmherzigen Welt überleben zu dürfen; in solchen Momenten verspürte er flüchtiges Mitleid mit ihr. Im übrigen behandelte er sie zwar zuvorkommend, vermied aber tunlichst ihre Gesellschaft. Diese alberne Person ist überglücklich, daß ich krank bin, dachte er, während er den Toast und das Kompott aß, denn so kann sie ihrer süßlichen Fürsorge freien Lauf lassen. Und doch fühlte er sich, als er diesen einfachen Imbiß verzehrte, gegen seinen Willen unerklärlich glücklich. Seine Schwiegermutter beobachtete ihn mit begierigem Blick, als erwarte sie eine übernatürliche Manifestation, die ihr die Wirksamkeit ihres hausbackenen Heilmittels bestätigen würde. Da weiter nichts geschah, zog sie sich nach einer Weile demütig zurück, und Prullàs nahm seine von Nickerchen unterbrochene Lektüre wieder auf.

Punkt zwei kam seine Familie vom Baden zurück. Die Kinder protestierten, da sie den Strand früher als üblich hatten verlassen müssen. Papa ist krank, und es tut ihm nicht gut, erst so spät zu essen, sagte die Mutter zu ihnen; und wer mault, bleibt heute nachmittag zu Hause.

Martitas Vater erkundigte sich nach dem Befinden seines Schwiegersohns. Er war in Hemdsärmeln, so daß man seine schrecklichen fleischfarbenen Gummihosenträger sehen konnte, und trug einen flachen Strohhut. Sie sehen aus wie ein Vaudeville-Kolonialist, sagte Prullàs. Sein Schwiegervater lächelte; dann wurde er ernst. Bleib ein paar Tage hier, Carlos; du wirst Martita glücklich machen, und für die Kinder ist es gut, den Vater um sich zu haben: Das ist eine Frauenwelt, und ich bin schon ganz kaputt – hier fehlt längst ein Paar Hosen. Prullàs machte eine vage zustimmende Handbewegung. Wie läufts denn mit diesem Theaterstückchen? fragte sein Schwiegervater. Gut, antwortete Prullàs. Ausgezeichnet, mein Lieber, ausgezeichnet; ich bin sicher, es wird ein Erfolg; und sonst ists auch nicht weiter schlimm. Dann wirst du eben ein neues schreiben. Du bist jung, hast noch das ganze Leben vor dir, was nutzt es, vorzeitig Erfolg zu haben? Besser leben, als du jetzt lebst, wirst du sowieso nicht, oder? Er zeigte auf den Garten, das Haus und den blauen Himmel, als gehörte all das zu einem einzig zu Prullàs' Nutznießung angehäuften Vermögen. Los, fügte er hinzu, gehen wir zu Tisch, schon seit einer Weile duftets nach Lammkoteletts mit Pommes frites. Prullàs stand auf und folgte seinem Schwiegervater, ohne den Grund für diesen unerwarteten Vortrag zu verstehen.

Als er aus der Siesta erwachte, sah er Martita neben sich schlafen. Er betrachtete sie eine Weile, getraute sich aber nicht, sie aufzuwecken. Leise verließ er das Zimmer und das Haus und machte, den Blumenduft einatmend, einen Spaziergang durch den Garten. Dann ging er zum Liegestuhl unter den Pinien zurück, um den Roman fertigzulesen, spürte, wie ihn wieder bleierne Müdigkeit überfiel, und sank sanft in tiefen Schlaf.

*

Carlos, wach auf! Wach auf, du hast Besuch! Weniger Martitas Worte als ein ängstlicher Unterton in ihrer Stimme riß ihn aus seiner Lethargie. Er schaute sich träge um und schnellte auf, als er den Mann erkannte, der vor ihm stand. Don Lorenzo Verdugones! rief er und machte ein Gesicht, als traute er seinen Augen nicht, was für eine Überraschung!

Der Chefbeamte lächelte, gebauchpinselt, daß seine Anwesenheit einen solchen Schrecken hervorrief. Es tut mir leid, daß ich Ihre Meditationen störe, sagte er in leutseligem Ton, der nicht zu seiner förmlichen Kleidung und herben Physiognomie paßte, aber Ihre entzückende Frau Gemahlin hat mir die Ehre erwiesen, mich als Freund zu behandeln, und ich habe dieses Privileg genutzt, um Sie zu behelligen. Martita war verwirrt angesichts dieses konfusen Kompliments, und Prullàs kam ihr zu Hilfe. Meine Frau hat es ganz ehrlich gemeint, zweifeln Sie nicht daran, sagte er; seien Sie willkommen.

Kommen Sie doch bitte auf die Terrasse, sagte Martita, dort ist es gemütlicher, und ich bringe Ihnen ein kühles Getränk... oder was immer Sie möchten. Oh, machen Sie sich meinetwegen keine Umstände, Señora, sagte Don Lorenzo Verdugones; eigentlich bin ich ganz zufällig in diesem lieblichen Küstenörtchen, und da hatte ich plötzlich die Idee, Ihnen guten Tag zu sagen und mich eine Weile mit Ihrem Gatten zu unterhalten, wenn Sie nichts dagegen haben. Martita begriff den Sinn dieser Worte. Ich werde mal nach den Kindern sehen, wenn Sie gestatten, stotterte sie. Don Lorenzo Verdugones bückte sich, um den Roman aufzulesen, der Prullàs vom Schoß gerutscht war. *Die Morde der Roten Witwe*! las er laut. Nicht einmal in diesem irdischen Paradies gewähren Sie Ihrem Blutdurst etwas Ruhe, mein lieber Prullàs! Sagen Sie eher, meinem Ideendurst, erwiderte Prullàs im selben leutseligen Ton; mit jedem Tag fällt es mir schwerer, neue Situationen für meine Komödien zu erfinden, so daß ich Anleihen machen, wenn nicht sogar unverschämt abkupfern muß.

Oh, nanu, ich dachte, das Ganze bestehe nur darin, eine Technik zu beherrschen, sagte der Chefbeamte und legte den Roman sanft auf den Liegestuhl, alte Rezepte immer neu zu kombinieren und mit kleinen Varianten zu wiederholen. Letztlich haben Sie, die Autoren von Kriminal- und Detektivgeschichten, meiner bescheidenen Meinung nach einen großen Vorteil, nämlich daß der Mörder, das Opfer und der Detektiv von vornherein bereit sind, sich den Gegebenheiten der Handlung zu fügen, sich diszipliniert und ganz unegoistisch zu benehmen, miteinander zusammenzuarbeiten und so intelligent oder so dumm zu sein, wie es dem guten Fortgang der Erzählung dienlich ist. Er lächelte müde und fügte hinzu: Weiß Gott, was geschähe, wenn die Dinge in der Wirklichkeit genauso funktionierten! Zu unserem Glück sind die echten Mörder gemeine, ungestüme, nachlässige Kerle; das Verbrechen steht ihnen ins Gesicht geschrieben, und sie verraten sich durch Ungeschicklichkeit, wenn nicht durch Prahlerei leicht selbst. Denn ich versichere Ihnen, wenn ein Krimineller sich so umsichtig und geschickt verhalten würde wie in den Romanen, die Sie lesen, und in den Komödien, die Sie schreiben, würden seine Verbrechen ungesühnt bleiben. Was halten Sie von einem Spaziergang? Prullàs stimmte zu. Im Gemüsegarten wird uns niemand stören, sagte er.

Ihre Frau ist sehr nett, bemerkte Don Lorenzo Verdugones unvermittelt, und Ihr Schwiegervater ebenfalls, ein vollkommener Gentleman, wie ich sagen würde. Ich habe nicht gewußt, daß Sie beide sich kennen, sagte Prullàs. Natürlich, wir hatten uns schon mehrmals gesehen, sagte der Chefbeamte, und jetzt habe ich die Gelegenheit gehabt, ihn wieder zu begrüßen. Er hat mir das Modell eines Kriegsschiffs gezeigt, dessen Bau ihm seine Enkel offenbar mehr oder weniger aufgezwungen haben. Ein bedeutender Mann, eine vorbildliche Familie, kurzum, ein Haus, wo man eine typisch katalanische Gelassenheit atmet, schloß er.

Munter geworden von der Bewässerung, zogen die Schnecken die Spuren ihres phlegmatischen Weges über die Mauer des Gemüsegartens, und in der warmen Luft schwirrten eine rote und eine blaue Libelle hin und her. Auf der einen Seite des Gartens verlief eine Steinmauer, die noch vor dem Haus errichtet worden war und auf den ersten Blick roh aussah; ein genauerer Augenschein verriet jedoch die kundige Hand: die verschieden großen, unregelmäßig geformten Steine waren sehr geschickt ineinandergefügt worden. Jetzt paßte sich die Mauer unauffällig in die Landschaft ein. Prullàs, der in diesem unbedeutenden Bauwerk die Frucht einer langen Tradition und einer uralten Liebe zur Erde und Arbeit zu erkennen glaubte, hatte die Mauer besonders ins Herz geschlossen. Passen Sie auf, wohin Sie treten, Don Lorenzo, damit Sie Ihre Schuhe nicht mit feuchter Erde beschmutzen! Ach, was solls, wenn sie beim Schuhputzer gewesen sind, werden sie wieder wie neu aussehen, rief Don Lorenzo Verdugones. Mmh, diese gute Luft hier! Die Meeresbrise, die bewässerte Erde und das reife Gemüse, ein balsamischer Duft! Es wundert mich nicht, daß Sie die kleinste Gelegenheit wahrnehmen, die Ihnen Ihre Arbeit bietet, um den Stadtlärm zu fliehen und sich an diesen friedlichen Ort zurückzuziehen. Wann sind Sie gestern von Barcelona weggefahren?

Das kann ich Ihnen nicht mit Bestimmtheit sagen, antwortete Prullàs, etwas verwirrt über diesen jähen Übergang; mir war auf einmal nicht gut, und ich beschloß hierherzukommen, ohne auf die Uhr zu schauen. Es muß nach halb zehn gewesen sein, vielleicht zehn. Aber ich erinnere mich, daß ich lange gebraucht habe für die Strecke, denn meine Unpäßlichkeit zwang mich, äußerst vorsichtig zu fahren.

Auf halbem Weg hielt ich an, um neben der Straße auszuruhen, in der Nähe einiger Baracken. Hat Sie jemand gesehen? Nur ein paar Kinder. Erinnern Sie sich an ihre Namen? Nein! Sie waren noch ganz klein, ich hab nicht einmal ihre Gesichter richtig angeschaut. Als ich endlich hier war, schliefen schon alle. Ich erinnere mich, auf der Uhr im Eßzimmer gesehen zu haben, daß es nach drei Uhr war, fast vier; ich hab mich im Dunkeln ausgezogen, um meine Frau nicht zu wecken, und bin sogleich eingeschlafen. Jemand wird Sie in Barcelona doch gesehen haben, bevor Sie weggefahren sind, insistierte der andere. Wo haben Sie zu Abend gegessen? Nirgends; wie ich Ihnen eben sagte, fühlte ich mich plötzlich unpäßlich. Laut Dr. Mercadal, der mich heute morgen untersucht hat, hab ich eine typische Sommer-Darminfektion erwischt. Jedenfalls bin ich zu Hause vorbeigegangen, bevor ich hierherkam. Die Haushälterin hat mich gesehen. Vielleicht kann sie sich erinnern, wann ich weggefahren bin – warum wollen Sie das unbedingt wissen? Einfach so, reine Neugier; ich möchte wissen, wie die Menschen leben. Das kommt wohl von meinem Beruf, denke ich. Was haben Sie gestern abend nach der Probe gemacht? Prullàs hielt es für besser, ihm nicht zu sagen, daß er im Hotel Gallardo ein paar Stunden auf Señorita Lilí Villalba gewartet hatte. Ich bin ein wenig in der Gegend herumspaziert, sagte er nur, und habe Schaufenster angesehen. Mehrere Stunden? Bei dieser Schwüle und Ihrer Unpäßlichkeit? Ich wollte allein sein und über einige Stellen der Komödie nachdenken. Das tu ich manchmal, wenn ich bei einer Probe dabei war. Auf der Bühne sieht alles ganz anders aus als auf dem Papier.

O ja, das stimmt wirklich. Aber soviel ich weiß, klappten die Proben doch bestens, das haben Sie bei Brusquets selbst gesagt. Nun, da gibt es immer noch einige ungeklärte Dinge, kleine Details... Einige ungeklärte Dinge, in der Tat, rief

Don Lorenzo Verdugones; aber nichts, was Ihre Schlauheit nicht zu korrigieren vermöchte ... zur Verwirrung des naiven Zuschauers. Aber Sie sehen, wie recht ich hatte: In den Romanen haben alle ein Alibi, sogar der Mörder; in der prosaischen Wirklichkeit dagegen kann niemand wissen, was Sie gestern abend getan haben, vom Ende der Probe kurz nach sieben bis zu Ihrer Abfahrt von Barcelona, und auch nicht zwischen halb zehn und vier Uhr früh, ob Sie wirklich um diese Zeit angekommen sind, denn nicht einmal Ihre Frau hat Sie zu Bett gehen hören. Oh, schauen Sie doch, wie dick diese Auberginen sind! fuhr er übergangslos fort; ich habe meine ganze Kindheit in unbewässerten Gegenden verbracht, und noch immer verblüffen mich die Produkte der Gemüsegärten. Doch, doch, mein Herr, ich wurde in einer felsigen Gegend geboren und habe zwischen Dornbüschen und Gestrüpp gelebt, wo es weder Schmetterlinge noch Schwalben gab wie hier, nur Skorpione, Mauerfalken und Schlangen. Für mich bedeutet Natur Kampf – Kampf und Überleben des Stärkeren! Für Sie und Ihre Familie hingegen ist die Natur eine Quelle der Freude und Ruhe, geradezu ein Schaufenster von Produkten, die zu sagen scheinen: Komm und iß mich. Trotz allem, fügte er heiser hinzu, als legte er im Beisein eines Unsichtbaren über seine Grübeleien Rechenschaft ab, ist es nicht an den andern, mich zu verstehen, sondern ich muß die andern verstehen, dazu bin ich hergeschickt worden. Für einen Moment verloren seine Augen Glanz und Ausdruck, als hätte etwas Fremdes seine Gedankenbahn gekreuzt und vorübergehend seine Besonnenheit verdunkelt; aber sogleich gewann er die Selbstbeherrschung zurück, räusperte sich und sagte: Verzeihen Sie diesen Exkurs. Eigentlich ist mein Besuch nicht zufällig; ich bin in einer bestimmten Absicht gekommen, aber es fällt mir schwer, sie Ihnen zu nennen; deshalb schweife ich ab. Nun, es ist besser, den Stier bei den Hörnern zu packen. Mein lieber Prullàs, ich bringe Ihnen eine schlechte Nachricht: Heute morgen hat man Ignacio Vallsigorri in seiner Wohnung tot aufgefunden.

4

Prullàs blieb mitten auf dem Weg stehen. Neben dem Brunnen ratterte ein Benzinmotor, der Wasser pumpte. Etwas weiter entfernt sah man Überreste eines ehemaligen Schöpfrads mit löchrigen, rostigen Eimern. Ignacio Vallsigorri? Unmöglich! rief er, vorgestern nacht war ich mit ihm zusammen, und ... ! Dann dachte er nach und fügte rasch hinzu: Das hat natürlich nichts zu bedeuten; entschuldigen Sie meine Dummheit. Oh, Sie brauchen sich nicht zu entschuldigen, erwiderte Don Lorenzo Verdugones; wir alle neigen dazu, auf eine unerwartete Nachricht wie diese ungläubig zu reagieren. Ich bin es, der Sie um Verzeihung bittet – meine Art ist wenig diplomatisch und militärisch direkt; ich drücke mich unverblümt aus, ohne den geringsten Takt. Er machte eine kurze Pause und fuhr dann fort: Sie sind intelligent, ich muß Ihnen ja wohl nicht sagen, daß der Tod unseres armen Freundes keine natürliche Ursache hat, sonst wäre ich nicht hier. Tatsächlich hat ihn jemand umgebracht. Natürlich wissen wir nicht, wer und warum. Mit einem spitzen Gegenstand wurde ihm eine tiefe Wunde in der Brust beigebracht, auf der Höhe des Herzens; auf den ersten Blick dürfte das die Todesursache gewesen sein, eine sofort wirkende, schreckliche Ursache; aber nichts ist definitiv, solange wir nicht über das gerichtsärztliche Gutachten verfügen. Auch ist es unmöglich, die genaue Tatzeit zu kennen – die Leiche wurde heute morgen, kurz nach acht, in der Wohnung des Verschiedenen von der Putzfrau gefunden. Er machte eine lange Pause und fragte dann: Waren Sie mit Ignacio Vallsigorri eng befreundet? Nein, antwortete Prullàs; ich hab ihn nur ein einziges Mal in meinem Leben gesehen, eben bei Brusquets. Aber sogleich sind Sie gut miteinander ausgekommen, sagte der Chefbeamte; ich habe gesehen, wie Sie sich herzlich unterhalten haben und dann gemeinsam gegangen sind. Stimmt, das Ehepaar Fontcuberta war gegangen und hatte mich ohne Transportmittel zurückgelassen, und Ignacio Vallsigorri war so freundlich, mich in seinem Wagen nach Hause zu bringen, obwohl wir uns, wie gesagt, gerade erst kennengelernt hatten.

Ein Mauersegler stürzte vom Himmel herab, beschrieb wenige Zentimeter über dem Boden einen Bogen und stieg wieder auf, ohne seine unglaubliche Geschwindigkeit zu vermindern. Diese Geschicklichkeitsdemonstration erinnerte Prullàs an das blödsinnige Gespräch über die Fortschritte in der Fliegerei und die Möglichkeit, die Schall- und Lichtgeschwindigkeit zu übertreffen. All diese Lappalien schienen ihm jetzt weit zurückzuliegen.

Aber er hat Sie nicht direkt nach Hause gebracht, hörte er Don Lorenzo Verdugones neben sich sagen. Woher wissen Sie das? fragte Prullàs. Ach, das ist kein Kunststück; ein gewisser Poveda, der Sie beide kennt, der Sie genaugenommen mit Schmuggelware beliefert, hat Sie kurz vor der Sperrstunde im Café La Luna gesehen. Sie haben ihn zu zwei Spiegeleiern eingeladen, wie er mir selbst erzählt hat. Der gute Poveda kennt halb Barcelona, und ich kenne natürlich den guten Poveda, erläuterte der Chefbeamte; gut informiert zu sein ist meine Pflicht. Wo waren wir stehengeblieben? Ach ja; als das Lokal schloß, schlug Ihnen Ignacio Vallsigorri vor, in einem billigen Nachtschuppen weiterzumachen; ohne allzu große Begeisterung willigten Sie ein, immer laut Poveda, der gute Ohren hat und über eine keineswegs zu verschmähende Beobachtungsgabe verfügt. Hier verliert sich Ihre Spur, so daß Sie mir dieses Saufgelage irgendwann detailliert schildern werden. Verstehen Sie mich richtig, ich verlange nicht von Ihnen, für Ihre Handlungen geradezustehen. Das ist ein freies Land. Aber es ist ein Mord geschehen, und wir müssen genau ermitteln, welches die letzten Kontakte des Opfers waren, seine letzten Aktivitäten, um den Fall klären und den Schuldigen fassen zu können. Sicher sind Sie einer der letzten Menschen, mit denen Ignacio Vallsigorri ein Gespräch geführt hat. Alles, was Sie uns sagen können, ist von höchster Wichtigkeit.

Eine Weile schwieg Don Lorenzo Verdugones, als gestehe er sich eine Atempause zu oder wolle seinem Gesprächspartner eine gönnen. Er ließ den Blick über das Ende des Gemüsegartens schweifen, wohin ihre Schritte sie geführt hatten, und rief: Oh, Tomaten, groß, rot und reif, ein echtes Geschenk von Mutter Erde. Macht es Ihnen was aus, wenn ich eine abreiße? Tun Sie ganz, wie Ihnen beliebt, und wenn Sie wollen, lasse ich Ihnen einen Korb mit Gemüse aus dem Garten bereitmachen, zur Erinnerung an den Besuch in diesem Ihrem Haus. Das würde mich sehr freuen, sagte Don Lorenzo Verdugones; ich lebe allein und neige meinem Wesen nach nicht zu Vielfalt und Raffinement; ehrlich gesagt, meine Ernährung leidet an einer gewissen Eintönigkeit. Aber um auf unsere Angelegenheit zurückzukommen, die Sache ist die: Aus einer Reihe von Gründen, die ich Ihnen später erklären werde, habe ich beschlossen, mich dieses Falls persönlich anzunehmen. Ich meine nicht die Überwachung der Ermittlungen, das gehört zu meinem Amt und sozusagen zu den Vorschriften; sondern daß ich die Ermittlungen persönlich führe. Natürlich rechne ich auf die überaus wertvolle Mitarbeit der Polizei, aber ich bin neu am Tatort, wenn ich so sagen darf, und habe zugleich den Eindruck, daß wir vor einem schwierigen Fall stehen, vor einem Fall, der von der allgemeinen Norm abweicht, die ich vorher erwähnt habe; wir stehen vor einem intelligenten, kaltblütigen Gewohnheitsverbrecher – gewohnheitsmäßig vielleicht nicht in bezug auf Delikte, wohl aber hinsichtlich der Kunst der Verschleierung, kurzum, vor jemandem, der den Personen Ihrer Komödien nähersteht als den Gaunern unserer Unterwelt. Sie sehen, mein lieber Prullàs, für einmal verbinden sich Leben und Literatur, und zwar, so leid es uns tut, um einen niederträchtigen Mord zu begehen. Und das führt mich direkt zum eigentlichen Grund meines Besuches. Mit einem Wort: Ich komme, um Sie um Ihre Hilfe zu bitten.

Meine Hilfe! Sie wollen, daß ich Ihnen bei der Aufklärung dieses Falls helfe? sagte Prullàs, und als der andere nickte, rief er: Sie belieben zu scherzen! Von diesen Dingen verstehe ich weniger als Sie, was sag ich da, weniger als irgendwer! Hören Sie, Don Lorenzo, meine Arbeit besteht darin, Theaterstücke zu schreiben, ich hab es Ihnen neulich schon bei Brusquets gesagt; ich schreibe harmlose, absurde Possen, fern von jeglicher Realität und zum guten Teil Plagiate englischer oder französischer Komödien... Mein lieber Prullàs! sagte Don Lorenzo Verdugones und breitete mit einer theatralischen Gebärde, der die Tomate einen parodistischen Anstrich verlieh, beide Arme aus, Sie werden mir doch nicht Ihre Mitarbeit versagen! Nein, natürlich nicht, stotterte Prullàs; ich stehe ganz zu Ihrer Verfügung.

Auf der Terrasse sah Martita sie zurückkehren. Heiliger Himmel, wie aufgeregt ihr daherkommt! Ihr seid wie Kinder. Und du, Carlos, dich dieser Hitze auszusetzen, wo du doch krank warst; wie bleich du bist! Señora, an diesem lieblichen Ort verliert man die Vorstellung der Zeit und sogar der Temperatur, sagte Don Lorenzo Verdugones galant. Sagen Sie eher, mein Mann ist ein leidenschaftlicher Schwätzer, und Sie sind ein allzu freundlicher Zuhörer, erwiderte Martita. Im Gegenteil, Señora, diesmal war *ich* nicht zu bremsen, und Ihr Mann hat mir aufmerksam und nachsichtig zugehört. Aber keine Angst, wir haben nichts Wichtiges besprochen, sondern uns nur über meine engere Heimat unterhalten, die so anders ist als die wunderschöne Gegend hier bei Ihnen. Woher stammen Sie denn, Don Lorenzo? Aus einem in der Weite Spaniens verlorenen Dörfchen; ganz gewiß haben Sie noch nie etwas davon gehört. Es ist eine wilde, männliche Landschaft, nicht ohne Charme. Nichts würde mir mehr Vergnügen bereiten, als sie Ihnen beiden zeigen zu können, wenn sich die Gelegenheit ergibt. Angesichts der Unmöglichkeit, diesen Wunsch sogleich in die Tat umzusetzen, seufzte er bekümmert und fügte geschäftig hinzu: Es tut mir sehr leid, aber ich muß weg. Mit Ihrer Erlaubnis nehme ich Ihren Mann mit. Aber keine Bange, ich werde ihn Ihnen heil zurückbringen. Du gehst? fragte sie, Prullàs konsterniert anblickend; ich dachte ...

Mach dir keine Sorgen, sagte Prullàs mit aufgesetzter Ungezwungenheit; ich habe in Barcelona noch einige Kleinigkeiten zu erledigen, und da ich mich schon wieder ganz gesund fühle, nutze ich die Gelegenheit, um zusammen mit Don Lorenzo zu fahren und sie in Ordnung zu bringen. In zwei Tagen bin ich wieder da. Sag deinen Eltern von mir auf Wiedersehen und den Jungs, daß ich jedem ein Spielzeug mitbringe, wenn ich zurückkomme.

5

Don Lorenzo Verdugones neben sich, steuerte Prullàs seinen Studebaker; voraus fuhren ihnen zwei uniformierte Motorradfahrer, und der schwarze Wagen des Chefbeamten folgte hartnäckig in so geringem Abstand, daß Prullàs sogar in seinem kleinen Rückspiegel die Silhouette des Fahrers und daneben die eines Schutzmanns mit schief sitzender Tellermütze erkennen konnte; dieser Anblick beunruhigte ihn, und während der Fahrt brachte er kaum drei, vier Sätze heraus. Diese Zugeknöpftheit schien Don Lorenzo Verdugones nicht zu stören; er hatte seine übliche Zurückhaltung abgelegt und die Jacke ausgezogen, die Hemdsärmel hochgekrempelt und den Krawattenknoten gelockert; dergestalt ließ er sich vom warmen Wind das Haar zerzausen, während er auf die glitzernde Meeresoberfläche hinausschaute.

Mit lauter Stimme, damit ihn Prullàs verstehen konnte, erzählte Don Lorenzo Verdugones, wie er an einem denkwürdigen Abend vor vielen Jahren, als er noch Student in Valladolid gewesen sei, Enrique Borrás auf einer Tournee durch die Provinzen in *Tiefland* gesehen habe; die Interpretation des genialen Schauspielers habe ihn so beeindruckt, daß er lange Zeit geglaubt habe, alle Katalanen glichen der griesgrämigen Figur aus Guimerás Stück. Das Schicksal habe ihn nach Barcelona führen müssen, damit er habe entdecken können, wie sehr sich die Wirklichkeit von seinen Vorurteilen unterscheide, schloß er. Ohne den Blick von der Straße abzuwenden, nickte Prullàs.

Als sie ihr Ziel erreicht hatten, stiegen die beiden aus und traten Arm in Arm in das imposante Gebäude. Der Fahrer mit dem Gemüsekörbchen folgte ihnen. Die Schutzmänner hielten respektvoll die Hand an den Mützenschirm, als der Chefbeamte vorbeischritt, schauten Prullàs aber forschend und drohend an. Mit knappen Handbewegungen erwiderte Don Lorenzo Verdugones die Grüße. Jedesmal, wenn ich hier hereinkomme und all die Schnurrbärte und finsteren Mienen sehe, fällt mir das Herz in die Hosen, flüsterte er Prullàs ins Ohr; Sie haben ja keine Ahnung, wie sehr ich Sie um Ihren Beruf beneide, immer umgeben von fröhlichen, hübschen jungen Mädchen. Aber vielleicht ist es besser so: Ich bin ein schwacher Mensch und würde schließlich der Versuchung zweifellos erliegen. Damit will ich nicht andeuten, daß es Ihnen so geht, Gott bewahre; Leute wie Sie müssen dran gewöhnt sein und verlieren sicher nicht gleich die Fassung, wenn ein hübscher Käfer an ihnen vorbeispaziert und mit dem Hintern wackelt. Kommt drauf an, erwiderte Prullàs so leise, daß er die Antwort wiederholen mußte, damit sein Begleiter sie verstand, der nach kurzem Nachdenken sagte: Eben, eben.

In Don Lorenzo Verdugones' Büro stand ein magerer, bleichgesichtiger junger Mensch, dessen Augen hinter den dicken Brillengläsern einen bestürzten, leicht verrückten Ausdruck hatten. Behutsam eine bauchige Aktenmappe festhaltend, schien er schon stundenlang am selben Ort und in derselben Haltung auszuharren. Als er den Chefbeamten eintreten sah, verbeugte er sich, ohne seine Steifheit oder das Gleichgewicht zu verlieren; dann, nachdem sein Vorgesetzter Platz genommen hatte, glitt er zum Tisch und öffnete die Mappe, um ihren Inhalt zu zeigen. Die Akte, sagte er lakonisch. Don Lorenzo Verdugones seufzte ärgerlich.

Verbinden Sie mich mit dem Ministerium, sagte er; und Sie, fügte er hinzu, den Fahrer, der ihm mitsamt dem Körbchen bis hierher gefolgt war, mit dem Blick niederschmetternd, was zum Teufel haben Sie mit einem Korb Gemüse in meinem Büro zu suchen? Nehmen Sie es wieder mit, Mann, und lassen Sie es verschwinden. Das ist kein Marktstand, verdammt noch mal! Und zu Prullàs gewandt, der unentschlossen in der Tür stehengeblieben war: Sie werden mir verzeihen müssen, Señor Prullàs, aber wie Sie sehen, erfordern andere wichtige Angelegenheiten meine unverzügliche Aufmerksamkeit; sobald ich fertig bin, werde ich zu Ihnen kommen, und wir werden uns wieder über unsere Angelegenheit unterhalten. Sigüenza – wie zur Vorstellung deutete er auf den kränklichen jungen Mann – wird Sie begleiten. Sigüenza, begleiten Sie Señor Prullàs.

Der beflissene Amtsdiener ließ die Mappe auf dem Tisch liegen, trat auf den Gang hinaus und gab Prullàs ein Zeichen, ihm zu folgen, was dieser eilig tat, da er dachte, er würde vielleicht zum Ausgang geführt. Aber Sigüenza blieb vor einer hohen, schmalen Tür stehen, trat zur Seite, und sowie Prullàs an ihm vorbei war, schloß er sie von außen.

Prullàs befand sich in einem quadratischen, sehr hohen Saal, ausgestattet mit einer von der Abnutzung schwarz gewordenen Sitzgruppe aus Leder, einem niedrigen Tisch und einer Stehlampe. An den dunkel tapezierten Wänden hingen alte Stiche mit Landschaftsidyllen. Er versuchte die Tür zu öffnen, die sich eben hinter ihm geschlossen hatte, was ihm mühelos gelang; er war nicht eingesperrt, aber der beflissene Amtsdiener stand neben einem Kleiderständer Wache. Wenn Sie zur Toilette müssen, sagte er, zuhinterst im Gang.

Prullàs lehnte Sigüenzas Angebot ab und schloß sich wieder im Saal ein. Am andern Ende des Raums befand sich ein Balkon mit einem Eisengeländer, aus dem drei Masten mit drei großen Fahnen ragten. Prullàs trat auf den Balkon hinaus und vertrieb sich die Zeit, indem er die gemächlich durch die Straße spazierenden Leute beobachtete. Die Läden schlossen, Käufer und Verkäufer gingen nach Hause. Wenn sie am Gebäude vorbeikamen, schauten einige Passanten zu den Fahnen empor. Prullàs zog sich zurück, als er sich an einem so würdevollen Ort beobachtet fühlte – um nichts in der Welt mochte er Aufmerksamkeit erregen.

Im Saal gab es weder eine Zeitung noch eine Zeitschrift, mit denen er sich das Warten hätte verkürzen können, und als er seine Gedanken zu ordnen versuchte, nahm sein Unbehagen noch zu. Nach einer Weile kamen zwei Uniformierte herein; Prullàs zuckte zusammen, aber die beiden Polizisten gingen an ihm vorbei, ohne ihn eines Wortes oder Blickes zu würdigen, traten auf den Balkon, zogen die Fahnen ein, falteten sie zusammen wie Bettücher und gingen mit dem Bündel unter dem Arm wieder hinaus, ohne ihn im geringsten zu beachten. Prullàs, der es für angebracht gehalten hatte, diese kurze Zeremonie stehend und in respektvoller Haltung zu verfolgen, setzte sich wieder hin. Durch die Balkontür sah er den Himmel dunkel werden, aber die Dämmerung brachte keine Abkühlung, dafür nahm die Feuchtigkeit zu.

Nach halb zehn trat Don Lorenzo Verdugones persönlich in den Saal, erregt und schwitzend. Wieder äußerst verwirrt, stand Prullàs auf; Don Lorenzo Verdugones trug jetzt eine prachtvolle Uniform, kräftige Stiefel, Koppelzeug und eine weiße Baskenmütze, an der eine scharlachrote Troddel hing. Entschuldigen Sie die Verspätung, sagte er; Sie wissen ja, wie schwer es manchmal ist, erfolgreich eine telefonische Verbindung herzustellen; entweder wird die Leitung unterbrochen, oder es gibt mitten im Gespräch die unerwartetsten, empörendsten Interferenzen. Und zu allem Elend muß ich in ein paar Minuten auch noch an einem Eröffnungsakt teilnehmen – stellen Sie sich vor, um diese Zeit und bei dieser Hitze! Ich fürchte, danach wird es ein Galadinner geben. Sigüenza! Wo mag dieser Taugenichts bloß stecken? Sigüenza, verdammt noch mal, meine Abzeichen!

Der beflissene Amtsdiener schlitterte herein. Mit beiden Händen hielt er ein glänzendes, samtgefüttertes Holzkästchen fest und bot es seinem Chef dar, der eine auffallende Medaille auswählte und sie Prullàs reichte. Heften Sie sie mir an die Hemdbrust, Prullàs, tun Sie mir den Gefallen. Ich hefte mir die Abzeichen immer schief an, ich habe zwei linke Hände. Von Sigüenza gar nicht zu reden, nicht wahr, Sigüenza?

Prullàs tat wie geheißen, und Don Lorenzo Verdugones sagte: Ich kann Sie nicht mitnehmen, aber Sie verpassen nichts: ein paar Ansprachen, ein paar Toasts, sonst nichts. Sigüenza wird Sie zum Ausgang begleiten und Ihnen den Wagen zurückgeben lassen. Sollten Sie irgend etwas Ungewöhnliches an Ihrem Auto feststellen, wundern Sie sich nicht: Man wird es durchsucht haben – reine Routine. Wie gesagt, reine Routine. Besser des Guten zuviel tun als zuwenig, wie Sie in Katalonien sagen. Oh, es ist sehr spät; ich sollte schon seit einer Weile dort sein, und ohne mich kann der Akt nicht beginnen. Ich bitte Sie noch einmal um Entschuldigung, daß ich Sie umsonst zurückgehalten habe. Über all diesem Kram ist es fast Nacht geworden, und Sie möchten sich bestimmt zurückziehen, um sich auszuruhen. Gehen Sie nach Hause, essen Sie, und legen Sie sich schlafen; morgen erwartet uns ein sehr bewegter Tag. Ich werde Sie um halb zehn abholen, wenn Ihnen das recht ist; wir müssen den Tatort besichtigen oder wie Sie, die Literaten, sagen: den Schauplatz des Verbrechens. Der Kriminelle kommt immer an den Schauplatz des Verbrechens zurück, ist es nicht so? Dieses Diktum, meine ich: Lautet es nicht so? Der Schauplatz des Verbrechens! Seltsamer Ausdruck. Das Verbrechen als Bühnenvorstellung, was für eine romantische Idee! Das klingt nach Liebesdrama, nicht wahr, Sigüenza?, nach stürmischen Rivalitäts- und Eifersuchtsgeschichten... Pah, unnütze Fantasien: Ich bin überzeugt, die Wirklichkeit ist viel prosaischer. Na, die Zeit wird es erweisen.

6

Endlich kommen Sie, Herr! Die Stimme der Sebastiana verriet tiefe Besorgnis; ihre trockenen, glanzlosen Augen sahen verweint aus. Die Obrigkeit ist hier gewesen, flüsterte sie, als wolle sie verhindern, daß sich die Mitteilung in der Nachbarschaft verbreite.

Verdammt noch mal! antwortete Prullàs mit stockender Stimme; ein großer Teil des Viertels war ohne Strom, so daß er die Treppen zu Fuß hatte hochsteigen müssen, die Wände entlangtastend und die Stufen zählend. Haben Sie dir etwas getan? Nein Herr, mir nicht, im Gegenteil, sie waren sehr nett und haben mich gefragt, woher ich sei, und als ichs ihnen sagte, da haben sie sogar einen aus meinem Dorf gekannt. Aber trotzdem hab ich mich ganz schön erschreckt. Zum Glück war das Licht noch nicht abgestellt, als sie kamen.

Um ihren Gemütszustand zu illustrieren, verdrehte sie die Augen und hob in ungelenk dörflerischer Dramatik, die vom flackernden Kerzenlicht noch unterstrichen wurde, die Arme. Wer waren sie? fragte Prullàs, ein älterer, gutangezogener Mann mit schmalem Schnurrbart und ein jüngerer, kränklich aussehender namens Sigüenza? Ach, Herr, in der Aufregung war ich nicht in der Lage, auf solche Details zu achten, antwortete die Sebastiana. Sie konnte ihm nur gerade sagen, zwei Behördenvertreter seien gekommen, von denen einer fraglos der Chef gewesen sei, denn beim Gespräch habe er immer den Ton angegeben, während der andere bloß hingeschielt und sich mit einem Bleistift Notizen in ein Ringheft gemacht habe. Als die Bleistiftspitze stumpf gewesen sei, habe er einen zweiten, identischen, aber sehr scharf gespitzten Bleistift aus der Tasche gezogen. In dieser Bewegung hatte sie ein untrügliches Zeichen von Professionalität gesehen.

Prullàs ging ins Wohnzimmer, gefolgt von der Sebastiana, die den Kandelaber trug, und ließ sich in einen Sessel fallen. Was haben sie dich gefragt? Dinge über Sie, sagte die Sebastiana, während sie den Kandelaber vorsichtig auf einer Kommode absetzte und sich dann, die Hände vor dem Schoß gefaltet und den Kopf etwas zur Seite geneigt, in die Mitte des Raums stellte; allerhand Dinge. Ganz normale Fragen, aber ich hab doch gemerkt, was da im Busch war; ich hatte das Gefühl, die wollen mir die Seele aus dem Leib horchen, grad so, als wären Sie ein Verbrecher.

Ein Verbrecher? rief Prullàs; du weißt nicht, was du redest, du bist wirklich nicht ganz bei Trost. Ein Verbrecher! Haben sie etwas in dieser Richtung gesagt? Sie haben nichts gesagt, Herr, sie haben das Wort nicht mal erwähnt, *ich* sage es; aber man hat doch gemerkt, wie der Hase läuft, so, wie die gefragt haben und sich Blicke zugeworfen haben. Wie in den Gansterfilmen, genauso. Trotz ihrer Angst hatte die Sebastiana ihren gewohnten Sinn fürs Praktische nicht verloren und setzte Prullàs auf seine Aufforderung hin mit wenigen Worten und ohne zu zögern über das Vorgefallene ins Bild.

Zeitig am Morgen, sagte sie, als sie gerade im Bügelzimmer zugange gewesen sei, habe es mehrmals energisch geklingelt. Sie habe geöffnet und auf dem Treppenabsatz zwei Herren erblickt, die ihr einen Ausweis gezeigt hätten; sogleich habe sie gesehen, daß sie Vertreter der Regierungsbehörde gewesen seien. In keinem Moment hätten die Polizisten den Wunsch geäußert, die Wohnung zu durchsuchen; das Verhör habe gleich im Vorzimmer stattgefunden. Zuerst hätten sie sie nach den selbstverständlichsten Dingen gefragt: nach ihrem Vor- und Familiennamen, Geburtsort, Namen, Alter und Beruf des Vaters und der Mutter, wann sie nach Barcelona gekommen sei, bei wie vielen Familien sie in Dienst gestanden habe und wie viele Jahre sie in ihrer gegenwärtigen Stelle tätig sei und so weiter und so fort. Dann hätten sie sie nach den Gewohnheiten des Herrn gefragt: Ob er zu Hause zu arbeiten pflege, ob er einen regelmäßigen Stundenplan habe, ob er oft und lange verreise, ob er abends allein oder in Gesellschaft seiner Frau ausgehe, ob er Besuch bekomme. Auf diese Fragen habe sie geantwortet, soweit sie habe beobachten können, arbeite der Herr, wenn er ein Theaterstück schreibe, zu Hause, wo er hierfür eigens ein Arbeitszimmer habe; dann ziehe er sich viele Stunden dorthin zurück, Tag für Tag außer sonntags; wenn dagegen eines seiner Stücke geprobt werde, wohne er fast täglich den Proben bei; dann gehe er nach dem Mittagessen aus dem Haus und komme erst zur Abendessenszeit oder noch später zurück. Das sei aber nur in den Wochen vor der Premiere eines Stücks der Fall. Im allgemeinen sei der Herr ein Mann mit geregelten Gewohnheiten. Der Herr und die Dame gingen regelmäßig aus, ins Theater, zu einer Revue, zum Stierkampf, ins Liceo und ins Kino und auch zu Dinners und zum Tanz oder zu Hochzeiten, Taufen, Festen und Banketten. Natürlich unterrichteten sie die Bediensteten nicht über ihre Unternehmungen, sie machten aber auch kein Geheimnis daraus; in ihrer Gegenwart werde darüber gesprochen, und fast immer, wenn sie aus dem Haus gingen, verabschiedeten sie sich mit den Worten: Auf Wiedersehen, wir gehen ins Kino, oder Auf Wiedersehen, wir gehen da- oder dorthin. All diese Antworten seien von den Behördenvertretern mit offenkundiger Zustimmung aufgenommen worden, als erfüllte die darin enthaltene Information ihre Erwartungen voll und ganz. Dann habe der Chef sie gefragt, was der Herr denn am Vorabend getan habe, worauf sie wahrheitsgetreu geantwortet habe, der Herr sei etwa um neun ganz kurz nach Hause gekommen, habe sich zurechtgemacht und sei gleich wieder gegangen. Ob er gesagt habe, wohin er wolle? Ja, Señor, nach Masnou. Ob er ihr gesagt habe, er fühle sich unpäßlich? Tatsächlich habe der Herr bemerkt, er fühle sich nicht gut, und um es zu beweisen, habe er sich heftig übergeben.

An diesem Punkt habe der Chef das Verhör unterbrochen, um sie zu ihren bündigen Auskünften zu beglückwünschen, und dann den andern Polizisten gefragt, ob er alle Antworten so notiert habe, wie sie sie gegeben habe. Der andere Polizist habe bejaht und seine Notizen vorgelesen: Alles habe dagestanden. Sie verstehe nicht, wie er so viele schnell gesprochene Wörter habe aufschreiben können, ohne sich zu irren oder nervös zu werden. Schon habe es so ausgesehen, als ob der Besuch beendet wäre und die Polizisten gehen wollten, da habe der Chef, wie wenn ihm auf einmal etwas in den Sinn komme, ein Foto aus der Tasche gezogen und es ihr gezeigt. Sag mir, ob dir dieses Gesicht bekannt vorkommt, habe er zu ihr gesagt. Es sei das Bild eines Herrn gewesen, den sie noch nie gesehen habe, und genauso habe sie es dem Chef gesagt.

Wie hat dieser Herr ausgesehen? fragte Prullàs, und als er sah, daß die Sebastiana die Schultern zuckte, fügte er hinzu: Hat er Bing Crosby geglichen? Mensch, jetzt, wo Sies sagen, gab die Sebastiana zu, und je nachdem, wie mans sieht, ja, er sah wirklich ein bißchen aus wie Bing Crosby. Und dann? Dann habe der Chef das Foto wieder in die Tasche gesteckt und aus derselben Tasche ein anderes Foto gezogen. Und dieses Mädchen, hast du die irgendwann mal gesehen? Mühelos habe sie Señorita Lilí Villalba erkannt, aber unwillkürlich habe sie verneint. Bist du sicher, Sebastiana? habe der Chef nachgehakt. Und sie: Ja, Señor, ganz sicher. Der Chef habe das Foto von Señorita Lilí Villalba zum andern Foto gesteckt, habe auf die Uhr geschaut und gesagt: Es ist spät geworden, vielen Dank für alles, und versuch dich zu erinnern, wir werden wiederkommen. Mich erinnern, Señor? Woran soll ich mich erinnern? An alles, habe der Chef geantwortet.

Hm, sagte Prullàs, du hast dich sehr gut aus der Affäre gezogen, meinen Glückwunsch; aber warum hast du gesagt, du hättest Señorita Lilí Villalba noch nie gesehen? Weil dieses Mädchen ein Flittchen ist, Herr; von ihr sind bloß Scherereien und Schwierigkeiten zu erwarten. Von Literatur mag ich ja nichts verstehen, aber es gibt Dinge, die entgehen mir nicht. Vor ein paar Tagen ist dieses Weibsstück gekommen und heute die Polente – ist doch klar wie Kloßbrühe. Ich denke, sagte Prullàs, ein Veramon wäre jetzt nicht schlecht, und ein Whisky Soda.

7

Da er nicht schlafen konnte und seine Nervosität nur noch zunähme, wenn er im Bett bliebe, stand Gaudet auf und begann durch die Zimmer zu spazieren, ohne irgendwo Licht zu machen; er war in dieser großen, düsteren Wohnung geboren worden und hatte immer hier gelebt, zuerst mit seiner Mutter, dann allein; er brauchte nichts zu sehen, um zu wissen, wo sich jeder einzelne Gegenstand befand, welche Form und Größe er hatte. Jetzt ging er, ohne irgendwo anzuhalten, ohne irgend etwas zu denken, durch sämtliche Räume, als fände er in einem von ihnen die verlorene Ruhe wieder. Alles vergeblich: Wo er verweilte, bestürmten ihn alte, fade Erinnerungen, kindische Fantasien; das durch die abgenutzten Leitungen gluckernde Wasser klang in seinen Ohren wie leise Stimmen, die eine unverständliche, klagende Litanei wiederholten. Als er an einem Balkon vorbeikam, trat er hinaus; sämtliche Lichter in der Nachbarschaft waren gelöscht, und von der Straße drang kein Geräusch herauf. Er fragte sich, wie es möglich war, daß die Leute schlafen konnten, daß sie sich nur ins Bett zu legen brauchten, und schon kam der Schlummer, regelmäßig, Nacht für Nacht. Bis vor kurzem habe ich dieses Privileg selbst genossen, das mir heute wie ein Wunder vorkommt, dachte er. Er war durstig, verzichtete aber darauf, etwas zu trinken, da er wußte, daß er keinen einzigen Tropfen hinunterbringen würde; allein die Vorstellung, etwas hinunterzuschlucken, ekelte ihn. Er fühlte sich so schwach, daß er beschloß, sich wieder ins Bett zu legen. Zuvor strich er die von der Unruhe der vorangegangenen Stunden zerknüllten Laken glatt, aber so ungeschickt, daß ihn weiterhin die Falten im Rücken störten. Das und die der Wollmatratze entströmende Hitze erinnerten ihn an ein naives Bild des heiligen Lorenz auf dem Rost. Das Ticktack der Wohnzimmeruhr zerrte ihm an den Nerven, aber eine abergläubische Angst hielt ihn davon ab, das Pendel zum Stillstand zu bringen. Er versuchte, an etwas Konkretes zu denken, aber erfolglos; jäh bestürmten ihn unzusammenhängende Gedanken, in seinem Kopf war ein Wirbel, dem er sich nicht entziehen konnte. Der Tod seiner Mutter nach endloser Krankheit hatte ihn dazu gebracht, sich wieder nach dem Sinn seines eigenen Lebens zu fragen, nachdem die Hingabe an die Kranke weggefallen war, mit deren Pflege er die letzten Jahre verbracht hatte. Die Arbeit interessierte ihn nicht mehr, und an nichts in seinem gegenwärtigen oder vergangenen persönlichen Leben erinnerte er sich mit Freude. Wo ich auch hinblicke, alles erfüllt mich mit Scham, dachte er. Auf einmal geschah etwas, was sein irres Selbstgespräch unterbrach: Durch die weit geöffnete Schlafzimmertür sah er langsam eine seltsame Gestalt näherkommen, die nicht wirklich sein, aber auch nicht zu einem Traum gehören konnte, da er nicht schlief. Die Augen geöffnet, konnte Gaudet jede Einzelheit ihrer Züge erkennen; es war ein Chinese mit zitronengelber Gesichtsfarbe, schrägen Augen und einem schlaffen Schnurrbart, der ihm bis zur Taille hinunterhing. Er war als Mandarin gekleidet und schwenkte in der einen Hand kraftlos einen Seidenfächer. Gaudet versuchte sich dieser grotesken Erscheinung verzweifelt zu entziehen, aber weder Glieder noch Verstand gehorchten ihm; er war der unerbittlichen Anwesenheit des Chinesen ausgeliefert. Der Schweiß rann ihm über Stirn, Hals und Brust. Ohne im Gehen innezuhalten, machte der Chinese mit dem Fächer Schlangenbewegungen; sein Blick und seine Haltung waren gütig, gleichzeitig aber furchterregend, als diente sein gekünsteltes, förmliches Benehmen einzig dem Zweck, eine unbestimmte, schreckliche Drohung zu verbergen. Wieder hörte Gaudet die Stimme des Wassers, die aus den Ecken zu ihm sprach: Böses Kind, böses Kind.

Ein Klingeln verscheuchte die Halluzination; es dauerte eine Weile, bis er begriff, daß es das Telefon war. Verärgert, aus diesem drückenden Traumgebilde herausgeholt worden zu sein, stand er auf, um den Anruf entgegenzunehmen. Sein Leben war zwar zur Hölle geworden, aber daß man ihn dieser entriß, empfand er weniger als Erleichterung denn als Vertreibung aus einer inneren Welt, in der er sich gegen seinen Willen ein für allemal eingebürgert hatte. Jetzt sah er seine Daseinsberechtigung nur noch in diesem inneren Verlies von Leiden und Trauer. Hallo, Pepe, ich bins. Tut mir leid, dich zu wecken, mein Alter, aber ich bin in der Klemme und brauche deine Hilfe. Nein, im Moment ists nichts Schlimmes, ich kann dir nicht mehr sagen... Nicht am Telefon, du verstehst schon. Wir müssen uns sehen, jetzt gleich. Ich komme zu dir. Carlos, könnten wir damit nicht bis morgen warten? Ich fühle mich nicht gut, und es ist schon etwas spät.

Das weiß ich, erwiderte Prullàs; auch ich habe eine Uhr, und ich würde dich nicht belästigen, wenn es nicht sehr wichtig wäre. Los, zieh dich an und komm in zehn Minuten runter, um mir aufzumachen... Nein, ich kann unmöglich den Nachtwächter rufen, es darf mich keiner sehen. Wenn ich etwas auf mich warten lasse, beunruhige dich nicht; es folgt mir nämlich jemand, und ich fahr ein wenig rum, um ihn abzuhängen... Ja, natürlich wär es besser, nicht in meinem Wagen zu kommen, aber um diese Zeit und bei dieser Hitze kann ich mich nicht darauf verlassen, ein Taxi zu finden.

Murrend befolgte Gaudet die Anweisungen seines Freundes, und kurz nachdem er auf die Straße hinausgetreten war, erkannte er die unverwechselbare Silhouette von Prullàs, der dicht den Hauswänden entlangstrich und sich mit auffälligen Posen zu tarnen trachtete. Zum Glück war niemand in der Nähe, der dieses lächerliche Getue verfolgen konnte. Den

Studebaker hab ich vorsichtshalber an der Ecke gelassen, flüsterte er. Finde ich ein sehr weises Verhalten, antwortete der Regisseur mit einer Ironie, die seinem Freund offensichtlich egal war.

Sie gingen in Gaudets Wohnung hinauf, wo sich Prullàs in den Wohnzimmersessel mit den bloßliegenden Eingeweiden fallen ließ, eine Zigarette anzündete und berichtete, was in den letzten Tagen geschehen war. Die Nachricht vom Tod Ignacio Vallsigorris schien Gaudet nicht besonders zu beeindrucken. Als Prullàs ihn deswegen tadelte, sagte er, die Tatsache überrasche ihn zwar, aber seit einiger Zeit habe er sich daran gewöhnt, den Tod als etwas Natürliches und Vorhersehbares hinzunehmen.

Werd nicht makaber, Pepe; mit dieser Einstellung wirst du mir keine Hilfe sein, antwortete Prullàs. Dann ließ er den Blick durchs Wohnzimmer schweifen und breitete in einer abweisenden Gebärde die Arme aus: So kannst du nicht weitermachen, Mensch! Du mußt dich am Riemen reißen, um diese krankhafte Melancholie zu überwinden. Schau doch, wie es bei dir aussieht, wie in einer Höhle, schmutzig, unordentlich und stinkig. Sogar du selber siehst fast unanständig aus. Hör auf mich, such dir ein Dienstmädchen; du hast genügend Geld, und es gibt keinen Grund, wie ein verkommener Mensch dahinzuvegetieren.

Gaudet protestierte: Wenn er keine Angestellten habe, dann nicht aus Knausrigkeit, Prullàs kenne ja die Tatsachen. Jahrelang hatte er eine ideale Haushälterin gehabt: sauber, fleißig, ehrlich und diskret. Aber mit der Zeit hatte ihr das Alter zugesetzt, so daß sie am Ende beschloß, in ihr Dorf zurückzukehren und dort geruhsam ihre letzten Tage zu verbringen. Gaudet, der ihr aufrichtig zugetan und zutiefst dankbar war für die ganze Fürsorge, mit der sie seine Mutter während ihrer leidvollen Krankheit gepflegt hatte, gab ihr eine beträchtliche Summe und ließ sie bekümmert ziehen.

Beim Versuch, sie zu ersetzen, machte er einige unglückliche Erfahrungen, nach denen er zwar weitersuchte, aber zuließ, daß sich auch in dieser Hinsicht die Apathie seiner bemächtigte. Doch vor einigen Wochen, sagte er, habe ihm Mariquita Pons ein gutaussehendes, hochbegabtes Mädchen geschickt. Sie machte mir einen hervorragenden Eindruck, und wir vereinbarten, daß sie so rasch wie möglich anfangen könne, aber die Tage sind vergangen, und sie hat kein Lebenszeichen mehr gegeben. Du weißt ja, wie unzuverlässig diese Leute sind. Prullàs ließ ein Knurren hören. Pepe, ich bin in einen Mord verwickelt, und du erzählst mir, wie schlecht es um die Bediensteten bestellt ist. Ich bitte dich!

Gaudet brach in Gelächter aus. Prullàs runzelte die Stirn, aber dann prustete auch er los. Das Echo des Gelächters drang in die finstersten Winkel der Wohnung und schlug das Gespenst der krankhaften Gedanken in die Flucht.

Du sitzt wirklich ganz schön in der Tinte, gab Gaudet zu, als er wieder ernst war, aber für eine solche Heimlichtuerei sehe ich keine Veranlassung. Wenn ich richtig verstanden habe, ist das einzige, was du zu tun hast, diesen Don Facundo bei seinen Ermittlungen zu begleiten und ihm mitzuteilen, wenn dir irgendwas in den Sinn kommt.

Ach, Pepe, antwortete Prullàs und zeigte auf die Bücherstapel am Boden, läsest du weniger Sartre und mehr Agatha Christie, du würdest nicht solchen Unsinn reden! Man braucht kein Luchs zu sein, um zu begreifen, daß mich Don Lorenzo Verdugones nicht wegen meiner detektivischen Spürnase aufgeboten hat, sondern aus einem ganz andern Grund. Bevor sie mich in Masnou abgeholt haben, Verdugones und sein Scherge Sigüenza, ein Kerl, der aussieht, als wäre er dem Kabinett des Dr. Caligari entsprungen, sind sie bei mir zu Hause gewesen und haben die Sebastiana einem eisernen Verhör unterzogen; sie haben ihr zwei Fotos gezeigt, die mich in gewisser Weise mit dem Verbrechen in

Verbindung bringen, haben sie nach meinen Gewohnheiten gefragt und sie auszunehmen, ja ihr ein regelrechtes Geständnis zu entlocken versucht. Und dann dieser Gewahrsam im Büro, ohne Verbindung zur Außenwelt, mit dem einzigen Zweck, mich einzuschüchtern und in die Knie zu zwingen, während sie meinen Wagen filzten und Blutspuren oder was weiß ich suchten... Eine Folter, Pepe, eine regelrechte psychologische Folter! Und das ist noch nicht alles: Morgen wollen sie mich zum Schauplatz des Verbrechens bringen, um zu sehen, wie ich reagiere oder ob ich mich in irgendeinen Widerspruch verwickle, kurz, um zu sehen, ob ich mich verrate. Es gibt keinen Zweifel, Pepe, Don Lorenzo Verdugones hat mich in die Liste der Verdächtigen aufgenommen, vielleicht sogar als Nummer eins.

Du spinnst! rief Gaudet, eher amüsiert als alarmiert von der Schilderung seines Freundes; wie könnte jemand so einen hirnverbrannten Blödsinn annehmen? Du bist eine Respektsperson, ein vorbildlicher Bürger, fast eine Zierde der Nation. Warum hättest du irgendeinen Typ umbringen sollen, zu dem du keine Beziehung hattest? Wo hat man schon mal ein Verbrechen ohne Motiv gesehen?

Pepe, ich hab dir nicht alles erzählt, erwiderte Prullàs, und ich würde dir diese Art peinliche Vertraulichkeiten auch ersparen, ginge es nicht um einen schwerwiegenden Umstand. Die Sache ist die, fügte er nach kurzem Zögern hinzu, daß ich mich, unbeabsichtigt und ohne zu wissen wie, mit Señorita Lilí Villalba eingelassen habe. Sag jetzt bitte nichts! Ich weiß, was du denkst, aber es ist nicht so, wie es aussieht... Nun, vielleicht ist es so, wie es aussieht; das ist mir egal. Eines Tages ist sie zu mir nach Hause gekommen; sie machte sich Sorgen wegen ihrer Leistungen bei den Proben, gewiß hatte sie gemerkt, daß sie deinen hohen Anforderungen nicht genügte; sie schätzt dich außerordentlich, Pepe, ich versichere es dir, und ihre Theaterbegeisterung ist echt. Ich will dir nur sagen, daß sie mitten im Gespräch, in der Vermutung, ich nehme sie nicht ernst, zu weinen anfing und einige... wirklich tiefe Dinge sagte. Jedenfalls, um es kurz zu machen: Am selben Abend trafen wir uns in einem kleinen Hotel. Danach haben wir uns außerhalb des Theaters nicht mehr gesehen. Das heißt, vor zwei Tagen haben wir uns noch einmal verabredet, aber sie ist nicht gekommen, ich wurde krank und fuhr nach Masnou. Wie du siehst, ist meine Lage etwas heikel. Was sagst du dazu?

Zweierlei, sagte Gaudet, erstens, daß du ein Idiot bist, zweitens, daß ich noch immer keinen Grund sehe, dir Ignacio Vallsigorris Tod in die Schuhe zu schieben. Nur weil du Señorita Lilí Villalba vernascht hast ...

Wie! Das scheint dir nicht Grund genug, einen Mord zu begehen? rief Prullàs beleidigt. Es ist kaum zu fassen, daß du dein halbes Leben im Theater verbracht hast und so wenig über die menschliche Natur weißt! Sogar die Sebastiana, die Analphabetin ist, hat den größeren Durchblick – sie hat den Besuch von Señorita Lilí Villalba verschwiegen, weil sie instinktiv gespürt hat, daß da des Pudels Kern liegt.

Dummes Zeug! antwortete der Regisseur mit einer wegwerfenden Handbewegung; Señorita Lilí Villalba hat nichts mit der Sache zu tun, und dieser Don Segismundo, oder wie er heißt, weiß das ganz genau. Schau, Carlos, ich habe Dutzende solcher Mädchen gekannt; sie gehen von Hand zu Hand, wechseln den Gönner wie du dein Hemd, und Señorita Lilí Villalba bildet da keine Ausnahme. Bestimmt hat sie gemerkt, daß Vallsigorri genug von ihr hatte, sie hat ihr Arrangement in Gefahr gesehen, und da sie weder dumm noch faul ist, ist sie bei dir aufgekreuzt, um die Ware noch frisch anzubieten, und damit ist die Geschichte zu Ende: weder Verbrechen noch sonstwas.

Das ist nicht wahr! rief Prullàs, das ist nicht wahr! Ignacio Vallsigorri hatte nicht genug von Señorita Lilí Villalba, im

Gegenteil – er hat mir selber erzählt, er halte sie in jeder Hinsicht für eine außergewöhnliche Person. Hat er dich etwa nicht aufgesucht, um sich nach den Fortschritten seiner Protegée zu erkundigen? Nein, nein. Sowohl Ignacio Vallsigorri wie ich haben, das heißt, hatten... Nun, wenn er den Verdacht gehabt hätte, daß ihn Señorita Lilí Villalba mit einem andern, also mit mir, betrog, wäre der Ermordete jetzt ich und er zweifellos der Mörder. Aber von diesen Dingen verstehst du nichts, Pepe. Du verstehst weder, was für eine Leidenschaft eine Frau entfachen kann, noch zu welcher Gewalttätigkeit und Verzweiflung sie einen Mann bringen kann, denn du bist ein ..., ein ..., ein Marxist! Das bist du.

Wieder lachte Gaudet. Wie kann ich dir behilflich sein? fragte er schließlich. Du wirst mir also helfen? sagte Prullàs. Aber natürlich, Mensch, dir kann ich doch nichts abschlagen, sagte der andere im Ton belustigter Resignation; ich werde dir aber nur dieses eine Mal helfen, und damit hat sichs.

Ich muß so schnell wie möglich Señorita Lilí Villalba treffen, noch heute nacht, erklärte Prullàs; Don Lorenzo Verdugones weiß um ihre Beziehung mit Ignacio Vallsigorri, und zweifellos wird er sie aufsuchen; das Mädchen ist noch jung, und sie können sie dazu bringen, irgend etwas zu sagen, wenn sie es darauf anlegen. Aber wahrscheinlich haben weder die Polizei noch Don Lorenzo Verdugones sie bisher verhört. Wenn dem so ist, werde ich sie bitten, ihren Besuch bei mir nicht zu erwähnen und noch weniger unsere Begegnung im Hotel. Ich werde sie beschwören zu schweigen.

Das ist Wahnsinn, Carlos, sagte Gaudet; früher oder später wird eure Geschichte auffliegen, und wenn dann deine Machenschaften ans Licht kommen, wirst du erst recht verdächtig wirken. Beweise zu unterschlagen ist an sich schon ein Delikt, wenigstens heißt das immer so in den Gerichtsfilmen.

Ich will gar keinen Beweis unterschlagen, Pepe, ich will nur eine unwichtige Tatsache verheimlichen, die die Ermittlung in keiner Weise betrifft, wie du eben gerade selbst gesagt hast, die mich aber, wenn sie an die Öffentlichkeit käme, in riesige persönliche Schwierigkeiten brächte. Mit andern Worten, ich versuche meiner Frau, meinen Jungen und meinen Schwiegereltern eine kleine Liebelei zu verheimlichen. Das ist kein Delikt und kann es auch nicht sein, denn unsere Grundgesetze schützen ausdrücklich die Familie, und dasselbe tu auch ich. Im übrigen ist die spanische Polizei höchst effizient, eine der besten der Welt, soviel ich weiß – in wenigen Tagen werden sie den wahren Schuldigen finden, und welche Rolle spielt es dann noch, was Señorita Lilí Villalba und ich an einem Sommerabend getan haben? Ich will nur Zeit gewinnen, Pepe.

Entschlossen schlug Gaudet mit der Hand auf den Tisch; die verschwörerische Atmosphäre des Treffens, die Diskussion und überhaupt die unerwartete Veränderung, die dieser absurde Vorfall in sein Leben brachte, hatten seine Beschwerden verfliegen lassen und seine düstere Stimmung gehoben. Dann wollen wir sie nicht mit unnützem Geschwätz verlieren! rief er, was willst du von mir? Die Adresse von Señorita Lilí Villalba, antwortete Prullàs.

Die hab ich nicht, sagte der Regisseur; allenfalls solltest du sie haben, wo du doch in so guter Beziehung zu ihr stehst.

Pepe, der Existentialismus hat dir das Hirn aufgeweicht; Señorita Lilí Villalbas Adresse haben weder du noch ich, aber ganz sicher wird sie im Theater sein. Auf der Stelle fahren wir jetzt dorthin, du gehst hinein, suchst sie raus, und wenn du sie hast, gibst du sie mir. Ich werde draußen auf dich warten. Wenn der Wächter um diese Zeit mich hineingehen sieht, würde er stutzig werden. Du dagegen kannst ihm tausend Vorwände angeben: du hättest die Probe für morgen vorbereitet und ein paar Notizen vermißt oder so was ... Du wirst mit allem durchkommen – beim Personal hält man dich ohnehin für überspannt.

*

Eine dreiviertel Stunde später kam Gaudet mit mehreren Bogen Papier in der Hand aus dem Theater; er stieg in den Studebaker und erklärte seinem Freund, er habe sie mitgenommen, um den Argwohn des Wächters nicht zu wecken, der im übrigen eher verärgert als befremdet gewesen sei angesichts des ungelegenen Auftauchens des Regisseurs, dem er gestanden habe, ein Viertelchen Valdepeñas gebechert zu haben und danach ein wenig eingeschlummert zu sein.

Ja hast du nun die Adresse von Señorita Lilí Villalba oder nicht? fragte Prullàs ungeduldig. Natürlich, hältst du mich für blöd? begehrte der andere auf und reichte ihm ein zittrig beschriebenes Blatt; ich hoffe, du kannst meine Schrift lesen, ich bin etwas unpäßlich, wie ich dir schon sagte, und habe keine sehr ruhige Hand. Wahrscheinlich eher Schiß, sagte Prullàs und ließ den Motor an. Setz mich zu Hause ab, Carlos, ich bin sehr müde und fühle mich nicht wohl, ehrlich, flehte Gaudet. Laß mich nicht noch mehr Zeit verlieren, Mann! antwortete Prullàs; begleite mich, und danach bring ich dich nach Hause; ich brauche nicht mehr als zehn Minuten, um mit dem Mädchen zu reden. Schau mal die Adresse – wo mag das wohl sein? Im Barrio Chino, seufzte Gaudet; fahr die Ramblas runter, dann werd ich dich führen. Nanu, woher weißt denn du das? fragte Prullàs. Das erzähl ich dir ein andermal, antwortete Gaudet.

8

Der gesuchte Ort erwies sich als schmutzige Sackgasse, die von einem trostlosen Platz ausging und hundert Meter weiter in ein leeres Baugelände mündete, dessen Grenzen in der nächtlichen Dunkelheit verschwammen. In einer Ecke des Platzes waren die angesengten Säulenschäfte und die durchlöcherte Mauer des schlichten Herz-Jesu-Kapellchens zu sehen; wenige Meter davon entfernt standen eine vierarmige Gaslaterne und ein Gußeisenbrunnen; der Rest des Platzes war ein rechteckiges Areal. Der Häuserblock, der es gesäumt hatte, war vor Jahren eingestürzt, und jetzt wirkten die Schuttberge, die wegzuräumen niemand für nötig gehalten hatte, und die Überreste ehemaliger Wohnungen, die an der einzigen unversehrten Fassade des Blocks noch zu erkennen waren, unnatürlich und erinnerten an einen Friedhof. In der dunkelsten Ecke des Platzes, wo das trübe Licht der Gasbrenner kaum hingelangte, hatte eine Zigeunersippe ihr Lager aufgeschlagen, deren Mitglieder, in bunte Decken gehüllt, kreuz und quer um die Asche eines niedergebrannten Feuers herumlagen; zwei zweispännige Karren und einige abgesattelte Maultiere, die stehend neben einem Haufen Bündel dösten, vervollständigten das elende Bild. Prullàs parkte unter der Straßenlaterne, machte die Scheinwerfer aus, stellte den Motor ab und öffnete die Tür. Warte hier auf mich, sagte er zu Gaudet; ich bin gleich wieder da. Gaudet wollte nicht allein dableiben, aber Prullàs gab ihm zu verstehen, es sei besser so, denn auf diese Weise könnte Gaudet, wenn er nach einer Weile nicht zurückkomme, Hilfe holen. Und wenn ich derjenige bin, der Hilfe braucht? Wie kann ich dir dann Bescheid geben? fragte der Regisseur ängstlich. Prullàs sagte, er solle sich nicht lächerlich machen, er befinde sich überhaupt nicht in Gefahr, hier komme niemand vorbei und schlimmstenfalls könne er die Zigeuner zu Hilfe rufen. Bevor Gaudet dagegenhalten konnte, gerade die Anwesenheit der Zigeuner beunruhige ihn ja, schloß Prullàs die Tür und ging mit zögernden Schritten in die Gasse hinein.

Da es um so dunkler wurde, je weiter er kam, schien die

Gasse immer enger zu werden, als schlösse sich eine Zange um ihn. Vor dem Haus Nr. 6 angekommen, drückte er gegen die Tür, die knarrend, aber widerstandslos nachgab, entweder weil die Bewohner dachten, nichts in diesem Haus lohne vor möglichen Dieben geschützt zu werden, oder weil sie beschlossen hatten, ihre Habe und die eigene Sicherheit abschreckenderen Maßnahmen anzuvertrauen als einem kaputten, rostigen Schloß wie dem, das noch am Türpfosten hing. Nachdem er eingetreten war, fand sich Prullàs am Fuß einer steilen Treppe, wie er im Licht seines Feuerzeugs erkennen konnte. Das Flämmchen flackerte, und er erschrak, als er einen beißenden Gestank wahrnahm, den er zuerst für ein tödliches Gas hielt, dann aber erleichtert als den harmlosen Geruch von mehreren Jahrhunderten Urin und Fritiertem identifizierte.

Mit zögernden Schritten begann er hinaufzusteigen, und im zweiten Stock angekommen, klopfte er an die Tür, zunächst leise und nach einer Weile, als er sah, daß sich nichts rührte, kräftiger; drinnen hörte er Schritte und Geflüster; dann ging die Tür auf, und in den fahlen Lichtkreis einer Petroleumlampe gehüllt, erschien ein scheinbar nackter Mann mit breitem Gesicht und geschwollener Nase, so massig und behaart wie ein Gorilla. Eine genauere Prüfung offenbarte, von den Wülsten des Wanstes halb verdeckt, einen schmutzigen, zerfransten Fetzen, der als Unterhose diente. Der Kontrast zwischen dieser Höhlenbewohnergestalt und Prullàs' Eleganz war so groß, daß die beiden Männer einen Augenblick stumm und reglos verharrten, in gegenseitige Betrachtung versunken. Schließlich reagierte der Koloß, heftete seine schlaf- und zorngeröteten Augen auf den späten Besucher und rief: Was zum Teufel . . . ? Dieser barsche Empfang hallte in der Treppenhausspirale nach, und eine noch beinahe nackte junge Taube flatterte in ihrem Nest in einer Mauerspalte ängstlich mit den Flügeln.

Guten Abend, sagte Prullàs übertrieben ruhig und fest; ich muß mit Señorita Lilí Villalba sprechen, wenn sie hier ist. Der Koloß kratzte sich ausgiebig am Unterleib, die Finger im Haardickicht vergrabend; dann hob er die Petroleumlampe und hielt sein Gesicht dicht an dasjenige Prullàs'; auf dem Grund seiner glasigen Augen funkelte noch ein Rest von Delirium, und sein Atem war vulkanisch, aber sein Verhalten wirkte eher neugierig als böswillig. Hier ist keiner, behauptete er kategorisch. Er seufzte, und seine Augen verschleierten sich, als hätte ihn dieser törichte Satz in Melancholie gestürzt. Einen Augenblick später nahm sein Gesicht wieder einen finsteren Ausdruck an, und er sagte: Wer sind Sie eigentlich? Um diese Zeit klopft man nicht bei anständigen Leuten an. Anständige Leute müssen schlafen. Sie brauchen den Schlaf; nicht wie die feinen Herrchen, die am Tag pennen und nachts ausgehn und das Geld ausgeben, das andre für sie verdienen, während sie pennen... An diesem Punkt versandete seine Rede, und er runzelte die Stirn. Verdammte Scheiße, schloß er grunzend.

Es tut mir leid, Sie geweckt zu haben; glauben Sie nicht, ich weiß nicht, wie spät es ist, beharrte Prullàs, aber ich muß unbedingt sofort mit Señorita Lilí Villalba sprechen, es geht um Leben oder Tod. Wenn sie nicht da ist, dann sagen Sie mir bitte, wo ich sie finden kann. Ich werde Ihr Entgegenkommen zu belohnen wissen, fügte er hinzu und griff in die Innentasche seines Leinenjacketts. Aber sogleich wurde ihm klar, wie unvorsichtig diese Bewegung war, und er zog die Hand wieder heraus.

Das ist ein anständiges Haus, antwortete der Koloß, da gibts keine Señoritas nicht, die um diese Zeit was mit Männern haben. Weder Señoritas noch sonstwas Ähnliches. Bei diesen Worten kratzte er sich mit wachsendem Ungestüm. Im Licht der Petroleumlampe sah Prullàs in seiner Schulterbehaarung winzige Punkte hüpfen, und er trat einige

Schritte zurück. In der Wohnung begann ein Säugling zu plärren, und wieder leuchtete in den Augen des Kolosses Zorn auf. Sehn Sie nun, was Sie erreicht haben? Los, verschwinden Sie, verschwinden Sie, und als er sah, daß Prullàs der Aufforderung nicht nachzukommen beabsichtigte, fügte er hinzu: Ich denke, ich werd Ihnen mit bloßer Hand den Schädel einschlagen, Sie feiner Pinkel.

Auf diese Drohung reagierte Prullàs so seltsam, daß es seinen Gegner und ihn selbst gleichermaßen überraschte: Er hob die Fäuste, beugte die Knie, machte einen Rückwärtssprung, verlor das Gleichgewicht und wäre die Treppe hinuntergekugelt, hätte ihn der andere nicht rechtzeitig festgehalten. Das Plärren des Babys wurde lauter, der Koloß fluchte, und Prullàs schrie unbeherrscht: Laß mich los und kämpfe, du Feigling, en garde!, en garde! Die Nachbarn, zweifellos an solche Szenen gewöhnt und ihre Folgen fürchtend, ließen vorsichtshalber nichts von sich hören. Mitten in die Verwirrung hinein sagte eine Stimme: Laß ihn, Vater.

Sogleich ließ der Koloß seine Beute los, und Prullàs brachte flüchtig seine malträtierte Kleidung in Ordnung und strich sich die Haare glatt. Señorita Lilí Villalba trat aus dem Dunkeln und schaute die beiden Streithähne streng an. Entschuldige diesen Radau, Lilí, aber ich mußte um jeden Preis mit dir sprechen, sagte Prullàs, dessen Stimme vor Erregung und vom Geschütteltwerden zitterte. Der Koloß zog eine Braue hoch. Lilí? fragte er verwirrt. Seine Tochter klärte ihn auf: Dieser Herr ist vom Theater, nicht *der Herr* vom Theater, aber *auch* vom Theater. Die Züge des Kolosses wurden weicher. Hätten Sie das doch gleich gesagt! Kommen Sie bitte, kommen Sie rein. Es ist ein bescheidenes Heim, wissen Sie, wir pflegen keinen Besuch zu kriegen. Los, Kindchen, steh nich so rum und biete dem Herrn einen Stuhl an. Man empfängt die Leute nicht im Stehen, verdammich. Was darf ich Ihnen anbieten? Wir haben noch etwas Wurst, die sie uns vom Dorf geschickt haben. Danke, aber ich esse nie zwischendurch, antwortete Prullàs.

Er war in ein winziges Vorzimmer getreten, das ein Sackleinenvorhang von der übrigen Wohnung trennte. Hinter dem Vorhang heulte der Säugling weiter, und eine heisere Stimme schrie ihn wütend an: Halts Maul, du Mißgeburt! Der Mann suchte nach einem Ort, wo er die Petroleumlampe hinstellen konnte, und da er keinen fand, stellte er sie auf den Boden. Ich hol die Stühle aus dem Eßzimmer, sagte er. Als sie allein waren, hielt sich Señorita Lilí Villalba die Hände vors Gesicht und begann zu schluchzen. Unter den Falten des durchsichtigen Nachthemds zitterte ihr ganzer Körper, und das helle Licht der Lampe auf dem Boden vergrößerte den jugendlich geschwungenen Schatten ihrer Formen an der Wand ins Riesenhafte. Was hast du denn, Lilí? Warum weinst du? fragte Prullàs. Lieber wär ich tausendmal gestorben, als daß du mich so sähest, sagte sie, in diesem schmutzigen Loch... Welche Schande! Es hat ein Mißverständnis mit deinem Vater gegeben, aber das ist allein meine Schuld, zu dieser Zeit hämmert man ja wirklich nicht an fremde Wohnungstüren. Wir wohnen zur Untermiete, sagte sie, ohne seine Worte und deren zuvorkommenden Ton zu beachten; das Baby, das da weint, ist das Kind der Inhaberin. Mein Vater ist ein ungehobelter Kerl, und diese Wohnung... Mein Gott, was für eine Schande! Prullàs zog sie an sich. Alles wird gut werden, flüsterte er ihr ins Ohr; ich werde mich der Sache annehmen und alles Nötige veranlassen; du brauchst dich um nichts zu kümmern. Und jetzt hör mir zu, ich habe dir etwas sehr Wichtiges zu sagen. Hat dich die Polizei besucht?

Der Körper der jungen Schauspielerin, die sich, an Prullàs geschmiegt, wieder beruhigt zu haben schien, erstarrte. Die Polizei? rief sie, sich der Umarmung entwindend und an die Wand zurückweichend. Dabei wurde der Schatten wie von

Zauberhand immer kleiner, bis er die zerbrechliche Gestalt nur noch schmal umrahmte. Weshalb sollte die Polizei gekommen sein? Wir haben nichts Unrechtes getan, fügte sie unsicher hinzu. Ganz offensichtlich schloß sie mit dem Wir nicht Prullàs, sondern den Koloß mit ein. Ich weiß, mein Kleines, antwortete Prullàs, hör zu. Etwas Tragisches ist geschehen – Señor Ignacio Vallsigorri ist gestorben. Ich weiß, daß du ihn aufrichtig geachtet hast, und es tut mir wirklich leid. Auch ich habe ihn sehr hoch geschätzt, obwohl ich ihn nur kurz kennengelernt habe. Aber geschehen ist geschehen. Was alles andere betrifft, fügte er sogleich hinzu, ohne dem jungen Mädchen Zeit zu lassen, die Bedeutung des Umstandes und seine Konsequenzen abzuschätzen, so brauchst du dir keine Sorgen zu machen; ich hab dir gesagt, daß ich mich um alles kümmern werde. Jetzt mußt du nur eines beachten: Die Polizei wird kommen, vielleicht früh am Morgen, vielleicht erst später, aber irgendwann wird sie kommen und dich über Señor Ignacio Vallsigorri und auch über mich ausfragen. Am besten sagt man in solchen Fällen immer die Wahrheit, aber man muß nicht unbedingt die ganze Wahrheit sagen. Erzähl ihnen zum Beispiel nichts von uns: Es hat nichts mit der Sache zu tun und würde die Dinge nur noch komplizieren. Hast du das verstanden? Carlos, ich will nicht in Schwierigkeiten geraten, ich kann mir keine Schwierigkeiten mit der Polizei *leisten.* Wieder umarmte Prullàs sie fest. Keine Angst; es wird nichts geschehen, diese Sache betrifft dich und deinen Vater nicht. In ein paar Tagen ist alles vorüber, und dann wird nichts und niemand uns trennen können. Nie vergesse ich einen Gefallen, Lilí, und außerdem kann ich ohne dich nicht leben, ich denke dauernd an dich, ich bin verrückt nach dir.

Das junge Mädchen versuchte sich verzweifelt zu lösen. Laß mich los, was tust du da? Mein Vater kommt jeden Moment zurück; knutsch mich nicht *hier* ab, ich bin kein

Spielzeug. Siehst du? Deinetwegen ist die Naht an meinem Nachthemd aufgegangen, wimmerte sie, da sie sich nicht getraute, lauter zu sprechen. Drinnen begann wieder der Kleine zu plärren, und jemand versetzte, aufgebracht wegen des Lärms, einem Waschbecken einen Tritt. Das junge Mädchen machte eine leichte Kopfbewegung, die Nachgeben ausdrückte, und trocknete sich mit dem Handrücken eine Träne ab. Geh jetzt, Liebster, flehte sie ihn an. Ich darf also auf dein Schweigen rechnen? fragte Prullàs auf dem Treppenabsatz, und als sie zustimmte, sagte er: Im Theater müssen wir weiterhin so tun, als kennten wir uns nicht, vor allem im Theater. Nur Gaudet weiß von unsererer Geschichte, sonst niemand. Aber beunruhige dich nicht, bald werden wir wieder zusammensein. Das ist *das einzige*, was für mich zählt, sagte sie.

Der Kuß, den sie ihm auf die Lippen drückte, ließ ihn das Getöse auf der andern Seite des Vorhangs vergessen. Während er im Dunkeln die Treppe hinunterstieg, kam ihm in den Sinn, daß er sie nicht gefragt hatte, warum sie am Vorabend ihrem Rendezvous im Hotel Gallardo ferngeblieben war, aber es wäre unvernünftig gewesen, noch einmal hinaufzugehen, und er beschloß, die Frage auf ein andermal zu verschieben. Im Wagen schlief Gaudet in sich selbst zusammengerollt. Als die Tür aufging, erwachte er schweißgebadet und zugleich heftig fröstelnd. Du bist sehr lange weggeblieben, stotterte er; bring mich um Himmels willen nach Hause.

KAPITEL V

1

Ich hoffe sehr, Sie haben gut geschlafen, mein lieber Prullàs, denn es erwartet uns ein aufregender Tag voller Überraschungen. Mit diesen unternehmungslustig und gleichzeitig etwas schnippisch klingenden Worten begrüßte Don Lorenzo Verdugones Prullàs, der sich nach den Ereignissen der vergangenen Nacht kaum auf den Beinen halten konnte. Draußen auf der Straße brannten die noch schräg einfallenden Sonnenstrahlen schon wie Feuer. Heute wird es einen Prachttag geben, bemerkte der Chefbeamte, während er in den Wagen stieg und das Fenster hinunterkurbelte. Ich hoffe, die Verwesung ist noch nicht allzuweit fortgeschritten, fügte er hinzu; sicher sind Sie schon bei vielen Autopsien dabeigewesen. Noch nie! antwortete Prullàs mit matter Stimme, bei keiner einzigen! Don Lorenzo Verdugones' zeitiges Erscheinen hatte ihm nicht erlaubt, wie üblich zu frühstücken und gemächlich die Zeitung zu lesen. Diese Entbehrungen verursachten ihm ein körperliches Unwohlsein, das seinen Verdruß noch verstärkte. Und die Aussicht, einer Autopsie beiwohnen zu müssen, stürzte ihn vollends in Verzweiflung.

Wenn dem so ist, dürfen wir uns diese in keinem Fall entgehen lassen, rief Don Lorenzo Verdugones aufgeräumt; und anschließend werden wir an Ort und Stelle, im Café des Gerichtsmedizinischen Instituts, ein paar Sandwiches verzehren, wie Sie in Ihrem ganzen Leben noch keine gegessen haben – ein Hochgenuß! Aber das kommt erst später; zunächst müssen wir, wie es die Vorschriften verlangen, den Tatort aufsuchen.

★

Ignacio Vallsigorris Wohnung nahm die oberste Etage eines eleganten Hauses in der Avenida del Generalísimo ein, nahe der Calle Aribau. Im Portal stand ein uniformierter Schutzmann, und auf den Balkonen der Nachbarhäuser drängten sich die Neugierigen. Die Ankunft des von zwei Motorradfahrern eskortierten Dienstwagens löste eine Welle von Gemurmel aus; zwei Frauen in Trauer winkten mit einem weißen Taschentuch, als Don Lorenzo Verdugones ausstieg.

Sie sind vermutlich schon vorher einmal dagewesen, sagte Don Lorenzo Verdugones, während sie im Fahrstuhl hinauffuhren, und als Prullàs verneinte, fügte er verstimmt hinzu: Ach, ich hatte erwartet, Sie könnten uns helfen, irgend etwas Ungewöhnliches in der Anordnung des Hausrats zu entdekken; Sie wissen schon, ein Aschenbecher, der nicht an seinem Ort steht, oder so was.

Vor der Wohnungstür befand sich ein weiterer Polizist, diesmal in Zivil. Er hatte sich einen Stuhl auf den Treppenabsatz herausgeholt und bekämpfte die Langeweile mit der Lektüre der Sportzeitung *Marca.* Als er den Chefbeamten aus dem Aufzug treten sah, stand er auf und hielt beim Grüßen die *Marca* an die Schläfe. Nichts Neues, rief er. Er zog einen kleinen Schlüssel aus der Tasche, öffnete die Wohnungstür und schloß sie hinter den beiden Männern wieder ab. Prullàs bemerkte einen herben Geruch nach Schweiß und kaltem Zigarettenrauch. Der Fußboden der Wohnung war mit Kippen übersät.

Viele Leute sind hier rumgelaufen, seit die Leiche des Verstorbenen gefunden wurde, sagte Don Lorenzo Verdugones, als er das Befremden seines Begleiters sah; die vom Gericht, die Polizei, die Männer mit der Trage ... Unglaublich, wie viele Menschen vom Verbrechen leben! Nach dieser Plage wird es nicht leicht sein, Spuren zu finden, fügte er mit einer ohnmächtigen Handbewegung hinzu, aber man wird tun, was man kann. Zum Glück ist der Salon, in dem die Tat begangen wurde, intakt. Er zeigte auf eine Glastür. So hab ich es angeordnet. Glauben Sie, der Verbrecher kehrt immer an den Tatort zurück, wie es heißt? Mir klingt das nach Ammenmärchen; beginge ich ein Verbrechen, so würde ich mich dem Tatort möglichst nicht auf zwei Meilen nähern, aber wer weiß, vielleicht gibt es da eine krankhafte Faszination. Haben Sie *Schuld und Sühne* gelesen? Ein langweiliger, mit tadelnswerter Sittenlosigkeit befrachteter Roman, aber trotzdem interessant. Sehr zu empfehlen, obwohl ich weiß, daß es nicht Ihr Stil ist.

Der Salon war mit Louis-XV-Möbeln ausgestattet, und an den Wänden, deren Tapete blaß auf hellgrünem Grund eine Liebesszene vervielfachte, hingen Bilder in großen vergoldeten Rahmen. Das hohe Fenster war geschlossen, aber durch die halboffenen Jalousien drang schräges, gedämpftes Licht herein. Es war stickig heiß, und in der Luft hing ein süßlicher, widerwärtiger Duft. Der Kontrast zwischen dem dekadenten Raffinement des Raums und der Bluttat, die hier geschehen war, machte ihn schaudern.

Sie haben eine merkwürdige Empfindung, nicht wahr? sagte Don Lorenzo Verdugones. Das kanns geben: Wo sich ein gewaltsamer Tod ereignet hat, ist die Atmosphäre elektrisch geladen. Man sagt, im Moment, da ein Mord geschieht, erleben sowohl der Sterbende als auch der Tötende eine gewaltige emotionale Entladung, ein Ausströmen von Energie, und diese freigewordene Energie bleibt lange Zeit am selben Ort, jahre-, ja jahrhundertelang. Das könnte die Ursache der Erscheinungen sein, die wissenschaftliche Erklärung für die Gespenster: Sensible Menschen könnten diese Energie als Raunen, Phosphoreszenzen und ähnliche Effekte wahrnehmen. So gesehen, scheint das Ganze nicht unwahrscheinlich, und es widerspricht auch nicht den Dogmen unserer Religion, finden Sie nicht?

Wo befand sich die Leiche? fragte Prullàs, der seine Aufgabe so schnell wie möglich erledigen und diesen unheimlichen Raum wieder verlassen wollte. Der Chefbeamte deutete auf einen kleinen Armsessel. Ich dachte, Ignacio Vallsigorri wurde erdolcht, murmelte Prullàs.

So sieht es aus, vorbehaltlich der Autopsieergebnisse, antwortete Don Lorenzo Verdugones; aber ich verstehe Ihren Einwand. Wenn ein Mann in diesem Sessel erstochen wurde, wieso gibt es dann keine Blutflecken auf dem Bezug? Ganz einfach: Ignacio Vallsigorri ist nicht in diesem Sessel gestorben, sondern in einem identischen, den man, zusammen mit andern Möbelstücken, ins Labor gebracht hat, um ihn zu analysieren. Ich habe angeordnet, einen andern Sessel hierherzustellen, damit wir gegebenenfalls die Umstände rekonstruieren könnten. Setzen Sie sich, setzen Sie sich, fügte er, auf den kleinen Sessel deutend, hinzu, Sie sehen schlecht aus.

Es ist nichts, sagte Prullàs; die Hitze und dieser Salon... Ich hatte noch nie mit einem wirklichen Fall zu tun und fühle mich etwas, wie soll ich sagen, etwas angegriffen. Ich würde gern einen Schluck Wasser trinken, wenn es möglich ist, ich habe einen trockenen Mund.

Sicher, sicher, antwortete Don Lorenzo Verdugones; ich glaube, der Schutzmann an der Tür hat einen Krug; wenn wir gehen, werden wir ihn um einen Schluck bitten. Wo waren wir stehengeblieben? Ach ja, beim Blut, nicht? Nun, ehrlich gesagt, es gab nicht viel – das durchtränkte Kissen und eine mittlere Lache auf dem Boden, aber keine Spritzer an den Wänden oder so. Sehen Sie doch die Tapete: wie neu. Alles deutet darauf hin, daß das Opfer den Mörder ohne das geringste Mißtrauen empfing, ohne auch nur im entferntesten seine Absichten zu ahnen. Der Mörder war ein Bekannter; Ignacio Vallsigorri trug Anzug und Krawatte, in einer Sommernacht und in seiner eigenen Wohnung; es ist zu vermuten, daß er sich formell kleidete, um den Besuch zu empfangen, oder vielleicht wollte er gerade ausgehen oder war eben nach Hause gekommen. Wir wissen also nicht, ob er den Besucher, den er übrigens in dem für förmliche Besuche reservierten Salon empfing, erwartete oder nicht. Er machte eine Pause und fügte dann hinzu: Der Angriff muß unerwartet erfolgt sein. Ignacio Vallsigorri hatte keine Zeit zu reagieren, er konnte sich nicht einmal instinktiv mit den Armen schützen – er bekam einen Messerstich und starb auf der Stelle. Aber das sind bloß Vermutungen, und es ist Ihre Sache, sie anzustellen, nicht meine. Ich werde mich an die nackten Tatsachen halten.

Er zog ein Etui aus der Tasche und hielt Prullàs einige derbe Zigarren unter die Nase. Da, rauchen Sie einen Stumpen, vielleicht können wir mit Paffen die Gespenster verscheuchen. Prullàs wagte nicht, das Angebot abzulehnen, und so rauchten beide in dem düsteren Salon. Auf nüchternen Magen verursachte das Prullàs Übelkeit. Don Lorenzo Verdugones dagegen schien mächtig zufrieden. Er zog mehrmals an dem Glimmstengel, schnipste die Asche auf den Boden, konsultierte einen Zettel und sagte: Der leblose Körper von Ignacio Vallsigorri wurde gestern Mittwoch morgen um acht Uhr sieben von einer gewissen Sancha García Fernández entdeckt, sechsunddreißig Jahre alt, verheiratet, aus Pizzarón del Rey, Provinz Badajoz, stammend, zur Zeit in Hospitalet wohnend, von Beruf Hausfrau, die in den letzten zwanzig Monaten im Heim des Verschiedenen die Aufgaben einer Aufwarte- oder Putzfrau erfüllt hat, wie man das ja in Katalonien nennt. Bevor sie für Ignacio Vallsigorri tätig war, diente sie in zwei andern Häusern; sie hat tadellose Referenzen. Zuvor war der Haushalt von zwei festangestellten Dienstmädchen besorgt worden, einer gewissen Tiberia Cabestro, fünfzig, aus der Provinz Burgos stammend, und einer andern namens Araceli Sepelio, zwanzig, gebürtig aus einem Nest bei Andújar, Jaén. Eines schönen Tages begann das ältere Dienstmädchen, wie wir in Erfahrung bringen konnten, ständig zu husten, und Ignacio Vallsigorri, der befürchtete, der Husten könnte ein Anzeichen von Tuberkulose sein, entließ sie. Kurze Zeit später gestand das junge Dienstmädchen, mit seinem damals aktuellen Freund einen Fehltritt begangen zu haben, und Ignacio Vallsigorri setzte sie kurzerhand vor die Tür. Seither kam jeden Tag eine Aufwartefrau, um zu putzen, die Betten zu machen und so weiter und so fort; die Kleider wurden zum Waschen und Bügeln in die Reinigung gegeben; mittags pflegte der Verstorbene mit einem Freund oder Bekannten im Círculo Ecuestre, im Círculo del Liceo, im Polo- oder Tennisclub Barcelona zu essen, wo er überall Mitglied war; abends speiste er fast immer allein in einem nahen Restaurant. Es war ein etwas unbequemes Arrangement, aber Sie wissen ja, wie schwierig es gegenwärtig ist, ein sauberes, ehrliches und fleißiges Mädchen zu finden. Da Ignacio Vallsigorri anderseits Junggeselle und reich war, gab ihm diese Lebensweise eine größere Unabhängigkeit, die es ihm erlaubte, nach Lust und Laune zu kommen und zu gehen und bei sich zu empfangen, wen er wollte, ohne die Indiskretionen der Hausangestellten befürchten zu müssen. Anscheinend war er ein Schürzenjäger, Gott möge ihm verziehen haben, und vielleicht hatte er irgendein heikles Verhältnis. Vorgestern nachmittag verließ die Aufwartefrau die Wohnung etwa um fünf, gemäß der vereinbarten Arbeitszeit. Wie sie heute morgen der Polizei selbst erklärt hat, war der Herr um diese Zeit zu Hause; er war wie jeden Tag zum Mittagessen gegangen und gegen vier zurückgekommen. Einige Minuten bevor sich die Zugehfrau entfernte, rief eine Frau an und fragte nach Ignacio Vallsigorri, der mit ihr hinter verschlossener Tür ein kurzes Gespräch führte. Nichts Ungewöhnliches geschah an diesem Tag, so jedenfalls hat es die Aufwartefrau erzählt, eine arme Person, die noch immer unter Schock steht. Wahrscheinlich wird ihr morgen oder übermorgen mehr in den Sinn kommen. Der Pförtner hat niemand hereingelassen, der in diese oder sonst eine Wohnung gewollt hätte. Er zieht sich um neun Uhr zurück. Dieser Umstand erlaubt die Annahme, daß der Mörder erst später ins Haus gekommen ist und daß ihm Ignacio Vallsigorri persönlich geöffnet hat. Trotzdem ist es eine sehr voreilige Annahme – es gibt tausend andere Möglichkeiten, und wir müssen vorsichtig zu Werke gehen.

Um auf den Anfang des Berichts zurückzukommen, fuhr der Chefbeamte fort, so betrat die Aufwartefrau, Sancha García, die Wohnung gestern um acht Uhr fünf. Sie erinnert sich deshalb so genau an den Zeitpunkt, fügte er mit einem Blick auf seine Notizen hinzu, weil die Straßenbahn, mit der sie täglich herfährt, an diesem Morgen mit größerer Verspätung als üblich kam und sie befürchtete, von ihrem Herrn gerügt zu werden. Auf die Frage, ob ihr Herr sie oft gerügt habe, antwortet sie mit Nein, aber manchmal habe er ihr ›tüchtig den Kopf gewaschen‹. Sie öffnete die Tür mit ihrem eigenen Schlüssel. Sie erinnert sich nicht mehr, ob die Tür abgeschlossen oder nur ins Schloß gefallen war, sie habe ›nicht darauf geachtet‹. Sancha García besitzt einen Wohnungsschlüssel und einen für die Haustür; beide waren ihr von Ignacio Vallsigorri gegeben worden, nachdem sie einige Monate bei ihm gearbeitet und glaubhaft gemacht hatte, daß sie eine absolut vertrauenswürdige Person war. Anfänglich hatte ihr der Pförtner beide Türen öffnen müssen, aber diese Regelung war nach niemandes Geschmack, da der Pförtner um acht Uhr morgens noch unrasiert und ungekämmt, in Pyjama und Pantoffeln war, und in diesem Aufzug schadete er dem Ansehen des Hauses.

Kaum war sie in der Wohnung, stellte Sancha García fest, daß die Salontür weit offenstand. Sie erinnert sich, sie am

Vortag geschlossen zu haben, ›damit die Möbel nicht so staubig würden‹. Als sie hineinschaute, erblickte sie den leblosen, blutbefleckten Körper ihres Herrn im kleinen Sessel. Sogleich war ihr klar, daß er tot war, ›wegen dem Gesicht, das er machte‹. Auf ihr Geschrei hin eilte zuerst der Nachbar aus dem unteren Stock herbei, ein gewisser Arsenio Cascante, ein amtierender Notar und Zeuge von außerordentlichem Wert. Don Arsenio ›bestätigt in toto‹ die Aussage der Aufwartefrau. Er war es auch, der die Polizei telefonisch benachrichtigte. Der Salon wies keine Zeichen von Gewaltanwendung auf. Tatsächlich sah er so aus wie jetzt, mit Ausnahme des Toten und des Sessels. Die Aufwartefrau hat nichts vermißt. In einer Schublade dieser Kommode, schloß Don Lorenzo Verdugones, auf ein Holzmöbel mit Intarsien zeigend, lagen über zweitausend Peseten in Silberduros. Das Opfer trug eine goldene Armbanduhr, und in diesem Salon gibt es Statuetten, Porzellanvasen und andere sehr wertvolle Antiquitäten. Auf den ersten Blick ist nichts entwendet worden.

Verstehe, sagte Prullàs, der den Erklärungen aufmerksam gefolgt war, während er den Stumpen ohne eigenes Dazutun hatte niederbrennen lassen; Raub scheint also nicht das Motiv für das Verbrechen gewesen zu sein.

Machen Sie sich deswegen keine Gedanken, lachte Don Lorenzo Verdugones; an Motiven wird es uns nicht fehlen. Die menschliche Seele hat so viele, wie sie Windungen hat: Ehre, Eifersucht, Verzweiflung, erbitterte Rivalität, eine alte Rache … Unser unglücklicher Freund war Geschäftsmann. *Cherchez la femme*, wie die Franzmänner sagen, aber *cherchez* auch das Kontokorrent.

Und die Mordwaffe? fragte Prullàs. Ist noch nicht gefunden worden, erwiderte der andere. Und geschäftig fügte er hinzu: Setzen wir unsere Besichtigung fort.

Sie gingen durch die übrigen Räume der Wohnung, ohne

etwas von Interesse zu finden; alles, was irgendein Licht auf den Fall hätte werfen können, war von den Experten beschlagnahmt worden. In der Bibliothek reihten sich viele nüchtern gebundene Bücher aneinander, die von jemandem, der vor über einem Jahrhundert gestorben war, zweifellos aufmerksam und mit Nutzen gelesen worden waren. Auf einem Sockel saß eine ausgestopfte Jagdtrophäe: ein kleiner Affe mit schwarzem, hartem Fell und versonnenem Ausdruck. Ein Messingschild nannte Ort und Datum des Ereignisses: Guinea 19-5-1942. Einer ganzen Wand entlang sah Prullàs Büchergestelle, die von schmutzigen, aus dem Leim gegangenen, großenteils antiquarisch erstandenen Schmökern überquollen. Ignacio Vallsigorri hat sich vor mir gebrüstet, eine tolle Krimisammlung zu besitzen, bemerkte er traurig, und er hat kein bißchen übertrieben – da ist sie, genau, wie er sie beschrieben hat. Ich möchte wissen, wem diese einmalige Erbschaft zufällt und was der Erbe damit anfangen wird.

Die Erbschaftsgeschichte muß noch geklärt werden, entgegnete Don Lorenzo Verdugones, abermals auf seine Notizen schauend. Ignacio Vallsigorri war Junggeselle, aber er hat bestimmt ein Testament gemacht, dessen Lektüre für uns wahrscheinlich sehr aufschlußreich ist. Und was die Kriminalromane betrifft, so kennen Sie ja meine Ansicht – ich würde sie alle auf einen Haufen werfen, mit Benzin besprengen und eine Fackel daran halten. Ich will mich jetzt nicht zu ihrem Verteidiger aufwerfen, antwortete Prullàs; der Wert solcher und ähnlicher Bücher besteht einzig und allein in dem Vergnügen, das ihre Lektüre bereitet. Dennoch sind einige Titel nicht ohne literarischen Wert. Vor dem Feuer würde ich keines retten, und hätte es Cervantes höchstpersönlich geschrieben, antwortete der Chefbeamte; jedenfalls half die Lektüre Ignacio Vallsigorri herzlich wenig; man möchte sagen, anstatt seinen Geist zu schärfen, haben diese

Geschichtchen ihn abgestumpft, da er zu guter Letzt ja wie das untauglichste aller Opfer gestorben ist. Wenigstens hätte er uns eine mit Blut geschriebene chiffrierte Botschaft hinterlassen können, eine Hieroglyphe auf dem Parkett oder sonst ein Rätsel, dessen Lösung es uns erlaubte, den Mörder zu identifizieren, finden Sie nicht?

Durch eine Schiebetür war die Bibliothek mit dem Schlafzimmer verbunden, einem etwas kleiner bemessenen, von einem riesigen Bett aus gearbeitetem Holz dominierten Raum. Hier war es unerträglich heiß; unmöglich, dachte Prullàs, daß jemand unter diesen Bedingungen schlafen konnte. Sogleich merkte er, wie unsinnig diese Überlegung war, und wurde auf sich selbst wütend. Er hatte das verzweifelte Bedürfnis, sich sämtliche Details einzuprägen und irgendeinen Schluß aus ihnen zu ziehen, aber seine Anstrengungen bewirkten nur, daß ihm alles überflüssig vorkam und seine Beobachtungen bedeutungslos.

Das Bett war gemacht. Don Lorenzo Verdugones trat hinzu und drückte mit den Händen darauf. Die Sprungfedermatratze ächzte, und auf der Atlasdecke blieben die Fingereindrücke des Chefbeamten zurück. Federn! rief er und richtete sich wieder auf. Junggeselle sein und in einem Ehebett schlafen, das ist die reinste Grundsatzerklärung, meinen Sie nicht auch? Vielleicht hat er das Bett seiner Eltern behalten, sagte Prullàs, den der spöttische, ungenierte Ton störte, mit dem der andere vom Verstorbenen sprach. In dem Fall behielt er nur einen Nachttisch, sagte Don Lorenzo Verdugones; offensichtlich hatte unser Freund die Gewohnheit, auf der rechten Seite des Bettes zu schlafen. Wer weiß, wer links gelegen haben mag! Er soll ja ein rechter Filou gewesen sein. Natürlich, da er Mann und Junggeselle war, hat er niemandem geschadet, stimmts? Stimmt, antwortete Prullàs gefügig.

Wäre er verheiratet gewesen, so müßte ich über sein Verhalten eine andere Meinung haben, sagte Don Lorenzo Verdugones ernst; ich bin kein Pharisäer, aber Ehebruch mißbillige ich, er symbolisiert Sittenlosigkeit und untergräbt die Institution der Familie, Stütze des Staates. Doch das gilt nicht für unseren verstorbenen Freund; er hatte den Pfad der Ehelosigkeit gewählt, und was er tat, ging nur sein Gewissen und Gott etwas an. Ach, könnten die Laken sprechen, wie viele Schelmereien könnten sie uns erzählen! Und da wir schon beim Thema sind, fuhr Don Lorenzo Verdugones fort, als wäre ihm eben ein seltsamer Gedanke durch den Kopf gegangen, ich habe gehört, daß Ignacio Vallsigorri einen ..., wie soll ich es nennen?, einen Flirt?, mit einer jungen Schauspielerin mit wohlgeformten Beinen hatte, die sich nicht groß zierte. Ich habe ebenfalls gehört, daß das Mädchen in Ihrem neuen Stück mitspielt. Ihnen werden diese Gerüchte ja auch zu Ohren gekommen sein, stelle ich mir vor. Ehrlich gesagt, nein, mir ist nichts davon zu Ohren gekommen, antwortete Prullàs.

Na, na, mein Lieber, wen versuchen Sie zu decken? erwiderte Don Lorenzo Verdugones; dem armen Ignacio Vallsigorri kann das Gerede nichts mehr anhaben, und dem fraglichen Mädchen ist der gute oder schlechte Ruf wohl ziemlich egal, wenn sie getan hat, was sie getan hat. Sie wird eine dieser ..., Sie wissen ja: Filmverrückten sein. Die Filme geben ihren Träumen Nahrung, und die Männer fördern sie und profitieren ganz schön davon. Später ist es dann nicht leicht, sie dahin zurückzubringen, wo sie hingehören. Sie haben das Gefühl, die ganze Welt ist Hollywood, eine tolle Sache, das Mekka des Films! Aber Spanien ist nicht Hollywood, mein lieber Prullàs. Weder Hollywood noch sonstwas Ähnliches.

Falls Sie Señorita Lilí Villalba meinen, sagte Prullàs kühl, kann ich Ihnen sagen, daß ich sie kenne, aber nur vom Sehen. Natürlich hatte ich im Verlauf der Proben genügend

Gelegenheit, auf ihre Figur und ihre Art zu spielen zu achten. Aber außerhalb des Theaters habe ich nie Kontakt mit ihr gehabt, und von ihrem Privatleben habe ich nicht die geringste Ahnung.

Don Lorenzo Verdugones deutete ein weltmännisches Lächeln an. Das hab ich mir gedacht, sagte er leise. Dann schaute er, ohne den Sinn seiner zweideutigen Bemerkung zu erklären, auf die Uhr und sagte: Es ist einige Minuten nach zwölf, und um eins sind wir mit dem Gerichtsarzt verabredet. Wir haben die Besichtigung schneller hinter uns gebracht, als ich dachte. Ehrlich gesagt, ich hatte gehofft, Sie würden eine Lupe aus der Tasche ziehen und damit alle Winkel absuchen, einen Knopf vom Boden auflesen und rufen: Heureka!, kurzum, den Fall im Handumdrehen lösen. Was schauen Sie denn da? Nichts, antwortete Prullàs. Er hatte die Schublade des Nachttischs aufgezogen und einige maschinengeschriebene Seiten gefunden. Er brauchte nur darin zu blättern, um zu verstehen, daß es sich um *Der Ekel* von Jean-Paul Sartre handelte. Aber Don Lorenzo Verdugones ließ ihm keine Zeit, weiter herumzuschnüffeln. Gehen wir, sagte er; und vergessen Sie den Krug; wir haben noch Zeit, in der Kneipe unten ein Bier zu trinken. Sie bezahlen.

*

Während sie ihr Bier tranken, trat der magere, bleichgesichtige junge Mann ins Lokal, den Prullàs am Vortag in Don Lorenzo Verdugones' Büro kennengelernt hatte. Kommen Sie, kommen Sie, Sigüenza, und trinken Sie ein Bierchen mit uns, sagte der Chefbeamte freundlich. Vielen Dank, Don Lorenzo, aber Sie wissen ja, ich darf nicht, antwortete Sigüenza und deutete mit dem Finger auf seine Flanke, um den Grund für dieses Verbot anzugeben; die bloße Erinnerung daran ließ ihn noch blasser werden, und seine blutleeren Lippen verzerrten sich schmerzhaft. Verzeihen Sie die Störung, aber der Polizeibeamte hat mir gesagt, ich würde Sie beide hier finden, und ich wollte Ihnen, wenn es erlaubt ist, die Fotos und das Inventar zeigen. Sie sind eben eingetroffen, verkündete er, während er auf der Theke eine Ledermappe deponierte, aus der er einen länglichen Umschlag und mehrere maschinengeschriebene Blätter zog. Don Lorenzo Verdugones öffnete den Umschlag und betrachtete die Fotos mit offensichtlicher Befriedigung. Sie sind sehr gut geworden, sagte er leise. Dann gab er sie Prullàs. Auf allen war Ignacio Vallsigorri zu sehen, in dem kleinen Louis-XV-Sessel zurückgelehnt, der mit demjenigen im Salon identisch war. Obwohl die Bilder von mittelmäßiger Qualität und der Kontrast zwischen Licht und Schatten sehr ausgeprägt war, ließen der dunkle Fleck auf Hemd und Jackett, die verrenkte Haltung des Körpers und insbesondere der erstarrte, dem Fotografen und dem Blitzlicht gegenüber gleichgültige Blick auf dem ernsten Gesicht kaum einen Zweifel daran, daß es sich um einen Toten handelte. Prullàs legte sie mit dem Bild nach unten auf die Theke zurück und trank den Rest des Biers in einem Zug aus. Wie entsetzlich! sagte er.

Da sehen Sie, wie wenig die Wirklichkeit diesen billigen Romänchen gleicht, die Ihnen so gefallen! sagte Don Lorenzo Verdugones verächtlich; und indem er ihm eines der maschinengeschriebenen Blätter reichte, fügte er hinzu: Das ist das Inventar der bei der Leiche oder im Salon gefundenen persönlichen Gegenstände des Opfers; hier ist alles aufgeführt: die Schnürsenkel, Kragenstäbchen, Sockenhalter, alles ohne Ausnahme. Die Kopie ist etwas verschwommen geraten, da man uns sogar mit Kohlepapier knapphält, aber man kann sie lesen. Flüchtig ließ Prullàs den Blick über die Liste all dieser Dinge gleiten und stellte fest, daß darunter auch eine kalbslederne Brieftasche figurierte. Er erinnerte sich an den Diebstahl in Mañuels Taverne und fragte sich, ob das

Erscheinen einer Brieftasche im Inventar irgendeine Bedeutung haben mochte. Vielleicht hatte Ignacio Vallsigorri sie zwischen ihrer Zecherei und dem Mord wiedergefunden, oder vielleicht hatte er ihn belogen, und die Brieftasche war ihm gar nie entwendet worden. Am wahrscheinlichsten aber war, daß Ignacio Vallsigorri mehrere Brieftaschen besaß oder sich unverzüglich eine neue gekauft hatte, um die verlorene zu ersetzen. Das Inventar spezifizierte den Inhalt der beim Toten gefundenen Brieftasche nicht.

Don Lorenzo Verdugones riß ihn aus diesen Überlegungen: Behalten Sie dieses verdammte Blatt und schauen Sie es zu Hause an. Jetzt müssen wir uns beeilen – einen Gerichtsarzt läßt man nicht warten.

Muß ich wirklich bei der Autopsie dabeisein? fragte Prullàs, während er auf die Rückseite der Fotos schielte. Don Lorenzo Verdugones lachte schallend, und Sigüenzas Lippen verzogen sich zu einem schwachen Lächeln. Ach was, das war bloß ein Scherz! Die Autopsie wurde gestern abend durchgeführt, und die Leiche ist heute vormittag auf dem Friedhof von Sarriá christlich beigesetzt worden.

2

In den brütend heißen Sommermonaten waren Gerichtsferien, und ohne die übliche Schar von Prozessierenden, Advokaten, Richtern, Staatsanwälten und andern Beamten war der Justizpalast in ernste, beängstigende Stille gehüllt. Im spärlichen Licht der endlosen, vor der Mittagssonne durch schmale Fensterläden geschützten Gänge sah man kaum die stummen, vagen Schatten einiger weniger Menschen, die, im Gesetzesdschungel gefangen, weder hier noch draußen etwas zu tun zu haben schienen. An diesen stillen Grüppchen eilte ab und zu mit gespielter Geschäftigkeit ein Anwalt vorbei; in eine nagelneue, an den Ärmelaufschlägen mit gestärkten Spitzenmanschetten geschmückte Robe gehüllt, das Barett schief über einer Braue sitzend, den Körper vornübergebeugt und das Kinn im weichen Samt des Halskragens vergraben, versuchte er umsonst, den Unglücklichen auszuweichen, die ihm andauernd in den Weg traten, um sich nach dem Verlauf ihrer Verfahren zu erkundigen. Der Advokat blieb dann stehen, schaute mürrisch in das Aktenbündel, das er mit sich schleppte, und brummte, den Angeklagten in einen gleichmütig-wohlwollenden Blick hüllend: Geduld, Geduld, alles geht seinen Lauf, aber wir dürfen nichts überstürzen, der Richter hat schon einen vorsorglichen Beschluß gefaßt und das Erscheinen der Parteien verlangt, ipso iure! Ein anderes Prozedere wäre von Schaden für unsere eigenen Interessen.

Auf der breiten Vortreppe in der Mitte und den schmalen, düsteren Seitentreppen kamen und gingen, angemessen bewacht, mit müdem Schritt die Gefangenen; die meisten waren erbärmliche, bei ihren Gaunereien in flagranti ertappte Trickdiebe; mit gesenktem oder wie in einem volkstümlichen Schwank himmelwärts gerichtetem Blick gingen sie zum Untersuchungsrichter, um auszusagen, oder, wenn diese Formalität schon erledigt war, zu den Zellen, um auf ihre Überführung ins Gefängnis zu warten, wo sie wiederum während unbestimmter Zeit und von der Welt vergessen der Eröffnung des Ermittlungsverfahrens harren würden. Einige von ihnen hatten Prellungen und blutunterlaufene Stellen im Gesicht, und schmutzige Heftpflaster bedeckten ihnen Stirn und Wangen, offenkundige Folgeerscheinungen ihrer hartnäckigen Weigerung, die ihnen angelastete Schuld einzugestehen. So könnte es in kurzer Zeit auch mir ergehen, wenn die Sache schlecht läuft, dachte Prullàs.

*

Im zweiten Stock des Ehrfurcht einflößenden Gebäudes, in den Büros, die dem Gerichtsmedizinischen Institut zugewiesen waren, stießen sie auf einen Schreiber, der, den Kopf auf die Tischplatte gelegt und durch einen Aktenpanzer vor fremder Neugier geschützt, vor sich hindöste. Eine Wurststulle tränkte mehrere sorgfältig beschriebene Bogen Staatspapier nach und nach mit Öl. Vorsichtig ergriff Don Lorenzo Verdugones das Sandwich und warf es wortlos in den Papierkorb. Der Schreiber hob den Kopf, blinzelte mißtrauisch, stand schweigend auf und verschwand eiligst durch eine Mattglastür. Der Chefbeamte nutzte die Gelegenheit, um Prullàs zu erklären, die Autopsien würden zwar im Hospital Clínico durchgeführt, aber die Gerichtsärzte verfügten auch im Justizpalast über einige Büros, um sich mit Anwälten, Staatsanwälten und Richtern zu treffen und zu beraten. Diese Information erleichterte Prullàs, der schon befürchtet hatte, eine Kollektion Gliedmaßen in Formalinflaschen anzutreffen. Nach einigen Augenblicken kam der Schreiber zurück und verkündete, Dr. Capdevila erwarte sie.

Dr. Capdevila war ein ungezwungener Mann mittleren Alters mit kleinem Körper und großem Kopf, kurzem Borstenhaar und wulstigen Lippen. Er war tadellos gekleidet, trug eine Fliege und roch nach Haarwasser. Er begrüßte Don Lorenzo Verdugones überaus herzlich, und dieser stellte ihm Prullàs vor, der liebenswürdigerweise seinen Sommerurlaub unterbrochen habe, um ihm bei der Lösung des Falls zu helfen. Oh, das ist aber sehr verdienstvoll, sagte Dr. Capdevila, sehr verdienstvoll; wo verbringen Sie denn Ihren Urlaub, wenn ich fragen darf? In Masnou? Wunderschöner Ort! Dort hat diesen Sommer ein alter Bekannter und Kollege von mir, Dr. Mercadal, ein Haus gemietet; vielleicht sagt Ihnen der Name etwas. Ja, natürlich, und ich hatte auch Gelegenheit, ihn persönlich kennenzulernen. Er ist ein sehr angenehmer, sehr vielseitig interessierter Mann.

So war er schon immer, stimmte Dr. Capdevila zu; auf der Universität, als wir studierten, schrieb er Gedichte, nicht sehr gute, aber immerhin Gedichte. Ein sehr vergeistigter, etwas pessimistischer Mann, was ihn, nebenbei gesagt, nicht daran gehindert hat, eine klasse Frau zu heiraten. Ein echter Gelehrter, und ob, fügte er heftig blinzelnd hinzu, das ist die Bezeichnung, die zu ihm paßt: ein echter Gelehrter. Was Sie betrifft, Señor Prullàs, so muß ich sagen, daß ich mich freue, Sie kennenzulernen, wenn es auch an einem wenig vergnüglichen Ort ist; Ihre Komödien haben mir unvergeßliche Momente beschert, wahrhaft unvergeßliche Momente. Aber passen Sie auf, ich muß Ihnen sagen, fügte er hinzu, daß wir hier oft Fälle sehen, die als Komödienstoff dienen könnten, was sage ich, als regelrechter Possenstoff! Geschichten, die, würden sie auf der Bühne gezeigt, von keinem Publikum für glaubhaft gehalten würden, Fälle, die indessen so wahrhaftig sind wie das Leben selbst. Ach, könnte ich doch so mühelos schreiben wie Sie! seufzte er. Dann rieb er sich die Hände und rief: Aber seis drum! Er sammelte sich einen Moment und fügte in neutralem Ton hinzu: Sie haben sich jedoch wegen einer konkreten Angelegenheit herbemüht, und ich halte Sie auf – kommen wir also zur Sache.

Er setzte sich eine Brille mit halben Gläsern auf, nahm einige Papiere vom Tisch und murmelte vor sich hin: In Barcelona, am soundsovielten des soundsovielten neunzehnhundertsoundsoviel, erscheint vor dem Herrn Richter und dem unterzeichneten Sekretär der Gerichtsarzt blablabla, der kraft seines abgelegten Eides, sein Amt gut und redlich auszuüben, et cetera et cetera, berichtet, daß in Erfüllung des Verfügten und blablabla die Autopsie der Leiche von Ignacio Vallsigorri y Fadrí durchgeführt worden ist, bei welcher nach äußerer Untersuchung weder Hämatome noch andere Zeichen von Gewalt festgestellt worden sind, und auch bei Öffnung der Schädelhöhle sieht man keine Gehirnblutung ..., das interessiert uns nicht ..., na, wo steht denn ..., ah, jetzt kommt das Schönste! Man sieht körperliche Aggression mit spitzem Instrument (blanker Waffe), mit fünf Zentimeter tiefem Eindringen im fünften Interkostalraum links, etwa acht Zentimeter vom Brustbein entfernt, das den Präkordialraum verletzt sowie den rechten Herzvorraum, mit Schnitt im Aortabogen und in der oberen Hohlvene... Ein einziger Stich und gleich auf Anhieb, bemerkte er, von seinem Blatt aufschauend, manche Leute haben wirklich Schwein! Dann las er weiter: Bei Öffnung der Bauchhöhle stellt man fest, daß die übrigen Eingeweide normal sind; bei Öffnung des Magens hat die Schleimhaut normale Eigenschaften; in besagtem Organ finden sich Reste von gratiniertem Blumenkohl, Rebhuhn an Vinaigrette, Käse, Brot, Wein und Kaffee. Aus alledem läßt sich schließen, daß der Tod auf die genannte Verwundung mit der blanken Waffe zurückzuführen ist, et cetera et cetera.

Er legte die Papiere auf den Tisch, nahm die Brille ab, steckte sie in die obere Jackettasche, rieb sich erneut die Hände und schloß: Wenn Sie es wünschen, kann ich Ihnen eine Kopie des ärztlichen Befundes geben, aber was ich Ihnen eben erzählt habe, ist, kurz zusammengefaßt, das Interessanteste. Irgendeine Frage? Ja, Doktor, wann ist die Tat Ihrer Meinung nach geschehen? fragte Don Lorenzo Verdugones. Das ist sehr schwer zu präzisieren, aber eine ungefähre Berechnung erlaubt uns, sie zwischen Dienstag einundzwanzig Uhr und Mittwoch null Uhr anzusetzen, also zwischen neun und zwölf Uhr abends, vielleicht ein Uhr oder halb zwei, wenn wir in Betracht ziehen, daß die Nacht von Dienstag auf Mittwoch sehr heiß und feucht war. Ich selbst habe in dieser Nacht sehr lange kein Auge zugetan, bis ich mich entschloß, aufzustehen, das Bidet mit schön kaltem Wasser zu füllen und die Füße hineinzustecken.

Don Lorenzo Verdugones ergriff wieder das Wort und fragte: Was für ein Typus Mensch konnte einen solchen Messerstich tun, wie Sie ihn uns beschrieben haben? Braucht man dazu eine besondere Geschicklichkeit?

Dr. Capdevila räusperte sich. Vom physischen Gesichtspunkt aus gesehen hätte das jeder tun können, will heißen, es erfordert weder besondere Geschicklichkeit noch eine bestimmte Konstitution. Etwas anderes wäre es, wenn es sich um Tod durch Erdrosseln handelte oder wenn es vorher zu einem Gerangel gekommen wäre; dann läge der Fall anders, da der Verstorbene ein kräftiger Typ war; aber beide Hypothesen können ausgeschlossen werden, wie die durchgeführten Analysen ergeben haben. Alles in allem, schloß er, würde ich sagen, der Mörder hat vorsätzlich gehandelt, in der Absicht, das Opfer tödlich zu verletzen, und das Glück stand ihm, wenn ich mich so ausdrücken darf, bei seinem Unterfangen zur Seite. Der Angriff hat das Opfer ganz eindeutig überrascht. Ich würde sagen, die Person, die den Mord beging, genoß das Vertrauen des Toten. Aber das ist nur eine Hypothese. Jedenfalls, sagte Don Lorenzo Verdugones und beugte sich vor, kann das Verbrechen ebenso von einem jungen wie von einem alten Menschen begangen worden sein. So ist es, sagte der Gerichtsarzt, und zwar sowohl von einem Mann wie von einer Frau; und mit trockenem, etwas rätselhaftem Gewieher rief er: Die sind zu allem fähig!

*

Es ist ein Jammer, bemerkte Don Lorenzo Verdugones, nachdem sie den Justizpalast unter sengender Sonne verlassen hatten und wieder in den Wagen gestiegen waren, daß wir die Mordwaffe nicht gefunden haben – das würde sehr viele Dinge klären. Übrigens, in Ihrem Stücklein gibts doch auch einen Mord, nicht wahr? Aber klar doch, da es eine

Kriminalgeschichte ist, durfte dieses Element nicht fehlen... Und was ist die Mordwaffe?

Ein Messer, antwortete Prullàs kleinlaut; die Person stirbt an einem Messerstich ins Herz, genau wie der arme Ignacio Vallsigorri. Ja, tatsächlich, es handelt sich um eine peinliche Koinzidenz, fügte er sogleich hinzu; am liebsten würde ich dieses Detail ändern, aber ich weiß nicht wie, ohne die ganze Handlung umzukrempeln. Ach, ich glaube nicht, daß jemand das eine mit dem andern in Verbindung bringt, sagte der Chefbeamte; man müßte schon sehr übelwollend sein. Ich an Ihrer Stelle würde am Stück nichts ändern; es dürfte Sie schon genug Arbeit gekostet haben, es zu schreiben. Die Waffe, die auf der Bühne benutzt wird – ist sie echt?

Nein, nein, wo denken Sie hin, antwortete Prullàs; es ist ein Theatermesser; kein Schnappmesser, bei dem die Klinge im Heft verborgen ist, sondern ein stumpfes Messer mit abgerundeter Spitze, damit sich niemand unabsichtlich verletzt. Oder absichtlich, kommentierte Don Lorenzo Verdugones.

3

Die Señora hat angerufen und nach dem Herrn gefragt; ich hab ihr gesagt, der Herr ist nicht zu Hause, aber ich hab ihr nicht gesagt, wohin Sie gegangen sind. Die Señora hat mich gefragt, ob es dem Herrn gutgeht und ob alles so läuft, wie es soll, und ich habe gesagt, ja. Das hast du sehr gut gemacht, Sebastiana; eigentlich gibt es überhaupt keinen Anlaß, sich zu beunruhigen, und noch weniger, die andern zu beunruhigen, sagte Prullàs. Gibt es etwas zu essen? Gekocht ist nichts; da der Herr mittags normalerweise nicht zu Hause ißt, hab ichs nicht vorgesehen gehabt. Aber wenn Sie wollen, mach ich Ihnen im Nu etwas. Es ist ein Blumenkohl da... Nein, nein, alles, nur das nicht. Im Grunde hab ich überhaupt keinen Appetit. Diese Hitze ist schrecklich! Dann erfrischen Sie sich, und unterdessen mach ich Ihnen einen Kartoffelsalat mit Thunfisch und einem harten Ei zur Vorspeise, als Hauptgang etwas Fleisch mit gebratenem Paprika und einer angemachten Tomate und zum Nachtisch Obst und Natillas. Sie werden schon sehen, wie Sie das auch ohne Hunger essen.

Eilig zog sich die Sebastiana in die Küche zurück, und Prullàs nahm in seinem Arbeitszimmer den Hörer ab, wählte die 09 und meldete ein Ferngespräch mit dem Kasino Masnou an; dann duschte er sich, zog frische Kleider an und setzte sich vor die Balkontür, um die *Vanguardia* zu lesen. Die Rubrik Vermischtes berichtete von der Entgleisung einer Straßenbahn in Saragossa. Der Wagen war in der Kurve einer abschüssigen Straße aus den Schienen gesprungen und ohne Bremsen und Kontrolle weitergerollt, bis er in ein Schaufenster prallte. Der Materialschaden war beträchtlich, aber glücklicherweise gab es keine Opfer zu beklagen. Der Mord an Ignacio Vallsigorri wurde nicht erwähnt, obwohl seine Todesanzeige eine halbe Seite beanspruchte. Darin stand, Ignacio Vallsigorri sei christlich gestorben, ›versehen mit allen Tröstungen und dem apostolischen Segen‹, und die Bestattung habe ›auf ausdrücklichen Wunsch des Dahingegangenen‹ im allerengsten Familienkreise stattgefunden; seine Angehörigen und Freunde bäten um ein Gebet für den ewigen Frieden seiner Seele, hieß es zum Schluß der Todesanzeige, ohne daß im einzelnen angeführt wurde, wer diese Angehörigen waren und welcher Verwandtschaftsgrad sie mit dem Toten verband. Don Lorenzo Verdugones hatte keinen Verwandten erwähnt, und bis jetzt war von einem solchen auch nichts zu bemerken gewesen.

Das Klingeln des Telefons unterbrach seine Gedanken. Er nahm den Hörer ab und vernahm am andern Ende der Leitung Señor Joaquíns Stimme. Prullàs meldete sich und bat Señor Joaquín, seiner Frau zu bestellen, es gehe ihm gut. Alles läuft ausgezeichnet, fügte er hinzu; ich komme, sobald ich kann. Sagen Sie ihr auch, sie soll sich nicht die Mühe machen, mich anzurufen, ich bin kaum zu Hause. Ja, auch hier haben wir schönes Wetter, aber es ist gottverdammt heiß. Nein, ich werde wieder anrufen, wenn ich einen Moment Zeit habe. Señor Joaquín wiederholte die Mitteilung, um seine Auffassungsgabe unter Beweis zu stellen, und garantierte ihm, sie ihrer Empfängerin unverzüglich zukommen zu lassen. Prullàs hängte ein und wählte, ohne auf die Zeichen der Sebastiana zu achten, die ihn von der Tür aus zu Tisch bat, die Nummer von Mariquita Pons. Dem Dienstmädchen, das sich meldete, sagte er, er möchte mit Señor Fontcuberta sprechen. Ich werde mal nachsehen, ob er zu Hause ist, sagte sie ausweichend.

Carlos! Wie gehts dir? Hoffentlich hab ich dich nicht gestört, sagte Prullàs. Nein, überhaupt nicht, du erwischst mich gerade zwischen Mittagessen und Siesta, antwortete Fontcuberta, und ich freue mich sehr über deinen Anruf; ich hatte nämlich Lust, mich mit dir zu unterhalten; du wirst die Geschichte von dem armen Ignacio ja wohl gehört haben. Als ichs erfuhr, war ich vollkommen platt, was für ein Unglück, Mensch! Wir sind ein Nichts. Gerade darüber wollte ich mit dir sprechen, sagte Prullàs; du hattest geschäftliche Beziehungen zu Ignacio Vallsigorri, wenn ich recht verstanden habe.

Ja und nein, antwortete Fontcuberta nach einer Pause. Prullàs fragte sich, ob der andere wohl wisse, unter welchen Umständen Ignacio Vallsigorri zu Tode gekommen war; nichts in seinen Worten hatte darauf hingedeutet, aber es war unwahrscheinlich, daß er es nicht wußte; wahrscheinlicher war, daß Fontcuberta gleichermaßen zu sondieren versuchte, was Prullàs wußte. Ignacio Vallsigorri und ich waren bis vor einiger Zeit Partner, aber dann haben sich unsere geschäftlichen Wege getrennt. Natürlich haben wir weiterhin viele allgemeine wirtschaftliche Interessen geteilt – manchmal haben wir unsere Kräfte vereint, und manchmal haben wir ehrlich konkurriert. Warum willst du das wissen? Nun, ich habe angenommen, du als Ignacio Vallsigorris Freund und Partner könntest mich über einige dunkle Punkte seiner Person aufklären. Nicht, daß du glaubst, ich frage aus reiner Neugier... In Wirklichkeit starb Ignacio Vallsigorri, wie du ja vermutlich weißt, keines natürlichen Todes. Damit will ich sagen... Halt! unterbrach ihn der andere, hörbar erleichtert, ich weiß alles. Don Lorenzo Verdugones hat mich gestern abend angerufen, um mich über das Geschehene zu unterrichten und Informationen über den armen Ignacio zu erbitten. Tatsächlich? Don Lorenzo Verdugones persönlich? rief Prullàs überrascht; und bei sich dachte er: Wann hat dieser verdammte Schnüffler noch Zeit gefunden, sich mit so vielen Leuten zu unterhalten? Und was wollte er wissen? fragte er laut. Bedräng mich nicht, Carlos; es waren vertrauliche Finanzangelegenheiten. Strenggenommen darf ich dir nichts über den Charakter unseres Gesprächs sagen, schon gar nicht am Telefon. Aber wolltest du mich nicht etwas fragen? Nicht etwas, sondern mehreres, antwortete Prullàs; hatte er Verwandte? Ignacio Vallsigorri, meine ich. Er hatte einen älteren Bruder, der sich vor Jahren in Argentinien niedergelassen hat, und eine Schwester, die in Madrid wohnt und in Fernando Poo Geschäfte macht; sie wird noch heute hier erwartet. Beide sind verheiratet und haben Kinder. Außerdem gibt es noch andere Angehörige von unterschiedlichem Verwandtschaftsgrad: Vettern, Vettern zweiten Grades und so weiter und so fort.

Wer wird das Vermögen des Verstorbenen erben?

Der, den das Testament nennt, selbstverständlich, mit Ausnahme des Pflichtteils und natürlich der steuerlichen Abgaben. Ich kenne den Inhalt des Testaments nicht und weiß auch nicht, ob es seinen Erben und Legataren schon bekanntgegeben worden ist. Ich weiß nicht einmal, ob ein solches Testament existiert, obwohl mich ein derartiger Mangel an Voraussicht bei einem pedantischen Mann wie dem armen Ignacio selig erstaunen würde. Jedenfalls unterhielt er, wie ich aus einer Unterhaltung schloß, bei der das Thema gestreift wurde, keine engen Beziehungen zu seiner Familie, obwohl er auch nicht mit ihr verfeindet war. Es ist sogar möglich, daß er den größten Teil seines Vermögens einer Wohltätigkeitsinstitution vermacht hat. Einmal hörte ich ihn sagen, er werde alles dem San-Rafael-Asyl oder dem San-Juan-de-Dios-Krankenhaus hinterlassen. Aber ich weiß nicht, ob er es ernst meinte oder nur so dahinsagte, du weißt ja, wie er war. Und jetzt will *ich* dich etwas fragen: Woher kommt dieses ganze Interesse? Du hast ihn doch kaum gekannt.

Deine Frage ist sehr berechtigt, Miguel, aber auch ich möchte sie lieber nicht am Telefon beantworten. Wenn du magst, treffen wir uns später und unterhalten uns in Ruhe. Nach der Probe werde ich im Oro del Rhin vorbeischauen; wenns dir recht ist, sehen wir uns dort und ich erzähl dir alles. Himmel, was für eine Geheimniskrämerei! rief Fontcuberta, du kommst mir vor wie Smith der Verschwiegene.

⋆

CECILIA *(Zeigt auf* TODOLIUS *Leiche):* Du und deine Schnapsideen! Kannst du mir bitte sagen, was wir jetzt tun sollen?

JULIO: Ich weiß nicht, laß mich nachdenken. Dräng mich nicht.

CECILIA: Na, ausgezeichnet, denk du nur nach, solange du willst, ich verdufte.

(Geht auf die Tür rechts zu. Als sie sie öffnen will, wird angeklopft. Von Panik ergriffen, weicht sie einen Schritt zurück. Wendet sich zu

JULIO *um, der ihr bedeutet, sich natürlich zu verhalten und auf das Klopfen zu antworten.)*

CECILIA *(Mit zuckersüßer Stimme)*: Wer ist denn da?

ENRIQUE *(Draußen)*: Ich bins, Schätzchen, Enrique.

CECILIA: Grundgütiger Himmel, mein Verlobter!

JULIO: Was zum Teufel hat denn der um diese Zeit hier zu suchen?

CECILIA: Weißt du nicht mehr? Du hast mir doch gesagt, er soll um fünf herkommen, um Todoliu lebend zu sehen.

ENRIQUE *(Draußen)*: Darf ich reinkommen?

CECILIA *(Rennt zur Tür und schiebt den Riegel vor)*: Nein, Liebster, darfst du nicht! Ich bin erst halb angezogen..., noch fast nackt...

ENRIQUE *(Draußen)*: Im Salon?

CECILIA: Ja..., ja, natürlich... Man hat mir grade ein hübsches neues Modell gebracht, und ich hab der Versuchung nicht widerstehen können, es gleich anzuprobieren.

ENRIQUE *(Draußen)*: Schon gut, ich warte. Ich werde inzwischen mit Todoliu sprechen. Offenbar wollte er mir was Wichtiges sagen.

CECILIA: Nein! Ich meine ..., es ist besser, wenn du Todoliu jetzt nicht siehst.

ENRIQUE *(Draußen)*: Warum soll ich ihn denn nicht sehen?

CECILIA: Weil ..., Todoliu ist ..., Todoliu ist ...

ENRIQUE *(Draußen)*: Ist etwas mit Todoliu?

CECILIA: Nein, nein, im Gegenteil, es geht ihm ausgezeichnet, ausgezeichnet. *(Während* CECILIA *spricht, versucht* JULIO *Todolius Leiche unter dem Sofa zu verstecken, aber immer wieder schaut ein Arm oder ein Bein hervor.)* Es ist bloß so, daß... Todoliu hier bei mir ist.

ENRIQUE *(Draußen)*: Bei dir? Während du dich an- und ausziehst?

CECILIA: Äh..., ja..., nun, als das Paket der Modistin kam, war er im Salon, und ich fand es unhöflich, ihn wegzuschicken.

Aber keine Bange, Enriquito, er sieht mich nicht... Ich will sagen, während ich mich ausziehe, löst er das Kreuzworträtsel im *ABC*. Wenn du sehen könntest, wie konzentriert er einen Zufluß des Tajo mit fünf Buchstaben sucht!

Wie läuft die Probe? fragte Prullàs.

Das kannst du dir ja vorstellen, antwortete der Regisseur; die Nachricht hat sich wie ein Lauffeuer verbreitet, und allen sind die Nerven durchgegangen. Du weißt ja, wie abergläubisch die Theaterleute sind. Und außerdem hat auch noch jemand die nette Idee gehabt, auszustreuen, irgendwo im Theater halte sich ein Wahnsinniger versteckt, der entschlossen sei, das ganze Ensemble umzulegen. Ich hab ihnen gesagt, sie sollen sich deswegen keine Gedanken machen, wenn das Stück bei der Premiere so rauskomme wie in den Proben, werde das Publikum schon dafür sorgen, daß keiner am Leben bleibt. Sogar der gute Bonifaci schleicht mit einer Feuerwehraxt durch die Gänge, als wär er ein Menschenfresser. Und du? Hast du eine neue Dummheit begangen, seit ich dich zum letzten Mal gesehen habe?

Ich war am Schauplatz des Verbrechens und dann im Leichenschauhaus oder wie man das nennt, berichtete Prullàs. Du kannst dir nicht vorstellen, wie übel man mir mitgespielt hat, Pepe. Und das Geheimnis bleibt so undurchdringlich wie zuvor: Es gibt keine Spuren, keine Motive, keine Verdächtigen. Gar nichts. Heute mittag wollte ich die Sache mit den Erben überprüfen, aber all meine Schritte haben mich in eine Sackgasse geführt. Zu dir hat das Mädchen nichts gesagt? Wer, Señorita Lilí Villalba? fragte Gaudet; nein, im Gegenteil; heute war sie zurückhaltender denn je – weder hat sie dem Parkett ständig das Höschen gezeigt noch dem Regieassistenten zugeblinzelt, eine regelrechte Nonne. Irgend etwas hat sie verändert; ich denke, es ist die Liebe. Ich bin nicht zum Scherzen aufgelegt, brummte Prullàs. Das ist kein Scherz, sagte Gaudet spöttisch; sie selbst hat mir dieses Billetdoux zugesteckt, damit ich es dir gebe. Anscheinend hat sie Angst, daß ihr die Flamme deines Blicks den Nylonrock in Brand steckt, wenn sie in deine Nähe kommt. Da, fügte er hinzu und gab ihm ein zusammengefaltetes Blatt, und überlege mit Bedacht, Don Juan, daß uns nur diese Nacht als Frist noch bleibt, um eine Ruhestatt für uns zu finden. Ohne auf die Witze seines Freundes zu achten, faltete Prullàs das Blatt auseinander und las: ›Die Politzei ist gekomen und hat mich ausgefragt habe Nix gesagt aber muß dich dringent sehn ich liebe dich Lilí.‹ Er faltete das Blatt wieder zusammen und steckte es in die Tasche. Überlaß das mir, sagte er.

Nach der Probe ging er entschlossen zu den Garderoben, ohne sich darum zu kümmern, daß ihn die Bühnenarbeiter sahen. Zum Teufel, dachte er, was ist denn schon dabei, wenn sich ein Autor mit den Ensemblemitgliedern bespricht, und letzten Endes ist alles besser als dieses übervorsichtige Getue, das uns noch ins Gefängnis bringen wird, wenn wir nicht schon vorher im Irrenhaus landen.

Er grübelte noch darüber nach und suchte im halbdunklen Gang Señorita Lilí Villalbas Garderobe, als er aus Mariquita Pons' Raum einen seltsamen Laut hörte. Er trat an die Tür und hörte den Laut abermals, der ihm jetzt wie ein wilder Todesschrei vorkam, als wäre ein Tier lebensgefährlich verletzt worden. Er erinnerte sich an Gaudets Worte über den Theatermörder, und in der Überzeugung, die berühmte Schauspielerin werde von einem Irren angegriffen, stürzte er in die Garderobe.

Auf dem Fußboden sah er Mariquita Pons' leblosen Körper liegen. Vergeblich spähte er in alle Ecken, um den Angreifer zu finden – kein Mensch war da. Der Mann mußte mitsamt seinem tierischen Brüllen durch eine Geheimtür verschwunden sein. Doch kaum war ihm dieser Gedanke gekommen, hörte er neben sich erneut einen schauerlichen Schrei. Da ging ihm auf, daß es die berühmte Schauspielerin selbst war, die ihn ausstieß. Sie ist verrückt geworden! dachte er. Er kniete nieder, berührte ihre Schulter und flüsterte behutsam ihren Namen: Quiqui ..., Quiqui, meine Liebe, bist du wohlauf? Sie hob das Gesicht und starrte ihn irr und finster an. Wer hat dich hereingelassen? hauchte sie. Quiqui, um Himmels willen, gehts dir gut?

Mit sichtlicher Anstrengung fand Mariquita Pons die Selbstbeherrschung wieder; sie erhob sich und schnürte sich den Bademantel um die Taille, der beim Sturz aufgegangen war. Dann torkelte sie zum Frisiertisch und setzte sich auf den Hocker. Im Spiegel sah man ihr verstörtes Gesicht, die geröteten Augen und den verkniffenen Mund. Mit zittrigen Fingern steckte sie eine Zigarette ins Perlmuttermundstück, zündete sie an und zog gierig den Rauch ein. Schon vorbei, sagte sie heiser; tut mir leid, wenn ich dich erschreckt habe.

Auch Prullàs war aufgestanden und betrachtete unschlüssig das Bild von Hinfälligkeit und Verzweiflung im Spiegel. Mach die Tür zu, sagte sie. Soll ich gehen? fragte er, soll ich die Schneiderin holen? Nein, bleib da; nimm einen Stuhl und setz dich zu mir, während ich mich etwas zurechtmache.

Mariquita Pons zog eine Schublade des Frisiertischs auf, nahm eine Thermosflasche heraus, füllte ein Glas mit einer bernsteinfarbenen Flüssigkeit und trank es in einem Zug aus. Schau mich nicht so an, es ist bloß kalter Tee, sagte sie spöttisch, als sie die Besorgnis in seinem Blick bemerkte; ich nehm jeden Tag eine Thermosflasche voll mit. Das Wasser im Theater kann man nicht trinken, und kalter Tee löscht den Durst und ist nicht so widerlich süß wie die Flaschenlimonaden. All das, erzählte sie so gelassen weiter, als hätte sie das eben Vorgefallene schon aus dem Gedächtnis gelöscht, habe ihr vor vielen Jahren Catalina Bárcena beigebracht, als sie in Madrid gelebt und gearbeitet habe und die beiden in der Neuinszenierung von *Das Sternenkollier* zuoberst auf dem Theaterzettel gestanden hätten.

Wenn du mir etwas erzählen möchtest, kannst dus mir erzählen, sagte Prullàs, als sie ihren Exkurs beendet hatte, aber wenn du lieber schweigst, werde ich so tun, als hätte ich nichts gesehen.

Mariquita Pons reinigte sich mit Gesichtswasser. Es gibt nichts zu erzählen, Carlos, sagte sie in unpersönlichem Ton; es war ein vorübergehendes Unwohlsein. Das hab ich ab und zu; die Ärzte sagen, es hat keine Bedeutung. Die Hitze, die Nerven, das alte Lied. Sie machte eine vage Handbewegung und fuhr müde fort: Manchmal hab ich das Gefühl, mein ganzes Leben bricht zusammen. Vielleicht ist es ein Augenblick der Schwäche, vielleicht ein flüchtiger Moment der Klarheit, das spielt weiter keine Rolle; dann normalisiert sich alles wieder. Prullàs hatte das Gefühl, nicht Mariquita Pons spreche zu ihm, sondern diese verkrampfte Maske, die die leblose Welt des Spiegels bewohnte. Die Jahre vergehen, fuhr sie fort, und statt unser Leben zu bereichern, nehmen sie uns noch das wenige, was wir haben; es ist immer dasselbe: Wir wollen etwas mit unserer ganzen Kraft, während langer Zeit, und wenn wir es endlich haben, ist es zu spät, oder es ist weniger, als wir uns vorgestellt haben, oder wir entdecken, daß wir es im Grunde gar nicht so heiß ersehnt haben. All unsere Träume sind bedeutungslos, wenn sie sich verwirklichen. Verlieren wir dagegen etwas, sind wir untröstlich. So ist das Leben. Ich habs immer gewußt, aber was ich nicht ahnen konnte, ist, daß alles auch noch so schnell gehen würde. Ich blicke zurück und sehe nichts. Sie machte eine Pause und fügte hinzu: Ich will nicht, daß du mich noch einmal für die Rolle der jugendlichen Liebhaberin vorsiehst, Carlos, versprich mir, daß du das nicht tun wirst.

Red doch keinen Unsinn, antwortete Prullàs, du bist die am wenigsten alte jugendliche Liebhaberin des ganzen europäischen Theaters, und die attraktivste dazu. Die berühmte Schauspielerin legte Rouge auf und tuschte sich die Wimpern. Du hast recht, murmelte sie, während sie im Spiegel mit geneigtem Kopf das Ergebnis ihrer Arbeit begutachtete; ich bin nicht in guter Form. Aber das wird schon vorbeigehen.

Sie drückte die Zigarette aus, stand auf und verbarg sich hinter dem Wandschirm. Prullàs blieb neben dem Frisiertisch sitzen und spielte mit dem Lippenstift; wenn er den in einer seitlichen Rille des Messingröhrchens vorstehenden Schieber auf und nieder bewegte, erschien und verschwand ein fettiger, obszöner Karminstift. Warum kommst du nicht mit mir ins Kino? sagte Mariquita Pons hinter dem Wandschirm, mein Mann ist ein Tyrann, der sich weigert auszugehen, und du bist mir noch einen Film schuldig. Ich kann nicht; in Kürze bin ich mit eben deinem tyrannischen Mann im Oro del Rhin verabredet, erwiderte Prullàs. Nanu, rief sie, wozu bist du dann gekommen? Um mich um Erlaubnis zu bitten?

Prullàs fiel keine Antwort ein; er wollte nicht sagen, daß er eigentlich Señorita Lilí Villalba gesucht hatte, als ihn Mariquita Pons' Geschrei von seinem ursprünglichen Vorhaben abgebracht hatte. Woher weißt du denn, daß ich nicht gekommen bin, um durchs Schlüsselloch zu gucken? Zum ersten Mal lächelte Mariquita Pons. Lügen tust du ganz schlecht, aber schmeicheln darfst du weiter – von einem gewissen Alter an erlaubt uns nur noch eine riesige Eitelkeit, zu glauben, das, was wir tun, habe irgendeinen Sinn.

Sie kam hinter dem Wandschirm hervor; im Sommerkleid sah sie wieder so anmutig aus wie immer. Kokett verzog sie das Gesicht. Mein Mann ist ein Ungeheuer, hältst du es für möglich, daß er vorhat, in zwei Tagen schon wieder nach

Madrid zu fahren? Ausgerechnet jetzt, wo ich ihn am meisten brauche! Seit wann brauchst du deinen Mann? rief Prullàs amüsiert. Mariquita Pons besprühte sich den Hals mit Parfüm aus einem Zerstäuber. Ihr Männer werdet die Frauen nie verstehen, bemerkte sie. Und ihr Frauen nicht die Männer, sagte Prullàs. Natürlich, da gibt es auch nichts zu verstehen, antwortete sie.

4

Das Bedienungspersonal rang die Hände, da es in dieser feierabendlich behaglichen Stunde vor dem Oro del Rhin nicht einmal für die großzügigen Stammgäste einen freien Tisch gab. In der Avenida de José Antonio herrschte ziemlich reger Auto- und Straßenbahnverkehr, und auf dem schattigen Boulevard der Rambla de Cataluña spazierten nach Feierabend Sekretärinnen und Verkäuferinnen zu vieren und untergehakt auf und ab, sich wiegend und die Luft mit dem durchdringenden, ein wenig spröden Gekicher von jungen Mädchen ohne festen Freund erfüllend. Die Prachtfassade des Coliseum war teilweise mit dem Bild von Loretta Young und Henry Wilcoxon in ihren historischen Kostümen bedeckt. Mehrere Bettler näherten sich den Tischen, wenn es ihnen gelang, sich den wachsamen Blicken der Kellner zu entziehen.

Im Innern des vornehmen Kaffeehauses verteilten die Ventilatoren den Rauch von Grobschnittzigaretten, von Zigarren und Tabakpfeifen und den luxuriösen Duft echten Kaffees gleichmäßig im ganzen Raum. Ernsthafte Männer in Schwarz dozierten mit großem Brimborium über fundamentale Themen und rundeten ihre Ausführungen mit einer ebenso treffsicheren wie unwiderlegbaren Sentenz ab. Von Tisch zu Tisch liefen, ihre Dienste anbietend, blasse, undurchsichtige Individuen mit schmalen Schultern, fettiger Haut und trübem Blick, welche verschwitzte Nadelstreifenanzüge, ausgetretene Schuhe, Strohhüte und Aktenmappen trugen und sich gern Inspektoren nannten. Vormittags arbeiteten sie in der Stadt- oder Gemeindeverwaltung, in der Preisüberwachungsstelle, im Finanz- oder Entwicklungsamt oder an andern strategischen Posten der Verwaltung, oder sie hatten einen Verwandten oder Freund, der dort arbeitete, oder wußten, wie man sich zu diesen entscheidenden Organen der Gesellschaft Zugang verschaffte. Durch ihre Vermittlung konnte man im voraus die Absichten der Behörden oder andere, für ein erfolgreiches Unternehmen ebenfalls unerläßliche Daten erfahren, die Erledigung einer Rechtssache, die Erteilung einer Lizenz, die Ausstellung einer Genehmigung, eine Kostenvereinbarung beschleunigen, die Erlangung von Dokumenten und Personalausweisen vereinfachen, die Hindernisse bei ihrer Ausfertigung wegräumen und überhaupt das komplizierte Getriebe der Amtsmaschinerie schmieren, wenn man mit den mittleren Chargen persönlichen Umgang pflegte. In der Mappe trugen sie immer ein Ries gestempeltes Papier, Brief- und Steuermarken sowie mehrere Exemplare des Amtsblattes, dessen winzige Buchstaben sie schielenden Auges lasen, wobei sie die Zunge sehen ließen und mit nikotinverfärbten, langnägligen Fingern den Unwegsamkeiten des Textes entlangfuhren. Unter diesen Leuten gab es auch harmlose Schwätzer auf der Suche nach einem flüchtigen Moment eingebildeter Macht und echte Betrüger, die auf Kosten der Anfänger, Beschränkten, von Habgier Verblendeten oder Notleidenden ihr Schäfchen ins trockene brachten. Die einen wie die andern grüßte Miguel Fontcuberta mit diskreter Vertraulichkeit.

*

Resigniert setzten sich Prullàs und Fontcuberta an den einzigen freien Tisch, fern von den Fenstern in einer Ecke und neben einem Mann mit weißem Bart und dicken Brillengläsern, der *La Prensa* las und Lippen und Augenbrauen synchron bewegte.

Fontcuberta war sprachlos, als Prullàs zu Ende erzählt hatte, was sich in den letzten Stunden ereignet hatte. Ehrlich gesagt, mein Junge, sagte er leise, da seh ich schwarz! Ich zweifle selbstverständlich nicht im geringsten an deiner Unschuld, ja ich bin bereit, sie vor wem auch immer zu verteidigen. Aber es ist nicht ungewöhnlich, daß dich die Polizei oder selbst Don Lorenzo Verdugones verdächtigt. An ihrer Stelle würde ich das auch tun. Du gehörst nicht zu den alten Familien, bist verheiratet mit einer reichen Frau, schreibst Kriminalgeschichten, führst ein unbürgerliches Leben, hast mit Theaterleuten Umgang und stehst zu Recht im Ruf, ein kleiner Libertin zu sein – was braucht es noch mehr? Schau mich an, fügte er traurig hinzu: Als Geschäftsmann bin ich in ganz Europa geachtet, ich bewege mich aufs selbstverständlichste in Madrid, und trotzdem, bloß weil ich mit einer Schauspielerin verheiratet bin, erzählt man sich weiß Gott was für Dinge über mich! Da ich weiß, wovon ich rede, nehm ich kein Blatt vor den Mund. Und dann die Umstände: Verdugones selbst hat dich am Abend vor dem Mord bei Brusquets mit Ignacio Vallsigorri sprechen und euch zusammen weggehen sehen, er weiß, daß ihr in einer übelbeleumdeten Kneipe ein Saufgelage hattet. Niemand weiß oder wird je erfahren, worüber ihr gesprochen habt oder was zwischen euch war; wir haben nur deine Version, und die ist natürlich nicht allzuviel wert. Eigentlich fehlt Verdugones bloß ein Motiv, damit sämtliche Teile des Puzzles zusammenpassen. Und jetzt sag mir die Wahrheit: Gab es irgendein Motiv? Du kannst mir vertrauen wie einem Bruder.

Nun ..., also ..., ein kleines Motiv ... könnte es vielleicht schon gegeben haben. Zwing mich nicht, es dir zu enthüllen, aber es steckt eine Frau dahinter.

Uiuiui, das ist ja schlimmer, als ich dachte, rief Fontcuberta noch leiser; ein falscher Schritt könnte nicht wiedergutzumachende Folgen haben. Vor allem müssen wir den Fall einem guten Anwalt übergeben, Carlos; man muß auf jede Eventualität gefaßt sein. Paß auf, ich sage dir, was wir tun werden, fügte er rasch hinzu, als hätte er gerade eine Eingebung gehabt; wir werden auf der Stelle Don Marcelino Sanjuanete aufsuchen. Er ist Barcelonas angesehenster Anwalt, und in einer solchen Angelegenheit ist nur das Beste gut genug.

Von Ansehen kann keine Rede sein – Sanjuanete steht im Ruf eines Betrügers, sagte Prullàs. Er ist erste Garnitur! entgegnete Fontcuberta. Glaubst du, er wird uns empfangen? fragte Prullàs unsicher. Natürlich, versicherte Fontcuberta, er kennt mich und dich ebenfalls – neulich hab ich euch bei Brusquets in angeregter Unterhaltung gesehen. Ach, wir haben bloß Höflichkeitsfloskeln ausgetauscht; ich bezweifle, daß er sich noch an mich erinnert.

Zu Fuß gingen sie zur Ecke Paseo de Gracia/Calle Diputación, wo der illustre Rechtsanwalt seine Kanzlei hatte. Nachdem sie einem pedantischen Pförtner in Uniform ihr Vorhaben kundgetan hatten, stiegen sie über eine breite Marmortreppe in den ersten Stock hinauf und klingelten an einer riesigen Tür. Sogleich erschien ein Bürodiener, dem Fontcuberta mit der Bitte, sie dem Herrn Rechtsanwalt zu bringen, seine Visitenkarte überreichte, nachdem er einige Zeilen auf die Rückseite gekritzelt hatte. Der Diener bat sie in ein unbeschreiblich schmutziges Räumchen, in dem fünf nach endlosen Wartestunden lethargisch gewordene Klienten saßen. Haben Sie einen Termin? fragte sie der Diener. Nein, aber unsere Angelegenheit duldet keinen Aufschub, antwortete Fontcuberta; offen gesagt, handelt es sich nur um eine kurze Konsultation. Diese Herrschaften, fügte er mit kaum vernehmbarem Flüstern hinzu, haben es nicht so eilig wie wir, verstehen Sie? Teilen Sie das dem Herrn Rechtsanwalt mit; und nehmen Sie diese Zigarre und rauchen Sie sie am Sonntag beim Stierkampf auf unser Wohl.

Angesichts dieses Winkelzugs, der das öde Warten erneut verlängern würde, stöhnten die andern Besucher wie Seelen im Fegefeuer, doch keiner machte Anstalten zu protestieren. Es waren Leute bescheidener Herkunft, und sie waren in eine Luxuskanzlei gekommen, wo natürlich gewisse hierarchisch bedingte Vorrechte beachtet wurden; hätten sie eine weniger bedeutende Kanzlei aufgesucht, so wären sie zwar besser behandelt worden, hätten aber geringere Erfolgschancen gehabt.

Umgehend kam der Diener wieder ins Wartezimmer und bat Prullàs und Fontcuberta, so freundlich zu sein und mitzukommen. Sie folgten ihm ein langes Stück; ein Gang mündete in den nächsten und dieser in einen dritten. Die Kanzlei war ein düsteres Labyrinth. Auf diese Gänge hinaus öffneten sich hie und da in Büros umfunktionierte Zimmer, völlig schmucklos und von Leuchtstoffröhren an der Decke gräulich erhellt. Ein Heer von Referendaren jeden Alters arbeitete an großen, unter Papierstapeln begrabenen Tischen zwischen Metallregalen voller Dossiers und Aktenschränken mit Rolljalousien, die wegen der schludrig hineingestopften Faszikel nicht geschlossen werden konnten. Einige hatten ihre Jacketts an den Kleiderhaken gehängt und trugen mausfarbene Staubmäntel; die älteren benutzten noch schwarze Ärmelschoner. Blasse, verzagt aussehende Frauen tippten auf uralten Maschinen erstaunlich langsam endlose Schriftstücke. Die Fensterläden waren hermetisch verschlossen, um jeder Ablenkung vorzubeugen; nur der ferne Lärm der in ihren Schienen kreischenden Straßenbahnen erinnerte daran, daß es eine Außenwelt gab. Schmutzstarrende, in labilem Gleichgewicht zuoberst auf Aktenschränken und Scharteken thronende Ventilatoren wälzten die Luft um.

Mein verehrter Freund! rief Sanjuanete mit breitem Lächeln und päpstlicher Gebärde, als Fontcuberta in der zweiflügligen Tür erschien, die der Diener weit aufgestoßen hatte, welche Ehre! Wie geht es Ihnen? Und Ihrer verehrten, schönen Frau Gemahlin? Und Sie, Señor Pallarés, kommen Sie, kommen Sie, ergreifen Sie von diesem Ihrem Haus Besitz; es ist mir ein Vergnügen, Sie zu empfangen und Ihnen irgendwie nützlich sein zu können.

Sein Ton stand im Gegensatz zu seinem schmuddeligschlampigen Aussehen; er war in Hemdsärmeln und hatte die Krawatte gelockert, und als er aufstand, kam eine aufgeknöpfte Hose mit großen Fettflecken zum Vorschein. Das Büro lag im Halbdunkel, was die Unordnung darin aber keineswegs unsichtbar machte. Die auf Tischen und Stühlen aufgetürmten Aktenbündel waren in immer neuen Hekatomben eingestürzt, so daß der Fußboden mit Bergen von durcheinandergeratenen, zerfetzten, zertrampelten Blättern übersät war; in den Regalen lagen aufgeklappte oder aus dem Einband gegangene Bücher, und zwischen zwei juristischen Analekten sah man ein Tablett mit einem schmutzigen Glas und einer leeren Sodaflasche. Es erschien unvorstellbar, daß in einem solchen Chaos irgendeine Rechtssache methodisch und besonnen betrieben werden konnte. In den Gerichtskreisen der Stadt war allgemein bekannt, daß in der angesehenen Kanzlei Akten verlorengingen, Schriftstücke von größter Bedeutung verlegt, Termine und Fristen nicht eingehalten und Angaben verdreht wurden und die Prozeßführung immer an gröbsten Formfehlern krankte – und trotzdem wurden sämtliche Fälle gewonnen.

Lassen Sie uns also sehen, worum es geht, sagte Sanjuanete, setzte sich wieder auf seinen Stuhl, legte die Patschhände auf den Tisch und verteilte ein einfältiges Lächeln über sein Gesicht, das breit und schlaff war wie das eines abgesetzten französischen Monarchen. Prullàs zögerte. Es ist etwas kompliziert zu erklären, stotterte er. Macht nichts, nehmen Sie sich alle Zeit der Welt, sagte der Rechtsgelehrte, wir haben keine Eile. Ich habe gesehen, daß Sie einige Besucher im Wartezimmer haben ..., murmelte Prullàs. Ach, um die brauchen Sie sich nicht zu kümmern, erwiderte der Rechtsgelehrte. Er drückte auf eine Klingel, und der Diener erschien. Kann ich etwas für Sie tun, Herr Doktor? Sind noch Klienten da? Ja, Herr Doktor, fünf. Dieselben wie gestern? Ja, Herr Doktor. Dann sagen Sie ihnen, sie sollen morgen wiederkommen.

Der Diener ging hinaus, und Prullàs begann seine Lage zu schildern. Der Anwalt unterbrach ihn: Nein, nein, vorher, vorher! Gehen Sie bis zur Vorgeschichte zurück, und verheimlichen Sie mir nichts. Was mich betrifft, so werde ich das tun, aber da gibt es eine Señorita, die in die Sache verwickelt ist und deren Namen und Verhältnisse ich nicht kompromittieren möchte. Oh, kompromittieren Sie nur, kompromittieren Sie nur, keine Angst! sagte Sanjuanete; das bleibt unter uns, und man weiß nie, was in einem bestimmten Moment von Nutzen sein kann. Nun, es geht um eine Señorita, mit der der Verstorbene regelmäßigen Umgang pflegte und die ich ... kürzlich ... ebenfalls zum Gegenstand meiner Aufmerksamkeiten gemacht habe.

Fontcuberta unterbrach die Schilderung und fragte: Kenne ich sie? Nein, sagte Prullàs knapp, und kein Wort davon zu deiner Frau. Haben der verstorbene Ignacio Vallsigorri und Sie diese Aufmerksamkeiten gleichzeitig gepflegt? fragte Sanjuanete. Ich fürchte, ja. Hm. Gibt es irgendeinen Augenzeugen für Ihre ... Entspannungen – abgesehen von der genannten Señorita? Ich glaube nicht, sagte Prullàs. In diesem Fall, sagte der Rechtsgelehrte, werden wir sie als nicht stattgefunden betrachten; fahren Sie fort.

Prullàs vervollständigte seinen Bericht so geordnet wie möglich. Als er fertig war, lehnte sich der Anwalt im Stuhl zurück, verschränkte seine Wurstfinger über dem Bauch, schloß halb die Lider und nickte ein. Nach einem Weilchen öffnete er die Augen wieder, sagte aber immer noch nichts. Und nun? rief Prullàs schließlich, wie beurteilen Sie den Fall? Ich? fragte Sanjuanete überrascht, als wäre er auf diese Frage nicht gefaßt gewesen; schlecht, ich beurteile ihn als schlecht. Können Sie das bitte näher erläutern?

Der Anwalt zuckte die Schultern. Nun, ich glaube, man hält Sie für schuldig, sagte er; das scheint eindeutig. Und gegen die Meinung der andern läßt sich sehr wenig ausrichten. Man wird Sie ins Gefängnis stecken, mein lieber Pallarés, ins Gefängnis. Das kann nicht sein! rief Prullàs, ich habe nichts verbrochen! Ach ja, das schreien sie alle auf dem Weg ins Kittchen, lachte Sanjuanete, sogar auf dem Weg zum Schafott! Eine schlechte Taktik, glauben Sie mir, eine schlechte Taktik; verkünden Sie nicht noch einmal lauthals Ihre Unschuld, das ist ein schwerer Fehler und hat unter begrifflichem Gesichtspunkt keine Rechtsgültigkeit.

Eine Minute schwieg Prullàs grimmig. Dann sagte er: Und die Ermittlungen? Zu irgendeinem Ergebnis müssen sie doch führen. Die Polizei ist an der Arbeit; zweifellos wird man zu einem Ergebnis kommen, das mich von aller Schuld freispricht. Sanjuanete lächelte selig. Es ist möglich, stimmte er zu, obwohl ich Ihnen sagen muß, daß ich in meinem ganzen Berufsleben nie jemand zu einem Schluß habe kommen sehen, der nicht seine Vorurteile bestätigt hätte. Auch habe ich niemand kennengelernt, der sich nicht absolut im Recht geglaubt hätte. Deshalb habe ich mich dafür entschieden, mich strikt nach dem Gesetzestext zu richten. Es ist besser, sich an den Rechtsweg zu halten, als auf Vernunft und Gerechtigkeit zu bauen. Alles Subjektive ist eine Niederträchtigkeit, mein lieber Pallarés.

Der Anwalt machte eine lange Pause und fuhr dann fort: Soweit ich verstanden habe, war dieser Ignacio Vallsigorri ein ganzer Kerl, gutmütig und fleißig, aber ein wenig ein Windbeutel, nicht? Immer im Klub oder an der Theke irgendeiner Kneipe, um anzubändeln. Ein netter Bursche, trotzdem, alle mochten ihn, den armen Kerl; wenigstens haben alle gut über ihn gesprochen. Mein Klient war er nie, aber einmal hatte ich mit ihm zu tun, wegen Erbpachtproblemen, ich weiß es nicht einmal mehr... Es gab keine Schwierigkeiten, als es um die Verständigung ging, daran erinnere ich mich noch. Ein Weiberheld, heißt es. Schlecht für die Gesundheit, den Geldbeutel und die geistige Ruhe. Bei den Frauen gibt es alles: die einen sind gut, die andern sind Herumtreiberinnen, und auf den ersten Blick lassen sie sich unmöglich auseinanderhalten. Na ja, es hat keinen Sinn, einem Toten Ratschläge zu geben – in diesem Sinn sind wir zu spät dran. Was Sie angeht, mein lieber Pallarés, fügte er hinzu, ohne Prullàs anzublicken, so geben Sie an, ihn nicht umgebracht zu haben. Wir werden das nicht anzweifeln. Aber die äußeren Umstände sprechen nicht zu Ihren Gunsten. Sie sind ein ..., wie soll ich sagen?, ein etwas unkonventioneller Mann: das Theater und all das ..., Sie verstehen mich schon.

Genau dasselbe habe ich meinem Freund Prullàs gerade vorhin gesagt, fiel Fontcuberta ein, und ich habe meinen eigenen Fall angeführt. Stellen Sie sich vor, seit vielen Jahren bin ich mit einer der seriösesten, angesehensten Schauspielerinnen unseres Theaters verheiratet; wir sind ein in jeder Hinsicht vorbildliches Ehepaar, und trotzdem, weiß Gott, was die Lästermäuler alles in die Welt hinausposaunen. Oh, ich bitte Sie, mein lieber Fontcuberta, Ihre Frau Gemahlin ist eine große Schauspielerin, über die nur Löbliches gesagt wird, protestierte der Anwalt, nur Löbliches! Um auf Ihren Fall zurückzukommen, mein lieber Pallarés, meiner bescheidenen Meinung nach vermeiden Sie am besten den Eröffnungsbeschluß. Ein Eröffnungsbeschluß hätte schwerwiegende Folgen für Sie, in Ihrem Beruf, in Ihrem gesellschaftlichen Umfeld, gegenüber den Behörden; Sie stünden dauernd unter Verdacht. Es würden Jahre vergehen bis zur Einberufung der Gerichtsverhandlung, und wie würden Sie bis dahin leben? Wenn ich recht verstehe, verfassen Sie Komödien; wenn gegen Sie ein Prozeß geführt wird, wird man Ihnen nicht erlauben, eine aufzuführen, niemals wieder. Sogar wenn Sie um die Untersuchungshaft herumkämen und es schließlich, bestenfalls, einen Freispruch gäbe. Zu spät – das Unglück wäre bereits geschehen. Wenn einer vor Gericht steht, kommt das jedermann zu Ohren, die Nachricht verbreitet sich wie ein Lauffeuer; aber wer schert sich danach noch um das Urteil?

Sanjuanete machte eine ohnmächtige Handbewegung und fügte weinerlich hinzu: Leider kann ich nichts tun, um den Eröffnungsbeschluß zu verhindern. Sie werden sich selbst darum bemühen müssen. Meine Intervention wäre eher kontraproduktiv. Würde ich intervenieren, so hielten alle Sie sofort für schuldig und würden sagen: Schau mal, der da, mit dem Geld seines Schwiegervaters hat er sich schon jemand gesucht, der ihn aus dem Gefängnis holt.

Aber wenn Sie nichts tun können, was kann ich dann tun? sagte Prullàs. Oh, Sie haben doch zweifellos einflußreiche Freunde, Bürger mit untadeligem Ruf. Sprechen Sie mit ihnen. Manchmal ist ein persönlicher Schritt mehr wert als tausend rechtliche Maßnahmen. Schlechte Anwälte wollen jede Rechtssache vors Gericht bringen, als mache es ihnen Spaß, in die Robe zu schlüpfen und zu salbadern. Eitelkeit und die Lust, sich in Szene zu setzen! Ein guter Anwalt regelt die Sachen lieber ohne viel Aufhebens, unter zivilisierten Menschen. Wenn man miteinander spricht, verständigt man sich, und wenn man, um zu dieser Verständigung zu gelangen, etwas Geld lockermachen muß, dann macht mans eben locker, und das wärs dann gewesen! Der Frieden ist wohl ein paar Pesetchen wert. Vorsicht, ich spreche nicht davon, die Rechtsprechung zu hintertreiben, das nicht. Wenn Sie, mein Guter, wie Sie sagen, nichts mit der Sache zu tun haben, werden Sie sich keine Sorgen mehr zu machen brauchen, sobald die Ermittlungen alles geklärt haben; und in der theoretischen Annahme, Sie wären tatsächlich schuldig, müssen wir Zeit gewinnen. Natürlich gebe ich Ihnen diesen Rat nicht als Berufsmann, sondern als Freund. Wenn Sie ihn nicht in die Praxis umsetzen wollen, dann tun Sie es nicht, und wenn Sie es tun und nicht das gewünschte Resultat erzielen, suchen Sie mich wieder auf, und wir überlegen uns eine andere Strategie. Entschuldigen Sie, daß ich Sie nicht zur Tür begleite, fügte er hinzu, während er aufstand, aber ich muß mir eine Klageschrift ansehen, die schon mehrere Wochen einer Antwort harrt. Auf Wiedersehen, mein lieber Pallarés. Und Sie, mein lieber Fontcuberta, vergessen Sie nicht, Ihrer Frau Gemahlin meine untertänige Ehrerbietung zu übermitteln – eine große Schauspielerin!

*

Als er sich nach diesem kurzen, aber heftigen Eintauchen in Sanjuanetes Büro wieder unter den dicht belaubten Bäumen des Paseo de Gracia und im Alltagsgewimmel von Fahrzeugen und Fußgängern fand, verspürte er Erleichterung, aber das reichte nicht aus, um seine Verärgerung zu beseitigen. Dieser Kerl ist ein eingebildeter, skrupelloser Hanswurst, rief er. Was mir passieren mag, läßt den doch vollkommen kalt.

Sag das nicht, tadelte ihn Fontcuberta; Sanjuanete ist eine einmalige Figur, ein wirkliches Genie, mit der entsprechenden Dosis Exzentrik. Letztlich sind die Anwälte wie die Ärzte: Hinter jeder Justizverwicklung und Gesetzeswindung verbirgt sich ein schmerzliches menschliches Drama. Hätten die Anwälte die Leiden all ihrer Klienten auf sich zu nehmen, so wäre ihr Leben unerträglich; um den andern nützlich sein zu können, müssen sie einen kühlen Kopf bewahren. Du hast Beistand gesucht, und er hat dir praktische Lösungen angeboten – damit wirst du dich zufriedengeben müssen. Aber schlag seine Ratschläge nicht in den Wind, vielleicht liegt darin die Lösung des Problems.

Worin? Indem ich jemand suche, der für meine Unschuld bürgt? Ich weiß nicht, was mir das nützen soll; Don Lorenzo Verdugones wird seine Beute nicht so ohne weiteres loslassen. Kommt drauf an, wer ihn darum bittet, antwortete Fontcuberta. Man müßte eine Persönlichkeit mit moralischem Gewicht finden, ein hochrangiger Militär wäre ideal. Kennst du einen?

Nein, erwiderte Prullàs, weder einen Militär noch andere hohe Tiere. Wenn ich es richtig bedenke, ist die einflußreichste Person, die ich kenne, mein eigener Schwiegervater, aber das hieße die Familie mit hineinziehen; und nach meinem Schwiegervater kommst gleich du.

Mensch, Carlos, sagte Fontcuberta nach einigen Augenblicken des Zögerns, ich hab dir schon vorhin gesagt, daß du in jeder Hinsicht auf mich zählen kannst; aber alle wissen, daß wir Freunde sind – mein Wort wäre völlig wertlos.

Du hast recht, aber wenn die Bürgschaft der Freunde nichts taugt, wen soll ich denn dann darum bitten?

Ich weiß nicht, wir werden weiterüberlegen müssen. Jetzt, mitten auf der Straße und unter lauter hübschen Käfern, fällt uns bestimmt nichts ein. Übrigens, fügte er hinzu, auf eine Gruppe junger Mädchen deutend, die, gefolgt von zwei Rekruten, auf dem gegenüberliegenden Gehweg spazierten, hast du das süße Ding dort gesehen? Was für ein Gang! Natürlich, diese Flanke hast du ja offenbar gut gedeckt, du Schlitzohr.

5

Ich freue mich, Sie so munter und entschlossen zu sehen, rief Don Lorenzo Verdugones; ehrlich gesagt, hab ich befürchtet, Sie noch im Pyjama anzutreffen. Ich habe ganz vergessen, daß Sie nicht nur Künstler, sondern auch Katalane sind – ein unglaublich arbeitsames Volk. Wie gehts unserem Fall? Haben Sie irgendeine interessante Entdeckung gemacht? Irgendeinen Schluß gezogen? Oh, nein, sagte Prullàs, je länger es dauert, desto verworrener werden meine Gedanken. In diesem Fall, erwiderte Don Lorenzo Verdugones, werden wir neue Fakten suchen müssen; wie man in meinem Dorf sagt: Was man nicht im Kopf hat, muß man in den Beinen haben, oder so ähnlich; das heißt: Wenn die Ideen nicht zu einem kommen, muß man sie dort suchen gehen, wo sich diese gottverdammten Ideen verstecken. Aber verzagen Sie nicht – der Ort, wo wir heute hingehen, wird Ihnen sehr zusagen, Sie werden schon sehen.

In Don Lorenzo Verdugones' Wagen fuhren sie die Calle Muntaner hinunter, wichen einem Straßenbahnstau aus und folgten ein Stück der Ronda de San Antonio; auf der Höhe der Calle Floridablanca stoppte Don Lorenzo Verdugones und forderte Prullàs auf auszusteigen. Da ist es, sagte er und zeigte auf die Glastür eines Luxusetablissements.

Aber das ist ja ein Kosmetikinstitut! sagte Prullàs.

So ist es, jawohl, sagte Don Lorenzo Verdugones; ich hab Ihnen ja gesagt, der Ort wird Ihnen gefallen. Aber lassen Sie sich von der trivialen Erscheinung des Geschäfts nicht täuschen; in diesem Haus befinden sich die modernsten Chemielabors von ganz Spanien. Bedenken Sie jedoch, fügte er betrübt hinzu, wie erniedrigend es für eine staatliche Körperschaft ist, sich an solche Stellen wenden zu müssen, um ein paar armselige Analysen durchzuführen. Es schreit zum Himmel, mit wie kargen Mitteln in unserem Land gearbeitet wird. Und dann kommen im Ausland die, die nur ihre niederträchtigen Interessen im Sinn haben, und scheuen sich nicht, uns als Polizeistaat zu bezeichnen. Schauen Sie, schauen Sie selbst, zu welchen Mitteln unsere Polizei greifen muß, um ihre verdienstvolle Arbeit effizient erledigen zu können!

Emsig, gewissenhaft und mit Notizblock und Bleistift bewaffnet, kam ihnen Sigüenza entgegen. Im Empfangsraum herrschte eine beruhigende Stille. Ich habe die Chefin schon benachrichtigt, flüsterte Sigüenza, als fürchte er, mit seinem männlichen Ton die weiblich legere Atmosphäre zu stören. Wenn mich diese Nutte warten läßt, kriegt sie was zu hören! murmelte der Chefbeamte. Aber noch bevor er die Drohung zu Ende gebracht hatte, hallten auf dem Fußboden schon die spitzen Absätze einer schlanken Frau in blendend weißem Kittel wider.

Guten Tag, Don Lorenzo, sagte sie lebhaft; und mit einem Lächeln, bei dem sie eine Doppelreihe vollkommener Zähne zeigte, wandte sie sich an Prullàs: Ich bin Dr. Maribel. Bitte begleiten Sie mich in mein Büro.

Der Gang war meringeweiß gestrichen und flankiert von geschlossenen Türen, hinter denen man gedämpft Geräte summen und Wasser fließen hörte. In der Luft lag der Duft von Kosmetika, in den sich ab und zu der beißende Gestank von angesengtem Haar mischte. Seien Sie so gut und warten Sie hier einen Augenblick, bis ich mit dem Laborbericht zurück bin, sagte Dr. Maribel, während sie sie in ein kleines, nüchternes, aber hell erleuchtetes Büro führte. Etwas befangen in dieser Umgebung, in der sie sich als Eindringlinge fühlten, blieben die drei Männer stehen.

Hören Sie sich das an, sagte Prullàs und las einen Prospekt vor: Unvergängliche Schönheit, die die Zeit überdauert, und eine anziehende, bestrickende Persönlichkeit sind Wirklichkeit gewordene Frauenträume! Das haut dich aus den Socken, lachte Don Lorenzo Verdugones, da kommt eine Vogelscheuche rein und geht als Lana Turner wieder raus, nicht wahr, Sigüenza? Sigüenza bekräftigte diese Behauptung sehr ernst, als hätte er die Verwandlung mit eigenen Augen gesehen.

Mit einer Mappe in den Händen kam Dr. Maribel wieder herein, setzte sich an ihren Schreibtisch, steckte sich eine Zigarette zwischen die kirschroten Lippen, wartete, auf daß Prullàs ihr Feuer gebe, bedankte sich mit einem Wimpernflattern für die Artigkeit und sagte: Wie vermutet, bestätigen die in unserem Labor durchgeführten Analysen, daß sowohl die Blutproben von den Kleidern des Verstorbenen als auch vom Sesselbezug mit dem Bluttypus des Verstorbenen übereinstimmen. Das Haar am Jackettrevers dagegen ist ohne Zweifel ein Frauenhaar, lang, leicht gewellt und mit einer gewöhnlichen dunklen Kastanienfarbe getönt. Dieser Befund wird uns nicht sehr weit bringen; die meisten von uns Frauen, um nicht zu sagen alle, färben sich die Haare, sei es, um ein vorwitziges weißes zu verstecken, sei es, um ihnen eine besser zu unserem Teint oder den Gesichtszügen passende Tönung zu geben. Sie mögen es Koketterie, Launenhaftigkeit oder Eitelkeit nennen; ich möchte es den natürlichen weiblichen Wunsch nennen, dem geliebten Mann ein immer wieder neues, verführerisches Bild darzubieten. Nach dieser wohlgesetzten Rede räusperte sie sich und fügte hinzu: Wie ich schon sagte, kann das Vorhandensein dieses Haars auf dem Revers etwas mit dem Mord zu tun haben oder auch nicht. Vielleicht hatte es schon mehrere Stunden oder gar tagelang an dem fraglichen Kleidungsstück gehaftet. Einige Haare sind sehr hartnäckig und lösen sich erst durch energisches Bürsten, wie jede tüchtige Hausfrau weiß. Auf den Revers und den angrenzenden Stellen haben wir Reste von Lippenstift und andern, verwandten Produkten gesucht, falls das Haar von einer zärtlichen Umarmung stammen sollte, obwohl ein Haar auch in einer Menschenansammlung, einem öffentlichen Verkehrsmittel oder Lokal oder in tausend andern Alltagssituationen, die nichts Romantisches an sich haben, an einem Stoff haftenbleiben kann. Wie auch immer, die Jackettrevers waren voll von verschiedenen kosmetischen Substanzen: Puder, Augenstift, Rouge, kurzum: Make-up. Auch kann man die Geruchsspur eines Parfüms wahrnehmen. Zur Zeit versuchen wir, die Substanzen zu trennen, zu identifizieren und wenn möglich zu bestimmen, zu welcher Marke jedes einzelne Produkt gehört. Der Prozeß ist langwierig, da man jedes Produkt mit allen analogen auf dem Markt befindlichen Produkten vergleichen muß; dazu werden wir Stunden, Tage oder Wochen brauchen, je nachdem, ob uns das Glück lacht oder nicht. Angesichts der gesellschaftlichen Stellung des Verstorbenen habe ich angeordnet, den Vergleich mit den teuersten und besten Produkten zu beginnen, aber wir dürfen die Möglichkeit nicht ausschließen, daß der Verstorbene mit niedriger gestellten Frauen intimen Umgang hatte, um es mal so zu sagen.

Aber einstweilen, sagte Don Lorenzo Verdugones, können wir also festhalten, daß das Opfer kurz vor seinem Tod eine Frau umarmte oder von ihr umarmt wurde. Wenn wir unter dem Ausdruck ›kurz vor‹ einen Zeitraum von zwei oder drei Stunden verstehen, dann ja, pflichtete Dr. Maribel bei, und Sigüenza notierte es auf seinem Block. Weder auf dem Teppich, fuhr Dr. Maribel fort, noch auf dem Bezug des andern kleinen Sessels ist irgendeine frische Spur von menschlicher Präsenz gefunden worden. An den Bettüchern hafteten Körperhaare aus Brust- und Beckenbereich vorn und hinten sowie von den oberen und unteren Extremitäten; nach der Analyse und dem Vergleich mit den vom Gerichtsmedizinischen Institut diesem Labor zur Verfügung gestellten Haaren haben wir festgestellt, daß alle von den genannten Bereichen des Verstorbenen stammten, wobei der Umstand, daß sich die genannten Haare auf dem Laken befanden, darauf zurückzuführen sein kann, daß sich der Verstorbene irgendwo gekratzt hat, oder auch auf die bloße Berührung mit dem Stoff. Daraus darf man schließen, daß in den letzten drei Tagen und Nächten niemand mit dem Verstorbenen das Bett geteilt hatte, wenn ich so sagen darf, denn die Bettwäsche war ja am Montag gewechselt worden, wie aus der Aussage der Zugehfrau Sancha García ersichtlich ist. Für den Moment kann ich Ihnen nichts weiteres sagen, meine Herren.

Dann wäre das alles für heute, Dr. Maribel, sagte der Chefbeamte; sobald bei den Vergleichsprodukten ein konkretes Ergebnis vorliegt, benachrichtigen Sie mich unverzüglich.

Seien Sie unbesorgt, Don Lorenzo, sagte sie; Sie wissen ja, daß es mich und das Institut mit Stolz und Genugtuung erfüllt, Ihnen dienen zu können. Sind Sie verheiratet, Señor Prullàs? fragte sie diesen; und als er nickte, zog sie aus einer Schublade mehrere Prospekte hervor und sagte: Da, überreichen Sie die in meinem Namen Ihrer Frau; vielleicht interessieren sie unsere Behandlungen. Die Haut braucht dauernd Pflege, ganz besonders aber im Sommer. Die Sonne ist heimtückisch – braungebrannte Gesichtshaut bedeutet mißhandelte Epidermis. Bringen Sie ihr vorerst einmal dieses Gurkenmilchmuster und sagen Sie ihr, sie soll mich anrufen, um einen ersten Termin zu vereinbaren; da ist meine Karte. Sie findet mich jeden Tag und jederzeit im Institut.

6

Das Gebäude, in dem der ehrwürdige Pater Emilio Porras SJ wohnte und in der Zurückgezogenheit eines frommen Gelehrten und Heiligen sein unbestimmtes Werk verrichtete und das Prullàs zur am Vorabend von Miguel Fontcuberta vereinbarten Zeit aufsuchte, nahm die abgeschrägte Nordecke der Kreuzung Calle Rosellón und Calle Balmes ein; es war ein nüchterner Bau aus grauem Stein ohne jedes Anzeichen von Prunk, außer vielleicht dem riesigen Eingangstor, Hinweis auf die Bestimmung dieser Institution, ihre universale Lehre zu verbreiten und so auf die breitesten Gesellschaftsschichten ihren wohltätigen Einfluß auszuüben. Doch jetzt, gleichsam um den schmerzlichen Widerspruch zwischen den Idealen des Geistes und den praktischen Erfordernissen der Wirklichkeit darzustellen, war dieses ökumenische Portal gegen außen gänzlich durch eine enorme mehrflüglige Tür verschlossen, die sich nur bei wichtigen Gelegenheiten öffnete, in der augenblicklich aber einzig ein schmales, niedriges Türchen dem Besucher Einlaß gewährte, dessen Identität zuvor durch ein winziges Guckloch kontrolliert worden war. Nachdem ihn eine Art weltlicher Klosterdiener von geringer Gestalt, Sehkraft und Geistesgabe einer ausgiebigen Prüfung unterzogen hatte, durfte Prullàs in eine dunkle Eingangshalle treten, die von einem gigantischen holzgeschnitzten konstantinischen Kreuz beherrscht wurde. In der Luft hing ein tugendhafter Klosterduft aus Weihrauch, Ätznatron und Eintopf. Der Klosterdiener zeigte ihm, wie er zum Arbeitszimmer des ehrwürdigen Pater Emilio Porras SJ gelange, und glitt in seine Loge zurück.

Entschuldige, daß ich dich in meinem Arbeitszimmer empfange, mitten in diesem Durcheinander von Papieren und Wälzern, sagte der ehrwürdige Pater Emilio Porras SJ, ihn ab initio freundschaftlich duzend, aber diese Wochen sind am günstigsten zum Studieren. Unsere Jungs sind, Gott sei gelobt, in die Ferien gefahren, und das entbindet uns vorübergehend von unseren Hirtenaufgaben. Hast du bemerkt, welch paradiesische Ruhe im Hause herrscht? Wenn du einmal nach Schulbeginn kämest, würdest du deinen Augen – und Ohren – nicht trauen! In diesem Fall fühle ich mich doppelt schuldig, Pater, sagte Prullàs, denn zur Aufdringlichkeit kommt noch die unpassende Zeit. Eigentlich war es unser gemeinsamer Freund Miguel Fontcuberta, der unbedingt dieses Gespräch mit Ihnen vereinbaren wollte.

Oh, du brauchst dich nicht zu entschuldigen, und vergiß bitte die förmliche Anrede; schließlich sind wir Kollegen – die Feder eint uns, abgesehen von andern, allgemein geistigen Banden. Ich habe stets die Meinung vertreten, daß ihr, die schöpferischen Geister, auch wenn ihr weltliche Themen behandelt, unbewußt Gott näher steht als wir, die wir unsere Einsichten aus dem Studium gewinnen. Was vom Geist geboren ist, das ist Geist, heißt es im Evangelium des Johannes; aber Lukas erinnert uns in seinem daran, daß von dem, dem viel gegeben wird, auch viel verlangt wird.

Ich weiß nicht, sagte Prullàs nach dem kurzen Schweigen, das diesem Zitat folgte, ob dir Miguel Fontcuberta in groben Zügen die Art meines Problems geschildert hat. Er hat mir nur gesagt, du würdest mich aufsuchen und mir deinen Fall darlegen, sagte der Jesuit; das ist auch gut so – es ist immer besser, der Betroffene erzählt seine eigene Version der Ereignisse, als daß man eine vorgefaßte Meinung hat. Rauchst du? fügte er hinzu und zog ein ledernes Zigarettenetui und ein Päckchen Zigarettenpapier aus der Soutane. Prullàs lehnte das Angebot ab, und seine Ungeduld angesichts der affektierten Herzlichkeit und der wiederholten Zeichen positiven Denkens dieses Mannes niederkämpfend, der entschlossen schien, allem eine gute Seite abzugewinnen, legte er kurz und bündig seinen Fall dar, ohne abschließend die Bitte zu vergessen, der andere möge sich bei Don Lorenzo Verdugones oder sonst jemandem, der auf ihn Einfluß habe, für ihn verwenden.

Der ehrwürdige Pater Emilio Porras SJ, der dem Bericht mit größter Aufmerksamkeit und leichtem Lächeln gelauscht und ab und zu genickt hatte, womit er zu verstehen gab, daß die geschilderten Ereignisse ein harmonisches und mit seiner Wahrnehmung der Welt absolut übereinstimmendes Ganzes bildeten, drückte in einem Bakelitaschenbecher die Zigarette aus und rieb sich lebhaft die Hände, als zöge er ein inneres Werk auf. Carlos, die Geschichte, die du mir da erzählst, sagte er schließlich, erteilt uns trotz ihrer scheinbaren Einfachheit eine wertvolle Lehre. Aber du bist ja nicht auf der Suche nach Ratschlägen, sondern nach Hilfe hergekommen, so daß ich dir den Sermon ersparen werde. In wenigen Worten und ohne Umschweife gesagt, mein lieber Freund, ich kann sehr wenig für dich tun, jedenfalls nicht das, worum du mich bittest. Ich will es dir erklären, und du wirst es sogleich verstehen. Siehe, als Priester habe ich die Befugnis, das von unserem Herrn Jesus Christus für die Rettung unserer Seelen gestiftete Bußsakrament zu spenden. Im Gegenzug habe ich die eiserne, wohlgemerkt!, die eiserne Pflicht, alles sorgfältig geheimzuhalten, was ich in der Beichte höre, und koste es mein Leben. Wenn du mir etwas unter dem Beichtgeheimnis erzählst, und sei es das grauenhafteste Verbrechen, wird kein Wort über meine Lippen kommen. Aber nun bittest du mich nicht darum, sondern um das Gegenteil, nämlich daß ich mir deine Unschuldserklärung anhöre und sie bekanntmache. So etwas würde meiner Priesterpflicht zuwiderlaufen, das ist ja völlig klar. Doch selbst wenn ich so handelte, wäre meine Intervention absolut wirkungslos, denn es hieße, am Rande meiner Vorrechte handeln. Dem Kaiser, was des Kaisers ist, wie unser Herr Jesus selbst gesagt hat. Wenn du diese Art Hilfe suchst, solltest du dich an einen guten Anwalt wenden. Der ehrwürdige Pater Emilio Porras SJ schielte auf seine Armbanduhr und fügte hinzu: Das heißt aber nicht, daß ich dir nicht helfen kann oder will. Ganz im Gegenteil: Du bist gekommen, um Hilfe zu suchen, und Hilfe werde ich dir geben, aber auf meine Weise. Carlos, du hast eben selbst zugegeben, mehrere verwerfliche Taten begangen zu haben: Du hast gesündigt, hast andere zur Sünde verleitet und hast eindeutig und wiederholt Anlaß zum Ärgernis gegeben. Weh dem Menschen, durch welchen Ärgernis kommt! Für den wäre es besser, daß ein Mühlstein an seinen Hals gehängt und er ersäuft würde im Meer, wo es am tiefsten ist. Du bist verdorben, und was noch schlimmer ist, du hast andere verdorben. Töten ist ein schreckliches Verbrechen, aber noch schrecklicher ist es, die ewige Verdammnis einer Seele zu verschulden. Eigentlich müßte dir *das* Sorgen bereiten und nicht das andere. Was hilft es dir, dich vom irdischen Gefängnis zu befreien, wenn du dafür im Gefängnis der Hölle landest, wo es weder Amnestie noch Vergebung für die Sünden gibt? Du bist ein Verbrecher, Carlos, innerhalb oder außerhalb der Menschengesetze bist du ein Verbrecher. Wie kann es dich da erstaunen, daß der Verdacht auf dich fällt? Wer imstande ist, eines der zehn Gebote zu übertreten, wird der nicht auch imstande sein, die andern neun zu übertreten? Aber ich will nicht weiter auf diesem Punkt herumreiten. Gottes Wege sind unerforschlich – vielleicht gibt Er dir mit dieser Patsche, mit der beängstigenden Lage, in der du dich befindest, eine Chance, dein Gewissen in Ordnung zu bringen. Überhör Seine Stimme nicht. Er selbst hat es uns gesagt: Seht euch vor und betet, denn ihr wißt nicht, wann die Zeit da ist. Du wirst mich fragen, was jetzt diese Predigt soll, und denkst bestimmt: Andere, wichtigere Angelegenheiten bedrängen mich, später werde ich Zeit haben, mich mit den Dingen der Seele zu beschäftigen. Das stimmt nicht. Wir können kein Haus auf Sand bauen oder einen Kasten polieren, ohne ihn vorher innen von Aas gereinigt zu haben. Hör auf mich: Reinige dich innerlich, beichte – mit einem Wort, kehre auf den schmalen Pfad zurück, der zum ewigen Leben führt. Nur dann wird deine Unschuld leuchten, und ich selbst werde bereit sein, Zeugnis abzulegen von dem Wandel, der sich in dir vollzogen hat. Es steht geschrieben: Bittet, so wird euch gegeben; suchet, so werdet ihr finden; klopfet an, so wird euch aufgetan. Denn wer da bittet, der empfängt; und wer da sucht, der findet; und wer da anklopft, dem wird aufgetan.

Der ehrwürdige Pater Emilio Porras SJ schwieg, und Prullàs stand vom Stuhl auf und begann, im Zimmer auf und ab zu gehen, um seine Nerven zu beruhigen. Am liebsten hätte er die glanzlosen Wangen des Jesuiten geohrfeigt oder zumindest eine zornige Antwort auf seine Worte gegeben, aber er beherrschte sich, denn er begriff, daß ein solches Verhalten das Mißtrauen nur noch verstärken würde, das seine Person offenbar allen einflößte, die mit ihm zu tun hatten. Nie zuvor war ihm so etwas passiert, dachte er; nie hätte er sich vorstellen können, daß man ihn für ein Ungeheuer hielte. Jetzt aber schienen alle von seiner Schuld überzeugt. Was hab ich falsch gemacht? fragte er sich, ich habe mich doch immer wie ein Ehrenmann benommen!

Nun? sagte der ehrwürdige Pater Emilio Porras SJ. Du hast vollkommen recht, antwortete Prullàs, der in die Wirklichkeit zurückkam, sein Auf und Ab unterbrach und eine ernste Haltung einnahm; ich werde dir nie genug danken können, daß du so aufrichtig zu mir gesprochen hast. Deine Worte haben mich bewegt, und ich werde deine Ratschläge beherzigen, da kannst du ganz sicher sein. Aber in diesem Augenblick fühle ich mich noch nicht bereit, mich auf die Veränderung einzulassen, die du von mir verlangst. Ich brauche Zeit zum Überlegen. Der Weg der Reue ist lang, und ich muß ihn auf eigenen Füßen zurücklegen.

Glaube nicht, sagte der ehrwürdige Pater Emilio Porras SJ, ich verstehe dich nicht. Vor vielen Jahren war ich genau wie du. Nein, was heißt wie du – schlimmer, viel schlimmer! Aber eines Nachts im Gefängnis hatte ich einen Traum oder, wenn du willst, eine Erleuchtung. Ich sah ein beunruhigendes, wunderschönes Bild vor mir, ein Wesen, von dem blendendes Licht ausging. Ich begriff, daß ich vor der Heiligen Jungfrau stand, und von diesem Moment an änderte sich mein Leben von Grund auf. Auch dir kann es so ergehen. Er stand auf, womit das Gespräch beendet war, und fügte geschäftig hinzu: Du weißt ja, wo ich zu finden bin, Tag und Nacht. Die Türen der Verzeihung stehen immer offen. Welche Frau, die zehn Silbergroschen hat und einen davon verliert, zündet nicht ein Licht an und kehrt das Haus und sucht mit Fleiß, bis sie ihn findet? Und wenn sie ihn gefunden hat, ruft sie ihre Freundinnen und Nachbarinnen und spricht: Freut euch mit mir; denn ich habe meinen Silbergroschen gefunden, den ich verloren hatte. Und genauso ist auch die Freude im Himmel über einen Sünder, der Buße tut, mehr als über neunundneunzig Gerechte, die der Buße nicht bedürfen.

7

Es war Essenszeit, als Prullàs von seinem fruchtlosen Gespräch mit dem ehrwürdigen Pater Emilio Porras SJ kam; die Läden waren geschlossen, und unter der Mittagssonne boten die Straßen einen trostlosen Anblick. Auf dem Gehweg warf ein zerlumpter, geschorener Junge mit kaputten Sandalen ungeachtet der Hitze einen kleinen, mit einem Gummiband an seinem Handgelenk befestigten Ball in die Luft und fing ihn wieder auf, ohne sich um die Stentorstimme zu kümmern, die in einer dunklen Pförtnerloge brüllte: Antonio, komm rein, deine Mutter ruft dich! Eine Straßenbahn mit einem einzigen Fahrgast holperte vorbei, und grundlos hupte ein Auto. Im blendenden Sonnenlicht verschwamm ihm das Bild des Jungen vor den Augen. Prullàs wischte sich mit dem Taschentuch den Schweiß von der Stirn und verfluchte sein Los. Ich kann nicht mehr, dachte er; am liebsten würde ich ein Schiff nehmen und nach Amerika auswandern. Aber was würde ich dort anfangen?

Zu Hause rief er gleich Fontcuberta an. Oh, Carlos, wie ist es dir bei unserem guten Freund, dem Jesuiten, ergangen? Schrecklich, mein Lieber! Ich hab ihm meinen Fall auseinandergesetzt, und er hat geantwortet, ja, er werde mir helfen, aber nur wenn ich bereit sei, in den sauren Apfel zu beißen, du verstehst schon: Beichte, Kommunion, Bittgang, Kerze. Geistliche geben nichts umsonst. Und du stellst dir nicht vor, wie er mich zur Schnecke gemacht hat! Als ich das Gebäude verließ, hab ich mich in einem Schaufenster angeschaut, um zu sehen, ob ich Hörner und einen Schwanz habe. Aber nicht die Spur! fügte er lauter hinzu, sie sind es, sie sind die eigentlichen Teufel. Haben sie etwa nicht versucht, für eine kleine Gefälligkeit meine Seele zu kaufen? Man könnte wirklich meinen, das ist eine Stadt von Heiligen und ich bin der einzige Verdammte. Heuchelei, Miguel, Heuchelei, Unverschämtheit und sonst nichts! Und das schlimmste ist, daß ich nicht nur nichts erreiche, sondern mich auch noch überall exponiere, wenn ich die Geschichte mit dieser Señorita erzähle. Natürlich hab ich keine Namen genannt ...

Ein Schweigen trat ein. Fontcuberta überlegte und sagte dann: Verlier doch nicht so schnell den Mut. Zamora ist auch nicht in einer Stunde eingenommen worden. Paß auf, eben ist mir noch was anderes in den Sinn gekommen: Warum wendest du dich nicht an die Schriftsteller? Du weißt schon, welche ich meine, die, die sich früher im Ateneo getroffen haben; jetzt haben sie, wenn ich richtig informiert bin, einmal pro Woche irgendwo anders ihren Treff. Nein, Miguel, kommt überhaupt nicht in Frage, antwortete Prullàs; wir stehen nicht gut miteinander. Sie halten mich im besten Fall für einen Kollaborateur und im schlechtesten für einen Polizeispitzel. Das ist ein sehr mißtrauisches Völkchen.

Vertrau doch auf den *esprit de corps*, erwiderte Fontcuberta, und auf die traditionelle Klüngelei der Katalanen. Wenns brenzlig wird, rücken alle dichter zusammen. Such dir einen, der für dich bürgt. Bei Brusquets hab ich dich mit José Felipe Clasiciano sprechen sehen. Er schätzt dich und geht überall ein und aus. Wenn er noch in Barcelona ist, wird er dir helfen. Ruf ihn an, sag ihm, du bist in Schwierigkeiten, sag ihm, was dir grad in den Sinn kommt, ohne mich oder sonst jemand zu kompromittieren. Wenn du das Gefühl hast, mit Geld kann man ihn für die Sache gewinnen, dann versprich ihm das Blaue vom Himmel, aber ich glaube nicht, daß es nötig ist. Prullàs zögerte. Und das würde etwas helfen? Aber natürlich! Seit einiger Zeit pflegen die Behörden mit diesen Leuten eine Politik der Zurückhaltung; wenn sie dich unterstützen, wird sich Verdugones nicht taub stellen, darauf kannst du Gift nehmen. Man muß es bloß versuchen, letztlich hast du nichts zu verlieren.

Prullàs hängte auf, zündete sich eine Zigarette an, wanderte nervös durch den langen Gang. Die Sebastiana streckte den Kopf aus der Küchentür, bekreuzigte sich, murmelte: o Gott! und versteckte sich wieder, als striche ein Raubtier durch die Wohnung. Das Telefon klingelte. Eilig nahm Prullàs den Hörer ab: Ja, bitte? Am andern Ende der Leitung antwortete Marichuli Mercadals Stimme. Carlos, gehts dir gut? Ach, du bist es. Stör ich dich? Nein, woher rufst du an? Aus einem Lokal in der Calle Provenza. Schon wieder der Zahnarzt? Nein, heute hab ich die Modistin als Vorwand genommen; ich habe nur zwei Stunden Zeit; ich hab ihnen versprochen, vor dem Abendessen zurückzusein. Wo können wir uns treffen? Nirgends! rief Prullàs; ich habe keine Zeit für Herzensergüsse. Ich bin nicht deswegen gekommen, antwortete sie gelassen; ich weiß, daß du Probleme hast, und möchte dir helfen, das ist alles. Probleme? sagte Prullàs, wie kommst du denn auf die Idee? Durch deinen Anruf, sagte Marichuli Mercadal; gestern nachmittag war ich bei euch und hab mit Martita geplauscht, wie üblich, und da ist Señor Joaquín mit deiner optimistischen Nachricht gekommen, alles sei in bester Ordnung; sogleich hab ich angenommen, daß etwas ganz schlecht läuft, und aus deinem Ton zu schließen, hab ich damit nicht falsch gelegen.

Hm, sagte er, und Martita? Argwöhnt sie auch etwas? I wo, Martita ist so an deine Lügen gewöhnt, daß sie alles glauben würde. Aber ich kenne dich besser; erzähl mir alles. Also gut, sagte Prullàs nach einer Weile, aber nicht am Telefon und auch nicht in einer Wohnung oder an einem öffentlichen Ort, möglicherweise überwacht man mich. Paß auf, tu, was ich dir sage: Nimm ein Taxi und warte an der Ecke meines Hauses auf mich, ohne auszusteigen; es darf dich niemand sehen; ich werde in zehn Minuten runterkommen. Hast du verstanden? Aber natürlich, antwortete sie.

★

Marichuli Mercadal regte sich fürchterlich auf, als sie eine halbe Stunde später vor der Drehtür des Hotels Gallardo anhielten. Carlos, du hast mich zu einem Stundenhotel gebracht! Schämst du dich nicht? Nein, Menschenskind, es ist ein einfaches, trautes kleines Hotel, wo wir uns unterhalten können, ohne daß uns jemand stört und unsere Papiere verlangt. In unserer Situation wirst du ja wohl nicht ins Ritz wollen, und überhaupt, was kanns dir denn ausmachen? Hier kennt dich niemand, argumentierte Prullàs, während er das Taxi bezahlte. Es geht mir nicht um die andern, Carlos; es geht mir um mich, um meine eigene Würde. Ich bin eine ehrbare Frau, eine Sünderin, aber ehrbar, und ehrbare Frauen setzen keinen Fuß in solche Absteigen. Du wärst platt, wenn du wüßtest, wie viele anständige Frauen schon über diese Schwelle getreten sind, erwiderte er; das wirst du allerdings nie erfahren, denn der Betrieb ist von bewährter Diskretion. Aber wenn du nicht hinein willst, dann zwingt dich niemand – du kannst den Linienbus nehmen und bist im Handumdrehen wieder zu Hause und hast deine Würde gerettet. Marichuli Mercadal seufzte. Na schön, gehen wir also für dieses eine Mal hinein; aber du mußt mir versprechen, daß du mich nicht wie eine Verkommene behandeln wirst. Ich gebe dir mein Ehrenwort, sagte Prullàs.

Folgsam ließ sich Marichuli Mercadal hinaufführen. Aber kaum hatte sich der Empfangschef mit der Gardenie am Revers unter Bücklingen aus dem Zimmer zurückgezogen, setzte sie sich auf die Bettkante und begann erneut zu klagen. Wie schrecklich, mein Gott, wie schrecklich! Bunte Betttücher und unanständige Stiche an den Wänden, wie soll ich das später meinem Beichtvater erzählen? Muttergottes der Verlassenen, mach, daß meine Tochter nie erfährt, was ihre Mutter war!

Prullàs schaute aus dem Fenster und wartete, bis sie allen Dampf abgelassen hatte; im Haus gegenüber büßte der Stieglitz weiter seine Gefangenschaft ab, und der Alte mit dem Filzkäppchen schlief noch immer in seinem Schaukelstuhl, das Gesicht zur Decke gewandt und den Mund weit geöffnet.

Durch die Wand hörte man aus dem Nebenzimmer gedämpftes Stimmengemurmel; dann verstummte es, und jemand begann munter ein Volkslied zu pfeifen. Marichuli Mercadal faßte sich wieder, und ohne seinen Beobachtungsposten zu verlassen, unterrichtete Prullàs sie über das Vorgefallene. Sie lauschte ihm mit so übertriebener Aufmerksamkeit, war so fasziniert von seinen Worten, daß Prullàs zweifelte, ob sie ihm wirklich zuhörte. Hast du etwas mitbekommen? fragte er sie, als er fertig war. Halbwegs, antwortete sie; ich habe mitbekommen, was du mir erzählt hast, aber ich sehe keinen Grund, warum dich jemand verdächtigen sollte – du scheinst kein schlechter Mensch zu sein. Prullàs lächelte wohlwollend. Da gibt es ein paar Details, die ich dir taktvollerweise nicht erzählt habe. Sei nicht lächerlich, Carlos; du bringst mich hierher, und ich soll nicht erfahren, welche Details du meinst? Du wirst wohl ein Techtelmechtel mit irgendeinem Weibsstück gehabt haben, das du dir mit diesem Ignacio Vallsigorri geteilt hast, oder so. Aber das ist kein Grund, jemand umzubringen, wenigstens für dich nicht, weder das noch etwas anderes in der Art; du bist unfähig zu töten, und das weiß Señor Lechugones sicher ganz genau. Nein, Carlos, fügte sie dann so ernst hinzu, daß Prullàs überrascht war, da muß noch etwas anderes dahinterstecken.

Noch etwas anderes? sagte er, was denn zum Beispiel? Ich weiß es nicht, mein Schatz, aber ich will dir sagen, was ich denke: Jemand lenkt die Ermittlungen auf dich; jemand ist daran interessiert, daß der Verdacht auf dich fällt; und ich werde dir noch etwas sagen: Es ist jemand, den du kennst und dem du vertraust. Ich hab mal einen Film gesehen, in dem etwas Ähnliches passierte – Ray Milland und ein dunkelhaariges Mädchen spielten mit, ich weiß nicht mehr, wie sie hieß.

Prullàs machte eine ausweichende Handbewegung; im Grunde hielt er Marichuli Mercadal für eine ziemlich einfältige Frau, ja für eine Frau am Rande des Wahnsinns, wie ihm Dr. Mercadal mehrmals selbst zu verstehen gegeben hatte; er hielt ihre Überlegungen für wertlos. Als könnte sie seine Gedanken lesen, seufzte Marichuli Mercadal und sagte: Ich sehe, du nimmst mich nicht ernst, für dich bin ich nicht beachtenswert, und daran bin ich vielleicht selber schuld, denn dir gegenüber habe ich mich immer wie eine Idiotin benommen. Aber das bin ich nicht; es ist meine Leidenschaft, eine idiotische Leidenschaft, gegen die ich mich nicht wehren kann und will. Wie sollst du mich auch für voll nehmen, wenn ich immer wieder meinen Impulsen und deinen Launen nachgebe? Wer kann eine verheiratete Frau, Familienmutter und praktizierende Katholikin achten, die sich willig in ein Freudenhaus schleppen läßt? Aber laß dich vom Schein nicht täuschen: Was ich dir sage, stimmt; jemand, der dir nahesteht, will dein Verderben. Ich kann weiter nichts tun als dich warnen. Dich warnen und für dich beten. Da, ich habe dir was mitgebracht.

Sie öffnete ihre Tasche, kramte darin herum und zog schließlich ein rechteckiges Stückchen Karton heraus. Willst du mir etwa ein Foto von dir geben? fragte Prullàs. Das würde dir nicht schaden, antwortete sie. Aber es war kein Foto, sondern ein koloriertes Bild der Muttergottes von Fátima, derselben, die ihre wundertätige Reise durch Spanien und Frankreich gemacht hatte, bevor sie in Maastricht ankam, wo Seine Heiligkeit Papst Pius XII. sie erwartete. Sie wird dich beschützen, flüsterte sie und senkte die Augen, auch wenn du darüber lachst. Prullàs trat zu ihr und nahm das Bild. Marichuli Mercadal stand auf. Bring mich bitte zur Bushaltestelle, bat sie. Prullàs verließ wortlos das Zimmer und kam nach einigen Augenblicken zurück. Ich habe ein Taxi rufen lassen, sagte er; sobald es da ist, wird man uns benachrichtigen.

Jetzt war sie es, die ganz vorsichtig ans Fenster trat und zum Himmel emporschaute. In Prullàs wallte Zärtlichkeit auf für diese schöne, unglückliche, leichtfertige Frau. Bevor wir auseinandergehen, sagte er, möchte ich dich noch etwas fragen. Marichuli Mercadal fuhr sich mit dem Handrücken über die Augen und wandte sich dann zu ihm um. Was? Prullàs räusperte sich. Färbst du dein Haar? sagte er schließlich, und angesichts ihres Erstaunens fügte er hinzu: Glaub nicht, ich frage dich das aus blöder Neugier; als man die Kleider des

Toten analysierte, hat man ein gefärbtes Haar gefunden. An dem Tag, an dem wir uns kennenlernten, hast du gesagt, das sei deine natürliche Haarfarbe; jetzt möchte ich die Wahrheit wissen.

Nun, ich hab ihn nicht umgebracht, wenn du das meinst, sagte Marichuli Mercadal, und im übrigen hab ich dich in jener unseligen Nacht nicht belogen; weder damals noch sonst je hab ich dich belogen; selbst wenn ich wollte, könnte ich dich nicht belügen. Ich bin von Natur aus rothaarig. Aber du mußt wissen, daß wir Frauen alle unser Haar behandeln, die einen mehr, die andern weniger, junge und alte, hübsche und häßliche, ehrbare und leichtfertige; sogar Martita hellt ihres etwas auf, obwohl du so was nicht merkst. Die Polizei weiß solche Dinge natürlich.

Die Polizei hat damit nichts zu tun; die Analysen werden im Kosmetikinstitut einer gewissen Dr. Maribel durchgeführt, kennst du es? Natürlich, und vor allem kenne ich Dr. Maribel vom Hörensagen – sie ist eine echte Berühmtheit in Barcelona. Jeden Vormittag hat sie eine Rundfunksprechstunde, wo sie persönliche Ratschläge gibt und Schönheitsfragen beantwortet, aber auch Kochrezepte und Tricks verrät, wie man verhindern kann, daß die Schuhe im Schrank vermodern, und solche Dinge. Ich höre sie mir an, wenn ich zu Hause bin und nichts zu tun habe, also fast immer. Sie hat eine sehr angenehme Stimme, und was sie sagt, ist hochvernünftig. Vielleicht solltest du zu ihr Vertrauen haben, da du ja zu mir keins hast. Aber bring sie nicht hierher. Ich werde es ihr vorschlagen, und dann sehen wir ja, ob sie so vernünftig ist, wie du meinst, scherzte Prullàs. In diesem Augenblick trat der Empfangschef mit der Gardenie am Revers herein und meldete, das Taxi stehe vor dem Eingang.

8

José Felipe Clasiciano, der lateinamerikanische modernistische Dichter, pflegte in einem einfachen Hotel nahe der Puerta del Angel abzusteigen, in dem auch viele Stierkampfgehilfen wohnten: Picadores, Banderilleros, Degenjungen und Picadorgehilfen, unter deren Schutz angehende Toreros ihre Ränke schmiedeten, um Gönner zu finden. An den Wänden in der Lounge hingen Fotos berühmter Matadore mit Widmung und über dem breiten Spiegel in der Bar ein ausgestopfter Stierkopf. Im Radio sang Lola Flores *La Zarzamora*, während sich der Dichter an der Theke mit einem bartlosen Jüngling unterhielt. Wie schön, dich zu sehen, Carlitos, wie schön! Er begrüßte Prullàs mit einer überschwenglichen Umarmung und setzte den Jüngling an die Luft. Geh schon, mein Süßer, ich ruf dich dann wieder. Der andere entfernte sich tänzelnd wie ein Torero. Ach, Carlitos, seufzte der Dichter, wie gern plaudere ich mit diesen Jüngelchen, wie gern! Sie sind so gefühlvoll! Sie fressen alles, was du ihnen sagst, und können sich für alles begeistern. Was ihnen die Fantasie vorgaukelt, das halten sie für wirklich. Dieses liebe Kerlchen hat gedacht, ich sei ein Stierkampfimpresario aus Übersee. Und ich? Ich laß mich umwerben, Carlitos, ich laß mich umwerben! Das ist nie schlecht. Hübsches Jüngelchen! So ganz anders als wir, nicht wahr, die wir alles wissen und so *blasés* sind. Und du? Wie gehts dir? Was ist das für eine unangenehme Geschichte, die du mir da am Telefon erzählt hast?

Du weißt ja, daß ich zu dieser Gruppe eine etwas ambivalente Beziehung habe, José Felipe, sagte Prullàs.

Der Dichter machte eine großherzige Handbewegung. Ich bin glücklich, dir helfen zu können, Carlitos. Dazu sind Freunde schließlich da, Sakrament! Und zum Barjungen: *Sommelier*, zwei Sherry! Dann sagte er leiser: Ich habe Montcusí in einer halben Stunde ins Central bestellt. Ich habe mir erlaubt, ihn in deinem Namen zum Mittagessen einzuladen, und er hat mit Freuden zugesagt. Das Essen in dieser Kneipe ist nicht sehr gut, aber jeden Donnerstag haben da die Ateneo-Mitglieder ihren Literatentreff, und ich dachte, da das für ihn vertrautes Terrain ist, wäre er weniger befangen.

Deine Vorkehrungen scheinen mir ausgezeichnet, José Felipe, und ich danke dir von ganzem Herzen, aber eigentlich ist es an mir, befangen zu sein, nicht an ihm, antwortete Prullàs. Dafür gibt es überhaupt keinen Grund, erwiderte Clasiciano; ob du willst oder nicht, du hast Macht, Carlitos. Deshalb trennt euch eine unüberwindbare Kluft, obwohl es zwischen euch keine persönliche Abneigung gibt. Für uns Spanier aus Übersee, die wir dieses Land und diese Kultur so lieben, ist es ein Jammer, zu sehen, in welch elende Situation man hier allein durch die Macht der Umstände geraten ist.

Das stimmt, gab Prullàs zu; vor Jahren gab es einmal eine Zeit, wo wir uns alle miteinander hätten an einen Tisch setzen und uns in die Augen sehen können. Aber die Chance wurde verpaßt, und jetzt ist es zu spät. Obwohl wir in Grundsatzfragen nicht uneins sind, haben sie mir gegenüber lauter Ressentiments und Mißtrauen.

Beurteile sie nicht so streng, Carlitos, sagte Clasiciano; denk daran, wie übel ihnen das Leben mitgespielt hat. Unversehens aus der Sicherheit ihrer Arbeit und ihres Heims gerissen, in ein Exil voller Schrecken, Not und Erniedrigung gespült, in vielen Fällen dazu gezwungen, an fremder Leute Mitleid zu apellieren, um überleben zu können, das ist grauenhaft, Sakrament! Und dann, durch dasselbe Geschick, zur Rückkehr gezwungen, um ihre Haut zu retten.

Hier belästigt sie keiner, sagte Prullàs. Natürlich, erwiderte Clasiciano, weil sie keine Gefahr mehr darstellen. Aber auch so haben sie Blick und Gedanken auf einen fernen Ort gerichtet, auf ein Vaterland, das es für sie nicht mehr gibt.

Dramatisiere nicht, José Felipe; bald wird es wieder so sein wie früher. Ein Lächeln huschte über das rätselhafte Mischlingsgesicht des Dichters. Einige leben so, stimmte er zu, in der Überzeugung, in nicht allzu ferner Zukunft werde sich alles glücklich lösen; dann, so denken sie, würden ihre einstigen Verdienste ebenso wie ihre Leiden in dieser langen Zeit der Unterdrückung und Mühsal anerkannt. Unterdessen warten sie begierig auf jede Nachricht, die ihre Erwartungen zu bestätigen scheint, glauben naiv jedem Gerücht und jeder Übertreibung, und sei sie noch so an den Haaren herbeigezogen. Andere haben sich, zumindest im Herzen, damit abgefunden, immerdar in diesem demütigenden Zustande zu leben. Aber über den einen wie den andern ist das Urteil gesprochen: Die Geschichte hat sie hinter sich zurückgelassen, daran ist nichts mehr zu ändern. Letztlich sind wir doch alle bloß Spielbälle des Schicksals, Carlitos – es gibt keinen Grund für dich, befangen zu sein. Aber werden sie mir helfen? fragte Prullàs. Das werden wir ja sehen, Sakrament, antwortete Clasiciano.

Sie bezahlten ihren Aperitif und traten auf die Straße hinaus. Auf der Fahrbahn praktizierten die Jungmatadoren Salonstierkampf.

⋆

Der Oberkellner begleitete sie zu dem Tisch, an dem sie schon Montcusí erwartete. Sind wir zu spät? stöhnte der Dichter. Nein, nein, keineswegs, erwiderte der andere; ich bin etwas früher gekommen, in der Hoffnung, Santamans anzutreffen; offenbar sucht er mich. Der Sprechende war ein großer, kräftiger Mann mit einem riesigen Schädel und harten, wie in Stein gemeißelten Zügen. Hinter seinem Rücken hieß es, sein Charakter entspreche seinem Äußeren, und man erzählte sich, einmal, in einer besonders schwierigen Zeit seines Lebens, habe er, blind vor Verzweiflung oder aus andern Gründen, mit einem Revolver auf seine Frau geschossen und sie dabei ziemlich schwer verletzt. Er hatte die ganze Welt bereist und war sehr gebildet. Besonders beschlagen war er in deutscher Philosophie, und offenbar hatte er in Freiburg Heideggers Vorlesungen besucht. Auch hieß es, vor vielen Jahren habe er ein beträchtliches Vermögen geerbt und in kurzer Zeit verpraßt. Unser Freund Prullàs, sagte der Dichter zu ihm, möchte seine Sorgen darlegen und im Rahmen des Möglichen den Berufsstand um Hilfe bitten. Es war sehr freundlich von Ihnen, unsere Einladung anzunehmen, fügte Prullàs hinzu. Die Freude ist ganz auf meiner Seite, antwortete Montcusí; wir haben uns lange nicht mehr gesehen; vielleicht, fügte er nachdenklich hinzu, seit der Premiere von *Der Ekel* nicht mehr, in der letzten Spielzeit. Entsprechend zensiert, hatte dieses Stück, das in Paris seit einiger Zeit einen triumphalen Erfolg feierte, die Genehmigung der Regierung erhalten, in Barcelona aufgeführt zu werden – von einem Amateurensemble, in einem kleinen Theater und nur an einem einzigen Abend. Prullàs hatte sich sehr gehütet, die Vorstellung, die das Publikum tief beeindruckte, zu besuchen, so daß er den andern jetzt lieber in seinem Irrtum beließ und nur eine vage Handbewegung machte.

Der Oberkellner trat an den Tisch, und dann drehte sich das Gespräch um allgemeine Themen. Montcusí, ein anregender Causeur mit einem unerschöpflichen Reservoir an sprühenden Anekdoten, erzählte, als er vor einigen Monaten auf Einladung einer Universität in New York gewesen sei, habe er an einem Bankett teilgenommen, ohne genau zu wissen, wie und warum, ohne jemanden von den Geladenen zu kennen und unter sehr nachteiligen Voraussetzungen, denn er konnte kein Wort Englisch. Wie groß sei aber seine Überraschung gewesen, erzählte er weiter, als er sich bei Tisch neben Marlene Dietrich gefunden habe, mit der er den ganzen Abend auf französisch ein angeregtes Gespräch geführt habe, in dessen Verlauf der weltberühmte Star großes Interesse an der Geschichte Kataloniens und den Besonderheiten seiner Sprache und Kultur an den Tag gelegt habe.

Eingedenk seiner Vermittlerrolle lenkte Clasiciano, noch bevor er mit dem Gemüseschinken begann, die Unterhaltung zurück auf das Thema, das sie zusammengeführt hatte. Unser Freund Prullàs hatte das Bedürfnis, mit dir zu sprechen, sagte er; aber er unterrichtet dich wohl besser selbst über den Vorfall. Prullàs räusperte sich. Eigentlich, stotterte er, handelt es sich um etwas Symbolisches. Kürzlich habe ich eine kleine Reiberei mit den Behörden gehabt, deren Folgen noch nicht abzusehen sind, und ich habe mir gedacht, wenn ich auf die moralische Unterstützung einiger angesehener Intellektueller rechnen könnte, wäre es mir vielleicht möglich, diese Behörden davon abzubringen, in bezug auf meine Person bestimmte, sozusagen gerichtliche Maßnahmen zu ergreifen. An diesem Punkt angelangt, stockte er. Was er da vorhatte, erschien ihm jetzt als krasser Fehler. Es lag auf der Hand, daß sein Gesprächspartner über Ignacio Vallsigorris Tod und Prullàs' Verwicklung in den Fall informiert war, aber die Tatsache, daß er mit Don Lorenzo Verdugones zusammenarbeitete, versetzte ihn in eine heikle Lage. In Montcusís Augen las er die Frage: Auf welcher Seite stand Prullàs?

Die Ankunft eines kleinen, zerbrechlich aussehenden Männchens mit Hasengesicht erlöste ihn aus der peinlichen Lage. Mensch, Santamans! Man hat mir gesagt, du hättest mich gesucht. Der Neuankömmling hatte Schweißperlen auf der Stirn und schien sehr erregt. *El pobre Arnalot és mort, a Mèxic!* sagte er keuchend, der arme Arnalot ist gestorben, in Mexiko! Er wollte noch etwas hinzufügen, da sah er, daß Prullàs' am Tisch saß, und sagte eilig: Oh, verzeihen Sie bitte, ich hatte Sie nicht gesehen... Macht nichts, macht nichts, antwortete Prullàs; fahren Sie bitte fort, ich verstehe Sie vollkommen. Aber der andere schwieg ängstlich. Setz dich zu uns, Santamans, sagte Montcusí, um die Situation zu entkrampfen; es ist noch nicht zu spät zum Mithalten; wie du siehst, haben wir eben erst angefangen. Ja, bitte schließen Sie sich uns an, sagte Prullàs.

Santamans bedankte sich, lehnte die Einladung aber ab. Er leide an einer seltsamen Blutkrankheit, die ihn zwinge, eine sehr strenge Diät einzuhalten, und es sei ihm nahezu absolute Ruhe verordnet. Er lebe zurückgezogen in seiner Wohnung, wo er klassische Texte übersetze, und pflege nur einmal wöchentlich auszugehen, zum Literatentreff oder ins Kino, erklärte er mit stockender Stimme. Kränke uns nicht, Santamans, drängte ihn Montcusí; setz dich, auch wenn du nichts ißt, und beteilige dich an unserer Verschwörung. Nach einer tiefen Verbeugung setzte sich Santamans auf den vierten Stuhl und bestellte ein Glas Wasser und etwas Bikarbonat. Prullàs, der ihn kaum kannte und nie mehr als zwei Sätze mit ihm gewechselt hatte, wußte nicht, was sagen. Santamans war wegen seiner unbezwingbaren Schüchternheit und Verzagtheit berühmt, nicht aber wegen fehlenden Muts; wenn er es mit einer eindeutigen Gefahr zu tun hatte, und das war während der schrecklichen Jahre mehr als einmal der Fall, konnte er zwar nicht genug jammern und wehklagen, bewies aber schließlich in seinem Verhalten eine viel größere Charakterstärke als alle, die in vergleichbaren Situationen eine kühne Pose einnahmen und auf niederträchtigste, treuloseste Weise handelten. Viele behaupteten, seine zerstörerische Krankheit habe ihre Wurzeln in seinem heimlichen Heroismus. Jetzt erschwerte seine Anwesenheit, ein lebendes Zeugnis für die Todesnachricht, deren Überbringer er war, die Kommunikation zusätzlich, und das Schweigen wurde noch gespannter. Das tut mit sehr leid wegen Arnalot, flüsterte Prullàs. Montcusí machte ein ziemlich ausdruckssloses Gesicht. Ganz offensichtlich hatte ihn der Tod des Freundes in fernen Landen sehr getroffen; aber Prullàs war klar, daß er das niemals zeigen würde, solange er dabei war. Einmal hatte er den Verstorbenen, dessen Schriften sich durch beachtliche Gelehrsamkeit und unerträgliche Schwerfälligkeit auszeichneten, mit beißenden Worten öffentlich erwähnt. Jetzt hingen diese spöttischen Bemerkungen in der schlechten Luft des Lokals. Unser Freund Prullàs befindet sich in Schwierigkeiten und bittet uns um unsere Unterstützung, sagte Montcusí.

Santamans hörte auf, in seinem Bikarbonat zu rühren, und schaute Prullàs mit gespielter Unschuld an. Natürlich, natürlich, rief er mit kaum wahrnehmbarem ironischem Unterton; wir sind immer bereit, eine Lanze für die Republik zu brechen. Für die Republik der Literatur, meine ich natürlich! Diese unangebrachte Bemerkung trug ihm einen stummen Tadel von Montcusí ein. Vor kaum einem Monat war ein anderer Teilnehmer des Ateneo-Literatentreffs, der ein satirisches Gedicht auf das angebliche Hinscheiden einer allgemein bekannten Persönlichkeit verfaßt und bei einem Abendessen in kleinem Kreis vorgelesen hatte, verhaftet und wegen Beleidigung gerichtlich verfolgt worden. Dank der Fürsprache einflußreicher Bürger wurde das Verfahren ausgesetzt, und es blieb beim Schrecken, aber der Zwischenfall zeigte, daß es selbst in so kleinen und scheinbar so solidarischen Gruppen Verräter gab. Das hatte zur Folge, daß die Diskussionsbeiträge bei den Ateneo-Treffs merklich an Biß verloren und der Umgangston nicht mehr so witzig war.

Spaß beiseite, mein lieber Prullàs, sagte Montcusí, die Sache ist zweifellos ernst, und wir würden Ihnen, was uns betrifft, gern helfen. Aber wie können wir jemandem Hilfe leisten, wo wir sie doch selbst am dringendsten brauchen? Anderseits, fügte er hinzu, wenden sich die Dinge allmählich zum Besseren; in letzter Zeit haben wir einige Genehmigungen erhalten... Was wir vorhin über den *Ekel* sagten, ist ein Beispiel dafür. Es gibt leichte Anzeichen für eine Öffnung, der Druck läßt nach, das ist immerhin etwas! Trotzdem behält man uns weiterhin genau im Auge. Unser Freund Clasiciano, der das Ganze unparteiisch sieht, wird mich korrigieren, wenn ich etwas Falsches sage.

Unparteiisch ja, aber auch mit großer Zuneigung, bestätigte der Dichter; und plötzlich sein Verhalten ändernd, fügte er hinzu: Und es ist sogar möglich, daß sich eine unbesonnene Aktion kontraproduktiv auswirkt, Sakrament.

Santamans zündete sich die Pfeife an, die er umständlich und zeremoniös gestopft hatte, und murmelte hinter dem Rauchschleier: Von unserem Kummer können Sie besser als jeder andere Zeugnis ablegen. In seiner Stimme entdeckte Prullàs eine Spur Ironie. Alle Anwesenden wußten ganz genau, daß der Dichter ein Scharwenzler war, der sich allein dank der offiziellen Institutionen frei tummeln konnte, vor denen er die kriecherischsten Liebesschwüre auf das spanische Vaterland ablegte und seine Bewunderung und Loyalität für die zum Ausdruck brachte, die sein Schicksal in der Hand hatten. Aber trotz seiner Doppelzüngigkeit wurde er in diesem und ähnlichen Zirkeln geduldet, da er einen Paß hatte, der es ihm erlaubte, ohne Einschränkungen in Europa und den Vereinigten Staaten herumzureisen, was er, immer einen Schuldenberg und unbezahlte Rechnungen zurücklassend, unermüdlich tat, und bei seinen häufigen Besuchen in der Stadt Bücher, Zeitschriften und Nachrichten von außen mitbrachte, mit denen die Ateneo-Mitglieder für den Augenblick ihren Durst nach Welt stillten.

Clasiciano bedankte sich für das Lob und rief: Es ist ein Vorrecht des Heimatlosen und Entwurzelten wie meine bescheidene Wenigkeit, getreue Verwahrer all der Drangsale und Unannehmlichkeiten zu sein, die es auf der Welt gibt. Da war ich doch also neulich in Wien, wohin mich meine rastlosen Schritte bisher noch nie geführt hatten. Nun denn, ich war vollkommen platt, als ich diese Stadt sah, die ich mir immer, nach all der Lektüre und so und so viel *musique exquise*, als den Inbegriff von Eleganz und Kultur vorgestellt hatte, und konstatierte, wie weit meine Fantasievorstellung von der nackten Wirklichkeit entfernt war. Die meisten Häuser sind nur mehr Ruinen und die Oper ein Trümmerhaufen; es gibt weder Licht noch Gas und kaum Wasser, die Lebensmittel sind knapp und selbst die allernotwendigsten Dinge nur auf dem Schwarzmarkt erhältlich, zu exorbitanten Preisen und nur mit tausend Kniffen. Die Straßen machen einem angst, besonders nach Sonnenuntergang: Banden von Gassenjungen überfallen die Passanten, ehrbare Frauen werden von einer besoffenen, außer Rand und Band geratenen Soldateska vergewaltigt und allnächtlich Leute entführt, von denen man niemals wieder etwas hört. In diesem abgerissenen, ausgeweideten Wien besuchte ich eine künstlerische Soiree, die sich im nachhinein als Touristenfalle erwies. In einem von Ratten wimmelnden Palais servierten uns Lakaien in geflickter Livree und mit Löchern in den Strümpfen einen Imbiß aus Roggenbrot, Käse und Zwiebeln. Während wir diesen unmöglichen Happen kauten, trug uns die Hausherrin einige Schubert-Lieder vor: *Auf dem Wasser zu singen* und ähnlich langweiliges Zeug. Nach dem musikalischen Zwischenspiel, als noch die letzten Klavierakkorde in dem alten Saal widerhallten, hatte die Dame doch die Stirn, uns anzuschnorren. Sie erzählte mir, ihr Mann befinde sich noch immer an einem unbekannten Ort und ihr ganzes Vermögen sei jenseits der ungarischen Grenze geblieben. Es sei eine Schande, was da vor den gleichgültigen Augen der Welt in Ungarn geschehe, sagte sie, eine Schande! Mit weinerlicher Stimme schilderte sie die von den Besatzungstruppen begangenen Greueltaten, die unvorstellbaren Übergriffe des bolschewistischen Regimes und den heldenhaften Widerstand von Kardinal Mindszenty. Tun Sie etwas, die Sie Handlungs- und Redefreiheit genießen, um Himmels willen, tun Sie etwas! flehte sie. *Et elle avait des mamelles grosses comme ça!*

Die Anwesenden quittierten diese – wahrscheinlich erfundene – Erzählung mit Gemurmel. Prullàs haßte solche Anekdoten, die nur dazu dienten, das Unglück und die Schwächen anderer zum Gegenstand der Erheiterung, wenn nicht des Spotts zu machen. So was würde ich nie tun, dachte er. Aber, fuhr Montcusí fort, wir dürfen nicht vom eigentlichen Gegenstand dieser Zusammenkunft abschweifen, das heißt, von der Bitte des Freundes Prullàs. Da gibt es nichts hinzuzufügen, sagte der Genannte; sprechen Sie mit den andern, wägen Sie sorgfältig das Für und Wider ab und handeln Sie dann entsprechend. Seien Sie versichert, daß ich Ihnen, wie auch immer Ihre endgültige Entscheidung ausfallen mag, im voraus für Ihr Interesse danke und Ihre Gefälligkeit hoffentlich eines Tages im Rahmen meiner Möglichkeiten erwidern kann. Er schickte sich an, die Runde zu verlassen.

O nein, wir sind nicht doppelzüngig! rief Montcusí und schlug mit der Faust auf den Tisch; alles, was wir zu beraten haben, können Sie hören, das ist wohl selbstverständlich! Ich wollte Sie nicht beleidigen, sagte Prullàs rasch; und er dachte: Es wird immer schlimmer. Zum Glück zog genau in diesem Augenblick eine wohlbekannte Stimme aller Aufmerksamkeit auf sich. Was für eine Überraschung! Die Herren Montcusí und Santamans mit Don Carlos Prullàs und Don José Felipe Clasiciano! Der Große Bär, der Polarstern und das Kreuz des Südens!

Poveda! rief Prullàs. Der Schwarzhändler entfaltete eine Auslese serviler Verrenkungen. Den illustren Herren stets zu Diensten! Er gab allen die Hand, außer dem Dichter, dem er sie rasch und flüchtig küßte. Diesen Augenblick werde ich immer in Erinnerung behalten, säuselte er. Dann wischte er sich mit dem Taschentuch den Schweiß von der Stirn, schaffte Platz auf dem Tisch, stellte seine dicke Mappe darauf und zog unverhohlen mehrere Stangen amerikanische Zigaretten heraus. Verschieben Sie Ihre Schachereien auf nachher und bestellen Sie sich etwas zu essen, Poveda, sagte Prullàs; ich lade Sie ein.

Der Schwarzhändler schloß die Mappe und straffte den Rücken. Nein, Don Carlos, ich möchte Sie nicht beleidigen, aber ich habe keinen Hunger, mit Verlaub. Ehrlich gesagt, ich habe schon gegessen; ich wohne bei meiner greisen Mutter, und wir essen zeitig; in dieser Hinsicht sind wir sehr, sehr gestrickt. Während er hastig diese Sätze murmelte, kassierte er die Zigaretten und verließ dann das Lokal, einen Schwall seines Parfüms zurücklassend. Wie seltsam! bemerkte Montcusí, der durch die Unterbrechung offensichtlich die Fassung wiedergewonnen hatte; Poveda bleibt doch sonst immer eine Weile, um Dummheiten zu machen und seine schlüpfrigen Reimereien vorzutragen. Irgend etwas stimmt heute nicht mit ihm. Prullàs, der begriff, daß es seine Anwesenheit war, die den Schwarzhändler in die Flucht geschlagen hatte, verfiel in tiefe Niedergeschlagenheit und beteiligte sich während des Rests der Mahlzeit nur noch höchst einsilbig am Gespräch.

9

Am nächsten Tag klingelte das Telefon, als er eben sein Frühstück beendet hatte und behaglich in die Lektüre der *Vanguardia* vertieft war. Zum zweiten Mal wurde diesen Monat in einem kleinen Örtchen in Arkansas eine fliegende Untertasse gesichtet. Diesmal bestätigten viele Zeugen und der weitherum wahrnehmbare Geruch nach Verbranntem aus den Turbinen des Raumschiffs das Ereignis. Der Staatschef wiederum war zur Erholung in den Pazo de Meirás gefahren, wo er die Zeit mit Angeln, Landschaftsmalen und Spaziergängen in Begleitung seiner Enkelin Carmencita im Park totschlug, was alles auf ziemlich verschwommenen Bildern festgehalten war. Im Prozeß gegen Alfried Krupp war die Routine durch das Erscheinen der Mutter des Angeklagten im Gerichtssaal dramatisch durchbrochen worden. Bertha Krupp war eine Dame in fortgeschrittenem Alter, aber noch rüstig und beeindruckend. Zu Beginn des Jahrhunderts war die damals noch junge Frau, nach dem tragischen Tod ihres Vaters, den eine heimtückische Pressekampagne einer unstatthaften Beziehung zu seinem Butler bezichtigt und damit in den Selbstmord getrieben hatte, an die Spitze des Familienunternehmens getreten. Wenig später taufte ihr Mann, Baron Gustav von Bohlen, der durch die Eheschließung mit Bertha die Leitung des Unternehmens und den berühmten Namen der Krupps übernommen hatte, mit dem Vornamen seiner Gattin ein fahrbares Geschütz des Kalibers 420 Millimeter, das 100 Tonnen wog, einen Meter lange und 80 Kilogramm schwere Geschosse abfeuerte und eine 200köpfige Mannschaft erforderte. Mit diesem Riesending, einer wahren Meisterleistung der Kriegstechnik, bekannt unter dem Namen ›dicke Berta‹, hatte die Armee des Kaisers im Ersten Weltkrieg von Frankreichs Küsten aus erfolgreich England bombardiert. Jetzt erschien diese berühmte Frau, deren Name für immer in den Artillerieannalen verewigt sein sollte, in ihrer doppelten Eigenschaft als Ehefrau und Mutter vor den Richtern, das Herz schmerzzerrissen, um die Ehre ihres Namens zu verteidigen und für ihren Sohn um Milde zu bitten.

Señor Prullàs? Am Apparat, wer spricht dort? Sigüenza, zu dienen; Don Lorenzo Verdugones möchte mit Ihnen sprechen. Bleiben Sie bitte dran, ich verbinde Sie mit ihm.

Prullàs wartete lange. Als er am andern Ende der Leitung endlich die Stimme des Chefbeamten vernahm, klebte ihm vor Hitze der Hörer am Ohr. Hallo, Prullàs! Wie gehts uns denn? Wie immer, Don Lorenzo, ich sitze fest. Nur den Mut nicht verlieren, mein Lieber! Denken Sie an die Fabel von Samaniego: Eine Äffin kletterte auf einen Nußbaum ... Was haben Sie denn an diesem Wochenende vor? Nichts Besonderes, antwortete Prullàs; aber ich würde gern nach Masnou fahren – wenn Sie es erlauben, natürlich. Wenn ich nicht hinfahre, wird sich meine Familie sorgen. Ich habe Ihnen nichts zu erlauben, Prullàs; Sie sind ein freier Bürger in einem freien Land und können gehen, wohin Sie wollen. Leider kann ich von mir nicht dasselbe sagen: Heute abend muß ich den Internationalen Apologetikkongreß schließen, der diese Woche anläßlich der Balmesischen Hundertjahrfeier in Vich stattgefunden hat, und morgen habe ich bei einem Wohltätigkeitsstierkampf mit Pepe Calabuch in Reus die Ehrenpräsidentschaft. Eigentlich hab ich Sie angerufen, um Ihnen vorzuschlagen, mich nach Reus zu begleiten. Zuerst würden wir Meeresfrüchte essen, und dann auf zum Stierkampf! Aber die Familie geht vor, fügte er im selben leutselig-kameradschaftlichen Ton sogleich hinzu. Gehen Sie nur nach Masnou, gehen Sie; kommen Sie wieder zu Kräften, nutzen Sie die Gelegenheit, um nachzudenken, und grüßen Sie unbedingt Ihren Schwiegervater von mir und empfehlen Sie mich untertänigst Ihrer entzückenden Frau Gemahlin. Nachdem er aufgehängt hatte, fühlte sich Prullàs wie ein Kind an einem schulfreien Tag.

Am Nachmittag rief er Mariquita Pons an. Ich gehe nach Masnou, sagte er; ich kann meine Familie nicht so lange allein lassen, und außerdem habe ich eine Erholung verdient; du stellst dir nicht vor, in welchem Durcheinander ich seit ein paar Tagen stecke mit den Ermittlungen wegen des Mordes und dem ganzen Drumherum. Ich sehe, du amüsierst dich bestens, lachte die berühmte Schauspielerin. Nicht die Spur, das ist kein Scherz, erwiderte Prullàs; wenn du mir nicht glaubst, dann frag deinen Mann, er sieht ganz schwarz. Ach, der hat wieder sein Bündel geschnürt und ist nach Madrid abgehauen, sagte sie heiter, ohne ihre Bitterkeit ganz verbergen zu können; er wird da wohl irgendeine Weibergeschichte haben. Sei doch nicht so argwöhnisch, sagte Prullàs. Ich bin nicht argwöhnisch, Carlos, sagte Mariquita Pons, sondern wütend; ihr geht alle hierhin und dorthin, erlebt Abenteuer, treibt euch mit Flittchen herum, genießt das Leben in vollen Zügen, und ich, treusorgende Gattin und arme Lohnempfängerin, die ich bin, muß den ganzen Sommer zu Hause oder in einem dunklen, ungesunden Schmierentheater sitzen, tödlich angewidert und bleicher als die heilige Theresia von Avila. Ist die heilige Theresia von Avila nie an den Strand gegangen? fragte Prullàs. Sie ist nur ein einziges Mal gegangen, und dann wurde ihr während der Levitation das Badetuch gestohlen, sagte Mariquita Pons. Wenn ich zurück bin, lade ich dich zum Abendessen und ins Kino ein, versprochen, sagte Prullàs; hast du in letzter Zeit etwas von Poveda gehört? Nein. Ich möchte ihn gern sehen und ihm einige Fragen stellen; wenn du die Gelegenheit hast, sag ihm doch, er soll mich anrufen. Keine Bange, Chef, erwiderte die berühmte Schauspielerin.

Diese Frauen! dachte Prullàs, nachdem das Gespräch zu Ende war; sind überzeugt, daß sie Opfer sind und daß uns Männern, nur weil wir Männer sind, alles leichtfällt. Schön wärs. Natürlich schäkern wir gern ab und zu mit einer Frau, wenn es sich ergibt, aber unternehmen sie selbst nicht alles, damit es so ist? Putzen sie sich nicht heraus, fasten und treiben Gymnastik und unterwerfen sich regelrechten Torturen, bloß um uns den Kopf zu verdrehen? Sonst sollen sie doch mal bei Dr. Maribel nachfragen und in diesem freiwilligen Foltergefängnis, das sie da betreibt! Und was die Sittsamkeit betrifft, so müßte man sich mal die Statistiken ansehen – wir Männer sind zwar keine Heiligen, aber sie sind auch nicht zu verachten; der einzige Unterschied besteht darin, daß sie sichs weniger anmerken lassen.

Ermutigt durch diese Überlegungen, erwog er einen Augenblick die Möglichkeit, Señorita Lilí Villalba aufzusuchen. Es war noch früh, er konnte zwei Stunden mit ihr im Hotel Gallardo verbringen und rechtzeitig zum Abendessen in Masnou sein. Aber dann erinnerte er sich daran, daß sie tagsüber in der Verpackungsabteilung einer Milchproduktefabrik arbeitete, so daß er diesen attraktiven Plan fallenlassen mußte.

Er ging hinunter und bat den Pförtner, die Scheiben seines Studebakers zu putzen, der vor dem Haus stand; dann trat er in den Zeitungsladen an der Ecke, kaufte *Triunfo* und *El Hogar y la Moda* für Martita und seine Schwiegermutter und mehrere Wundertüten für seine Jungen; in der Buchhandlung erstand er für sich selbst einen Roman von S. S. van Dine, in der Hoffnung, ihn noch nicht gelesen zu haben. Die Buchhändlerin war in die Lektüre eines Romans von Concha Linares Becerra vertieft. Wie ist er? fragte er. Nichts wert, antwortete sie bescheiden; aber gestern hab ich *Jamaica Inn* von Daphne du Maurier gelesen, und das hat mir recht gut gefallen; bringen Sie es Ihrer Gattin mit. Wie geht es Ihrem Mann? Die arme Frau zuckte die Schultern. *Malament, el fetge*, sagte sie und deutete auf die Hüfte, schlecht, die Leber. Prullàs kehrte nach Hause zurück, zog sich um, unterrichtete die Sebastiana von seiner Abfahrt und ging wieder. Bevor er in den Wagen stieg, trat ihm eine junge, grimmig aussehende Frau in den Weg: Na, Süßer, gib mir n paar Kröten, du hast ne Menge davon, und andre ham nix.

Als er abfuhr, sank die Sonne; der schwarze Rauch von Badalonas Fabriken verschmolz mit dem tiefroten Himmel und gab der Dämmerung einen unheimlichen Anstrich.

Kurz darauf, als er sich schon auf der Landstraße befand, fuhr ein überfüllter Zug an ihm vorbei; der Boden dröhnte wie bei einem Erdbeben, und die Luftverdrängung brachte seinen Wagen ins Schaukeln. Als der Zug vorbei war, vibrierten die Schienen vom Rütteln der Waggons weiter, und noch immer hörte er das durchdringende Pfeifen der Lokomotive.

Als er einige Minuten später den Hügel vor Montgat und die beißenden Schwefelausdünstungen hinter sich ließ, änderte sich das Panorama vollkommen. Im Westen zeichneten sich vor dem roten Abendhimmel die schwarzen Pinien ab, die kühle Luft trug den Geruch nach verbranntem Laub herbei, und über dem blauen Meer lag eine majestätische Ruhe. Es ist, als träte ich über die Schwelle in eine andere Welt, dachte Prullàs. Aber der Empfang, der ihm zuteil wurde, enttäuschte ihn. Für seine Familie, eingelullt vom monotonen Rhythmus der Sommertage, war die Zeit rasch vergangen. Ihm dagegen kam diese Woche wie eine Ewigkeit vor. Er hatte den Eindruck, nach einer gefährlichen Reise heimzukommen, und stellte verdrossen fest, daß niemand seine Abwesenheit bemerkt zu haben schien. Während ich nichts als Ärger hatte, hat mich hier überhaupt keiner vermißt, dachte er. Aber der Frieden dieser hermetischen Welt, in der es nur Wohlbehagen gab, hob seine Stimmung schnell; er fand die gute Laune wieder, aß mit Appetit, und nachdem seine Jungen und die Schwiegereltern zu Bett gegangen waren, schlug er Martita vor, einen Spaziergang zu machen. Bist du denn nicht müde? fragte sie; als du kamst, hast du ausgesehen wie ein geprügelter Hund.

Da hab ich noch die Schwüle von Barcelona in mir gehabt und war nervös wegen der Arbeit, sagte er; aber jetzt ist mir, als wäre mir ein Stein vom Herzen gefallen. Gehen wir ins Kasino, bei einem Spaziergang und einem Gläschen Kognak werde ich mich endgültig entspannen.

Martita stimmte ohne Begeisterung zu. Ich geh mich ein wenig zurechtmachen, sagte sie, ich sehe katastrophal aus. Offensichtlich wäre sie lieber zu Hause geblieben. Prullàs ließ sich durch diese neuerliche Zurückweisung nicht ins Bockshorn jagen; in Masnou lebte Martita in einer Welt, in der er jetzt ein Eindringling war; ohne daß das ihre eheliche Liebe beeinträchtigt hätte, bedeutete die Anwesenheit ihres Mannes eine lästige Störung in ihrem Leben; damit mußte er allmählich fertigwerden. Er lehnte sich in einem Liegestuhl zurück und atmete den Duft der Nacht ein. Durch die Blätter einer Magnolie sah er den abnehmenden Mond. Er rauchte, um sich wachzuhalten, bis Martita gekämmt, parfümiert und in einem leichten, fast ärmellosen roten Kleid zurückkam.

Er stand auf, und sie nahm seinen Arm. Ich muß vollkommen verrückt sein, mich ständig auf irgendwelche Affären einzulassen, wo ich hier doch alles habe, was ein Mann begehren kann, und mehr als das, dachte er. Sobald dieser verdammte Fall geklärt ist, schick ich das Theater zum Teufel und mache mit Martita eine Reise. Wir sind noch nie in Venedig gewesen. Im Sommer sollen die Kanäle ja teuflisch stinken, aber so schlimm wird es wohl nicht sein. Das ist es, dachte er, wir werden nach Venedig fahren; dort könnte ich mich zu einer neuen Komödie inspirieren lassen. Bei diesem ganzen Rummel hab ich seit langem keine einzige Zeile mehr geschrieben. In Venedig werde ich mir abends in einem Café oder im Hotel Notizen machen. Wenn wir dann zurück sind, schreibe ich das Stück nieder und bringe es am Karsamstag zur Premiere. Aber diesmal wird es etwas anderes, etwas Neues sein: keine komischen Verbrechen und keine Leichen, die aus Schränken fallen; keine Stotterer, Kalauer und Charakterdarsteller in Unterhosen. Eine romantische Komödie, ab und zu etwas auf die Tränendrüsen drückend, aber mit einem Happy-End. Eine schöne Liebesgeschichte! Führst du Selbstgespräche? lachte Martita. Schon möglich – hab ich was gesagt? Nein; du hast die Lippen und die Augenbrauen bewegt, als hieltest du ein tiefempfundenes Plädoyer, antwortete sie. Eigentlich hab ich an uns gedacht, sagte er, an dich und an mich und an Venedig. Und warum so leise? Ich weiß nicht; in Barcelona hab ich das Sprechen verlernt, sagte er. Wohin gehst du?

Sie waren auf die Straße hinausgetreten, und Martita zog ihren Mann am Arm in die dem Kasino entgegengesetzte Richtung. Zum Kasino, aber auf einem Umweg. Du hast doch gesagt, du hättest Lust auf einen Spaziergang, und so kommen wir unterwegs bei den Mercadals vorbei, und wenn sie noch Licht haben, können wir sie mitnehmen. Muß das sein? fragte Prullàs, den die Aussicht auf ein Wiedersehen mit Marichuli Mercadal in diesem Moment nicht beglückte. Wenns dir nichts ausmacht, sagte Martita bittend; Carlos, es geht ihr schlecht, ich weiß nicht, ob gesundheitlich, aber ihr Allgemeinzustand ist beunruhigend – sie ißt nicht, sie schläft nicht, sie ist niedergeschlagen. Ihr Mann getraut sich nicht, sie allein zu lassen.

Prullàs tippte mit dem Zeigefinger an die Schläfe. Es wird von da kommen, sagte er. Viele Krankheiten kommen von da, stimmte Martita zu, aber es sind Krankheiten wie andere auch, nur schwieriger zu heilen. Kürzlich, eines Nachmittags, fuhr sie flüsternd fort, um von den Dorffrauen nicht gehört zu werden, die, von Kopf bis Fuß in Schwarz, vor ihren Haustüren auf Rohrstühlchen frische Luft schnappten, hat Marichuli mich besucht; zwei, drei Stunden haben wir uns über Lappalien unterhalten, und auf einmal hat sie aus heiterem Himmel, entsetzlich traurig, zu weinen begonnen; es war unmöglich, sie zu beruhigen, ich mußte ihr einen Lindenblütentee und Melissengeist geben. Als sie sich beruhigt hatte, hab ich sie nach dem Grund für diese Anwandlung gefragt, und sie konnte ihn mir nicht sagen. Aber sie hat mir andeutungsweise einige Dinge aus ihrem Leben erzählt. Die Arme hat großes Pech gehabt. Nein, Pech ist nicht der richtige Ausdruck – ihr Leben ist eine echte Tragödie gewesen.

Sie waren vor dem Haus angekommen und schauten durchs Gittertor. Zuhinterst im Garten ragte der spitze Dachgiebel mit dem Blitzableiter über die Bäume in den schwarzen Himmel hinaus, aber die von der Vegetation verdeckten Fenster waren nicht zu sehen. Da sich Martita weder zum Hinein- noch zum Weggehen entschließen konnte, setzten sie sich auf den Randstein, um zu warten, ohne zu wissen, worauf. Obwohl niemand unterwegs war und nur das Grillengezirp die Stille durchdrang, berichtete Martita sehr leise, was ihre Freundin erzählt hatte. Anscheinend waren Marichuli Mercadals Eltern unter entsetzlichen Umständen gestorben; ihr Tod war ein unglückliches Ereignis gewesen, das großes Aufsehen erregt hatte. Das war vor vielen Jahren geschehen, als Marichuli noch ein ganz kleines Mädchen war. Das war verhängnisvoll für sie gewesen, nicht nur, weil sich dieses gravierende Ereignis und die plötzliche Verwaisung mit all ihren Folgen auf ihre kindliche Seele schrecklich ausgewirkt hatten, sondern auch deshalb, weil ihr damals niemand, zweifellos aus gutem Grund, enthüllen mochte, was wirklich geschehen war, so daß der Tod ihrer Eltern auf immer von einem unlösbaren Geheimnis umgeben war. Später, als sie die Wahrheit herausfinden wollte, gab es niemanden mehr, der sich mit Sicherheit an diese schon im Moment ihres Geschehens verworrenen und später durch die Zeitläufte, die Geheimhaltung und das Gerede entstellten Ereignisse erinnerte. Alle Nachforschungen, um die wirklichen Umstände des Todes der beiden herauszufinden, seien, so Marichuli Mercadal zu Martita, an Unwissen, Mitleid und übler Nachrede gescheitert. Schließlich habe sie es aufgegeben, etwas herausfinden zu wollen. Aber dieser

Verzicht schloß ein schreckliches Urteil mit ein: In Marichuli Mercadals Augen konnte der Grund, der ihre Eltern zu einem so traurigen Ende führte, niemals die Vernachlässigung rechtfertigen, deren Opfer sie gewesen war. Das einzig Gewisse und Klare sei, habe sie schließlich gedacht, daß sie sie nicht genug geliebt hätten, habe sie Martita anvertraut.

Das Pfeifen eines Zuges setzte einen klagenden Schlußpunkt unter Martitas Erzählung. Es mußte ein langer, langsamer Güterzug sein. Als wieder Ruhe über der Straße lag, schauderte Martita. Gehen wir, sagte sie und stand auf, mir ist kalt geworden, die Feuchtigkeit. Prullàs sagte nichts. Bei ihrer ersten Begegnung hatte Dr. Mercadal in etwa angedeutet, was ihm jetzt Martita erzählt hatte. Aber damals, erinnerte er sich, hatte der Arzt das Wort Selbstmord erwähnt.

⋆

Da sie kräftig ausschritten, waren sie im Nu im Kasino. Der Saal war fast leer und nur spärlich beleuchtet. Drei Männer spielten in Hemdsärmeln Billard, und an der Bartheke unterhielt sich Dr. Mercadal mit Señor Joaquín. In stillem Einvernehmen blieben Martita und Prullàs am Eingang stehen, um kehrt zu machen und wieder nach Hause zu gehen, aber Señor Joaquín erblickte sie sogleich und grüßte sie übertrieben herzlich, da er in dieser gottgesandten Erscheinung eine Chance witterte, dem Geschwätz des Arztes zu entkommen. Da sie sich entdeckt sahen, kamen sie nicht umhin, einzutreten und sich zu Dr. Mercadal zu gesellen.

Der große Chirurg hatte reichlich getrunken; seine Augen waren gerötet, und er sprach mit schlaffer Zunge und ein wenig aus dem Lot geratener Unterlippe. Prullàs erkundigte sich nach dem Ergehen seiner Frau. Martita hat mir gesagt, sie sei etwas angekriselt, sagte er. Dr. Mercadal brauchte eine Weile, um den Sinn dieses Satzes zu begreifen; dann zuckte er die Schultern. Er war schlecht rasiert, der Anzug zerknittert, und sein ganzes Aussehen zeugte von Nachlässigkeit. Die wesentlichste Eigenschaft des menschlichen Geistes, sagte er, besteht gerade in seiner dauernden Veränderung, wie ich eben zu Señor Joaquín sagte – alles verändert sich andauernd je nach Erfahrung; jede neue Erfahrung summiert sich zum Hauptganzen unserer Erfahrungen und zwingt uns, alle Elemente des Systems neu zu verteilen. Diese Neuverteilung ist, wie ich eben zu Señor Joaquín sagte, größer oder kleiner, je nach der Größe oder Wichtigkeit der neuen Erfahrung, aber jede neue Erfahrung, mag sie noch so unwichtig sein, bewirkt eine Veränderung in der Gesamtheit des Systems.

Mit einer Handbewegung gab Señor Joaquín Prullàs zu verstehen, daß er sich diese Theorie nicht zu eigen mache und folglich jede sich daraus herleitende Verantwortung ablehne.

Genauso, fuhr der große Chirurg fort, löst der Zerfall eines einzigen Atoms eine Kettenreaktion aus, eine wahre Katastrophe, eine riesige nukleare Katastrophe! Badabumm, bumm, bumm! Um dieser Behauptung kategorischen Nachdruck zu verleihen, riß er, emphatisch die Arme ausbreitend, die Ellbogen von der Theke und wäre der Länge nach hingefallen, hätte er im Sturz nicht an Martita Halt gefunden, die er um ein Haar mitgerissen hätte, wenn Prullàs sie nicht rasch gepackt hätte. Für einen Moment geriet alles in eine so chaotische Schieflage, daß die Billardspieler aufmerksam wurden. Das Klacken der Kugeln verstummte, und im Kasinosaal herrschte eine unbehagliche Stille.

Ich gehe, zischte Martita. Bei dem Körpergemenge war ein Träger ihres Kleides abgerissen. Verzeih mir, meine Hübsche, stotterte Dr. Mercadal.

Prullàs griff dem Arzt unter die Arme und brachte ihn wieder in eine stabile Position. Señor Joaquín deutete gestikulierend Machtlosigkeit an. Das ist eine Schande, Sie hätten es nicht zulassen dürfen! warf ihm Martita an den Kopf. Wegen ein paar lausigen Peseten dulden Sie in Ihrem Lokal ein so peinliches Schauspiel. Laß uns auf der Stelle gehen, Carlos. Señora, ich habe ein Geschäft und bin dazu da, den Gästen zu Diensten zu sein, antwortete Señor Joaquín.

Prullàs überlegte. Wir bringen ihn nach Hause, sagte er; so können wir ihn nicht hierlassen. Er wird schon zurechtkommen, sagte Martita; er ist erwachsen und müßte eigentlich wissen, was er tut, sonst hat er eben die Konsequenzen zu tragen. Aber wenn du mit ihm Arm in Arm gehen und *Asturias patria querida* singen willst, ist das deine Sache. Ich warte zu Hause auf dich.

Prullàs riß der Geduldsfaden. Du hältst jetzt den Mund und tust, was ich dir sage, flüsterte er, ohne die Stimme zu erheben, aber in einem Ton, der keinen Widerspruch duldete.

Wider Erwarten gelang es ihnen ziemlich mühelos, Dr. Mercadal von der Theke zu lösen und in langsame, aber stolperfreie Bewegungen zu versetzen. Unter den amüsierten Blicken der Billardspieler verließen die drei das Kasino. Ihr seid sehr gut, sagte Dr. Mercadal, meine besten Freunde, und ich hab euch beide sehr lieb! Noch nie habe ich so gute Freunde gehabt wie ihr. Während des Sprechens bemühte er sich sehr, mit festen, gemessenen Schritten zu gehen. Es ist fatal, daß sich in der wissenschaftlichen Weltanschauung die Affekte nicht einbegreifen lassen, fügte er hinzu. Das ist widerlich, rief Martita, einige Meter abrückend und zu den beiden Männern Distanz wahrend.

Als sie am Ziel anlangten, lehnte Prullàs den Arzt an die Mauer und versuchte das Gittertor zu öffnen. Zum Glück war nur ein Riegel vorgeschoben, und rasch waren Prullàs und der Betrunkene im Garten, brachten den Kiesweg hinter sich und kamen vor der Haustür an. Dort erhaschte der

Arzt wieder einen Funken Nüchternheit. Nicht klingeln, sagte er; ich hab einen Schlüssel, wir brauchen niemand zu wecken.

Geduldig wartete Prullàs, bis der andere den Schlüsselbund gefunden, den Schlüssel gewählt, ihn nach mehreren vergeblichen Versuchen ins Schlüsselloch gesteckt und die Tür aufgeschlossen hatte. Bevor er in der Schwärze des Vorraums verschwand, streckte der große Chirurg den Kopf durch die Türspalte und murmelte: Danke, Carlitos... Tut mir leid, was geschehen ist, aber offen gesagt, die Atomspaltung ist eine Niederträchtigkeit. Das hätte uns die Natur nicht antun dürfen. Dann schloß er die Tür, und das ab und zu von einem Aufprallen begleitete Tappen seiner unsicheren Schritte verlor sich im Hausinnern.

Prullàs machte sich auf den Heimweg. Bevor er in die erste Wegkrümmung einbog, wandte er sich um und schaute prüfend zum Haus zurück; als er in keinem Fenster Licht sah, setzte er seinen Weg fort. Alles, was er hatte tun können, war getan, sagte er sich. Martita erwartete ihn wütend, und er versuchte sie zu beruhigen. Er ist ein empfindsamer Mann, der mächtig unter Druck steht; du hast mir ja selbst erzählt, wie es Marichuli Mercadal geht, das muß ihn sehr mitnehmen, ganz zu schweigen von der Sache mit dem Mädchen. Und dann seine Arbeit, vergiß das nicht. Chirurg, was für ein Beruf! Jeden Tag beim Leben oder Tod eines Menschen das Zünglein an der Waage spielen ...

Laß doch den Quatsch! sagte Martita; das Benehmen dieses Kerls ist entwürdigend, und unseres dazu. Was mögen die Leute denken, die uns gesehen haben? Ist mir doch egal, antwortete Prullàs mit wachsender Verärgerung, sollen sie denken, was sie wollen! Martita begann zu weinen.

★

Am Sonntagmittag, kurz nachdem die ganze Familie von der Messe zurückgekommen war und sich anschickte, an den Strand zu gehen, erschien das Dienstmädchen der Mercadals und brachte im Namen des Arztes eine Riesenschachtel Pralinen für Martita. Diese geruhte nicht einmal, die das Geschenk begleitende Karte zu lesen; in scharfem Ton schickte sie das Mädchen mit den Pralinen wieder fort. Das Gesicht des Mädchens lief hochrot an; die Arme trug eine schwarze Uniform, deren Haube, Kragen und Manschetten gestärkt waren – eine wenig geeignete Tracht, um unter der Mittagssonne in Masnou hin und her zu laufen. Sie schien am Rande eines Zusammenbruchs.

Nachdem sie gegangen war, versuchte Prullàs zu vermitteln. Schließlich und endlich ist es nicht so schlimm, wenn ein Mann trinkt, sagte er. Ein Mann vielleicht, antwortete Martita, aber er ist Arzt und sollte ein Beispiel geben, statt sich vor einem Kellner lächerlich zu machen.

Gegen Abend erschien Marichuli Mercadal mit derselben Pralinenschachtel bei ihnen. Martita empfing sie frostig, bequemte sich aber, sich ihre Erklärungen anzuhören. Lange unterhielten sich die beiden Frauen allein im Garten unter der Magnolie. Am Ende gab Martita dem Drängen ihrer Freundin nach, nahm die Pralinen an und las die Karte. Dann begann Marichuli Mercadal wieder zu heulen, und auch Martita verzog weinerlich das Gesicht.

Scheinbar zerstreut, als ginge ihn dieses Frauengespräch nichts an, spazierte Prullàs ab und zu an ihnen vorbei. Er fürchtete, in ihrem drängenden Verlangen, dramatische Augenblicke zu erleben, könnte Marichuli Mercadal Martita ihr außereheliches Abenteuer gestehen. Mehrmals war er versucht, das Gespräch zu unterbrechen, getraute sich dann aber doch nicht – eine solche Einmischung wäre befremdlich gewesen, und zudem verriet Martitas Gesicht Verständnis, nicht Verärgerung.

Als sich Marichuli Mercadal kurz vor dem Abendessen verabschiedete, packte Prullàs die Gelegenheit beim Schopf, um hinzuzutreten. Wir haben uns an diesem Wochenende kaum gesehen, sagte er, während er sich über ihre Hand beugte, um sie zu küssen; Martita hat dich gepachtet. Oh, ihr Männer! antwortete sie leichthin und blinzelte ihrer Freundin kameradschaftlich zu; es macht euch überhaupt nichts aus, uns die ganze Woche allein zu lassen, und dann sollen wir ausschließlich für euch dasein. Wir müssen euch ertragen, wenn ihr klein seid, wenn ihr alt seid und wenn ihr krank seid; aber wenn ihr in Form seid, dann habt ihr nur noch Zeit für die Arbeit, eure Kumpane und was weiß ich.

Willst du nicht zum Essen bleiben? fragte Martita. Nein danke, ich bin schon den ganzen Nachmittag nicht zu Hause gewesen. Ich begleite dich zur Tür, sagte Prullàs. Nur bis zur Tür? lachte Martita; am ersten Tag hast du sie wie ein vollendeter Kavalier bis zu ihrem Haus begleitet, und jetzt... Ach Gott, das kommt vom vertraulichen Umgang! Marichuli hat ganz recht: Ihr Männer seid unmöglich.

Beim Gartentor blieben Prullàs und Marichuli Mercadal eine Weile schweigend stehen. Die Sonne war hinter den Hügeln untergegangen, aber der Himmel war noch blau und der Abend hell und warm. Offenbar läufts bei euch nicht sehr gut, sagte Prullàs nach einer Weile. So ist es, gab sie zu; mein Mann hat den Halt verloren, ich bin verrückt, und die Kleine, die an allem keinerlei Schuld hat, muß es ausbaden. Zum Glück habe ich Martita; mit ihr zu sprechen ist das einzige, was mich erleichtert; sie ist eine Heilige. Du hast ihr ja wohl nichts von uns erzählt, sagte Prullàs. Keine Angst, ich mag verrückt sein, aber eine Unheilstifterin bin ich nicht, das hab ich dir schon einmal gesagt, und jetzt sag ich es noch einmal. Wirst du ein paar Tage hierbleiben? Das kann ich nicht; ich fahre heute abend oder morgen früh zurück; ich werde in Barcelona gebraucht wegen der bekannten Geschichte, und überhaupt ist es besser, wenn ich gehe, meinst du nicht?

Marichuli Mercadal sah ihn an. Meinetwegen mach, was du willst, sagte sie schließlich; ich leide, wenn ich dich sehe, und ich leide, wenn ich dich nicht sehe, aber von beiden Leiden ist es das schlimmere, dich nicht zu sehen.

Sie schwieg eine Weile bedrückt, aber dann faßte sie sich wieder, hielt ihr Gesicht dicht an das Prullàs' und flüsterte ihm lebhaft zu: Etwas Merkwürdiges ist im Gange. Was meinst du damit? fragte er. Ich weiß es nicht, antwortete sie; ohne sich anzukündigen, ist am Donnerstag ein Neurologe aus Valencia bei uns aufgekreuzt, ein Freund oder Bekannter meines Mannes. Es ging um etwas Dringendes, Wichtiges. Mein Mann und er sind mit gesenkten Köpfen im Garten umherspaziert, haben getuschelt und andauernd gestikuliert. Dann ging der andere so überstürzt wieder weg, wie er gekommen war, und mein Mann blieb nachdenklich und schweigsam zurück. Später, nachdem die Angestellten ihre Zimmer aufgesucht hatten, Alicia schlafen gegangen war und er mehrere Whiskys getrunken hatte, löste sich seine Zunge ein wenig. Was er sagte, war eher geschwätzig als zusammenhängend, aber jedenfalls bekam ich mit, daß an diesem oder am Tag zuvor die Guardia Civil mehrere Jachten durchsucht hatte.

Jachten? wiederholte Prullàs. So hat es mein Säufer von Mann gesagt, bestätigte sie. Und was hat das mit meinem Fall zu tun? Ich habs dir schon am Anfang gesagt, ich weiß es nicht, flüsterte Marichuli Mercadal; vielleicht gibt es gar keinen Zusammenhang, und ich liege ganz daneben; aber bring für alle Fälle mal in Erfahrung, ob dein Toter eine Jacht hatte und was die Guardia Civil da sucht. Eine Jacht ist eine Jacht, und es würden nicht so wichtige Maßnahmen ergriffen, wenn nicht dein Don Lorenzo Lechugones sie angeordnet hätte oder sogar jemand weiter oben, schloß sie, mit dem Zeigefinger zum dunkelvioletten Abendhimmel empordeutend.

KAPITEL VI

1

Am Montag stand er spät auf, frühstückte und las in aller Ruhe die *Vanguardia.* Papierschlangen und Jazzmusik im Kielwasser, war die *Queen Mary* vom New Yorker Hafen Richtung Europa in See gestochen. An Bord befanden sich die berühmte Schauspielerin Ingrid Bergman und der international hochangesehene spanische Philosoph José Ortega y Gasset, der an mehreren amerikanischen Universitäten Vorträge über Themen seines Fachs gehalten hatte und nun in seine Heimat zurückkehrte. Der gefeierte Filmstar schwedischer Abstammung dagegen reiste nach Italien, um in einem Film des aufsehenerregenden Regisseurs Roberto Rossellini die Hauptrolle zu spielen. Sowohl der Philosoph wie die Schauspielerin wollten, je auf ihre Weise, diese Überfahrt auf einem Luxusdampfer genießen. Der Prozeß gegen Alfried Krupp war spruchreif. Am Vortag hatte die Staatsanwaltschaft ihre Schlußanträge gestellt, und die Verteidigung hatte erneut Freispruch für den Angeklagten gefordert und das Gericht, dessen Zuständigkeit sie gleichzeitig ablehnte, in einem flammenden Plädoyer daran erinnert, daß hier nicht das Kollektivverhalten einer bestimmten Gesellschaftsschicht, für die der Angeklagte zweifellos ein vollendetes Beispiel sei, verhandelt werde, sondern die Taten eines Individuums, dessen Verhalten sich in jedem Augenblick auf praktische, mit dem Gedeihen seines Unternehmens verbundene Erwägungen und die peinlich genaue Erfüllung seiner kaufmännischen Verpflichtungen gestützt habe, ohne daß er je gegen irgendeine Regel der gültigen Gesetzgebung verstoßen habe. Gewiß habe der Angeklagte, hatte die Verteidigung zugegeben, seinerzeit offenkundige Sympathien für eine politische Partei zum Ausdruck gebracht, insbesondere für die Nationalsozialistische Partei, deren Mitglied er schließlich sogar geworden sei, aber erst, nachdem die genannte Partei schon vom verfassungsmäßigen Oberhaupt der sogenannten Weimarer Republik anerkannt worden sei. Tatsächlich, hatte die Verteidigung erinnert, sei Deutschland, nachdem die NSDAP an die Macht gekommen sei, weiterhin vollberechtigtes Mitglied des Völkerbundes gewesen, und bis zum Beginn der Feindseligkeiten, im September 1939, hätten sämtliche Staaten, und insbesondere diejenigen, denen die Richter dieses Gerichts angehörten, mit dem deutschen Staat auf allen Gebieten offizielle Beziehungen unterhalten. Was hier wirklich verhandelt werde, so die Verteidigung weiter, sei also nicht ein kriminelles Verhalten, sondern die Bedeutung eines historischen Ereignisses, das a posteriori, nachdem man die Ergebnisse kenne, leicht zu beurteilen, a priori aber, vor seiner vollständigen Entwicklung, unmöglich zu beurteilen sei. Natürlich hätte der Angeklagte, hätte zu seinen Fähigkeiten die Weissagung gehört, nicht nur anders gehandelt, als er es getan habe, sondern auch mit Bestimmtheit sein außerordentliches persönliches Prestige sowie seine ungeheuren materiellen Mittel in den Dienst einer andern Sache gestellt; da er aber sowenig wie sonst jemand über prophetische Gaben verfüge, habe er, als er sich einem historischen Dilemma gegenübergesehen habe, eine zwar riskante, aber keineswegs sinnlose und nicht im geringsten kriminelle oder fahrlässige Wahl getroffen, genauso wie die überwältigende Mehrheit seiner Landsleute. Hätte Hitler sein Versprechen gehalten, nämlich einen gerechten Wohlfahrtsstaat zu schaffen, Wegbereiter und Fanal eines neuen Europas ohne überkommene Grenzen und Zwistigkeiten, so hätte Alfried Krupps Beteiligung an diesem edlen Unterfangen den einmütigen Beifall aller Völker erhalten. Da aber alles anders gekommen sei, müsse er einen ungerechten Prozeß über sich ergehen lassen, als wäre er ein gemeiner Übeltäter. Sei das Gerechtigkeit? fragte die Verteidigung, oder erlebten wir eher das willkürliche Ergebnis eines Glücksspiels von globalen Ausmaßen und für die Zukunft der Menschheit unberechenbaren Auswirkungen?

Prullàs duschte sich, rief Gaudet an und lud ihn zum Mittagessen ein. Ich würde lieber zu Hause bleiben und arbeiten, sagte der Regisseur; ich hatte vor, später auf dem Weg zum Theater etwas Kleines zu essen; wir können uns dort treffen, nach der Probe. Kommt nicht in Frage! antwortete Prullàs; ich muß dir alles erzählen, was mir in diesen letzten Tagen passiert ist, und du mußt auf deine Gesundheit achten. Ich erwarte dich um halb drei im Suizo.

Auf meine Gesundheit kann ich allein achtgeben, sagte Gaudet knapp, und was das andere betrifft, kannst du mir das nicht am Telefon erzählen?

Prullàs war etwas betreten. Ich würde es lieber von Angesicht zu Angesicht tun, aber wenn du darauf beharrst... Und dann erzählte er ihm kurz seine bis dahin geführten Gespräche.

Als er fertig war, rief der Regisseur verächtlich: Geschieht dir ganz recht, warum wendest du dich an solches Gesindel. Die Anwälte sind alle Intriganten und Bauernfänger, und was hast du von einem Pfaffen schon anderes erwartet? Willst du eigentlich nie begreifen, wie die wirklich sind, welche Bosheit sich hinter ihren guten Manieren verbirgt und was für hochtönende Phrasen sie dreschen? Oder erinnerst du dich nicht mehr an unsere Schulzeit?

Pepe, das ist hundert Jahre her, mußt du das jetzt wieder aufwärmen? sagte Prullàs. Aber Gaudet hörte ihm nicht zu. Weißt du nicht mehr, diese großen Kerle in der Schule, die mit Freuden die Schwachen und Ängstlichen verprügelten, die sich die andern mit Terror und Nötigung gefügig machten? Und meinst du etwa, die Geistlichen hätten das nicht gemerkt? Aber natürlich! Jeder hätte es gemerkt, sie zuallererst. Warum haben sie also nichts dagegen unternommen? Weil diese Grausamkeit zu ihrem Plan gehörte, die Grausamkeit war geradezu die Essenz ihrer Pädagogik: die Macht den Starken, die Justiz im Dienst der Macht – und für die Schwachen Ohnmacht und Unterwerfung. So haben sie uns erzogen, Carlos, das war die Bildung, die sie uns vermittelt haben. Und wegen dieser Bildung mußten wir Schwachen zu unserer Verteidigung, um von Tag zu Tag zu überleben, auf das Schlechteste in uns zurückgreifen: auf Schmeichelei, Verstellung, Schweigen und Niedertracht, Spaniens ewige Übel. Wer ist denn schuld an allem, Carlos? Die Pfaffen! Sie haben uns zu dem gemacht, was wir sind, und folglich haben sie aus diesem Land gemacht, was es gewesen ist, was es ist und was es bleiben wird, solange wir nicht alle Geistlichen in einen Sack stecken, diesen mit Steinen füllen und ins Meer werfen.

Pepe, ich sehe, du bist etwas erregt, sagte Prullàs, nachdem sich der andere Luft gemacht hatte; wäre es nicht besser, wir würden das alles in Ruhe besprechen, so, wie ich es vorgeschlagen habe?

Er zog sich fertig an und ging zum Friseur. Während ihm der Schuhputzer die Schuhe putzte und die Maniküre die Nägel manikürte, schnitt ihm der Friseur die Haare, rasierte ihn und applizierte ihm, bevor Prullàs es verhindern konnte, eine Chinarindenmassage. Sie alle erzählten ihm einige Witze, und dann entbrannte eine Stierkampfdebatte, an der sich auch andere Kunden beteiligten. Einige waren Anhänger von Luis Miguel Dominguín, andere von Litri, und einer meinte sogar, neben Don Juan Belmonte seien diese beiden gar nichts.

*

Gaudet stolperte ins Restaurant, entschuldigte sich für die Verspätung und setzte sich zu Prullàs an den Tisch. An den übrigen Tischen speisten mit mechanischen Bewegungen einzelne Männer, ihr Interesse zwischen dem Teller und der Zeitung aufteilend. Ich habe mir erlaubt, nicht nur meines, sondern auch dein Essen zu bestellen, sagte Prullàs, ein leichtes Sommermenü. Schon gut, sagte Gaudet, und als er wieder zu Atem gekommen war, fügte er hinzu: Du siehst blendend aus und betäubst einen ja förmlich. Ach ja, lachte Prullàs, das war der Friseur; und ein paar Tage in Masnou zu verbringen hat mir auch sehr gutgetan, nach den Unannehmlichkeiten der Woche. Dir würde etwas Ruhe auch nicht schlecht bekommen, fügte er hinzu, so, wie du dreinschaust. Gaudet gab einen Nasallaut von sich. Diese Nacht hab ich wieder kein Auge zugetan, klagte er; ich sterbe vor Müdigkeit, aber der Schlaf will sich einfach nicht einstellen. Der Apotheker hat mir ein Schlafmittel gegeben, das scheints Wunder wirkt; ich hab es ausprobiert und gräßliche Leibschmerzen davon gekriegt, aber von Schlafen keine Spur; selbst mit Schäfchenzählen hab ichs versucht, daran kannst du ermessen, wie verzweifelt ich bin. Das ist die Hitze, sagte Prullàs; sobald es etwas kühler wird, wirst du wieder himmlisch schlafen. Dein Wort in Gottes Ohr, Carlos, murmelte Gaudet.

Also, fiel ihm Prullàs ungeduldig ins Wort, über deine schlechte Gesundheit reden wir ein andermal. Jetzt geht es um etwas Dringlicheres. Die Dinge stehen schlecht für mich; wie ich dir vorhin schon sagte, fällt der Verdacht auf mich, gewisse Umstände scheinen darauf hinzudeuten, daß ich es war, und überall, wo ich Hilfe suche, schlägt man mir die Tür vor der Nase zu. Ich bezweifle schon langsam, daß ich das Ganze heil überstehe. Es bleibt uns keine andere Möglichkeit, als die Ermittlungen selbst in die Hand zu nehmen, Pepe. Wir müssen rauskriegen, wer zum Teufel Ignacio

Vallsigorri umgebracht hat. Nur so kann ich verhindern, daß ich verhaftet werde und vielleicht den Rest meines Lebens hinter Gittern verbringen muß. Paß auf, ich hab in den letzten Tagen viel nachgedacht und einen Plan gefaßt. Dir habe ich einen nicht sehr gefährlichen, aber glänzenden Part zugedacht. Erinnerst du dich noch an Franchot Tone in...?

Carlos, unterbrach Gaudet seinen Freund mit einer Handbewegung, ich muß dir etwas Wichtiges sagen. Der ernsthafte Ton und der fast verzweifelte Gesichtsausdruck des Regisseurs verwirrten Prullàs. Gaudet zögerte; offensichtlich kostete es ihn eine große Anstrengung, jede einzelne Silbe seines Gedankengangs zu formulieren. Ich wollte dir sagen, fuhr er endlich fort, daß du bei dieser Geschichte, beim Fall Ignacio Vallsigorri und allem, was damit zusammenhängt ..., nun, daß du dabei nicht auf mich rechnen darfst. Unterbrich mich nicht – zuerst werde ich reden, und dann kannst du sagen, was du willst. Nach dem Telefongespräch mit dir habe ich nachgedacht, fuhr er, auf den Tisch starrend, fort, und bin zum Schluß gekommen, daß diese ganze Angelegenheit ein Wespennest ist, und ich habe nicht vor, da hineinzustechen. Ich weiß, fügte er rasch hinzu, damit begehe ich einen unverzeihlichen Verrat, aber es bleibt mir keine andere Wahl. In letzter Instanz, fuhr er im selben Grabeston fort, als wäre in Wirklichkeit er das Opfer des Verrats, wird dir nichts geschehen, du hast gute Beziehungen, gehörst zum Kreis der Unberührbaren; sie werden dir ein wenig auf den Geist gehen und dich dann in Ruhe lassen; ich dagegen ..., du weißt, wie anfällig meine Position ist.

Während Gaudet sprach, hatte Prullàs die Tasse Gazpacho ausgelöffelt; er wischte sich mit der Serviette die Lippen ab und trank einen Schluck Wein, bevor er antwortete. Ich verstehe nichts, Pepe, ich bin bestürzt, rief er endlich; wenn du mich fragst, haben dir die Schlafmittel des Apothekers den

Darm durcheinandergebracht und das Gehirn dazu. Deine Argumentation ist wirr und dein Verhalten lächerlich. Was soll diese plötzliche Panik? Hat sich was Neues ergeben? Weißt du etwas, was du mir nicht erzählen willst? Oder hast du wieder unheilschwangere Träume gehabt? Sag mir die Wahrheit... Und iß den Gazpacho, zum Teufel! Wenn du zu deiner Schlaflosigkeit hinzu auch noch nicht ißt, wirst du bald unter dem Boden sein. Darum solltest du dich kümmern und nicht um deine nächtlichen Phantasmen.

Du willst mir nicht zuhören oder willst mich nicht verstehen, antwortete Gaudet; wenn in einer Angelegenheit wie dieser ermittelt wird, kommen Dinge wieder ans Licht, die besser unter sieben Siegeln verschlossen bleiben, das ist doch nicht so schwierig zu verstehen. Was das für Geheimnisse sind, weiß ich nicht. Ich weiß bloß, daß ich nicht in der Nähe sein möchte, wenn jemand den Deckel hebt. Deshalb bitte ich dich, mich aus allem rauszuhalten; ich will nicht wissen, was du tust, noch wohin du gehst, noch mit wem du sprichst. Nichts. Und auf den Gazpacho hab ich keinen Appetit – da sind Knoblauch, Gurke und Essig drin, allein vom Gedanken dran wird mir schlecht. Ober, nehmen Sie diese Tasse mit, und zwar gleich!

Du hast leicht reden, wo die Sache nichts mit dir zu tun hat, sagte Prullàs, nachdem der Kellner die Tassen abgetragen hatte, aber ich kann nicht einfach den Hut nehmen und verduften. Pepe, du bist mein bester Freund; neulich hast du mich selbst an die Schulzeit erinnert, als alle auf dich losgingen und ich dich verteidigt habe. Sind so viele Jahre Freundschaft nichts wert?

Der Kellner trug den ersten Gang auf. In der Stunde der Wahrheit, sagte Gaudet, versuchen alle ihre Haut zu retten, um jeden Preis, und wenn man dazu den Nachbarn erledigen muß; das Gewissen hält niemandes Hand zurück, Skrupel bestimmt nicht. Auch du? fragte Prullàs und schaute ihn unverwandt an; du bist mein bester Freund – auch du würdest dich auf meine Kosten retten? Auch du hättest keine Skrupel?

Ich, antwortete der Regisseur, während er mit der Gabel in der Blätterteigpastete stocherte, bin an Händen und Füßen gebunden. Das weißt du ganz genau, Carlos, sie haben mich in der Zange! Solange ich ein bürgerliches Publikum mit Intrigenstücken unterhalte, läßt man mich gewähren, aber weh mir, ich halte mich nicht an meine Rolle! Dann gnade mir Gott! Ich kann nichts dafür, daß man mich so auf der Pike hat. Aber, fügte er sogleich hinzu, wenn du schon unsere alte Freundschaft erwähnt hast, will ich dir was sagen: Es ist der Moment gekommen, wo sich unsere Wege trennen. Ich meine nicht, daß wir unsere Freundschaft aufgeben sollen, ich spreche nicht von der Zuneigung; ich habe dich immer gemocht und werde dich immer mögen, Carlos, womöglich mehr, als dich je einer gemocht hat; ich meine, in beruflicher Hinsicht verschiedene Wege gehen. Wir sind am Ende einer Etappe angelangt.

Während Prullàs mit Appetit die Blätterteigpastete verzehrte, ließ der Regisseur den Blick über die Decke des Lokals schweifen und sagte dann: Wir haben zusammen mit dem Theaterabenteuer begonnen, als wir noch Studenten waren, fast Kinder, wie mit einem Spiel. Es ist uns gut ergangen, und der Erfolg hat uns verblendet. Jetzt müssen wir innehalten, uns besinnen, solange noch Zeit dazu ist, und unserem Leben eine neue Richtung geben.

Ausgerechnet jetzt, wo mir die Polizei einen Mord in die Schuhe schieben will? sagte Prullàs. Gaudet lächelte. Niemand will dir irgend etwas in die Schuhe schieben, Carlos, sagte er geduldig; ich habs dir doch eben gesagt: Dir wird niemand ein Haar krümmen. Aber gerade jetzt, wo alles kopfzustehen und nichts mehr einen Sinn zu haben scheint, müssen wir uns der Veränderung stellen – bevor alles wieder seinen gewohnten Gang geht und Trägheit und Monotonie uns lähmen.

Ich weiß, worauf du hinauswillst, Pepe, rief Prullàs; du willst diesen Moment der Schwäche nutzen, um mich auf dein Gebiet zu führen. Aber mit mir kannst du nicht rechnen, Pepe. Ich will nicht wie Sartre sein – er ist klein, schielt, und seine Frau ist zum Fürchten.

Ich habe nicht erwartet, daß ich dich überzeugen kann, sagte Gaudet, aber ich mußte es wenigstens versuchen. Gerade eben, fuhr er fort, hast du die Schule erwähnt. Das hab ich nicht vergessen, Carlos; selbst wenn ich wollte, könnte ich diese schmählichen Jahre nicht vergessen. Erinnerst du dich noch, wie sie mich in der Fünften einmal zu mehreren packten und kopfüber in die Latrine stießen? Damals hast du mir gesagt: Biet ihnen die Stirn, Pepe, laß dich nicht unterkriegen. Ich begriff, daß du recht hattest und daß ich in meiner Lage letztlich nichts zu verlieren hatte, wenn ich mich auflehnte. Aber ich habe mich nicht aufgelehnt; ich konnte nicht, war gebunden wegen meiner Mutter, wegen der falschen, eitlen, eingebildeten Vorstellung meiner Mutter, die dachte, wenn sie mich auf diese verdammte Schule schickt, ist mein Leben geritzt. Nun gut, Carlos, jetzt bin ich es, der es dir sagt: Laß dich nicht unterkriegen; wirf die Fantasien ab, die auf dir lasten; niemand zwingt dich, irgendeine Erwartung zu erfüllen; wag es, das zu sein, was du sein kannst.

Komm wieder auf den Boden, Pepe, antwortete Prullàs; das ist alles bloß billige und überdies unangebrachte Psychologisiererei. Sag mir endlich, was du vorhast, und dann vergessen wir das Ganze.

Gaudet zögerte einige Sekunden. Ich hatte vorgehabt, sagte er dann betont langsam, nach der Premiere von *Arrivederci, Kleiner!*... nach Argentinien zu gehen. Dort kann man in einem offeneren Klima arbeiten, trotz allem gibts dort mehr Freiheit und ein in vieler Hinsicht dynamischeres Theaterleben. Andere haben es auch getan, und es ist ihnen gutgegangen dabei. Es wird mir nicht allzu schwerfallen, irgendwo eine Nische zu finden, da bin ich sicher. Möglicherweise erinnert sich sogar noch jemand an meine Mutter …

Deine Mutter! rief Prullàs, glaubst du wirklich, jetzt erinnert sich noch jemand an deine Mutter? Du fantasierst, Pepe. Deine Mutter war nie eine berühmte Schauspielerin; vielleicht ist sie überhaupt nie aufgetreten, hat ihren Fuß nie in ein Theater gesetzt; möglicherweise hat sie in Südamerika als Kellnerin in einem Restaurant ihren Lebensunterhalt verdient oder als Dienstmädchen in einem reichen Haus, oder vielleicht ist sie, nimm es mir nicht übel, in Havanna auf den Strich gegangen, was weiß denn ich! Was sie uns aufgetischt hat, war Schwindel, Pepe, eine unschuldige Schwindelei, aber eben doch eine Schwindelei.

Vielleicht, antwortete Gaudet; aber ihr hat diese Schwindelei etwas gebracht, und auch mir wird sie etwas bringen. Oder hast du nicht auch das Gefühl, die Welt, die wir uns zusammengeschustert haben, ist ebenfalls Schwindel? Schau, gestern abend, als ich in den Papieren meiner Mutter kramte, hab ich dieses Foto gefunden, sagte der Regisseur und zog ein altes sepiafarbenes Foto mit goldenen Rändern aus der Innentasche seines Jacketts. Er reichte es Prullàs, und etwas überrascht sah dieser das Porträt eines greisen Militärs in Galauniform mit Koppelzeug und Käppi; ein Säbel hing ihm am Gehänge, und der Waffenrock war eine einzige Sammlung von Medaillen, Kreuzen, Sternchen und andern Abzeichen, die seinen Mut bezeugten. Das ist mein Urgroßvater mütterlicherseits, erklärte Gaudet; er war Infanterieoberst, hat in der Schlacht von Tetuán unter Prim gekämpft, war mit Weyler in Kuba und mit Polavieja auf den Philippinen; zweimal hat er sich duelliert, um seine oder die Ehre einer Dame zu verteidigen, wie auch immer – jedenfalls war er ein Ehrenmann, ein Held und ein Patriot.

So überraschend, wie er zu sprechen begonnen hatte, verstummte Gaudet und schaute seinen Freund herausfordernd an. Nach einigen Sekunden reagierte Prullàs und warf das Foto auf den Tisch. Du machst mich rasend, Pepe! rief er; bis jetzt hab ich dein dummes Geschwätz hingenommen, weil ich sehe, daß du nicht ganz richtig bist im Kopf, aber das mit diesem Foto schlägt dem Faß den Boden aus. Was geht es mich an, daß dieser Hampelmann dein Urgroßvater war! Ein Foto! Wer garantiert mir denn, daß du es nicht vor kurzem an einem Stand auf dem San-Antonio-Markt gekauft hast? Und überhaupt, was haben deine Vorfahren mit alledem zu tun? Meinetwegen kannst du ebensogut ein Sohn von Gunga Din sein. Das einzige, was für mich zählt, Pepe, ist, daß du dich mir gegenüber wie ein Feigling benimmst.

Als er einsah, daß seine Bemühungen fruchtlos waren, hob Gaudet die Arme und ließ sie dann verzweifelt fallen. Du hast mich nicht verstanden, Carlos, rief er. Was ich dir zeigen wollte, ist, daß es früher sehr viel einfacher war, ein Held zu sein. Er stand auf und verließ das Lokal, ohne auch nur das Foto seines Vorfahren wieder an sich zu nehmen. Prullàs zuckte die Achseln, stotterte etwas vor sich hin, steckte das Foto ein und bestellte beim Kellner mit gekünstelter Gleichgültigkeit das Hauptgericht. Aber Gaudets unerwartetes Verhalten, sein Abspringen in dieser schwierigen Lage, hatte ihn in Verwirrung und Mutlosigkeit gestürzt. Lustlos verzehrte er das Kalbsfilet und zum Schluß das Vanilleeis und machte sich verärgert und schwermütig auf den Heimweg.

2

Da, für Sie, Bonifaci; auf dem Weg hierher bin ich in zwei Blechwarenhandlungen gegangen, und keine hatte Kerzenhalter – offenbar ist die Nachfrage wegen all diesen Stromausfällen sehr groß. Schließlich hab ich diese Blendlaterne gekauft; ich denke, gegebenenfalls wird sie genauso ihre Dienste tun. Der Pförtner packte die Laterne aus und bewunderte sie. Das hätten Sie nicht tun sollen, Don Carlos, sie ist wundervoll, aber sie hat bestimmt eine schöne Stange Geld gekostet. Ein wenig teuer ist sie schon, wie alle Importware, sagte Prullàs mit gespieltem Ernst, aber ihre Sicherheit und Leistungsfähigkeit ist die Ausgabe wert. Das kann man wohl sagen! pflichtete Bonifaci bei; und die Laterne in die Tasche seines Staubmantels steckend, fügte er hinzu: Ich werde sie nur in wirklichen Notfällen benutzen.

Bevor sie zum Bühnenraum kamen, blieb der Pförtner stehen und hielt den andern am Ärmel zurück: Doña Mariquita hat eine Nachricht für Sie hinterlassen und mich gebeten, sie Ihnen zu geben, sobald ich Sie sähe, aber über der Laterne hab ichs glatt vergessen. Bei diesen Worten überreichte er Prullàs einen zusammengefalteten Zettel. Prullàs entfaltete ihn und las: ›Muß heute unbedingt mit Dir sprechen. Komm nach der Probe in meine Garderobe und schau, daß Dich niemand sieht, vor allem nicht Gaudet.‹ Die Nachricht war nicht unterzeichnet, aber mühelos erkannte Prullàs die Handschrift der berühmten Schauspielerin. Er gab Bonifaci ein zustimmendes Handzeichen, und da dessen Aufgabe erfüllt war, ließ er Prullàs' Ärmel los, verbeugte sich feierlich und ging durch den dunklen Gang wieder hinaus.

ENRIQUE: Cecilia, dein Benehmen kommt mir höchst merkwürdig vor. Ich sags dir zum letzten Mal: Laß mich sehen, was in diesem Schrank ist.

CECILIA *(Stellt sich vor den Schrank)*: Hör endlich auf, Enrique, ich hab gesagt nein, und nein ist nein. Du darfst nicht sehen, was in diesem Schrank ist.

ENRIQUE: Und warum nicht?

CECILIA: Weil es... Familiengeheimnisse sind!

ENRIQUE: Das ist mir egal. Ich bin dein Verlobter, Cecilia, aber mehr noch als dein Verlobter bin ich Polizeiinspektor, und ich werde herauskriegen, was in diesem verdammten Schrank ist, und wenn ich dazu meine Dienstwaffe brauchen muß.

(ENRIQUE *geht entschlossen auf den Schrank zu, aber bevor er die Tür öffnen kann, fällt ihm* CECILIA *in den Arm.*)

CECILIA: Enrique, Liebster, hör mir zu. Was du siehst, wenn du diesen Schrank aufmachst, wird dich sicher überraschen. Es war Julios Schuld, aber ich bin seine Komplizin, das kann ich nicht bestreiten. Wir alle sind es. Es ist eine Familienangelegenheit, und du ..., nun, du gehörst beinahe zur Familie. Versuch das doch zu begreifen! Wir waren an einem Punkt angelangt, wo es nicht mehr weiterging... Die Gläubiger, die Schulden, die Schande, die Langustenschwänze... Stell dir vor... Das schien uns der einzige Ausweg, wenn vielleicht auch nicht der rühmlichste. Enrique, mein Täubchen, ich bitte dich, hab Verständnis!

(ENRIQUE *zögert, als er diese Bitte hört, aber schließlich ist sein Pflichtgefühl stärker, er greift zur Pistole und reißt den Schrank auf.*)

ENRIQUE: Heiliger Strohsack, was sehen meine Augen!

CECILIA *(Hält sich die Hände vors Gesicht)*: Vergib uns, Enrique! Ich habs nicht gewollt!

(Aus dem Schrank treten sehr erschrocken LUISITO *und das* KAMMERMÄDCHEN *in Unterwäsche und mit erhobenen Händen.)*

LUISITO: Nicht schischi ..., schischi ..., schischießen ...

Gaudet hob den Arm und rief: Das reicht für heute, danke! Als die Scheinwerfer ausgingen und das Ensemble sich auf der Vorbühne versammelte, um sich die Bemerkungen des Regisseurs anzuhören, überquerte Prullàs, der sich in den Kulissen verborgen gehalten hatte, hinter dem Prospekt die Bühne und versteckte sich wieder in dem dunklen Gang, der zu den Garderoben führte. Dort sah er zwischen ausgebleichten, staubigen Versatzstücken aus alten Aufführungen sämtliche Ensemblemitglieder müde und schweigend vorbeiziehen. Niemand bemerkte ihn. Wie ein Geächteter muß ich mich vor meinen eigenen Leuten verstecken, dachte er. Der Verdruß verstärkte sich noch, als er Señorita Lilí Villalba erblickte; nicht das Geringste von seiner Anwesenheit ahnend, knöpfte sie sich das Kleid zu, das sie ausgezogen hatte, um die Schrankszene zu spielen. Obwohl der dabei getragene Unterrock, dem geltenden Moralkodex entsprechend, eher wie ein Bäuerinnenrock als ein Dessous aussah und überdies auf Erheiterung abzielte, hatte ihn der Anblick verwirrt. Unaufhörlich verspürte er den Wunsch, wieder mit ihr allein zu sein, aber dringlichere Angelegenheiten erforderten im Moment seine Aufmerksamkeit. Sowohl zu ihrem wie zu meinem Besten muß ich um jeden Preis vermeiden, daß uns jemand miteinander in Verbindung bringt, dachte er; aber sobald dieser Alptraum zu Ende ist, fahr ich ein paar Tage mit ihr nach Palma de Mallorca, und dann kanns losgehen.

Nachdem die Mitglieder des Ensembles in ihren Garderoben verschwunden und die Bühnenarbeiter abgezogen waren, verließ er seinen Schlupfwinkel, ging zu Mariquita Pons' Garderobe und klopfte leise an. Wer ist da? fragte sie; und nachdem er geantwortet hatte, sagte sie: Komm herein und schließ die Tür.

Die berühmte Schauspielerin zog sich hinter einem Wandschirm aus. Prullàs rückte einen Stuhl an den Frisiertisch und setzte sich. Kurz darauf kam sie in einem seidenspitzenbesetzten Organdifrisiermantel hinter dem Wandschirm hervor. Ohne Prullàs zu beachten, setzte sie sich vor den Frisiertischspiegel, öffnete ein Porzellantöpfchen und begann sich das Gesicht mit einer dicken weißen Creme einzuschmieren. Bonifaci hat mir deine Nachricht gegeben, und da bin ich.

Bonifaci ist eine Perle, sagte Mariquita Pons und salbte sich mit bedächtigen Bewegungen fertig ein. Ich hab dich gebeten, ungesehen zu kommen, weil es mir lieber ist, wenn das, worüber wir sprechen werden, unter uns bleibt. Worum gehts denn? fragte Prullàs. Um Gaudet. Ich würde mich lieber über etwas anderes unterhalten, sagte er.

Die berühmte Schauspielerin drehte ihren Schemel um hundertachtzig Grad und näherte Prullàs ein statuenhaftes Gesicht, in dem nur die unruhigen Augen zu leben schienen. Zünd mir eine Zigarette an, sagte sie. Ihr Mund war ein waagerechter Schnitt im unteren Teil der Maske. Prullàs steckte eine Zigarette in die Perlmutterspitze, drückte sie in diesen Schlitz und gab ihr Feuer. Ich weiß, daß ihr gestern im Suizo ein schmerzliches Gespräch hattet, fuhr sie fort. Angesichts seines mürrischen Schweigens sandte sie einen Rauchpfeil zur Decke empor und fügte hinzu: Vorgestern abend ist die Polizei bei ihm aufgekreuzt und hat ihn geholt. Er war schon im Bett; er hat sich nicht einmal anziehen dürfen – im Pyjama und mit Püffen haben sie ihn in die Vía Layetana gebracht und dort über zwei Stunden verhört, nicht schlimm, aber ohne um den heißen Brei herumzureden. Dann haben sie ihn wieder entlassen. Er mußte ein ganzes Stück im Pyjama gehen, bis sich ein Taxifahrer herbeiließ, ihn in diesem Aufzug mitzunehmen. Zu Hause angekommen, hat er den Pförtner geweckt und ihn um Geld fürs Taxi gebeten. Er hatte auch keine Wohnungsschlüssel mit, aber zum Glück besaß der Pförtner Nachschlüssel.

Hätte er mir dieses Abenteuer nicht selbst erzählen können, statt mir das Foto eines wurmstichigen Raufbolds zu zeigen? rief Prullàs.

Mariquita Pons näherte ihr versteinertes Gesicht demjenigen Prullàs' noch mehr und starrte ihn mit runden Schlangenaugen an. Er hat dir nichts gesagt, weil er dich nicht beunruhigen wollte; er hat Angst, um sich und um dich; er hat das Gefühl, Unheil braut sich über dir zusammen. Ich habe es ihm auszureden versucht, aber umsonst. Weil er dauernd an dich denkt, ißt er nicht und trinkt er nicht – du weißt ja, wie sehr er dich mag. Erzähl mir von diesem Verhör, sagte Prullàs.

Mariquita Pons wandte sich wieder ab und begann, sich mit einem Handtuch die Gesichtscreme abzuwischen. Es ist nichts weiter geschehen, antwortete sie gleichgültig, als interessiere sie diese Geschichte auf einmal nicht mehr. Ich habs dir ja schon gesagt; sie haben ihm tausend Fragen über dich gestellt, über deine Gewohnheiten, Freunde, Liebhabereien, Laster ..., solche Dinge. Natürlich hat er den Unwissenden gespielt und ausweichend geantwortet.

Kommt auf eins heraus, sagte Prullàs, alles, was er ihnen berichten konnte, wissen sie bestimmt schon. Das einzige, was zählt, ist der Grund für diese Komödie. Sie wollen mir angst machen, aber warum? Mariquita Pons zuckte die Schultern. Ich danke dir trotzdem für die Information, sagte er; und übergangslos fragte er: Warum schminkst du dich eigentlich für eine schlichte Probe so sehr?

Traurig lächelte Mariquita Pons ihrem Spiegelbild zu. Mein lieber Carlitos, antwortete sie, würde ich mich in meinem Alter nicht schminken, so sähe ich aus wie eine Maronenverkäuferin; deshalb schminke ich mich, ziehe diese Klamotten an und verbringe das halbe Leben beim Friseur. Und ich tu es auch, damit sich dein lieber Freund Gaudet eine ungefähre Vorstellung machen kann, wie ich bei der

Premiere aussehen werde; schließlich und endlich bin ich immer noch die Hauptdarstellerin des Stücks.

Noch? fragte er, was meinst du damit? Hast du ein besseres Angebot bekommen? Nein, und ich erwarte auch keins, erwiderte sie, aber in dieser Welt ist nichts gewiß; Gaudet könnte den Bettel hinschmeißen und du im Gefängnis landen. Du wirst mit jedem Tag sympathischer, Quiqui, sagte Prullàs; in meinem nächsten Stück werde ich dich schielend und mit Schnurrbart auftreten lassen, dann brauchst du kein Make-up mehr.

3

Besorgt wegen des immer undurchsichtigeren Verlaufs der Ereignisse, aber erleichtert, nachdem ihm Mariquita Pons die wirklichen Gründe für Gaudets Abtrünnigkeit enthüllt hatte, ging Prullàs nach Hause, um sich von den Strapazen des Tages zu erholen. Im halbdunklen Hausflur trat ihm unerwartet der Koloß entgegen, mit dem er in der vorletzten Nacht bei Señorita Lilí Villalba beinahe handgemein geworden wäre und von dem er nur wußte, daß er ein ungeschlachter, streitsüchtiger, versoffener Kerl und allem Anschein nach der Vater des Gegenstandes seiner glühenden Wünsche war. Diese letzte Eigenschaft genügte aber nicht, um ihm Sympathie oder Vertrauen einzuflößen. Was haben Sie hier zu suchen, fragte er ihn knapp, und wer hat Ihnen meine Adresse gegeben?

Der Koloß trug eine grobe Kordhose und ein schmutziges Hemd, aus dessen geplatzten Nähten seine affenartige Behaarung quoll. Niemand hat sie mir gegeben, da können Sie unbesorgt sein, antwortete er; und erst recht nicht die Kleine, von der dürfen Sie nix Schlechtes denken, die ist sehr vorsichtig bei diesen Sachen, sehr vorsichtig. Und ich, fügte er mit einem weinseligen Seufzer hinzu, tja, wie soll ich sagen, ich bin gekommen, um Ihnen meine Aufwartung zu machen und damit Sie mir verzeihen, daß ich mir neulich etwas zuviel rausgenommen hab. Sehr gut, sagte Prullàs, das haben Sie ja nun getan, und jetzt können Sie wieder gehen; und ich verlasse mich darauf, daß Sie mein Haus zum letzten Mal betreten haben. Der Koloß brauchte einen Moment, um seine Selbstsicherheit wiederzufinden. Regen Sie sich nicht auf, verdammt noch mal, ich hab Sie doch gar nicht beleidigt, sagte er gekränkt.

Mein Herr, fiel ihm Prullàs mit fester Stimme ins Wort, daß ich mit Ihrer Tochter verkehre, und zwar aus rein beruflichen und keinen andern Gründen, berechtigt Sie zu gar nichts. Zu gar nichts! Haben Sie das verstanden? Und was Señorita Lilí Villalba betrifft, sie weiß, wo und wann ich zu finden bin, wenn sie über irgend etwas mit mir sprechen will, was ihre Arbeit betrifft. Das heißt, falls Sie es noch nicht begriffen haben, daß Sie hier nichts verloren haben; also verschwinden Sie jetzt auf der Stelle, bevor ich die Polizei rufe.

Aber Señor Pruyà, sagte Villalba, ohne sich durch diese Drohung einschüchtern zu lassen, haben Sie doch Verständigung für mich, ich hab nun mal keine Manieren und weiß nicht, wie ich mich bei feinen Leuten wie Sie benehmen soll; schauen Sie, bevor ich gekommen bin, war ich so nervös und verängstigt, daß ich in die Kneipe bin und ein Gläschen gekippt hab, um mir Mut zu machen; ein Gläschen oder vielleicht auch drei, so genau weiß ich das nicht mehr; wie Sie sehen, kenn ich meine Fehler. Aber meine besten Absichten waren umsonst, verdammte Scheiße. Also nur zu, rufen Sie die Polizei, rufen Sie sie, ich habs verdient; schließlich macht mir die Polizei nicht viel aus, wir sind alte Freunde. Ich hab keinen Vater und keinen Lehrer gehabt, nicht mal nen verdammten Pfaffen, der mir den Kantechismus beigebracht hätte, aber immer war ein Bulle da, der auf mich aufgepaßt hat, ohne daß ich ihn drum hab bitten müssen. Eben erst heute wieder sind wir den ganzen Tag auf dem Prädisium gesessen, die Kleine und meine Wenigkeit, ohne was ausgefressen zu haben. Die haben uns so lange dabehalten, daß die Kleine um ein Haar die Probe verpaßt hätt, das arme Dingchen, das hätte sie am meisten geschmerzt – nicht, was sie zu hören gekriegt hat, und auch nicht, wie sie sie geschlagen haben, und alles bloß, um Sie zu schützen; die Kleine hat ein Herz wie Gold. Und die ganze Zeit sagt sie: Ach Gott, ich verpaß noch die Probe! Ach Gott, ich verpaß noch die Probe! Da können Sie sehen, wieviel ihr an der Sache liegt. Die Polizei hat Sie beide verhört? sagte Prullàs, nachdem der Koloß seinen aufgeplusterten Bericht beendet hatte. Verhört? lachte dieser, das Hirn haben sie uns umgestülpt, als wärs so ein Scheißüberzieher!

Unruhig schaute sich Prullàs um. Zum Glück hatte der Pförtner um diese Zeit schon Feierabend, und kein Nachbar kam vorbei. Gehen wir in die Wohnung hinauf, sagte er; dort können wir uns ruhiger unterhalten. Aber bemühen Sie sich, leise zu sprechen und ohne Zoten; hier wohnen nur anständige Leute. Das sieht man, wenn man das Etablissemang bloß ankuckt, bestätigte der andere und warf einen abschätzenden Blick auf die vergoldeten Wandleuchten und den Mahagonitisch des Pförtners.

Als sie im Empfangszimmer waren, wies Prullàs seinem Begleiter einen Chorstuhl an. Villalba war klar, daß er einen noch intimeren Bereich nicht würde betreten dürfen, und er setzte sich, nachdem er ausgiebig den Raum begutachtet und zum Zeichen des Respekts gegen jede Ecke hin eine Art Verbeugung gemacht hatte. Prullàs beobachtete diese Hanswurstiade mit einer Mischung aus Widerwillen, Unruhe und Neugier. Erzählen Sie mir von diesem Verhör, sagte er, nachdem der Koloß die Zeremonie beendet hatte.

Nun, Sie können sichs ja etwa vorstellen, antwortete der andere, am frühen Morgen haben sie uns sozusagen aus dem Bett gekippt und also dorthin gebracht, das ist sich unsereins ja gewohnt, nicht wahr, ohne uns ne Erklärung abzugeben oder unsere beruflichen Verpflichtungen zu berücksichtigen; mir hat das ja nix ausgemacht, weil ich bin zur Zeit sozusagen aus dem Amte ausgeschieden, aber der Kleinen haben sie echt einen Streich gespielt, sie hat nicht zu ihrer Arbeit gehen können, die sie da bei den Verpackungen hat, nicht mal anrufen haben sie sie lassen, die Scheißtypen, und wehe, wenn du was sagst! Einmal, nicht wahr, da hab ich mir nen Film mit Hömfery Bockart angekuckt, wo sie nen Kerl verhaftet haben, und da sagt dieser Typ: Ich werd nur in Gegenwart meines Anwalts sprechen! Aber hier bei uns würde man besser sagen: Ich werd nur in Gegenwart meines Zahnarzts sprechen, denn wenn du hier den starken Mann spielen willst, kriegste schon bei der ersten Watsche das ganze Gebiß in den Latz reingeknallt. Da können Sie sehn, obs Schicksal ist, ein Yankee im Film zu sein oder ein armer Teufel in diesem Land Gottes und der Heiligen Jungfrau Maria. Mutlos schüttelte der Koloß den Kopf, als hätte er eben das Scheitern eines ganzen, dem Fortschritt der Menschheit geweihten Lebens beschrieben. Aber ich verlier mich ins Restlose, dabei wollen Sie bloß wissen, was die uns gefragt haben. Also, in zwei Worten gesagt: Die Kleine haben sie gefragt, ob sie nen gewissen Peliforri kennt, und sie, ja; ob sie der Besagte aufs Kreuz gelegt hat, und sie, ab und zu, bei ganz bestimmten Gelegenheiten und nur, um sich für die Liebenswürdigkeiten unkenntlich zu zeigen; ob Sie sie auch aufs Kreuz gelegt haben, und sie, denkste (da haben sie ihr die Faust in die Visage geschlagen und sie beschimpft, aber sie hat keinen Piep gesagt); ob sie Sie irgendwann mal zusammen gesehen hat, Sie und Peliforri, und sie, nein; ob ihr Peliforri von Ihnen was gesagt hat, ob Sie ihr von Peliforri was gesagt haben, und so die ganze Zeit. Und auch, ob sie in der Nacht des Verbrechens bei Ihnen war, und sie, auch das nicht.

Prullàs versuchte die Bedeutung dieses Berichts abzuschätzen. Und was haben sie inzwischen Sie gefragt? Mich? Nix, was wollten sie mich schon fragen, wo ich doch mit alldem nix zu schaffen hab? Ich weiß nicht mal, warum ich überhaupt hab mit müssen ..., außer um zu sehen, was die Kleine erzählt.

Prullàs bemerkte ein arglistiges Aufblitzen in den Augen des Kolosses; es lag auf der Hand, daß Don Lorenzo Verdugones, indem er Villalba senior in die Geschichte verwikkelte, eine bestimmte Absicht verfolgte und daß dieser den Winkelzug mitbekommen hatte. Also schön, sagte er so gleichgültig wie möglich, ich danke Ihnen für diese Zusammenfassung der Ereignisse, aber ich sage Ihnen noch einmal, daß ich weder mit diesem Fall noch mit Ihrer Tochter etwas zu tun habe und mit Ihnen schon gar nicht. Und jetzt, wenn das alles ist, bitte ich Sie, zu gehen und künftig davon abzusehen, sich hier, im Theater, auf der Straße oder sonstwo und sonstwie mit mir in Verbindung zu setzen. Guten Abend.

Der Koloß stand schwerfällig von seinem Stuhl auf und wankte einen Moment, ehe er in seinen unförmigen, aufgerissenen Riesenschuhen Tritt fassen konnte. Ich geh schon, sagte er resigniert; ich seh ja, daß meine Anwesenheit in diesem Haus nicht erwünscht ist. Und denken Sie nicht, ich versteh Sie nicht; die Anwesenheit eines Individiums wie ich in so ner Gegend ist bestimmt ein Skandal. Und Sie wollen keinen Skandal, nicht wahr, Señor Pruyà? Was mich betrifft, da können Sie sich vorstellen, daß ich mir den Skandal in den Arsch steck. Ich bin ein wandelnder Skandal, seit man mich auf diese Welt geworfen hat; aber Sie müssen auf Ihren Ruf achten, wegen sich und Ihrer Frau Gattin und Ihren beiden Söhnchen und Ihrem Herrn Schwiegerpapa, der ein steinreicher Typ ist und in der ganzen Gesellschaft hochgeächtet. Und damit nicht genug, müssen Sie jetzt auch noch auf den Ruf dieser, wie ich annehm, vornehmen rothaarigen Lady achten, mit der Sie doch am Freitagnachmittag im Hotel Gallardo waren.

Nach diesen Worten begann der Koloß gleichgültig die Deckenleisten zu studieren und leise zu pfeifen. Also gut, sagte Prullàs und versuchte, seine Empörung zu beherrschen. Was wollen Sie?

Ich? Nix, gar nix! antwortete der andere. Das würde noch fehlen! Hier sind wir doch alle Kumpels! Ich bin nur gekommen, um Ihnen zu sagen, daß Sie sich wegen Ihren Geheimnissen keine Haare wachsen lassen müssen, daß die bei mir so gut aufgehoben sind wie in den Geldschränken der Nationalbank. Jaja, und was kostet die Schrankmiete? fragte Prullàs. Ganz wenig, Señor Pruyà, ganz wenig – was Ihnen beliebt. Und wenn ich Ihnen keinen Céntimo gebe, was werden Sie dann tun?

Der Koloß lächelte nachsichtig. Weiß ich nicht, gab er zu, über diese Möglichkeit hab ich noch gar nicht nachgedacht; und lassen Sie mich nicht nachdenken, das liegt mir nicht, gottverdammte Scheiße. Könnt ich über solche Dinge nachdenken, würd ich zum Rundfunk gehen und sämtliche Wettbewerbe gewinnen. Na, kommen Sie schon, Señor Pruyà, machen Sies mir nicht so schwer. Ich will mich doch bloß nützlich machen, ich bin kein Petzer, ganz im Gegenteil; wenn ich bloß dran denk, daß Ihre Frau Gattin oder Ihr Herr Schwiegerpapa oder der Herr Gatte der rothaarigen Lady, nur mal angenommen, wegen so ner Lappalie auf Sie böse werden könnte, da schauderts mich schon. Bei der bloßen Vorstellung schauderts mich schon, Señor Pruyà! Sie haben keine Beweise, sagte Prullàs; Ihre Drohungen sind bloße Angeberei.

Wieder lächelte der Koloß offen. Sie gefallen mir, Teufel

noch mal, Sie gefallen mir ganz verdammt gut – Sie haben, was man haben muß, und das ist was wert, verflucht. Und genaugenommen haben Sie vielleicht recht: Ich hab keine Beweise und keine Fotos und keine Zeugen, gar nix, bloß mein Wort, und das ist keinen Rülpser wert. Aber wenn ich hingeh und sag: Ich bin ein Erpresser und ein elender Kerl, aber ich hab um die und die Zeit den X mit der Y in dem und dem Hotel gesehen, und dann sagen Sie: Nein, nein, das erfindet der Kerl alles – wem werden die Leute wohl glauben? Besser gar nicht erst ausprobieren, nicht wahr? Die Leute sind sehr übelwollend, vor allem die anständigen, die haben nämlich nix Besseres zu tun.

Diesmal war es Prullàs, der lächelte, wenn auch gegen seinen Willen. Und Señorita Lilí Villalba? fragte er nach einer Pause; jetzt, da Señor Ignacio Vallsigorri tot ist, hat sie nur noch mich, der sie beschützt und ihr hilft. Wenn mir was zustößt, wenn ein Skandal meinen Ruf ruiniert, was wird dann aus ihrer Theaterkarriere?

Der Koloß bewegte seinen Kopf hin und her wie ein Leitochse. Nix, sagte er schließlich, seine Überlegungen resümierend; so was würden Sie der Kleinen nicht antun; Ihnen gefällt die Kleine, das können Sie nicht abstreiten, das hab ich schon Ihren Äuglein angesehen, wie Sie neulich nachts zu mir gekommen sind; bei uns Armen sind die Wände dünner als Zigarettenpapier, da hört man alles, sogar wie der Nachbar schnauft, vom Getuschel und andern Gestöhn gar nicht zu schweigen. Also, halten wir die Kleine aus dieser Sache raus, Señor Pruyà, und kommen wir auf den Punkt, und das ist eine sogenannte freundschaftliche Herabmachung. Sie weiß gar nix, nicht mal, daß ich hergekommen bin; die würde sich was schämen, wenn sies wissen tät, sie ist nämlich sehr romantisch, die Kleine, wie alle in dem Alter, und sie ist ganz schön verknallt in Sie. Es würde ihr einen Riesenkummer machen, wenn sie das mit der rothaarigen

Lady erfährt; besser, sie weiß nix davon, Sie sagen ihr nix und ich auch nicht. Was *Sie* machen, ist mir schnurz, da brauch ich Ihnen nix sagen und nix vorwerfen. An Ihrer Stelle würd ich genau dasselbe machen, vor allem mit der rothaarigen Lady, die ist ein ganz süßer Käfer. Aber weil die süßen Käfer nicht für unsereins sind, muß ich meinen Reibach sozusagen andersrum machen. Und dasselbe für die Kleine, die so ein niedliches Dingchen geworden ist, verdammich, daß sich sogar mir, der ich sie doch großgezogen hab, der Schwengel wie ein Revolverabzug spannt, wenn ich ihr Ärschchen und die Äpfelchen seh. Sie sind ein Schwein! brüllte Prullàs.

Der Koloß brach in lautes Gelächter aus. Das ist ja vielleicht komisch! sagte er und tätschelte sich den Unterleib. Sie haben ne junge reiche Frau, bescheißen sie mit der rothaarigen Lady, bürsten meine Tochter, und ich soll ein Schuft sein. In welcher Schule haben sie denn den Kantechismus gelehrt, Señor Pruyà?

Schon gut, stellen Sie sich nicht so an, sagte Prullàs, alarmiert durch dieses Geschrei. Ich stell mich gar nicht an, Scheiße, Sie stellen mich hin! Was glauben Sie eigentlich? Wir sind bloß da, damit Sie auf uns rumtrampeln können? Daß Ihnen alles, was Ihnen grad so in den Sinn kommt, auch umsonst in den Schoß fällt? Klar, wozu ist die Tochter eines armen Teufels denn sonst da, wenn nicht, damit sich die feinen Herren mit ihr amüsieren können, nicht wahr? Aber damit ist nix, gottverdammte Scheiße, hier unten sind wir alle gleich! Wenn ich mir aufm Markt ein Kilo Kartoffeln kauf, muß ich auch bezahlen, was sie kosten, nicht? Also, wenn dem Herrn dieses Kartöffelchen gefällt, dann bezahlen Sie gefälligst dafür und halten Sie den Mund. Und wenn Sie nicht bezahlen wollen, dann baden Sie eben den Skandal aus. Unsre Lage ist ein viel größerer Skandal, und keiner rührt einen Finger, um was dran zu ändern. Achte sind wir zu Hause, alle in ein fensterloses Kabuff gepfercht, wie Ratten, krank, ohne was zu futtern, ohne Zigaretten, ohne Zaster, ohne nix. Und dazu, daß wir am Rand dieser Gesellschaft leben, sollen wir auch noch anständig sein? Gottverdammte Scheiße, an allem, was wir sind, ist bloß die Gesellschaft schuld. Und das sag ich Ihnen hier und jetzt, und wenn sie mir zwanzig Jahre aufbrummen – aber einem Mann kann man alles nehmen, bloß nicht das Recht, zu sagen, was Sache ist. Nieder mit dem Regime, es lebe die Revolution! Schweigen Sie, brüllte Prullàs; das hat mir grade noch gefehlt.

Der Koloß beruhigte sich, und im Empfangszimmer herrschte gespanntes Schweigen. Wieviel? fragte Prullàs. Tausend Duros, antwortete der andere. Sie sind wohl nicht bei Trost! rief Prullàs. Der Koloß wollte etwas antworten, als das Klingeln des Telefons sie unterbrach. Wer kann das um diese Zeit sein? dachte Prullàs.

Auf der andern Seite des dicken Vorhangs waren eilige Schritte zu hören – die Sebastiana ging ans Telefon. Laß nur, Sebastiana, ich nehms im Arbeitszimmer! sagte Prullàs. Dann zeigte er auf den Chorstuhl: Sie bleiben ruhig hier sitzen und machen keinen Mucks.

Er lief ins Arbeitszimmer, schloß Schiebetür und Riegel und nahm den Hörer ab. Ja bitte? Señor Prullàs? fragte eine weibliche Stimme. Am Apparat, wer spricht dort? Ich bin Dr. Maribel, sagte die Stimme, ich weiß nicht, ob Sie sich noch an mich erinnern – wir haben uns gestern vormittag im Kosmetikinstitut kennengelernt.

Ich erinnere mich ganz genau an Sie, sagte Prullàs, und außerdem hab ich erfahren, daß Sie eine Rundfunkberühmtheit sind. Am andern Ende der Leitung vernahm er einen leichten Seufzer des Zweifels. Hören Sie nicht darauf, sagte sie, und entschuldigen Sie, daß ich Sie zu dieser unpassenden Stunde anrufe. Das ist es überhaupt nicht, erwiderte Prullàs; ich war gerade dabei, einen lästigen Besucher zu verabschieden. Womit kann ich Ihnen dienen?

Wieder trat eine Pause ein; dann sagte Dr. Maribel mit fester Stimme: Vor einem Weilchen hat man mir die Ergebnisse der Laboranalyse gebracht. Morgen früh werd ich sie der Polizei zustellen ..., aber mir ist eingefallen, daß Sie vielleicht daran interessiert sind, sie vorher zu erfahren. Interessiert? Ich? Ja, natürlich, antwortete Prullàs, etwas erstaunt über das ungewöhnliche Angebot. Dann holen Sie mich doch in einer halben Stunde vor dem Institut ab, wenn Sie nichts anderes vorhaben. Ich werde Sie erwarten.

Er hängte ein, schob die Tür des Arbeitszimmers auf und rief laut nach der Sebastiana. Als sie japsend erschien, als hätte sie eben eine große Entfernung zurückgelegt, trug er ihr auf, unverzüglich sein weißes Jackett zu bügeln. Um diese Zeit wollen Sie ausgehen? brummte sie. Was geht das dich an? Tu, was ich dir sage, und schweig – Reden ist Silber, und Schweigen ist Gold. Eben, antwortete die Sebastiana; aber wenn Sie gehen, dann nehmen Sie diesen Bettler mit, der im Empfangszimmer sitzt. Was die sich herausnimmt, dachte Prullàs.

Er trat auf den Balkon hinaus, zündete sich eine Zigarette an, rauchte und schaute dabei zu den Sternen hinauf. Dann ging er wieder hinein, drückte die Zigarette im Aschenbecher aus, öffnete das Tresorfach, entnahm ihm ein Bündel Geldscheine, steckte es in die Tasche und ging ins Empfangszimmer.

Sie sind lange weggeblieben, murrte der Koloß; das Warten schien seine Kühnheit etwas gedämpft zu haben.

Natürlich, dazu bin ich ja in meinen vier Wänden, antwortete Prullàs verächtlich; außerdem hab ich jetzt etwas zu erledigen, so daß wir unser Geschäft rasch hinter uns bringen wollen, und zwar folgendermaßen: Den Betrag, den Sie verlangen, werde ich Ihnen nicht geben, aus mehreren Gründen – erstens, weil ich nicht soviel da habe und in kurzer Zeit auch nicht bekommen kann, ohne Argwohn zu erwecken;

zweitens, weil Sie, gäbe ich Ihnen soviel, das Geld, statt es klug zu verwalten, für Wein, Frauen und andern Blödsinn verjubeln und nach ein paar Tagen noch mehr verlangen würden; drittens, und das ist der wichtigste Grund, weil ich keine Lust habe. Statt dessen werde ich Ihnen monatlich dreihundert Peseten geben, wie ein Gehalt. Jeden Monat sechzig Duros. Aber lassen Sie sich nicht täuschen, mit diesem Geld kaufe ich nicht Ihr Schweigen, ich kaufe Sie. Von jetzt an arbeiten Sie für mich; es ist keine anstrengende Arbeit, Sie werden fast nichts zu tun haben, aber ab und zu werde ich Sie um eine Gefälligkeit bitten, und die werden Sie rasch erledigen müssen. Ja oder nein?

Während der Koloß, eine meditative Haltung imitierend, eifrig die Spitze seiner Kartoffelnase betrachtete, zog Prullàs die Geldscheine aus der Tasche und begann sie langsam zu zählen. Der Anblick des Geldes brach den letzten Widerstand von Villalba senior; er zuckte die Schultern und rief: Das ist reine Verpressung, was Sie da mit mir machen, aber der Arme hat ja keine Wahl; her mit den Lappen!

Sie haben sich weise entschieden, sagte Prullàs und reichte ihm ein paar Geldscheine. In einem Monat werde ich Ihnen wieder soviel geben, aber kommen Sie nicht hierher, um es zu holen; von jetzt an dürfen Sie mich nie mehr und unter keinen Umständen hier aufsuchen, das ist entscheidend. Ich werde Ihnen Ihre Bezüge jeden Monat durch einen Boten nach Hause schicken.

Der Koloß räusperte sich. Neben meinem Haus gibts ne Kneipe, die heißt Onkel Ciruelos Kneipe; da bin ich jeden Tag zu finden. Wenns Ihnen recht ist, dann schicken Sie mir die Kröten lieber dorthin; hat nix zu bedeuten, aber wenn die Familie den Zaster entdeckt ..., Sie verstehen schon.

Wie Sie wollen, stimmte Prullàs zu; und wenn ich Ihre Dienste brauche, werde ich persönlich mit Ihnen Verbindung aufnehmen. In der übrigen Zeit wärs mir lieb, Ihre schmutzige Visage nicht sehen zu müssen. Und denken Sie dran: Wenn Sie die kleinste Indiskretion begehen oder mich zu betrügen versuchen, wenn mir irgend etwas Schlimmes zustößt, egal was, dann ists aus mit dem Zuschuß, und die Kleine wird in ihrem Leben nie wieder eine Bühne betreten. Ist das klar?

Der Koloß grunzte ein paar Mal zustimmend, während er die Geldscheine zählte und sie einen nach dem andern in der Hosentasche versenkte; die letzten beiden faltete er mehrfach zusammen und versteckte sie in den Socken. Sie und ich, sagte Prullàs, bevor er ihn im Treppenhaus verschwinden sah, kennen uns nicht, verstanden? Wir haben uns nie gesehen.

4

Als er neben dem Gehsteig anhielt, sah er Dr. Maribels schlanke Gestalt hinter der Glastür des Kosmetikinstituts stehen. Der Aufseher zog seine Mütze und hielt ihr die Tür auf, während Prullàs ausstieg, um den Wagen herumging und ihr den Schlag öffnete. Hoffentlich habe ich Sie nicht warten lassen, sagte er.

Nein, nein, antwortete Dr. Maribel, nahm Platz und strich sich das schlichte blau-weiße Sommerkleid mit den großen Taschen glatt, das jetzt den weißen Kittel ersetzte; ich bin eben erst heruntergekommen. Mit dem Institut und der Rundfunksprechstunde finden meine Arbeitstage kaum ein Ende – ich könnte einen Tag mit dem nächsten verbinden, ohne zu schlafen und zu essen. Sie sprach hastig und warf nach allen Seiten flüchtige Blicke, als fürchtete sie, bei einer tadelnswerten Handlung ertappt zu werden.

Prullàs ließ den Motor an. Ihren Worten entnehme ich, daß Sie noch nicht zu Abend gegessen haben, sagte er. Machen Sie sich deswegen keine Sorgen, antwortete sie; ich esse jeweils vor dem Zubettgehen etwas Obst. Ich habe auch noch nicht gegessen, sagte Prullàs, weshalb ich Sie nötigen werde, Ihre Kost zu ändern, wenn Sie nichts dagegen haben. Durchaus nicht, erwiderte sie; bringen Sie mich, wohin Sie wollen.

*

Der Garten des Restaurants La Rosaleda war von Hunderten Glühbirnen erleuchtet, die sich von Baum zu Baum spannten. Zuhinterst im Garten, auf einem Podium unter einer Laube, die mit einer Girlande roter und gelber Lämpchen geschmückt war, interpretierten ein Acht-Mann-Orchester in geblümten Hemden und eine Sängerin einen Foxtrott. Zwischen den schachbrettartig versetzten Tischen wiegte sich eilig der Oberkellner herbei. Nachdem er mehrmals das Rückgrat gebeugt und sich dafür entschuldigt hatte, daß er sie nicht näher beim Orchester plazieren könne, führte er sie ans Ende des Gartens, wo einige Kellner emsig einen im Fluge herangetragenen Tisch deckten. Der die Mauer überwuchernde Jasmin duftete intensiv. Heute abend, sagte der Oberkellner, haben wir gar nicht genug Tische. Schon gut, das ist eine wunderbare Ecke, sagte Prullàs und ließ diskret einen Geldschein in die Hand des Oberkellners gleiten; hier werden wir uns sehr wohl fühlen.

Ach, sagte Dr. Maribel, als sich die Kellner entfernten und sie sich an den Tisch setzten, wenn ich gewußt hätte, daß wir hierherkommen, hätte ich mich anders angezogen. Machen Sie sich keine Gedanken, sagte er, dieses Kleid ist sehr schön und steht Ihnen vorzüglich. Danke; sind Sie Stammgast hier? Wie ich sehe, behandelt man Sie sehr zuvorkommend. Ich komme hin und wieder, sagte Prullàs; an Sommerabenden gefällt es mir hier besser als im Tanzzelt des Cortijo. Ich hoffe, Ihnen sagt es ebenfalls zu. O ja, und wie, antwortete sie lebhaft; es ist ein wunderschöner Ort; ich habe zwar schon davon gehört, aber bis jetzt bin ich noch nie dagewesen... Verdient man soviel mit Stückeschreiben? Prullàs lächelte über die impulsive Frage. Nein, antwortete er, keineswegs; meine Frau ist reich, ich nicht. Dr. Maribel errötete. Entschuldigen Sie, murmelte sie, ich habe Ihnen eine sehr indiskrete Frage gestellt. Überhaupt nicht, sagte er; Ihre Offenheit gefällt mir. Sie können mich fragen, was Sie wollen, wenn ich dafür auch Sie fragen darf, was mich an Ihnen interessiert. An mir? rief sie leise.

Der Oberkellner trat herzu, um sich zu erkundigen, ob sie essen wollten; der vorgerückten Stunde wegen würde die Küche gleich schließen. Prullàs warf einen Blick auf die Speisekarte. Haben Sie Lust auf etwas Bestimmtes? fragte er. Nein, wählen Sie, antwortete sie. Prullàs bestellte Spargelsalat und Seezunge in Weißweinsoße. Es wird noch ein Weilchen dauern, bis man uns das Essen bringt, sagte er, wollen wir tanzen? Ich habe seit Jahren nicht mehr getanzt, sagte sie; ich weiß nicht, ob ichs noch kann. Das verlernt man nicht, haben Sie nicht Lust? Doch, aber ich habe das Gefühl, alle schauen uns zu, flüsterte sie. Das ist normal, hierher kommen die Leute, um zu sehen und gesehen zu werden; daran ist nichts Verwerfliches; sagen Sie mir nicht, daß Sie das Gerede erschreckt.

Sie traten auf die Tanzfläche. Anfänglich tanzte Dr. Maribel sehr steif, mit gesenktem Kopf und starren Armen; die eigene Unsicherheit ließ sie stolpern, und dauernd kam sie aus dem Takt. Dann beruhigte sie sich allmählich, ihre Bewegungen wurden spontaner und die Glieder geschmeidiger. Sehen Sie, wie gut Sie tanzen? sagte Prullàs.

Sie hob den Kopf, lächelte und senkte ihn wieder. Alle Frauen sind so gut angezogen, sagte sie leise. Reden Sie keinen Unsinn – Sie leiten ein florierendes Unternehmen, haben ein sehr populäres Rundfunkprogramm und sind zudem eine überaus attraktive Frau; alle diese hochgestochenen, eingebildeten Frauen würden auf der Stelle vergehen, wenn sie sich von der berühmten Dr. Maribel beobachtet wüßten, und trotzdem benehmen Sie sich wie ein Schulmädchen. Was macht Sie so befangen? Spotten Sie nicht über mich, Señor Prullàs. Ich spotte nicht, ich bin bloß verwirrt; außerhalb des Instituts sind Sie ganz anders; gestern in Ihrem Büro haben Sie mir fast angst gemacht. Das muß am Ort gelegen haben, lachte sie, oder am weißen Kittel. Oder an Ihrem Verhalten, vermutete Prullàs. An meinem Verhalten? Sagen Sie mir nicht, als Ärztin sei ich ein Feldwebel. Ein Feldwebel nicht; eher eine dieser kühlen, abweisenden Professorinnen aus den Science-fiction-Filmen, die immer in ihr Mikroskop starren, bis sie plötzlich von einem schleimigen Marsmenschen angegriffen werden und merken, wie belanglos ihre Bemühungen sind. Jedenfalls, fügte er wieder ernst hinzu, sehen Sie außerhalb Ihres Büros besser aus. Da kann kein großer Unterschied bestehen, sagte sie; drinnen und draußen bin ich, wie ich bin – ich unterziehe mich keiner der Behandlungen, die ich empfehle, und befolge auch keinen meiner Ratschläge; erzählen Sie das aber niemandem.

Das Stück war zu Ende, und die Tanzenden blieben stehen und applaudierten halbherzig. Wollen wir an den Tisch zurückgehen? fragte Prullàs. Ich möchte noch einen Tanz machen, erwiderte sie überraschend, und als sie Prullàs' neugierigen Blick auffing, sagte sie: Seit Jahrhunderten bin ich in diesem verflixten Institut wie eingemauert.

Sie tanzten schweigend, und als sie an den Tisch zurückkehrten, war der erste Gang schon aufgetragen. In einem Zinnkühler mit Eiswürfeln stand eine Flasche Champagner, die der Oberkellner mit fröhlichem Knall entkorkte; er hüllte die Flasche in eine weiße Serviette, schenkte ein und stellte sie in den Kühler zurück. Ich habe gar nicht gehört, daß Sie Champagner bestellt haben, sagte Dr. Maribel. Ich hab ihn auch nicht bestellt; der Oberkellner hat Sie gesehen und den richtigen Schluß gezogen. Wieder errötete Dr. Maribel. Aber ich kann nicht zulassen, daß Sie meinetwegen solche Auslagen haben, protestierte sie. Machen Sie sich keine Gedanken, erwiderte er, wie ich Ihnen schon sagte, bin ich gutsituiert, und letztlich ist es ja meine Sache. Sind Sie derart sparsam? Gezwungenermaßen, antwortete sie einsilbig; ich verdiene zwar ziemlich gut, habe aber sehr viele Auslagen. Sie trank einen Schluck Champagner, lehnte sich im Stuhl zurück, schloß die Augen und ließ sich von Wohlbehagen durchströmen.

Nach einer Weile öffnete sie die Augen wieder, beugte sich vor, warf ihrem Begleiter einen entschlossenen Blick zu und sagte: Es ist besser, ich erzähle Ihnen alles. Mein Mann ist seit neun Jahren in der Strafanstalt Burgos; ich weiß nicht, wann er herauskommt, ich weiß nicht einmal, ob er überhaupt je wieder herauskommt. Damit er nicht hungern und frieren muß und ein Minimum an Pflege bekommt, muß ich dauernd Kleider, Nahrungsmittel und Geld hinschicken. Auch bemühe ich mich in Madrid durch Anwälte und einflußreiche Leute um eine Wiederaufnahme seines Falls; all das kostet mich ein Vermögen; daher meine Abneigung gegen Geldverschwendung. Aber das ist weder ein Vorwurf noch ein Urteil darüber, wie Sie Ihr Geld ausgeben, ganz im Gegenteil – ich danke Ihnen sehr für Ihre Liebenswürdigkeit und Großzügigkeit.

Sie verstummte so plötzlich, wie sie zu sprechen begonnen hatte, und schaute Prullàs fest an, um herauszufinden, welche Wirkung ihre Enthüllung auf ihn ausübe. Essen Sie, sagte er; wenn Sie nicht anfangen, kann ich auch nicht anfangen, und ich sterbe vor Hunger.

Dr. Maribel spießte ein Salatblättchen auf und führte es zerstreut zum Mund, während ihre Augen feucht wurden.

Prullàs langte unzimperlich zu. Warum haben Sie sich auf weibliche Schönheit spezialisiert? fragte er nach einer Weile, um das Gespräch in eine weniger schmerzliche Richtung zu lenken; ist das ein Zweig der Medizin wie Kardiologie oder Kinderheilkunde?

Dr. Maribel rieb sich die Augen und lächelte. Nein, sagte sie, das ist es nicht, und ich bin nicht einmal Ärztin; eigentlich führe ich diesen Titel zu Unrecht. Ich werde Ihnen ein großes Geheimnis verraten, wenn Sie mir versprechen, es für sich zu behalten: Ich habe Veterinärmedizin studiert; ich mag Tiere sehr gern und habe als kleines Mädchen davon geträumt, einen Bauernhof zu haben. Dann hab ich geheiratet und das Studium aufgegeben. Die Familie meines Mannes besaß eine Apotheke, und dort habe ich eine Stelle angenommen. Nach einigen Jahren gab mein Schwiegervater die Apotheke ab, als er älter wurde und seinen Sohn für verloren geben mußte, dem er das Geschäft hatte vermachen wollen. Mit diesem Geld habe ich das Institut eröffnet. Wie Sie sehen, lebe auch ich von fremdem Geld.

Das ist nicht dasselbe, antwortete Prullàs, Sie arbeiten, und ich bin ein Leichtfuß. Aber erzählen Sie weiter, wie Sie zu Ihrem Erfolg gekommen sind; ich hab Ihnen schon gesagt, daß Sie eine sehr attraktive Frau sind, und nun erweisen Sie sich auch noch als eine sehr interessante Frau. Danke, sagte sie mit erneutem Erröten, als habe diese Schmeichelei sie stärker berührt als das Kompliment für ihre körperlichen Reize, eigentlich habe ich den Erfolg mehr dem Glück als meinen eigenen Verdiensten zu verdanken. Es stimmt schon, fügte sie hinzu, die weibliche Schönheit ist beinahe ein Zweig der Medizin – sie ist etwas Schwieriges und sehr Heikles; als ich mich ohne die erforderlichen Kenntnisse auf dieses Gebiet begab, habe ich sehr fahrlässig gehandelt; aber die Vorsehung hat sich meiner erbarmt und mir Dr. Schumann geschickt; im Grunde genommen leitet er das Institut, ich trage nur die Verantwortung dafür. Er ist ein außergewöhnlicher Mann, ein wahrer Born des Wissens, ein unermüdlicher Forscher und Arbeiter; und überdies trägt er ein Monokel. Dr. Schumann? Und mit einem Monokel? lachte Prullàs, wo hat er denn das her? Aus einem Film mit Erich von Stroheim? Oder ist er ein Naziflüchtling? Nein, um Himmels willen, er ist Jude, antwortete Dr. Maribel, und ohne daß sich Prullàs dazu äußerte, fügte sie fast herausfordernd hinzu: Haben Sie etwas gegen die Juden? Nein, antwortete Prullàs, und gegen die Nazis auch nicht. Entwaffnet von dieser Antwort, gab sie ihre kämpferische Haltung auf. Der Kellner trug die leeren Teller ab, schenkte Champagner nach und servierte die Seezunge.

Ist Ihnen eigentlich alles egal, Señor Prullàs? fragte Dr. Maribel, als sie wieder allein waren. In gewisser Weise ja, antwortete er, nachdem er die Seezunge probiert, sich die Lippen abgewischt und einen Schluck Champagner getrunken hatte; aber nicht so, wie Sie denken. Schauen Sie, ich weiß, daß es jetzt in allen zivilisierten Ländern Mode ist, über die Nazis herzuziehen. Natürlich, wenn das, was von ihnen erzählt wird, stimmt, haben sie entsetzliche, unentschuldbare Dinge getan. Aber sie haben sie nicht getan, weil sie Nazis, sondern weil sie Bestien waren. Das hab ich gemeint: Ich bin gegen die Ungeheuerlichkeiten, die sie begangen haben, aber nicht gegen die Nazis. Ich bin auch nicht gegen die Christen, obwohl ich weiß, daß sie seinerzeit Tausende arme Teufel auf dem Scheiterhaufen verbrannt haben, die sie der Hexerei und anderer genauso unwahrscheinlicher Verbrechen bezichtigten. Ja wenn die Inquisition damals über die heutigen technischen Errungenschaften verfügt hätte, hätte sie ebenso viele Leute umgebracht wie offenbar die Nazis. Die Menschen sind relativ gut; die Völker dagegen sind gewalttätig und blutrünstig, ausnahmslos alle. Um ihren kriminellen Impulsen freien Lauf lassen zu können und gleichzeitig ihr Gewissen zu beruhigen, nehmen sie Zuflucht zu einer hochtrabenden Ideologie, zu einem vulgären, unglaubwürdigen Alibi, das sie mit Reden, Hymnen und Fahnen ausschmücken. Das ist nun einmal so. Dummheit und Brutalität gehören zur menschlichen Natur, und als das akzeptiere ich sie. Schließlich habe nicht ich die menschliche Natur erfunden. Ich verabscheue einfach die Theorien. Die Menschen interessieren mich, die Theorien hingegen scheinen mir alle austauschbar. Ist es eine große Sünde, so zu denken? Und wenn ja, wer ist befugt, mich zu verurteilen oder freizusprechen?

In Dr. Maribels Augen blitzte es neugierig auf. Ich weiß nicht, ob Sie sich über mich lustig machen, Señor Prullàs, sagte sie schließlich; Sie sind ein Fachmann in Sachen Parodie und geistreicher Rede, aber ich nehme die Dinge lieber ernst, und deshalb wage ich es, Ihnen zu sagen, was ich denke: Ihre Einstellung erschiene mir überhaupt nicht verwerflich, wäre sie realistisch; aber in der Welt, in der wir leben, werden Sie sie nicht beibehalten können. Niemand kann sein Leben lang leben, ohne Farbe zu bekennen, nicht einmal Sie. Ich sage nicht, daß man Sie mit Gewalt zwingen wird, sich zu ändern, aber man wird Ihnen die Dinge so darlegen, daß Sie sich selbst gezwungen sehen werden, zwischen der einen oder der andern Ideologie zu wählen. Sie irren sich, wenn Sie glauben, nur ein Individuum zu sein; niemand ist das. Wir sind nur das, was wir verkörpern, was die Vergangenheit aus uns gemacht hat. Ob wir wollen oder nicht, wir sind Erben des Hasses und des Unrechts, Erben einer Geschichte, die nicht wir gemacht haben, deren Früchte wir aber trotzdem zu pflücken haben. Sie machte eine Pause, atmete tief den Jasminduft ein und lächelte. Verzeihen Sie, sagte sie, aber es ist einfach über mich gekommen; ich trinke sonst nie Champagner. Seien Sie unbesorgt, erwiderte Prullàs, Sie haben nichts Albernes gesagt; aber glauben Sie wirklich, man kann nicht leben, ohne sich irgendeiner Ideologie zu verschreiben, selbst wenn man an keine glaubt? Ja, Señor Prullàs, das glaube ich, sagte sie. Und die Ihre verbietet Ihnen, mich Carlos zu nennen? fragte er. Nein, aber meine Erfahrung rät mir davon ab, antwortete sie.

Der Kellner trug die leeren Teller ab, und der Oberkellner erschien, um zu fragen, ob die Herrschaften eine Nachspeise wünschten. Prullàs bestellte Eis und Dr. Maribel eine Scheibe Ananas mit Schlagsahne. Führen Sie mich bitte noch mal zum Tanz, bis man uns den Nachtisch bringt, sagte sie anschließend; es gehört sich zwar nicht, daß ich Sie darum bitte, aber ich vergehe vor Lust zu tanzen. Und als sie auf der Tanzfläche standen, fügte sie zusammenhanglos wie in einem heimlichen Selbstgespräch hinzu: Man kann nicht ewig mit offenen Wunden leben. Nach einer Pause fragte sie: Glauben Sie, ich mache etwas falsch? Ich weiß nicht, sagte Prullàs, ich habe keine Sprechstunde. Ich finde alles gut, was Sie machen, aber ich bin ein miserabler Richter, wie ich schon habe feststellen können. Meine Sprechstunde ist kein Gericht, erwiderte sie; und ich richte die Leute auch nicht, die mich um Rat fragen, ich versuche nur, sie zu verstehen. Das ist dasselbe, erwiderte Prullàs; verstehen und richten, wo liegt der Unterschied? Und in verändertem Ton fragte er: Wie sind Sie auf die Idee mit der Rundfunksprechstunde gekommen?

Das hat mir der Sender vorgeschlagen. Man hat jemand gesucht, um einer ähnlichen Sendung einer andern Radiostation Konkurrenz zu machen, und irgendwie ist mein Name gefallen. Jetzt laufen beide Sendungen friedlich nebeneinander, meine wird am Vormittag ausgestrahlt und die andere abends um sieben. Natürlich hab ich wegen des Geldes zugesagt, aber ich muß beifügen, daß ich mittlerweile ziemlich stolz bin auf meine Arbeit. Ich sage das ohne

Prahlerei und falsche Bescheidenheit. Ich glaube, mit meinen Ratschlägen habe ich zwar niemandem zum Glück verholfen, wohl aber meiner Zuhörerschaft einiges Unglück erspart. Oft ist es mir gelungen, geringfügige Probleme zu lösen, die zu schrecklichen Unannehmlichkeiten hätten führen können. Einmal hat mir eine Hörerin geschrieben und erzählt, dank meinen Tricks, wie man eine Béchamelsoße ohne Klümpchen machen kann, hätte ich eine regelrechte Ehekrise aufs erfreulichste behoben; das Rezept, schrieb sie, habe eine Ehe gerettet, die beinahe in die Brüche gegangen wäre. Ich sehe, Sie schauen mich skeptisch an. Glauben Sie mir nicht?

Nein, sagte Prullàs; ich glaube weder Ihnen noch dieser dankbaren Hörerin. Leider sind die Dinge komplizierter, als Sie sie darstellen. Nicht einmal ein so oberflächlicher Mensch wie ich würde seine Seelenlage von einer Soße abhängig machen. Eine schlecht gebundene Soße würde ich dazu nutzen, meiner Unzufriedenheit und meiner schlechten Laune Luft zu machen, aber wenn es jemandem gelänge, den Fehler zu beheben, würde ich einen andern, ebenso belanglosen Vorwand suchen. Auf die Dauer wäre das Ergebnis dasselbe. Wenn Ihnen, wie Sie vor einigen Augenblicken gesagt haben, meine Einstellung oberflächlich erscheint, erscheint mir jetzt Ihre oberflächlich und selbstgefällig. Entschuldigen Sie meine Taktlosigkeit, aber ich halte Sie für zu intelligent, um in solche Fallen zu gehen. Die Rechtfertigung mit dem Geld war weniger schön, aber ehrlicher.

Dr. Maribel barg das Gesicht an der Schulter ihres Partners. Zuerst befürchtete Prullàs, sie mit seiner Schroffheit verletzt zu haben, aber da in dieser Geste keine Abweisung zu liegen schien, beschloß er, schweigend weiterzutanzen.

Nach einer Weile schmiegte sich Dr. Maribel plötzlich enger an ihn, hob den Kopf und flüsterte ihm ins Ohr: Haben Sie wirklich diesen Ignacio Vallsigorri umgebracht?

Diese Frage verschlug ihm die Sprache. Sie lachte auf. Haben Sie den eigentlichen Zweck unseres Rendezvous vergessen? Die Wendung, die wir ihm gegeben haben, hat mir mehr behagt, sagte Prullàs; Sie sind sehr rachsüchtig. Ich habe nie gesagt, ich sei eine Heilige, und Sie haben meine Frage nicht beantwortet. Ich habe sie nicht ernst genommen, sagte er; Sie wären nicht fähig, mit einem Mörder zu tanzen. Vielleicht nicht und vielleicht doch. Wissen Sie, wer meine Lieblingsschauspieler sind? Basil Rathbone und Dan Duryea. Dr. Maribel, sagte Prullàs, es geht um meine Freiheit, meine Ehre, um die Möglichkeit weiterzuarbeiten, vielleicht gar um mein Leben und auch um das Wohlbefinden oder den Untergang meiner Familie und anderer Leute, die mehr oder weniger stark von mir abhängig sind; ich mag nicht glauben, daß Sie in einer so schmerzlichen Lage bloß einen Stimulus für Ihre Fantasien und also einen reinen Zeitvertreib sehen; behandeln Sie etwa so Ihre armen Zuhörerinnen? Dr. Maribel machte sich brüsk los, amüsiert und etwas beschämt. Gehen wir an den Tisch zurück und schließen wir Frieden, sagte sie. Im Nu hatte sie ihre Unbefangenheit wiedergefunden, war wieder die praktische, unabhängige Frau; doch der geheime, durch die Macht der Musik, des Champagners und des Blumendufts zwischen ihnen geschlossene Pakt war gebrochen.

Wie dem auch sei, was ich glaube, spielt keine große Rolle, begann Dr. Maribel, nachdem sie sich gesetzt hatten; ich habe keinen Einfluß. Don Lorenzo Verdugones hingegen hat enorm viel Einfluß, und er ist von Ihrer Schuld überzeugt. Das hat mir wenigstens sein Assistent gesagt, ein junger Mann namens Sigüenza. Er ist ein verzagter, einsamer, in sich gekehrter Bursche; sein Liebesleben muß äußerst karg sein. Oft kommt er unter irgendeinem offiziellen Vorwand ins Institut und schnüffelt eine Weile herum, ob er per Zufall einen Blick auf eine leicht bekleidete Kundin erhascht. Er kriegt nie was zu sehen, aber er gibt nicht auf. Neulich ist er früh gekommen, wie üblich, und während er auf seinen Chef und Sie gewartet hat, hat er uns alles erzählt, entweder um sich wichtig zu machen oder um die Zeit totzuschlagen. Anscheinend gibt es Indizien dafür, daß Sie Ignacio Vallsigorri umgebracht haben. Sie sind zwar nicht genügend beweiskräftig, um Sie verurteilen zu können, wohl aber, um Don Lorenzo Verdugones von Ihrer Schuld zu überzeugen. Da ich Sie noch nicht kannte, als Sigüenza diese Dinge erzählte, hab ich nicht allzusehr auf seine Worte geachtet und auch nicht versucht, ihm noch mehr Würmer aus der Nase zu ziehen. Ich weiß nicht, um was für Indizien es sich handelt – vielleicht um einen Augenzeugen, vielleicht um einen Brief oder sonst ein belastendes Dokument, jedenfalls um ein glaubhaftes Indiz.

Ach, kommen Sie, Dr. Maribel, fiel ihr Prullàs ins Wort, Sie scherzen! Erstens kann es diesen Beweis nicht geben, da ich niemand umgebracht habe; ich habe keinen Grund dazu, und ich würde es auch nicht tun, wenn ich einen hätte. Zweitens, wenn Don Lorenzo Verdugones über diesen angeblichen Beweis verfügt, warum hat er mich dann nicht festnehmen lassen?

Dr. Maribel genoß die Scheibe Ananas mit Schlagsahne und nicht weniger die offensichtliche Besorgnis ihres Begleiters. Ich weiß es nicht, antwortete sie, aber mir fallen mehrere logische Erklärungen ein. Erstens sind Sie eine allseits beliebte Persönlichkeit mit guten Beziehungen; Ihre Verhaftung würde Unruhe stiften, und Don Lorenzo Verdugones' Hauptaufgabe in Barcelona ist es, für Ruhe und sozialen Frieden zu sorgen. Solange er nicht wirklich unwiderlegbare Beweise gesammelt hat, wird er den entscheidenden Schritt nicht tun; und während er, unter dem Vorwand Ihrer Mitarbeit, abwartet, hat er Sie in seiner Nähe und jederzeit unter Kontrolle. Das ist eine geschickte Taktik. Aber ich glaube, bevor Sie über solche Dinge nachdenken, täten Sie gut daran, sich zu fragen, warum Don Lorenzo Verdugones persönlich einen einfachen Mordfall übernommen hat, den er doch der Kripo hätte überlassen können. Ignacio Vallsigorri war nicht so wichtig, und Sie, ohne Sie beleidigen zu wollen, sind es auch nicht.

Fahren Sie fort, sagte Prullàs. Mehr weiß ich nicht, erwiderte sie; aber ich brauche nicht auf Dr. Maribels Rundfunkweisheiten zurückzugreifen, um zu ahnen, daß Don Lorenzo Verdugones vermutet, der Mord an Ignacio Vallsigorri gehöre zu einem vielschichtigeren Komplott, in das mehr Leute verwickelt sind als bloß der Täter, vielleicht wichtige Persönlichkeiten des Barceloneser Lebens; eine Geschichte mit vielen Verästelungen, ja eine regelrechte Verschwörung. Sie wissen ja, wie die hohen Tiere über die Katalanen denken; kaum sind sie aus den Provinzen hierhergekommen, prallen sie auf unsere sprichwörtliche Dickköpfigkeit und interpretieren sie als Symptom einer Verschwörung, die eigens gegen sie angezettelt wurde oder gegen das, was sie zu vertreten und sogar zu verkörpern glauben: das politische System, das Vaterland, ein Ideal, irgend etwas.

Das ist der Gipfel! rief Prullàs, jetzt soll ich also der Repräsentant der katalanischen Niedertracht sein! Ausgerechnet ich! Ereifern Sie sich nicht, sagte sie; letztlich weiß ich ja nicht einmal, ob stimmt, was ich Ihnen da erzählt habe. Tatsächlich sind es nur Vermutungen von mir, die sich wiederum auf Vermutungen von Sigüenza stützen, der bloß Gerüchte gehört hat und für dessen Intelligenz ich keine Gewähr übernehmen möchte. Aber wenn das, was ich Ihnen eben gesagt habe, zutrifft und nicht einfach eine falsche Einschätzung ist, dann befinden Sie sich in einer heiklen Lage, um es einmal so auszudrücken.

Nachdem sie die Ananas aufgegessen hatte, legte sie das Besteck auf den Teller, wischte sich mit der Serviette den

Mund ab und streckte dann den Arm über das Tischtuch, um nach Prullàs' Zigarettenschachtel und Feuerzeug zu greifen, aber im letzten Moment änderte sie die Richtung der Hand und legte sie auf die seine. Seien Sie mir nicht böse, sagte sie leise und ließ den Blick durch den Garten schweifen, als wollte sie nichts von dieser Geste wissen oder sie ihren Gliedern und nicht ihrem freien Willen zuschreiben; ich möchte Ihnen helfen, aber ich kann nicht. Meine Position ist so schwach wie Ihre, wenn nicht noch schwächer. Indem ich Sie heute abend angerufen habe und mit Ihnen hierhergekommen bin, habe ich ernstlich die Zukunft meines Mannes und meine eigene gefährdet. Männer wie Don Lorenzo Verdugones ertragen es nicht, daß eine Frau in meiner Lage Schwierigkeiten meistern und sogar ein wenig Erfolg haben kann, ohne sich zu erniedrigen. Er haßt mich und wird sich keine Gelegenheit entgehen lassen, meinen Ausschluß aus dem Rundfunk zu erzwingen oder das Kosmetikinstitut dichtzumachen. Ich sage das nicht, fügte sie rasch hinzu, damit Sie mir dankbar sind; die Initiative, Sie anzurufen, ist von mir ausgegangen; ich bin freiwillig hergekommen, und im Grunde bin ich es, die Ihnen dankbar ist – dieser Abend hat mir die ersten fröhlichen und vergnügten Momente seit vielen Jahren beschert. Sie zog die Hand zurück, öffnete ihre Tasche, entnahm ihr einen Lippenstift und gab ihrem gekräuselten Mund wieder das Rot, das sie im Lauf des Essens auf der Serviette zurückgelassen hatte. Es ist schon sehr spät, fügte sie dann hinzu, gehen wir.

Prullàs verlangte die Rechnung, bezahlte, und unter den verstohlenen Blicken der Gäste verließen sie das Lokal. Dr. Maribel wohnte in einem modernen Haus in der Calle Floridablanca, nicht weit vom Kosmetikinstitut. Schweigend legten sie die lange Strecke zurück, aber als der Wagen vor der Tür anhielt, hatte sie es mit dem Aussteigen gar nicht eilig. Prullàs machte die Scheinwerfer aus, stellte den Motor ab und zündete sich eine Zigarette an. Von der Pfarrkirche Nuestra Señora del Carmen schlug es zwei. Auf den Straßen war kein Mensch zu sehen, und zwischen den Hausmauern vibrierte eine Weile der Glockenklang weiter.

Die Polizei, sagte sie plötzlich, hat das Restaurant ausfindig gemacht, wo Ignacio Vallsigorri am Abend des Verbrechens gegessen hat. Er war allein und hat das Lokal kurz vor zehn verlassen. Wir haben die Rückstände auf den Kleidern des Toten zum größten Teil noch nicht identifiziert, aber der Duft, der an ihnen haftete, stammt von einem französischen Parfüm namens *Arpège*. Finden Sie die Besitzerin des Parfüms, und Sie sind der Lösung des Rätsels einen Schritt nähergekommen. Den Grund dafür könnte ich Ihnen nicht nennen, aber ich ahne, daß es so ist. Glauben Sie, daß Ignacio Vallsigorri von einer Frau umgebracht wurde? fragte Prullàs. Das wäre möglich, antwortete sie; ich bin keine Detektivin, meine Fälle sind kleineren Kalibers; aber wenn Sie mich fragen – ich bezweifle es. Warum? fragte Prullàs weiter. Weil dieser Kerl ein Frauenheld war, und nur dumme Frauen fallen auf solche Männer herein. Und die töten nicht, sagte Dr. Maribel sehr leise, aber überzeugt. Sie glauben, eine Frau mit Charakter kann sich nicht in einen Frauenhelden verlieben, Dr. Maribel? fragte Prullàs.

Das hoffe ich wenigstens, Señor Prullàs, erwiderte sie; ich hasse Frauenhelden. Wie Sie sich denken können, habe ich in meiner Situation oft unter ihrer Verfolgung zu leiden gehabt; ich kenne sie genau, es sind niederträchtige Typen. Die interessiert nur die Eroberung im militärischen Sinn des Wortes. Für sie ist die Frau der Feind, den es zu schlagen gilt, mit List, Gewalt oder wie auch immer. Sie wollen die Frauen bloß demütigen und erniedrigen, das ist ihr einziges Ziel. Wenn sie es erreichen, brüsten sie sich öffentlich damit; erreichen sie es nicht, sagen sie kein Wort und versuchen sich mit den erbärmlichsten, grausamsten Mitteln zu rächen. Anfänglich, fügte sie nach einer Pause mit offensichtlicher Mühe hinzu, dachte ich, Sie seien auch einer von ihnen. Ich habe mich geirrt und sehe mich genötigt, es Ihnen zu sagen.

In der Ferne hörte man den Nachtwächter mit seinem Stock aufs Pflaster schlagen; Dr. Maribel verstummte und senkte unwillkürlich den Kopf. Dann lächelte sie Prullàs traurig zu. Bleiben Sie bitte im Wagen, flüsterte sie, ich möchte nicht, daß mich um diese Zeit jemand in männlicher Begleitung sieht. Sie stieg aus, lief zur Haustür, schloß mit raschen, präzisen Bewegungen auf und verschwand im dunklen Flur.

Prullàs rauchte seine Zigarette auf, und als er einsah, daß die Haustür nicht wieder aufgehen würde, ließ er den Motor an und fuhr nach Hause. Dort suchte er überall das Fläschchen *Arpège*, das ihm seinerzeit Poveda verkauft hatte, aber sosehr er auch Schubladen, Schränke und Taschen durchwühlte, er fand es nicht. Er erinnerte sich, es dem Schwarzhändler zu einem überhöhten Preis abgekauft und nach Masnou mitgenommen zu haben, um es Martita zu schenken; er erinnerte sich außerdem, daß er es noch am Abend seiner Ankunft in Marichuli Mercadals Garten verloren hatte. Dieses ganze Hin und Her erschien ihm jetzt so fern und harmlos. Und dann? Sie hatte es gefunden und ihm am nächsten Tag zurückgegeben; er hatte versucht, es ihr zu schenken, und sie hatte es nicht annehmen wollen, aber hatte sie es ihm tatsächlich zurückgegeben oder am Ende doch behalten? Er erinnerte sich nicht mehr genau, wie es gewesen war. Dennoch, am wahrscheinlichsten war, daß er das Parfümfläschchen wiederbekommen hatte; aber er konnte sich nicht erinnern, es nach diesem Zwischenfall, vielleicht von einem leichten Schuldgefühl dazu bewegt, Martita geschenkt zu haben. Und wenn er es bei ihrem ersten und einzigen Treffen im Hotel Gallardo Señorita Lilí

Villalba geschenkt hätte? Die Erinnerung an das Erlebnis beunruhigte ihn noch immer; es gelang ihm nicht, die in den Armen dieses draufgängerischen, willfährigen Mädchens verbrachten Stunden nüchtern zu analysieren.

Es wurde schon hell, als er die Suche aufgab; das Fläschchen war nirgends zu finden, und mit der Müdigkeit verschwammen seine Überlegungen. Er ging zu Bett, konnte aber nicht einschlafen, da er in einen Strudel wirrer Gedanken tauchte. Im Wachzustand hatte er drückende Alpträume. Schließlich erhob er sich mühsam, taumelte ins Bad, hielt den Kopf unter den Hahn des Waschbeckens und ließ sich das Wasser über Haare, Gesicht, Hals und Rücken laufen; dann trat er noch triefend auf den Balkon hinaus. Die blasse Morgendämmerung kroch über die flachen Dächer, vom feuchten Pflaster stieg schwacher Dunst auf, und in der lichten Luft schossen die ersten Mauersegler hin und her. Ein Laternenanzünder in Leinenschuhen lief leise von Laterne zu Laterne und schloß die Gashähne. Mit geringer Hoffnung, Erholung zu finden, ging er wieder ins Bett, schlief dann aber unversehens ein.

5

Da ihn die Sebastiana nicht stören mochte, wachte er erst mitten am Nachmittag auf. In der Nacht hab ich Sie herumwirtschaften und hin und her gehen hören und hab gedacht, besser, Sie schlafen aus; wenn Sie wollen, mach ich Ihnen das Frühstück, das Mittagessen oder einen Nachmittagsimbiß, sagte sie.

Ich möchte nichts, antwortete Prullàs. Kommt gar nicht in Frage! Zuerst essen Sie jetzt ein paar Scheiben Tomatenbrot mit Schinken, und dann sehen wir weiter, erwiderte die Haushälterin, und mit einem Seufzer fügte sie hinzu: Ach,

Herr, wenn Sie keinen Hunger haben, ist das ein ganz schlechtes Zeichen. Wenn Sie mich fragen, Sie arbeiten zuviel – und das bei dieser Hitze! Warum gehen Sie nicht für zwei Wochen zu der Señora und den Jungs ans Meer? Die würden sich bestimmt freuen, Sie zu sehen.

Mit einer Handbewegung unterbrach Prullàs ihren gutgemeinten Wortschwall. Hat jemand an der Tür geklingelt oder angerufen, während ich schlief? Im Schlaf glaubte ich es klingeln zu hören. Na freilich, es hat ja den ganzen Vormittag unaufhörlich geklingelt! Zuerstens hat ein Mann angerufen und nach dem Herrn gefragt. Ich hab ihm gesagt, Sie sind nicht da, aber der hat einfach nicht lockergelassen. Mindestens dreimal hat er angerufen. Hat er gesagt, wer er war und was er wollte? Nein, Herr; ich hab ihn natürlich gefragt, so, wie Sies mir aufgetragen haben, aber er hat nur mit dem Herrn reden wollen, sonst gar nichts. Wars nicht etwa Poveda? Das kann ich Ihnen nicht sagen, Herr; wenn ers war, hat er jedenfalls nicht so geklungen; also ich glaub, das war wer, der seine Stimme verstellt hat mit einem Taschentuch vorm Hörer. Da wären wir wieder bei diesen verdammten Filmen, brummte Prullàs; sonst noch was?

Ein Paket ist für Sie abgegeben worden, sagte die Sebastiana; ich hols gleich.

Kurz darauf erschien sie wieder mit einem Päckchen. Etwa um elf hats ein Bote gebracht, sagte sie. Prullàs nahm es mit ins Arbeitszimmer, schloß hinter sich die Tür und packte es in fieberhafter Eile aus. Die Detektive in den Kriminalromanen bekamen oft Sendungen ohne Absender, die ihnen sehr von Nutzen waren, Hinweise ängstlicher Zeugen, die lieber anonym blieben, um sich Repressalien zu ersparen. Bis jetzt hatte sich alles gegen ihn verschworen, dachte er, nun war endlich ein wenig Hilfe fällig. Aber das Paket enthielt ein antiquarisches Exemplar von *Der göttliche Ungeduldige* von José María Pemán und eine Notiz folgenden Wortlauts:

›Als Fortsetzung unseres angenehmen, fruchtbaren Gesprächs von gestern vormittag erlaube ich mir, Dir dieses Werk unseres großen Poeten und Dramatikers zu schenken, falls Du es noch nicht kennst, damit Dich seine Lektüre dazu bringt, die Art Theater in Betracht zu ziehen, der Du all die Vorstellungskraft und den Geist angedeihen lassen könntest – und vielleicht solltest –, die Dir Gott zugedacht hat, vor Dem du, früher oder später, wirst Rechenschaft ablegen müssen. Dein in Christo s. erg. Emilio Porras SJ.‹

Er verwahrte das Buch in einer Schublade, schrieb dem ehrwürdigen Pater Emilio Porras SJ auf einer Visitenkarte einen Satz des Dankes, steckte die Karte in einen Umschlag, klebte eine Briefmarke drauf und schob den Umschlag in die Jackettasche. Der Sebastiana trug er auf, ihm einen Milchkaffee und ein paar Scheiben Toast mit Butter und Marmelade zu machen. Ich gehe gleich weg, sagte er; wenn sich dieser Typ wieder meldet, dann sagst du ihm, ich bin am Abend zurück. Du kannst ihm auch von mir bestellen, wer seinen Namen nicht nennen will, ist ein Dummkopf oder ein Schurke oder beides zugleich.

Dann rief er Mariquita Pons an. Quiqui, hast du Povedas Adresse herausgekriegt, um die ich dich gebeten habe? Ich hab einige Nachforschungen angestellt, aber ohne jeden Erfolg. Da immer er anruft oder unangemeldet bei den Leuten erscheint, hat sich niemand die Mühe gemacht, herauszufinden, wo er wohnt und ob er Telefon hat. Abends macht er fast immer die Runde durch die Cafés, Granja Royal, El Salón Rosa, Gambrinus, du weißt ja; dort kannst du ihn finden. Das heißt eine Nadel im Heuschober suchen, Quiqui! rief Prullàs.

Nachdem er aufgehängt hatte, dachte er eine Weile nach; dann wählte er eine andere Nummer. Sigüenza meldete sich. Don Lorenzo ist weggegangen und hat nicht gesagt, wann er zurückkommt; kann ich irgend etwas für Sie tun, Señor

Prullàs? Ja; eigentlich brauch ich nur eine Angabe, und die können auch Sie mir geben. Immer gern zu Ihren Diensten, Señor Prullàs. Ich möchte mich baldmöglichst mit Poveda in Verbindung setzen. Mit dem Schwarzhändler? fragte Sigüenza. Gibt es noch einen andern? erwiderte Prullàs. Bleiben Sie dran, ich schau mal eben nach, ob ich zufällig ...

*

Es kostete ihn einige Mühe, im Wagen zu Povedas Haus zu gelangen, das im unteren Teil der Calle Aragón lag, denn in diesem Abschnitt gab es Baustellen, und an mehreren Orten war das Pflaster aufgerissen. Die Stadtverwaltung pflegte öffentliche Bauarbeiten in den Sommermonaten durchzuführen, wo der Verkehr gering war, um so die Behinderungen auf ein Minimum zu beschränken; doch dann zogen sie sich bis in den Herbst, ja bis weit in die feuchten, unfreundlichen Wintermonate hinein. Schaute man den Arbeitern bei ihrem Wirken zu, so konnte man den Grund für diese Verzögerung leicht verstehen: Während sich der eine die Schuhe band, drehte sich ein anderer, auf einem Schubkarren mit Zement hockend, eine Zigarette, und ein dritter verschlang im Schatten der Baracke ein riesiges Stück Brot. Da der eigentliche Zweck dieser Bauarbeiten darin bestand, die arbeitslosen Männer zu beschäftigen, und die Tagelöhne lächerlich niedrig waren, machte sich niemand die Mühe, sie zur Eile zu drängen. So waren sämtliche Anwohner ihrem Schicksal überlassen, da ihre Straße während eines ganzen Jahres eine für Autos und Fußgänger unpassierbare, den Unbilden des Wetters ausgesetzte Baustelle war; wenn es regnete, verwandelte sich der Boden in Morast, wenn nur ein paar Tropfen fielen, sproß zwischen dem Bauschutt Unkraut, und wenn trockenes Wetter herrschte, wirbelte der Wind Staubwolken auf, die zur Verzweiflung der Hausfrauen durch Fenster und Balkone in alle Zimmer drangen.

Poveda wohnte in einem alten Haus mit schmalen Balkonen und verrußter Fassade. In der Pförtnerloge schlief auf dem leeren Stuhl eine grindige Katze. Prullàs stieg zu Fuß hinauf und klingelte. Drinnen hörte er eine vertraute Stimme: Ich geh schon, Mutti!

Die Tür öffnete sich einen Spalt weit, und Poveda wich zurück. Don Carlos! Poveda, ich muß mit Ihnen sprechen und hab nicht gewußt, wo ich Sie finden kann, sagte Prullàs, kann ich reinkommen? Durch den Gang tastete sich mit ausgestreckten Armen eine winzige Frau die Wände entlang. Wer hat geklingelt, mein Junge? Ein Freund, Mutti, machen Sie sich keine Sorgen, antwortete Poveda mit zitternder Stimme. Die Frau war in der Diele angelangt und tastete auf der Suche nach ihrem Sohn in der Luft umher. Willst du ihn denn nicht hereinbitten? Doch, Mutti, ich habs ihm eben gesagt, antwortete Poveda; und zu Prullàs gewandt: Wie Sie ja wissen, leidet meine Mutter ein wenig an völliger Blindheit. Tut mir leid, sagte Prullàs. Oh, Sie wissen nicht, wie gut sie sich zu helfen weiß, gelt, Mutti? Mein Sohn bringt nie Freunde nach Haus, antwortete die Blinde klagend; man sieht, daß er sich geniert, eine invalide Mutter zu haben. Mutti, um Himmels willen, sagen Sie nicht so was! murmelte Poveda.

Prullàs, der sich an die Dunkelheit von Treppenhaus und Diele gewöhnt hatte, sah, daß Poveda einen gestreiften Pyjama trug. Dieser Aufzug gab ihm das komische Aussehen eines Comicsträflings. Ihr Sohn spricht immer mit viel Liebe von Ihnen, sagte er zu der Blinden. In Povedas Augen leuchtete ein Funke Dankbarkeit auf. Kommen Sie bitte herein, Don Carlos, und verzeihen Sie das ganze Charisma; meine Mutter hat recht, wir haben nie Besuch. Hier durch, seien Sie so freundlich.

Die Luft in der Wohnung war stickig und roch widerlich nach Essig. Ein langer, schmaler Gang mündete in ein ebenfalls dunkles Eßzimmer. Poveda betätigte einen Schalter, und die trübe Birne einer Deckenlampe ging an. Wir behalten die Jalousie tagsüber unten, da dieser Teil der Wohnung voll in der Sonne liegt; ich bin immer in meinem Zimmer, und meine Mutter, die Arme, kann nichts mit dem Licht anfangen, erklärte Poveda. Aus einer Schublade der Anrichte zog er eine weitere Glühbirne, die er in ein leeres Gewinde schraubte. Wenn wir keinen Besuch haben, nehm ich sie heraus, um Ausschweifungen im Verbrauch zu vermeiden, sagte er; man muß sich den Zwängen der Mittelmäßigkeit fügen.

Prullàs betrachtete die abgeblätterten Wände und die rohen Möbel: Kiefernholztisch, Anrichte, Vorlegetisch und in einer irdenen Vase einige Papierrosen. Das Auffälligste in dem düsteren Raum war ein gerahmtes Foto des Staatschefs in der Uniform eines Marineadmirals auf einer Konsole. Ja, sagte Poveda mit geschwellter Brust, vor einigen Jahren war ich so verwegen, dem Pardo einige innige Verse zu schicken, und als Zeichen seiner Zuneigung ließ er mir dieses Porträt zukommen. Aber nehmen Sie doch Platz, Don Carlos; tun Sie ganz, als ob Sie sich fühlten, wie wenn Sie zu Hause wären.

Prullàs setzte sich auf einen halb aus dem Leim gegangenen Stuhl. In Anbetracht dessen, was Sie von uns kassieren, hab ich Sie für betucht gehalten, Poveda, bemerkte er. Der Schwarzhändler machte eine dramatische Geste. Ach, Don Carlos, das sagen Sie in Unkenntnis der Marktperplexitäten! Sie wären platt, wenn Sie wüßten, was mich der Rohstoff kostet; ich habe große Auslagen zu machen, um eine höchst bescheidene Begleichung zu bekommen; ich arbeite mit lächerlichen Chargen und ohne jede Garantie, das ganze Produkt absetzen zu können. Der reine Ruin, Don Carlos!

Prullàs nickte und sagte: Außerdem werden Sie ja ab und zu den Behörden einen kleinen Obolus geben müssen, damit die sich blind und taub stellen. Überhaupt nicht, Don Carlos! erwiderte der andere eilig, die Behörden des neuen Spaniens sind von untadeliger Ehrlichkeit! Auch Don Lorenzo Verdugones? Dem Schwarzhändler wich alles Blut aus dem Gesicht. Ich arbeite ganz im kleinen, und Don Lorenzo pflegt mit mir eine sehr konsistente Nachgiebigkeit, säuselte er. Die Sie reichlich zurückzahlen, Poveda, sagte Prullàs, die Stimme erhebend; lügen Sie mich nicht an.

Entschuldigen Sie eine Sekunde, Don Carlos, flüsterte der andere; und zu seiner Mutter, die in der Tür hingerissen dieses Gespräch verfolgte, sagte er laut: Mutti, warum gehen Sie nicht in die Küche und beginnen mit dem Geschirrspülen? Ich werde die Teller nachher aufs Bord stellen. Das ist etwas schwierig für sie wegen ihrem Hindernis, erklärte er, sich wieder an Prullàs wendend.

Tastend entfernte sich die Blinde durch den Gang, und Poveda schaltete das Radio ein. Als die Röhren warm waren, wurde eine abgeklapperte, mit allerhand Störungen durchsetzte Melodie hörbar. Mir ist es lieber, meine liebe Mutter hört nicht, was wir besprechen, sagte er und setzte sich an den Tisch, und weil die Blinden so gute Ohren haben... Sie haben das Wort, Don Carlos.

Prullàs wußte nicht, wie er diesen Menschen gefügig machen sollte, für den er Erbarmen und Verachtung, aber keine Abneigung empfand. Sie haben überall Zugang, sagte er schließlich mit gespieltem Unmut; Sie sind bei allen Literatentreffs dabei, und anschließend informieren Sie Don Lorenzo, ist es nicht so? Poveda wimmerte; er war eine leichte Beute. Don Carlos, ich habe nie jemandem etwas zuleide getan, und Ihnen am allerwenigsten, Sie sind wie ein Vater für mich! Lassen wir das, Poveda, sagte Prullàs; ich werfe Ihnen nichts vor – wir alle müssen über die Runden kommen. Ich will nur wissen, was Don Lorenzo in diesen Tagen so verzweifelt sucht.

Der Schwarzhändler rang die Hände; der Schweiß ließ die strenge Linie seines künstlichen Schnurrbärtchens zerfließen. Mir gibt er keine Erklärungen ab, Don Carlos, wie Sie gewiß vermuten; ich bin nur ein bescheidener Handlanger. Dieses Wochenende hat die Guardia Civil an der Costa Brava Razzien durchgeführt, Poveda, was haben sie gesucht? Ich weiß es nicht, Don Carlos, mir legt niemand Rechenschaft ab; ich wiederhole nur, was ich höre, und dann zieht Don Lorenzo aus dem, was ich sage, seine Schlüsse heraus. Ich bin bloß ein Bauer in diesem Schachmatt!

Poveda, strapazieren Sie meine Geduld nicht!

Der Schwarzhändler wich zurück und warf dabei den Stuhl um. Seien Sie nicht böse auf mich, winselte er; ich höre nur einzelne Versatz- beziehungsweise lose Bruchstücke. Eine Übersicht ist mir unvermögend, Don Carlos. Aber ..., fügte er hastig hinzu, als er sah, daß Prullàs Anstalten machte aufzustehen, mir ist das Gerücht zu Ohren gekommen, daß eine Verschwörung im Schwange ist. Eine Verschwörung? sagte Prullàs. Lauter Gerüchte, wie ich Ihnen sage, Gerüchte und Gerede; aber etwas kann schon dran sein, an jedem Gerücht ist etwas dran. Eine Verschwörung! wiederholte Prullàs; Poveda, das ist eine sehr ernste Sache! Ach, Don Carlos, die Leute sind undankbar und vergessen schnell, wieviel wir ihm verdanken! sagte Poveda, auf das gerahmte Cäsarenbild auf der Konsole deutend. Was für eine Art Verschwörung?

Das Pfeifen und Schrillen im Radio vermischte sich mit dem zitternden Gemurmel des Schwarzhändlers. Prullàs stand auf und versuchte vergeblich, fein einzustellen. Scheißkasten! rief er gereizt; vor einigen Monaten wollten Sie mir noch selbst einen tollen Marconi andrehen – hätten Sie ihn nicht für sich behalten können? Wenigstens für Ihre Mutter! Ein funktionierendes Gerät ist doch nicht zuviel verlangt für eine arme Blinde!

Sprechen Sie leiser, Don Carlos, ich flehe Sie an! Was für

eine Art Verschwörung, Poveda? Anfang Sommer haben sich in Saint-Jean-de-Luz monarchistische und sozialistische Elemente versammelt, sagte Poveda, verdrehte die Augen und hielt sich die Hände vors Gesicht; stellen Sie sich vor, zwei Schritt von dort, wo die spanische Regierung urlaubt! Zu welchem Zweck, Poveda? Der Schwarzhändler seufzte. Details übersteigen meine Inkompetenz, aber hochrangige Militärs sollen mit Estoril gemeinsame Sache machen. Don Carlos, man will uns wieder den Teufel ins Haus schicken!

Aus der Küche erscholl Scherbengeklirr. Was ist los, Mutti? Nichts, mein Junge; ein Eckchen vom Serviertablett ist mir abgebrochen! Macht nichts, Mutti; seien Sie vorsichtig, damit Sie sich nicht schneiden!

Poveda, helfen Sie mir, und ich kaufe Ihnen ein vollständiges Plexiglasservice, sagte Prullàs; tun Sie es für sie. Zwingen Sie mich nicht, Don Carlos; die Geschichte ist ernst, da werden Köpfe rollen! Aber nicht Ihrer, Poveda; diese Geschichte wird ganz unter uns bleiben; und ein wenig Geld hat noch keinem geschadet. Der Schwarzhändler schien sich in die Wende, die das Gespräch genommen hatte, zu schikken. Sie haben das Wort, Don Carlos. Hat Ignacio Vallsigorris Tod etwas mit der Sache zu tun? War er in die Verschwörung verwickelt? Hat man ihn umgebracht, um ihn zum Schweigen zu bringen?

Poveda stand auf und ging im Zimmer auf und ab. Das sind lauter Gerüchte, Don Carlos, Gerüchte und Gerede; aber viele Leute sind darein verwickelt. Außer den Militärs? Leute von Herkunft, Don Carlos. Bankiers? Industrielle? Diese und noch mehr. Geistliche? Don Carlos, wo verschworen wird, fehlt es nie an Soutanen. Poveda, ich will Namen!

Der Schwarzhändler unterbrach sein Auf und Ab und breitete die Arme aus. Das ist zuviel verlangt! Poveda, lassen Sie mich nicht im Stich! Das sind lauter Gerüchte und Gerede! Poveda, ich schlag Ihnen die Zähne ein!

Als er diese Drohung hörte, stürzte der Schwarzhändler zur Anrichte, riß eine Schublade auf, zog eine Pistole heraus und hielt sie sich an die Schläfe. Don Carlos, Sie treiben mich zu einer fatalen Tat! rief er, den andern ins Auge fassend.

Poveda, legen Sie dieses Ding auf der Stelle zurück und setzen Sie sich wieder! fauchte ihn Prullàs an; wem wollen Sie damit Eindruck machen? Man sieht ja auf eine Meile Entfernung, daß es eine Spielzeugpistole ist! Ist es nicht, Don Carlos! Es ist eine Neun-Millimeter-Star aus Eibar, und sie ist geladen. Also ein Grund mehr, keine Dummheiten zu machen, Poveda! Das sind keine Dummheiten, Don Carlos, erwiderte der Schwarzhändler, dessen bis jetzt blasses Gesicht puterrot angelaufen war. Ich werde nicht zu kämpfen wissen, aber in der Todesstunde soll mir die Hand nicht zittern; ich bin Dichter, Don Carlos, und es macht mir nichts aus, wie Don José María de Espronceda zu enden!

Hören Sie auf mit dem Quatsch, erwiderte Prullàs; Sie sind weder Dichter noch sonst was Ähnliches; Sie sind ein unbedeutender Schmuggler, ein Polizeispitzel, mit einem Wort, ein Volltrottel. Und lassen Sie diese Pistole in Ruhe, Waffen sind des Teufels. Wenn ein Unfall passiert, landet Ihre Mutter schnurstracks im Armenhaus, und ich bekomm keinen hellen Tabak mehr. Und der, der sich umgebracht hat, war Larra, nicht Espronceda.

Poveda legte die Pistole in die Schublade zurück, schloß diese und wischte sich mit einem gelblichen Taschentuch den Schweiß von Gesicht und Hals. Was ist denn los, mein Junge? fragte seine Mutter in der Eßzimmertür. Keiner hatte sie kommen hören. Es ist nichts, Señora, sagte Prullàs; Ihr Sohn und ich haben eine freundschaftliche Meinungsverschiedenheit gehabt, so was kommt alle Tage vor. Er stand auf, nahm die Blinde am Arm und führte sie zu seinem Stuhl. Setzen Sie sich, sagte er; ich wollte ohnehin gerade gehen.

Im Treppenhaus sagte Poveda: Zu keinem ein Wort davon, Don Carlos; davon hängt unser Leben ab. Er hatte sich beruhigt und sprach völlig entspannt, als wüßte er, daß die Gefahr endgültig gebannt war. Prullàs sah ein, daß er die Partie verloren hatte. Seien Sie unbesorgt, sagte er.

*

Das zunehmend hitzige Gespräch hatte seinen Appetit angeregt. Er parkte den Wagen vor dem Restaurant La Puñalada, setzte sich an einen der zu dieser Stunde noch mehrheitlich leeren Tische im Freien und bestellte Risotto à la catalana, Roastbeef und einen Krug sehr kalten Weißwein. Dann trat er ins Lokal und rief Mariquita Pons an. Sie nahm sogleich ab, als hätte sie voller Unruhe auf den Anruf gewartet. Carlos, endlich meldest du dich! Seit Stunden versuch ich dich zu erreichen – wo hast du denn gesteckt? Bei Poveda, erwiderte er, ist etwas passiert? Und ob! Aber ich kanns dir nicht am Telefon erzählen; komm sogleich her. In Ordnung, sagte Prullàs; ich hab eben einen Imbiß bestellt; den hab ich im Nu auf, und dann bin ich bei dir.

Als er zum Tisch zurückkam, war der erste Gang schon aufgetragen; neben dem Tisch stand der Kellner Wache, während in einigen Metern Abstand ein Bettler verzückt den Risotto betrachtete. Prullàs gab dem Kellner ein paar Münzen für den Bettler, dieser trollte sich, und Prullàs entfaltete, befreit von seiner indiskreten Anwesenheit, die Serviette, griff nach dem Besteck und speiste genußvoll im angenehmen Schatten der Bäume.

*

Bei Mariquita Pons knisterte die Atmosphäre vor Nervosität. Prullàs wurde in aller Eile in den Salon geführt, wo ihn die berühmte Schauspielerin erwartete. Einen Kaffee, Señora? Nein, Carmen, vielen Dank. Einen Tee? Neiinn, Carmen!

Eine Limonade, Señora? Schließlich warf Mariquita Pons das Kammermädchen hinaus. Los, geh endlich, dummes Ding; du hast hier überhaupt nichts verloren! Diese Närrin, erklärte sie, nachdem das arme Mädchen verschwunden war, ist in dich verknallt, seit sie dich zum ersten Mal gesehen hat, und immer wenn du einen Fuß in dieses Haus setzt, kriegt sie sich nicht mehr ein. Ich fühle mich sehr geschmeichelt, sagte Prullàs, aber darüber reden wir ein andermal; jetzt erzähl mir, was geschehen ist.

Mariquita Pons versicherte sich, daß sämtliche Türen des Salons geschlossen waren. Heute vormittag, sagte sie dann, ist unangemeldet Don Lorenzo Verdugones hier erschienen. Wozu denn das? fragte Prullàs; er wird wohl nicht erwartet haben, mich bei dir zu finden; eben heute morgen hab ich mit Sigüenza gesprochen und ihn über meine Pläne informiert. Mariquita Pons unterbrach seine Erklärung: Sei nicht so eingebildet, er ist nicht deinetwegen gekommen, sondern wegen meines Mannes. Und du stellst dir nicht vor, wie wütend er wurde, als ich ihm sagte, Miguel sei nach Madrid gefahren. Nanu, offensichtlich weitet sich der Kreis der Verdächtigen aus! lachte Prullàs. Mach dich nicht lustig darüber, tadelte sie ihn. Ich mach mich nicht lustig, Quiqui; ich kenne die Situation, und sie ist überhaupt nicht komisch; aber so leid es mir tut, es bereitet mir ein niederträchtiges Vergnügen, zu sehen, wie einer, der mir noch vor einer Woche gute Ratschläge erteilt hat, nun selbst in der Patsche sitzt. Hat Don Lorenzo Verdugones irgend etwas gesagt, was seinen Verdacht begründen würde?

Mariquita Pons seufzte. Nein, nichts; er ist bloß fuchsteufelswild geworden und hat seinem Gehilfen Anweisung gegeben, mit der Hauptabteilung für Sicherheit Kontakt aufzunehmen; offenbar will er die ganze Polizei Spaniens mobilisieren, um den armen Miguel festzunehmen. Ich hab ihm gesagt, es wäre einfacher, ihn im Hotel zu suchen – er steigt immer im Palace ab. Aber Don Lorenzo Verdugones hat sich benommen, als wäre er hinter dem Volksfeind Nummer eins her. Beachte ihn einfach nicht; er wollte dich nur beeindrucken, sagte Prullàs. Das ist ihm auch gelungen, sagte Mariquita Pons.

Weißt du, ob Miguel die Finger in der Politik hat? fragte Prullàs. Nein, erwiderte sie. Hat er sie nicht drin, oder weißt du es nicht? Beides; ich meine, ich hab ihn nie etwas in der Richtung sagen hören. Quiqui, ich möchte mich nicht in eure Privatangelegenheiten mischen, aber wenn Miguel in einer gefährlichen Geschichte mit drinsteckte, würde er es dir erzählen?

Mariquita Pons nahm eine nachdenkliche Haltung ein. Vermutlich nicht, sagte sie schließlich. Nun, es ist nur natürlich, daß er dir Sorgen ersparen will, bemerkte Prullàs höflich. Es ist wohl eher so, daß er in keiner Hinsicht mit mir rechnet, antwortete sie. Sie zündete sich eine Zigarette an und rauchte müde, den Blick starr an die Deckentäfelung gerichtet. Ich werf es ihm nicht vor, fügte sie nach einer Weile hinzu; ich habe mich immer bemüht, meine Unabhängigkeit deutlich zu machen, und wahrscheinlich hat er diese Distanz als Gleichgültigkeit ihm gegenüber ausgelegt. Wir Schauspielerinnen sind von Natur aus egozentrisch, und einige von uns sind außerdem ein klein wenig grausam. Na, Quiqui, du bist aber nicht so, rief Prullàs.

Sie nahm diese Äußerung mit kühlem Schweigen hin. Was sollte diese Frage wegen angeblicher politischer Aktivitäten des armen Miguel? Glaubst du wirklich, mein Mann ist ein subversives Element? Prullàs lachte auf. Jedenfalls nicht eines von der Sorte, die mit einem Karabiner und zwei Patronengurten in die Berge gehen wie Pedro Armendáriz, sagte er. Von welcher Sorte dann? fragte sie. Liebe Quiqui, du bist alt genug, um solche Dinge zu wissen: In Spanien gibt es Leute, die gegen das Regime sind; Leute, denen es lieber wäre, wenn die Monarchie wiederhergestellt wäre... oder ein anderes System, das weniger behelfsmäßig ist als das unsere. Wenn alle Länder der Welt sich darin einig sind, uns nicht in die UNO aufzunehmen, wird das seine Gründe haben. Ich kann dir versichern, daß die UNO Miguel kaltläßt, versicherte Mariquita Pons. Meine Liebe, Miguel verbringt sein Leben damit, zwischen hier und Madrid hin und her zu reisen, fuhr Prullàs geduldig fort; vielleicht führen ihn nicht nur geschäftliche Angelegenheiten nach Madrid, und auch keine Frauengeschichten, wie du neulich angedeutet hast; vielleicht hat er als Verbindungsmann gearbeitet, ohne daß wir es gewußt haben. Verbindungsmann? wiederholte Mariquita Pons, als hörte sie dieses Wort zum ersten Mal.

Prullàs beschloß, seine Taktik zu ändern. Wie waren die Beziehungen deines Mannes zu Ignacio Vallsigorri? Gut, erwiderte sie. Miguel und Vallsigorri haben vor einigen Jahren zusammen Geschäfte getätigt. Ich weiß nicht, was für Geschäfte; ich erinnere mich nur, daß ich Gesprächsfetzen gehört und nicht weiter darauf geachtet habe. Damals kam Vallsigorri oft zu uns, aber er zog sich mit Miguel in dessen Arbeitszimmer zurück, und sie sprachen stundenlang über ihre Angelegenheiten. Einmal hörte ich Geschrei, aber ich hatte nie den Eindruck von Heftigkeit, höchstens von einer Meinungsverschiedenheit, wie es normal ist, wenn Entscheidungen, Risiken und also Geld mit im Spiel sind. Vor ungefähr einem Jahr oder etwas weniger ging die Geschäftsbeziehung zwischen den beiden plötzlich zu Ende, ohne Streit oder Groll. Miguel hat nie erwähnt, was vorgefallen ist, und ich hab ihn nicht danach gefragt. Vallsigorri kam nicht mehr zu uns. Ehrlich gesagt, waren sie nie Freunde gewesen in dem Sinn, daß sie gemeinsam zu einem Stierkampf oder Fußballspiel gegangen wären oder dieselben literarischen Zirkel besucht hätten. Aber sie haben sich nicht schlecht vertragen, ganz im Gegenteil; selbst nach der Trennung, wenn sie sich auf irgendeiner gesellschaftlichen Veranstaltung begegnet sind, haben sie sich sehr herzlich begrüßt, wie alte Kameraden, und miteinander geschwatzt und gelacht. Ich selber habe mit Vallsigorri nie näheren Kontakt gehabt, trotz seines uneigennützigen Interesses fürs Theater und junge Schauspielerinnen. Hast du das auch Don Lorenzo Verdugones erzählt? In großen Zügen, antwortete sie. Wann gedenkt dein Mann von Madrid zurückzukommen? fragte Prullàs. Mitte der Woche, wenn ihn die Guardia Civil nicht schon vorher gefesselt herbringt. Sei unbesorgt, Quiqui, sagte Prullàs; am Ende wird sich herausstellen, daß alles nichts zu bedeuten hat – ein Strohfeuer. Aber ich werde auf jeden Fall mit Don Lorenzo Verdugones sprechen und herauszufinden versuchen, welche Absichten er hat. Sobald ich was weiß, ruf ich dich an.

Mariquita Pons begleitete Prullàs zur Tür. Er hatte es eilig, seine Aufgabe zu erledigen, aber sie hielt ihn ohne ersichtlichen Grund im Vorraum zurück, als wollte sie noch etwas sagen. Prullàs, der diese Unentschlossenheit bei ihr schon öfter beobachtet hatte, wartete eine Weile, aber als er sah, daß sich das noch endlos hinziehen konnte, sagte er: Es ist schon spät, Quiqui, ich muß gehen. Danke für alles, Carlos, flüsterte sie. Keine Ursache. Wer hat dir all diese Dinge erzählt? Die Geschichte mit der Verschwörung und der UNO und so? Poveda, sagte Prullàs.

Mariquita Pons betrachtete interessiert ihre Hände. Auf den darfst du nicht hören; vor zwei Wochen hat er mir eine Wundercreme angedreht, um die Flecken von den Händen zu entfernen; ich hab sie eingerieben, und es sind mehr Flekken zum Vorschein gekommen, als ich schon hatte. Hätte ich sie weiter aufgetragen, säh ich jetzt aus wie ein Leopard. Poveda ist ein Betrüger. Und denk daran, daß du versprochen hast, mit mir ins Kino zu gehen, fügte sie dann fröhlich hinzu; ich werde nach der Probe zu Hause sein. Ich habe das

Versprechen nicht vergessen und werde es einhalten, sagte Prullàs, aber nicht heute.

6

Er stieg genau in dem Moment vor dem imposanten Gebäude aus, als zwei Wachen die Fahnen auf dem Balkon einzogen. Am Eingang mußte er viele Erklärungen abgeben und mehrere Ausweise vorzeigen, um eingelassen zu werden. Schließlich wurde er in Don Lorenzo Verdugones' Vorzimmer geführt, wo ihn Sigüenza mit seiner immer gleichen sterilen Liebenswürdigkeit begrüßte.

Don Lorenzo kann Sie im Moment nicht empfangen, aber wenn Sie so freundlich sein wollen zu warten, werde ich ihn benachrichtigen, sobald er mit dem fertig ist, was er gerade macht. Ich kann allerdings nicht sagen, wann das sein wird. Es kann ebensogut einige Minuten wie zwei Stunden dauern, sogar länger.

Prullàs nickte. Ich werde solange warten wie nötig. In diesem Fall bringe ich Sie ins Wartezimmer, sagte Sigüenza. Nein, danke, ich warte gleich hier, antwortete Prullàs entschlossen und setzte sich auf einen höchst unbequemen Stuhl mit harter Lehne. Arbeiten Sie nur weiter, Sigüenza, und kümmern Sie sich nicht um mich.

Der beflissene Amtsdiener zermarterte sich das Hirn, um Prullàs loswerden zu können, ohne unhöflich zu sein; da er keine Möglichkeit sah, blieb ihm nichts anderes übrig, als sich mit offensichtlicher Verlegenheit in die Anwesenheit des andern zu schicken. Durch die Tür zum Büro des Chefbeamten hörte man ab und zu dessen laute Stimme, gefolgt von Phasen der Stille. Ist der Besucher schon lange drin? fragte Prullàs. Ich weiß es nicht, antwortete Sigüenza; ich bin mehrmals weggegangen und habe niemand hineingehen sehen; möglicherweise ist gar kein Besucher drin. Pflegt Don Lorenzo Verdugones immer Selbstgespräche zu führen? fragte Prullàs. Der beflissene Amtsdiener nickte. Aufgrund seines Amtes, erklärte er, muß Don Lorenzo viele Reden halten; Don Lorenzo haßt leere Rhetorik und versucht, all seinen öffentlichen Wortmeldungen einen soliden lehrhaften Gehalt zu geben, was ihn dauernd zu mühseliger Vorbereitung zwingt. Verstehe, sagte Prullàs; und jetzt handelt es sich um einen solchen Fall. Ich weiß es nicht, antwortete der andere; vielleicht hat er Besuch.

Die letzten Strahlen der untergehenden Sonne erfüllten den Raum und hauchten den aschfahlen Möbeln etwas Leben ein. Wenn der Straßenlärm für einen Moment verstummte, konnte man das hartnäckige Kratzen von Sigüenzas Feder auf dem Papier hören. So verstrich eine Stunde, und dann stellte der beflissene Amtsdiener die Feder ins Tintenfaß zurück, stand auf und murmelte: Sie gestatten. Er ging zu einem Schrank, nahm eine volle Flasche Wasser heraus, öffnete sie und schüttete ein Beutelchen Pulver hinein. Sogleich begann das Wasser zu sprudeln. Sigüenza verschloß die Flasche wieder und schüttelte sie, um das Brodeln zu verstärken. Dann nahm er einen Klappbecher aus demselben Schrank und füllte ihn mit der Brause. Möchten Sie? Mit einer höflichen Handbewegung lehnte Prullàs ab, und der beflissene Amtsdiener leerte den Becher in einem Zug. Er erlitt mehrere Zuckungen, sein Gesicht verkrampfte sich, und eine verstohlene Blähung setzte einen Schlußpunkt unter diese bescheidene Verklärung.

Don Lorenzo Verdugones kann nicht mehr lange auf sich warten lassen, bemerkte er, als er zu seinem Tisch zurückging; von seiner eigenen Verwegenheit alarmiert, fügte er hinzu: Oder vielleicht doch. Und ohne eine weitere Prophezeiung zu wagen, setzte er sich auf seinen Stuhl, machte die Lampe an und vertiefte sich wieder in die Arbeit.

Prullàs gab sich völlig gelassen, aber innerlich wurde er immer mutloser. Wenn ichs nicht mehr aushalte und gehen muß, ohne vorgelassen worden zu sein, werde ich in den Augen dieser Grobiane die letzte Spur Würde verlieren, dachte er; aber wenn diese Warterei noch lange dauert, bekomm ich einen Anfall. Er versuchte die Zeit zu nutzen, um über die jüngsten Ereignisse nachzusinnen und seine Gedanken zu ordnen, aber das unüberwindliche Gefühl von stumpfer Routine, das dieses Büro im Dämmerlicht hervorrief, machte nicht nur die Konzentration unmöglich, sondern versenkte ihn in unerträgliche Schlaffheit.

Schon wollte er sich seine Niederlage eingestehen, als die Tür aufging und rückwärts und unter wiederholten Verbeugungen ein Caballero aus dem Büro des Chefbeamten trat. Bevor er sich umwandte, machte ihn Sigüenzas plötzliches Husten auf die Anwesenheit anderer aufmerksam. Sehr aufgeregt bedeckte sich der Caballero in einem grotesken Versuch, seine Identität zu verbergen, mit dem Hut das Gesicht und verschwand wie der Blitz aus dem Zimmer. Sigüenzas Stimme riß Prullàs aus seiner Betäubung: Don Lorenzo wird Sie sogleich empfangen.

Don Lorenzo Verdugones war in Hemdsärmeln und hatte eine Stinklaune. Ein Dummkopf, mein lieber Prullàs, durch und durch ein Dummkopf! rief er, als er Prullàs eintreten sah; und dann fügte er, seine Worte mit einer großmütigen Geste begleitend, hinzu: Das betrifft natürlich nicht Sie. Sie sind mir sympathisch, das hab ich Ihnen schon früher gesagt, und ich rede nicht ins Blaue hinein. Vergessen Sie nicht: Mein Wort ist unverbrüchlich! Ich meinte das Individuum, das eben gegangen ist. Ein gewaltiger Dummkopf! Und Sie müssen unterdessen antichambrieren, unfaßbar! Ein Held des spanischen Theaters, und muß Däumchen drehen, unfaßbar! Sigüenza, daß mir das nie wieder vorkommt, verstanden?

Der beflissene Amtsdiener machte eine unterwürfige Bewegung, und sein Chef nahm ein Päckchen Zigarettenpapier und einen Beutel vom Tisch und begann sich eine Zigarette aus billigem Tabak zu drehen, aber das Unterfangen geriet wenig zufriedenstellend: Das Papier löste sich wieder, und mehrere Tabakkrümel blieben an den Lippen des Chefbeamten kleben. Knurrend zerbröselte er die Zigarette zwischen den Fingern. Prullàs bot ihm eine seiner amerikanischen Zigaretten an. Don Lorenzo Verdugones verzog das Gesicht, nahm das Angebot aber an und bedeutete sogar Sigüenza, bedenkenlos ein gleiches zu tun. Eine Weile rauchten die drei Männer schweigend und genossen den köstlichen Duft der Schmuggelware.

Prullàs legte die Schachtel auf den Tisch und sagte dann: Dieser Dummkopf...

Sie kennen sich? fragte Don Lorenzo Verdugones. Tja, ich weiß nicht; etwas an ihm war mir vertraut, aber ich habe sein Gesicht nicht zu sehen bekommen; er hat es bedeckt, als hinge sein Leben davon ab, daß er anonym bleibt. Der Chefbeamte grinste verächtlich. Niemand will beim Betreten und Verlassen dieses Büros gesehen werden, als wäre das eine Schande; aber Sie würden sich wundern, wenn Sie wüßten, wie manch rechtschaffener Barcelonese schon mit seinem distinguierten Gesäß diesen Stuhl angewärmt hat. Ein Defilee von Hampelmännern, wie sie sich ein Christian Dior nur wünschen könnte! Nicht wahr, Sigüenza? Sie sind natürlich eine Ausnahme, fügte er hinzu, ohne seinen Gesichtsausdruck zu verändern. Was führt Sie in diese heiligen Hallen?

Prullàs räusperte sich. Bei dem langen Warten hatte er den Grund für seinen Besuch fast völlig vergessen. Don Lorenzo, sagte er schließlich, ich bin gekommen, um mich für Miguel Fontcuberta zu verwenden, den Sie suchen lassen, wie man mir sagte. Natürlich, fügte er hinzu, kenne ich Ihre Gründe nicht, aber ich kenne Miguel Fontcuberta seit vielen Jahren und bin überzeugt, er ist ein vollkommener Gentleman und unfähig, einen Mord zu begehen.

Der Chefbeamte knallte die Handfläche auf den Tisch, daß die Schreibgarnitur tanzte und die Löschwiege schaukelte. Fontcuberta! rief er, dieser verdammte Blödmann! Sind Sie gekommen, um mir zu sagen, wo wir ihn zu fassen kriegen? Soviel ich weiß, ist er in Madrid, antwortete Prullàs; im Hotel Palace wird man Ihnen Auskunft geben, da steigt er immer ab. Reden Sie keinen Unsinn! erwiderte Don Lorenzo Verdugones; seit über einem Jahr hat Fontcuberta keinen Fuß mehr ins Palace gesetzt, und auch in kein anderes Hotel in Madrid, wenigstens nicht unter seinem richtigen Namen; falls er es mit falschen Papieren tut, wissen wir es noch nicht, aber wir sind ihm auf der Spur. Offen gesagt, wissen wir nicht einmal, ob er überhaupt nach Madrid geht, wir wissen nur, daß er sagt, er geht nach Madrid, und bei der Rückkehr Bonbons aus der Pajarita mitbringt. Verdammter Blödmann! Wann haben Sie gehört, daß er weggefahren ist? Vor einigen Tagen, sagte Prullàs, überrascht von dieser unerwarteten Information. Sie hätten es mir sogleich mitteilen sollen, sagte Don Lorenzo Verdugones; hab ich Ihnen nicht gesagt, Sie sollen mich über alles auf dem laufenden halten? Sie sind mir ein schöner Detektiv! Aber ich konnte doch nicht ahnen, daß Fontcuberta verdächtig ist, ich wußte ja nicht einmal, daß er überwacht wird, flüsterte Prullàs. Solange wir den Schuldigen nicht hinter Gitter gebracht haben, werden alle überwacht, brüllte der andere, sogar mein eigener Vater!

Prullàs verstummte. Die Luft im Büro war zum Schneiden. Sigüenza, schaffen Sie diesen Aschenbecher fort, brüllte der Chefbeamte wieder; wenn es etwas Unerträgliches gibt, dann ist es der Gestank von Zigarettenstummeln. Der beflissene Amtsdiener verschwand mit dem Aschenbecher. Als er am Ventilator vorbeiging, wurde sein Kopf von einer

Aschenwolke eingehüllt. Prullàs wagte zu fragen: Aber welche Beziehung kann es zwischen Fontcuberta und dem Mord an Vallsigorri geben?

Dem Mord? sagte Don Lorenzo Verdugones, wer hat denn von Mord gesprochen? Ach, dann suchen Sie Fontcuberta gar nicht wegen des Mordes an Vallsigorri? rief Prullàs. Nein, Mensch, um diesen verdammten Mord kümmern doch Sie sich schon! Ich bin hinter einer gewichtigeren Sache her. Das Klingeln des Telefons unterbrach den Chefbeamten. Im Vorzimmer hörte man Sigüenzas Stimme. Hallo? Zu Befehl, Oberstleutnant! Ich sag ihm sogleich Bescheid, Oberstleutnant! Der beflissene Amtsdiener streckte den Kopf herein: Don Lorenzo, Oberstleutnant Vergara für Sie.

Eilig nahm Don Lorenzo Verdugones den Zusatzhörer. Vergara? Vergara, zum Henker, immer zu Diensten! Nein, zum Henker, nein; ich zu deinen! Was? Ja, ich kann dich sehr gut hören; ja, zum Henker, als wärst du im Zimmer nebenan. Ja doch, ich kann dich großartig hören, zum Henker! Wie gehts dir? Und der Familie, gut? Sehr schön, zum Henker! Und die Kleine? Die muß ja schon ein süßer Käfer sein! Nein, zum Henker, ein süßer Käfer! Ein Käfer!! Wie? Im Januar? Na, dann viel Glück, zum Henker! Ja, Vergara, ja; sie hinauf und wir hinunter, zum Henker, so ist das nun mal. Das ist das Gesetz des Lebens! Wie? Hahaha, das sag ich auch – die Lanze immer schön scharf halten, Vergara, das ist das Wesentliche. Immer noch der Alte, Vergara! Und hier, wie du siehst, schlagen wir uns mit Alltagskram rum. Wem sagst du das, zum Henker, wem sagst du das! Du weißt ja, wie dieser Witz geht: Alle Kaufleute sind unverschämte Kerle, alle Katalanen sind Kaufleute, und schon hast du den Syllogismus. Ja? Im Ernst? Zum Henker noch mal! Wer? Nein, der nicht. Ja, mein Guter, die beharrliche Kampagne. Na, da hast dus. Ja, natürlich, die vollständige Liste. Nein, nichts: ein paar Schwule und zwei, drei Bankiers. Nein, das hat mir ein Anwalt gesagt. Ja, ich hab ihn eben verabschiedet. Ja, natürlich, wer was will, soll auch dafür blechen. Ja, zum Henker, sobald sie in Teufels Küche sind, singen sie wenn nötig *La Parrala.* Nein, vorläufig nicht. Was sagst du? Ich kann dich nicht gut verstehen, zum Henker. Eine Interferenz, ja. Urteile? Könnte ich dir nicht sagen. Todesstrafen? Nein, zum Henker, das wird nicht nötig sein. Jedenfalls wart ich drauf, was die in Madrid sagen. Ja, natürlich. Wie? Was du nicht sagst! Zum Henker noch mal! Aha ..., aha ..., mhm, jaja, aha ..., aha. Zum Henker noch mal! Ja, klar. Ja, klar. Ja, klar. Natürlich, zum Henker. Nein, zum Henker. Ja, klar. Aha, aha. Nein, für den Moment ist das alles. Ja, ich werde dich auf dem laufenden halten. Danke, Vergara, das wärs, wir hören voneinander. Küß die Kleine von mir, und bereite dich drauf vor, Großvater zu sein, zum Henker. Wiedersehn, Wiedersehn. Halt die Ohren steif, Vergara!

Er hängte ein und erklärte, noch immer ein Lächeln auf den Lippen: Oberstleutnant Vergara, ein Kamerad aus alten Zeiten, ein Mann wie aus einem Guß, klug und kultiviert, großartiger Bursche! Sigüenza, hab ich Ihnen mal erzählt, was damals geschah, als Vergara und ich General Mola besuchten? Ja, Don Lorenzo, das haben Sie mir schon mehrmals erzählt, aber die Geschichte ist so ergötzlich und Sie erzählen sie so witzig, daß ich sie nicht oft genug hören kann, antwortete Sigüenza. Schon gut, sagte der Chefbeamte knapp. Also, um auf unsere Angelegenheit zurückzukommen: Vergara hat mir eben gesagt, daß Fontcuberta in Sevilla gesehen worden ist, wie er aus einem Einspänner stieg. Anscheinend kutschiert er jetzt als Tourist umher. Sigüenza, einen Eilantrag an den Zivilgouverneur von Sevilla und an die Oberpolizeidirektion. Nicht telefonisch, zuerst telegrafisch und dann auf dem Dienstweg. Wär ja gelacht, wenn wirs zur Abwechslung nicht auch mal gut machen könnten.

Der beflissene Amtsdiener kritzelte etwas in sein Ringbuch und ging dann hinaus, um die erhaltenen Anweisungen auszuführen. Prullàs und der Chefbeamte waren wieder allein. Die Glühbirnen flackerten, als wollten sie gleich ausgehen, dann floß der Strom wieder regelmäßig. Wenns mal so anfängt, ist das ein schlechtes Zeichen; am Ende haben wir einen neuen Stromausfall, bemerkte Don Lorenzo Verdugones. Sigüenza, lassen Sie alles liegen und holen Sie eine Petroleumlampe! Wir haben zwar ein eigenes Aggregat, aber bis das funktioniert, dauerts eine Weile. Nach diesem Satz ging das Licht endgültig aus. Durchs Fenster war noch ein Ausschnitt marineblauen Himmels zu sehen. Auch die elektrischen Straßenlampen waren ausgegangen, und die Autos begannen zu hupen.

Der Chefbeamte lehnte sich in seinem Sessel zurück, und im Halbdunkel verschmolz seine Gestalt mit der Lederlehne. Nur seine tiefe Stimme und das schwache Glimmen der Zigarette zeugten von seiner Anwesenheit. Anfang dieses Jahres, begann er, ist zum Zeichen der Freundschaftsbande, die unsere beiden Länder verbinden, und der Zuneigung, die uns Argentiniens Präsident schenkt, von dort ein Schiff mit einer Ladung Weizen, Stärke und anderer Rohstoffe gekommen, um das ernste Versorgungsproblem zu beheben, unter dem unser Land infolge der unfairen Blockade durch Spaniens Feinde leidet. Es handelte sich, wie gesagt, um Produkte dringlichster Notwendigkeit für den Lebensunterhalt der arbeitenden Bevölkerung. Um das Brot des Vaterlandes! Einige Monate später beehrte General Peróns Gattin, diese unvergleichliche Primera Dama, unseren Boden persönlich mit ihrem Besuch. Aus diesem Grund begab ich mich nach Madrid. Wie groß waren jedoch mein Erstaunen und meine Scham – die Scham, Spanier zu sein! –, als ich Seine Exzellenz, den Herrn Botschafter Argentiniens, höchstselbst auf mich zukommen sah, um mir mitzuteilen, daß, wie er aus guter Quelle wußte, einige katalanische Kaufleute, die mit hohen Beamten des Madrider Mehlkonsortiums unter einer Decke steckten, mehrere Tonnen Weizen abgezweigt und hinter dem Rücken ihrer Landsleute hier in Barcelona dem Konditorenverband verkauft hatten, um Ostertorten und San-Juan-Fladen zu backen. Aus dem Brot des Vaterlandes, Prullàs! Geschämt habe ich mich, Spanier zu sein!

In dem Moment, als der Chefbeamte diesen Satz aussprach, gingen die Lampen wieder an, und Sigüenza kam mit einer brennenden Petroleumlampe in der Hand herein. Wer zu spät kommt, hat das Nachsehen! rief Don Lorenzo Verdugones gereizt, als hätte ihn das Licht dabei überrascht, wie er seine verborgensten Gefühle entblößte. Sigüenza ging mit der Lampe wieder hinaus, und Prullàs fragte: War Fontcuberta einer von ihnen? Natürlich, sagte der andere. Und Vallsigorri? Das wissen wir nicht sicher, aber es würde mich nicht wundern; haben Sie gewußt, daß Fontcuberta Freimaurer ist? Nein, davon hab ich keine Ahnung gehabt, gab Prullàs zu. Ist er aber, und sein Spießgeselle Vallsigorri war es auch. Die beiden waren eine Zeitlang Partner, um mehrere Betrügereien zu begehen; dann haben sie sich getrennt, sind aber im Kontakt geblieben, vielleicht durch die Loge. Ich dachte, es gibt keine Freimaurer mehr, sagte Prullàs. Ach, Sie Guter, erwiderte der Chefbeamte; die Freimaurer verschwinden nie; wenn sie schon endgültig ausgerottet scheinen, tauchen sie von neuem auf, wie Ungeziefer.

Prullàs dachte eine Weile nach. Wenn sowohl Fontcuberta als auch Vallsigorri Freimaurer waren, sagte er schließlich, müßte man Fontcuberta von der Liste der Mordverdächtigen streichen. Warum? fragte Don Lorenzo Verdugones. Untereinander bringen sich Freimaurer nicht um, sie helfen sich eher, sagte Prullàs. Die Seele der Freimaurer ist pechschwarz, entgegnete Don Lorenzo Verdugones. Und Mariquita Pons? fragte Prullàs weiter, ist sie auch Freimaurerin?

Seien Sie kein Trottel, Prullàs; die Freimaurer dulden keine Frauen in ihrer verdammten Organisation. Die will nicht mal der Leibhaftige.

Sigüenza streckte den Kopf herein. Mit Verlaub, Don Lorenzo, eben hat die Polizeidirektion von Sevilla angerufen. Ein Individuum, dessen Merkmale mit denen Don Miguel Fontcubertas übereinstimmen, hat sich gestern unter dem Namen Miguel de Casabona, Marquis von Ampurdán, im Hotel Alfonso XII eingetragen; begleitet wird er von einer Señorita, die sich als seine Privatsekretärin ausgibt, im Zimmer neben dem des Herrn Marquis wohnt und auf den Namen Charito hört; soll ich irgend etwas antworten? Im Moment nicht, Sigüenza; später werden wir die entsprechenden Maßnahmen ergreifen; es ist schon spät, und wir haben Señor Prullàs lange aufgehalten. Bringen Sie ihn zum Ausgang, und dann kommen Sie wieder, ich hab Ihnen eine flammende Rede zu diktieren.

7

Erschöpft kam er nach Hause. Laß mir ein Bad einlaufen, sagte er zur Sebastiana, und dann mach mir irgend etwas zum Abendessen. Wie wärs mit einer Tortilla nach Bäuerinnenart und als Hauptgang einige Kroketten? Ja, sehr gut; hat jemand angerufen? Nur dieser Herr mit der Krächzstimme, sagte die Sebastiana; ich hab ihm gesagt, was Sie mir gesagt haben, daß ich ihm sagen soll, aber es war ihm völlig egal; wenn Sie mich fragen, der ist bekloppt. Hat er gesagt, ob er noch mal anruft? Gesagt hat ers nicht, aber Sie können Gift drauf nehmen.

In diesem Augenblick klingelte das Telefon. Sehen Sie, ich habs Ihnen ja gesagt, Herr! Die Sebastiana lief zum Apparat. Prullàs hielt sie zurück. Ich nehms, sagte er, hob den Hörer ab und brüllte: Hallo! Das ist mir vielleicht eine Art, ein Gespräch zu beginnen, Carlos, antwortete eine heitere Stimme. Mit wem spreche ich? Ich bin Dr. Mercadal. Oh, verzeih den brüsken Ton, ich hab dich nicht erkannt; da gibts so einen impertinenten Kerl, der unaufhörlich anruft, und ich dachte, der wärs wieder; wie gehts denn so? Den Umständen entsprechend, antwortete der große Chirurg; eigentlich hab ich dich angerufen, weil ich in Barcelona bin und nicht allein essen mag; wenn du nichts anderes vorhast, hol ich dich in einer halben Stunde ab und lade dich zu einer Bouillabaisse im Can Solé ein. Gib mir statt einer halben eine dreiviertel Stunde und laß mich dich einladen, erwiderte Prullàs. Was das erste betrifft, sehr gern, das zweite kommt nicht in Frage, sagte der große Chirurg.

Prullàs rief die Sebastiana. Es war nicht der Verrückte, sagte er; und Bad und Abendessen kannst du dir schenken. Ich werde ausgehen; leg mir frische Kleider bereit, während ich mich dusche. Etwas später betrachtete Prullàs im Spiegel den guten Sitz seines englischen Alpakaanzugs; in der Tiefe des Spiegels schaute ihm vom dunklen Gang aus die dralle Gestalt der Sebastiana in respektvoller Haltung zu.

*

Vor dem Abendhimmel zeichneten sich die gigantischen Konturen eines im Hafen vertäuten Frachters ab. Auf der Kommandobrücke rauchte, die Ellbogen aufs Geländer gestützt, ein Offizier Pfeife, vom Zwischendeck drangen gedämpfte Metallgeräusche herauf, und wenn das Rauschen der an die Wellenbrecher brandenden Wogen verstummte, konnte man in der Ferne Bruchstücke von Akkordeonklängen hören. An einem Fenstertisch des Restaurants kosteten Prullàs und Dr. Mercadal Herzmuscheln und Purpurschnekken und tranken dunkles Bier, während sie aufs Essen warteten. Der große Chirurg starrte gedankenversunken in die Ferne. Die durch die Docks fahrende Schmalspurbahn pfiff.

Als hätte der Pfiff einen inneren Mechanismus in Gang gesetzt, veränderte sich Dr. Mercadals Gesichtsausdruck, und er sagte: Ich hatte mir vorgenommen, dir das Essen nicht mit meinen Sorgen zu vergällen, aber ich betrachte dich als guten Freund, und es wäre unehrlich, dir eine Gemütsverfassung vorzugaukeln, die nicht der Wirklichkeit entspricht.

Prullàs wischte sich mit der Serviette die Lippen ab, trank einen Schluck Bier und sagte: Ich bin ganz Ohr. Dr. Mercadal trank ebenfalls. Es geht wieder einmal um Marichuli, begann er; sie ist mit jedem Tag schlechter dran und ganz vom Gedanken an den Tod besessen. Tag und Nacht denkt sie an nichts anderes. Angesichts ihrer familiären Vorgeschichte und des Gesundheitszustands der armen Alicia ist diese Besessenheit verständlich, das geb ich zu, aber so kann man doch nicht leben! Wir alle müssen sterben, aber hat es einen Sinn, sich deswegen die Jahre entgehen zu lassen, die uns im Leben zustehen – aus Angst vor etwas, was durch nichts zu verhindern ist, was unvermeidlich eintritt? Ich sage ihr: Lebe jetzt und verschiebe die Todesbesessenheit auf die Zeit nach dem Tod. Ist das nicht vernünftig? Letztlich ist der Tod nichts: Eines schönen Tages hören wir auf, Bouillabaisse zu essen, und werden zu einer Bouillabaisse für die Würmer. Das ist alles. Ich sag es ihr immer und immer wieder, aber sie will nicht auf mich hören – in dieser Philosophie findet sie keinen Trost.

Ist das denn so schlimm? fragte Prullàs. Schlimm ist es, das Offenkundige zu leugnen, erwiderte der große Chirurg. Ein Kellner stellte die pompöse Suppenschüssel in die Mitte des Tischs, füllte die Teller mit dem Schöpflöffel randvoll und wünschte guten Appetit. Nachdem er gegangen war, fuhr Dr. Mercadal fort: In letzter Zeit hat sich das Ganze verschlimmert. Jetzt geht es nicht mehr nur um diese pessimistische Sicht des Lebens, sondern um echte Symptome geistigen Verfalls.

Was du nicht sagst! rief Prullàs, das ist ja schrecklich! Die Nachricht überraschte ihn freilich nicht; insgeheim hatte er Marichuli Mercadal schon immer für eine Verrückte gehalten, und die Episode mit der hypnotischen Trance war für ihn ein Beweis für ihre psychische Labilität gewesen. Und wie äußern sich diese Symptome? fragte er. Dr. Mercadal blies auf den Löffel, bevor er die Suppe probierte. Sie leidet an Vergeßlichkeit, sagte er, verliert die Orientierung. Nicht wie du oder ich, sondern auf eine fast schon pathologische Art, die an Amnesie grenzt. Und dann beginnt sie zu halluzinieren. Ich sage dir nur, daß sie mitten in der Nacht in großer Trostlosigkeit deinen Namen herausschreit; das hat sie schon mehrmals getan, und zwar, wie ich feststellen konnte, in tiefstem Schlaf. Wenn sie erwacht, erinnert sie sich nicht mehr daran, gesprochen zu haben, ja nicht einmal, geträumt zu haben.

Hm, und außer meinem Namen, sagt sie sonst noch was? Ja, vieles, aber nicht immer verständlich; einzelne Sätze wie ›Verlaß mich nicht‹ und so; überhaupt scheint sie direkt oder indirekt die Schuld für ihr ganzes Elend dir zuzuschreiben. Es ist unsinnig, ich weiß, aber es ist genauso, wie ichs dir erzähle. Ich hab einen ehemaligen Studienkollegen, der sich auf Psychiatrie spezialisiert hat, um Rat gefragt, ein tüchtiger Kerl, und er hat mir eine für Psychiater typische Erklärung gegeben. Wie er sagt, kommt es häufig vor, daß man im Traum durch eine nahestehende, harmlose Figur eine andere, entfernte, verlorene oder vergessene Person ersetzt, der gegenüber wir konfliktgeladene Gefühle hegen; in diesem Fall wäre das natürlich Marichulis eigener Vater, der, wie du ja weißt, starb, als sie noch sehr klein war; er verließ sie sozusagen, als sie seine Liebe und seinen Schutz am nötigsten gehabt hätte. Jetzt bekämpfen sich in ihrem Unterbewußtsein zwei entgegengesetzte Gefühle: eines, das den Vater, der sie verlassen hat, haßt, und eines, das ihn liebt und bewundert. Wir alle haben als Kind unseren Vater idealisiert, und dann, als wir älter wurden, haben wir ihn entmystifiziert. Sie dagegen hat, da sie ihn in der Kindheit verlor, keine Gelegenheit gehabt, ihn mit nüchternem Blick zu sehen. Jetzt ruft sie ihn in leidvollen Zeiten an, in der Überzeugung, wenn er zurückkäme, würde er alle Probleme einfach wegzaubern.

Ich verstehe, sagte Prullàs; und im Traum trägt dieser Wundermann meine Züge. So sieht es aus, antwortete der große Chirurg; als treuer Gatte Martitas, der sie sehr zugetan ist, bist du für Marichuli der Inbegriff einer Vaterfigur.

Ach, ich finde das eine sehr treffende Diagnose von deinem Freund, sagte Prullàs. Ich aber nicht, antwortete Dr. Mercadal; ich bin ein Mann der Wissenschaft und traue der Freudschen Psychoanalyse nicht über den Weg. In einigen Fällen mag sie bestimmte seelische Leiden gelindert haben, wenigstens vorübergehend, aber grundsätzlich halte ich sie für Humbug. Sie begeht den großen Fehler, daß sie das menschliche Verhalten und seine Fehlleistungen auf die Entwicklung der frühkindlichen Sexualität zurückführt. Das ist dummes Zeug. Die Fortschritte in der Neurologie widerlegen diese These eindeutig. Das Seelenleben hat seine Wurzeln ganz und gar im Hirn, in seinen hochkomplizierten Windungen. Das Hirn, um es in einfachen Worten zu sagen, ist wie das Schaltpult eines ausgedehnten Stromnetzes, das das Nervensystem ist. Durch dieses Netz fließen die Sinnesimpulse, auf und ab, von der Epidermis ins Hirn und zurück, ping, peng, ping, peng. Aktion und Reaktion, Aktion und Reaktion, plisch plum. Verstehst du? Ja, sagte Prullàs. Nun, das sind die Gefühle, sagte der andere abschließend; die Liebe, das Verlangen, die Erinnerung, die Vorliebe für Stierkämpfe und die Verehrung des Allerheiligsten. Ob wir wollen oder nicht, es gibt nichts anderes, Carlos. Nichts anderes.

Prullàs nickte, ohne im Essen innezuhalten. Der wissenschaftliche Aspekt des Themas ließ ihn kalt, und außerdem war er überzeugt, daß sein Gegenüber von ihm nur höfliches Schweigen, Aufmerksamkeit und Verständnis erwartete.

Der Kellner trat an den Tisch und fragte: Na, schmeckt die Suppe? Ausgezeichnet, antwortete Dr. Mercadal; ein wenig dick für meinen Geschmack, aber trotzdem ausgezeichnet. Jedenfalls haben wir es mit einem polyneuritischen Bild zu tun, mit einer schweren Störung. Sie, wovon sprechen Sie? fragte der Kellner. Was geht dich das an? erwiderte Prullàs. Nichts, aber ich dachte, Sie meinen die Suppe, und ich habe nichts verstanden. Nein, mein Lieber, wir haben vom neurovegetativen System gesprochen. Ach, das ist mir vollkommen schnurz, sagte der Kellner. Nachdem er gegangen war, sagte Prullàs: Ich will dir ja nicht widersprechen, aber ich sehe kein Symptom von Verrücktheit darin, daß man mich mit jemand anderem verwechselt, vor allem im Traum. Täte sie es im Wachzustand, so wäre es besorgniserregend, aber im Schlaf ist man für seine Worte nicht verantwortlich und auch nicht für seine Träume oder sonstwas.

Ach nein? erwiderte der große Chirurg; machst du das Bett naß? Nein, nicht wahr? Ich auch nicht, und dieser Kellner, trotz seiner offensichtlich mangelhaften Bildung, sicherlich auch nicht. Und warum nicht? Weil es sich eine innere Wache, um dem Kind einen Namen zu geben, zur Aufgabe gemacht hat, uns im kritischen Moment zu wecken. Nein, Carlos, nicht einmal im Traum sind wir der Verantwortung für unsere Gedanken und Gefühle enthoben. Ich meine nicht den moralischen Aspekt – dazu will ich mich nicht äußern. Aber so schmerzlich es für uns ist, Marichuli ist krank, und früher oder später werde ich mich gezwungen sehen, eine drastische Entscheidung zu treffen. Der Gedanke ist mir zuwider, aber ich sehe keinen andern Ausweg. Die

Irrenanstalt? rief Prullàs. Man soll nicht gleich übertreiben, sagte Dr. Mercadal; es gibt auch andere Methoden.

Er aß eine Weile schweigend, trank den Wein aus und fügte hinzu: Hast du schon von der Korsakow-Psychose gehört? Wenn ich nicht irre, ist Korsakow ein russischer Musiker, sagte Prullàs, aber ich hab nicht gewußt, daß er eine Psychose hatte. Nein, Mensch! rief der große Chirurg und ließ den Löffel in den Teller fallen, so daß seine Krawatte mit Suppe vollgespritzt wurde; Korsakow war ein russischer Arzt, der so hieß wie der Komponist der *Scheherazade*. Der Korsakow, den ich meine, der Arzt, hat Ende letzten Jahrhunderts die Geistesstörung entdeckt, die seinen Namen trägt. Die Kranken, die sie haben, leiden an Vergeßlichkeit und häufiger Desorientierung und ersetzen vergessene Geschehnisse mit ihrer Fantasie. Ich will dir ein Beispiel geben, damit dus verstehst: Nimm einmal an, du bist ebendiese *Scheherazade* anschauen gegangen. Ich meine natürlich den Technicolorfilm. Nun, am nächsten Tag oder sogar noch vorher, schon in dem Moment, wo du aus dem Kino kommst, hast du alles vergessen: die Handlung des Films, die Musik, die Schauspieler, die Bilder, alles. In einem Winkel deines Gedächtnisses bleibt nur der starke Eindruck zurück, den dir Yvonne de Carlo gemacht hat. Nun bietet dir die Fantasie, um das Vergessene zu ersetzen, eine falsche, aber befriedigende Geschichte an: Gestern bist du mit Yvonne de Carlo ausgegangen, hast sie im Can Solé zu einer Bouillabaisse eingeladen, ihr habt euch unterhalten und beim Abschied vereinbart, eure Freundschaft brieflich fortzusetzen. Von diesem Tag an sagst du: Yvonne de Carlo hat mir schon lange nicht mehr geschrieben, hoffentlich ist ihr nichts zugestoßen!

Ich verstehe, sagte Prullàs. Und läßt sich diese Krankheit mit Medikamenten heilen? Nein, mit Medikamenten nicht, erwiderte der große Chirurg, wohl aber mit einer Lobotomie. Das ist ein schmerzloser, sehr wenig aggressiver Eingriff. Und danach sind die Patienten quietschfidel.

⋆

Auf einer winzigen, wilden Azoreninsel hatten amerikanische Marineinfanterie-Streitkräfte nach mehreren Stunden Belagerung einen Unteroffizier der japanischen Armee festgenommen, der nicht wußte, daß der Krieg mit der bedingungslosen Kapitulation seines Landes zu Ende gegangen war, und im Namen des Kaisers, den er für einen wahren Gott hielt, weiterhin allein dieses nicht vorhandene Bollwerk verteidigt hatte. Die Gefangennahme war mittels erstickender Kampfstoffe zufriedenstellend erfolgt, denn sie setzten den eigensinnigen Unteroffizier außer Gefecht, ohne daß er vor dem Niederlegen der Waffen diese gegen sich richten und das berühmte Harakiri begehen konnte. Als er wieder zu sich kam, wollte der mutige Soldat, der unerträglich stank, da er, wie er mit Hilfe eines Dolmetschers zu verstehen gab, seit dem Frühjahr 1942 nicht mehr gebadet hatte, nicht glauben, daß Japan und die Vereinigten Staaten jetzt keine kriegführenden Länder mehr waren, sondern Verbündete und Freunde. Der Bericht über diesen seltsamen Vorfall erläuterte nicht, wie ein japanischer Unteroffizier hatte zu den Azoren gelangen können, obwohl alles darauf hindeutete, daß es sich um einen schlichten Übermittlungsfehler des Agenturbüros handelte. In Nürnberg tagte das Gericht hinter verschlossenen Türen weiter, und der Angeklagte befand sich solange in Einzelhaft, bis das Urteil bekanntgegeben würde. Zum ersten Mal seit mehreren Wochen mußte an diesem Morgen die ganze Welt ohne Nachrichten von Krupp auskommen.

Prullàs faltete die *Vanguardia* zusammen und rief die Sebastiana. Sebastiana, wenn ich dir nun sagte, ich habe gestern abend mit Yvonne de Carlo gegessen, würdest du mich dann für verrückt halten? Ja, Herr, absolut. Und wenn ich dir sagte, jemand kann einen Mord begehen und es danach völlig vergessen und glauben, er sei an einem andern Ort gewesen und habe etwas anderes getan? Würdest du das glauben? Nein, Herr; in diesem Fall würde ich denken, Sie haben mich auf den Arm genommen. Aber darauf dürfen Sie überhaupt nichts geben, fügte sie rasch hinzu; ich bin nur eine arme Ignorantin. Und bitte reden Sie nicht mehr von Verbrechen, das alles liegt mir schwer auf den Brüsten, und dann wach ich die Nächte durch und kann nicht schlafen.

KAPITEL VII

I

ENRIQUE: Setz dich, Cecilia, ich muß dir was sehr Wichtiges sagen. Es ist etwas Grauenhaftes geschehen, etwas ganz Entsetzliches …

CECILIA: Ach du meine Güte, Enriquito, mein Herzchen, erschreck mich nicht, so schlimm wirds wohl nicht sein!

ENRIQUE: Doch, mein Schatz, es ist so schlimm. Also, es handelt sich um Todoliu.

CECILIA *(Unruhig)*: Um Todoliu?

ENRIQUE: Ja, um Todoliu. Um euren Verwandten Todoliu.

CECILIA: Oi, Todoliu! Was kann ihm denn zugestoßen sein? Wo er doch grad heute morgen verreist ist, glücklich und zufrieden, nachdem er in diesem Haus ein paar so angenehme Tage verbracht hat, bei seiner Nichte und seinem Neffen …

ENRIQUE: Das ist es ja – er ist nämlich nicht auf Reisen gegangen, wie du annimmst.

CECILIA *(Immer unruhiger)*: Er …, er ist nicht gegangen?

ENRIQUE: Doch, er ist schon gegangen; das heißt, er ist nicht gegangen. Also, er ist gegangen, aber er ist nicht gegangen. Ich meine, dein Verwandter Todoliu ist gegangen, aber nicht verreist, sondern ins Jenseits. Kurzum, er ist gestorben.

CECILIA *(Sich überrascht gebend)*: Gestorben! Das hab ich nun gar nicht erwartet! Armer Todoliu! Unfaßbar. Nämlich heute morgen, da war er noch kerngesund.

ENRIQUE: Es geht nicht um ein gesundheitliches Problem, mein Schatz. Todoliu ist ermordet worden.

CECILIA *(Sich noch überraschter gebend)*: Ermordet! Unmöglich! Warum sollte jemand den armen Todoliu ermorden? Es haben ihn doch alle angebetet! Das muß ein Irrtum sein.

ENRIQUE: Da gibts keinen Irrtum, Cecilia. Auch wenn es sehr schmerzlich für dich ist, du mußt dich an den Gedanken gewöhnen – Todoliu ist ermordet worden. *(Pause.)* Aber da ist noch etwas, was ich dir sagen muß.

CECILIA: Noch ..., noch etwas?

ENRIQUE: Ja. Todoliu ist schon... vor einem Monat ermordet worden.

CECILIA *(Jetzt wirklich überrascht)*: Was! Vor einem Monat? Das kann nicht sein, Enrique, das kann nicht sein! *(Verstohlen zum Schrank spähend.)* Weil wenn, wie du sagst, Todoliu vor einem Monat gestorben ist, wen haben... wir... Ich meine...

ENRIQUE: Ja, Liebste, ich verstehe, was du meinst. Und du hast ganz recht: Die Person, die einige Tage in diesem Haus verbracht hat ..., das war nicht Todoliu, sondern Todolius Mörder!

CECILIA: Ich werd ohnmächtig. *(Wird ohnmächtig.)*

Die berühmte Schauspielerin fuhr zurück, als sie in ihre Garderobe trat und Prullàs erblickte. Ich hab mich hergeschlichen, und deine Ankleiderin hat mir aufgemacht, erklärte er. Mariquita Pons schickte die Ankleiderin weg. Ich habe dich nicht heute erwartet, sagte sie und setzte sich vor den Frisierspiegel. Zwischen den Schminktöpfchen erblickte Prullàs einen Kerzenhalter mit einem Kerzenstumpf. Sag mal, war das nicht Bonifacis Kerzenhalter? Ich hab nicht die geringste Ahnung, sagte die berühmte Schauspielerin; die Schneiderin hat ihn das letzte Mal gebracht, als das Licht ausging, und hat ihn für alle Fälle dagelassen. Offenbar laufen bei dieser Hitze die Ventilatoren, Eisschränke und Kühlungen auf Hochtouren, und die Leitungen sind überlastet. Alle Augenblicke brennen die Sicherungen durch oder explodiert ein Kondensator, oder der Teufel steckt seinen Schwanz in einen Sumpf und schickt alles zur Hölle. Ist ja egal; das ist alles, was ich dir zu diesem Kerzenhalter sagen kann. Nimmst du das Inventar des Theaters auf?

Nein, sagte Prullàs; ich ermittle Mordfälle und in meiner Freizeit Unterschlagungen, Diebstähle und andere unbedeutendere Delikte.

Unschlüssig spielte Mariquita Pons mit einem Töpfchen. Ihr Gesicht sah müde aus – die Sorgen hatten ihr den Schlaf geraubt. Auch Prullàs zögerte, bevor er erzählte. Gestern abend hab ich wie versprochen Don Lorenzo Verdugones aufgesucht, begann er. Mariquita Pons winkte ab. Ich danke dir, aber die Mühe hättest du dir sparen können, sagte sie leichthin; gestern abend hat mich Miguel aus Madrid angerufen; er hatte im Palace kein Zimmer gefunden und ist in einem andern Hotel abgestiegen, ich weiß auch nicht mehr, in welchem. Ich hab ihm von Don Lorenzo Verdugones' Besuch erzählt, und er hat gelacht wie ein Irrer; dann sagte er, gleich heute morgen würde er zur Hauptabteilung für Sicherheit gehen, wo er eine Menge Leute kennt, und alle Mißverständnisse ausräumen. Hat er dir auch gesagt, wann er zurückkommen will? fragte Prullàs. Er wußte es noch nicht, erwiderte die berühmte Schauspielerin; es ist sogar möglich, daß er eine Blitzreise nach Sevilla macht, um einige Dinge zu klären. In diesem Fall, hat er gesagt, würde er die Gelegenheit beim Schopf packen und zum Stierkampf gehen; er hat sich gefreut wie ein Kind über die Aussicht, in der Maestranza eine gute Corrida zu sehen.

Prullàs schwieg. Dann sagte er: Das kann ich mir vorstellen; wie laufen die Proben? Die berühmte Schauspielerin hatte sich eben mit einem nassen Tuch fertig abgeschminkt und salbte sich Stirn und Wangen mit Feuchtigkeitscreme ein. Für Augenblicke verflog ihre gute Laune. Immer schlechter, sagte sie; Gaudet befindet sich in einem wirklichen Tief; ich würde sogar soweit gehen, es als regelrechte Grube zu bezeichnen. Er hört nichts, sieht nichts, vergißt alles, verwechselt die Schauspieler mit den Figuren des Stücks, und manchmal verwechselt er auch das Stück mit andern Stücken dieses Genres – unverzeihlich bei der Originalität von *Arrivederci, Kleiner!*. Ach, du bist bloß wütend, weil das Publikum über den Stotterer mehr lachen wird als über deine Sätze, sagte Prullàs; du solltest dich schämen, vom Unglück eines Freundes zu profitieren, um über mein Stück herzuziehen; hast du das Gefühl, es geht ihm so schlecht? Sie zuckte die Schultern. Ich weiß auch nicht; vielleicht sind es nur die Nerven und diese verflixte Hitze; nichts funktioniert so, wie es sollte; die Elektriker klagen über die Stromausfälle, die Kostümbildner sind total im Verzug, und jemand aus dem Ensemble will seine Rolle nicht in den Kopf kriegen, sagte sie, zur Wand deutend. Aber es ist nicht das, fügte sie in düstererem Ton hinzu; ob Gaudet nun krank ist oder eine persönliche Krise durchmacht, jedenfalls müßte man allmählich daran denken, ihn durch einen andern Regisseur zu ersetzen. Pepe ersetzen? rief Prullàs, das ist wohl nicht dein Ernst!

Die berühmte Schauspielerin trug eine Puderunterlage auf ihr Gesicht auf. Es wäre grausam, sagte sie, aber noch grausamer ist es, ihn zu einer Arbeit zu zwingen, die seine Kräfte übersteigt. Dann führen wir das Stück eben nicht auf, sagte Prullàs; ohne Gaudet gibts kein *Arrivederci, Kleiner!*. Deine Treue ehrt dich, antwortete sie, aber diese Entscheidung hängt nicht von dir ab. Das werden wir ja sehen, erwiderte er; ich werde der Urheberrechtsgesellschaft schreiben.

Vielleicht ist das gar nicht nötig, sagte Mariquita Pons; ich weiß nicht, wie es nach Vallsigorris Tod mit der Finanzierung des Stücks aussieht. Ach, sein Beitrag kann nicht so hoch gewesen sein, entgegnete Prullàs etwas beunruhigt, und wie hoch er auch gewesen sein mag, die Zahlung ist bestimmt schon erfolgt.

Wieder ließ Mariquita Pons ihr fröhliches Lachen hören. Sei bloß nicht so optimistisch, sagte sie; vielleicht hat er nur ein paar Wechsel akzeptiert, und dann würde die Zahlung vom Nachlaß abhängen. Hm, daran hatte ich nicht gedacht, gab Prullàs zu; weißt du, ob er viel Geld hineingesteckt hat? Genug, um Gaudet Bedingungen zu diktieren, sagte die berühmte Schauspielerin. Und wer hat dir dieses Märchen erzählt? fragte Prullàs. Oh, die Wände haben Ohren, und die Leute sind geschwätzig, rief sie, ohne im geringsten ihre gute Laune zu verlieren. Kommst du heute abend mit ins Kino, oder willst du mir wieder einen Korb geben?

Prullàs schaute auf die Uhr. Ich werde dich um halb zehn abholen; vorher möchte ich mich noch kurz mit meinem Freund Gaudet unterhalten. Such dir unterdessen einen Film aus, möglichst einen Indianerfilm. Uff! sagte sie; und wieder ernst geworden, fügte sie hinzu: Sei vorsichtig, wenn du mit Gaudet sprichst; wenn er in letzter Zeit gehudelt hat, dann schreib es dem Tod seiner Mutter zu, oder seiner schlechten Gesundheit, oder dem Alter, aber nichts anderem. Bei diesen Worten hatte sie ein Schlüsselchen aus der Tasche gezogen und eine Schublade des Frisiertischs geöffnet. Sie entnahm ihr ein Parfümfläschchen und tupfte sich den Glasstöpsel ein paar Mal hinter die Ohren und auf die Handgelenke. Die Marke des Parfüms blieb Prullàs nicht verborgen. Woher hast du dieses *Arpège*? fragte er. Na, rat mal! Poveda hats mir vor einiger Zeit verkauft. Er hat mir geschworen, es gebe in ganz Barcelona nur ein einziges Fläschchen, weshalb ich, wie er meinte, es weder ausschlagen noch darum feilschen könne. Natürlich hab ich gefeilscht wie eine Tigerin, und schließlich hat er mirs zur Hälfte des ursprünglichen Preises gegeben. Und warum hältst dus unter Verschluß? Weil das erste verschwunden ist, das ich ihm abgekauft habe. Ich hatte es hierhergebracht, und in meiner Abwesenheit ist irgendein cleverer Bursche in die Garderobe eingedrungen und hats mir geklaut. Ein cleverer Bursche oder ein cleveres Ding, fügte sie in aufgeräumter Sorglosigkeit hinzu.

Nachdem er die Garderobe der berühmten Schauspielerin verlassen und sich vergewissert hatte, daß ihn niemand sah, schlich Prullàs zur Garderobe von Señorita Lilí Villalba, um die Dinge ein für allemal zu bereinigen. Er trat ein, ohne anzuklopfen, und prallte dabei frontal mit der jungen Schauspielerin zusammen, die im selben Augenblick herauskam. Señorita Lilí Villalba reagierte ungewöhnlich wütend. Wofür hältst du mich eigentlich? Seit *Wochen* hast du kein Wort zu mir gesagt, und jetzt stürzt du dich auf mich, ohne dich auch nur anzumelden. Ich bin doch kein Plüschtier!

Ich wollte dich nicht überfallen; ich bin nur ziemlich schnell hereingekommen, um nicht gesehen zu werden, entschuldigte er sich. Nebenan gehst du völlig ungeniert ein und aus, entgegnete sie, während sie die Riemen ihrer Sandale richtete; und bei mir genierst du dich? Das ist doch etwas anderes – niemand würde über meine Beziehung zu Quiqui was Schlechtes denken. Mit dem Flackern der Glühbirnen flammten die wilden Augen des Mädchens auf und verloschen wieder: Über unsere Beziehung dagegen müssen sie schlecht denken, denn ich bin ja nur *für eines* gut, flüsterte sie.

Prullàs trat an den Frisiertisch, nahm einen Kamm und brachte sein Haar wieder in Ordnung. Nun übertreib mal nicht. Du bist eine junge, sehr attraktive Frau, und das hat große Nachteile, aber auch große Vorteile. Wärst du lieber häßlich und verwachsen?

Nein, erwiderte sie etwas ruhiger; jedenfalls ist die Welt ungerecht, und die Männer sind noch ungerechter. Wozu bist du gekommen? Um dich zum Abendessen einzuladen, wenn du nicht schon etwas vorhast, sagte Prullàs, sich weiter im Spiegel betrachtend. Zum Teufel mit Gaudet, dachte er, zum Teufel mit dem verdammten Parfüm und zum Teufel mit Quiqui und ihren verfluchten Filmen; ich werd sie anrufen, um unser Rendezvous unter irgendeinem Vorwand abzusagen.

Ungläubig schaute ihn die junge Schauspielerin an. Das würdest du wirklich für mich tun? Mich an einen *öffentlichen* Ort ausführen ... ? Ach nein, es ist unmöglich ... Außerdem hab ich nichts anzuziehen, murmelte sie. So siehst du sehr gut aus, sagte er, während er sich umdrehte und sie aufmerksam betrachtete.

Das Licht ging aus und sogleich wieder an und verstärkte die Flamme in ihren Pupillen. Kein Wort mehr, du verrückter Mann, zischte Señorita Lilí Villalba erschrocken. Dann lachte sie ohne erkennbaren Grund. Warte! Eine Nachbarin kann mir ein Kleid leihen; sie ist etwas fester als ich, *da* und *da* ein wenig fülliger; aber ein Sommerkleid läßt sich mit zwei Stichen herrichten. Ich bin sehr geschickt, auch wenn dus dir nicht vorstellen kannst – gib mir zwei Stunden, und du wirst mich nicht wiedererkennen.

Einverstanden, sagte Prullàs; jetzt ist es sieben; um neun hol ich dich auf dem kleinen Platz bei deinem Haus ab; sei pünktlich.

★

In dem Moment, als Prullàs seine Wohnung betrat, klingelte das Telefon. Ach, Herr, nehmen Sies bitte – wenns wieder der Typ mit der Krächzstimme ist, krieg ich einen Anfall, sagte die Sebastiana. Prullàs schloß die Tür seines Arbeitszimmers, setzte sich in aller Ruhe hin, nahm Papier und Bleistift und hob den Hörer ab.

Endlich erreich ich Sie, sagte eine seltsame Stimme am andern Ende; Sie spielen den Unantreffbaren, als hätten Sie bei dieser Geschichte nichts zu verlieren. Mit wem spreche ich? Mit jemand, der Ihnen was Interessantes anzubieten hat, antwortete die Krächzstimme, falls Sie bereit sind, dafür zu bezahlen. Weder zu bezahlen, noch Ihnen weiter zuzuhören, wenn Sie nicht auf der Stelle sagen, wer Sie sind, rief Prullàs; wer zum Teufel sind Sie? Ein echter Freund; und werden Sie mir nicht gleich wütend, Señor Prullàs; wenn Sie mich beschimpfen, häng ich auf und ruf nicht wieder an, und das ist für uns alle von Nachteil, hauptsächlich für Sie.

Verlieren wir keine Zeit mir Geschwätz, sagte Prullàs; sagen Sie, worum es geht. Nicht am Telefon, antwortete die Krächzstimme; unter vier Augen oder, wie die Franzosen sagen, tetaté. Und wer garantiert mir, daß Sie nicht ein Verrückter oder ein Spaßvogel sind? Ein Spaßvogel, ich? I wo! Passen Sie auf, ich will Ihnen beweisen, wie ernst ich es meine. Erinnern Sie sich an neulich nachts? Sie waren mit einem andern Herrn in einer Kneipe, und dieser andere Herr hat zufällig die Brieftasche verloren. Die Kneipe heißt Mañuels Taverne. Stimmts oder stimmts nicht? Stimmt, mußte Prullàs zugeben; so war es.

Und wären Sie nicht daran interessiert, sie wiederzuhaben? Die Brieftasche? Den Inhalt der Brieftasche, sagte der andere, die Krächzstimme senkend; ein belastendes Dokument, das die Äuglein der Polente in eine andere Richtung lenken und gewisse Personen von Verdacht befreien würde, Sie verstehen schon... Wenn es Sie interessiert, treffen Sie mich heute abend und bringen Sie ein wenig Geld mit.

Wieviel? fragte Prullàs. Zehn Mille werden genügen, sagte der Unbekannte. Zehntausend Peseten! rief Prullàs; selbst wenn mich der Handel interessierte, könnte ich nicht in so kurzer Zeit über soviel Geld verfügen!

Versuchen Sie es, Señor Prullàs, das Dokument ist es wohl wert. Einige Leute, die Sie kennen, wären bereit, viel mehr hinzublättern, um es zu bekommen, damit es Seine Exzellenz Don Lorenzo Verdugones nicht zu lesen kriegt. Aber schließlich und endlich ist es Ihr Geld – wenn Sie es zu teuer finden, dann kommen Sie eben nicht.

Warten Sie! Ich werde versuchen, das Geld aufzutreiben, aber ich verspreche Ihnen nicht, daß ich zahle; jedenfalls will ich zuerst das Dokument sehen, bevor ich bleche.

Aber selbstverständlich, das ist ein ehrliches Geschäft. Und jetzt hören Sie zu: Kommen Sie heute abend Punkt neun wieder in Mañuels Taverne, keine Minute früher und keine Minute später; bleiben Sie an der Theke, sprechen Sie mit niemand. Ich werde Sie dort treffen und Ihnen das Losungswort nennen. Und kommen Sie allein – Sie haben nichts zu befürchten, aber wenn es Ihnen einfallen sollte, die Bullen zu benachrichtigen, können Sie das Dokument abschreiben.

2

Gleichgültig gegenüber Schicksalsschlägen und unempfindlich gegen das erbarmungslose Verstreichen der Jahre, hegte die Kesse noch immer die Hoffnung, in der Welt von Copla und Fandango zu reüssieren. Jetzt bereitete sie sich wie jeden Abend darauf vor, ihr ganzes Gefühl in den Auftritt zu legen, wenn das Publikum sie aufs Podium rufen würde. Zuvor hatte sie in Mañuels Taverne Teller und Gläser abgewaschen, den Boden gekehrt, Tische und Stühle an ihren Ort gerückt, den Abort durchgespült und geschrubbt, die Karaffen gefüllt und die Gitarren gestimmt. Die Uhr von Nuestra Señora del Pino schlug neun, als Prullàs das Lokal betrat. Als er niemand außer der Kessen erblickte, verbarg er seine Verwirrung hinter einem gezwungen freundlichen Gesicht und stützte die Ellbogen auf die Theke, wo das Mannweib, den Blick tief in einem Glas mit klebrigem Anisgebräu, ein Stück Schwarzbrot in eine große Tasse Feigenkaffee tunkte, um Kräfte zu sammeln.

Die Kesse verzog den Karmesinmund. Donnerlittchen,

mein Hübscher, du bist aber früh dran. Ich bringe das Geld, antwortete Prullàs geschäftig; aber vorher will ich die Ware sehen. Und ich mache Sie darauf aufmerksam, daß ich nur viertausend Peseten zusammengebracht habe. Viertausend? rief die Kesse und zog die Brauen so in die Höhe, daß die dicke Make-up-Schicht über ihren Stirnrunzeln sprang; Jesses, mein Hübscher, du brauchst nicht gleich zu übertreiben; ich zeig dir die Ware schon für zwanzig Duros und mach nebenbei einen neuen Menschen aus dir.

Prullàs stutzte. Hören Sie, haben wir beide nicht eben miteinander telefoniert?

Nein.

Er brach in Gelächter aus. Vergessen Sie meine Worte, sagte er dann; da hats eine Verwechslung gegeben; ich wollte Sie nicht beleidigen. Trinken Sie noch mal dasselbe auf mein Wohl, ich lade Sie ein. Danke, sagte die Kesse, und du hast mich nicht beleidigt, Schätzchen, unsereine haut nichts mehr aus den Pantinen. Aber wenns bei der Angelegenheit, die dich herführt, um die erwähnte Summe geht, dann sag ich besser dem Patron Bescheid. Und ohne dem andern Zeit zum Protestieren zu lassen, schrie sie nach hinten ins Lokal: Komm schnell, Mañuel, da will wer zu dir.

Nach einer Weile erschien der Gerufene, knöpfte sich den Hosenlatz zu und brummelte: Wer sucht mich? In diesem mürrischen Kerl erkannte Prullàs den Kneipier, der sie am fraglichen Abend bedient hatte. Der Wirt verschanzte sich auf der andern Seite der Theke, wie um die darauf stehenden Flaschen vor den Händen des Eindringlings zu schützen, und fragte mißmutig: Was wollen Sie von mir?

Erinnern Sie sich noch an mich? Ich war vor einigen Tagen hier in diesem Lokal, in Gesellschaft eines Herrn, der Bing Crosby glich.

Der Wirt machte eine unwirsche Handbewegung und erwiderte, die Polizei habe ihn diesbezüglich bereits vernommen; er habe auf alle Fragen schon geantwortet und nichts mehr hinzuzufügen. Das ist ein ordnungsgemäß geführtes Geschäft, schloß er. Verschwinden Sie und machen Sie mir nicht noch mehr Scherereien.

Ich ziehe Ihre Ehrlichkeit nicht in Zweifel, sagte Prullàs, und ich bin auch nicht gekommen, um Sie für etwas verantwortlich zu machen. Mit der Polizei hab ich nicht das geringste zu tun; ich bin Theaterautor und schreibe Kriminalkomödien; vielleicht sagt Ihnen mein Name etwas: Carlos Prullàs. Was meine Lage betrifft, so ist sie ähnlich wie Ihre – auch ich bin vollkommen unschuldig in diese Geschichte hineingezogen worden.

Los, Mañuel, sei nett zu dem Herrn, mischte sich die Kesse ein, die dieses Gespräch aus ihrer Stumpfheit gerissen zu haben schien; du siehst ja, auch er kann nix dafür. Ach du liebe Scheiße, erwiderte Mañuel, er ist an allem schuld, was mir passiert. Warum mußten Sie auch hierherkommen? Wären Sie doch ins Rigat gegangen! Was haben Sie hier gewollt? Sich über uns lustig machen, ja? Schauen, ob wir mit den Fingern fressen und uns mit der Gabel am Arsch kratzen? Das kann Ihnen doch Wurscht sein! Schließlich und endlich sind wir hier, wie wir sind, und damit basta. Aber die feinen Herren stecken ihre Nase hier rein, und schon sind wir mit einem Fuß im Kittchen. Scheren Sie sich zum Teufel!

Hör nicht auf ihn, mein Hübscher, sagte die Kesse und legte Prullàs eine dralle, schwitzende Hand auf den Ärmel; bist du wirklich Theaterautor? Ich habs ja gesagt – ich verfasse Komödien, sagte Prullàs. Er zog den Arm weg, strich den Ärmel glatt und fügte knapp hinzu: Aber ich habe keinen Kontakt zum Varietétheater.

Du könntest mir doch in einem Stück von dir ne kleine Rolle schreiben, schlug die Kesse vor, ohne die Bewegung und die Worte des andern zu beachten; ne kurze, aber sehr witzige Rolle: Ich trete auf, singe und tanze; so was kommt immer gut an, und wer weiß, ob mich dabei nicht einer entdeckt... Wie hast du gesagt, daß du heißt? Prullàs, sagte dieser widerwillig.

Paß auf, Prullàs, ich bin Künstlerin, fuhr das Mannweib fort; wenn du meinen Auftritt gesehen hast, hast dus sicher bemerkt; aber ich hab keine guten Lehrer gehabt, das hat mir gefehlt; was ich kann, das hab ich mir selber beigebracht; ich sing und tanz mit sehr viel Herz, aber mit sehr wenig Technik. Untereinander korrigieren wir Kolleginnen uns unsere Fehler und geben uns Ratschläge, aber ich geb nix auf die Meinung der andern, die haben den Gesang und den Tanz nicht im Blut wie ich. Die haben ein Herz wie die Marktweiber. Ich bin aus anderm Holz geschnitzt, ich bin als Künstlerin geboren. Los, Prullàs, Herzkäferchen, gib mir ne Chance.

Halt endlich die Klappe, du Vogelscheuche, und mach dich an die Arbeit! unterbrach Mañuel sie; deine ganze Energie verwendest du drauf, die Kundschaft zu belabern, aber wenns ans Malochen geht – schau bloß diese Gläser an. Das nennst du spülen? Kein Schwein würde daraus saufen!

Mit einem unglaublich schmutzigen Lappen begann die Kesse die Gläser sauberzureiben. Während sie das tat, ohne dabei Wasser und Spülmittel zu benutzen, fuhr sie fort: Ach, mein Hübscher, das ist ein elendes Land. Wenn ich könnte, ich würde noch heute abhauen, und wärs nach China. Aber wovon soll unsereine dort leben? In China hat man keinen Sinn für die Copla, also was solls. Sie hielt ein Glas gegen das Licht, spuckte hinein, trocknete es mit dem Lappen ab und fuhr fort: Aber hier, rein gar nix. Wenn ich eines Tages Kies hätt, wenn ich nen Sechser im Lotto hätt, nur mal so angenommen, weißt du, was ich als erstes tät? Nein, sagte Prullàs. Also das erste, was ich tät, mein Hübscher, wär, den Eilzug nach Madrid nehmen und bei der Puerta del Sol auf den Kilometer null spucken. Plaf, genau ins Zentrum von Spanien würd ich einen Rotz knallen größer als ne Mütze. Nanu, Mensch, rief sie plötzlich, ihren Sermon unterbrechend, der hat uns grade noch gefehlt! Was für ne schlechte Absicht führt denn dich her, Cosa Bonita?

Die Krücke des Lotterieverkäufers pochte wie ein Türklopfer auf den Holzboden. Keuchend klammerte er sich an die Theke, lehnte den Stock dagegen und wischte sich mit dem Ärmel den Schweiß von der Stirn. Gib mir ein Bierchen, Mañuel, hauchte er, ich hab mir die Seele aus dem Leib gehetzt.

Der Wirt musterte den Krüppel mit finsterem Blick. Na, geben Sie diesem Freund schon ein Bierchen, sagte Prullàs; ich bezahls. Bloß kein Mitleid mit diesem Ekel, mein Hübscher, mischte sich die Kesse ein; auch wenn es nicht so aussieht, er ist ein hinterfotziger Kerl.

Hören Sie nicht auf sie, Señor Prullàs; man sieht ganz genau, daß Sie ein gutmütiger Mensch sind, sagte der Krüppel, während er sein gesundes Auge mit sichtlichem Zorn auf das Mannweib heftete; nicht wie andere, die ich kenne. Woher wissen Sie denn meinen Namen? fragte Prullàs. Ich bin der, der Sie herbestellt hat, sagte Cosa Bonita; wenn ich mich verspätet hab, dann wegen den verdammten Straßenbahnen; die städtischen Verkehrsmittel werden mit jedem Tag schlimmer; wenn Seine Exzellenz der Herr Zivilgouverneur die Sache nicht bald in Ordnung bringt, wirds hier eines schönen Tages einen Mordskrach geben.

Prullàs war sprachlos, daß ein Krüppel wie Cosa Bonita in eine Straßenbahn ein- und wieder aussteigen konnte, ohne sich den Hals zu brechen, aber er sagte nichts. Weder ein Bierchen noch sonstwas, sagte Mañuel; gleich kommen die Gäste, und ich will dich nicht in meinem Lokal. Und Sie auch nicht, Señor Wieauchimmer. Zieht Leine.

Schon gut, wir gehen ja, sagte der Krüppel, klemmte sich die Krücke unter den einzigen Arm und löste sich von der stützenden Theke. Nein, warten Sie einen Moment, sagte Prullàs; ich habe das Geld – wenn Sie das Dokument mithaben, können wir das Geschäft gleich hier abschließen. Señor Mañuel kommts auf eine Minute mehr oder weniger nicht an. Oh, ich hab es aber nicht bei mir, Señor Prullàs! antwortete Cosa Bonita; ich bin ein armer Invalide, ich kann mich nicht wehren und darf nichts riskieren. Außerdem hat das Dokument jemand anders; ich bin bloß Vermittler. Wenn Sie es wollen, müssen Sie mitkommen. Es ist nicht weit.

Erneut klammerte sich die Kesse an Prullàs' Arm. Um Himmels willen, Engelsgesichtchen, flehte sie, geh nicht, ohne mir deine Adresse gegeben zu haben. Eine solche Gelegenheit hab ich noch nie gehabt und werd ich nie wieder haben. Du kannst viel für mich tun, das les ich in deinen Äuglein. Komm, sei lieb. Ich will ja nicht gerade einen Vertrag, ich will gar nix, bloß einen Versuch. Wenn ich nix taug, dann eben nicht, und wenn ich was taug, wirst du mein Entdecker gewesen sein.

Prullàs überlegte einen Augenblick. Mit einiger Mühe war der Krüppel bei der Tür angelangt, von wo aus er ihm gebieterische Zeichen gab. Einem Impuls gehorchend, zog Prullàs eine Visitenkarte aus der Brieftasche und kritzelte einen Namen und eine Adresse auf die Rückseite. Dann reichte er die Karte der Kessen. Geh morgen vormittag zu dieser Adresse und frag nach José Gaudet. Bestimmt wird er dir selbst öffnen; du sagst ihm, ich hätte dich geschickt, und bevor er reagieren kann, singst und tanzt du ihm was vor, so, wie ichs an dem Abend neulich gesehen habe. Vielleicht ist er zuerst etwas überrascht, aber er ist Regisseur und an Genieanwandlungen gewöhnt. Er hat auch eine Nase für Talente, wo es sie gibt. Das ist alles, was ich für dich tun kann; den Rest wirst du selbst beisteuern müssen... und Señor Gaudet.

Die Kesse starrte die Visitenkarte an, als traute sie ihren

Augen nicht. Gott vergelts dir, Prullàs, murmelte sie mit rauher Stimme; das werd ich dir nie vergessen, und du wirst keinen Grund haben, es zu bereuen. Nie wird mir der Erfolg in den Kopf steigen; ich werd die bleiben, die ich immer gewesen bin: die Kesse! Auf diesen Spitznamen hat man mich getauft, weil ich immer so aufgekratzt bin … und weil ich bei einem guten Kerl nie nein sag.

Sie nahm Prullàs' Hand zwischen die ihren und drückte den knallroten Klecks ihres Mundes drauf. An den Türrahmen gestützt, krächzte der Krüppel: Laß ihn schon in Ruhe, du Tunte! Siehst du nicht, daß der nicht vom andern Ufer ist? Zieh endlich Leine und steck dir auf mein Wohl ne Zigarre in den Arsch, antwortete die Kesse mit Rockgeflatter. Und leiser, damit nur Prullàs sie verstehen konnte, fügte sie hinzu: Und trau Cosa Bonita nicht über den Weg, der ist zu allem fähig.

Aber Prullàs überhörte die Warnung.

3

Ah, rief der Krüppel, während er in vollen Zügen die feuchtstinkende Brise einatmete, die durch die engen Gassen zog, es gibt nichts Schöneres auf der Welt als das Meer, wirklich nichts Schöneres! Ich komme aus dem Landesinnern, von sehr weit, von weiter als Barbastro zum Beispiel. Bis zu meinem zwanzigsten Geburtstag hatte ich das Meer nie gesehen, stellen Sie sich den Eindruck vor! Es hat mich so sehr beeindruckt, daß ich beschloß, für immer in einer Stadt am Meer zu leben, mit Hafen und Strand. Der Strand begeistert mich! Wenn immer ich kann, hau ich ab nach Sitges, denn ehrlich gesagt sind die Strände der Barceloneta voller Gesindel. Ich meine nicht die Badeanstalten, die nicht! Aber eine Figur wie ich, dort … Stellen Sie sich vor …

Ich kanns mir vorstellen, stimmte Prullàs zu, den dieses freundschaftliche Geplauder nicht zu beruhigen vermochte. Er versuchte sich den Weg einzuprägen, um wenn nötig allein zurückzufinden, mußte aber bald davon absehen; an jeder Ecke bog der Krüppel ausnahmslos nach rechts ab, aber statt im Kreis zu gehen, drangen sie tiefer und tiefer in fremdes Gebiet ein, und die Gassen wurden immer finsterer und enger. Die Rolläden sämtlicher Geschäfte waren heruntergelassen, die Häuser wirkten unbewohnt, in den Fenstern erspähte man kein einziges Licht. Nur ab und zu, auf irgendeinem improvisierten Geviert zwischen demolierten Häusern, breitete der primitivste Schwarzmarkt seinen Basar aus. Lebensmittel, Medikamente, Autoersatzteile, Radios, Grammophone mit Trichter und Kurbel, Elektrokocher, Toilettenartikel, Steingutgeschirr und Besteck, Kohle und Tabak wurden zu variablen Preisen feilgehalten. Auch Personalausweise, polizeiliche Führungszeugnisse und mehr oder weniger geschickt gefälschte Bezugsscheine wurden verkauft. Aber weder Käufer noch Verkäufer beachteten das ungleiche Paar, das Prullàs und Cosa Bonita bildeten und das sogleich wieder von der Dunkelheit des Viertels verschlungen wurde. In den Winkeln stritten sich grindige Katzen wild um den Abfall. Macht es Ihnen keine Angst, allein durch diese trostlose Gegend zu gehen? fragte Prullàs seinen Begleiter.

Cosa Bonita stieß ein kurzes, rauhes Lachen aus. Was kann mir schon passieren? sagte er; ich habe nichts zu verlieren außer der Krücke, und auch das ist nicht so schlimm. Ich hab sie schon mehrmals verloren, und doch bin ich noch da, putzmunter, fügte er hinzu; einmal wurde sie mir aus Jux von ein paar Grünschnäbeln geklaut, ein andermal von einem heimtückischen Betrunkenen und ein drittes Mal von einem Streithammel, der sie mir entriß, weil er nichts Besseres zur Hand hatte, um seinen Gegner zu verdreschen.

Und was haben Sie da jeweils gemacht? fragte Prullàs. Was sollte ich tun? Davonhüpfen! Aber er habe nicht nur schlechte Erfahrungen gemacht, erklärte er dann; bei seinem Aussehen habe er die Leute mühelos rühren können, und mit dem Verkauf von Losen habe er genug verdient, um sich über Wasser zu halten, was in diesen Zeiten nicht wenig sei. Bei einem Lumpensammler habe er sich einen alten Orden beschafft, den er oft ans Revers hefte; damit, und obwohl seine zahllosen Gebrechen in Wirklichkeit auf Krankheiten und Unfälle in seiner Kindheit und frühen Jugend zurückzuführen seien, hielten ihn die Leute für einen ruhmreichen Kriegsversehrten, und man lasse ihn kostenlos in U- und Straßenbahn mitfahren und sogar gratis in einige Kinos hinein. Er gehe oft ins Kino, vor allem an kalten Regentagen; gefalle ihm ein Film, so schaue er ihn sich immer wieder an; die Dialoge dieser Filme könne er in- und auswendig, bis auf den letzten Seufzer. Damit gebe er sich zufrieden; eine Mahlzeit pro Tag, etwas Sonne, um sich die Knochen zu wärmen, und ab und zu einen Film, möglichst mit Hedy Lamarr. Mehr verlange er vom Leben nicht. Mittlerweile, schloß er, ist mir alles einerlei. Angenommen, Gott stiege plötzlich hernieder und fragte mich: Cosa Bonita, möchtest du das Bein, den Arm, das Auge und das Ohr wiederhaben, die dir fehlen, so würde ich ihm gewiß sagen: Danke, Gott, aber ich brauche sie nicht, spar dir die Mühe. Aber wenn Sie ein solcher Philosoph sind, sagte Prullàs, verstehe ich nicht, warum Sie sich des Geldes wegen in Schwierigkeiten bringen.

Oh, mein Herr, jeder Mensch hat seine Schwächen! antwortete Cosa Bonita und verzog seinen Mund zu einer schrecklichen Grimasse. Er schloß das gesunde Auge, was Prullàs als Zwinkern auffaßte, und fügte hinzu: Wenn ich einige Kröten beisammen habe, such ich mir eine Zigeunerin, die sich auszieht und mir ein paar Seguidillas vortanzt.

Wo ein nacktes Mädchen ist, kann man alles andre vergessen, finden Sie nicht auch? Ich weiß nicht, sagte Prullàs; ists noch weit bis zu dem Ort, wo wir hinwollen?

Keine Spur, wir sind gleich da, ich habs Ihnen ja gesagt. Eigentlich sind wir nicht weit von Mañuels Taverne. Wir sind über einen sehr langen Umweg hierhergekommen, einmal, um Sie in die Irre zu führen, und dann, damit ich mir mein Geld auch verdiene, lachte der Krüppel. Ich gehe jedenfalls keinen Schritt weiter, sagte Prullàs. Dann werden Sie nicht zurückfinden, dieses Viertel ist für jeden ein Labyrinth, der es nicht kennt; aber beunruhigen Sie sich nicht, Señor Prullàs, wir sind schon da, hören Sie den Radau nicht?

*

Prullàs blieb stehen; irgendwo in der Nähe hörte man Stimmen und das ordinäre Plärren eines Plattenspielers. Er holte den Krüppel ein, und eine Weile gingen die beiden schweigend weiter.

Schließlich bogen sie in eine kurze, von Neonschildern in schreienden Farben erleuchtete Straße ein. Rechter Hand trennte eine etwa drei Meter hohe löchrige Mauer die Straße von einem Brachland; an diese mit zerfetzten, verblaßten Schmähschriften übersäte Mauer urinierten in aller Ruhe mehrere Individuen. Nur zu, meine Herren, frisch gepißt! krächzte der Krüppel. Und danach den Piephahn gut geschüttelt!

Auf die gegenüberliegende Straßenseite, unter den Neonbogen, mündeten zehn oder zwölf Spelunken. In den Fenstern der oberen Stockwerke leuchteten hinter den Gardinen rote Lämpchen. Mitten auf der Straße, in gleichem Abstand von der Mauer und den Kneipen, war eine Masse schweigender Männer versammelt, unter denen sich auch Geistesschwache, von irgendeinem ungesunden Laster Aufgezehrte, von schrecklichen angeborenen Mißbildungen oder verheerenden Krankheiten Geplagte befanden. Ab und zu streckten alte, zerzauste Nutten ihren abgezehrten Hals aus den Türen der Bordelle und ließen dreist-spöttische Einladungen hören. Ein Schwarm Bettler stellte sich ihnen in den Weg. Prullàs begriff nicht, was diese Elenden in einem so elenden Viertel suchten. Warum gehen sie nicht auf der Diagonal betteln? fragte er. Ich weiß auch nicht, Señor; vielleicht sind die Leute hier barmherziger, lachte der Krüppel.

Plötzlich blieb Cosa Bonita vor einem Bordell stehen. Prullàs zuckte zurück. Sie erwarten ja wohl nicht, daß ich einen solchen Saustall betrete! rief er. Nur für ein Momentchen, Señor Prullàs. Die Person, zu der wir wollen, befindet sich hier.

Widerwillig trat Prullàs hinter dem Krüppel in ein längliches, schmutziges Loch mit abgeblätterten Wänden und wurmstichiger Balkendecke, an dessen Ende sich, hinter einem Bastvorhang verborgen, ein Gang öffnete. Auf den Kanten ihrer Rohrstühle sitzend, grölten ein paar schwitzende, stark geschminkte Nutten über die Witze und Tanzbewegungen eines leichenblassen, schwarzgekleideten Alten, der sich die Hose bis über die weißen, unbehaarten Waden und das Knie hinaufgekrempelt hatte, ein enganliegendes Trauerjackett trug und sich unter der Baskenmütze eine noch geschlossene Nelke hinters Ohr gesteckt hatte. Juppieee! schrie das Männchen. Beachten Sie ihn nicht, flüsterte Cosa Bonita Prullàs ins Ohr; das ist Don Eduvigis; er kommt jeden Abend her, um die Truppe zu unterhalten und zu sehen, ob er einmal umsonst darf.

Der Tattergreis warf seine knotigen Finger zur fahlen Glühbirne an der Decke empor. Im Licht der baumelnden Birne vergrößerten und verkleinerten sich die Schatten. Was für ein Lahmarsch! meckerten die Nutten. Ohne im Lachen innezuhalten, lüfteten sie den Unterrock und verscheuchten mit einem Fächer aus Palmblättern die Fliegen zwischen den Beinen. Zur Begrüßung der Neueingetretenen wurde das Gelächter zu honigsüßen Fratzen. Und dieser hübsche Junge, den du da aufgegabelt hast, Cosa Bonita?

Der Braten ist nicht für dich, du Drecksau, antwortete der Krüppel. Wer weiß! antwortete die Frau. Wie es im Lied heißt: Wen gar zu sehr die Latte drückt, der auch schon mal ne Leiche fickt.

Verärgert über die Einmischung, verdoppelte Don Eduvigis seine Anstrengungen, um weiterhin die erste Geige zu spielen. Juppieee! Cosa Bonita spuckte auf den Boden. Geh ins Altersheim zurück, Dörrschwanz! Möchtest ihn wohl in deinem Arsch haben, du warmer Bruder! gab der Alte zurück.

Die Nutten freuten sich über den Schlagabtausch. Was für ne freche Gosche das Bruchstück hat! Was bist du doch für ein Mistkerl!

Geschlagen, aber würdevoll zog sich Don Eduvigis zurück. Langsam beruhigten sich die Nutten, drapierten ihre Fettwülste, zogen die Unterrockträger hoch, bändigten den im Trubel gelösten Dutt mit Haarnadeln. Ist Antoñita die Spreizbeinige nicht da? fragte Cosa Bonita. Im Hinterzimmer, lautete die Antwort. Allein? Woher denn. Der Findling ist bei ihr. Und zwar in einer Stinklaune. Ach, du liebe Scheiße!

Prullàs war neben der Tür stehengeblieben, zur Flucht bereit; verstohlen hielt er sich ab und zu das parfümierte Taschentuch unter die Nase, um gegen den Gestank der fauligen Luft anzukommen. Etwas Unvorhergesehenes, Cosa Bonita? fragte er. Nein, nein. Kommen Sie, Señor Prullàs, fühlen Sie sich wie zu Hause.

*

Zu beiden Seiten des Gangs lagen schmale, düstere Verschläge ohne Fenster, die wacklige Wandschirme voneinander trennten. Ein zerlumptes Laken, das an einer Stange hing, erlaubte gegebenenfalls eine notdürftige Intimität. Doch zu dieser Stunde waren die Verschläge leer und die Laken nicht zugezogen; in jedem konnte man ein lottriges Bett mit müden Sprungfedern, ein Waschbecken mit einem schwärzlichen Schwamm sowie einen Stuhl für die Kleider sehen. In einem der Verschläge überraschten sie eine noch junge, aber Symptome von Auszehrung zeigende Frau bei einer intimen Szene: Auf dem Pritschenrand sitzend, stillte sie im Lichtkegel einer Glühbirne einen schwächlichen Säugling; ein anderes, skrofulös aussehendes Kind klammerte sich an den Rockzipfel der Mutter und kaute auf einem Süßholzstengel herum. Prullàs blieb stehen, um zuzuschauen, und als ihn die Mutter erblickte, lächelte sie ihm scheu zu. Ein kleines Almosen für meine armen Würmchen!

Cosa Bonita machte auf seinem Bein kehrt und stieß einen Krächzer aus. Hättest sie besser gar nicht erst geboren! Man hat mich geschwängert, ohne drum zu bitten, sagte die Frau. Dann hättest du sie eben in der Waschküche ersäufen sollen, wie es alle machen. Dich sollte man in einem Spucknapf ersäufen, du Schmeißfliege! Und zu Prullàs gewandt, sagte sie: Man kriegt sie ungefragt, aber dann bekommt man sie doch lieb.

Die Stimme der Frau klang eher resigniert als vergrämt. Prullàs zog ein paar Münzen aus der Hosentasche. Der Krüppel hielt ihn am Arm. Fördern Sie die Bettelei nicht, sagte er. Na, hören Sie mal, mit meinem Geld mach ich, was mir paßt! erwiderte Prullàs. Nicht hier. Spenden können Sie in Ihrer Gemeinde. Warum haben Sie denn diese arme Frau so auf dem Kieker? Sie hats so gewollt, sagte der Krüppel; und diese Kinder machens so oder so nicht lange. Schauen

Sie bloß, wie die aussehen! Das sind doch Miniaturtote! Verschwenden Sie Ihr Geld nicht an die.

Hinten im Gang hörte man Geschrei und Hiebe. Das ist der Findling und diese Nutte, sagte der Krüppel. Ist er derjenige mit den Dokumenten? fragte Prullàs. Er? Nein. Die hat Antoñita die Spreizbeinige. Hat sie die Brieftasche gestohlen? Nein, Mann! Stehlen ist eine Übeltat, und hier begeht niemand Übeltaten. Aber bekanntlich wandern die Dinge von Hand zu Hand.

Und wer ist der Findling? Der Lude von Antoñita, sagte der Krüppel. Er wird von dem Geschäft Wind bekommen haben und will natürlich seinen Anteil. Bestimmt schließen sie eben den Handel ab. Hören Sie die Ohrfeigen nicht? Ach, er schlägt sie? Nur, wenn er nüchtern ist. Aber wenn er säuft, wird er richtig übel. Wegen jeder Kleinigkeit rastet er aus, und wenn er eine Waffe zur Hand hat, dann gute Nacht. Zweimal war er schon im Kittchen, aber nur kurz: Die beiden Weiber waren Herumtreiberinnen, und die Richter haben ihm mildernde Umstände zugebilligt. Sonst würde er den Tag des Jüngsten Gerichts hinter schwedischen Gardinen erleben.

Als sie vor die zugezogene Leinwand des letzten Raums gelangten, verstummte der Lärm. Diese Ruhe war schlimmer als alles Keifen und Kneifen, das ihr vorangegangen war. Prullàs wandte sich um. Gehen wir, sagte er; ein Toter auf dem Buckel reicht mir. Übertreiben Sie mal nicht. Das ist nicht der Rede wert. Versohlen Sie Ihre Frau nicht auch ab und zu? Niemals! Na, wer weiß, mit welchen Methoden Sie sich Respekt verschaffen! sagte Cosa Bonita; klopfen wir an.

Der Krüppel hielt das Gesicht an die Leinwand. Erlauben Sie? Eine Frauenstimme antwortete. Bist dus, Cosa Bonita? Mit einem Begleiter.

Herein!

Der Lampenschirm war kaputt und warf schief ein grelles Licht auf ein Segment des schmutzigen Lochs. Auf dem Bett zurückgelehnt, bedeckte sich Antoñita die Spreizbeinige mit dem unteren Teil des Morgenrocks die dicken, mit Krampfadern und Prellungen übersäten Schenkel. Im Dunkeln saß ein bleicher, magerer Mann mit glattpomadisiertem Haar, zusammengepreßten Lippen, schmalem Schnurrbärtchen und fliehendem Kinn.

Wir wollen nicht stören, sagte der Krüppel. Ihr stört nicht. Wir haben bloß angeregt gequatscht, sagte der Zuhälter. Der Krüppel bemerkte: Und manchmal etwas gestupst, wie man hören konnte.

Der Findling kratzte ein Streichholz über die Schuhsohle und zündete sich damit eine Zigarette an. Wenn zwei Turteltäubchen knutschen, säuselte er. Die Nutte verzog das Gesicht. Schöner Knutsch – schon eher Knatsch! Weißt schon, warum! erwiderte der Zuhälter.

Prullàs fühlte sich immer unbehaglicher. Wickeln wir unser Geschäft ab, sagte er. Das hängt von Ihnen ab. Haben Sie den Zaster mit? Ich habe viertausend Peseten bei mir. Die Sache ist das Dreifache wert. Alles ist das wert, was man dafür zu zahlen bereit ist, sagte Prullàs; ich habe mein Angebot gemacht. Wenn es Ihnen zuwenig ist, suchen Sie sich einen, der mehr gibt.

Der Findling warf einen flüchtigen Blick auf seinen Gesprächspartner und grinste, eine Reihe kaputter Zähne entblößend. Es ist nicht der Stil des Findlings, um Knete zu streiten, sagte er. Her mit den viertausend.

Zuerst das Dokument.

Antoñita, zeig dem Herrn, was du zu verkaufen hast.

Ich habs zu Hause, damit ichs nicht verlier.

Ja nun, wohin muß ich eigentlich noch gehen, um dieses verdammte Dokument zu bekommen? rief Prullàs.

Es ist gleich nebenan, sagte der Krüppel versöhnlich.

Antoñita die Spreizbeinige begann in schmutzige Strümpfe zu schlüpfen. Prullàs verschränkte die Arme. Ich geh nirgendshin, sagte er standhaft. Wenn es so nahe ist, soll sie das Dokument holen und herbringen.

Der Findling kniff die Augen zu. Passen Sie auf, mein Freund, sagte er leise; ich will Sie nicht beleidigen, aber ich muß Ihnen eins sagen: Das da ist nicht das Ritz; hier sind wir an einem einfachen, anspruchslosen Ort, wo anständige Leute herkommen, um eine Nummer zu schieben; verlangt einer was Besonderes, ist man ihm zu Diensten, wenn er dafür blecht. Aber bei allem andern ist es meine Wenigkeit, die sagt, wos langgeht, ist das klar? Also los! Und du, Schätzchen, hör auf, dir die Pflaume zu lausen, und abmarschiert!

Es sind Filzläuse, die mir die Kunden anhängen, antwortete Antoñita. Meine Möse ist schon ganz wund von der ganzen Entgifterei!

Der Zuhälter warf die Zigarette auf den Boden und drückte sie mit der Sohle seines Lackschuhs aus. Der Krüppel lachte unhörbar, indem er seinen zahnlosen Mund auf- und zuklappte. Das ist mir vielleicht ne Feinschmeckerin! Die will wohl mit niemand anderm vögeln als mit Charles Boyer.

Der Zuhälter seufzte: Ein Riesensaustall! Zum Glück gibts noch mich, um hier auszumisten, wenns nötig ist.

Antoñita hatte den bedruckten Morgenrock fertig zugeknöpft und hakte den Zuhälter unter. Ach, warum hab ich dich bloß so lieb, du Ekel!

Halt den Schnabel, Schätzchen! Darf ich bitten, Chef, fügte er hinzu und schob die Leinwand im Eingang beiseite, punkto Manieren kann keiner dem Findling den Rotz reichen!

4

Das seltsame Grüppchen ging grußlos durch den trostlosen Hausflur zurück und auf die Straße hinaus. Die Nachtvögel schauten sie spöttisch an, um sie sogleich wieder zu vergessen. Wenn mich jemand lynchen wollte, würden sich alle anschließen, dachte Prullàs, beeindruckt von der gemeinen Visage dieses Gesindels, aber wenn sie mich in Gefahr sähen, würde keiner einen Finger rühren, um mir zu helfen. Die menschliche Solidarität ist reiner Bluff. Jetzt ging ihm auf, wie unvorsichtig es gewesen war, das Geld mitzunehmen, in der Überzeugung, es mit einer einzigen Person zu tun zu haben, und dazu noch in Mañuels Taverne. Und all das nur wegen Gaudet, dachte er ohne große Logik; er hätte mir geholfen, diese Geschichte intelligenter zu lösen. Nie werde ich ihm seine Abtrünnigkeit verzeihen. Während er noch nachgrübelte, hatten sie die Zone der lärmigen Rotten hinter sich gelassen und gelangten wieder in dunkle, schmale Gassen. Bald hörten sie nur noch das Echo ihrer Schritte auf dem Kopfsteinpflaster des verworfenen Viertels widerhallen. Die drei gingen rasch voran, und der Krüppel humpelte ihnen mühsam nach. Ist es noch weit? fragte Prullàs.

Der Findling blieb abrupt stehen, spähte in alle Richtungen und antwortete, sie seien da. Überrascht schaute sich Prullàs um. Hier? Spielt doch keine Rolle, wo, erwiderte der Zuhälter und zog ein Klappmesser aus der Hosentasche. Was kuckst denn so, Blödmann? Noch nie nen Säbel gesehen? Das haste jetzt die längste Zeit gesagt! Nun rück schon mit den Kröten raus, sonst werd ich dir die Rippen lüften.

Wie? Ein Überfall? rief Prullàs. Na wirds bald? antwortete der Zuhälter und grinste wie ein Schakal. Aber die Hände brauchst du nicht zu heben, wir wollen ja nicht Sardana tanzen!

Cosa Bonita, was soll das? Was geht da vor? fragte Prullàs

den Krüppel, der keuchend und fluchend die Gruppe erreicht hatte. Gottverdammte Scheiße, Findling! Könntest du nicht etwas Rücksicht nehmen auf einen armen Einbeiner? murrte er. Kauf dir nen Roller, antwortete der andere; und sag deinem Kumpel, er soll die Spendierhosen runterlassen, wenn er seine Haut retten will.

Reg dich nicht auf, Findling, und Vorsicht mit dem Werkzeug, sagte der Krüppel, während er dem Messer auswich, mit dem der Aufschneider beim Gestikulieren herumfuchtelte. Und Sie, Señor Prullàs, Sie habens ja gehört.

Und die Brieftasche, die Sie mir geben wollten? Und das Dokument?

Von welcher Brieftasche und welchem Dokument quasselst du da? brüllte der Findling; hier wird bloß für die nette Gesellschaft geblecht, und wenn du nicht Dampf machst, dann hack ich dir mit diesem Pfriem erst die Ohren und dann die Nudel ab, klar?

Ganz ruhig, um Gottes willen, ganz ruhig, hauchte Prullàs. Ich werd Ihnen das Geld und die Wertsachen geben, die ich bei mir habe, aber tun Sie mir nichts.

Er wird uns geben! Er wird uns geben! Das gibts ja nicht! Gar nichts wirst du uns geben, Süßer – wir werden dich bis aufs Hemd ausziehen, kapierst du das endlich? Antoñita, höhl ihm die Taschen; und bloß keine Bedenken, du siehst ja, der scheißt eher in die Hosen, wie daß er sich schämt!

Mit zittrigen Fingern führte die Nutte den Befehl aus; ihre Patschhände griffen Prullàs durch das Hosenfutter zwischen die Beine.

Willst du ihm den ganzen Abend lang die Eier befummeln? brummte Cosa Bonita. Dalli, dalli, Schätzchen! Linkisch zog Antoñita die Spreizbeinige nacheinander alle Gegenstände aus Prullàs' Taschen und gab sie ihrem Luden, der die Ware mit Kennerblick begutachtete. Ein Seidentaschentuch fürs Rötzchen vom feinen Herrn! Keinen Pfifferling wert. Was weiter? Ein Parker-Füller mit Goldkappe! Mindestens hundert Duros. Und was haben wir da? Eine vergoldete Omega mit einem Armband aus Kroko oder Saurier oder was und ein Zigarettenetui aus besagtem Tier, mit zehn Spargeln der Marke Lucky Strike. Spielzeug! Wo ist das Geld? Nur ruhig, Findling, es kommt gleich, sagte Antoñita.

Der Zuhälter packte mit der freien Hand die Scheine, fächerte sie auf wie Spielkarten und stieß einen langen Pfiff aus. Teufel auch! Sieben Lappen! Hast du das gesehn, Cosa Bonita? Hat er nicht getönt, er hat nur viertausend Mäuse mit? Der wollt mich obendrein auch noch verscheißern. Mich! Den Findling!

Da ist nichts mehr, Findling, verkündete Antoñita und wies zwei leere Hände vor; steck die Moneten weg, und haun wir ab!

Schon wollte der Findling diesem trefflichen Rat folgen, als der Krüppel auf Prullàs deutete und krächzte: Und der da? Der Findling zuckte die Schultern. Hat nix mehr; wenn du ihn nicht abknutschen willst... Was hast du mit ihm vor? erwiderte der Krüppel. Ihn hierlassen, damit er zur Polente geht und uns verpfeift? Du hast sie wohl nicht alle, Findling! Was für eine Lösung schlägst du also vor, Cosa Bonita? Die einzig mögliche: ihn kaltmachen. Hören Sie, das ist doch wohl nicht Ihr Ernst! schrie Prullàs.

Mit gerunzelter Stirn und das Kinn aufs Brustbein gedrückt überlegte der Findling. Seine Äuglein sprangen vom Geld zur Waffe und von der Waffe zum Geld, als versuche er in diesen leblosen Gegenständen den Sinn seiner Handlungen zu erkennen. Was ist los, Findling? Hast du die Hose voll? krächzte der Krüppel.

So war das nicht ausgemacht, Cosa Bonita. Beim Arsch der heiligen Engracia! Einen Fritzen ausnehmen ist eins, ihn umlegen was ganz anderes.

He, he, mischte sich Antoñita die Spreizbeinige ein, wenn ihr gewalttätig werdet, hau ich ab. Du bleibst, wo du bist, oder ich schlitz dir noch vorher den Bauch auf, drohte ihr der Findling.

Ja, ja, sagte Prullàs, bleiben Sie da und überzeugen Sie diese Kerle, daß sie keinen Grund haben, mir nicht zu trauen – ich hab wirklich nicht die geringste Absicht, die Sache anzuzeigen.

Er sprach scheinbar leichthin, in der Hoffnung, dieses ganze Wortgeklingel sei nur eine Farce, dazu inszeniert, ihn von möglichem Widerstand abzuhalten, aber er hatte weiche Knie, und der Schweiß pappte ihm das Hemd an den Leib. Der Findling wog das Für und Wider dieser Entscheidung ab; sein verrohter Geist beschwor Bilder von Grauen und Blut herauf. Als ihn der Krüppel zaudern sah, zischte er: Komm schon, Findling, mach ihn endlich kalt, der ist nen Dreck wert, siehst du nicht? Das ist doch bloß ein feiner Pinkel!

Verdammt, Cosa Bonita, einfach so, kaltblütig ...

Die beiden Ganoven verloren sich in ein endloses, mit Frechheiten und Scherzen gewürztes Gezänk. Das ist doch wohl nicht ihr Ernst, nicht wahr? fragte Prullàs Antoñita leise, die Verschnaufpause nutzend; mich umzubringen, meine ich, das ist doch wohl nicht ihr Ernst?

Hab keine Angst, sagte Antoñita; der Findling wird dir nichts tun; er sieht zwar aus wie ein Tiger, aber es bleibt immer beim Fluchen. Im Grunde ist er ein Lämmchen. Cosa Bonita, der ist was ganz anderes, das ist ein eiskalter Typ. Wenn er nicht ein Krüppel wär, würd er dir eigenhändig die Augen auskratzen, die Gurke mit Stumpf und Stiel ausreißen und dir zuletzt den Hals umdrehen. Und das alles wegen siebentausend Peseten? fragte Prullàs. Cosa Bonita haßt alles, was Beine hat, informierte ihn Antoñita, und allen voran die Reichen. Das ist ein echter Bolweschist, fügte sie leiser hinzu. Dann seufzte sie und sagte wie zu sich selbst: Der Findling dagegen will die Kohle nur für Wein und Weiber.

Und du? fragte Prullàs, als er in ihrer Stimme einen Anflug von Bitterkeit ausmachte, was wirst denn du von diesem unsinnigen Abenteuer haben? Pah, antwortete sie und zeigte wieder in fast bettelnder Haltung ihre offenen Hände, etwas wird schon für mich abfallen, und ich habs dringend nötig! Ich hab ein Mädchen im Internat der Mercedarier, das kostet ne schöne Stange Geld.

Hör zu, Antoñita, flüsterte ihr Prullàs hastig ins Ohr, laß dich nicht blenden von dem Geld, das du eben gesehen hast. Für dich ist das eine große Summe, für mich aber gar nichts, ich habe noch sehr viel mehr. Hilf mir von hier weg; wenn ich heil davonkomme, hol ich dich da raus. Ehrenwort, ich hol dich von der Straße. Kost und Logis, Antoñita, Kost und Logis. Denk an deine Tochter und ruinier nicht ihr und dein Leben wegen einer Lappalie. Antoñita, hilf mir von hier weg!

Was? Und meinen Kerl verraten? rief die Nutte, die Arme in die Seiten gestemmt und das Gesicht erhoben, als wollte sie eine Jota singen. Nie und nimmer! Und zu den beiden Ganoven gewandt, die ihr Rededuell fortsetzten, ohne von den Ränken ihres Opfers etwas zu merken, rief sie: He, ihr beiden, hört auf zu streiten und gebt acht, der Künstler da will sich verkrümeln!

*

Alarmiert vom Geschrei ihrer Komplizin, hörten der Findling und Cosa Bonita sofort auf zu streiten. Sich wieder ihrem noch unerledigten Geschäft zuwendend, ließ der Zuhälter seinen Stahl Tango tanzen, während ihn der andere mit teuflischem Gekrächz anfeuerte. Schneid ihm den Hals ab, schlitz ihm die Leber auf! Niemand soll sagen, in der Stunde der Wahrheit hat der Findling kalte Füße gekriegt!

Prullàs klammerte sich an Antoñita, um an ihrem schlaffen Körper Schutz zu suchen. Zu Hilfe, Antoñita, flehte er, laß nicht zu, daß er mich anfaßt! Sag ihm, was du schon weißt, daß er wegen ein paar lumpigen Peseten die Würgschraube riskiert. Antoñita, wenn du ihn wirklich liebst, hindere ihn an dieser Verrücktheit!

Brüllend und messerschwingend trat der Zuhälter zu ihnen. Zur Seite, Antoñita, laß mich machen! Gleich wirst du sehen, wie der Findling einen Schlußstrich zieht!

Antoñita, auch ich bin Vater, kreischte Prullàs, denk an deine Tochter! Ich könnte sie studieren lassen! Ich habe Freunde unter den Universitätsprofessoren!

Als die Nutte dazwischentrat, geriet der Zuhälter in Harnisch, und der Krüppel drehte sich wie ein Kreisel auf seinem einen Bein und krächzte unaufhörlich weiter: Bring ihn um! Aus dem Weg, du Schlampe! donnerte der Zuhälter.

Die Nutte rangelte, um sich aus Prullàs' Umklammerung zu lösen, und er fiel, da seine Glieder den Befehlen des Hirns nicht mehr gehorchten, auf dem Pflaster auf die Knie und brach in Tränen aus. Bitte, tun Sie mir nichts, winselte er. Lassen Sie mich am Leben, und ich schwöre Ihnen, Sie werden keinen Grund zur Klage haben! Ich werde Ihnen Geld geben! Noch mehr Geld! Alles Geld, das Sie wollen! Nennen Sie selbst eine Summe, ich werde um keinen Céntimo feilschen! Aber töten Sie mich um Himmels willen nicht! Hören Sie, ich habe Beziehungen. Ich kann Straferlaß für Sie erwirken; Sie könnten ein neues Leben anfangen, frei von Schuld …, und ich würde Ihnen einen Tagelohn zukommen lassen, damit Sie nicht zu arbeiten brauchten. Ich werde tun, was Sie wollen, was Sie wollen, wenn Sie mich am Leben lassen. Schauen Sie, schauen Sie mich an – auf den Knien liege ich! Cosa Bonita hat recht: Ich tauge nichts, ich bin ein Nichtsnutz, ich bin nicht einmal die Mühe wert, getötet zu werden, vom Risiko ganz zu schweigen… Erbarmen!

Alles Bitten und Versprechen, kaum verständlich, da er schlotterte und schluchzte, rührte das Herz der beiden Ganoven wenig. Als das Messer in der Luft einen tödlichen Halbkreis beschrieb, blitzte in seiner Schneide das düstere Licht einer Straßenlampe auf. Prullàs schloß die Augen. Es gab einen wirren Tumult, Blut floß. In einem kurzen Augenblick, der ihm wie eine Ewigkeit erschien, bekam er einen schmerzhaften Schlag aufs Brustbein, spürte etwas Lauwarmes über seine Beine fließen, und sackte vornüber. Bevor sein Kopf auf die Pflastersteine schlug, prallte er gegen einen weichen Körper. Er hörte einen Fluch und ein Todeswimmern. Er öffnete die Augen, sah, daß seine Hemdbrust rot von Blut war, und dachte: Ich bin schwer verletzt, aber nicht tot; wenn man mich rasch in die Klinik brächte, käme ich vielleicht in letzter Sekunde mit dem Leben davon; ich brauche dringend eine Transfusion, sonst werde ich enden wie der arme Vallsigorri – wirklich paradox!

Ach du grüne Neune! hörte er den Krüppel krächzen. Du Stümper hast deine eigene Alte erledigt, Findling!

Bei den Fürzen Christi! Wie konnt ich ahnen, daß sie sich dazwischenstellt, um diesen Schönling zu beschützen?

Na ja, da ist wenig verloren, seufzte Cosa Bonita; sie war ein dummes Huhn. Sag das nicht, erwiderte der Zuhälter. Ihr Leben lang hat sie sich die Punze bohnern lassen, um meine Ausgaben zu bestreiten, und nun bring ich sie um. Arme Antoñita! Bring die Sache schon zu Ende, beschwor ihn der Krüppel, und dann nichts wie weg. Ich habs nicht mit Absicht getan, Cosa Bonita, du bist mein Zeuge. Killen ist Männersache. Was hat sie sich einmischen müssen? Das ist dem Richter schnurz, sagte der Krüppel. Was soll ich denn machen? fragte der Zuhälter. Zuerst mal den Zeugen beseitigen und dann abhauen.

Diesem Gespräch entnahm Prullàs, was geschehen war; sei es, um sein Leben zu retten, sei es, um den Zuhälter an einer nicht wiedergutzumachenden Tat zu hindern, hatte sich Antoñita die Spreizbeinige der Waffe in den Weg gestellt und den ihm zugedachten Stoß empfangen. Jetzt lag die Nutte leblos da. Von ihr stammte das Blut, das ihm Kleider und Hände näßte, und ihr gehörte auch die weiche Masse, auf der sein Kopf lag. Ein kurzer Trost: Schon schwang der Findling wieder das blutige Messer.

5

Nicht weit von dort, in Onkel Ciruelos Kneipe, schlugen zur selben Zeit im trüben Licht einer Öllampe zwei fragwürdig aussehende Männer sehr unterschiedlicher Gestalt, einer davon Zigeuner, die Zeit tot, kippten Schnäpse und verpokerten ihr mageres Kapital.

Sechs Reales, bot der Zigeuner. Sechs Reales? plusterte sich der andere auf, vollkommen lächerlich! Ich setz zwei Duros, um den Appetit anzuregen!

Langsam zog der Zigeuner die Karten ab und strich sich mit den sehnigen, ringbedeckten Fingern übers Kinn. Bist sehr verschwenderisch in letzter Zeit, Freundchen, brummelte er; ich fürchte, du hast die Kleine wieder so nem Geldsack untergeschoben.

Bevor er antwortete, kratzte sich der Koloß durch einen Riß im Unterhemd den Bauch. Was willst du? seufzte er dann. Von Luft allein kann man nicht leben! Aber ein echter Kerl handelt nicht mit seinen eigenen Kindern. Nee, mein Lieber, das Geld, was du da siehst, hab ich mir selbst verdient. Wer Grips hat und zupacken kann, für den gibts keine Grenzen. Das ist ein Land von Faulpelzen, mein Freund. Dissiplin und Bildung, das ist es, was uns fehlt!

Eine wunderliche Gestalt füllte mit ihrer Masse die Kneipentür; sie zögerte einen Augenblick und kam dann direkt auf die zwei Männer zu – die Wahl war nicht schwierig gewesen, denn außer den beiden war niemand da. Du bist Villalba, sagte sie leise.

Der Koloß schaute das seltsame Wesen scharf an, das gebückt ging, um nicht mit dem Einsteckkamm an der niedrigen Decke anzustoßen. Instinktiv fuhr der Zigeuner mit der Hand an die Hüfte – er war ein schmächtiger Mann mit grüngelber Haut, war Hundetrimmer und also sehr gewandt im Umgang mit der Riesenschere, die er immer in der Leibbinde stecken hatte. Mit einer Handbewegung hielt ihn Villalba zurück. Da gibts nix zu kappen, sagte er. Unter Umständen die Zunge, antwortete der Zigeuner.

Laßt das Gerede, wir haben keine Zeit zu verlieren, mischte sich das Mannweib ein und schüttelte sich die Kakerlaken von den Volants ihres Kleides. In fünf Minuten muß ich auftreten. Wenn ichs verpaß, löst man mir den Vertrag, und dann kann ich schauen, wo ich bleibe.

Ohne weitere Vorrede raunte sie dem Koloß ein paar Worte ins Ohr, und als der sie hörte, ließ er die Faust auf den Tisch niedersausen. Dann stand er, den Stuhl umwerfend, auf und herrschte den Zigeuner an: Abmarschiert!

Die drei Gestalten stürzten in die Gasse hinein, als Prullàs eben den Gnadenstoß bekommen sollte. Nicht ohne Erleichterung lenkte der Findling im letzten Moment seine Bewegung ab. Der Krüppel wurde wütend. Was ist denn los? Warum machst du ihn nicht fertig?

Rückzug, Cosa Bonita! Da kommen höhere Mächte! Der Zuhälter rannte davon und verlor sich in den schwarzen Gassen. Könntest wenigstens auf mich warten, du Hasenfuß, zeterte der Krüppel.

Dicht von der auf- und zuklappenden Schere des Zigeuners verfolgt, entwischte Cosa Bonita nach der ersten Ecke;

er kannte dieses gottverlassene Viertel bis in den hintersten Winkel und war trotz seiner Verstümmelungen auf seinem eigenen Boden ein nicht zu unterschätzender Gegner; der Zigeuner gab die Verfolgung auf und gesellte sich wieder zu der Gruppe, die sich um die Tote scharte. Haltlos weinte und hickste Prullàs, das Gesicht zwischen den üppigen Brüsten der Kessen vergraben. Es war schrecklich! Schrecklich!

Ganz ruhig, mein Hübscher, es ist ja alles vorbei. Der Zigeuner steckte die Schere in die Leibbinde zurück und beurteilte die Situation pragmatisch: Wir müssen abhauen, sagte er; jeden Moment können die Bullen auftauchen, und wenn sie uns erwischen, wie wir bei diesem Packen Totenwache halten, kriegen wir Zores. Stimmt, pflichtete Prullàs bei. Arme Antoñita, mir das Leben zu retten hat sie mit ihrem eigenen bezahlt!

Scheiße mit Zwieback! rief auf dem Boden Antoñita die Spreizbeinige, ich bin noch nicht tot! Aber ich werds im nächsten Augenblick sein, wenn ihr mich nicht schnell ins Krankenhaus bringt. Kommt nicht in die Tüte, fiel ihr Villalba ins Wort; der Freund da hat recht, zischen wir ab. Na hören Sie, sagte Prullàs, Sie wollen diese arme Frau doch nicht hier liegenlassen, damit sie auf dem Pflaster verblutet!

Nix zu machen! antwortete der Koloß. Wir können ja nicht mit einem Weibsstück, was die Därme auslüftet, in einem Krankenhaus aufkreuzen. Wenn Sie das machen wollen, na bitte, aber ich und der Freund da, wir haben für heute genug getan.

Er hat recht, mein Hübscher, sagte die Kesse; es wird schon einer vorbeikommen und ihr helfen – wenn nicht heute nacht, dann morgen früh. Und keine Bange, solche Weiber haben sieben Leben, wie die Katzen.

Antoñita klammerte sich an ihren Knöchel. Geht nicht,

heilige Jungfrau, geht nicht! Ich werd sterben und hab doch ne Tochter bei den Mercedariern!

⋆

Die vier gingen durch die Gäßchen davon und hörten das Bitten und Jammern der Nutte bald nicht mehr. Prullàs fühlte sich schwach, und die andern mußten ihn stützen. Villalba schlug vor, ihn nach Hause zu bringen, aber Prullàs sträubte sich – um diese Zeit wollte er nicht gesehen werden, nicht in dieser Gesellschaft und in schmutzigen, blutbefleckten Kleidern. Eine Weile gingen sie schweigend weiter, ohne zu wissen, wohin, bis Prullàs, als er am Ende einer Gasse die Straßenlaternen der Ramblas erblickte, eine Idee hatte. Wir können nicht weit vom Hotel Gallardo sein, sagte er; das ist ein diskreter Ort, wo man mich bestens kennt; Sie lassen mich dort und besorgen mir frische Kleider. Aber das Geld werden Sie mir vorschießen müssen, dieses Gesindel hat mich um alles erleichtert, was ich bei mir hatte. Sie haben Kredit, antwortete Villalba großherzig.

Auf dem Weg zum Hotel erfuhren sie von der Kessen, daß sie, als sie Prullàs zusammen mit Cosa Bonita Mañuels Taverne verlassen sah und weil sie wußte, daß er eine bedeutende Summe bei sich hatte, beschloß, ihn von einem kleinen Taschendieb verfolgen zu lassen; der kam nach einer Weile zurück und teilte ihr seine Beobachtungen mit; ihr wurde klar, daß Prullàs in ernster Gefahr schwebte, so daß sie ihre Arbeit verließ und sich im Viertel nach Hilfe umtat. Unschwer konnte sie Villalba ausfindig machen, der sich in letzter Zeit mit seinen lukrativen Verbindungen zu einem vermögenden Herrn gebrüstet hatte. Nachdem sie zu Ende erzählt hatte, eilte die Kesse an die Arbeit zurück, der sie schon allzulange ferngeblieben war.

⋆

Der Empfangschef mit der Gardenie am Revers verzog ängstlich den Mund, als er Prullàs und sein Gefolge eintreten sah. Er bewegte sich, als wüßte er nicht, ob er sich hinter seinem Tisch verstecken oder die Treppe hinauf Reißaus nehmen solle. Prullàs beschwichtigte ihn: Diese Freunde da werden gleich wieder gehen, und ich möchte mich nur eine Weile ausruhen. Mit zitternden Fingern händigte ihm der Rezeptionist den Schlüssel aus. Kaum hatten Villalba und der Zigeuner Prullàs im Zimmer allein gelassen und sich aufgemacht, um Kleider für ihn zu besorgen, schlüpfte Prullàs aus der Hose und warf sie wütend in die entfernteste Ecke; in dem großen dunklen Fleck und dem beißenden Gestank haftete die Spur seiner geringen Mannhaftigkeit. Jackett, Hemd und Krawatte, alle blutig, nahmen denselben Weg. Er konnte sich nicht aufraffen, sich zu waschen, sondern ließ sich aufs Bett fallen und starrte an die Decke, bis an die Tür geklopft wurde. Herein, sagte er.

Señorita Lilí Villalba trat mit einem Bündel ins Zimmer. Mein Vater hat mir gesagt, du brauchst frische Kleider, und ich hab angenommen, du würdest auch *mich* brauchen, sagte sie. Oh, Lilí, daß du mich in diesem Zustand sehen mußt, rief Prullàs.

Señorita Lilí Villalba knotete das Bündel auf und breitete die Kleider auf dem Fußende des Bettes aus; dann wickelte sie die schmutzigen Kleidungsstücke ins selbe Bündel. Als sie die Hose sah, lachte sie auf. Du brauchst dich nicht zu schämen, sagte sie; mein Vater hat mir erzählt, was geschehen ist. Deine Reaktion ist normal – niemand zwingt dich, ein Held zu sein. So was kann *jedem* passieren. Vielleicht nicht in deinen Kreisen, aber in meinen schon. Jedenfalls braucht niemand etwas davon zu erfahren, es wird unser Geheimnis sein; *eines mehr.* Schau, ich hab dir ein sauberes Tuch mitgebracht. Entspanne dich und laß mich machen. Hättest du mich abgeholt wie versprochen, sähst du jetzt nicht so aus und hättest nicht solche Angst ausstehen müssen. *Wenigstens* entschuldigen könntest du dich. Schau, ich hab noch immer das Kleid an, von dem ich dir erzählt hab, gefällts dir?

Unterdessen verkürzte sich auf der Straße der Hundetrimmer unter dem Fenster die Wache mit einem alten Volkslied:

Meine Seele gäb ich Gott
Und das Herz dem Allmächtigen
Nur um Gewißheit zu erlangen
Ob deine Liebe bloß gespielt ist.

KAPITEL VIII

I

Der Sebastiana erklärte er die Trödelkleider, die er trug, und das Bündel schmutzige Wäsche mit wirren, weitschweifigen Worten, die ihm die treue Haushälterin vorbehaltlos abzukaufen vorgab. Ich werde eine Dusche nehmen, sagte er dann; leg mir frische Kleider bereit und wirf diese Klamotten in den Müll. Und meine schmutzigen Sachen ebenfalls; gib sie nicht in die Reinigung – ich würde sie um keinen Preis wieder anziehen. Hat jemand angerufen, während ich weg war? Die Sebastiana verneinte. Aber heute morgen, fügte sie hinzu, hat ein Junge ein Päckchen gebracht, kurz bevor Sie gekommen sind. Er hat nicht gesagt, von wem. Er hats mir gegeben und ist gleich wieder gegangen.

Eine Stunde später, nachdem er geduscht, gefrühstückt und das Kreuzworträtsel in der *Vanguardia* gelöst hatte, erinnerte er sich an das von der Sebastiana erwähnte Päckchen. Er fand es auf der Konsole im Empfangszimmer, an einen der Kandelaber gelehnt; es war klein, sorgfältig in Packpapier gehüllt und verschnürt; nirgends fand sich ein Absender. Er zog sich ins Arbeitszimmer zurück und öffnete es; sogleich erkannte er den Gegenstand, den es enthielt. Ein Schauer lief ihm über den Rücken. Wie hat das nun doch noch in meine Hände geraten können? fragte er sich. Mit zitternden Fingern klappte er Vallsigorris Brieftasche auf, deren hypothetische Wiedererlangung er um ein Haar mit dem Leben bezahlt hätte. Mehrere Visitenkarten, ein Foto ihres ehemaligen Besitzers und das Zehntellos, das sie zusammen in Mañuels Taverne gekauft hatten, bürgten für ihre Echtheit. In einem für Geldscheine bestimmten Fach fand er ein doppelt gefaltetes Blatt. Prullàs entfaltete und überflog es. Nachdem er es dreimal gelesen und die Bedeutung dieser Enthüllung begriffen hatte, faltete er es wieder zusammen, verwahrte es in der Brieftasche, steckte diese in sein Jackett und verließ das Haus.

*

Deshalb hast dus getan, nicht wahr? rief er, nachdem er den Brief vorgelesen hatte. Gaudet zuckte die Schultern und breitete die Arme aus, um anzudeuten, daß er nicht einer Antwort, sondern der Rechtfertigung auswich. Prullàs steckte das Blatt wieder in die Brieftasche und diese in sein Jackett; zornig schaute er den andern an. Du hast es gewußt, schrie er.

Ja, antwortete der Regisseur; von diesem Brief hab ich aber erst vor kurzem erfahren. Wie bist du daran gekommen? Ich habe nicht die geringste Ahnung, sagte Prullàs, und es ist mir auch völlig egal. Ach, Pepe, rief er, wie hast du mir so was antun können?

Er ging durchs Wohnzimmer und zog die Vorhänge auf. Das Mittagslicht flutete in den Raum, so daß die abgeblätterten Wände, die wackligen, staubigen Möbel, der mit Büchern, Zeitungen und Manuskripten übersäte Fußboden und der schmuddelige, verschossene Pyjama, das matte Gesicht und der abgehärmte, verschüchterte Ausdruck des Regisseurs schonungslos zu sehen waren. Du hast kein Recht, mich lächerlich zu machen, sagte Gaudet; zieh die Vorhänge wieder zu.

Prullàs empfand Mitleid mit seinem Freund, und erneut lag der Raum im Halbdunkel. Prullàs setzte sich wieder. Die beiden Freunde schwiegen. Dann sagte Gaudet: Miguel Fontcuberta war schon immer ein Trottel. Er hat Quiqui aus einer Laune heraus geheiratet; er dachte nicht an die Folgen dieser Verbindung, an das Opfer, das er von einer Frau verlangte, die bis dahin einzig ihrer Kunst gelebt hatte. Vielleicht hätte sie es merken und ihm einen Korb geben sollen. Aber es waren für alle schwierige Zeiten. Dieser Idiot hatte die neue Situation bald satt. Quiqui vermutete, ihr Mann habe in Madrid eine Weibergeschichte; wahrscheinlich stimmte das: Chicote, Pasapoga, El Biombo Chino – Madrid by night. Aber soweit brauchte man gar nicht zu gehen: In Barcelona hielt er sich mindestens zwei Geliebte und hatte mehrere kurze Abenteuer, ganz abgesehen von all den Malen, da er beim Betreten eines Bordells gesehen wurde. Mehr als einmal hat er seine Frau mit einer widerlichen, beschämenden Infektion angesteckt. Und dann ist ja, wie du weißt, üble Nachrede das Lieblingsvergnügen der Barcelonesen. Ich hab nie etwas gehört, unterbrach ihn Prullàs. Du hörst nie zu; du kümmerst dich nur um dich selbst, antwortete der Regisseur. Und ohne eine Antwort abzuwarten, fuhr er fort: Sicher war Vallsigorri keinen Deut besser als Miguel Fontcuberta, aber wenigstens hat er sie anständig behandelt, und indem sie ihren Mann mit ihm betrog, versuchte sich Quiqui für ihre Erniedrigung schadlos zu halten. Aber Frauen können nicht aus kalter Berechnung heraus handeln, eine so temperamentvolle Künstlerin schon gar nicht. Wann hast dus erfahren? wollte Prullàs wissen. Oh, erst vor kurzem, sagte der Regisseur; als Vallsigorri mich im Theater aufsuchte, brachte ich es nicht fertig, das vor Quiqui geheimzuhalten; da hat sie mir alles erzählt. Sie war verzweifelt. Die Jahre beginnen auf ihr zu lasten, und die Dummchenrollen, die du völlig unbarmherzig immer wieder für sie schreibst und die sie Tag für Tag in den Abend- und Spätvorstellungen auf Spaniens Bühnen spielen muß ... Du hast ja keine Ahnung, wie böswillig Provinzkritiker sein können. Jede gehässige Bemerkung in der Presse hat ihr den gnadenlosen Verlust ihrer Reize und der Privilegien der Jugend deutlicher vor Augen geführt.

So, und jetzt bin ich auch noch an allem schuld! rief Prullàs.

Die arme Quiqui, fuhr Gaudet fort, fand weder Ruhe noch Trost. Unter dem Vorwand, sich um meine angeschlagene Gesundheit zu kümmern und Ordnung in mein chaotisches Junggesellendasein zu bringen, ist sie oft hergekommen und hat ihrem Kummer und Groll Luft gemacht. Ganz gegen meinen Willen bin ich ihr Vertrauter geworden. So hab ich erst gemerkt, wie schlimm das alles für sie war. Als schließlich Vallsigorri ermordet wurde, hab ich mich geweigert, irgendeine Hypothese aufzustellen, nicht einmal für mich selbst. Aus Treue zu einer Freundin habe ich darauf gebaut, daß man für diese schreckliche Tat letzten Endes einen andern verantwortlich machen würde.

Mich zum Beispiel, sagte Prullàs. Seine Stimme war nicht verärgert. Der Regisseur entgegnete, er habe nie an Prullàs' Unschuld gezweifelt. Aber du hast mir nicht mehr geholfen, antwortete Prullàs, gerade als ich dich am nötigsten brauchte, als sich der Verdacht immer mehr auf mich konzentrierte.

Ich hatte keine andere Wahl, antwortete Gaudet, sichtlich niedergeschlagen. Nach dem Verhör durch Don Lorenzo Verdugones hat mir Quiqui von dem Brief erzählt. Sie hatte ihn in einem Moment der Verblendung geschrieben und den Abend bei Brusquets dazu benutzt, um ihn Vallsigorri zu geben, ohne daß es jemand bemerkte. Ich war zwischen Hammer und Amboß – weder konnte ich dir weiterhelfen, ohne Quiqui zu beschuldigen, noch weiterhin so tun, als würde ich dir helfen, und dir gleichzeitig etwas so Wichtiges verschweigen. So habe ich beschlossen, mich aus allem rauszuhalten, in der Hoffnung, deine Nachforschungen würden im Sande verlaufen und nach und nach würde Gras über die Sache wachsen. Anders als in den Filmen bleiben in der Wirklichkeit viele Verbrechen ungesühnt. Er machte eine lange Pause, schaute seinen Freund fest an und fügte dann, jedes einzelne Wort betonend, hinzu: Ich baue noch immer darauf, daß es auch mit diesem so sein wird.

Was meinst du damit? fragte Prullàs.

Gaudet lehnte sich im Sessel zurück und schaute zur Decke hinauf. Wir wissen nicht mit Bestimmtheit, wer Vallsigorri umgebracht hat, sagte er ruhig. Es gibt einen kompromittierenden Brief, das ist richtig, aber diesen Brief hast jetzt du. Don Lorenzo Verdugones weiß nichts von ihm, sonst hätte er Quiqui bereits dem Richter zugeführt. Im Grunde weiß Don Lorenzo Verdugones gar nichts – es hängt von dir ab, ob du das Geheimnis lüften willst. Aber wenn du dich durch seine großmäuligen Drohungen nicht einschüchtern läßt, hat die Sache an diesem Punkt ein Ende, und alles kommt wieder ins Lot... Aber Vallsigorri ist ermordet worden! unterbrach ihn Prullàs. Das ist leider nicht mehr zu ändern, erwiderte Gaudet. Willst du, daß noch mehr Blut fließt? Das würde nichts bringen. Du weißt, daß die Person, die ihn umgebracht hat, ohne Zweifel unüberlegt gehandelt hat, im Affekt, ohne kriminelle Absicht. Und es gibt nicht den geringsten Grund zur Annahme, diese Person könnte ein weiteres Verbrechen begehen, da sich die Umstände, die diesen Impuls ausgelöst haben, nie mehr wiederholen werden.

Ja, aber die Gerechtigkeit, Pepe? Welche Gerechtigkeit? rief Gaudet entrüstet und schoß vom Stuhl hoch wie von den Sprungfedern gestoßen, die aus den Rissen des Bezugs schauten. Welche Gerechtigkeit? Etwa die, welche die Ausschweifungen der Männer vergibt und preist, während sie unbarmherzig die armen Frauen bestraft, die einen Fehltritt begehen, wenn ihnen das Gefühl den Verstand trübt?

Bitte hör schon auf, Pepe, rief Prullàs. Ausschweifungen! Du redest wie in einer Rundfunkserie. Und ein Mord ist kein Fehltritt, verdammt!

Ach, entschuldige, Carlos, diese Dinge machen mich eben krank, antwortete der Regisseur.

2

Die berühmte Schauspielerin ließ ihm durch das Kammermädchen ausrichten, er möchte so gut sein und ein paar Minuten im kleinen Salon warten. Die Señora habe ihre Toilette noch nicht beendet, stotterte das Mädchen errötend und deutete einen linkischen Knicks an. Wie schade, dachte Prullàs, während er verstohlen ihre Beine musterte, daß die Umstände so ungünstig sind – die ist wirklich gar zu lekker.

Das Mädchen ließ ihn allein. Nervös spazierte er in dem kleinen Salon auf und ab und betrachtete mißvergnügt die soliden Qualitätsmöbel, die wertvollen Gegenstände in der Vitrine. Die Uhr auf dem Kaminsims schlug zwölf. Mittag, dachte er, und Quiqui noch im Bad, welch ein Luxus! Und dann beklagt sie sich auch noch! Viele Frauen würden sich mit weiß Gott was abfinden, wenn sie dafür in diesem Komfort leben könnten, sie aber fühlt sich unglücklich. Aber wer weiß, antwortete er sich selbst, vielleicht ist nicht alles Egoismus und Kalkül, wer weiß.

Neben dem Kamin sah er Ofenzange, Feuerschaufel und Schürhaken, die abgedroschenen Gerätschaften aus den Kriminalromanen, die er so gern las. Während er mißtrauisch über den polierten Messinggriff dieser harmlosen Utensilien strich, trat unversehens das Kammermädchen mit einem Tablett und einem kompletten Teeservice darauf wieder ein.

Ich habe noch eine Tasse dazugestellt, falls der Herr ebenfalls Tee möchte, hauchte sie mit glühenden Backen. Dann fügte sie mit fester Stimme hinzu: Die Señora ist schon unterwegs.

Tatsächlich trat im selben Augenblick Mariquita Pons ein, tadellos gekleidet und zurechtgemacht. Sie schien alles darauf angelegt zu haben, die Achtbarkeit in Person darzustellen. Das Mädchen entfernte sich, und die beiden setzten sich ans Tischchen mit dem Tablett. Mariquita Pons nahm Kanne und Sieb und goß sich gewandt eine Tasse Tee ein, in die sie eine halbe Zitronenscheibe und ein Stück Zucker gab.

Ich höre, murmelte sie schließlich, ohne die Augen von der Tasse zu heben. Vermutlich hat dich Gaudet gerade angerufen, sagte Prullàs. Mit ihm hab ich gesprochen, als du gekommen bist; deshalb hab ich dich warten lassen. Du glaubst ja wohl nicht, ich stehe um diese Zeit erst auf. Aber kommen wir zur Sache: Was willst du wissen? Quiqui, meine Liebe, die Fragen stelle *ich*. Und ich mache dich darauf aufmerksam, daß ich sehr schlechter Laune bin.

Er nahm das Blatt aus der Brieftasche, faltete es auseinander, zeigte es Mariquita Pons und steckte es zurück. Die berühmte Schauspielerin warf nur einen verächtlichen Blick darauf und wandte sich ruhig wieder ihrem Tee zu. Dieser Brief beweist überhaupt nichts, sagte sie. Ich hab ihn geschrieben, das will ich gar nicht leugnen, aber das ist kein Verbrechen. Höchstens ein Dampfablassen im Affekt und eine Unvorsichtigkeit. Tagtäglich werden Tausende solcher Briefe geschrieben. Für dich ist das was Neues, da du deine Techtelmechtel immer mit Analphabetinnen und Schwachsinnigen hast, aber wir Frauen sind romantisch veranlagt.

Das Parfüm an Vallsigorris Kleidern stammte von dir, nicht wahr? Du warst an dem Tag mit ihm zusammen, als er umgebracht wurde, vielleicht sogar bei ihm zu Hause.

Möglich, antwortete sie, und nach kurzem Zögern fügte sie entschlossen hinzu: Ich bin an jenem Nachmittag zu ihm gegangen. Mir war klar geworden, daß es idiotisch gewesen war, ihm den Brief zu geben. Was ich mir als etwas Verletzendes und Drohendes gedacht hatte, wurde in seinen Händen eine Waffe gegen mich. Ich rief ihn an, um meinen Besuch anzukündigen; die Zugehfrau antwortete. Ich sagte nicht, wer ich bin, aber wahrscheinlich hat sie meine Stimme erkannt; es war nicht das erste Mal, daß ich anrief, und Haushälterinnen sind von Natur aus Klatschmäuler. Es war mir egal. Ich ging zu ihm und bat ihn, mir den Brief zurückzugeben. Er sagte, er habe ihn nicht mehr, und versuchte mir einen Bären aufzubinden: Er habe den Brief nicht einmal gelesen, ein Taschendieb habe ihm am Vorabend in einer Flamencokaschemme die Brieftasche gestohlen, stell dir mal vor. Natürlich hab ich ihm kein Wort geglaubt, aber was sollte ich tun? Ich besann mich auf mein letztes Restchen Würde und machte mich auf und davon. Außer mir war niemand dort, und niemand hat gesehen, wie ich die Wohnung verließ, aber Ignacio Vallsigorri war noch am Leben, als ich ging. Ich will auf der Stelle tot umfallen, wenn es nicht stimmt. Kann ich dir jetzt einen Tee einschenken?

Prullàs bejahte. Eigentlich wär mir ein Whisky lieber, dachte er, aber ich muß einen klaren Kopf behalten. Er nahm die Tasse; beide schlürften wortlos ihren Tee.

Als ich erfuhr, daß Ignacio gestorben war, sprach sie weiter, hatte ich den Brief vergessen. Nach dem schrecklichen Schlag dieser Nachricht hab ich alles vergessen, und es blieb mir nicht einmal der Trost, ihre verheerenden Auswirkungen auf meine Verfassung zeigen zu dürfen. Halte meine äußere Ruhe jetzt nicht für ein Indiz von Schuld. Wenn ich gelassen wirke, dann deshalb, weil ich zuviel allein geweint habe; jetzt sind keine Tränen zum Vergießen mehr da. Aber ich habe ihn nicht umgebracht. Um nichts in der Welt hätte ich ihm etwas antun können, alles hätte ich ihm verziehen. Außerdem, fügte sie hinzu, während sie die Tasse auf das Tablett zurückstellte und tief seufzte, bin ich zu alt, um zu töten. Ich meine nicht die körperliche Kraft, sondern den Wunsch. Ich glaube nicht, daß ich irgendwann in meinem

Leben fähig gewesen wäre zu töten, denn ich verabscheue Gewalt, aber es gab eine Zeit, wo ich mir aus Eifersucht oder Zorn oder Rachedurst den Tod irgendeines Menschen gewünscht habe. Aber inzwischen hab ich zu lange gelebt, um jemandem etwas Böses zu wünschen, selbst meinem ärgsten Feind. Ich habe viele Leute sterben sehen und fürchte mich vor der Einsamkeit, die auf mich zukommt. Außerdem hab ich Ignacio geliebt. Zuerst wollte ich, daß er mir allein gehört; ich habe vergeblich gekämpft; dann hab ich mich darein geschickt, ihn mit andern Frauen teilen zu müssen, vorausgesetzt, er würde mich weiterhin lieben. Am Ende war mir alles egal – ich wollte nur wissen, daß es ihn gab.

Aber in dem Brief drohst du ihm den Tod an, da stehts, in deiner Handschrift! sagte Prullàs. Ach, Worte, Worte! Was wäre unser graues Leben ohne Worte? sagte sie, während sie eine Zigarette in die Perlmutterspitze steckte und sich vorbeugte, um sich Feuer geben zu lassen.

Prullàs zündete ihr die Zigarette an, starrte auf das Feuerzeug und sagte: Ehrlich gesagt, ich versteh dich nicht, Quiqui – dich in diesen Leichtfuß zu verlieben, in deinem Alter und bei deiner gesellschaftlichen Stellung! Wenn dich dein Mann vernachlässigte, hättest du dir eine weniger komplizierte Liebschaft suchen können. Im Theater gibts dutzendweise junge, schmucke Schauspieler, die glücklich gewesen wären, wenn du ... In diesem Metier sind viele Fälle bekannt: Maruja Ribera, Rosario Besaragua, Lolita ...

Mit einer herrischen Gebärde unterbrach sie seinen Sermon. Ich bitte dich! rief sie, ich bin eine Dame! Und sogleich fügte sie leise und nachdenklich hinzu: Oder wenigstens wollte ich eine sein. Das war der Irrtum meines Lebens. Unser Irrtum, Carlos, deiner und meiner. Wir hätten uns niemals vom Luxus korrumpieren lassen dürfen!

Sie füllte die Tassen erneut und rauchte mit sicherer Hand. Prullàs dachte: Wer gesehen hat, wie jemand erstochen wird, kann nie wieder gelassen über solche Dinge sprechen; das weiß ich aus Erfahrung. Vielleicht sagt sie die Wahrheit, oder vielleicht hat sie ihn umgebracht und erinnert sich nicht mehr daran, wie es mir Dr. Mercadal erklärt hat. Vielleicht wohne ich auch einem Renommierstück ihrer Schauspielkunst bei.

Er war aufgestanden und spazierte in dem kleinen Salon auf und ab. Plötzlich fiel ihm ein Spiegel an der Wand auf; in diesem goldgerahmten imaginären Salon sah er Mariquita Pons' Gesicht gespiegelt, die vermeintlich ungesehen seine Bewegungen beobachtete. Ihre Züge hatten sich entspannt und zeigten die Wirkung der Jahre: die runzlige Haut, den rauhen Hals und zwei trübe Augen, in denen nur noch Reste von Angst und Hilflosigkeit glitzerten. Dieser Anblick schnürte ihm das Herz zusammen. Wenn ich könnte, sagte er, würde ich eine andere Art Stücke schreiben, solche, die deinen Fähigkeiten und deinem künstlerischen Rang besser entsprechen. Manchmal frage ich mich, ob ich es nicht versuchen und das Risiko des Scheiterns auf mich nehmen sollte; aber es ist nicht Angst, was mich daran hindert. Ich kanns einfach nicht. Ich bin nicht Ibsen, Quiqui, tut mir leid.

Du brauchst dich nicht zu entschuldigen, erwiderte sie; deine Komödien sind ausgezeichnet, und dem Publikum gefallen sie sehr. Wie sollen sie ihm auch nicht gefallen, mit ihren Stotterern und den ewigen Toten im Schrank? Sag ich doch! rief Prullàs; und wem Jean-Paul Sartre gefällt, der soll sich zum Teufel scheren!

Die berühmte Schauspielerin drückte die Zigarette in einem Kristallglasaschenbecher aus und steckte sofort eine neue in die Spitze. Du kannst dir nicht vorstellen, sagte sie, was die Zeitungen über mich schreiben.

Prullàs kam zum Sofa zurück und gab seiner Freundin Feuer. Geschieht dir recht, warum liest du die Kritiken. Genügt dir der Applaus des Publikums nicht? Bei der Premiere von *Der flatterhafte Dolch* mußten wir uns nach jedem Akt zeigen, und nach der Aufführung hatten wir acht Vorhänge, weißt du nicht mehr? Und *Kuddelmuddel*? In Madrid sechs Monate auf dem Spielplan und in Barcelona zwei, von der Tournee nicht zu reden! Was spielts da für eine Rolle, wenn uns die Kritiker nachher zerreißen?

Mariquita Pons streichelte seine Hand und lächelte. Danke für deine Worte, Carlos, aber du kannst dir die Mühe sparen. Wir haben uns geirrt. Ob es uns paßt oder nicht, die Dinge laufen in eine andere Richtung. Bald werden wir ein wenig hinfällig und lächerlich sein. Wir sind es bereits. Wir werden durchhalten, solange unser Publikum ausharrt, aber wenn die Uhr des letzten Zuschauers abgelaufen ist, werden wir uns in nichts auflösen. Sie schauten sich fest an. Im selben Ton fügte Mariquita Pons hinzu: Ich bin nicht schuldig, Carlos; aber ich bin auch nicht unschuldig. Ich hab unverzeihliche Fehler gemacht, aber was hätte ich sonst tun sollen? Sie betrachtete ihre Hände und murmelte wie zu ihnen: Hättest du mich doch einmal ein wenig beachtet! Sie fuhr sich mit den Händen übers Gesicht und wiederholte: Ich hab ihn nicht umgebracht, Carlos, glaubst du mir? Natürlich glaub ich dir. Prullàs stand auf und ging zur Tür. Dort wandte er sich noch einmal um und sah sie wieder an. Vallsigorris Brieftasche mit dem verräterischen Brief, die hast du mir geschickt, nicht wahr? Sie antwortete nicht; sie blies perfekte Rauchringe in die Luft. Wie bist du daran gekommen? Wie man auf dieser Welt an alles kommt, Carlos: mit Geld. War der Typ, der sie dir verkauft hat, ein Krüppel? fragte er weiter. Mariquita Pons lächelte. Krüppel ist ein Euphemismus; es brauchte vier wie ihn, um einen vollständigen Menschen daraus zu machen. Kennst du ihn? Ja, sagte Prullàs; mir wollte er die Brieftasche auch verkaufen ..., aber wir haben uns nicht einigen können. Warum hast du sie mir geschickt?

In den Krimis hilft das junge Mädchen doch immer dem Detektiv, nicht? antwortete die berühmte Schauspielerin. Stimmt, erwiderte Prullàs; ist dein Mann schon zurück? Ja, er ist heute früh von Sevilla gekommen, völlig groggy, und hat sich gleich schlafen gelegt. Er hat Eierpralinen der San-Leandro-Nonnen mitgebracht, möchtest du eins? Jetzt nicht, danke, antwortete Prullàs.

3

Mit weit aufgerissenen Augen öffnete die Sebastiana die Tür zum Arbeitszimmer; sie brachte kaum ein Wort heraus. Da ist wieder dieser Señor mit zwei Polizisten, verkündete sie. Wer? Don Lorenzo Verdugones? fragte Prullàs. Nein, Herr, der andere, der mit dem Bleistift. Ich hab ihnen gesagt, sie sollen im Empfangszimmer warten, und da sind sie jetzt, mit Schießgewehr und allem Drum und Dran. Ist ja gut, ich komme gleich; während ich mich mit ihnen unterhalte, packst du mir ein Köfferchen mit Zahnbürste, Rasierapparat, Klingen, Seife, Pinsel und was sonst dazugehört. Und mehrere Garnituren frische Wäsche. Auch Wintersachen, für alle Fälle? fragte sie. Du brauchst nicht gleich zu übertreiben! antwortete Prullàs. Und mach nicht so ein weinerliches Gesicht, du wirst schon sehen, am Ende ist alles wieder in bester Ordnung.

Im zierlichen Rahmen des Empfangszimmers, zwischen Vorhängen, Spiegeln und Kandelabern, boten die beiden Bereitschaftspolizisten einen ungebührlichen, beängstigenden Anblick. Sind Sie gekommen, um mich zu verhaften, Sigüenza? fragte er. Mit glasigen Augen konsultierte der beflissene Amtsdiener seinen Notizblock und sagte: Señor Prullàs, das ist eine peinliche Situation. Sie wissen, daß ich unschuldig bin, Sigüenza, sagte Prullàs. Ich führe nur Befehle aus, Señor Prullàs. Ach, und das spricht Sie von aller Verantwortung frei, was? Haben Sie in der Zeitung nicht die Nürnberger Prozesse verfolgt? Von Spitzfindigkeiten versteh ich nichts, Señor Prullàs, antwortete der beflissene Amtsdiener, aber wenn ich die Befehle nicht ausführen würde, die man mir gibt, dann wäre das ein Chaos, und zudem würde an meiner Stelle ein anderer erscheinen und es tun; auf die Dauer käme alles auf eins heraus.

Prullàs beschloß, das glitschige Gebiet der Deontologie zu vermeiden, und fragte: Was für Beweise hat man gegen mich? Don Lorenzo Verdugones wird Sie rechtmäßig informieren, Señor Prullàs. Gut, sagte Prullàs, ich werde Sie freiwillig begleiten – ich habe nichts zu verheimlichen. Kann ich zuvor noch einen Anruf machen? So viele Sie wollen; das hier ist nicht der Sowjet.

Prullàs schloß die Tür seines Arbeitszimmers hinter sich, ohne daß ihm jemand gefolgt war. Eine solche Fahrlässigkeit würde sich keine meiner Komödienfiguren zuschulden kommen lassen, dachte er mit Genugtuung, während er Mariquita Pons' Brief aus der Tasche zog und die Flamme des Feuerzeugs daran hielt. Als das Papier nur noch ein schwarzes, öliges Pergament war, wischte er sich mit dem Taschentuch die Finger ab und ging ins Empfangszimmer zurück. Meine Herren, sagte er in einer Haltung, die nicht frei von Arroganz war, ich stehe zu Ihrer Verfügung.

⋆

Im Gang des Justizpalasts trafen sie Don Lorenzo Verdugones. Der Richter wird uns sogleich empfangen, verkündete er. Ein Sekretär schlüpfte durch eine Tür, um dem Richter Bescheid zu sagen, und einen Augenblick später kam dieser in Begleitung eines dunkel gekleideten, griesgrämigen Mannes heraus. Nach einem langen Austausch von Höflichkeiten ging der sauertöpfische Mann, und der Richter wandte sich Don Lorenzo Verdugones, Prullàs und Sigüenza zu und sagte: Der Herr, von dem ich mich eben verabschiedet habe, ist nichts mehr und nichts weniger als der Henker von Valladolid, der sich auf der Durchreise durch Barcelona befindet und gekommen ist, um mir seine Aufwartung zu machen; ein vortrefflicher Bursche, sehr ernst, wie Sie bestimmt gesehen haben, und sehr pflichtbewußt, und zudem ein verdienstvoller Fall: Aus äußerst bescheidenen Verhältnissen stammend, hat er sich selbst, ohne fremde Hilfe, eine Stellung zu erarbeiten gewußt. Beeilen wir uns, unterbrach ihn Don Lorenzo Verdugones unwirsch. Er war übelster Laune.

Abgesehen von der entsetzlichen Hitze und einem leichten Schweißgeruch herrschte im Büro des Richters eine feierliche, düstere Stimmung; nicht umsonst wurden hier täglich entscheidende Worte ausgesprochen und Meinungen gebildet, die das Leben vieler Menschen ruinieren konnten. Ein riesiges Kruzifix an der Wand gab der Atmosphäre eine obskurantistische Note. Nehmen Sie bitte Platz, sagte der Richter; fühlen Sie sich wie zu Hause.

Wie ich schon wiederholt geäußert habe, hob der Chefbeamte an, empfinde ich für den hier anwesenden Señor Prullàs den Respekt und die Achtung, die sein bedeutendes literarisches Schaffen verdient, und auch eine gewisse Wertschätzung für seine Person. Aber keine Achtung und kein Gefühl – und Sie werden das als erste verstehen – dürfen die Erfüllung meiner Pflicht beeinträchtigen. Ich bin ein Diener an der öffentlichen Sache! Das Verhalten des hier anwesenden Señor Prullàs zu jedem Zeitpunkt und insbesondere an den Tagen vor und nach der inkriminierten Tat, zusammen mit den Umständen, die bei diesem Kapitalverbrechen mitwirken, läßt mir keine andere Wahl – die Tatsachen selbst weisen mir zwingend den Weg, dem ich klar zu folgen habe.

Darf ich, mit dem gebotenen Respekt, fragen, auf welche Fakten sich Ihre Schlußfolgerungen stützen, Don Lorenzo? erkundigte sich der Richter; und bevor er eine Antwort bekam, fügte er hinzu: Nun, angesichts Ihrer Aussagen sollten wir der Zusammenkunft vielleicht einen prozeßhafteren Charakter geben, mit Verlaub gesagt. Licht und Stenographen! wie man so sagt. Im Nebengebäude wartet die Stenotypistin, um die Worte des Angeklagten zu transkribieren.

Das werden wir tun, erwiderte Don Lorenzo Verdugones, sobald ich es anordne. Der Richter erbleichte und biß sich auf die Lippen. Wieder zu Prullàs gewandt, fuhr der Chefbeamte fort: Während Sie die ganze Zeit Unfug trieben und sich wie ein Dummkopf benahmen, hat die Polizei erschöpfende, ertragreiche Arbeit geleistet, aufgrund deren der Fall bereits abgeschlossen ist. Von Anfang an hatten wir einen Verdacht, aber vorgestern haben wir den endgültigen Beweis bekommen.

Er zog den Tabaksbeutel und ein Päckchen Zigarettenpapier aus der Tasche und fing an, sich mit seiner üblichen Unfähigkeit eine Zigarette zu drehen. Prullàs zog sein Etui hervor und bot es ihm an. Stecken Sie es wieder ein, antwortete der andere mit einem Anflug von Sarkasmus, Sie werden es noch brauchen im Kittchen. Als Prullàs diese Worte hörte, verlor er seine mühselig gezeigte Contenance. Will man mich wirklich einsperren? stotterte er. Es bleibt mir keine andere Wahl, mein Freund, antwortete der Chefbeamte, ich bin ein Diener an der öffentlichen Sache! Aber welche Art Beweis kann es denn gegen mich geben? fragte Prullàs weiter. Den endgültigen! sagte Don Lorenzo Verdugones. Er gab Sigüenza ein Zeichen, und blitzschnell zog dieser ein paar maschinengeschriebene Seiten aus der Tasche und reichte sie seinem Chef. Don Lorenzo Verdugones fächelte mit ihnen die dicke Gerichtsluft. Der Zeuge hat gesungen wie ein Stieglitz! rief er. Der Zeuge? sagte Prullàs und streckte die Hand aus, um nach den Blättern zu greifen. Don Lorenzo Verdugones zog den Arm weg und brachte sie außer Reichweite; dann sagte er mit feierlicher Stimme und ab und zu einen Blick auf die Blätter werfend: Trifft es zu oder nicht, daß der Angeklagte seinerzeit auf meine Frage hin aussagte, er habe den Abend des Tages, an dem Vallsigorri ermordet wurde, damit verbracht, durch die Straßen von Barcelona zu schlendern, und daß er später auf die Frage, ob ihn dabei jemand gesehen habe, aussagte, er sei von niemand Bekanntem gesehen worden? Und trifft es nicht ebenso zu, daß diese Aussagen falsch sind, da der Angeklagte an diesem Tag und zu dieser Stunde nirgends ›schlenderte‹, sondern sich in einem verrufenen Hotel in der Calle de la Unión befand, wo er, wie der Angeklagte dem Empfangschef selbst sagte, ›mit einer Person verabredet‹ war? Und trifft es ferner zu oder nicht, daß der Angeklagte besagtes Hotel wieder verlassen hat und zu Fuß in ein öffentliches, ebenfalls in der erwähnten Calle de la Unión gelegenes Lokal gegangen ist und dort berauschende Getränke zu sich genommen hat?

Ein Bierchen! unterbrach ihn Prullàs. Das nennen Sie ›berauschende Getränke‹? Ein armseliges Bierchen vom Faß, das mir, nebenbei gesagt, sehr schlecht bekam?

Wäre es nicht korrekter, zu sagen, erwiderte der Chefbeamte im selben hochtrabenden Ton, daß, was Ihnen ›sehr schlecht bekam‹, nicht ›ein Bierchen‹ war, wie Sie sagen, sondern eine beträchtliche Menge hochprozentiger Wässer, beispielsweise Anis La Asturiana und Rum Negrita, wie aus der Aussage der Bedienung hervorgeht, die sie Ihnen verabreichte?

Das stimmt nicht! krähte Prullàs, diese Frau lügt, um nicht zugeben zu müssen, wie unhygienisch, ja kriminell gesundheitsgefährdend die Produkte sind, die sie ausschenkt, diese Schlampe! Aber selbst wenn es stimmte – ist es denn ein

Verbrechen, sich einen Schwips anzutrinken? Ist das der unwiderlegbare Beweis, mit dem Sie meine Schuld zu untermauern gedenken?

Alles zu seiner Zeit, erwiderte Don Lorenzo Verdugones. Und jetzt hören Sie zu und unterbrechen Sie mich nicht. Während Sie sich, wie dargelegt und bewiesen, in der Eckkneipe betranken, erschien im genannten Hotel ein Herr, der sich, nachdem er ein Zimmer verlangt und den Tarif im voraus entrichtet hatte, wie es in dieser Art von Etablissements die Regel ist, auf das bereits erwähnte Zimmer zurückzog, nicht ohne den Empfangschef informiert zu haben, ›daß er eine Person erwarte‹, und ihn gebeten zu haben, ›diese zu ihm heraufzuschicken, sobald sie eintreffe‹. Natürlich kontrollierte der Empfangschef die Identität dieses Kunden nicht, noch machte er eine entsprechende Eintragung im Gästebuch, sowenig er es zuvor beim Angeklagten getan hatte, ein Verstoß, dessenthalben die Regierungsbehörden die Schließung des Etablissements verfügt hätten, wäre nicht das Bistum eingeschritten, denn anscheinend haben dem Bischofspalast, ja noch höheren apostolischen Instanzen sehr nahestehende Personen ihre Ersparnisse in dieses lukrative Geschäft investiert. Daß mir das unter uns bleibt. Seien Sie unbesorgt, Don Lorenzo, sagte der Richter eilig.

Sowie sich der Herr in seinem Zimmer befand, fuhr der Chefbeamte fort, kam der Angeklagte ›im Zustande großer Erregung‹ von der Kneipe zurück, fragte, ob in seiner Abwesenheit die Señora oder Señorita erschienen sei, mit der er verabredet gewesen sein wollte, und nachdem der Empfangschef verneint hatte, fügte der Angeklagte hinzu: ›Ich werde oben warten; wenn sie kommt, schicken Sie sie direkt herauf.‹ Trug es sich so zu oder nicht, Señor Prullàs?

Tatsächlich haben sich die Ereignisse so abgespielt, wie Sie sie beschreiben, sagte Prullàs, aber ich befand mich nicht ›im Zustande großer Erregung‹. Ich war einfach erhitzt wegen der wie jetzt sommerlichen Temperaturen und vielleicht etwas verärgert über die Unpünktlichkeit der Person, die ich erwartete, und ein wenig beunruhigt, weil mir das Bier auf den Magen geschlagen war. Über den andern Herrn weiß ich rein gar nichts. Herr Richter, halten Sie meine Einwände fest, ich bitte Sie darum.

Verzeihen Sie, Señor Prullàs, aber diese Amtshandlungen fallen nicht in meinen Zuständigkeitsbereich, erwiderte der Richter; ich bin nur als Kiebitz da, wenn Sie mir den ornithologischen Vergleich gestatten.

Nach einer schwer abzuschätzenden Zeit, fuhr Don Lorenzo Verdugones, die Unterbrechung ignorierend, fort, betrat das genannte Hotel eine junge Frau, die dem Empfangschef von früheren Malen her ›sehr bekannt vorkam‹ und die er für eine Person mit ›ausschweifenden Sitten‹ und ›lockerer Moral‹ hielt. Diese junge Frau sagte dem Empfangschef, es erwarte sie ›ein Verwandter von ihr, der sich auf der Durchreise durch die Stadt‹ befinde und dem sie ›einen Gegenbesuch abstatten‹ wolle. Ob der Empfangschef so freundlich sei, ihr zu sagen, in welchem Zimmer ihr Verwandter logiere? Auf diese Frage wußte der Empfangschef nicht zu antworten, da sowohl der Angeklagte wie der andere Herr ›bei früheren Begegnungen Verwandtschaft mit der besagten jungen Frau geltend gemacht‹ hatten. Da er keinen der beiden Kunden zum Nachteil des andern begünstigen noch sich mit einem von ihnen überwerfen mochte, gab ihr der Empfangschef einfach die beiden Zimmernummern, ohne zu spezifizieren, wer das eine und wer das andere Zimmer bewohne, oder zu erwähnen, daß sich in jedem der beiden Zimmer ein anderer Herr befinde. Die junge Frau bat ihn nicht um zusätzliche Erklärungen und ging in den ersten Stock hinauf, wo die beiden Zimmer lagen. Nach einer Weile kam sie wieder herunter und verließ wortlos das Hotel. Auf die Frage, wie lange sie in dem Zimmer oder den

Zimmern gewesen sei, antwortete der Empfangschef, er habe es damals nicht überschlagen, aber der Aufenthalt der jungen Frau im Hotel sei ›kurz und unbedeutend‹ gewesen. Als auf diesem Punkt bestanden wurde, nannte er die Dauer von fünf Minuten. Pflegte sie immer so flüchtige Besuche zu machen? Antwort: Nein, ganz im Gegenteil, denn nach Ansicht des Empfangschefs gehört die junge Frau ›zu denen, die einen tadellosen, sehr umfassenden Service anbieten‹. Wußte der Empfangschef, welches der beiden Zimmer die junge Frau aufgesucht hatte? Antwort: Nein, darauf hatte er nicht geachtet, da sich die Zimmer, wie gesagt, im oberen Stock befanden. Ebensowenig hatte er ein Türengeräusch gehört, das ihm eine diesbezügliche Hypothese zu formulieren erlaubt hätte. Was geschah dann? Antwort: Nach einer weiteren Zeitspanne, der eben geschilderten vergleichbar, kam der zweite Herr ›etwas erregt‹ aussehend herunter. Im ersten Augenblick schrieb der Empfangschef diesen Gemütszustand der Wahrscheinlichkeit zu, daß die junge Frau ›das andere Zimmer aufgesucht‹ hatte; doch nach einer Weile, kam ›der erste Herr‹ herunter, also der Angeklagte, in ›noch erregterem‹ Zustand, ja ›tobend‹ und ›mit blutunterlaufenen Augen‹, laut den Worten des Empfangschefs, der in seiner Angst, tätlich angegriffen zu werden, eilig versicherte, er habe ›bloß getan, was Sie mir aufgetragen haben‹. Zweifellos aufgrund dieses Satzes sah der Angeklagte von seinem gewalttätigen Vorhaben ab und taumelte aus dem Hotel.

Unnötig hinzuzufügen, fügte Don Lorenzo Verdugones nach einer Pause hinzu, daß der Empfangschef, als ihm die entsprechenden Fotografien vorgelegt wurden, mühelos Señor Prullàs, den verstorbenen Señor Vallsigorri und ein junges Mädchen identifizierte, das auf den Künstlernamen Lilí Villalba hört und Tochter eines bekannten Ganoven ist, in dessen Gesellschaft der Angeklagte übrigens einige Tage später mit blutbefleckten Kleidern und sich ebenso besorgniserregend und verdächtig benehmend wie gerade beschrieben ins selbe Hotel zurückkehrte.

Der Chefbeamte gab die Blätter Sigüenza zurück, verschränkte die Arme auf der Brust, trat vor Prullàs hin und sagte: Hat der Angeklagte, nachdem er die detaillierte Beschreibung des Sachverhalts, wie sie aus der glaubwürdigen Aussage der Zeugen hervorgeht, gehört hat, etwas vorzubringen, oder ist er bereit, ein formelles Geständnis abzulegen?

Ein Geständnis? schrie Prullàs, ich habe ja überhaupt nichts getan! Uff, der gehört zu denen, die einem Arbeit machen, bemerkte der Richter. Und zu Prullàs gewandt: Das Geständnis bildet einen mildernden Umstand. Kommen Sie schon, wir haben mehr als genug Beweise, daß Sie Vallsigorri umgebracht haben! Lassen Sie uns nicht noch mehr Zeit verlieren! hakte Don Lorenzo Verdugones nach. Das stimmt nicht! sagte Prullàs; ich habe Vallsigorri nicht umgebracht, und Sie haben keinen Beweis; Sie haben nur die Aussage eines Empfangschefs, der behauptet, daß einmal in einem Stundenhotel drei Personen zusammengetroffen seien. Er weiß nicht, ob sich diese drei Personen überhaupt gesehen haben, noch, ob jede dieser drei Personen von der Anwesenheit der beiden andern wußte. Er hat diese drei Personen nur einzeln kommen und gehen sehen. Das ist an sich schon ein schwacher Beweis. Aber zu alledem kennt uns der Empfangschef nicht einmal persönlich, er hat unsere Identität nie festgestellt und sieht täglich viele Leute unter denselben Umständen. Wie kann er da so sicher sein, daß er an jenem Tag Vallsigorri und nicht jemand anders gesehen hat? Und dasselbe könnten wir von Señorita Lilí Villalba sagen. Wie viele solche Fräulein haben sich wohl vor seinen Augen schon die Klinke in die Hand gegeben?

Ungestüm unterbrach Don Lorenzo Verdugones Prullàs' Darlegungen. Wie können Sie sich unterstehen, diese Beweise als schwach abzutun! Die Aussage des Empfangschefs stellt eindeutig fest, daß es zwischen Ihnen und Vallsigorri eine Beziehung gegeben hat, und erhellt das Motiv für das Verbrechen; das ist klar wie Kloßbrühe. Und für Sie ist das noch ein schwacher Beweis? Dann lassen Sie mich Ihnen sagen, Señor Prullàs, daß ich mir die Mühe gemacht habe, alle Ihre Kriminalkomödien zu lesen, und in keiner habe ich eine so stichhaltig begründete Beweisführung gefunden. Und wenn das für Sie gut genug ist, ist es auch für mich gut genug. Nach meiner Version, fuhr er gelassener und vor allem zum Richter gewandt fort, als interessierte ihn Prullàs' Meinung nicht mehr, spielten sich die Ereignisse wie folgt ab: Der Angeklagte und Vallsigorri hatten im Hotel Gallardo einen heftigen Streit wegen Señorita Lilí Villalba, worauf der Angeklagte nach Hause ging, seiner Haushälterin sagte, er fahre nach Masnou, dann den Verstorbenen aufsuchte, der noch lebte, klingelte und, nachdem ihm dieser geöffnet und ihn in den Salon geführt hatte, ihn mit einem Küchenmesser angriff, was seinen sofortigen Tod zur Folge hatte. Hierauf, nachdem er seine Rache gestillt hatte, fuhr er nach Masnou, wo er spätnachts eintraf, ohne von jemandem gesehen zu werden. Ein schwacher Beweis! Dir werd ich schwache Beweise geben!

Erneut ergriff der Richter das Wort: Ich rate Ihnen und beschwöre Sie zugleich, jetzt zu reden; widrigenfalls wird das ganze Gewicht des Gesetzes auf Sie fallen. Reden? sagte Prullàs; ich habe nichts zu sagen – Sie beide sind es, die meine Schuld beweisen müssen. Sie verstehen nicht, sagte der Richter beharrlich; Ihre Schuld ist hinreichend bewiesen, wenigstens um einen Eröffnungsbeschluß zu erlassen. Das einzige, was diesen Beschluß und die Präventivmaßnahmen, die sich daraus ableiten, verhindern kann, ist, daß Sie uns eine andere, überzeugendere Version des Sachverhalts geben. Sind Sie im Besitz irgendeiner Angabe, die dem widerspricht, was gegen Sie vorgebracht wird? Gibt es Ihres Wissens eine Person oder Personen, die ein Motiv oder Motive hätte oder hätten, den Tod dieses Vallsigorri zu wünschen, und die eine günstige Gelegenheit hatte oder hatten, diesen Tod herbeizuführen? Wenn dem so ist, dann sprechen Sie, und wir werden Sie gehen lassen; andernfalls wasche ich meine Hände in Unschuld, wie es uns das Heilige Evangelium lehrt.

Prullàs kniff die Lippen zusammen und schüttelte den Kopf. Don Lorenzo Verdugones stand auf. Herr Richter! rief er, einen Finger Richtung Decke erhebend, im Namen der Befugnisse, die mir mein Amt verleiht, und unter Berücksichtigung der gegen den Angeklagten, den hier anwesenden Don Carlos Prullàs, von Beruf Komödienautor, gesammelten Beweise, aber auch in Anbetracht des unantastbaren, in unserem nationalen politischen Gesetzbuch verankerten Prinzips der Unabhängigkeit der richterlichen Gewalt, stelle ich Ihnen diesen skrupellosen Kerl zur Verfügung, damit er wegen des Verbrechens, Ignacio Vallsigorri abserviert zu haben, gerichtet werde, gemäß den Verfügungen des Strafgesetzbuches und der entsprechenden Artikel der Strafprozeßordnung, und verzeihen Sie, wenn meine Ausdrucksweise falsche Ausdrücke aufweist, aber ich bin nicht Anwalt.

Um Himmels willen, Don Lorenzo, Sie beherrschen die Beredsamkeit des Gerichtssaals wie kein zweiter! Was ein Jammer, daß Sie nie den Ruf der Robe verspürt haben – welch großer Rechtskundiger ist an Ihnen verlorengegangen! Ein echter Iuventius! Ein Puffendorf!

Reden wir nicht weiter über die Sache, antwortete der Chefbeamte. Und machen Sie vorwärts mit den Formalitäten, Sigüenza, ich habe den Bürgermeister von Tarrasa schon allzulange warten lassen.

*

In einem geschlossenen, brütend heißen Büro steckte eine schwitzende Stenotypistin abwechselnd Kanzlei- und Kohlepapier in den Wagen der Schreibmaschine. Als sie damit fertig war, sagte Prullàs, vor dem Tisch stehend, auf Ersuchen des Richters seinen vollständigen Namen sowie Abstammung, Geburtsdatum, Zivilstand, Adresse und Beruf her. Hatte er irgendwann persönlichen Kontakt zu einem gewissen Ignacio Vallsigorri y Fadrí gehabt, jetzt tot und Bürger von Barcelona? Prullàs bejahte. Konnte er das Datum des genannten persönlichen Kontakts präzisieren? Natürlich, der 9. August dieses Jahres. Aus welchem Anlaß? Eine Abendgesellschaft. Hatte er den Genannten auch nach dem erwähnten Datum des 9. August gesehen? Nein. Und vor dem wiederholt genannten Datum, d.h. dem 9. August? Auch nicht. Erklärte er also unter seiner vollen Verantwortung, den vorerwähnten verstorbenen Ignacio Vallsigorri y Fadrí, als dieser noch lebte, einzig und allein an dem vorher angegebenen und danach wiederholt und erneut angegebenen Datum gesehen zu haben? Prullàs zögerte, etwas unsicher über den Sinn der Frage, und verneinte schließlich.

An dieser Stelle unterbrach die Stenotypistin die Befragung, da sie, wie sie sagte, irrtümlich ›ja‹ statt ›nein‹ geschrieben hatte. Nachdem sie die angezeigten Korrekturen ausgeführt hatte, las sie den Zusatz vor: ›Daß das durchgestrichene Wort, wie ersichtlich ist, ersetzt wird durch das, das in der Folge transkribiert wird und ebenso gültig ist wie die dem oben erwähnten ersetzten Wort entsprechende Streichung, so daß beide im Sinne des vorliegenden Dokuments gleichermaßen gültig sind.‹ Waren sie damit einverstanden? Alle gaben ihrer Zustimmung Ausdruck, und dann zog die Stenotypistin die Papiere aus der Maschine, sonderte die Kohlepapierblätter aus und verwahrte sie in einem Schubfach und überreichte Original und Kopien dem Richter, der sie aufmerksam durchlas und dann Prullàs vorlegte.

Lesen Sie es durch und unterschreiben Sie unten, wenn Sie einverstanden sind, sagte er. Ist sie nicht etwas kurz, diese Aussage? fragte Prullàs. Wir befinden uns noch in der Phase des Vorverfahrens, antwortete der Richter. Der Prozeß muß sich nach seiner gehörigen Ordnung abwickeln. Was das fragliche Dokument betrifft, sehen Sie doch selbst – es verpflichtet Sie zu nichts. Unterschreiben Sie hier.

Prullàs unterschrieb am angegebenen Ort. Dann leisteten auch Don Lorenzo Verdugones und Sigüenza die Unterschrift, als Zeugen, wie letzterer sagte. Die Stenotypistin steckte eine Kopie in einen Aktendeckel, reichte das Original dem Richter und fächelte sich mit der andern Kopie Gesicht und Achselhöhlen. Der Richter las das Dokument noch einmal durch und bekräftigte seine Zufriedenheit über die geleistete Arbeit.

Man soll das Haus nicht mit dem Dach beginnen, sagte er sentenziös. Und nun, Señor Prullàs, hier entlang, wenn Sie so gut sein wollen.

★

Sie gingen in ein angebautes Nebengebäude hinüber, wo auf Holzstühlen zwei Wachposten dösten. Als sie den Richter eintreten sahen, erhoben sie sich und rammten sich die Mützen auf den Kopf. Bringen Sie den Verhafteten in die Arrestzelle, sagte der Richter. Einer der Wachposten zog Handschellen aus einer Schublade. Reine Formalität, erklärte der Richter, weniger eine Notwendigkeit als eine Vorschrift. Und nun werden Sie mich entschuldigen müssen, Señor Prullàs, aber anderes, weniger Angenehmes als Ihre Gesellschaft reklamiert mich. Es war mir ein großes Vergnügen, Sie kennenzulernen, und ich wünsche Ihnen viel Glück bei der Premiere Ihrer neuen Komödie. Meine Frau und ich sind große Bewunderer von Doña Mariquita Pons. Lassen Sie sichs gutgehen.

In Handschellen und einen Wachposten zu jeder Seite, trat er auf einen von übelstem Gesindel überfüllten Gang hinaus. Als sie ihn so elegant an sich vorbei zum Gefängnis gehen sahen, brachen sie in Gelächter aus. Adieu, Herr Menister! rief ihm eine Walküre zu. Die Delinquenten freuten sich über den Einfall. Prullàs ging mit gesenkten Augen weiter, wie in einer Szene aus der Passion von Esparraguera.

4

Über eine breite Treppe stiegen sie in den Keller hinunter, wo sie auf einen düsteren Gang gelangten, an dessen Decke mehrere Wasserrohre unterschiedlicher Größe entlangliefen. Am Ende des Gangs öffnete einer der Wachposten eine sehr dicke Metalltür, durch die sie in einen quadratischen Raum kamen. An einem Pult saß ein Aufseher und las die Sportzeitung *Dicen*. Als er seine Kollegen eintreten sah, hob er den Kopf und blinzelte, als tauchte er aus tiefer Meditation auf.

Der kommt in Nummer drei, sagte einer der Wachposten. Und zu Prullàs: Leg alles, was du in den Taschen hast, auf den Tisch da. Prullàs tat es, und der Aufseher am Pult machte eine Bestandsaufnahme von Gegenständen und Geld und verwahrte alles in einer Schublade. Dann mußte er Krawatte, Gürtel und Schnürsenkel abgeben. Anschließend zog der Aufseher aus einer Pultschublade einen Schlüsselbund, prüfte bedächtig einen Schlüssel nach dem andern, bis er den richtigen fand, stand auf und führte die Gruppe zur Tür einer der Arrestzellen. Vom metallischen Geräusch des Schlüssels im Schloß und vom Quietschen des sich in den Angeln drehenden Gitters bekam Prullàs eine Gänsehaut.

Los, rein, sagten sie drohend. In der Zelle nahmen sie ihm die Handschellen ab, dann gingen sie wieder hinaus und schlossen die Gittertür. Prullàs fand sich in einem rechteckigen Raum ohne jede weitere Öffnung, dessen Wände über und über mit winzigen, mühsam gekritzelten Inschriften bedeckt waren. Die ganze Einrichtung bestand aus einer schmalen, über eingelassene Stangen an der hinteren Wand festgeschraubten Pritsche. Hören Sie, haben Sie eine Ahnung, wie lange man mich hierbehalten wird? fragte er. Das wird sich zeigen, lautete die Antwort. Könnten Sie mir nicht irgendeine Zeitung ausleihen, mit der ich mir das Warten verkürzen kann? Nur, wenn es der Richter erlaubt, antworteten die Wachposten, bevor sie sich zurückzogen.

Prullàs setzte sich auf die Pritsche und wartete. Aus einer andern Zelle, in die er nicht hineinsehen konnte, drang lautes, regelmäßiges Schnarchen. Da schau, ein Weiser, dachte Prullàs, ein echter Stoiker. Da man ihm seine Armbanduhr abgenommen hatte und das einzige Licht von einer kümmerlichen Glühbirne im Gang draußen kam, verlor er bald die Vorstellung der Zeit. Er hatte schon stundenlang nichts mehr gegessen und fühlte sich ziemlich schwach. Als jedoch nach einer Weile der Aufseher wieder mit einem randvollen Napf mit kalt gewordenen, harten Kichererbsen erschien, brachte er keinen einzigen Löffel herunter. Verzeihung, könnten Sie mir nicht von irgendeinem Lokal in der Nähe ein Sandwich bringen lassen? Mit Schinken, Schlackwurst oder sonstwas. Wenn Sies bezahlen können, kann mans ja versuchen, antwortete der Aufseher. Mein Geld liegt im Pult, wo Sie es hingetan haben, sagte Prullàs; nehmen Sie sich das Nötige. Ah, nein, Señor, wenn ich ohne schriftliche Erlaubnis über die beschlagnahmten Gegenstände verfügte, würd ich mir einen schönen Rüffel einhandeln. Ich kann Ihnen einen Schuldschein unterschreiben, schlug Prullàs vor. Hübscher Trick! erwiderte der Aufseher; wenn sie dir dreißig Jahre aufbrummen, ist der Wisch nichts mehr wert.

Nach einer Weile wurde der Aufseher von einem andern für die Nachtschicht abgelöst, mit dem Prullàs die Verhandlungen wiederaufzunehmen versuchte. Inzwischen bekümmerten ihn nicht mehr die Qualität des Essens und die unbequeme Zelle, sondern seine ungewisse Zukunft. Ich werde Sie großzügig belohnen, wenn Sie Señor Gaudet eine Nachricht zukommen lassen, sagte er; im Moment verfüge ich bekanntlich über kein Geld, aber Señor Gaudet persönlich wird dem Überbringer des Briefes gemäß meinen Anweisungen ein hübsches Sümmchen geben.

Alles Versprechen und Bitten half nichts. Es reicht, sagte der Aufseher schließlich, jetzt ist Zeit zum Schlafen, nicht zum Quasseln. Einer nach dem andern wurden die Inhaftierten zu einem verstopften Klosett, wo man nicht atmen konnte, und dann wieder in ihre Zellen geführt. Das ist unzulässig! protestierte Prullàs. Mecker nicht, Mann, erwiderte der Aufseher, immerhin hat dich keiner zusammengeschlagen; hast wohl reichlich Vitamin B! Und wegen allem andern mach dir keine Sorgen – morgen oder übermorgen wird man dich ins Modelo-Gefängnis bringen, dort wirst dus himmlisch haben.

*

Am nächsten Morgen schloß ein dritter Aufseher, der von Prullàs unbemerkt den Nachtaufseher ersetzt hatte, das Gitter seiner Zelle auf und sagte: He, du da, raus hier! Prullàs zog das Jackett an, das er für einen vergeblichen Schlafversuch zusammengerollt und als Kopfkissen benutzt hatte, und leistete dem Befehl des Wärters Folge. Neben dem Pult stand Sigüenza. Nehmen Sie Ihre Sachen wieder an sich, Señor Prullàs, sagte der beflissene Amtsdiener mit einer Ehrerbietung, die nicht zur Situation passen wollte; Sie sind frei. Nanu, und welchem Umstand hab ich diese Liebenswürdigkeit zu verdanken? Ohne sich aus der Ruhe bringen zu lassen, sagte Sigüenza: Das Gesetz macht keine Unterschiede – der Schuldige wird eingesperrt und der Unschuldige freigelassen. Und leise, als wollte er die Bedeutung des Satzes unter den Teppich kehren, fügte er hinzu: Heute nacht hat man Vallsigorris Mörder verhaftet.

Es dauerte eine Weile, bis Prullàs reagierte. Was haben Sie da gesagt? Den wirklichen Mörder, wiederholte Sigüenza; heute nacht hat man ihn erwischt; in diesem Moment ist der Herr Richter gerade dabei, ihn zu verhören. Wenn wir eine Weile warten, wird man ihn gewiß herbringen. Nein, nein, je eher wir hier rauskommen, desto besser, antwortete Prullàs; wer ist es denn?

Sigüenza zuckte die Schultern. Ein Unbekannter, erwiderte er, irgendein Vagabund. Hinter den Brillengläsern wurden seine traurigen Augen feucht, als enttäusche ihn zutiefst, was er eben gesagt hatte. Der Aufseher hatte Prullàs' persönliche Gegenstände aufs Pult gelegt. Unterschreiben Sie hier, daß Sie alles zurückbekommen haben. Prullàs unterschrieb. Kann ich jetzt gehen? fragte er. Zweifellos sind Ihnen die Umstände wohlgesinnt, sagte Sigüenza; wegen eines unvorhergesehenen Ereignisses hatte der Richter keine Zeit, den Eröffnungsbeschluß zu erlassen, so daß auch nicht die Einstellung der Prozeßhandlungen angeordnet zu werden braucht. Vermutlich möchten Sie sich waschen und frühstücken. Wenn Sie gestatten, werde ich Sie mit dem Dienstwagen nach Hause fahren; und wenn Sie wünschen, kann ich Ihnen unterwegs in groben Zügen die Ereignisse resümieren.

5

Wie versprochen erzählte der beflissene Amtsdiener folgendes: Zwei Tage nach Vallsigorris Tod erschien auf dem

Polizeirevier in der Calle Enrique Granados ein Mann, der sagte, er könne Angaben über den Vorfall machen. Daß er sein Kommen hinausgezögert hatte, rechtfertigte er mit seiner natürlichen Abneigung, sich ins Leben seiner Mitmenschen einzumischen, inbesondere um falsches Zeugnis abzulegen, und auch damit, daß er in seiner Jugend irrtümlich einer mittlerweile gesetzlich verbotenen Vereinigung angehört habe, weshalb er, obwohl seinerzeit vom Überprüfungsgericht freigesprochen, kein unbeschriebenes Blatt mehr sei, so daß er dazu neige, sich immer und überall äußerst vorsichtig zu verhalten, habe der Mann gesagt, erklärte Sigüenza. Trotzdem hätten ihn sein Bürgersinn und die Angst, sich der Verheimlichung schuldig zu machen, zu diesem Schritt bewogen, habe der Anzeigeerstatter erklärt, fügte Sigüenza hinzu. Nach dieser Klarstellung habe er ausgesagt, daß er seit mehreren Jahren in einer Wohnung in der Calle Aribau wohne, von wo aus man, da es gegenüberliege, das Haus des verstorbenen Vallsigorri sehen könne; daß er am Abend des Verbrechens wegen der Hitze nicht habe einschlafen können; daß er im Pyjama auf den Balkon hinausgetreten sei, in der Absicht, sich zu erfrischen; daß er von dort aus ein Subjekt von ziemlich verdächtigem Aussehen und Benehmen habe aus der Haustür des verstorbenen Vallsigorri kommen sehen; daß er in diesem Moment dem Zwischenfall keine größere Bedeutung beigemessen habe; daß er, wegen der Entfernung, der Dunkelheit und des in sein Gesichtsfeld drängenden Laubwerks, das Subjekt nur flüchtig und undeutlich gesehen habe. Als ihm mehrere Fotografien von Gewohnheitsverbrechern vorgelegt wurden, konnte er keine eindeutige Identifizierung des genannten Subjekts vornehmen, sondern beschränkte sich darauf, mehrere Männer anzugeben, deren Physiognomie ihm besonders unheimlich erscheine, wie er zu verstehen gegeben habe, sagte Sigüenza. Als die vom Augenzeugen ausgesuchten Fotos ihrerseits dem Pförtner von Vallsigorris Haus gezeigt wurden, bezeichnete dieser sogleich eines der Subjekte als üblichen Begleiter einer ehemaligen Hausangestellten von Señor Vallsigorri, nämlich ebenderjenigen, die der genannte Señor Vallsigorri einige Monaten vorher entlassen hatte, da ihr Verhalten nicht dem moralischen Niveau entsprach, das man füglich von einer Person verlangen darf, welche in einem ehrbaren, anständigen Hause dient. Obendrein war das Subjekt zweimal wegen Raubes und einmal wegen versuchten Einbruchs verurteilt worden. Durch Spitzel wurde sein gegenwärtiger Wohnsitz ermittelt, und die Polizei erschien. Als die Nachbarn verhört wurden, behauptete einer, er habe den Verdächtigen am fraglichen Tag spätnachts hineingehen sehen, und fügte hinzu, trotz der Entfernung und des spärlichen Lichts habe er auf seiner rechten Hand zweifelsfrei Blutflecken erkennen können. Das Haus wurde rund um die Uhr unter Bewachung gestellt. Bei Einbruch der Dunkelheit erschien der Verdächtige eiligen Schrittes, dicht den Wänden entlang und andauernd zurückschauend, um sich zu vergewissern, daß ihm niemand folgte. Als er festgenommen und verhört wurde, leugnete er, Kenntnis von der ihm zur Last gelegten Tat zu haben – nie habe er auch nur den Namen Ignacio Vallsigorri gehört. Aber er konnte nicht befriedigend Auskunft geben, wo er in der Nacht des Verbrechens gewesen war. Er sagte, er sei ins Kino gegangen, allein, und habe einen sehr guten Film mit einem sehr berühmten Schauspieler gesehen, dessen Namen er genauso vergessen habe wie den Titel des Films und seine Handlung; er erinnere sich nur noch, daß es viele Pferde gegeben habe, und Schüsse, und daß das Mädchen sehr hübsch und ziemlich böse gewesen sei, wie man gesehen habe, obwohl sie sich gegen Ende des Films auf die Seite des Burschen geschlagen habe. Es wurde eine bescheidene Summe Geldes bei ihm gefunden und beschlagnahmt, über dessen Herkunft er ebenfalls keine Auskunft geben konnte; er behauptete, es mit seiner Arbeit als Austräger verdient zu haben, konnte aber nicht angeben, was er wo in wessen Auftrag ausgetragen hatte. Als er überzeugt war, daß es unnütz war, darauf zu beharren, und von der Polizei gedrängt wurde, unterschrieb er schließlich ein regelrechtes Geständnis, beteuerte aber weiterhin in alle Winde seine Unschuld. Auf diese Weise war der Fall abgeschlossen, schloß Sigüenza seinen Bericht ab.

Prullàs, der die ganze Nacht kein Auge zugetan und in den vergangenen Tagen mehr Aufregungen und Schrecken erlebt hatte als in seinem ganzen Leben zuvor, begriff kaum die Bedeutung dieser Erläuterungen. Aber warum sollte dieser Typ Vallsigorri umgebracht haben, wenn er ihn überhaupt nicht kannte? fragte er. Was war denn das Motiv des Verbrechens gewesen?

Keines, antwortete der beflissene Amtsdiener. Sicherlich hatte der Delinquent dank der Komplizenschaft seiner Freundin lange Zeit vorher einen Wachsabguß der Wohnungsschlüssel bekommen. Später, in einer Sommernacht, war der Dieb, auf die Abwesenheit des Hausherrn bauend, den er im Urlaub wähnte, mit Hilfe der gefälschten Schlüssel in die Wohnung eingedrungen. Noch war er der Beute nicht einmal ansatzweise habhaft geworden, als er von Vallsigorris unerwarteter Rückkehr überrascht wurde. In panischer Angst versuchte er zu entkommen. Vallsigorri stellte sich ihm in den Weg. Der Dieb hatte ein Messer in der Hand, mit dem er eben ein Schloß hatte aufbrechen wollen. Es kam zu einem Zusammenstoß, den Rest besorgte das Pech.

Vor Prullàs' Haus blieb der Wagen stehen. Aber wenn Sie diese ganzen Tage einem Verdächtigen auf der Spur waren, warum haben Sie es mir dann nicht gesagt? fragte er, bevor er ausstieg; warum haben Sie zugelassen, daß ich meine Ermittlungen fortführte und dabei mein eigenes Leben aufs Spiel setzte?

Wir konnten doch nicht ahnen, daß Sie sich so naiv in die Höhle des Löwen begeben würden, antwortete Sigüenza; der hinterlistige Anschlag von Cosa Bonita paßte nicht in unsere Pläne, wie Sie sich vorstellen können. In diesem Sinn haben Sie sich äußerst leichtsinnig benommen. Auf alle Fälle hätte Ihnen der Findling nichts getan, der ist ein netter Kerl. Manchmal hilft er uns bei einigen kleinen Angelegenheiten, und im Gegenzug provozieren wir ihn nicht. Er ist nicht dumm und weiß ganz genau, mit wem er sich gut zu stellen hat. Außerdem, fügte er, die Wagentür schließend, hinzu, hätte er es nicht gewagt, eine so berühmte Persönlichkeit der spanischen Literatur anzufassen.

Und alles andere? Das Verhör, die Nacht in der Zelle – was hatte das für einen Sinn? fragte Prullàs weiter. Ach, das... Don Lorenzo wird schon seine Gründe haben; mir erzählt er sie nicht, und ich mische mich natürlich nicht ein, erwiderte Sigüenza.

Der Fahrer ließ den Motor an. Prullàs klammerte sich am Fenster fest. Und der Brief? Der Wagen begann zu rollen, und er mußte loslassen. Welcher Brief? fragte der beflissene Amtsdiener. Aber der Wagen hatte sich schon entfernt, und Sigüenzas Stimme verlor sich im Verkehrslärm. Der Pförtner riß ihn aus seiner Geistesabwesenheit. Bleiben Sie nicht in der Sonne stehen, Señor Prullàs. Zerknittert, schmutzig, ungekämmt und unrasiert, wie er war, erregte Prullàs die Aufmerksamkeit der Passanten.

6

Er glaubte aus einem tiefen, langen, vielleicht tagelangen Schlaf zu erwachen, doch als er Uhrzeit und Datum kontrollierte, bemerkte er seinen Irrtum: Er hatte kaum zwei oder drei Stunden geschlafen. Er befand sich in seinem Zimmer, durch die Ritzen der Jalousie drangen die Strahlen der Abendsonne. Er zwang sich zum Aufstehen; noch immer fühlte er sich sehr müde und erschöpft. Er hatte Alpträume gehabt, einer beklemmender als der andere. Es wurde ihm klar, daß er viel Zeit brauchen würde, um wieder zur Ruhe zu kommen; jetzt schien sich das ganze Grauen in seinem Unbewußten eingenistet zu haben. Er duschte sich, zog frische Kleider an und verließ das Haus. Zu schwach, um selbst zu fahren, nahm er ein Taxi, das ihn vor dem Eingang des Theaters absetzte.

Bonifaci kam aus seiner Loge, als er ihn eintreten sah. Ehrerbietig wie immer erkundigte er sich nach seinem Befinden. Da er zwei Tage nicht gekommen sei und es auch nicht vorher angekündigt habe, sagte er, habe er gedacht, vielleicht fühle er sich unpäßlich. Tatsächlich sehe er nicht gut aus, fügte er hinzu und hob die Blendlaterne wie ein Zepter, zweifellos diese Hitze... Sie waren in den Gang eingetreten. Er freue sich sehr, ihn wiederzusehen, tuschelte Bonifaci, während er ihm zwischen Kisten voranging. Er komme genau im richtigen Moment. Jetzt würde alles viel besser laufen; die Ersetzung sei ein Volltreffer gewesen. Es wird wie geschmiert gehen, schloß er; jetzt wird die Komödie bestimmt ein spektakulärer Erfolg, Don Carlos, wie all Ihre Komödien.

Prullàs nickte. Er brauchte es nicht mit eigenen Augen zu sehen, um zu wissen, welche Ersetzung Bonifaci gemeint hatte.

JULIO: Um Gottes willen, so haben wir also nicht nur einen Mörder beherbergt, sondern gleich zwei!

CECILIA: Wer hätte das gedacht! Dabei sah sie doch so harmlos aus!

LUISITO: Huhuhu!

CECILIA: Weine nicht, Luisito. Dieses Mädchen war nichts für dich. Sei froh, daß du es rechtzeitig gemerkt hast. Stell dir vor, du hättest sie geheiratet, und eines schönen Tages, zack!, vierteilt sie dich.

LUISITO: Huhuhu! Jaja ..., jaja ..., jammerschade!

JULIO: Hör schon auf zu flennen, Mensch! Du hast überhaupt keinen Grund, dich so anzustellen, du Dummerchen. Du wirst so viele Bräute finden, wie du nur willst, sogar noch mehr! Das ist bloß eine Frage des Wollens, du wirst schon sehen. Heutzutage denken die Mädchen eh nur ans Heiraten! Ach, das Problem wird sein, ein anderes Mädchen zu finden, das weiß, wie sie meine Popelinehemden zu bügeln hat!

LUISITO: Huhuhu!

CECILIA: Du sollst aufhören zu weinen, verdammt! *(Gibt ihm eine Ohrfeige.)*

LUISITO: Au!

KAMMERMÄDCHEN: Lassen Sie mich Ihnen, bei allem Respekt, sagen, daß die Herrschaften einen großen Fehler machen. Das mit dem armen Señor Todoliu war ein unbeabsichtigter Unfall. Und das mit der Frau Gräfin von Vallespir desgleichen. Nun können Sie sich mal vorstellen, wie gräßlich das für mich war, wie ich den Kopf der Frau Gräfin hier liegen sehe, und den Körper dort, und ein Bein auf dieser Seite, und einen Arm auf der andern! Weil, ich bin zwar arm, aber sauber und anständig, und ehrlicher als ich ist keine. Nicht so wie andere, die beim Einkaufen Schmu machen.

ENRIQUE *(Legt ihr Handschellen an)*: Ja, ja, schon gut, du bist mir ein sauberes Früchtchen, los, ab aufs Revier! Dort wird man dich schon dazu bringen, deine Verbrechen zu gestehen!

Nach der Probe trafen sich Prullàs, Gaudet und Mariquita Pons in deren Garderobe. Sämtliche Morgenzeitungen hatten über die Aufklärung des Falls Vallsigorri berichtet, und sowohl der Regisseur wie die berühmte Schauspielerin zeigten sich sehr erleichtert. Endlich sei dieser entsetzliche Alptraum vorbei, sagten sie einstimmig. Wir haben dich seit dem frühen Morgen immer wieder angerufen, um dich zu beglückwünschen, fügten sie, sich das Wort aus dem Mund nehmend, hinzu, aber die Sebastiana hat sich kategorisch geweigert durchzustellen; zuerst hat sie gesagt, du bist nicht zu Hause, dann, du schläfst. Diese Frau ist ein wahrer Zerberus.

Prullàs teilte die allgemeine Freude nicht. Wie wars denn? fragte er. Gaudet verstand die Bedeutung der Frage und erzählte ihm, was geschehen war. Señorita Lilí Villalba hatte ihn an diesem Morgen sehr früh angerufen, um ihm ihren unwiderruflichen Entschluß mitzuteilen, den Vertrag mit dem Theater aufzulösen; familiäre Gründe zwängen sie, unverzüglich aus Barcelona abzureisen, führte sie an. Der Vorwand war wenig glaubhaft, aber Gaudet hatte aus der zitternden Stimme der jungen Schauspielerin wirkliche Angst herausgehört. Also hatte er sich einverstanden erklärt, was hätte er sonst tun sollen? Da die Premiere so nah bevorstehe, sagte er, wäre so was bei jedem andern eine Katastrophe gewesen. Aber daß dieser Tollpatsch verschwunden sei, sei ein regelrechtes Geschenk, sagte er unumwunden. Noch vor dem Mittag hätten sie bereits eine Ersatzschauspielerin gefunden, die bereit gewesen sei, für Señorita Lilí Villalba einzuspringen. Zwar sei sie nicht so hübsch und schlank wie ihre Vorgängerin, räumte der Regisseur ein, aber was für ein Unterschied in der künstlerischen Begabung! In zwei Stunden habe sie den Text der letzten Szene memoriert, und ohne ihn je geprobt zu haben, habe sie es besser gemacht als Señorita Lilí Villalba nach einem Monat täglichen Probens.

Mariquita Pons tätschelte Prullàs zärtlich die Schulter. Na, na, mein Lieber, sei nicht traurig; solche wie die gibt es Tausende. Du solltest dich eher freuen, eine solche Niete losgeworden zu sein, sagte Gaudet; das Mädchen hat mir nie gefallen, und dieser Abgang bestätigt bloß meinen Argwohn. Prullàs antwortete nicht. Gaudet und Mariquita Pons schauten sich ratlos an.

Da du ein wenig niedergeschlagen bist, sagte Gaudet plötzlich, werd ich dir etwas Lustiges erzählen, du wirst lachen. Also, gestern abend hab ich einen höchst skurrilen Besuch bekommen. *Du* hättest sie geschickt, sagte die Frau; jedenfalls hatte sie deine Visitenkarte. Und auf einmal, aus heiterem Himmel, fängt sie im Treppenhaus an zu singen und zu tanzen. Alle Nachbarn kommen raus, um zu sehen, was da los ist, und ich weiß nicht, wohin ich mich verkriechen soll. Dann, als das Spektakel zu Ende ist, sagt sie, sie sei Künstlerin, habe viel Bühnenerfahrung und große Lust auf Erfolg, aber bisher nie Glück gehabt. Anscheinend hast du ihr gesagt, ich könne ihr Zugang zum ernsten Theater verschaffen, und deshalb hatte sie mich aufgesucht. Sie sagte, sie sei anspruchslos und begnüge sich mit kleinen Statistenrollen; danach würde es bei Gott stehen. Dann erzählte sie mir eine fantastische Geschichte, nämlich daß sie dir das Leben gerettet habe.

An alledem ist etwas Wahres, sagte Prullàs. Was diese Person betrifft, was soll ich dir sagen? Die Kesse ist nicht Margarita Xirgu, aber an Begeisterung ist sie nicht zu überbieten. Und ein schlechter Mensch ist sie auch nicht. Wirst du etwas für sie tun können? Ärgerlich schüttelte Gaudet den Kopf. Warum mußt du mir immer Scherereien machen? Du weißt doch ganz genau, wie es in der Theaterlandschaft aussieht. Der verfluchte Film schaufelt uns allen das Grab. Es gibt für niemand Arbeit, und schon gar nicht für jemand wie deine Kesse. In Spanien gehört das Theater der Vergangenheit an, Carlos, wann wirst du das endlich begreifen? Aber ich hab ihr gesagt, fügte er nach einer Pause hinzu, wenn sie Arbeit brauche, wenn wirklich die Not sie bedränge, ich suche eine Zugehfrau; wenn sie kochen, waschen und bügeln könne und wenn es ihr egal sei, einem verrückten Junggesellen den Haushalt zu führen, könne ich ihr ein Arbeitsverhältnis auf Probe anbieten. Und was hat sie geantwortet? fragte Prullàs. Morgen fängt sie an, erwiderte Gaudet. Und wenn du dann nach Argentinien gehst? Gaudet grinste verschmitzt. Nun, wenn wir uns vertragen, gehen wir vielleicht zusammen.

*

Während er an der Ecke vor dem Theater auf ein Taxi wartete, kaufte er *El Noticiero* und *La Prensa*. In kurzen, verdächtig ähnlichen Artikeln nahmen die beiden Blätter unter der Rubrik Vermischtes den in den Morgenzeitungen erschienenen Bericht auf und ergänzten ihn mit einigen Details, die nichts Neues zur Lösung des Falls Vallsigorri beitrugen. Der Verhaftete wurde nur mit seinen Initialen genannt: S. V. *El Noticiero* brachte auch eine Kurzbiographie von Vallsigorri und einige glorifizierende Sätze zu seiner Person; ganz offensichtlich handelte es sich um einen plumpen Zusatz, der die Lücke füllen sollte, welche durch eine Streichung in letzter Minute entstanden war. Beide Zeitungen überschütteten die Polizei für ihr brillantes Vorgehen mit Lob. Breiteren Raum nahm die Meldung ein, daß das internationale Militärtribunal in Nürnberg Alfried Krupp nach langen Beratungen wegen Kollaboration mit dem Nazi-Regime zu zwölf Jahren Zuchthaus sowie zur Enteignung der Aktien seiner Firma verurteilt hatte, die von nun an eine Aktiengesellschaft mit Staatsbeteiligung sein sollte. Der Sonderkorrespondent in Nürnberg wies darauf hin, daß viele dieses maßlose Urteil für das Werk mächtiger überseeischer Wirtschaftsinteressen hielten, dank deren Einfluß Justitia ihre allegorische Binde vor den Augen behalten hatte, damit sich die Waagschale leichter zu deren Gunsten senkte.

Es war schon dunkel, als ein freies Taxi vorbeikam. Prullàs

stieg ein und brachte den Fahrer zur Verzweiflung, als er das Haus der Villalbas wiederzufinden versuchte, da er sich weder an den Namen der Gasse noch an den Weg dorthin erinnerte; er war die Strecke nur einmal gefahren, völlig überreizt und blindlings Gaudets Anweisungen folgend. Nach endlosem Herumfahren in elenden Straßen voll von fantasmagorischen Geschöpfen erkannte er den Platz, wo die Zigeuner lagerten. Er hieß den Taxifahrer anhalten und auf ihn warten, während er etwas erledige. Erledigen Sie, was Sie wollen, aber hier warte ich keine Sekunde, antwortete der Taxifahrer. Ich werde Ihnen das Doppelte bezahlen, bot ihm Prullàs an. Ach so, ja dann … Aber machen Sie schnell und seien Sie vorsichtig – schauen Sie, dort ist eine Gruppe Zigeuner.

Unschwer fand er in der Gasse das Haus wieder. Er stieg die Treppen hinauf und klopfte mehrmals an die Tür. Nach einer Weile streckte eine Frau in Nachthemd und Pantoffeln den Kopf aus der benachbarten Tür.

Bei dieser Klopferei werden Sie sich noch die Knöchel brechen, sagte sie, und außerdem umsonst; die Villalbas sind mit Kind und Kegel ausgezogen; der Vater, die Frauen, die älteste Tochter, dieses Flittchen, und die Kleinen – die ganze Familie. Die Wohnung ist leer. Selbst die Spinnweben müssen sie mitgenommen haben, so hoch, wie die den Handwagen beladen haben. Sie haben ihn kaum von der Stelle gebracht, fuhr die Nachbarin fort; alle haben geschoben, außer dem Kleinsten, der auf der Deichsel saß und geweint hat.

Sie seien in größter Eile ausgezogen, ohne jemandem ihr Ziel und den Grund für diesen überstürzten Aufbruch zu nennen. Jemand habe gesagt, in der Vornacht sei Villalba von einem geheimnisvollen, sehr gut gekleideten und einflußreich wirkenden Herrn besucht worden. In diesem Besuch sähen die einen den Hauptgrund für die Abreise. Aber sie, die Nachbarin, höre nicht auf solche Geschichten; immer wenn etwas Unvorhergesehenes geschehe, fänden die Leute seltsame Gründe dafür; es gebe sogar welche, die sagten, sämtliche Ereignisse auf dieser Welt würden auf geheimnisvollste Weise von den Bewohnern anderer Planeten ausgelöst. Die haben wohl zu viele Filme gesehen, bemerkte sie; wenn Sie mich fragen, ist dem Villalba irgendwas schiefgelaufen. Einmal, sagte sie, habe sie ihn sagen hören, er wolle nach Lateinamerika auswandern, nach Venezuela oder Mexiko, wo man anscheinend ziemlich mühelos reich werden könne. Sie habe diese Fantastereien jedoch nie ernst genommen. Villalba sei ein Taugenichts, ein launenhafter Kerl, vor allem aber ein Faulpelz, ein vom Trinken zugrunde gerichteter Mann wie so viele andere; wenn er besoffen von der Kneipe heimgekehrt sei, Abend für Abend, habe er immer einen gottsjämmerlichen Streit angefangen. Kein Familienmitglied sei ohne eine ordentliche Tracht Prügel davongekommen. Dieses Benehmen habe sie nicht überrascht, fügte sie bekümmert hinzu; während ihrer eigenen Ehe sei sie denselben Leidensweg gegangen; zu Lebzeiten ihres Mannes sei ihr Dasein eine einzige Aufregung gewesen. Deshalb beklage sie sich auch nicht, wenn die Nachbarn sie jetzt mit ihrem Krawall aufweckten – tausendmal lieber den Lärm durch eine Wand hören als ihn in der eigenen Wohnung haben. Nur wegen der Kinder der Villalba-Sippe habe sie gelitten, sagte sie mit aufrichtigem Erbarmen; einige von ihnen seien noch sehr klein; mehr als einmal und auch mehr als zweimal habe sie sie hinter Villalbas Rücken zu sich genommen, habe sie gewaschen und ihnen zu essen gegeben. Jetzt weiß ich auch nicht, was aus ihnen wird, murmelte sie.

⋆

Nachdem er aus dem Haus getreten war, ging er auf das Zigeunerlager zu, wo vollkommene Ruhe herrschte, als ob es verlassen wäre oder alle sich zur Ruhe begeben hätten. Hinter einem alten Wagen fand er einen verhärmten Mann mit breitem weißem Backenbart, der mit einem kleinen Blasebalg die Glut eines Tonofens anfachte. Prullàs fragte ihn, ob er einen Hundetrimmer kenne; er müsse mit ihm sprechen und sei bereit, jede Auskunft, die er ihm geben könne, großzügig zu belohnen. Der Mann mit dem Blasebalg antwortete, sie seien keine Hundetrimmer, sondern Kesselflicker und reparierten ausschließlich Kasserollen und Bratpfannen; dieser Ofen, fügte er hinzu, die Glut mit dem Blasebalg anfachend, diene ihnen als Esse; hier schmölzen sie das Kupfer, das sie nachher auf einem winzigen Amboß bearbeiteten, um es den löcherigen Gerätschaften als Flicken aufzusetzen. Auch Schirmstäbe reparierten sie. Prullàs hörte ihm nicht zu. Zwischen den schwarzen Schatten der Karren glaubte er die Gestalt eines Bären zu sehen, der auf dem Boden schlief. Der Kesselflicker folgte seinem Blick und sagte, es handle sich um einen zahmen Bären, der wie sein Besitzer aus Bulgarien komme; Bär und Besitzer seien zu Fuß durch ganz Europa gezogen und hätten auf Straßen und Plätzen getanzt, um sich den Lebensunterhalt zu verdienen. Jetzt genössen die beiden vorübergehend die Gastfreundschaft der Kesselflicker. Prullàs bedankte sich für die Auskunft und gab ihm ein fürstliches Trinkgeld. Im Gesicht des Kesselflickers spiegelte sich Überraschung – er verstand nicht, wie er sich eine solche Belohnung verdient hatte. Das ist für Sie und auch für den Bären, sagte Prullàs wie zur Rechtfertigung.

*

Vor dem Hotel Gallardo ließ er das Taxi erneut anhalten. Soll ich etwa wieder auf Sie warten? protestierte der Fahrer. Solange die Uhr läuft, kanns Ihnen doch egal sein, sagte Prullàs. Mir ist langweilig. Dann kaufen Sie sich eine Bildergeschichte.

Der Empfangschef mit der Gardenie am Revers erbleichte, als er ihn eintreten sah. Ich schwör Ihnen bei meiner Mutter, daß ich nicht reden wollte. Bei meiner Mutter schwör ichs Ihnen. Aber man darf sich nicht mit den Behörden anlegen. Und außerdem ist es meine Pflicht, über die Sicherheit der Kunden zu wachen. Eine Bande von Straßenräubern habe in den letzten Monaten mehrere solche Hotels überfallen, erklärte er; sie nähmen die werten Kunden aus, und natürlich hüteten sich die werten Kunden, den Diebstahl anzuzeigen. Die Straßenräuber könnten ihr Unwesen treiben, ohne dafür belangt zu werden; deshalb sehe er sich gezwungen, sich höchst besonnen zu verhalten, die Vorsichtsmaßnahmen auf die Spitze zu treiben und die öffentlichen Sicherheitsorgane, denen er jedwede Unregelmäßigkeit sogleich mitteile, ständig um ihre Mithilfe zu bitten. Ich lebe in dauernder Angst, schloß er.

Keine Bange, sagte Prullàs; ich bin nicht gekommen, um Händel zu suchen. Ich möchte nur das gewohnte Zimmer, falls es frei ist. Prullàs bekam den Schlüssel, ging in den ersten Stock hinauf, betrat das Zimmer und schloß hinter sich die Tür. Ein Fenster im gegenüberliegenden Haus rahmte das beruhigende Bild einer um den Eßtisch versammelten Familie; in der Mitte dampfte ein irdener Topf; ein reifer Mann und ein Grünschnabel aßen gierig, die Köpfe tief im Teller und mit den Löffeln rudernd; ohne erkennbare Absicht trat eine Frau ins Bild und verließ es wieder. In der Stille der Nacht hörte man deutlich die hartnäckige Konserve der Radiowerbung: Drei große Tassen – fünf Peseten! Sechs Sindel-Bleistifte – fünf Peseten! Ein maschenfester Rayonunterrock – fünfundzwanzig Peseten! Sieb und Trichter – sieben Peseten! Von dieser Leier nervös geworden, hüpfte der Stieglitz in seinem Käfig auf und ab. Prullàs zog sich vom Fenster zurück und ließ sich rücklings aufs Bett fallen, starrte den Riß an der Decke an und konnte nur mit größter Mühe ein Losschluchzen unterdrücken. Wer hätte mir vor weniger als einem Monat gesagt, daß diese vulgäre, verkommene Bude für mich einmal zum Inbegriff des Glücks würde! dachte er. Seine eigenen Überlegungen erschreckten ihn. Auf einmal wurde ihm klar, daß er hilflos von einem absurden, schmerzlichen Gefühl beherrscht wurde, und auch, daß er die Frau nie wiedersehen würde, die er geradezu verzweifelt begehrte. Unvermittelt stand er auf; dieses Zimmer, voll ungestümer Erinnerungen an die glücklichen Stunden, verstärkte noch das Gefühl seiner Unzufriedenheit. Er sprang die Treppen hinunter, deponierte wortlos den Schlüssel auf dem Empfangstisch und stürzte aus dem Hotel. Erleichtert sah der Empfangschef diesen solventen, liebenswürdigen Kunden verschwinden, dessen Verhalten jedoch, selbst in einem Etablissement, das ein Zufluchtsort für die launigsten Varianten der Sinneslust war, stets an schwerwiegenden Regelwidrigkeiten gekrankt hatte.

KAPITEL IX

I

Wie so oft ging auch dieses Jahr der August mit gewaltigen Gewittern, wolkenverhangenem Himmel und stürmischen Winden zu Ende, die sich mit kurzen, unbeständigen Schönwetterperioden abwechselten. Es war riskant und kaum noch verlockend zu baden – der Sand war feucht, und die Unwetter hatten ein Gespinst von grünlichen Algen an den Strand geschwemmt, die in der Sonne faulten und einen unangenehmen Geruch ausströmten. Das Meer war aufgewühlt, die Wellen schäumten und brachen sich mit lautem Tosen; an manchen Tagen versetzte die Brandung die Badenden in Angst und Schrecken. Doch sobald das wechselhafte Wetter es erlaubte, huldigten die Sommerfrischlerfamilien trotz allem weiterhin ihrem Ritual. Dann ging auch Prullàs pünktlich und gewissenhaft an den Strand, ließ sich aber nicht von ihm ködern, ja zog nicht einmal seine Badehose an. Wie aus dem Ei gepellt und einen nagelneuen Panama, den ihm Martita geschenkt hatte, auf dem Kopf, saß er unter dem Sonnendach auf einem Klappstuhl und mühte sich mit lächerlichem Eifer, die Tageszeitungen zu lesen; dabei mußte er gegen die Windstöße ankommen, die ihm zwischen die Seiten fuhren und sie ihm oft zum Vergnügen der Kinder aus den Händen rissen. Manchmal hielt er in seinem Kampf gegen den Wind inne, hob den Blick von den Buchstaben und fixierte den Horizont, wo ein schwacher gräulicher Streifen neue Regengüsse und Gewitter ankündigte. Dann befiel ihn tiefe Traurigkeit, und unter irgendeinem Vorwand ging er nach Hause zurück. Dort wußte er nicht, was mit sich anfangen. Da er keine Kriminalromane mehr las und sich auch auf keinerlei andere Lektüre konzentrieren konnte, irrte er, die Hände in den Hosentaschen vergraben, von einem Zimmer zum andern, träumte mit offenen Augen vor sich hin, stand den Dienstmädchen im Weg und behinderte die Arbeiten im Haushalt. Am Morgen stand er als letzter auf, nach dem Mittagessen machte er eine lange Siesta, und trotzdem war er andauernd schläfrig; ständig nickte er in irgendeiner Ecke ein. Zum ersten Mal hatte er viel Zeit für seine Söhne, und zu ihrer Verblüffung hatte er es sich zur Pflicht gemacht, ihnen bei den sommerlichen Schulaufgaben zu helfen, einer endlosen Reihe arithmetischer Probleme und morphologischer Analysen, die, so weit weg vom Schulgeruch und in dieser Atmosphäre der Trägheit und Zerstreuung, von einem kranken Geist ersonnen schienen.

Er suchte den gesellschaftlichen Umgang nicht, ging ihm aber auch nicht aus dem Weg. Wenn man sich mit Leuten traf, zeigte er sich gesprächig und geistreich wie immer und hielt sich nur dann heraus, wenn die Unterhaltung in Klatsch ausartete, was er haßte. Aber er war nicht mehr derselbe wie früher: In seinem Verhalten schienen Freude und Überdruß, Interesse und Trägheit zusammenzuleben; man konnte unmöglich erkennen, ob ihm die Anwesenheit anderer lästig oder angenehm war, ob seine Flatterhaftigkeit echt war oder zu einem Bild nach außen gehörte, das nach und nach seine eigentliche Persönlichkeit verdrängte. Die ihn gut kannten, sahen ab und zu den flüchtigen Schatten einer tiefen Regung über sein Gesicht gleiten.

⋆

Mit Marichuli Mercadal hatte er nicht wieder Kontakt gehabt, außer wenn es sich durch Zufall ergab; dann grüßten sie sich und wechselten dürre, belanglose Sätze. Auch sie legte es nicht im geringsten auf eine Annäherung an.

Die melancholiebefrachteten Regentage, Vorzeichen des Herbstes, hatten ihrer Tochter sichtlich zugesetzt. Zum ersten Mal in ihrem Leben schien Alicia Mercadal ihr prekärer Zustand bewußt geworden zu sein. Auch sie tollte manchmal am Strand nicht mehr herum und ließ den Blick über den Horizont gleiten, als könnte sie im Gewölk, das mit dem Meer verschmolz, das Vorzeichen eines nahen, unwiderruflich drohenden Endes lesen. Zwar war sie tagsüber fröhlich und beteiligte sich an den üblichen Kinderspielen, aber wenn es Abend wurde, begann sie verzweifelt zu weinen, und obwohl der große Chirurg diese seelische Labilität herunterzuspielen versuchte, die er, vielleicht zu Recht, den Ängsten und Nöten der einsetzenden Adoleszenz zuschrieb, verzweifelte Marichuli Mercadal, wenn sie sich außerstande sah, ihrer Tochter auch nur den geringsten Trost zu spenden.

Paradoxerweise war es gerade diese Niedergeschlagenheit – die mit derjenigen Prullàs' zusammenfiel –, welche es ihr jetzt erlaubte, die Anstürme einer Leidenschaft im Zaum zu halten, die sie kurz zuvor im Vollbesitz ihrer Kräfte nicht nur nicht gebremst, sondern sogar noch geschürt hatte. Jetzt war ihr Herz ausgetrocknet und der Geist leer – nicht einmal die dauernde Anwesenheit des Mannes, für den sie kaum eine Woche vorher noch alles geopfert hätte, vermochte sie aus der Lähmung zu befreien, die sie gefangenhielt.

⋆

Jeden Tag bei Einbruch der Dunkelheit machte Prullàs am menschenleeren Strand einen langen Spaziergang. Er schritt rasch und ziellos aus, in seinen Grübeleien versunken; ab und zu erregte irgendein von den Wellen angespülter Gegenstand seine Aufmerksamkeit, eine verrostete Sardinenbüchse, eine leere Flasche, ein großer, vorne klaffender Schuh wie aus einem Charlie-Chaplin-Film. Er kauerte neben diesen belanglosen Überresten eines Scheinschiffbruchs nieder, untersuchte sie eine Weile und setzte dann seinen Spaziergang fort, noch gedankenverlorener als zuvor, als hätten diese Funde neue Überlegungen ausgelöst.

Eines Abends führten ihn seine Schritte ans Ende des Strandes zum Damm. Dort setzte er sich hin und betrachtete verzückt die letzten Reflexe des Sonnenlichts auf dem schäumenden Meer. Ein Schnellzug donnerte vorbei – der Boden zitterte, ein Funkenregen sprühte auf die Schienen nieder, und eine schwarze Rauchwolke beschmierte den dunkelvioletten Abendhimmel; mit trostlosem Gekreisch flogen die auf dem Damm sitzenden Möwen auf. Danach wirkte die Stille geradezu beklemmend. Die Abgeschiedenheit dieses Orts, das Dämmerlicht, die düsteren Felsen, das Rauschen der Wellen und die traurigen Vogelschreie waren das genaue Abbild seines Gemütszustandes, dachte Prullàs. Diese Feststellung trieb ihm die Tränen in die Augen.

Er riß sich zusammen, als er einen Mann vom Damm zum Strand herunterkommen sah, der behende von Stein zu Stein hüpfte, obwohl er schon in fortgeschrittenem Alter und von rundlicher Gestalt war und überdies eine umfangreiche Anglerausrüstung mitschleppte. Als er näherkam, erkannte er in dem munteren Fischer seinen eigenen Schwiegervater. Er ging ihm entgegen und half ihm in den Sand hinunter. Dann machten sich die beiden auf den Heimweg. Prullàs' Schwiegervater war glänzender Laune; er kümmerte sich nicht um die Leichenbittermiene seines Schwiegersohns, sondern zeigte ihm stolz die Ausbeute seiner Geschicklichkeit und Ausdauer: drei offensichtlich ungenießbare Fischchen, die jetzt kurz vor dem Ersticken tief im Korb in den letzten Zuckungen lagen.

Du weißt gar nicht, wie sehr ich mich freue, daß du bei uns bist, rief er dann plötzlich und nahm Prullàs' Arm; ich habe mich nie in deine Angelegenheiten gemischt und verstehe, daß dich dein außergewöhnlicher Beruf manchmal zwingt, ein ziemlich unkonventionelles Leben zu führen, aber man mag sagen, was man will, ich war immer der Meinung, ein Mann gehört nach Hause zu seiner Familie. In den nächsten Tagen müssen wir uns einmal in aller Ruhe unterhalten. Ich denke daran, mich vom Geschäft zurückzuziehen, und hätte gern, daß du es übernimmst... Nicht jetzt natürlich, nicht sogleich, keineswegs. Nach und nach. Alles verändert sich so schnell! Sieh mal, als ich zu arbeiten anfing, und auch schon viel früher, seit Menschengedenken, war ein Teilhaber immer auch ein Freund, fast wie ein Bruder. Man ging bei ihm ein und aus, teilte Freud und Leid mit ihm, stand seinen Kindern Pate und umgekehrt ..., du verstehst schon. Heute dagegen sind die Firmen anonyme Aktiengesellschaften, stell dir mal vor, anonym! Man weiß schon gar nicht mehr, mit wem man sein Geld aufs Spiel setzt, wem man trauen darf und wem nicht; heute ist ein Geschäft eine von irgendwo ferngesteuerte Maschine, vom Ausland, von London oder Wallstreet. Du siehst ja, wie es dem armen Krupp ergangen ist. Aber ich will nicht, daß mein Unternehmen dasselbe Schicksal erleidet. Mein Großvater hat es gegründet und die Geschäfte bis zu seinem Tod geführt; dann kam mein Vater und dann ich; unsere Firma gehört zu Katalonien, sie ist Teil seiner Wirtschaft und Geschichte, und nach meinem Tod soll sie nicht einem verrückten Kerl aus Zürich oder woher auch immer in die Hände fallen. Deshalb hab ich gedacht... Na, wir werden noch darüber reden.

Prullàs nickte mechanisch. Einen Augenblick befiel ihn der Verdacht, in den Worten seines Schwiegervaters liege eine geheime Bedeutung verborgen, dieser leutselige Mann wisse mehr, als sein herzliches Verhalten ausdrückte; aber sogleich verwarf er diesen unsinnigen Gedanken wieder.

*

Als sie das Dorf erreichten, kam ihnen Kuhmist-Roquet entgegen und gab beiden einen Zettel mit dem Programm des Kirchweihfestes. Feierliches Hochamt, Umzug mit Musik, Kasperletheater, Feuerwerk, prächtige Bälle, Spiele und Wettbewerbe für groß und klein, tolle Preise! Nur schon bei der Vorstellung all dieser Wonnen lachte der Trottel herzhaft. Prullàs dagegen überraschten diese Ankündigungen.

Donnerwetter, mein Lieber, in was für einer Welt lebst du eigentlich? lachte sein Schwiegervater; in den letzten Tagen sind meine Frau und Martita zweimal nach Barcelona zur Modistin und zum Friseur gefahren, und du hast es nicht mal mitbekommen. Ein schöner Ehemann!

Nein, ich hab tatsächlich nichts bemerkt, gab Prullàs zu.

Die Unkenntnis des Gesetzes enthebt einen nicht von der Pflicht, es zu befolgen, erwiderte der andere; gestern hab ich gesehen, daß unsere Smokings gebügelt wurden.

2

Am zweiten Kirchweihtag gegen fünf Uhr nachmittags geschah etwas Außergewöhnliches. Prullàs döste in seinem Liegestuhl unter einer Pinie, die *Vanguardia* in labilem Gleichgewicht auf den Knien, als ihn seine beiden Söhne aus seinem Dusel rissen. Papa, bitte, Papa, gib uns Geld fürs Scheibenschießen! riefen sie aufgeregt und mit verschwitzten Gesichtern. Schon wieder? brummte Prullàs. Großvater hat euch doch erst heute morgen zwanzig Duros geschenkt! Die haben wir schon ausgegeben! Papa, bitte, Papa! Prullàs gab ihnen einen Fünfundzwanzig-Peseten-Schein. Kauft kein Eis oder sonstwelchen Dreck damit – und vor allem keine Zuckerwatte! Die beiden nickten mit schlecht gespieltem Ernst; es schien ihnen nicht richtig, ihre Gleichgültigkeit gegenüber jemandem zu demonstrieren, der sich widerstandslos hatte erpressen lassen. Bevor sie davonstürzten, sagten sie: Ach, übrigens, an der Außentür steht ein Mann, der nach dir fragt, Papa. Ein Mann? Hättet ihr mir das nicht früher sagen können? Tschuldige, Papa, aber wir habens vergessen. Und hat er nicht gesagt, wer er ist? Doch, aber wir haben nicht drauf geachtet. Tschüs, Papa.

Mühsam stand Prullàs auf, um den Besucher zu empfangen. Als er die Zeitung zusammenfaltete, las er in großen Schlagzeilen die Nachricht, daß die Verurteilung Alfried Krupps in zweiter Instanz wegen Formfehlern im Verfahren aufgehoben worden war. Der deutsche Potentat war auf freien Fuß gesetzt worden, und die Aktien seines Industrieimperiums befanden sich wieder in seinen Händen. Soviel Arbeit, und alles umsonst, dachte er.

Vor dem Tor, unter der unbarmherzigen Nachmittagssonne, erblickte er Don Lorenzo Verdugones. Don Lorenzo, Sie wieder hier! rief er; was für eine Überraschung! Aber kommen Sie doch bitte herein, bei dieser Hitze werden Sie verschmachten. Keine Sorge, antwortete der Chefbeamte, ich ertrage extreme Temperaturen gut. Verzeihen Sie, daß ich Sie habe warten lassen, aber die Kinder haben vergessen, mir Bescheid zu sagen... Die Kinder, unterbrach Don Lorenzo Verdugones die Entschuldigung, sind der Samen der Zukunft, die Frühfrucht des neuen Spaniens. Also wollen Sie nicht hereinkommen? Ich möchte lieber einen Spaziergang durchs Dorf machen; ich habe die geschmückten Straßen gesehen; man merkt gleich, daß es ein hoher Feiertag ist. Spaniens alte Traditionen! Gut, spazieren wir zum Kasino, sagte Prullàs, der den Vorschlag des andern als Wunsch nach Vertraulichkeit interpretierte.

*

Schweigend schritten die beiden Männer im Schatten von Bäumen und Mauern durch die menschenleeren Straßen.

Doch im Unterschied zu früheren Malen plagte dieses Schweigen Don Lorenzo Verdugones, während es zu Prullàs' Gemütszustand nur allzugut paßte; weder Neugier noch Angst, noch der Unwille, den der unerwartete Besuch des Chefbeamten in ihm wecken mochte, genügten, um seine Niedergeschlagenheit zu besiegen.

Es ist möglich, sagte Don Lorenzo Verdugones schließlich mit offensichtlicher Anstrengung, aber nur möglich, daß ich mich bei Ihnen entschuldigen muß für das, was in den letzten Tagen geschehen ist. Im hypothetischen Fall, daß dem so wäre, möchte ich klarstellen, daß ich nicht deswegen gekommen bin.

Don Lorenzo, was Sie denken oder sagen mögen, läßt mich vollkommen kalt, antwortete Prullàs. Ach, dann interessiert Sie der Grund meines Besuches nicht? Nein, er interessiert mich nicht, aber wenn Sie ihn mir nennen wollen, dann tun Sie es.

Don Lorenzo Verdugones räusperte sich, ehe er fortfuhr. Eigentlich bin ich gekommen, um mich zu verabschieden. Vor zwei Tagen hat man mir meine Versetzung mitgeteilt. Das ist, ehrlich gesagt, etwas... plötzlich gekommen; offen gestanden, hatte ich es nicht erwartet. Natürlich ist es mir vollkommen egal. Dem Vaterland kann man überall dienen! In der Tat, pflichtete Prullàs bei, was Sie machen, das läßt sich überall machen.

Schweigend gingen sie eine Weile weiter. Als sie sich dem Kasino näherten, umfing sie der Öldunst einer Kringelbäkkerei. Wonnevoll zog Don Lorenzo Verdugones den intensiven Duft ein. Krapfen, Zuckertörtchen, Brezel und Honigkuchen! rief er, Spaniens Küche, asketisch und lecker! Don Lorenzo, sparen Sie sich die großen Töne und erzählen Sie mir endlich, warum man Sie aus dem Dienst entlassen hat. Entlassen? murmelte der andere stirnrunzelnd; so sehe ich das nicht. Sehen Sie es so, wie Sie wollen, Don Lorenzo, aber

Tatsache ist doch, daß man Sie über den Tisch gezogen hat, wem wollen Sie denn etwas vormachen? Los, kommen Sie schon, gehen wir ins Kasino; um diese Zeit wird keine Menschenseele da sein, so daß es schön kühl ist und wir uns in aller Ruhe unterhalten können.

*

Das ganze Dorf hielt Siesta, und der Kasinosaal war völlig leer. Sie klatschten in die Hände, und es erschien Señor Joaquín, der sich mit den Fäusten die Augen rieb. Ich mache sonst nie ein Mittagsschläfchen, aber an diesen Kirchweihtagen geht es immer bis in die Puppen, ob es einem paßt oder nicht. Ich will mich beileibe nicht beklagen, Geschäft ist Geschäft. Dann gehen die Sommerfrischler in die Stadt zurück, und wir hier im Dorf können wieder von der Hand in den Mund leben, sagte er und steckte sich alle Finger der Rechten in den Mund, um seine Aussage bildlich darzustellen. Bringen Sie uns zwei Whisky mit Eis und Soda, sagte Prullàs. Für mich einen doppelten, sagte Don Lorenzo Verdugones.

Der Chefbeamte nahm einen großen Schluck und wischte sich das Schnurrbärtchen mit einem fast durchsichtigen Papierdreieck ab. Prullàs schaute ihn neugierig an. Komischer Vogel, dachte er; als er mit all seinen Vollmachten ausgestattet war, kam er mir wie ein Hanswurst vor, und jetzt, ohne seine Attribute, kommt er mir wie ein Hanswurst im Quadrat vor. Und laut sagte er zu seinem schweigsamen Gegenüber: Don Lorenzo, niemand hört uns, sagen Sie mir die Wahrheit, waren Sie in die Verschwörung von Saint-Jean-de-Luz verwickelt?

Der abtretende Chefbeamte stellte sein Glas auf den Tisch und schaute Prullàs scharf an. Was bezwecken Sie mit dieser Frage? Nichts, antwortete Prullàs; ich dachte, das könnte der Grund dafür sein, daß man Sie Knall und Fall abgesetzt hat.

Daß man mich versetzt hat? Nein, nein, keineswegs, meine Regimetreue ist untadelig! Außerdem war das mit Saint-Jean-de-Luz eine Schmierenkomödie. Stellen Sie sich vor, die alte Provinzaristokratie: ein Haufen syphilitischer Frömmler. Und während sie konspirierten und sich an den Bakkarattischen ausnehmen ließen, bereinigten der Staatschef und Don Juan de Borbón ihre Differenzen an Bord der *Azor* von Mann zu Mann. Er gab Señor Joaquín ein Zeichen, um noch einen doppelten Whisky zu bestellen, und fügte hinzu: Mittlerweile ist es offiziell: In einem Monat kommt Seine Königliche Hoheit Prinz Don Juan Carlos nach Madrid, wo man ihm die für seine historische Zukunft geeignete Erziehung angedeihen lassen wird. Spaniens Zukunft liegt in guten Händen! Señor Joaquín brachte den Whisky, Prullàs verteilte Zigaretten, und die drei rauchten. Dann zog sich Señor Joaquín diskret zurück.

Ich werde Ihnen ein Geständnis machen, fuhr Don Lorenzo Verdugones nach einer Weile fort; ich verlasse Katalonien ein wenig traurig. Jawohl, wider alle Erwartung hab ich dieses schöne, edle Land doch noch liebgewonnen: die unermüdlichen Anstrengungen seiner Industrie, seine erlesenen romanischen Kirchen, seine sonnenbeschienenen Strände, die fruchtbaren Äcker von Lérida... Und Barcelona, eine fröhliche, arbeitsame, kosmopolitische Stadt, der Cervantes ein Denkmal gesetzt hat! Eine bedeutende Region! Jammerschade, daß die Katalanen sie so verschandeln.

In sein Ressentiment versunken, rauchte er eine Weile schweigend und sagte schließlich: Ich ertrage die Katalanen nicht. Jahrelang hab ich ihnen in sämtlichen Reden Honig ums Maul geschmiert; jetzt kann ich meine Gefühle endlich bedenkenlos kundtun. Keine Sorge, Don Lorenzo, ich bin sicher, die sind gegenseitig, sagte Prullàs ganz ruhig, da er wußte, daß ihm der andere nicht zuhörte.

Als man mich in diesen abgeschiedenen Winkel des Landes abkommandierte, fuhr der abtretende Chefbeamte fort, kam ich widerstrebend, aber in allerbester Absicht. Ich bemühte mich, die anstehenden großen Probleme zu lösen oder mindestens zu entschärfen. Aber wie haben mir die Katalanen meine Anstrengungen vergolten! Eine Sippe von Judassen! Zu allem haben sie immer genickt, und dann haben sie doch getan, was ihnen paßte. Alle haben mir recht gegeben, aber niemand hat mich geliebt. Ich habe die Einsamkeit der Macht kennengelernt, mein lieber Prullàs! Nichts von alledem, was ich getan habe, hat mir ihr Wohlwollen eingetragen – ich habe die Hungersnot und den Mangel an Rohstoffen beseitigt, die für die Fabrikation unerläßlich sind, den Bau von Sozialwohnungen gefördert, mit dem Banditenunwesen in der Sierra del Cadí aufgeräumt, die Sardanas genehmigt, was weiß ich! Und sie? Nichts! Jeder schaut nur für sich, und wenns ums Allgemeinwohl geht, allgemeiner Boykott. In Katalonien wirken die wirtschaftlichen Kräfte zum Schaden ihres eigenen Volkes. Welche Rückständigkeit, mein Gott, welche Rückständigkeit! Das ist der abgewirtschaftete Liberalismus des 19. Jahrhunderts, die Schlange des Merkantilismus, die erneut ihr Gift gegen das Wohlergehen Spaniens spritzt. Immer und immer wieder müssen wir uns gegen den alten Feind erheben, wie Ramiro I. es tat, der sich weigerte, den infamen, abscheulichen Tribut der hundert Jungfrauen zu zahlen; wie Don Pelayo, Recaredo und Wamba, wie der Cid, Graf Fernán González und Don Gonzalo de Córdoba, besser bekannt als der Große Feldherr.

Prullàs wartete, bis sich der andere Luft gemacht hatte; als das Reservoir an chauvinistischer Rhetorik geleert war, fragte Prullàs weiter: Aber wenn es nicht die monarchistische Verschwörung war, was ist denn dann geschehen, Don Lorenzo? Wer hat Sie auf die Straße gesetzt? Mit lauter

Stimme bestellte Don Lorenzo Verdugones einen weiteren doppelten Whisky. Erraten Sie es nicht, Herr Detektiv? rief er dann. Die Schweinehunde des Mehlkonsortiums!

Ach, verstehe, sagte Prullàs; die Weizendiebe sind Ihnen zuvorgekommen. Ist es das? Und Fontcuberta war wirklich das Hirn der Operation, wie Sie sagten.

Ach was, Fontcuberta ist nur ein kleiner Handlanger im ganzen Komplott, eine simple Marionette. Da sind viele Leute drin verwickelt, von hier und anderswo, bekannte Namen.

Vallsigorri? fragte Prullàs. Vermutlich; und auch dieser Winkeladvokat... Der Anwalt Sanjuanete? Ja, und noch mehr, noch mehr. Alle haben sie genassauert. Erinnern Sie sich noch an den Abend, an dem wir uns kennengelernt haben, bei Brusquets? Ein Nest von Rechtsverdrehern, Begünstigern und Hehlern! In dieser Ali-Baba-Höhle, zwischen Champagner, Havannas und Kanapees, haben sie direkt vor unserer Nase das hungrige Volk ausgesaugt. Mit dem Brot des Vaterlandes haben sie ihr Vermögen gehäuft! Señor Joaquín stellte den Whisky auf den Tisch und zog sich angesichts des lauter gewordenen Sermons raschestens wieder zurück. Don Lorenzo Verdugones kippte die Hälfte des Whiskys hinunter und fügte in schmerzlichem Ton hinzu: Hätte man mich machen lassen, ich hätte das Land von Blutsaugern gesäubert, mein lieber Prullàs; ich hätte diesen bösartigen Krebs entfernt, hätte man mir nicht das Skalpell aus der Hand gerissen. Aber sie sind mir zuvorgekommen, oh, sie haben mächtige Beschützer, sehr weit oben, Sie verstehen mich schon. Im Pardo? deutete Prullàs an. Der Caudillo hat damit nicht das geringste zu tun! erwiderte der andere; ich habe bloß gesagt ›sehr weit oben‹. Sogar beim Heiligen Abendmahl gabs einen Verräter, dabei hatte Christus seine Jünger doch selbst ausgesucht! Ach, ich hätte das brandige Glied amputieren können. Aber als ich beinahe soweit war, als ich sie schon in der Falle zu haben glaubte, ist man mir zuvorgekommen. Jemand hat ihnen einen Wink gegeben. Wissen Sie, wer?

Lassen Sie mich überlegen. Poveda.

Nein, Mann, Poveda arbeitet doch für mich, lachte der andere. Und wieder verdüsterte sich sein Gesicht. Sigüenza! Wer hätte das gedacht! Und diesem Blödmann hatte ich mein ganzes Vertrauen geschenkt, mein lieber Prullàs, und am Ende, wie Sie sehen, was für eine Enttäuschung. Wie einen Sohn hab ich ihn behandelt! Wie sollen wir Spanien mit solchen Leuten aus seiner jahrhundertelangen Rückständigkeit herausführen? Die Stimme des alten Kämpen zitterte beinahe wie ein Schluchzen, und über seinen Augen lag der gefühlsduselige Schleier eines Rauschs.

Um ehrlich zu sein, Don Lorenzo, mir ist diese Geschichte piepegal, sagte Prullàs; und was Ihnen passiert ist, geschieht Ihnen ganz recht – warum wollen Sie die Welt ins Lot bringen, obwohl Sie keiner darum gebeten hat. Der abtretende Held schaute sein Gegenüber eher betrübt als verärgert an. Ach, entgegnete er, Sie haben leicht reden, Sie verbringen Ihr Leben damit, Unsinn zu schreiben und vom Geld Ihres Schwiegervaters zu leben. Aber ich habe mein ganzes Leben dem Vaterland gewidmet, gottverdammte Scheiße. Ich hab in der Kaserne La Montaña in Madrid, auf dem Alto de los Leones de Castilla und in Teruel meine Eier aufs Spiel gesetzt. Diese Eier da, mein lieber Prullàs! Und es ist traurig, zu sehen, wie sich ein ganzes, für ein Ideal aufgezehrtes Leben im schmutzigen Tümpel von Diebstahl und Banditentum zersetzt. Gottverdammte Scheiße, mein ganzes Leben für die Katz! Ich mach gleich in die Hose. Wo ist die Toilette?

Prullàs zeigte ihm die Tür, und Don Lorenzo Verdugones leerte sein Glas, drückte die Zigarette im Aschenbecher aus und stand auf. Bin gleich wieder da, mein lieber Prullàs;

gehen Sie nicht, sagte er; ich habe noch was Wichtiges zu erklären. Dem Vaterland kann man überall dienen! Wo, haben Sie gesagt, ist die Toilette?

★

Nach einer Weile kam der abtretende Held torkelnd zurück und nahm wieder Platz. Wir sitzen auf dem trockenen, murmelte er, während er bestürzt sein leeres Glas anschaute. Sie sollten nichts mehr trinken, Don Lorenzo, sagte Prullàs; vor allem, wenn Sie nach Barcelona zurückfahren müssen. Oh, machen Sie sich deswegen keine Sorgen; ich habe noch immer meinen Dienstwagen und den uniformierten Fahrer; man wird sich hüten, sie mir wegzunehmen. Ich habe das Lorbeerkreuz des heiligen Ferdinand; ich werde nicht den Zug nehmen müssen. Außerdem bin ich nicht betrunken. Aber vielleicht haben Sie recht – wir sollten nicht noch mehr trinken. Wir müssen einen klaren Kopf behalten, um eine unerledigte Sache zur Sprache zu bringen, mein lieber Prullàs, einen klaren Kopf, eine ruhige Hand und Mut. Mein lieber Prullàs, ich hab es Ihnen schon mehrmals gesagt und wiederhole es jetzt: Sie sind mir sympathisch. Eine ruhige Hand und Mut! Ich mag Sie gut leiden; ich erwarte nicht, daß Sie meine Gefühle erwidern, aber ich mag Sie nun mal gut leiden. Manchmal waren wir nicht gleicher Meinung, natürlich, aber trotz allem sind Sie mir sympathisch. Betrachten Sie mich als Freund. Als einen aufrichtigen … und verläßlichen Freund. Ich bin gekommen, um Ihnen das zu sagen. Nein, warten Sie, unterbrechen Sie mich nicht. Da ist noch etwas. Also: Jetzt, nachdem mich Sigüenza so enttäuscht hat, hab ich nachgedacht und bin zum Schluß gekommen, es könnte Sie vielleicht interessieren, mit mir zu kommen, nicht als Sekretär, sondern als Vertrauensmann. Sie sind diskret, loyal und gewandt im Umgang mit Menschen. Bei unserer täglichen Arbeit ist es sehr wichtig, daß man mit Menschen umgehen kann. Gerissenheit und Mut, mein lieber Prullàs; Sie haben das eine und ich das andere. Bedenken Sie meinen Vorschlag. Wie lautet Ihre Antwort?

Prullàs ließ sich mit der Antwort Zeit, bis er die passenden Worte gefunden hatte. Don Lorenzo, sagte er schließlich, noch nie hat man mir ein uninteressanteres Angebot gemacht. Der abtretende Held seufzte. Ehrlich gesagt, ich habe nicht zu hoffen gewagt, daß Sie es annehmen, aber ich wollte nicht gehen, ohne es zu versuchen. Haben Sie keine Angst, Sie haben mich nicht beleidigt mit Ihrer abschlägigen Antwort; wahrscheinlich hätte ich an Ihrer Stelle dasselbe gesagt. Sie haben nicht die geringste Veranlassung, das Theater aufzugeben – das Bohemeleben, den Applaus des Publikums, den Ruhm... Von den hübschen jungen Dingern ganz zu schweigen. Das ist es doch, nicht wahr?

Nein, Don Lorenzo, das ist es nicht, antwortete Prullàs; just in den letzten Tagen hab ich den Entschluß gefaßt, das Theater aufzugeben und mich den Geschäften zu widmen. Ich habe in diesem Sinn schon mit meinem Schwiegervater gesprochen, er hat seine Zustimmung gegeben, und diesen Herbst werde ich in einem seiner Unternehmen zu arbeiten anfangen. *Arrivederci, Kleiner!* wird mein Schwanengesang sein. Wenn ich Ihr Angebot ausgeschlagen habe, dann, weil ich es ausschlagen wollte. Und knöpfen Sie sich den Hosenschlitz zu.

Schon gut, schon gut, stimmte der abtretende Held bei und fummelte ungeschickt an den Hosenknöpfen, Sie haben alles Recht der Welt, sich über mich lustig zu machen. Nur zu, hauen Sie den gefallenen Baum zu Kleinholz! Letztlich bin ich selber schuld – ich benehme mich grotesk und unwürdig, ich weiß, ich weiß. Mir ist ein wenig schlecht; diese höllische Hitze und der ekelhafte Fritiergestank verursachen mir Brechreiz. Ich hab auch dummes Zeug geredet, ich gebs zu. Jeder Mensch hat seine Schwachstelle, wie Frederic

March sagt. Nein, erklärte er eilig, als er den amüsierten Blick seines Gegenübers auffing, ich mag Filme nicht, ich finde sie einen Riesenschmarren, aber ab und zu, um meine Sorgen etwas zu vergessen... Nun, möglicherweise bin ich heute hergekommen, um genau diese Demütigung zu finden; weiß Gott, wie das Unbewußte funktionieren mag. Aber all das gibt Ihnen nicht das Recht, sich mir überlegen zu fühlen, mein lieber Prullàs. Wenn Sie sich mir überlegen fühlen, sind Sie ein Narr. Und ich werde Ihnen noch etwas sagen: Ihre Einstellung mag sehr bequem für Sie sein, aber sie ist unhaltbar – früher oder später werden Sie Partei ergreifen müssen. Sonst werden es andere für Sie tun. Vielleicht haben sie es sogar schon getan, vor langer Zeit, ohne es zu merken. Sehen Sie – geschafft, fügte er hinzu und zeigte auf die Hosenknöpfe.

Sie haben recht, Don Lorenzo, erwiderte Prullàs, Ihr Benehmen ist wirklich grotesk. Und zum Abschluß möchte ich eines klarstellen: Eingangs haben Sie gesagt, Sie seien nicht gekommen, um sich bei mir zu entschuldigen für das, was in den letzten Wochen geschehen ist. Nun, lassen Sie sich gesagt sein, wenn Sie es getan hätten, hätte ich Ihre Entschuldigung nicht angenommen. Und ich fühle mich Ihnen nicht überlegen, Don Lorenzo, aber höchstwahrscheinlich bin ich es. Mir scheint, damit haben wir unsere Gesprächsthemen erschöpft.

Sie werden wissen, was gut für Sie ist, sagte Don Lorenzo Verdugones und stand wieder auf. Garçon, die Rechnung! Auf gar keinen Fall, Don Lorenzo, sagte Prullàs; Sie sind mich besuchen gekommen, und deshalb gehört es sich, daß ich Sie einlade. Keine Meinungsverschiedenheit soll uns davon abbringen, die heiligen Gesetze der Gastfreundschaft einzuhalten. Señor Joaquín, alles auf meine Rechnung!

Don Lorenzo Verdugones ging neben Prullàs zum Ausgang. Das Innenministerium, sagte er vor der Tür, hat zu meinem Nachfolger im Amt Oberst Vergara ernannt, mit dem Sie mich neulich haben telefonieren hören; das ist ein sehr tüchtiger Bursche; wenn Sie jemals etwas brauchen, zögern Sie nicht, sich an ihn zu wenden. Auch wenn der Fall Vallsigorri abgeschlossen ist, kann er Ihnen möglicherweise noch kleine Unannehmlichkeiten bereiten. Sollte dem so sein, werden sich sowohl Oberst Vergara wie auch Sigüenza mit großem Vergnügen darum kümmern. Wie auch immer, ich wünsche Ihnen viel Erfolg mit Ihrer Komödie, meine Empfehlung an Ihre Frau Gemahlin, und hören Sie auf mich: Streichen Sie den Stotterer. Er setzte sich in Bewegung und überschritt entschlossen die Grenze zwischen dem kühlen Halbdunkel im Saal und der sengenden Helligkeit auf der Straße. Nanu, murmelte er, sich die Augen mit dem Unterarm bedeckend, ich hab die Sonnenbrille wohl im Wagen liegenlassen. Nun denn, frisch gewagt ist halb gewonnen!

Prullàs gab ihm die Hand, die der andere kurz und kräftig drückte. Nutzen Sie die Fahrt, um zu schlafen, sagte Prullàs. Danke, das werd ich tun, sagte Don Lorenzo Verdugones. Dann machte er einige Schritte, blieb mitten auf der Straße stehen, wandte sich um und rief mit seiner alten Donnerstimme: Falls Sie sich umbesinnen, lassen Sie michs wissen. Das Vaterland braucht dringend Männer wie Sie und mich, mein lieber Prullàs. Jemand muß vorangehen, Reihen formieren und die Zauderer in die Mitte nehmen!

Er straffte seinen Körper, schlug die Hacken zusammen und grüßte mit erhobenem Arm, zur Verblüffung einer Alten, die eben auf dem Gehweg einen Stand mit Erdmandeln und Lupinen aufgestellt hatte.

3

Noch glänzte in allen Pupillen das Leuchten der Feuerwerksraketen, Sonnen und Wasserfälle, noch vibrierte die Luft vom Krachen des Schlußbildes, und die Meeresbrise trug den Schwefelgeruch in sämtliche Winkel, als die Sommerfrischler, herausgeputzt, parfümiert und juwelengeschmückt, nacheinander im Kasino Einzug hielten. Auf der Straße hatten sich die Dorfbewohner versammelt, um auch dieses Jahr das Schauspiel von Eleganz und Gediegenheit mitzuverfolgen. Von der Toleranz der Feiertage profitierend, waren trotz der vorgerückten Stunde in Begleitung der Hausangestellten auch die Kinder der Sommerkolonie gekommen, um ihre Eltern vorbeidefilieren zu sehen. Aus dem Augenwinkel machte Prullàs seine Jungen aus, die auf dem gegenüberliegenden Gehweg auf ein Mäuerchen geklettert waren, von wo aus sie das Spektakel ungehindert verfolgen konnten. Dieser Anblick riß ihn aus seiner Apathie. Noch nach langer Zeit, dachte er, wenn die meisten von uns schon gestorben sind, werden sie sich an diese glücklichen Jahre erinnern; vielleicht ist diese entfernte Möglichkeit die einzige Rechtfertigung für die Nichtigkeit unseres Lebens.

⋆

In dem mit Fähnchen und Wimpeln geschmückten Billardsaal empfingen Señor Joaquín und seine Söhne, alle in dreiteiligen dunkelgrauen Wollstoffanzügen steckend, jedes Paar mit einer Verneigung. Im Garten spielte das Orchester einen Walzer. Der Himmel war den ganzen Tag wolkenlos gewesen, und es gab keinen Grund zur Befürchtung, ein Platzregen könnte das Fest verderben. Die Nacht war lau; trotzdem hatten die Damen am Nachmittag in Voraussicht der kühlen Nachtluft Schals, Schultertücher und kurze Mäntelchen in der Garderobe des Kasinos deponiert.

Während sich Martita und ihre Eltern einem langwierigen Austausch von Artigkeiten mit andern Sommerfrischlern widmeten, suchte Prullàs an der Theke Zuflucht, wo ihn als Ersatz für Señor Joaquín und seine Söhne ein unerfahrenes, verschüchtertes junges Mädchen bediente, das eben von Dr. Mercadal liebenswürdig getadelt wurde.

Oh, Prullàs, schau mal her, wie findest du das? Ich bestelle einen Whisky, und diese Señorita schenkt mir ein lächerliches Glas ein, als wärs ein Hustensirup ... oder ein Abführmittel! Na, Kindchen, geben Sie mir mal diese Flasche dort, und ich werde Ihnen zeigen, wie man das ordentlich macht. Und bringen Sie noch ein Glas mit Eiswürfeln für meinen Freund.

Der große Chirurg schenkte zuerst sich und dann Prullàs reichlich ein. Sie stießen auf das Ende des Sommers an und tranken. Marichuli Mercadal trat zu ihnen, zutiefst besorgt; als sie ins Kasino gekommen waren, hatte sie in der Menge Alicia erblickt und den Eindruck gehabt, sie sei nicht warm genug angezogen. Ich hab ihr gesagt, sie soll die Angorajacke anziehen, die ist schön warm und steht ihr wundervoll, aber dieses halsstarrige Ding hat die granatrote Bluse angezogen, die dünn ist wie Zigarettenpapier. Nie hört sie auf mich, sie ist eigensinnig wie ein Maultier, klagte sie.

Nun laß sie doch mal, es wird ihr schon nichts passieren, sagte Dr. Mercadal; ich hab dir schon tausend Mal gesagt, du sollst dir wegen der armen Alicia nicht unablässig Gedanken machen. Das bringt nichts, und bei so überfürsorglichem Verhalten wird sie am Ende zu dir in eine Gegenübertragungsbeziehung geraten, die die Entwicklung ihrer Identität beeinträchtigen kann. Ich glaube, ich brauche auch einen Whisky, sagte Marichuli Mercadal; aber bitte nicht so voll. Ich wußte gar nicht, daß du Whisky trinkst, sagte Prullàs. Heute debütiere ich, antwortete sie. Sie nahm einen Schluck, und es durchfuhr sie ein Schauder, der fast ein

Schüttelkrampf war. In ihren Augen sah Prullàs diesen Anfall von Verrücktheit aufflackern, wie er sie schon früher entdeckt hatte. Wollen wir tanzen? schlug er ihr vor.

*

Sie gingen die Treppen zum Garten hinunter. Die Tanzfläche war von Dutzenden japanischen Lampions erleuchtet. Danke, daß du mich da weggebracht hast, flüsterte sie; ich ertrag diesen Trottel nicht, ich ertrag ihn wirklich nicht. Eines schönen Tages bring ich ihn um. Ich bitte dich, sag das nicht einmal im Scherz, sagte Prullàs und faßte sie um die Taille. Er sog den Duft ihrer Haare ein und rief: Du riechst gut. Was ist das für ein Parfüm? *Arpège*, antwortete Marichuli Mercadal; mein Mann hat es einem Schwarzhändler abgekauft und es mir vor einiger Zeit geschenkt; warum fragst du? Reine Neugier; wie gehts dir? Elend, erwiderte sie; wenn wir wieder in Barcelona sind, soll ich mich einem kleinen Eingriff unterziehen; dadurch werde meine Unruhe verschwinden. Ja, sagte Prullàs, das hat mir dein Mann schon erzählt. Und was glaubst du, Carlos, soll ichs tun? Soll ich mich wirklich einer Lobotomie unterziehen? Prullàs zögerte. Offen gestanden, ich hab nicht die geringste Ahnung, sagte er nach einer Weile; aber wenn es dein Mann sagt, wird es schon einen Grund haben – er will nur das Beste für dich.

Das Orchester spielte eine Habanera. Der Abend hatte erst begonnen, und nur wenige Paare tanzten. Niemand beachtete sie. Prullàs fühlte die von Marichuli Mercadals Schultern ausgehende Hitze und das leichte Beben ihres Körpers durch die Kleider. Er begann die Benebelung durch den Whisky, den Rhythmus des Tanzes, die milde Nachtluft zu spüren und wünschte sich, es möchte immer so weitergehen und diese Habanera bis in alle Ewigkeit dauern. Sie wich seinem Blick aus, aber Prullàs wußte, daß ein Wort von ihm,

ne schlichte Geste genügen würde, um die Mauer zwi-
hen ihnen einstürzen zu lassen. Martita tanzte mit einem ekannten an ihm vorbei, lächelte und blinzelte ihm zu; er chelte und blinzelte liebevoll zurück. Das Stück ging zu nde, es wurde applaudiert, und Martitas Tanzpartner bat rullàs um die Erlaubnis, das nächste Stück mit Marichuli Iercadal zu tanzen. Prullàs überließ sie ihm und zog sich on der Tanzfläche zurück. Er war durstig und beschloß, vieder an die Bar zu gehen.

Als er die Treppe hinaufstieg, grüßte ihn ein Unbekannter nit einer Mischung aus Scheu und Vertraulichkeit. Erinnern ie sich nicht mehr an mich, Señor Prullàs? Nein, tut mir eid. Macht nichts, macht nichts, sagte der Unbekannte, das st nur natürlich; aber Sie werden sich erinnern, wenn ich hnen meinen Künstlernamen nenne: ich bin der teuflische Dr. Corbeau, erklärte er und deutete eine magnetische Handbewegung an. Ach, schau an, und was führt Sie hierher zurück, mein lieber Corbeau? Das Gesicht des Zauberkünstlers erstrahlte in einem zufriedenen Lächeln. Man hat mich für einen Auftritt auf dem Kinderfest engagiert, sagte er; da sehen Sie, was für ein Glück. Offenbar gab es eine Vereinbarung mit Li Chang, aber im letzten Moment mußte der aus gesundheitlichen Gründen absagen, die Zeit drängte, und da ich Señor Joaquín meine Adresse hinterlassen hatte, falls man sie einmal brauchen sollte, hat man mich benachrichtigt... Und da bin ich, mit meinen Schachteln mit dem doppelten Boden und meinen Zauberpulvern.

Na, da freu ich mich aber sehr, mein lieber Corbeau, sagte Prullàs. Danke, erwiderte der Zauberkünstler; der Sommer liegt in den letzten Zügen, und bis zur Erstkommunion im nächsten Mai wird man irgendwie über die Runden kommen müssen, so daß dieser wunderbare Vertrag ein gefundenes Fressen für mich ist. Ich habe das, ehrlich gesagt, nicht erwartet, vor allem nach diesem bedauerlichen Zwischenfall ... Gott sei Dank, fügte er mit einem erleichterten Seu zer hinzu, vergessen und verzeihen die Leute alles, wenn si nur ein Spektakel vorgesetzt bekommen, das sie unterhäl selbst wenn es so abgedroschen ist wie das des Dr. Corbeau Wir, die wir solche Dinge machen, haben oft nichts zu bei ßen, aber auf eines können wir uns verlassen: Eher würde die Leute aufs Essen verzichten als auf uns, finden Sie nich auch, Señor Prullàs?

Sie waren in der Bar angekommen, wo sich jetzt einer vo Señor Joaquíns Söhnen um die Gäste kümmerte, während die Serviernovizin mit flammenden Bäckchen und uner träglichem Getöse Teller, Tassen und Löffelchen spülte und abtrocknete. Prullàs bestellte ein Glas Wasser, leerte es in einem Zug und sagte dann zu Dr. Corbeau: Sie haben vollkommen recht, mein lieber Corbeau, diese Überzeugung ist das einzige, was uns noch über Wasser hält; bestellen Sie worauf Sie Lust haben, und lassen Sies auf meine Rechnung setzen.

Er drückte dem Zauberkünstler die schlaffe Hand und ging in den Garten zurück. Dort hielt er nach Martita Ausschau und sah sie nicht.

★

Auf dem Orchesterpodium, zu Füßen der Musiker, saß Kuhmist-Roquet. Obwohl die Veranstaltung jedem offenstand, der eine Eintrittskarte gekauft hatte, war diese Veranstaltung aufgrund einer stillschweigenden Vereinbarung, an deren Ursprung sich niemand mehr erinnerte, der Ball der Sommerfrischler, die Zeremonie, mit der die Kolonie offiziell die Sommersaison beschloß. Nur Kuhmist-Roquet war, seiner besonderen Eigenschaften wegen, kraft einer ebenfalls stillschweigenden und ebenfalls unbestreitbaren Vereinbarung, und obwohl diese Vereinbarung einhellig mißbilligt wurde, von dieser diskriminierenden Regel ausgenommen. Blödnnig glücklich, die Augen halb geschlossen und den Kopf icht immer im Takt hin und her wiegend, verfolgte er jetzt ie Bewegungen der tanzenden Paare und lachte jedesmal, venn das Saxophon erklang. Prullàs setzte sich zu ihm. Wieer spielte das Orchester, und die Paare begannen erneut zu inzen. Eine Weile betrachteten Prullàs und Roquet diese leine Insel des Glücks inmitten von Gewalt und Ungewißeit; es war eine Welt für sich, mit Bestimmtheit dem Jntergang geweiht, aber noch heil, eine prekär und hartäckig Überlebende ihrer eigenen Vergangenheit. Nach den ufregungen der vergangenen Wochen und der Unruhe der etzten Tage fühlte sich Prullàs angesichts dieses liebenswürligen Schauspiels im Frieden mit sich selbst. Zum ersten Mal egriff er, daß sich alles auf eine einfache Formel reduzierte: ämlich, daß die Jahre für ihn nicht umsonst vergangen waen, daß er erwachsen geworden war und soeben den letzten Sommer seiner Jugend erlebt hatte. Jetzt sah er sich als das, vas er war: ein erwachsener Mann ohne Beruf und Mögichkeit, ohne andere Zukunft als die Nostalgie. Letztlich war er nur ein Teil dieses großartigen Getriebes, frei von Verdienst und Schuld, nur der Erbe einer Vergangenheit, an leren Aufbau er nicht mitgewirkt hatte, deren unabwendbare Folgen er aber zu akzeptieren gezwungen war. Jetzt ging ihm auf, daß Gaudet vom ersten Moment an recht gehabt hatte: daß seine Karriere zu Ende war, daß seine Witze, Wortspiele und Kalauer bei der neuen Empfindlichkeit des Publikums wirkungslos blieben, denn in der Gesellschaft war alles dabei, sich radikal zu ändern, außer diesem mühsam eroberten und mühsam gegen alle Ränke verteidigten Frieden. Jetzt begriff er, daß dies das ihm zugedachte Leben war und daß, solange die Umstände nicht das Gegenteil vorsähen, jedes Bemühen, dieses Leben zu ändern, von vornherein zum Scheitern verurteilt war.

Um diese Gedanken zu verscheuchen, zog er seine hellen

Zigaretten aus der Tasche, zündete sich eine an und offe
rierte auch Kuhmist-Roquet eine. Dieser nahm sie dankba
und steckte sie hinters Ohr. Rauch sie doch, Mensch, sagt
Prullàs. Ich darf nicht, sagte der Trottel. Einmal ist keinma
erwiderte Prullàs.